Crónicas de Ampiria

El camafeo de Guerón

IVAN INCERTI MORALES

ISBN-13 (edición impresa): **978-8461739851**
ISBN-13 de la Obra completa (edición impresa): **978-8469744475**
Maquetación del interior y diseño de portada: **Iván Incerti**
Safecreative copyright: **1607128361038**
Depósito Legal: **MA 966-2017**

DEDICATORIA

A Inmaculada, por mostrarme lo que es vivir. A Lilian, por mostrarme lo hermoso que es vivir. A Leonardo, por alentarme a seguir viviendo. Os quiero mucho.

RECONOCIMIENTOS

Agradezco mucho la voluntad de Inmaculada por creer en mí y hacerme ver que cualquier sueño puede ser real. Sin ella, mucho de lo que aquí escribo no habría sido posible. Gracias por existir.

Así mismo, agradezco a los integrantes de "Goldensword" las maravillosas jornadas que hemos pasado juntos y que, sin lugar a dudas, me inspiraron en la creación de este mundo que aquí relato. Judith, Sergio, Hassan y todos los que estuvisteis ahí. Gracias.

Gracias también a la familia por estar ahí. Vuestra cercanía y conversación siempre es alimento suficiente como para querer embarcarse en cualquier proyecto que uno desee. Gracias por estar ahí.

IVAN INCERTI

CAPÍTULO 1: PEREGRINA

—¿Cuántas veces la has visto hacer eso? —le preguntó el joven granjero a Travis, el aprendiz de arquero.

—Las suficientes como para apreciarla. Dicen que es una maga que viene de la región de los gigantes.

—Tonterías —interrumpió el viejo Amberios, mientras se acercaba también a la muchedumbre que se había formado en la plaza—. Los magos son asesinos sin control, te exterminan con su mirada. Esa no es una maga, debe ser otra cosa.

—Pero fijaos en cómo está curando a los enfermos. Ha extirpado ya varias enfermedades e incluso ha potabilizado el agua turbia del pozo de la fuente —replicó Travis—. ¿Acaso no es magia eso?

—No la magia que conocemos. Eso debe ser otra magia, la llamada magia blanca que se rumoreaba que existía en la segunda Dinastía de los Creadores. Eran hombres y mujeres que se alimentaban de recién nacidos para obtener capacidades curativas.

—¡Dejad de decir tonterías, viejo loco! —le dijo Sevchar, el frutero local, un hombre muy apreciado en el pueblo—. Estáis asustando a la gente con vuestras historias para no dormir.

—¡Bah! Ya veréis, ya… esa mujer nos va a llevar al desastre tarde o temprano…

—Cerrad la boca ya, y vosotros, despejad la plaza un poco. La viajera necesitará descanso y algo de alimento, luego de tanto trabajo.

El pueblo de Lum apenas lo componía 400 habitantes, era un sitio de paso entre las ciudades de Krav y Tramiria. Ubicado en el alto de la sierra, sus casas de tejado en pico veían pasar el frío más tenaz fuera cual fuera la estación. Estaba a mucha altura, más de mil metros sobre el mar, y se notaba ese aire fresco de montaña tan agradable.

—Hola curandera —dijo Sevchar dirigiéndose a la forastera—, sed bienvenida al pueblo de Lum. Agradecemos mucho lo que habéis hecho por el pequeño Néstor y por el pozo, aunque somos algo reacios a que la magia nos esté ayudando.

La joven, ataviada en una especie de sudario blanco con varias líneas y filigranas de color magenta, lo miraba con una sonrisa amigable aunque pícara, asintiendo. No se sabía bien si le estaba dando la razón o si le quería dar una respuesta ingeniosa, mas solo hubo silencio. Los casi cuarenta habitantes que se agolpaban en la plaza enmudecieron también y Sevchar tomó de nuevo la palabra.

—Veréis... los más mayores tenemos el recuerdo de lo que sucedió por estas tierras no hace tantas décadas y en cómo los magos concurrieron en esa lucha de poder y de conquista. Costaron muchas vidas y familias rotas, y aunque sabemos que todos se extinguieron ya, siempre queda ahí el recuerdo. Está claro que vos no sois maga, pues sois curandera y de las buenas, he de decir. Os manejáis con...

—¿Sois el alcalde de este pueblo? —interrumpió la joven con voz dulce y clara, mientras se apoyaba en su larga vara blanca.

—¿Perdón? —dijo sorprendido Sevchar.

—Que si sois el alcalde de éste, el pueblo de Lum.

—No, no, aquí no tenemos alcalde, mi señora —dijo Sevchar algo nervioso, pues hasta ahora la mujer no había articulado palabra alguna. Además, su báculo iluminó levemente la piedra celeste superior—. Somos muy pocos, insignificantes en el reino, un lugar donde los carromatos de viajeros y de transporte de mercancías paran para descansar una noche y luego siguen su camino. Producimos lo que consumimos y poco más... ganamos algo alquilando habitaciones a los viajeros, como vos, pero es algo...

—¿Cuánto costaría una noche? —volvió a interrumpir.

—Ehhh... yo... yo no puedo en mi vivienda —dijo Sevchar, claramente nervioso—, tengo mis habitaciones ocupadas me temo...

—¡Contad con mi casa para vuestro servicio el tiempo que necesitéis! —dijo Aisha, la madre del pequeño Néstor al que no paraba de abrazarlo y besuquearlo al ver que recuperaba el color rojizo de sus mofletes y que ya no tenía esas pústulas en su cuello y manos.

—Os agradezco mucho el ofrecimiento, señora, que con gusto acepto —dijo la joven, mirando a continuación a Sevhar y de soslayo al resto de la congregación para dirigirse a ellos—. No debéis temer nada de mí, yo también estoy de paso por Lum y mañana seré huellas en el camino. Solo necesito una cena ligera y descanso esta noche.

Todos los labios estaban sellados, nadie se atrevió a articular palabra alguna, y Aisha y su huésped se dirigieron, junto al pequeño Néstor, hacia su vivienda. Era una casa como casi todas en Lum, modesta y amueblada con pobreza, mesas con maderas clavadas tres y hasta cuatro veces en el mismo lugar, sillas torcidas y estanterías combadas o astilladas. Aisha le cedió la cama principal a su visitante y rápidamente se puso a cocinar una sopa de legumbres mientras ordenó a Néstor a ir a por algo de carne para darle más sabor.

—Siento no tener algo más apropiado para una señorita como vos, refinada y culta y que además habéis curado a mi pequeño —dijo Aisha, con nuevas lágrimas que acontecieron en sus mejillas, incrédula de que fuera real lo que había sucedido—. Sois un ángel, para mi sois un ángel y todos lo que dicen que si sois un maga o que venís a anunciar un apocalipsis se equivocan, vos sois un ángel del Creador venido a darnos sus milagros.

—No os molestéis mucho con la cena, con una sopa simple y algo de leche tendré suficiente —respondió la peregrina, cambiando de tema y sentándose en el camastro—. Y no penséis en mí como un ángel, pues no tengo esa condición, solo he visto que podía ayudaros y así lo he hecho.

—¡Sois un ángel, un ángel! —se repetía Aisha llorando de alegría por recuperar a su hijo moribundo—. Digáis lo que digáis lo sois.

Varias personas se agolparon en los ventanales de la fachada de la casa, mientras dentro los tres estaban ya terminando de cenar. Néstor se había quedado dormido en un camastro compuesto por tres mantas apiladas cerca de una esquina, y Aisha en la silla de madera que mejor se conservaba. Respiró con fuerza. Había sido un día repleto de emociones y no podía dejar de mirar a su invitada especial, su ángel. Acababa de tumbarse sobre las mantas, algo sucias y deshilachadas, aunque la piel y los ropajes de esa mujer no se deterioraban con nada. De hecho tenía un rostro y unas manos inmaculadas, blanquecinas y sin mancha o signo evidente de arañazo. Era como una estatua esculpida en fino yeso.

—¿Dormís ya? —preguntó Aisha susurrando

—A ello me disponía, Aisha. ¿Os ocurre algo? —le replicó sin girarse de la cama.

—No, no, perdonadme si os molesto. Era solo que quería daros las gracias nuevamente por lo que habéis hecho por mi hijo. Siempre os voy a recordar como una salvadora.

—No es nada, Aisha. No me debéis nada. Todos los actos que llevo a cabo los hago sin esperar respuesta, aunque os agradezco la gratitud. Ahora dormid Aisha, que también vos necesitaréis descansar.

—Sí, claro que sí... Una pregunta más, si no os molesta mucho…

—Decidme.

—¿Cómo os llamáis?

—Mi nombre es Sirián.

—Y lo que usáis para sanar es un don del Creador, ¿verdad?

Ahora Sirián se giró hacia Aisha, mirándola fijamente. Sus pupilas se dilataron casi el doble de lo normal y de nuevo desdibujó esa sonrisa incierta en su rostro.

—Lo que visteis no fue una virtud especial, ni soy un ángel venido de los edenes del Creador. Por mucho que os pese a vos y al resto del pueblo, lo que sanó a vuestro hijo fue magia canalizada. Sí, amiga Aisha, soy una animista y mi escuela de comprensión es la blanca.

—¿Ma-ma-magia decís? —comenzó a tartamudear Aisha mientras se medio levantó de su asiento —Pero... ¿cómo magia? ¿A qué os referís con magia?

—Aisha, no espero cambiar el pensamiento arraigado que pueblos y ciudades tengáis acerca de la magia, mas sabed que hay distintas corrientes de canalización. No todo es magia negra o púrpura, también existe la luz blanca que habéis conocido en vuestro hijo.

—Perdonadme, pero yo no entiendo nada de eso, yo solo quiero que a mi hijo no le pase nada, por favor, os lo ruego, no quiero que acabe embrujado ni poseído por un mago.

—Vuestro hijo está sanado, no hay más. Olvidaos de lo que os hayan dicho porque no todo es cierto. Confiad en mí y no sintáis pánico. No estoy aquí para hacer daño a nadie, sino de paso.

Pasaron varios minutos cuando Aisha, algo más calmada y haciendo una valoración mental, volvió a tomar la palabra, despertando de nuevo a Sirián.

—No sé qué es una animista y si la magia de curación existe. Pero sí sé que mi hijo vuelve a dormir tranquilo y que ya no tiene manchas en su piel. Lo habéis sanado y solo os puedo estar agradecida, aunque me asusta un poco lo que decís.

—Dormid Aisha —le replicó Sirián medio somnolienta—. Mañana no me veréis más. Disfrutad de vuestro hijo esta noche todo lo que podáis.

—Gracias… —respondió Aisha con una sonrisa de tranquilidad en la penumbra de la noche—. Para mí seguís siendo mi ángel.

La mañana siguiente aconteció grisácea, con escarcha alfombrando todos los caminos de entrada y salida al pueblo. El frío era como una mano gigante e invisible repleta de agujas, que poco a poco te iba estrujando. Lum comenzaba a despertar, con una plaza central que hacía las veces de mercado, con tablones y esparto improvisando casetas, y la taberna de Ruzz acogiendo a los mercaderes de paso que ansiaban desayunar algo caliente. Algún que otro habitante del pueblo también solía rondar por la taberna casi de forma perenne, a modo de segunda casa.

Por si las sorpresas fueran pocas con lo pasado ayer tarde, hoy llegaba por el sendero del Sur una comandancia de dieciocho caballeros. Iban todos ataviados con el tabardo de la orden de Ausper la Mayor, con la armadura adivinándose en las alforjas de cada caballo pesado, al igual que las gruesas mandobles en sierra que estos jinetes empleaban. Los caballeros de Ausper eran conocidos por las exigentes pruebas que habían de pasar antes de ser nombrados como tales. Seleccionaban un día de mar movido y te dejaban en alta mar, a unas diez leguas de tierra, para que nadaras por ti mismo entre el oleaje hasta salvarte, y por si fuera poco, luego te abandonaban frente a la guarida de un oso sin armas, de forma que tenías que salir corriendo del oso y fabricarte algún arma con lo que pudieras encontrar en la flora, para darle muerte. Era por ello, que dichos caballeros eran auténticas montañas de músculos y huesos con una fe ciega hacia sus superiores. Tenían una escala bastante larga de órdenes y su ascenso no era arbitrario ni dependía de la edad, sino que debías ganártelo con sangre en batallas.

Todos los jinetes detuvieron sus monturas en la plaza, mientras Savior de Orleans, de la orden del Palo y por lo tanto el de mayor rango, rompía la formación para dirigirse hacia el pozo central, donde cinco mujeres y dos hombres estaban llenando sus ánforas de agua y dando de beber al ganado, respectivamente. Cuando Savior de Orleans detuvo a su colosal corcel frente a ellos, su sombra cubría casi todo el pozo. El binomio jinete y caballo asustaría incluso a un gigante, y eso que no llevaba puesta su armadura.

—Tengan un buen día, habitantes de Lum —dijo Savior, con voz muy ronca, como si estuviera pasando alguna enfermedad de la garganta—. Vengo buscando algo de reposo para nuestros caballos, así como para mis hombres. Necesitamos queso, carne, agua y vino, y necesitamos que nos sirváis ya. ¿Podéis avisar a más gente mientras vamos desmontando? Aunque es vuestro deber cedernos las viandas y el servicio, os pagaré dos átlidos que ya os repartiréis como convengáis vosotros.

Acostumbrados a este tipo de visitas, varios de los habitantes se movilizaron para ir ocupándose de las monturas, cepillándolas y dándoles avena, mientras los mayores se ocupaban de servir queso con pan y algo de carne que pudieran obtener de algunas gallinas. La taberna estaba íntegramente ocupada por estos caballeros, de diálogo recto aunque sin perder el buen sentido del humor y la disciplina. Contrariamente al resto de caballeros ordenados en otros condados y marquesados, los de Ausper eran muy diligentes en sus preceptos, que llevaban a rajatabla, algo que sin lugar a dudas agradecían los anfitriones que los alojaban, pues ni tocaban de más a sus camareras, ni abusaban de su rango sobre el resto de ciudadanos. Venían, pedían lo que necesitaban y se iban. Eso sí, la mayoría de las veces no pagaban nada, pues era un deber ciudadano ayudar a los caballeros que les daban protección, sobre todo si llevaban la insignia de Ausper la Mayor, la capital. Y nadie quería enemistarse con este tipo de caballeros tan especiales.

—Esta gallina sabe igual que la rata que cocinasteis ayer, Colhad, ja, ja, ja —dijo sir Grembardo riéndose con la boca llena de patatas y un muslo de gallina.

—Pero bien que os la comisteis… ¡no dejasteis ni un hueso! —respondió Colhad arrojándole parte de una hogaza de pan, sin lograr acertarle.

—¡Venga, venga! Que cosas peores os habéis metido en esas bocazas que tenéis… —irrumpió sir Ernesto de Corlles, haciendo que el resto de camaradas rompiera en una carcajada que se escuchó incluso fuera del pueblo.

—Al menos se usar la espada para algo más que rascarme la espalda —dijo de nuevo Grembardo, intentando suavizar el comentario anterior.

—No os preocupéis que aquí casi no hay gente y poco ridículo hacéis ja, ja —dijo suntuosamente sir Monkel, un caballero albino y con ojos color fucsia—. Que si estuviéramos en la capital, sí estaríais en un problema más severo… ¡porque todos os verían bailar con vuestra espada!

—¡Callaos copito de nieve! Que menos mal que estáis aquí, porque pocas mujeres se ven y vos al menos dais la talla como tal ja, ja, ja —le dijo Grembardo arrojándole huesos de pollo, mientras de nuevo toda la taberna estallaba en carcajadas.

—¡Ehhh tú! —dijo sir Meillas a uno de los que servían vino—. ¿Dónde escondéis a las mujeres jóvenes aquí? No temáis que nada vamos a hacerle, pero al menos nos alegrarían un poco la vista.

Todos rieron todos al unísono.

—Cuando alcanzan la edad fértil se esposan y abandonan el pueblo con su marido —le respondió con voz calmada y comedida el camarero, como si no fuera consciente que era un comentario sarcástico—. Solo hay niñas y ancianas, me temo, salvo alguna excepción por necesidad familiar.

—No tengáis en cuenta lo que os están diciendo —interpuso con su peculiar voz afónica Savior de Orleans—. Están bromeando sin ánimo de ofenderos ni a vos ni a vuestro pueblo. No buscamos mujeres, nuestro ordenamiento nos prohíbe caer en ese pecado estando de servicio, aunque siempre viene bien reírse un poco de tales exigencias.

El resto de caballeros bajaron el ímpetu de sus risas casi al instante, al hablar su general.

—No pasa nada, vuestras mercedes pueden reírse lo que quieran de nuestro pueblo —dijo el joven camarero, algo asustado de dónde se estaba metiendo al haber respondido —Estoy para serviros en lo que necesitéis.

—Os agradecemos vuestro servicio, que estáis llevando a cabo con mucha diligencia y buen hacer. Solo acabad de darnos los alimentos que necesitamos y traednos nuestros caballos ya reposados, pues debemos proseguir nuestro camino.

—Sí, claro, como deseéis.

—Y si veis a alguna mujer hermosa y bella, dadle recuerdos de parte de sir Grembardo y decidle que la echa mucho de menos.

Absolutamente todos los caballeros allí presentes empezaron a llorar de risa, algunos incluso vomitando parte de lo que estaban ingiriendo. Generalmente, cuando hablaba el caballero de la orden del Palo, todos enmudecían para escucharle, pues era conocida la seriedad que éste reflejaba siempre, sobre todo cuando estaba en mitad de una misión. Sin embargo, a veces tenía una salidas de humor dentro de su seriedad innata que provocaba un brote hilarante sin igual.

—Bueno de hecho hay una muy hermosa, sepa su merced —dijo el camarero, sin saber bien si lo habían oído o no.

—¿Cómo decís?

Sí, parece que sí lo oyó.

—Digo que hay una mujer muy hermosa que vino ayer por aquí, una maga según nos pareció a muchos.

Luego de ese comentario hubo unos segundos en los que el tiempo se detuvo literalmente. Los que estaban comiendo pararon de masticar para centrarse una y otra vez en lo que acababan de oír, repitiéndose una y otra vez mentalmente la frase. Otros, que estaban adormilados haciendo la digestión, abrieron los ojos de par en par con una mirada de preocupación, miedo y alerta, un conglomerado de sentimientos.

—Miradme a los ojos, joven —le dijo sir Savior de Orleans con voz imperante y levantándose paulatinamente de la silla hacia el camarero—, y repetid lo que acabáis de decir.

—Yo… yo decía… vino una mujer ayer… curó a Néstor, así con una luz en su cayado… era muy guapa —las palabras no le salían al ver tantísimos ojos con seriedad dibujada sobre sus pupilas, todos en silencio y con los puños cerrados.

—Calmaos y no temáis nada, joven. Somos la guardia de Ausper la Mayor y estamos aquí para salvaguardar a nuestros ciudadanos, como vos. Hablad lentamente, poco a poco, y decidme quién es esa mujer de la que habláis y qué es eso de que es maga.

El joven no veía dónde meterse. Miraba a su alrededor buscando apoyo de los suyos, pero de repente se vio solo. No había nadie a su vera, estaba él sólo y un caballero de altísimo rango se le acercaba con mirada de pocos amigos.

«Maldita sea, por qué rayos no has cerrado esa bocaza que tienes», pensó tragando saliva y encogiéndose de hombros.

—¿Y bien?, ¡estoy esperando! —dijo sir Savior, alzando la voz.

—No sé su nombre, buen caballero… no lo dijo. Vino ayer pero no se presentó, apenas habló, de hecho.

—Habéis dicho que era una maga…

—Ehh… sí… bueno eso nos pareció a todos, sí.

—¿Mató a alguien con su magia?

—No, no, de hecho curó al joven Néstor, aquejado hacía ya casi una estación entera de bubones negros que le estaban consumiendo. Además, potabilizó el agua del pozo que estáis bebiendo todos ahora, que se había infectado de una filtración de metales.

Todos escupieron el agua que estaban bebiendo, mientras otros se provocaron el vómito al oír eso. Varias sillas cayeron al suelo y los platos rompieron en el suelo por doquier mientras Savior de Orleans, sin desviar la mirada del camarero, gritó:

—¡Brawel, Meillas, Anturión y Sagunto, aquí conmigo! ¡El resto os quiero fuera, id montándoos las armaduras!

—¡A sus órdenes! —gritaron a la par los cuatro mencionados.

—Vos, camarero, decidme dónde se aloja esa maga.

—En… en… en… caaa… casa… de Aisha…

Bastó una señal de sus ojos para que el asustado joven entendiera que le guiara por delante. A medida que iba andando hacia la vivienda de Aisha y Néstor, detrás de él oía el desenvainar de las gruesas espadas de los cuatro caballeros. A cada paso que iba dando, se iban uniendo más caballeros montados a caballo con la espada colgando de su diestra y con una armadura de color metal que los cubría por completo. Tenían una peculiar franja negra que cubría el pecho y su pierna izquierda.

Cuando llegaron a la puerta de la casa de Aisha, sir Savior estaba acabando de montarse su armadura, cuando hizo gestos a Monkel, el caballero albino, para que irrumpiera por la puerta. A Anturión le hizo gestos para hacerlo por la ventana frontal que se veía. Al resto solo les dijo una frase:

—No habléis ni miréis, solo matad. ¿Entendido?

—¡Entendido! —gritaron todos

—¡Rompeeeeed! —ordenó Savior, alzando su mandoble sobre la cabeza

La puerta explotó en mil pedazos cuando el pesado cuerpo de Monkel la pateó, a la par que la ventana se quebraba en cristales minúsculos al pasar Anturión por ella. Detrás de ellos, y entre el polvo de la madera partida, fueron entrando todos y cada uno de los caballeros. Frente a Monkel estaba Aisha, vestida con sus telas más especiales. Era un camisón largo de seda sámpica, uno de los tesoros que se resistió a vender, pues era el vestido que llevó el día de su boda; era suave y de color muy vivo, un carmesí nítido incluso con los años que arrastraba. El ruido de las forzaduras hizo que Aisha se diera la vuelta, mientras Néstor alzaba su vista de la mesa, donde estaba comiendo con voracidad luego de hacía ya mucho, mucho tiempo. Monkel tuvo dos segundos de visión, en los que vio una nube de astillas volando por el ambiente y a una mujer de pelo ralo y negro ataviada con un vestido rojo frente a él. Dos segundos fueron suficientes para ordenar a sus brazos descender con la velocidad de un relámpago sobre ella, y así lo hizo. La hoja de Monkel le rebanó todo el costillar zurdo, mientras que de forma sincronizada, la hoja ancha de Sagunto se le clavaba en el abdomen. Apenas unos segundos después Grembardo segaba de un tajo limpio la pierna de Aisha, a la altura de su rodilla. El pequeño Néstor solo tuvo tiempo de abrir sus ojos y emitir un principio de grito, cuando dos dagas le impactaron en el torso, mientras veía a la armadura de Brawel alzándose del suelo con las manos levantadas y dando un giro perfecto a su mandoble, para soltar toda su fuerza sobre el cuello del pequeño. Un golpe limpio y preciso.

El vestido de Aisha ahora lucía con más tonalidades rojizas que antes, brotes de sangre oscura y otros más vívidos que iluminaban el tejido con manchas grotescas. Toda la vivienda era un cuadro de horror y dolor, con salpicaduras que daban paso a charcos, y con dos cuerpos tirados en el suelo amputados, atravesados y descuartizados por un pelotón de la muerte.

Lentamente iban abriéndose las rejillas de los yelmos, y los ojos de los caballeros iban viendo con más claridad a su alrededor. La imagen del niño mutilado hizo temblar a más de un brazo, aunque no llegaron las lágrimas a esos ojos que tanto habían sufrido ya. Frente a la mujer estaban varios de los caballeros divagando e incluso felicitándose, hasta que llegó el comandante.

—Sacadla, y al niño también, y enterrarlos según el rito que aquí tengan. Dejad diez átlidos a sus familiares o al pueblo en sí, por el dolor causado.

—¿Enterrar a una maga, mi comandante? —dijo con sorpresa Colhad —Es un gran pesar el daño al niño, mas la maga fue sorprendida a tiempo y ajusticiada con rapidez.

—¡No le dio tiempo ni a abrir su boca para conjurarnos nada! —gritó con voz de ánimos Grembardo.

—Esta no es la maga que buscamos —sentenció sir Savior de Orleans, mirando fijamente las partes ensangrentadas de Aisha—. Esta mujer era una habitante del pueblo, y ese de ahí, según parece, es su hijo. La maga, si estuvo aquí ya no está. Hemos llegado tarde.

—¿Estáis seguro, comandante? —preguntó Colhad—. ¿Estáis seguro de que no es la maga?

—Totalmente, hermano de armas. Un mago no se separa de su báculo, que no veo por ningún lado, y la maga que buscamos es de pelo violáceo y de facciones élficas. Aparte… mirad esas manos callosas y cansadas, y mirad ese rostro arrugado y castigado por las labores diarias. Un mago no refleja ese cansancio, sino una piel límpida y firme. No… ésta no es la maga que buscamos, ni mucho menos. Ocupaos como os he dicho de los dos cadáveres. Brawel, Mitíades, traed las monturas y el equipamiento, nos vamos nada más estén enterradas. La maga debe estar cerca.

CAPÍTULO 2: SOMBRAS DE LA VIDA

Los vientos del Sur acompañados de esas lluvias de gotas frías eran el indicio evidente de que la estación fría aconteció, esta vez con una temperatura más baja de lo normal. Vaiel, a sus 22 años de edad por cumplir en quince días, comenzaba su labor diaria en las granjas circundantes del vecindario. Ayudaba limpiando las porquerizas y los establos, asistiendo en el pastoreo del ganado ovino para llevarlo a abastecerlos de agua a seis kilómetros, y en general a casi todas las labores que se le encomendaban. Su padre, deshollinador de toda la vida, apenas se mantenía hábil debido a una afección pulmonar que le hacía sangrar a cada tosido, causado por tantos años expuesto al hollín. Ello llevó a Vaiel a ponerse a trabajar desde muy temprana edad, y aunque los vecinos lo apoyaron dándole varias oportunidades, el pago era ínfimo. No eran tiempos de guerra, pero los diezmos del marqués de Ausper la Mayor apretaban con fuerza a los ciudadanos y la pobreza se dejaba ver por los barrios más alejados de la Corte.

Ausper la Mayor era la capital de la región septentrional de Ampiria, una tierra rica en minerales de plata y carbón, y alfombrada con una vegetación de árboles centenarios y tierra húmeda. Los mares de Caritrea y Albatros acariciaban las costas Norte y Sur desde un manto infinito de mar salada, unos mares que desde la Segunda Cruzada Verde de Trivoiteres no volvió a traer nada, ni bueno ni malo. La ciudad estaba regida por Brovián "el vizco", apodo que no le provenía por ninguna deficiencia visual, sino por su título anterior de vizconde que mejoró al de marquesado luego de mucho tiempo, aunque para el pueblo -de ideas fijas- seguía siendo el eterno vizconde. Vaiel apenas tenía seis años cuando lo vio por primera y única vez. Se celebraba la festividad de la cosecha, y el entonces vizconde se paseó por las calles centrales arropado por la guardia de cruces, llamados así por el trazado irregular del tabardo que vestían, una guardia de élite. Fue en la fachada de la catedral de la Misericordia donde lo vio y escuchó dar su discurso de ánimos a los ciudadanos por un trabajo bien hecho y porque los días venideros fueran más fructíferos aún, además de dar inicio a los festejos de la cosecha, regando todo con vino a raudales y comiendo mazorcas, cereales de todo tipo y miantes, una mezcla de varios tipos de cereales que ayudaba y entonaba la virilidad, según decían los más ancianos.

El pequeño pueblo donde vivía Vaiel, Manantial de Munros, sobrevivía ajeno a todo eso. Era un pueblo apartado y olvidado. No era un lugar de encuentro ni frecuentado por comerciantes, y la mayoría de los viajeros que transitaban por la zona evitaban parar aquí. Había pueblos cercanos que ofrecían mucho más que éste.

En la plaza central estaba sentado el gran Trelbos, un anciano que combatió en la tercera cruzada de los rojos, una cruenta batalla en la que los supervivientes acabaron aquejados de dolencias tanto físicas como mentales. El gran Trelbos padecía de un humor cambiante muy pronunciado y tan pronto te acariciaba con sus palabras como te profería en gritos un insulto.

—Buenos días, Vaiel. A ver cuándo te cortas el pelo, que pareces una oveja —dijo el gran Trelbos, con una sonrisa amigable desdibujada entre sus numerosas cicatrices y arrugas típicas de un hombre de setenta años.

—Buenos días tenga su merced Trelbos —respondió Vaiel, mientras paraba a su vera y tomaba aliento—. Con el frío que hace me viene bien el pelo espeso ja, ja.

—Cómo se nota que no has estado en la guerra. Dormíamos con piojos y garrapatas tan grandes como una lenteja, y con esa mata de pelo tendrías un problema de narices. Por cierto, ¿cómo está tu padre?

—Anoche tuvo otro ataque fuerte de tos y esputó de nuevo sangre.

—¿Mucha? ¿Era roja o marrón? —dijo el gran Trelbos, mientras se sacaba de su zurrón una pipa de madera desgastada y la cargaba con hojas de tabal.

—Era de color rojo viva y muy líquida, y en total podría llenarse un puño. Esta mañana se encontraba respirando con dificultad, pero más tranquilo.

—Lo siento mucho Vaiel... tu padre es un buen hombre, ha sufrido mucho en su vida, malos tiempos le tocó vivir y aun así te sacó adelante él solo.

—Lo sé, Trelbos, solo espero que se recupere con la entrada de la estación cálida, en unos meses.

La mirada del gran Trelbos no otorgaba muchas esperanzas al deseo de Vaiel, como si estuviera sentenciando a su padre a morir en breve. Frunció el ceño y dio tres caladas rápidas y profundas a su pipa, mientras se desentendió de la conversación y empezó a balbucear algo para sí mismo.

Vaiel siguió su camino para comenzar sus labores, primero ayudando al herrero en el cambio del agua de la cuba, luego en la taberna de "Mil Flores", reponiendo también varios litros de agua de los establos, y por último en ir a la casa de Ruán de Albatros, un anciano rodeado de pergaminos y tinta. Antaño fue un caballero, sin mención remarcable ni batalla honrosa, pero sirvió con esmero a su señor. Los días se hacían pesados y repetitivos, quizás demasiado para un joven como Vaiel, mas las prioridades en estos tiempos de necesidad mandaban. Afortunadamente, las horas pasaban más raudas de lo que parecía entre viaje y viaje a por agua al manantial, y el Sol se ocultaba a horas tempranas en esta estación.

En la posada vio a Dévora de Vohm, una mujer de busto fino y dulce, con un rostro encandilador, algo que le servía muy bien en su "trabajo", pues se dedicaba al pillaje en todas sus variantes. Era capaz de plantar escaramuzas victoriosas entre ejércitos enemigos, misiones de espionaje en ciudades y cortes nobiliarias, planear emboscadas en lugares complicados para tal hecho... y no en vano el marqués Brovián la reclutó entre sus filas para su servicio. Según se decía, la pagaba muy bien, algo que era notorio en la calidad de sus vestimentas y armas, así como en su nivel de vida. A Vaiel lo conocía de casualidad, cuando una noche se lo encontró con problemas en un callejón. Salió de entre las sombras y tumbó de cuatro golpes al grandullón que le estaba molestando. Entonces, él era un niño de apenas doce años y ella una mujer de veintidós recién iniciada en su disciplina. Si bien

Vaiel la miraba con ojos enamoradizos, Dévora -conocedora de esa verdad- le correspondía de forma sonriente y siempre le mantenía una mueca amable, aunque nunca llegaba a más.

Como siempre, Dévora estaba en una esquina de la taberna, bebiendo cerveza del lugar y sumida en sus pensamientos, con sus ojos verdes abiertos de par en par mirando hacia un punto imaginario. Nadie la molestaba, su conocida fama y la protección del marqués eran valores suficientes como para evitarla.

Vaiel estaba hablando con el posadero, cuando Dévora le saludó desde su posición.

—Un rostro inocente entre tanto tumulto. Saludos Vaiel, un placer veros luego de tanto tiempo.

—¿Dévora? ¡Oh…! Qué grato veros de nuevo… sí, hace ya tiempo, fue hace… hace mucho… se os ve muy bien, quiero decir, muy hermosa —las palabras se le atragantaban en la lengua como si fueran a salir de un golpe todas, llegando a decir solo frases inconexas.

—Cierto es, y la última vez también traíais agua para esta posada. Un trabajo que os va a fortalecer mucho los brazos y la espalda, sin lugar a dudas. Se os ve mucho más fornido.

—Gracias… sí, bueno, algo pesa, pero la verdad no es mi intención ja, ja ¿me imagináis con una espada combatiendo contra enemigos? —dijo Vaiel, mientras empezaba a girar sobre sí mismo moviendo el palo de una escoba que cogió ahí cerca.

—No, la verdad es que no os imagino haciendo tamaña hazaña, ja, ja.

—No, claro que no, ja, ja —dijo mientras dejaba el palo en su sitio y bajaba la cabeza de forma inconsciente, con un poco de vergüenza—. ¿Qué tal estáis, Dévora? ¿Cómo os va? Me alegra mucho volver a veros, siempre sois un viento fresco —sonrió porque por esta vez le salió una frase medio decente.

—Ya sabéis… ando por aquí y por allí, pero estoy segura de que saberlo decrecería vuestro interés en mí y no queremos eso ¿verdad? —le dijo medio susurrando, un acto de seducción que sacaba involuntariamente en sus conversaciones—. ¿Cómo está vuestro padre?

—Pues mal, la verdad, bastante mal. Está esputando mucha sangre y le cuesta levantarse. Por las noches suele tener dolores punzantes fuertes en el tórax y aunque le estoy dando cárcama, parece que no remiten.

—¿Cárcama? Quizás no sea galena, pero le vendría mejor raíz de ultrumita con aceite balsámico de Igg.

—Sí, eso mismo me dijo Cardigan, el galeno del pueblo, mas no tengo suficiente para hacerme con dichos medicamentos. El aceite balsámico está a un precio muy alto como para poder adquirirlo.

—Bueno, no siempre vais a tener mala fortuna, Vaiel. Tomad estos átlidos y compradle lo que os digo, y si no lo sana, que al menos calme su dolor.

—No podría Dévora, me resultaría muy embarazoso. No puedo aceptar dinero de vos, es humillante para mí, soy un varón y estoy ya en una edad adulta… y debo ser capaz de afrontar mi vida y no de ser mantenido por vos.

—¿Mantenido decís? ja, ja, ja solo os estoy dando estos átlidos para ayudar a vuestro padre, solo es eso, aunque entiendo vuestra postura… ya no sois aquel niño que jugueteaba con una espada de madera. Ahora sois un hombre y queréis comportaros como tal. Respeto vuestra decisión.

—Os lo agradezco de todas formas, Dévora —le dijo con algo de pena de no poder aceptar esos átlidos, que tan bien le hubieran venido.

«Maldita vergüenza», pensó para sus adentros.

—Si queréis os puedo contratar por un trabajo en el que seguro encajaréis muy bien. De esa forma podría pagaros con fundamento y vuestro padre recibiría la ayuda que…

—¡Vaiel estáis aquí! —interrumpió un joven muchacho que por sus indumentarias delataba ser granjero. Irrumpió en la taberna con brusquedad, y antes de seguir hablando tuvo que parar a respirar varias veces—. He venido apenas he podido desde el pueblo.

—Hormiga, ¿qué sucede? —todos en el pueblo le llamaban así por su pequeño tamaño y su complexión tan esquelética—. ¿Ha pasado algo?

—Vuestro padre, Vaiel… estaba fuera sentado en su mecedora y se ha caído al suelo. Estaba vomitando mucha sangre, Vaiel.

—¿Dónde está ahora? ¿Habéis llamado a Cardigan?

—Creo que sí, han ido por él, pero…

—¿Cómo que crees que sí? Vamos, rápido, Cardigan sabrá tratarle hasta que se calme un poco su mal.

—Aguardad Vaiel, echaba mucha sangre, estaba todo su rostro empapado…

—¡Maldita sea, Hormiga! —dijo enfadado Vaiel, interrumpiendo nuevamente a su amigo—. ¿Quién está con él ahora?

Hormiga, respirando aún con fuerza, miró al suelo algo entristecido sin nada más que decir, a lo que Vaiel dio el primer paso hacia la puerta de la taberna con ambos puños cerrados en una mezcla de ira y nerviosismo. Una mano se deslizó rápidamente sobre su brazo zurdo, agarrándole con fuerza. Era Dévora.

—Detente y respira, Vaiel.

—¡Dejadme Dévora!, Mi padre me necesita.

—Debéis calmaros. El nerviosismo os está haciendo perder el control…

—¡Qué me soltéis! —gritó con fiereza Vaiel, apartando la mano de su captora—. ¿Es que no lo habéis oído? ¡Mi padre me necesita!

—No, Vaiel. Sois vos quien necesitáis a vuestro padre. Él ya no os necesita.

Los ojos de Vaiel se volvieron vidriosos, y unas lágrimas pesadas acontecieron como dos ríos por sus mejillas. Sus cuencas oculares se volvieron rojizas y sus manos cerradas se abrieron temblando.

—No… decidme que no… ¡Hormiga! ¡Hormiga mírame y dime que no…!

Hormiga se sentó y se puso ambas manos sobre los ojos, tapándose un sollozo de tristeza y dolor. Vaiel ya no podía tener más dudas sobre la noticia que le traía realmente su amigo, la muerte de su padre. Ahora fijó su vista en Dévora, que le contemplaba con firmeza y rectitud. Habían desaparecido esos rasgos de ternura que antes mostraba. Quiso decirle algo, pero no logró articular palabra alguna, esta vez a causa de su compungido dolor.

—Lamento mucho vuestra pérdida, Vaiel, aunque debéis alegraros porque su sufrimiento ya acabó. Es mejor morir en alegría que padecer de estigmas durante años, mientras te vas consumiendo y degradando —le dijo Dévora, intentando suavizar el momento.

Vaiel juntó ambas cejas, inquiriendo compasión. Su padre había muerto, justo ahora, y le estaban diciendo que era lo mejor que podía pasarle, que debía alegrarse. Pues no... No se alegraba en absoluto, se sentía miserable y perdido. Seguía sin poder decir nada y notó como sus rodillas le fallaban, hasta acabar sentado en una silla. A su alrededor había dos o tres personas, entre ellos el tabernero, con rostro de compasión.

Dévora miró de soslayo hacia la gran ventana que daba hacia la plaza y recogió al instante un zurrón que reposaba sobre su mesa. Se lo colgó y se detuvo unos segundos frente al decaído Vaiel, que tenía su rostro hundido en el suelo, con lágrimas colgándole en un continuo goteo.

—He de irme ya, Vaiel. Sed fuerte y tomad esto —se quitó un colgante plateado que reposaba sobre su cuello, algo valioso sin lugar a dudas—. Si necesitáis ayuda contactadme y con gusto os ayudaré, si está en mi mano.

Vaiel ni la miró. Ahora se le agolpaban cientos de momentos vividos con su padre, imágenes que le castigaban el sentimiento de afecto. Varias manos reposaban sobre su cuello. Dévora depositó su colgante en el bolsillo frontal de la chaqueta de cuero de Vaiel y sin decirle nada más, volvió a fijar su mirada hacia fuera de la taberna. Con paso firme salió de la misma, coincidiendo con un grupo de cazadores que entraban, de vuelta de su cacería.

«Siento tener que dejarte así, Vaiel, pero el deber me llama. Llevo muchos días persiguiendo a este desgraciado como para permitir que se me escape ahora —pensó la ladrona, mientras se tapaba el rostro con la capucha de su capa—. Nos volveremos a ver, Vaiel, mucho ánimo. Me ocupo de éste desgraciado y vuelvo contigo».

CAPÍTULO 3: INDICIOS DE LOCURA

En la taberna del manantial de Munros vio pasar a su objetivo, un hombre de mediana edad con unos rasgos identificativos que casaban perfectamente. Barba raída y ladeada ligeramente hacia la izquierda, pelo rojizo a la luz, ojos grandes y negros, y una leve cojera disimulada en sus andares. Los informadores le llevaron a conocer a este ciudadano, de nombre Casimiro Bex, un cardador que también negociaba con tabal mezclado con hojas comunes.

El tabal era una planta complicada de cultivar por sus características especiales, pues requería de una alcalinidad específica en la tierra y de un ambiente húmedo pero sin muchas lluvias. Además, la luz debía estar presente, mas no en contacto directo. Por otro lado, su extracción se hacía muy lenta, pues cada tallo daba una o dos hojas útiles, del tamaño aproximado de una palma. Más o menos, cada cinco hojas se obtenía suficiente triturado para cargar una pipa. Sin embargo, corrían multitud de comerciantes que traficaban con sucedáneos de tabal, o incluso lo mezclaban con hierbas verdes para sacar el doble de una partida.

Dévora persiguió a Casimiro durante varios días más, el tiempo que tardó la caravana de viajeros en llevarles desde Manantial de Munros a la capital. Estas caravanas abarcaban un aforo de hasta diez viajeros en su interior y no eran baratas, pero eran tiradas por seis caballos veloces, lo que hacía que el viaje fuera muy rápido. Dévora, al ver que Casimiro se montaba en dicha caravana, no dudó en hacerse hueco también en ella y disimuladamente viajar con él y otros tantos desconocidos hasta llegar a Ausper la Mayor. Necesitaba saber cuál era su cubil y dónde se ocultaba en la capital.

Ausper La Mayor era un laberinto de callejuelas, senderos de tierra, cubiles repartidos por casi cualquier esquina y miradas esquivas por doquier. Sobre todo si uno transitaba por el barrio antiguo, que componía casi el 70% de toda la capital. La parte moderna tenía calles adoquinadas y muy anchas, con jardines y estatuas gloriosas abanderando al castillo del marqués de Brovián. Dévora se movía como pez en el agua entre los barrios bajos. De hecho, ella creció y vivió su juventud en las chabolas del Este, unas viviendas elaboradas en cáñamo, esparto y suelo de tierra. La calle fue la escuela que le enseñó cómo ser una hábil dueña de la noche.

Casimiro se camuflaba bien entre la multitud de esos barrios, pues sus vestimentas y formas eran del estilo del resto. Un caballero de ropajes brillantes o una dama ataviada con vestimentas de materiales sedosos sería como un rayo de luz en la noche más opaca, pero él vestía de forma más mundana. Dévora, aunque vestía con elegancia y porte de mujer hermosa, llevando siempre pantalones ajustados y chaquetas cortas que dejaban adivinar su cintura, pasaba desapercibida con facilidad. Usaba mucho los colores oscuros, y cuando caminaba, lo hacía aprovechando las esquinas y las sombras que formaban las techumbres. Era como una habilidad innata que tenía, la de no ser vista incluso estando frente a su objetivo.

Le siguió hasta un burdel, donde Casimiro se detuvo, sacó una bolsita raída que colgaba de su pecho y sonriendo, entró por sus puertas.

«A satisfacer tus necesidades ¿eh, Casimiro? —se decía Dévora, mientras contemplaba detenidamente el burdel en cuestión. Ella tenía la capacidad de ver lo que una persona normal no veía, como distintos accesos a las puertas, puntos de escape en caso de necesidad e identificar al personal que allí podría trabajar, aunque no estuvieran identificados como tales—. En tu saco no había más de 10 romanceros, ¿a qué juegas ahí dentro? No te puedes pagar ni a una cabra para que te excite, pero aun así te permites el lujo de entrar ahí...»

Pacientemente esperó fuera, viendo como los minutos se solapaban hasta que se cumplió la hora. Una hora ya era demasiado para un lugar como ese, donde las putas del lugar sabían cómo hacer que un hombre se excitara lo antes posible para llevarlo a su clímax y de esa forma tener tiempo para el siguiente.

«Tardas demasiado Casimiro… tardas demasiado… —se repetía una y otra vez la ladrona, dando ya un par de pasos hacia la dirección del burdel—. ¿Por qué has entrado ahí? ¿Acaso traficas ahí dentro con tabal y te hacen un precio especial para que te diviertas?»

Y allí estaba, pasando frente a las puertas para ver un poco el interior antes de colarse, cuando Casimiro justo salió. Dévora le lanzó esa mirada fulminante que tanto sorprendía a sus allegados, con la que te examinaba en un par de segundos y te relataba todo tipo de indicios ocultos para ojos no experimentados. Casimiro pasó casi rozando a Dévora, tomando el camino Sur, y apenas notó un aroma a sándalo fresco, muy dulce al olfato. No obstante, no le prestó la atención que merecía, pues salía de un burdel donde las putas usaban ese tipo de elementos como reclamo. Pero Dévora no era ese tipo de mujer, sino una segura de sí misma y que finalizaba el trabajo que se le ordenaba realizar.

«Casimiro, Casimiro… así que has cobrado dinero ¿eh? Y además te han dado algo más que pesa mucho…»

En efecto, denotó que la bolsa donde guardaba su dinero abultaba sustancialmente más a través de la camiseta que llevaba. Sus botas estaban misteriosamente más limpias que cuando entró y la cojera que tenía en sus andares ahora le azotaba con más fuerza. Esa bota, la de la zurda, sin lugar a dudas ocultaba algo en su tacón o en algún sitio de la suela. Quizás tuviera algo que ver con su investigación, aunque esto se ponía interesante, sobre todo porque igual no tenía ni que hablar con Casimiro para saber si él era su objetivo. No obstante, continuó con su persecución en la distancia, hasta verle entrar en una vivienda en el embarcadero de pescadores.

Ya estaba atardeciendo, y Dévora se empezaba a dar cuenta del hambre que tenía. Decidió sentarse en el suelo, cerca de una pared con restos de maderas putrefactas típicas del muelle. A unos metros, un cuchitril vendía pescado del día, cocinado a fuego vivo. El cocinero era una especie de marinero retirado, viejo y torcido, pero que se resistía a desprenderse de sus hábitos de marino. Le miró con los ojos prácticamente cerrados por la fuerte luz de la tarde y porque Dévora estaba a contraluz, aunque oyó que ésta le dijo:

—¡Dos sardinas en su punto, cocinero!

—¿Desea patatas o garbanzos también? —le respondió el marino, tapándose la cara para intentar ver quién rayos era esa mujer.

—Sí por favor, una ración de patatas bien salpimentada y dos puñados de garbanzos. Con esto tendréis de sobra, espero —Y le deslizó un átlido rodando de forma perfecta hasta recorrer los cinco metros de separación y chocar con el pie del perplejo cocinero.

—¿No tenéis romanceros? No tengo tanto cambio para...

—No os estoy pagando por la comida, marino, sino por vuestra experiencia y ubicación —le interrumpió Dévora—. ¿Veis aquella casa de tejas ennegrecidas y puerta vallada?

—La veo —dijo el marino algo atónito aún de tener un átlido en su mano y no saber por qué exactamente.

—Ahí vive un tal Casimiro Bex, ¿cierto? Ya sabéis, un hombre de barba torcida y que cojea como una gallina en sus andares.

—Ja, ja, ja, sí, sé a quién os referís —dijo riéndose con unas carcajadas algo rotas de tono—. Vive ahí con su hermano desde hace cosa de un año, más o menos. ¿Dos sardinas dijo?

—Sí, dos serán suficientes. Y dígame, ¿son de igual tamaño y forma o tienen algo en peculiar que debería saber si, por ejemplo, quisiera comérmelos?

—Ehh... ¿habláis de los peces? —dijo el marino con duda. Este era un juego muy típico de Dévora, dar ironía a sus conversaciones provocando sonrisas amigables, de forma que presentaba acercamiento y confianza.

—Sí, por supuesto... ¿y de qué sino? ¿De comerme a los dos hermanos?

—Ja, ja, ja... sois una mujer muy curiosa, no os había visto nunca por aquí. ¿Venís de las tierras del Norte?

—No, vengo de aquí mismo, y es bueno saber que no me habíais visto antes, aunque vos no sois capaz de ver mucho ya a causa de vuestra edad, así que no me sorprende.

—¿Cómo decís? Sabed que yo fui vigía en el Albatros de Sal y fui tripulación de los bucaneros rojos. Mi vista puede estar mermada, pero puedo ver más de lo que creéis. ¡Y decidme qué hago con este átlido que me habéis dado, que ya os he dicho que no tengo cambio para esto! —se le veía bastante más nervioso y quizás algo enfadado cuando le tocaron el tema de su visión.

—Calmaos marino, no era mi intención ofenderos. Ese átlido es vuestro, como os dije antes —respondió Dévora de forma comedida, sin apartar la vista de la casa de Casimiro.

—Pero ¿por qué? No os entiendo, ¿me pagáis esto por dos sardinas y unos garbanzos?

—...y unas patatas bien sazonadas, según convenimos. Digamos que es mi pago por usar vuestra vista de lince, de la que tanto presumís.

—¿Mi vista?... ¿a qué os referís?

Dévora se levantó y se acercó al marino. A contraluz, Dévora era una figura desdibujada y parpadeante que iba flotando. El marino no pudo evitar dar un paso hacia atrás hasta que Dévora llegó a su altura, con una sonrisa perfecta cincelada entre sus comisuras. El impacto visual fue tremendo, ver salir a tamaña belleza de esa luz dejaba a todo hombre perplejo y sin habla. Dévora acercó sus manos a las del marino, que no sabía bien cómo actuar, y le cogió las sardinas ensartadas en un palo que sujetaba.

—Parece que ya están en su punto ¿no? —expuso con su voz sensual—. ¿Y éste es el puré de garbanzos y patatas? —continuó diciendo, mientras metía un dedo en el mismo y lo chupaba de forma libidinosa.

—Tenga vuestra merced a bien tomar el que quiera... estáis pagada de sobra y permitid que os diga que sois una mujer preciosa.

Ahora el marino sonreía con una mirada de fascinación. Dévora lo tenía ya ensimismado en el punto perfecto como para atacar de forma más directa.

—Decidme, marino, ¿el tal Casimiro y su hermano comen también por estos lugares o se codean con otra gente?

—No, aquí nunca, esa gente son gente de poco fiar. Deberíais olvidaros de ellos.

—¿Son traficantes de tabal?

—¿Tabal? No... olvidadlos mejor.

Algo falló. El cocinero dispuso en un cuenco el puré de garbanzos y patatas mientras se lo daba a Dévora, esta vez sin mirarle a los ojos. Hecho esto, se refugió bajo un techo de palmito mirando hacia un punto imaginario.

«¿Qué ha pasado aquí?», pensó hacía sí misma la ladrona, antes de preguntarle directamente.

—¿Os he dicho algo incorrecto, cocinero?

—No, no, pero hacedme caso, no os juntéis con gente así. Vos sois una mujer muy hermosa y se nota que tenéis mucha clase, pero no estoy tan ciego como os dije. Habláis con mucha gracia y tenéis la clase de una noble. No sé bien quién sois ni de dónde salís, mas estas calles por la noche son peligrosas. Volved mejor de dónde habéis salido y olvidaos de la gente de aquí.

—Pero yo no busco a la gente de aquí, mi buen cocinero, sino a esos dos que habitan allí.

—¿Para qué, si puede saberse?

—¿No me preguntasteis antes repetidas veces por qué os daba tanto dinero? Pues por vuestro silencio, entre otras cosas.

—Entiendo. Sois del marqués ¿verdad? Trabajáis a su servicio.

—Aplaudo vuestro ojo crítico, aunque me apena ver cómo intentáis formar vuestra leyenda forjándola en mentiras.

—¿A qué os referís? Yo no os he mentido en nada, solo os he dicho que mejor os vayáis de aquí, por aquí corre gente que a una mujer como vos os podrían hacer daño.

—Dejad que yo me preocupe por mi bienestar, y la próxima vez habladme de un navío que no fuera hundido hace 85 años en la región de Gramines, como fue el Albatros de Sal. Y sabed que todo miembro de los bucaneros rojos ostentaba un tatuaje en el antebrazo con su insignia, algo que vos no. Así pues, y como podéis ver, tengo ya las sardinas a medio acabar y aún espero que seáis educado tras el pago.

Se hizo un silencio abrumador. El viejo marino la miraba ahora con desdén, con rabia incluso, pero no sabía bien cómo actuar.

—No me miréis así, con tanta rabia. ¿Acaso algo os ata para no querer ayudarme?

—Sois lista, muy lista, y sabéis hacer daño, no me cabe la menor duda. No os importa nada ni nadie ¿verdad?

—Aprendí a llorar solo por mí y no por los demás.

—Si no queréis hacer caso a mis consejos, en vuestra mano lo dejo. ¿Os ha gustado la comida?

—Le hubiera puesto algo más de sal, mas tenéis buen toque con los fogones.

—Casimiro… no sé a qué se dedica, ni él ni su hermano, pero sí tengo ojos y veo cosas, y también tengo oídos y oigo cosas. Hace tres noches desapareció una niña de no más de un metro de altura, una niña de tirabuzones rojizos y mofletes con pecas. Se llamaba Rociada y su padre ha acabado ahorcado por el dolor. Su madre murió hace ya unos años. Una gran pena…

—¿Acaso esa chica es hermana de esos dos?

—No, amiga, no. Esa niña fue vista entrando hace un día ahí dentro. Según he escuchado, sucedió por la noche ya cerrada. Uno de los hermanos Bex llegó a casa con la niña agarrada de la mano, que andaba como hipnotizada, tambaleándose hacia un lado y hacia otro. Drogada, vamos.

—Me estáis diciendo que esa pobre niña está ahí dentro raptada y no habéis dicho nada a…

—¿A quién? —interpuso el cocinero—. ¿A la caballería del marqués? ¿Al senescal? Imaginadme a mí, este viejo pordiosero que pesca y tritura garbanzos para malvenderlos en el puerto, yendo a ver al barón para decirle que han raptado a una niña pequeña y que creo saber dónde está cautiva. Ja, ja, ja ¿os digo por dónde me sacarían del castillo? Ja, ja, ja. En la corte tienen otros problemas como para preocuparse de una simple desaparición, y veo en vuestros ojos que me entendéis.

—Quizás el barón no pueda hacer nada, ni la estruendosa caballería tampoco, mas os aseguro que esta pícara sí. Gracias por vuestra compañía y no os entretendré más. No os preocupéis por vuestra seguridad, pues nadie sabrá de esta conversación y mucho menos esos dos.

—No me preocupan esos dos, sino más bien vuestra persona.

—Pues desprendeos de ese peso. Agradezco las sardinas y os deseo buena ventura en el futuro. Yo tengo trabajo esta noche —dijo Dévora, mientras se colocaba su capucha que le llegaba más allá del flequillo.

—Aguardad —le dijo el viejo cocinero—. Aún tengo que pagaros por este átlido.

—Ya estoy pagada.

—No, aún no. Lo estaréis cuando os diga que desde que llegasteis hay un hombre observándoos. Nos os ha quitado la vista de encima, por ello os decía que mejor os fuerais a casa.

Si algo le molestaba y le dolía a Dévora era ser sorprendida en su propia labor. Que una espía fuera espiada no resultaba en nada agradable. Sin terciar su rostro ni moverse de su posición, volvió a sentarse.

—¿Y sigue aquí? ¿Le veis?

—Por supuesto que le veo, ahora mejor que antes de hecho. Está a diez metros a vuestra espalda y se os está acercando.

—¿Podéis decirme si va armado? ¿Veis si viste capa o cota de algún tipo?

—Olvidaos de esas preguntas, mi señora. Ya es tarde para esa opción. Os lo advertí, pero preferisteis quedaros aquí. Ese hombre se hace llamar por aquí el Búho y es como vos, un hábil ladrón. Pero él no combate por una bandera, sino por su dinero o su condición. Muchos dicen conocerle, aunque nadie puede asegurar quién es de verdad.

—Conozco la leyenda del Búho. Me agrada saber que al fin me encuentro con él —respondió Dévora, con voz más tranquilizadora—. Ya tenía ganas de conocerle.

—Pues aquí me tenéis, hermosa doncella —dijo el misterioso personaje de ropajes de cuero de bovino con numerosas bolsas y bolsillos. Su rostro estaba medio tapado por una capucha del tamaño de dos cabezas—. Estoy seguro que podréis sacar un rato para charlar un poco y conocernos mejor.

—¿Y si os digo que estoy algo ocupada ahora?

—Lamentaría mucho oír eso.

—¿Hasta qué punto lo lamentaríais? —dijo Dévora, mientras giraba 180 grados y se ponía frente a frente a su interlocutor. Ambas miradas iban cambiando según las distintas respuestas que se iban dando en sus señales. Abrían más los ojos, los entrecerraban, los apagaban... —. ¿Qué teméis, Búho? ¿A que sea una pantera hambrienta?

—Ja, ja —sonrió comedidamente el Búho—. Más bien temo que seáis un halcón, capaz de volar y ver en la distancia pero no de percatarse de los peligros cuando está pisando la tierra.

—¿De verdad supongo algún tipo de amenaza para vos? Mucho lleva sonando vuestro nombre por la Corte, cual hábil justiciero que lucha por el pueblo, y se ha puesto precio a vuestra cabeza en todo el reino, aunque no es mi labor perseguiros. Tenéis vuestro código y vos sabréis ante quien lo aplicáis.

—Lo sé, Dévora, lo sé. En el fondo sois un alma torturada que llora el no poder haber tenido una vida más acorde a vuestra condición de mujer. Haberos casado y haber formado una familia con niños a los que llamar hijos. Fuisteis arrastrada a una vida en la calle que os enseñó con crudeza el dolor y el sufrimiento, y habéis aprovechado las circunstancias para labraros un nombre y una reputación. No obstante, permitidme que os baje de esos cielos de grandeza y os ponga aquí, en la tierra, donde más depredadores hay. Y vos sois una presa que ya está merodeando demasiado tiempo por mis territorios.

—No sabía que esta ciudad era vuestra —dijo con voz sarcástica Dévora.

—Y no lo es. Es del pueblo torturado y clasificado para ser las hormigas que alimenten a una nobleza acomodada en su mundo de "tenerlo todo sin hacer nada".

—Los nobles nacen nobles y mantienen su condición desde su nacimiento. ¿Acaso queréis romper esa Ley que durante siglos ha mantenido la cordura en los hombres? ¿Qué sería de los reinos sin reyes que los gobiernen, estamentos de caballería rotos sin líderes a los que defender y un pueblo que lidiaría con los problemas diarios a base de imposiciones y fuerza? Estáis hablando de formar el caos, una idea que solo los locos poseen.

—Es un apodo que muchos me han puesto, mas no me enturbia. Vos solo me habláis del caos, mas no entendéis nada. No es tan simplificado como decís. Yo hablo de un gobierno regido por un senado, todo regido por el pueblo y para el pueblo. Pero sabed mi estimada pícara, que no estamos aquí para darnos clases de creencias ni de política. Abandonad vuestra investigación sobre el camafeo. Si requerís de pistas falsas para que vuestros superiores estén contentos, os ayudaré en ese sentido.

«¿Camafeo? —se preguntó a sí misma Dévora, intentando ordenar las piezas del puzle que se le venía encima—. ¿De qué camafeo me está hablando éste? Sea como sea tengo que ir con cuidado, no me gusta esta situación, igual me está emboscando con más gente...»

—¿Cuento con vuestra palabra de no volver a molestarme, pues? —le insistió el Búho.

—¿Qué tiene que ver con el camafeo, los hermanos Bex? —le preguntó Dévora intentando no descubrir que nada sabía ni del camafeo ni de la relación entre ambos asuntos.

—¿Cómo que...? Aguardad... No sabéis nada del camafeo... —dijo con voz inquisidora el Búho, llevándose el dedo índice hacia sus labios—. ¿Será verdad que la casualidad os ha traído hasta aquí...?

—Sé algo mucho más importante que vuestra alhaja. Ahí dentro hay una niña raptada y esos dos comerciantes de tabal tienen que responder sobre sus actos.

—Tonterías, no queráis engañar a un timador, hija de la noche —le hizo ademán de andar unos pasos por las calles oscuras de la ciudad, camino hacia los barrios de los oficios. Allí se agolpaban artesanos de todo tipo para crear sus obras de metal, barro, cuero y madera. Dévora asintió caminando a su vera—. Está claro que cada uno sabe lo que sabe y que quizás os he sobrevalorado pensando que estabais al tanto de mi preocupación. Y no ha sido así, y es evidente que ahora os sentís intrigada. Hagamos un trato, yo os entrego a esos dos y sellamos un pacto de silencio.

—¿Hace un momento estabais defendiéndolos y ahora me los entregáis? ¿Qué ocultáis de verdad, Búho? ¿Estáis buscando una forma de sacarme información?

—Oculto tanto como vos, Dévora, y no estoy buscando más de lo que os solicito. Os entrego a esos dos y olvidaos de...

—¡Dejaos de tonterías! —alzó la voz Dévora—. Os he hablado de que esos dos pueden tener a una niña de edad temprana raptada y me habláis de una joya, y luego de constatar que no era mi búsqueda, os bajáis a entregármelos. ¿Es que acaso me tomáis por una cualquiera, sin contactos ni ramas poderosas? Si esa niña está encerrada allí, la pienso liberar esta noche, y a esos dos les caerá el dolor que le hayan hecho multiplicado por diez. Y si estáis metido en algo relativo a eso, más os vale apartaos de mi camino y dejad que actúe como debo actuar, con conciencia y no solo por dinero, como vos.

—Ja, ja, ja, ¿me queréis dar lecciones de humildad, bella Dévora? ¿Vos que cobráis sonadas cantidades de átlidos por respirar? Ja, ja, ja, no difundamos rumores que luego nos vayamos a creer, Dévora. Vos sois quien sois y trabajáis para quien trabajáis, y yo soy de otra ralea. Y aunque os parezca que soy un desconsiderado y que no tengo corazón, esa niña es algo secundario, mas no solo para mí, sino también para vos, pues no veníais aquí sabiendo eso, ¿cierto?

Dévora se daba cuenta de que la conversación iba en contra suya, pues el Búho debía tener un plan con total seguridad. Así lo hubiera hecho ella. En efecto, el camino se volvió más lóbrego, con las viviendas del camino de los oficios apenas alumbrando pequeñas fuentes de luz a través de las persianas de madera ruda y con algunas sombras deslizándose entre los rincones de las calles. Sombras que se desplazaban siguiéndolos. Solo le quedaba hacer algo que no le gustaba hacer: ser sincera.

—Mi trabajo encomendado era otro, en efecto. Casimiro Bex y su hermano están siendo investigados por alta traición a la corona. Intentaron envenenar a los infantes del marqués durante la celebración de la fiesta de la cosecha. Me ha costado llegar hasta los dos, pero he podido seguir el rastro que ha ido dejando uno de ellos en boca de unos y en oídos de otros. Y es aquí, cuando llego, que me entero de que tienen raptada a una niña en edad aún joven, ya huérfana a causa de su cautiverio, pues su padre no pudo aguantar el dolor de perder a su mujer y ahora a su niña, y acabó con su propia vida. Nadie me paga por liberarla, lo hago por conciencia propia.

—Ahh… —dijo el Búho con una risa mordaz y un elegante movimiento de brazos—. Esto comienza a ser una historia más creíble, aunque he de deciros que me defraudáis. En nuestra profesión no podemos dejarnos influir por ese tipo de sentimientos. Esa niña tiene la vida que tiene, y aunque creáis que es horrible, conozco historias peores aún, muchas de ellas en las que aparece vuestro abanderado, el marqués de estas tierras. Pero bueno, esas son historias para narrar otro día…

—¿Por qué defendéis a esos hermanos? ¿Por una alhaja valiosa? ¿Acaso no tenéis algo de sentimiento? Y no me esperaba una emboscada como esta… creía que me invitabais a andar por la noche mientras charlábamos entre colegas y no que me trajerais a mi matanza.

—Ellos no harán nada en contra vuestra, no sois mi enemiga, no al menos de momento. Mi intención era hablar y ahora finalmente lo estamos haciendo. Respondedme a una pregunta más, os lo ruego: ¿tenéis acceso a la almenara fronteriza de Yaigón, la también conocida como Roca negra de la muerte?

—¿Qué necesitáis exactamente? Esa prisión es un laberinto incluso para sus reclusos, que nadie sabe cómo es posible que sobrevivan ahí dentro, pues ni se les suministran alimentos ni agua. Se les abandonan dentro y de ahí no sale nadie, es casi un reino en miniatura, con sus propias leyes y formas de sobrevivir. Sí, puedo ir allí, pero entrar desde luego que no.

—Claro, claro, ja, ja —dijo el Búho deteniendo su paso cerca de una fuente. A su alrededor Dévora contó por lo menos cuatro figuras mirando atentamente, posiblemente armadas. Ya estaba buscando posibles huidas, aunque parece que tenían todas cubiertas—. No es mi intención entrar, sino tener acceso a los registros y saber si un varón de pelo rubio, ojos verdes y cuerpo de guerrero entró ahí hace unos meses. Su nombre sería Drigán.

—¿Registro? ¿Habláis en serio? Ahí no hay registro alguno de lo que entra. Si eres sentenciado a ir a Roca negra de la muerte, es porque quieren que desaparezcas del todo, tú, tu nombre y todo lo que representas. Esas puertas nunca se abren hacia fuera, creedme. De hecho te hacen descender a su interior con unos cordajes.

—Mas estoy seguro de que vos seréis capaz de encontrar algo sobre lo que os pregunto. Drigán, acordaos de su nombre y a ver qué podéis encontrar.

—Mucho estáis ya dando por sentado. Unos cuantos secuaces amenazándome no bastará para que os haga tamaño favor, aparte que no creo que tengamos tanta afinidad como para este tipo de petición, ¿no creéis? Si me queréis contratar primero necesito saber por qué investigáis a ese tal Drigán y segundo, que me expliquéis el tema de la alhaja y de los hermanos Bex.

—¿Estáis segura que queréis saberlo, Dévora? Temo que su conocimiento os haga romper los lazos con la corona.

—¿De qué me estáis hablando? —dijo sorprendida Dévora, intentando mirar más allá de esa capucha oscura que le tapaba el rostro al Búho.

—Os hablo de un poder que rebasa lo que creéis conocer. La vida de esa niña, la vuestra propia o la del marqués son insignificantes en comparación. Y no os hablo de su posible valor como joya, sino de su poder. ¿Y si os dijera que no solo su majestad Brovián está buscándolo, sino también el mismísimo emperador, Rog II?

—No os creería. Yo sabría algo de eso, no os quepa la menor duda.

—Dejad que os ilumine un poco, Dévora. Se os encargó dar muerte a Casimiro Bex con un rastro de pistas falsas. Alsino os dijo que vio a Casimiro comprar veneno en la taberna de Latros y el frutero os indicó que le oyó decir que los infantes tenían los días contados y que la celebración de la cosecha sería su último día vivos —Dévora oía con atención y semblante rígido, aunque por dentro no cesaba de temblar al ver que todo había sido un engaño, pues lo que el Búho le contaba era todo cierto—. Fueron pagados y silenciados para que vos siguierais ese rastro y dierais muerte a Casimiro, para eliminar un rastro que sí ha dejado por otro lado y es importante para la corona.

—Pero ¿acaso no es verdad que tanto él como su hermano tienen a la pequeña Rociada reclusa?

—¿Acaso importa, Dévora? ¿Acaso importa lo que os pase a mí o a vos, cuando hablamos de un asunto de mayor calibre? Vos misma tenéis que asentir que el haber sido víctima de tamaño engaño implica que se os está ocultando algo mucho más importante. El tema de Rociada ha sido un hecho apartado, una casualidad por parte de un hombre sin escrúpulos y que merece un castigo, sin lugar a dudas.

—Está bien… creo que entiendo vuestras palabras así como la respuesta que esperáis —dijo Dévora metiéndose lentamente sus brazos bajo la capa envolvente que le cubría. El Búho se puso en alerta—. Y os doy vía libre para que me pongáis al tanto de qué es esa búsqueda tan perniciosa para todos y por la que todos los nobles conspiran contra el resto. Igual me uno a vos o bien mañana se oirá que una mujer fue apaleada hasta la muerte en este lugar, ¿cierto?

—También tenéis la opción que todo conocedor de nuestro oficio posee, intentar una huida, aunque quizás no os sea fácil —dijo el Búho, destapándose levemente su rostro para mostrar a la luz una nariz picuda y homogénea y unos ojos pequeños y oscuros como el carbón.

—La huida no es una opción. Vos bien lo sabéis. Tenéis bien cerrados los flancos así como las vías principales. Seguramente también tengáis en los techos a alguien... y yo no puedo traicionar a mi bandera y al marqués.

—Siento oír eso. Entonces, optáis por desaparecer para siempre, según entiendo. Desde luego tenéis principios, de eso no cabe la menor duda.

El Búho comenzó a dar pasos hacia atrás, también con las manos prestas bajo su capa, como si de un duelo se tratara, aunque aquí la oscuridad lo iba envolviendo todo. Dévora sabía que estaba en peligro de muerte y lo que le dijo acerca de las vías de escape era cierto, no veía clara ninguna más allá del 30% de éxito. Ella era buena escaladora, y la vivienda de la derecha, de ladrillo rudo y ventanal bajo, era fácil de trepar apoyándose en el dintel y el canalón de lluvia. Luego, podría intentar correr por el tejado y alejarse de la escena, aunque si los secuaces del Búho, que se ocultaban en la escena, habían caído en esa ruta y le esperaban allí arriba, la cosa se pondría muy fea.

Sin embargo, la noche quiso brindarle una última carta a Dévora, que se presentó con el ruido de un carromato tirado por dos caballos. El carruaje bajaba por la calle angosta con el ruido que iba haciendo la rueda derecha, ligeramente desequilibrada y que chirriaba a cada vuelta completa. Era un vehículo de madera ennegrecida y con cortinas rojas impidiendo ver su interior, con dos faroles de escasa lumbre cerca de donde el cochero se sentaba. Dévora estuvo atenta mirando hacia los lados y se refugió levemente cerca de una encina longeva de varios metros de altura. Vio como el cochero advertía su posición y cambió su trayectoria hacia ella, acercándose con lentitud.

«Pues parece que había una cuarta opción, mi querido amigo Búho: el azar —pensó, viendo que el carruaje tenía un emblema de dos faroles en ángulo de 90 grados con un pergamino enrollado en su centro—. Quien diría que me encontraría con esta gente por aquí».

—Disculpadme señorita… —dijo el cochero, levantándose el sombrero y bajándose el pañuelo que le cubría desde el cuello hasta la nariz de la tierra e insectos que le golpeaban durante sus trayectos ahí arriba—. ¿Podría usted indicarme si la vivienda de Lord Cranes de Vilios está por aquí? Veréis, se nos ha hecho tarde y nos esperaba esta mañana, mas…

—Conozco a Lord Cranes, cochero. De hecho sabed que no solo soy su amiga, sino amiga también de vuestra cofradía. Los guardianes de las letras merecéis no solo mi aprobación, sino toda mi gratitud por la fantástica labor que lleváis a cabo restaurando pergaminos y legajos perdidos en la historia.

—Eh… ya veo… ¿así que conocéis a Lord Cranes de Vilios? ¿Podría pues indicarme si está cerca su hacienda?

—Con gusto os acompañaré a su vivienda, mi buen cochero. Permitidme subir a vuestra vera y os acercaré en unos minutos, y con dicho viaje me daré por pagada, pues cerca vivo yo.

—Pues… tendría que preguntar a mi señor, aguardad a…

De repente se oyeron tres golpes secos procedentes del interior del carruaje. Estaba claro que era una orden clara y concisa. Dévora ya estaba elucubrando un nuevo plan por si éste fallaba, aunque no le hizo falta. El cochero respondió afirmativamente a que le acompañara, aunque cuando Dévora hizo ademán de subir, el cochero la rectificó, bajándose también él.

—Mi señor desea que nos acompañe con él, dentro del carruaje —le dijo con voz carraspera.

—Agradezco la oferta, que con gusto acepto —no le quedaba otra opción y desde luego no era para desaprovecharla.

Las puertas se abrieron y dentro había un hombre de edad avanzada, con un peinado liso en surcos pronunciados hacia atrás y unos labios muy prominentes. Sus vestimentas eran caras y los accesorios que se veían a su alrededor le situaban en una posición importante. Había unos cuantos libros encuadernados en su asiento, un bastón de madera noble coronado por un cristal rojizo y un sello enorme que reposaba sobre su mano derecha, con el emblema de los guardianes de las letras.

—Por favor, señorita, pase y siéntase —le dijo cortésmente el individuo a la vez que se levantaba y le hacía una pequeña reverencia con el cuello—. Agradezco mucho que venga a bien acompañarnos a la hacienda de Lord Cranes.

—El placer es mío, señor. Lo cierto es que a mí también se me ha hecho tarde en mis trabajos, y transitar por estas calles tan tarde me resulta peligroso. Agradezco mucho la ventura de haberos encontrado.

—Es deber de todo caballero socorrer a la dama —dijo como si estuviera recitando una oración—, aparte que sois afín a nuestro gremio según habéis dicho, o al menos lo conocéis, y eso merece mi atención. ¡Adelante Jeremiah, nos movemos!

—¿Hacia dónde, mi señor? —respondió el cochero, aunque miraba a Dévora

—Ehhhh sí, debéis tomar las dos siguientes vías hacia la derecha para volver a la vía principal y allí seguid durante unos cinco minutos a trote ligero hasta que lleguéis a la catedral de la Misericordia. Allí cerca vive.

El cochero cerró la puerta y allí dentro se quedaron Dévora y su salvador desconocido. El carro, comenzó a moverse lentamente. Dévora se ubicó con puntos de referencia para comprobar que el cochero tomaba la dirección que le había indicado.

—Y decidme, noble señorita, ¿tenéis nombre?

—Me llamo Dévora de Vohm.

—Vohm debe estar lejos de aquí, pues me suena su nombre, mas no lo ubico…

—No existe dicho pueblo ya. Nací allí, pero he vivido toda mi vida aquí, en la capital.

—¿Fue el pueblo víctima de la emigración masiva? ¿Quizás el terreno se volvió agreste para la vida?

—Segadores pútridos, orchis o como los llaméis. Acabaron con casi todos.

—Oh… lamento mucho oír eso, Dévora. Muchos pueblos han sufrido por las guerras, es triste oír de la boca de sus supervivientes las desventuras que pasaron con esos orchis. Atacaron en muchos puntos de Ampiria.

—Sí, fue horrible —dijo Dévora, mientras miraba a través de las cortinas. El Búho la observaba impávido despejando una sonrisa de doble sentido. Ella, le correspondió de igual forma. Esta vez tuvo suerte, mucha suerte.

—Podéis por favor acercarme el libro aquel, el que trata sobre la historia de Ampiria. Creo que era uno de esos. Creo que ahí fue donde leí algo sobre vuestro pueblo.

Dévora cogió los 4 libros y algún pergamino suelto que reposaban ahí cerca y recorrió sus títulos con rapidez: *Teorías de cruces entre especies*, *El infierno de Yay*, *Historias de amor y odio del conde Morhs*, y *Las llagas del devenir*. Volvió a continuación a mirar a través de las cortinas, constatando que ya estaban encaminados por la vía principal y que sus enemigos se habían quedado relegados bastante atrás.

—¿Lo tenéis? —le insistió el hombre—. ¿Tenéis el libro?

—No creo que esté aquí, buen señor. Ninguno de estos tomos hace referencia a la geografía o historia de Ampiria.

—Ahh… ¿estáis segura? —le preguntó nuevamente, mirándola fijamente.

—Sí, lo estoy —le respondió Dévora poniéndose la capucha y atándose la capa con más fuerza, pues ya tocaba bajarse del carruaje—. Supongo que habéis querido ponerme una trampa para ver si se leer, a lo que os he de decir que así es. No creo que hablar sobre el sexo entre los animales, conocer el infierno del tal Yay y los amoríos de Morhs nos diga mucho sobre mi pueblo, no más de lo que ya sé, pues viví allí, como os dije antes. Ahora, si no os importa, decidle a vuestro cochero que me bajo aquí. Para llegar a vuestro destino seguid esta ruta hasta que lleguéis a la catedral. Preguntad ahí, que os dirán cuál es la vivienda.

—Aguardad Dévora, no os vayáis ya, os lo ruego. Lamento mucho la treta que os he puesto, que confieso, mas entended mi sorpresa al ver a una mujer de vuestra ralea que sepa leer. No sabía bien si realmente erais quien decíais ser y que tuvierais conocimiento del gremio que represento, como dijisteis.

—Lo conozco y sí, se leer perfectamente. No obstante igual os equivocáis, pues no soy una prostituta, si es lo que pensáis.

—No, no, por favor, vais a hacer que me ponga rojo de vergüenza. Sé que no lo sois. Vos sois una mujer dedicada a la noche, pero de otra forma. Sois culta, tenéis conocimientos y se observa que sois luchadora y que sabéis defenderos de vuestros enemigos. Perdonadme, y si queréis bajaros lo entenderé.

—Os lo agradecería, señor.

—¡Cochero! ¡Detened el carruaje! —dijo abriendo las cortinas y la puerta—. Permitidme noble señorita, y gracias por vuestra guía.

—El placer ha sido mío —le replicó Dévora, saliendo ya fuera del carruaje y mirando a su alrededor por si habían miradas indiscretas o gente acechándola.

—Por cierto, creo que no me he presentado como debería ante vos, señorita. Permitidme. Me llamo Thernok, guardián de las letras de graduación uno.

—¿Thernok? ¿Vos sois el gran Thernok? —dijo sorprendida Dévora, mirándole fijamente con incredulidad.

—Así es. No sabía que mi nombre era conocido por estos lares, no al menos para que os sorprendáis.

—Y sin embargo me sorprende, Thernok. Que el número uno de un gremio como el vuestro viaje por aquí solo, sin más escolta que un cochero y dos caballos, me resulta cuanto menos intrigante. Pero vuestras razones tendréis supongo…

—Así es, Dévora, y os necesito. Mi vida corre peligro, el gremio fue abatido, todos los integrantes asesinados y los pocos que pudimos huir con algo de lo que pudimos llevar encima, estamos siendo cazados. Os lo ruego, vos que os movéis bien entre la noche y que sois conocedora del ambiente de la capital, asesoradme para poder permanecer oculto.

—Siento mucho lo que le ha pasado a vuestra hermandad, Thernok, mas ese asunto me sobrepasa. Deberíais ir a hablar con el marqués o buscar ayuda entre los vuestros, como a Lord Cranes, al que ibais a ver. Ellos podrán ayudaros más que yo.

—No lo entendéis. Ellos son miembros de ese grupo de caza que nos están matando.

—Repetid eso —dijo con firmeza Dévora, ocultando sus manos bajo la capa.

—Os… os he ofendido… ¿Acaso…? Oh… ¿vos sois amiga de los nobles de esta región? Claro… esos ropajes tan bien curtidos y lo bien que estáis cuidada… oh… lamento haber dicho lo que he dicho… olvidadme mejor, no debería haber…

—No os retractéis de lo que pensáis, pero sí os agradecería que lo argumentarais. No trabajo para noble alguno, yo trabajo para quien mejor me paga, dejemos eso claro.

—Me queda claro, Dévora.

—Y ahora decidme, ¿por qué creéis que van a daros caza? ¿Por qué no buscáis ayuda en algún amigo que podáis tener? Si sois el número uno de vuestro gremio me sorprende que no tengáis contactos.

—Es una historia muy larga, Dévora, mas os la resumiré en una imagen. Buscan una de nuestras investigaciones, la que más tiempo nos llevó. Hemos recorrido continentes más allá de Ampiria buscando los rastros que se dejaron para unirlos todos como un puzle y tener así un lugar y una razón. Lo encontramos, pero hubo una filtración y ahora…

—Perdonadme, pero es tarde y tengo varias cosas que llevar a cabo. Una niña no más alta de esa rueda es víctima de un rapto por parte de dos contrabandistas de tabal y un grupo de mercenarios me han añadido a su lista de *amigos del alma*. Aparte, he de cumplir una misión por la que ya he cobrado un adelanto importante. Os deseo suerte en vuestro camino, mas yo no puedo ayudaros en vuestras búsquedas ni protegeros ante conspiraciones como la que me relatáis.

—Si lo consiguen, toda Ampiria estará en peligro. El Camafeo de Guerón no debe caer en malas manos.

A punto estuvo Dévora de irse, cuando se detuvo en seco. Su mundo se estaba volviendo errático y tenía que poner orden. Estaba claro que ese camafeo tenía algo que ver con su desorden, pues el Búho estaba dándole caza a causa del mismo y ahora Thernok lo ponía como justificante de sus penurias.

—Está bien, Thernok. Decidme, ¿por qué confiáis en mí?

—Confío en vos porque no sé en quién más podría hacerlo. Me quedo sin amigos y siento como el círculo se estrecha alrededor de mi cuello. No os conozco, pero se os ve centrada en la vida, habéis sido educada en la escritura y el conocimiento, y eso hoy en día es un regalo muy difícil de encontrar.

—¿Qué es ese camafeo?

—¿Creéis en el Creador?

—Sí, aunque no soy una seguidora de sus directrices, la verdad.

—Pues si el Creador es nuestro dios y nosotros sus creaciones, el camafeo es el nexo que nos une.

—¿Una reliquia decís? Hay varias de esas, concretamente en la iglesia de la Ventura se vanaglorian de poseer las sandalias del profeta Anubión.

—No, no, el camafeo no es una reliquia más. Su poder estaba aquí descrito, en este pergamino, en las crónicas de Lord Azuleus, su último guardián con vida. Tomad, leedlo y así lo comprenderéis.

El pergamino era antiguo, se veía amarillento y perforado por la parte baja. Aun así, las letras se podían leer con bastante claridad. El Búho tenía razón. Saber lo que el camafeo era cambiaría su forma de ver las cosas a partir de ahora.

"Cuarenta años no han sido suficientes para olvidar ni creer, pero sí para rezar. Rezo por todos vosotros, seres vivientes, pues el Creador nos dotó del arma de la destrucción.

En el libro primero de Hok está escrito que el Creador vino a conocer a su creación, antes de formar edén e infierno, y lo hizo cuando solo existía la magia de los elementos y su unión en la vida. Ante la roca él sangró, ante el agua él sanó, ante el fuego el creó los infiernos y ante el aire él creó el edén. Mas esa sangre nunca se evaporó, y en los cientos y miles de años venideros fue recogida por la orden de los camarillas de la espada, forjando un camafeo santo. En su interior reposa la sangre del Creador, recluida con los poderes mágicos que todo mago podría abrir. La sangre del Creador pone en el tercer tomo de Hok:

Y tras ver derrotado a su mejor valedor, alzó a los cielos su súplica gritando al Creador que le ayudara, y éste le socorrió provocando una lluvia de sangre roja. La sangre del Creador roció a todos por igual, convirtiendo en ceniza a todo lo que tocaba. Y él gritó desde los cielos: Llamadme de nuevo bajo sangre y odio, y yo aconteceré para dar fin a esta era e iniciar otra nueva."

Había que tomar una decisión y había que tomarla ya.

CAPÍTULO 4: EL CAMAFEO DE LA DISCORDIA

A lo lejos se adivinaban nubes oscuras y una lluvia prominente, aunque cerca del mar el cielo estaba despejado. El viento empujaba con fuerza un oleaje blanco y enfurecido, y en la arena mojada de la orilla apenas se veían pequeñas huellas de algún cangrejo. Sirián aconteció surcando el cielo a varios metros de altura y ese sitio le pareció un buen lugar para aterrizar. Los magos eran conocedores de cómo moldear el espacio y el tiempo, además de saber cómo emplear los elementos primeros, tejiendo nuevas formas sobre esos mismos compuestos. El vuelo no era algo común, y desde luego Sirián no era de las que presumiera de ello, pero cuando era necesario no dudaba ni un segundo en usarlo. Eso sí, al igual que el correr cansaba al cuerpo, el volar cansaba la mente más de lo que podría pensarse. Llevaba más de diez días de viaje, en los que paraba para descansar lo mínimo y de nuevo alzaba el vuelo, pero afortunadamente ya llegaba a su final.

A unos cuantos metros, se veía un muelle decrépito que daba entrada al poblado de Truyeiras. Era un pueblo de pescadores, donde poco a poco se fue aglutinando más gente variopinta, aunque desde hace varias décadas sufrió un azote por parte del mar y acabó abandonado. La crecida de la marea recorrió toda la ciudad, anegándola de forma perpetua. Pasaron varios años antes de que el agua abandonara el valle donde estaba enclavado el pueblo. Muchos decían que fue un castigo del Creador, aunque los ojos y la mente de Sirián lo tenían claro.

«Un valle pegado a la orilla de un mar bravo… Peor lugar para montar un pueblo no existe. Lo que me extraña es que tardara tanto en inundarse».

Tomó un respiro y cerró sus ojos para escuchar el ruido de la naturaleza. El viento, el salitre salpicándole el rostro, la tierra mullida bajo sus botas... todo eran síntomas de tranquilidad, de reposo y de rejuvenecimiento para su mente. Y así siguió, fusionando sus sentidos con la naturaleza, hasta andar los pasos que le faltaban hasta llegar a las ruinas de Truyeiras. El pueblo aún conservaba partes de las paredes de las viviendas que allí habían edificadas, todo ingerido por la naturaleza con arbustos y árboles de tallo firme brotando por doquier. Daba la sensación de poder oírse los gritos de dolor y sufrimiento de las víctimas que aquí fenecieron al ser sorprendidas por el huracán. Muchos no tuvieron tiempo ni de salir de su vivienda para ponerse a salvo. De hecho, era un rumor conocido que en Truyeiras se podían escuchar a las madres buscando a sus hijos por las noches y que si ibas con un infante, éste podía acabar siendo secuestrado por los fantasmas del más allá.

Llegó a la base de una columna partida, que usó como asiento. Miró hacia los cielos, como buscando a algo o a alguien, y luego se sacó algo de queso que llevaba en el zurrón. Pensó en Néstor y en Aisha, y en la suerte que podían haber tenido. Ella huyó justo cuando vio a los caballeros entrando al pueblo, salió volando por la ventana del techo del piso superior. Rezaba porque estuvieran sanos y felices, aunque tenía un malestar sobre ello que le resultaba desagradable. A continuación se dejaron oír pisadas de ramas partidas y hierba aplastada. «Es él», pensó Sirián, sin girarse y guardando el resto del queso que estaba comiendo. «Ya ha llegado» se repitió mientras se levantaba.

Un hombre de constitución robusta y compacta se dirigía hacia Sirián con paso firme. Sobre su espalda reposaba una espada de hoja ancha y en sierra, con un mango de cuero cubierto de runas brillantes. En su cinturón, otra espada de menor tamaño brillaba con pálpitos celestes, además de tener pequeños zurrones acoplados. Lo más ostentoso era una capa que le cubría prácticamente todo de arriba a abajo, dejando su pecho visible. La capa era de piel escamada y rugosa, cortante al tacto, aunque hermosa para la mirada. En su pecho, cubierto por una cota de mallas moldeada a su cuerpo, ondeaba un medallón que brillaba como una estrella en una noche límpida. Avanzó hasta cinco metros de la animista y allí se detuvo, mirando alrededor.

—Hola Sirián, ya estoy aquí —le dijo con voz protuberante y ruda.

—Drigán —respondió Sirián, haciendo una reverencia con su cabeza y manteniendo hacia abajo la mirada—. Os agradezco que hayáis respondido a mi llamada con vuestra presencia.

—Sois una buena persona y muy superior en poder al resto de mortales que cohabitan con vos. Si he de relacionarme con insectos, qué menos que lo haga con la más grande.

—No es un halago muy hermoso por vuestra parte llamarme insecto, Drigán, mas ya os conozco lo suficiente como para saber que no era vuestra intención ofenderme. Gracias por venir.

—Gracias por nada, es un placer. Me habéis hablado de algo que interesa a Kragor til Mass. Contadme, soy todo oídos.

—Supongo que entendéis que todo lo que os diga es confidencial —le dijo Sirián con media sonrisa en sus labios—. Os lo digo porque ya han habido muertes, y más que habrán a causa de esto y no quiero provocarlas yo ni que seáis vos.

—Si alguien ha de morir que muera y si ha de vivir que siga viviendo. Es el destino el que nos marca, no nuestras decisiones —respondió Drigán, inmune totalmente a los encantos que la hermosa animista despejaba con su sonrisa—. Por mi parte no tenéis nada que temer, no soy persona que se relacione mucho con las cucarachas que viven por aquí.

—Supongo que tendré que conformarme con eso. Quiero que sepáis que venir a pediros ayuda no ha sido fácil, pero la situación lo merecía.

—Hablad de una vez, para qué me habéis hecho venir.

—El camafeo de Guerón ha sido encontrado y hay investigaciones iniciadas para trazar el lugar donde despertarlo. Necesito vuestra ayuda para hacernos con el camafeo y eliminar esas investigaciones.

—Dadme un momento —dijo Drigán, mientras cerraba sus ojos y murmuraba algo para sí mismo—. ¿Estáis segura de lo que decís? ¿Quién os lo ha dicho? ¿De dónde sacáis esa información para tenerla como cierta?

—Debéis creerme. No osaría engañaros.

—No nos basta, maga. Necesitamos pruebas.

—¿Es vuestro dragón quien lo solicita?

—Lo que él pida no es de vuestra incumbencia, maga. Yo y él hablamos por igual, centraos en lo que os digo. ¿Qué pruebas tenéis de que eso es cierto? ¿Cómo puedo saber que no son rumores?

—Porque he tenido el camafeo en la palma de mi mano.

Lejos de sorprenderse, Drigán volvió a entrecerrar sus ojos mientras hablaba a la animista recelosamente, con murmullos incomprensibles. A continuación, se recogió el pelo en una coleta de unos tres palmos y gimió una sonrisa acompañada de una carcajada.

—Parece que hay trato, maga. He de creer en los engaños, mas también en las verdades, y vos sois quien mejor vende dichas verdades. ¿Cómo acabó el camafeo en vuestras manos y cómo es que lo perdisteis?

—Fui llamada por una asociación conocida como los guardianes de las letras. Habían hecho un descubrimiento basado en las encíclicas y escrituras santas del Creador, concretamente donde se hablaba del camafeo de Guerón.

—¿Por qué llamaros a vos? ¿Tenéis confianza con alguno de sus miembros como para que os dieran ese tesoro?

—Lo cierto es que no. De hecho, apenas conocía a esa asociación. Sabía que se dedicaban a estudios de la historia y que estaba siendo financiado por un mecenas de origen noble. Vamos, que hay raíces en la nobleza.

—Mal vamos si están esos mendrugos metidos en esto, seguro que va a peor.

—Está claro que no os lleváis muy bien con la nobleza ¿eh? Ja, ja.

—No me llevo bien con los inferiores, en efecto. Vos sois una de las pocas excepciones de esa regla. Regocijaos por ello.

—Os agradezco tamaño presente, Drigán —respondió Sirián, mirándole de forma afectuosa y con un tono de voz calmado—. Ya os digo que no sé hasta qué punto y quiénes están metidos, pero lo importante es lo que allí me mostraron. Me dijeron que la búsqueda de la leyenda del camafeo de Guerón se había iniciado desde hacía ya milenios y que la casualidad quiso que se les presentara ante sus ojos. Uno de sus exploradores, de nombre Eijis, descubrió el camafeo mientras se ocupaba de abrir las salas de Muji.

—¿El bastión enano?

—Así es, unas cámaras que llevan cerradas más de mil años bajo los montes de la Serpe. Eijis logró rescatar el camafeo de allí dentro, donde estaba celosamente guardado, y lo llevó a su asociación junto al resto del tesoro que allí había.

—Ajá.

—Acto seguido, el camafeo dejó ver su poder. Eijis fue aniquilado al ponerse el camafeo sobre su pecho.

—¿Cosa de magia?

—Supongo que sí. La leyenda de las escrituras del Creador narran que el camafeo pondrá a prueba a su posesor, dándole la vida eterna a quien lo merezca y la muerte al farsante.

—Entiendo… ¿y a continuación de ese percance os llaman a vos?

—Así es. Yo era conocida por sir Thernok, un hombre ya anciano que recogió el testigo de sir Caifén en la dirección de la asociación. Si bien tener a una animista de su lado era un peligro grande, necesitaba a alguien en quien confiar para saber qué hacer con la reliquia.

—Antes de que sigáis… ¿vais a seguir omitiendo cosas o lo hacéis sin voluntad?

Sirián guardó silencio durante unos segundos, esta vez mirándole fijamente a los ojos. Ninguno de los dos se perturbó en lo más mínimo, a lo que la animista blanca volvió a tomar la palabra.

—¿Qué cosas dais por sentado que estoy omitiendo, Drigán?

—Las cámaras de Mujis estaban cerradas a los humanos desde hacía cientos de años porque Gun Senpel y el gran Azote Carmesí la tomaron. Eran dos dragones veteranos y sabios, de tamaño descomunal. Por lo tanto, Eijis robó a esos dos dragones, hecho que me extraña, pues esos dos no se dejarían engatusar por un simple humano. Por otro lado, no me creo que ese tal Thernok os llamara a vos, a una maga, una clase perseguida a muerte. Si esa asociación tiene raíces en nobles, marqueses, condes, e incluso reyes, ¿de verdad buscarían ayuda con una maga? ¿Me tomáis por imbécil?

—Veo que no se os puede ocultar nada, Drigán. Sabed que ha sido mi voluntad no entrar en esos detalles, más que nada porque son intrascendentes para el cometido final.

—Dejad que eso lo decida yo.

—Pues bien. Sí, Eijis entró y dio muerte a Gun Senpel y a Azote carmesí, y les robó lo que ellos previamente robaron a los enanos. Lo que no se esperaba es que en su tesoro estuviera el camafeo.

—Un dragón no roba, toma lo que por derecho y por poder es suyo.

—Son formas distintas de verlo, caballero del dragón. Lo que en sí estaréis conforme es en que cada uno debe defender su vivienda y sus cosas. Los enanos así lo hicieron, pero al final fueron derrotados por los dos dragones, que a su vez defendieron su nuevo hogar ante un Eijis que los derrotó.

—¡Es inaceptable! ¿Quién es ese Eijis para decir que mató a dos dragones de esa estirpe?

—¿Por qué vais en contra de lo que defendéis? En vuestro equilibrio se llama destino ¿no? ¿No era acaso el destino de Gun Senpel y de Azote Carmesí sucumbir ante ese hombre?

—Sois hábil con el habla… mas dejad que yo decida sobre mi religión. ¿Ese Eijis acabó de verdad fulminado por el camafeo? Porque si no es así, voy apuntando su nombre…

—Desintegrado en cenizas.

—¿Era un mago, como vos?

—No, era un druida.

—Al menos tuvo su merecido —respondió Drigán, sonriendo mientras se sentaba en el suelo con su capa abierta. Sirián hizo lo propio y se sentó al frente.

—El caso, Drigán, es que cuando me hizo llamar Thernok y me dijo que era por eso…

—¿Es cierto que os convocó? ¿Incluso siendo una asociación alimentada por nobles?

—Ahí no os he mentido. A mí también me extrañó, y creedme si os digo que tomé varias medidas de seguridad antes de reunirme con él. Pero ahí estaba, él y el camafeo. Lo tenía en una caja de ébano con varias inscripciones en su tapadera.

—¿Eijis estaba ahí?

—Olvidaos de Eijis, os lo ruego. Él fue quien lo encontró, su historia acaba ahí.

—No estéis tan segura. La historia de los nombres sigue creciendo incluso tras morir.

—Murió como os dije.

—Pero ¿visteis cómo murió consumido por el camafeo?

—No, nunca lo vi.

—Vale… es lo que quería saber.

—Vuestra tozudez es proverbial, Drigán.

—Ja, ja, ja, me honráis con vuestra sinceridad. Pero por favor, seguid, contadme.

—No hay mucho más que pueda contaros —dijo Sirián, intentando calmarse y no perder los nervios—. Abrió la caja de ébano y me mostró el camafeo, contándome la historia que había tras el mismo.

—Llegamos al punto importante. ¿Cómo es que perdisteis el camafeo, si puede saberse?

—No pude agarrarlo, Drigán. En ningún momento pude asirlo por temor a despertar el apocalipsis que las escrituras narran.

—Esos son escritos sin importancia. Vuestro Creador es un títere del gran Dragón Astral. Es parte de una ecuación que se equilibra, él crea y vosotros destruís. Él no está a vuestro alcance y vosotros sí. De esta forma se puede balancear continuamente la balanza. Pero no creáis que el Creador es quien decís ser.

—Vuestra religión para vos queda. Respetad mi ignorancia si así os sentís mejor, mas no cometáis el pecado de subestimar lo que la magia es capaz de hacer.

—Creo en la magia más que nadie. Mi dragón se debe a ella y yo a él.

—Pues pensad en este camafeo como un útil mágico capaz de destruir toda Ampiria.

—¿Y eso debe preocuparme? No es Ampiria mi hogar, ni va a serlo. Cada uno que se preocupe por lo suyo.

—Pensaba que ibais a ayudarme.

—¿En qué Sirián? ¿En recuperar el camafeo?

—Y en destruir las investigaciones, sí.

—Os daré nuestras condiciones, a ver si os gustan. El camafeo me lo quedo yo. Las investigaciones, se hará como digáis, como convertirlas en cenizas si deseáis.

—¿Para qué queréis el camafeo? ¿No os dais cuenta que os matará?

—Valoro mucho vuestra sabiduría, lo sabéis de sobra, mas valoro más la de Kragor til Mass.

—Aceptaré vuestras condiciones por una razón: porque sé que cuando tengamos la joya maldita os daréis cuenta que es mejor destruirla.

—¿Sabéis cómo se puede destruir?

—Aún no, pero toda magia puede transformarse en otra más simple. La magia no crea ni destruye, sino que transforma. Va fluyendo de un estado a otro y de un elemento a otro. Lo único que necesita es un telar óptimo para ello y un tejedor capaz de entender cómo hacerlo.

No pudieron seguir charlando mucho más antes de que a varios metros se dibujaran las imágenes de varios jinetes. Sus armaduras brillaban al impactar el Sol sobre ellos. Su trote era constante hacia donde se encontraban la animista y el caballero del dragón, que se levantaron con rapidez. Apenas tenían unos minutos antes de que llegaran y no podían huir corriendo, eso estaba claro.

—Son ellos... ¿cómo han podido encontrarme? —se preguntó en voz alta Sirían.

—¿Pretendientes que os buscan? —dijo socarronamente Drigán, mientras dejaba escapar una carcajada.

—No estéis tan tranquilo, son caballeros experimentados en el uso de sus armas y conocedores de cómo protegerse ante todo tipo de magias. Desde pequeños son educados y puestos en contacto con magia básica para desarrollar inmunidad ante la misma. Y son dieciocho.

—¿Me habláis en serio? ¿Debo temer por mi vida porque se me acerquen dieciocho mequetrefes con armaduras y caballos? Un caballero del dragón no teme a simples insectos, los aplasta o les permite vivir, simplemente eso.

—Ojalá tuviera vuestra seguridad, pero no la tengo. ¿Está vuestro dragón aquí?

—Él está siempre conmigo, en mi corazón. Si os referís presencialmente, la respuesta es no.

—Pues estamos en un problema... ya mismo llegan. ¿Lucharéis a mi lado?

—¿De verdad creéis que se atreverán a luchar?

—Drigán, os quiero vivo, os necesito vivo.

—Un caballero debe ante todo corresponder y proteger a las damas. Adelante, largaos, yo me ocupo de esos. Echad a volar que sé bien que sabéis hacerlo. No os preocupéis por mí, sé mantenerme con vida.

—No puedo volar, necesito tiempo para canalizarlo. Al menos 10 minutos, al igual que la teleportación.

—Pues corred hacia aquellos árboles, donde veréis un corcel marrón. Cuidadlo bien, pues es mi caballo favorito. ¡Corred!, ya nos veremos.

—Gracias Drigán. Os veré pues.

—Ni lo dudéis. Habéis hecho un trato con un caballero del dragón y eso no lo rompe nada ni nadie. Estéis donde estéis os encontraré. Y recordad, os salvo aquí y ahora porque sois necesaria para mi empresa de encontrar el camafeo.

—No podéis ocultar vuestra buena fe, Drigán. Gracias.

—Corred, maga, corred.

Los jinetes se iban delineando con más nitidez, doce, catorce, dieciséis… ¡hasta dieciocho! Sus armaduras abolladas poseían varias marcas de guerras anteriores, símbolo de que eran luchadores aguerridos. Iban con sus mandobles desenvainadas y colgando de su diestra, y sus yelmos eran una amenaza de guerra con esas formas tan agresivas. No costó mucho distinguir quién era el cabecilla, pues iba coronado con una capa azul oscura y su caballo poseía una cota que los otros no.

Drigán desenvainó la gruesa espada de tajo ancho de su espalda, escupió en el suelo y asentó sus piernas con fuerza en el suelo. Si querían batalla, él estaba preparado, y se aseguraría que lamentaran haberse medido a un caballero del dragón.

Los dieciocho caballeros llegaron a la altura de Drigán, amenazando con sus armas pero sin llegar a golpearle. Estaba claro que le querían vivo. Lo rodearon en un círculo en el que se movían continuamente en silencio, solo con el ruido de los cascos de los caballos al golpear el suelo. Drigán permanecía impávido, con una mueca en sus labios y sus ojos clavados en el líder de ese grupo.

—¡Identificaos extraño! —gritó Savior de Orleans a través de su pesado yelmo.

—Mi nombre es Drigán, caballero del dragón milenario de la serpe dorada. ¿Y vos quién sois para insultarme con este teatrillo?

—Me llamo Savior de Orleans, caballero de la orden del palo de la bandera de Ausper la Mayor. Ellos son mi comandancia, somos la decimoquinta escuadra.

—Pues decidle a vuestra decimoquinta escuadra que se quite de mi vista, al igual que vos, si no queréis hacer de este páramo vuestro cementerio.

—¡Muy creído te lo tienes caballero del dragón! —gritó Anturión, adelantándose unos pasos con su caballo.

—¡Vamos a enseñarte a guardar respeto a tus superiores, mequetrefe! —dijo Grembardo, señalándole con su índice.

—¡Silencio! —sentenció Savior, mientras descabalgaba de su montura y caminaba hacia Drigán—. ¡No quiero oír a nadie! Y vos, Drigán, permitidme que os diga un par de cosas antes de desatar la matanza que clamáis con tantas ganas.

—Vuestra es la palabra, Savior. Decidme.

—Conozco vuestra raza, caballero del dragón. Sé de vuestros poderes. Sois capaces de encauzar maná al igual que los magos hacían en su tiempo. Además poseéis a vuestro dragón protector y el Creador sabe lo temible que ese animal resulta. No es nuestra intención batirnos a vos, pues estoy seguro que nos pondríais en un gran aprieto, mas sabed que vuestra condición es también humana y sois vulnerable como nosotros. Somos dieciocho caballeros armados y creedme que si yo he de morir en manos de vuestro dragón, vos lo haréis en las mías o en la de uno de los que me acompañan.

—Si hemos de morir todos, así sea. No obstante permitidme deciros que no sois rival para mí, Savior, ni vos ni los dieciocho juntos. No creo necesitar a mi dragón para mandaros de vuelta a ver a vuestro Creador.

—¡Infame! —gritó enfadado Colhad—. ¿Con quién creéis que estáis hablando, desgraciado? ¡Guardad respeto a nuestra orden!

—¡Callad necio u os torturaré antes de veros suplicar la muerte!

—¡Adelante, estoy preparado! —respondió de nuevo Colhad, desmontando de su caballo como si se tratara de un duelo de espadas.

—¡Alto he dicho! —volvió a poner paz Savior—. ¡No quiero ni una amenaza más! ¡Quieto todo el mundo u os sancionaré debidamente! ¡Es una orden!

—Tenéis suerte, Drigán… si por mi fuera ya seríais abono de ratas —masculló Colhad, retirándose unos metros hacia atrás. Drigán le sonrió con picardía mientras se echaba su arma al hombro.

—Y ahora escuchadme, Drigán —tomó la palabra de nuevo Savior—. Sabemos que estabais con una maga y es a ella a quien queremos. Hemos visto que se ha marchado hacia ese bosque y podemos seguirla sin problemas, mas preferimos vuestra colaboración. Decidnos dónde está o hacia dónde se dirige y nada os pasará.

—Esa maga no es de vuestra incumbencia, Savior. Dejadla en paz.

—Esto no es negociable, Drigán. Decidnos a dónde ha ido, o si se ha teleportado, cuál era su objetivo. Decídnoslo u os lo tendré que sacar de otra forma menos apetecible.

El resto de caballeros casi deseaban que así fuera, que Drigán dijera que no nuevamente y así poder extinguir su ego con sangre. Y Drigán no se hizo esperar. Su respuesta fue corta y explícita.

—Os he dicho que no.

—¡Maldita sea, Drigán! —gimió Savior, alzando su espada larga—. ¡Responded a la pregunta o morid!

—Habláis mucho los caballeros de Ausper, pero actuáis poco. ¡Venga, venid cucarachas, os estoy esperando!

Solo unos segundos más pasaron antes de que Savior cerrara sus puños y diera la orden de ataque. Todos los caballeros gritaron al unísono y se lanzaron cual voraces lobos hacia su presa.

El primero en llegar fue Anturión, que alzó su espada en perpendicular al suelo para tajar a Drigán en dos. Éste se desplazó como movido por el viento hacia la zurda y ejecutó un golpe paralelo a la altura del vientre. Afortunadamente, Anturión pudo cambiar la trayectoria de su golpe y bajó la empuñadura a tiempo para bloquear el tremendo golpe que hizo temblar sus brazos.

Monkel y Friej entraron en comunión con un ataque sincronizado, cada uno hacia un costado del caballero del dragón. Éste lanzó una mirada rápida hacia ambos cuando de su rostro emergió un brillo innatural, como unas virutas celestes que ascendieron hasta desaparecer. Las dos espadas golpearon en los brazos de Drigán, mas para sorpresa de los dos atacantes, los brazos seguían en su sitio, intactos. La piel de Drigán estaba cubierta de unas escamas brillantes y más duras que el mismísimo acero enano. A continuación gritó con rabia, y varias de las runas de su mandoble desdibujaron unas letras. Alzó su espada mágica sobre su cabeza y ejecutó una estocada giratoria sobre la misma, propagando el daño varios metros más allá de su posición, como si de un látigo rígido se tratara. Varios de los caballeros se agacharon a tiempo mientras rompían la formación para acabar con esta bestia, aunque no fue el caso de tres de ellos, cuyas cabezas se desprendieron de sus cuerpos con el yelmo aún puesto.

—¡Atentos a su espada! ¡Atacad por la espalda y de frente! —gritaba Savior, intentando mantener ordenada su formación.

Y así lo hicieron. Sagunto centró su espada para atravesar al caballero por el abdomen, mientras que por detrás Colhad y Auberto fueron a sus rodillas. Drigán, como si de un semidiós se tratara, giró su mandoble sobre su espalda en una parábola perfecta y desviando las dos espadas que le venían por detrás, mientras que alzó su mano izquierda y no solo detuvo la espada frontal, sino que la retuvo. La aferró por el mismo filo, y con un grito tal al de una fiera enfurecida, manó de su piel un aura que impactó en forma cónica frente a él. Tanto Sagunto como dos caballeros más que estaban detrás del mismo se vieron impregnados por una mucosidad que empezó a roerle sus armaduras y sus armas. La gloriosa espada de Sagunto, que recibió todo el impacto de lleno, quedó reducida a una empuñadura sin filo. El resto se derritió literalmente en cuestión de segundos.

Un nuevo ataque se sucedió, esta vez Monkel con su mazo de guerra, un arma grande y pesada, mas Drigán nuevamente esquivó el golpe como si supiera de antemano qué iban a hacer sus adversarios. Meillas saltó sobre Drigán y le aferró con su mano zurda el hombro mientras enfilaba su espada hacia el corazón, aunque Drigán no iba a ser matado por alguien tan insignificante. Torció el brazo que le tenía agarrado y lo puso en la trayectoria de la espada que iba hacia él. Meillas gritó de dolor al atravesarse él mismo con su propia espada, pero fue un lamento efímero. Con Drigán no podías bajar la guardia ni un solo segundo, que fue lo que le bastó para arrastrar su espada de arriba hacia abajo recorriendo todo el cuerpo de Meillas, cuya armadura se abrió de canal y la sangre comenzó a brotar como si de un manantial se tratara. Lo había descuartizado.

Savior pasó sobre el cadáver de su caballero y ejecutó una sesión de cinco golpes seguidos que le garantizaban no dejar ningún punto débil al descubierto frente a su adversario. Golpe cruzado frontal, golpe de lado aprovechando la inercia del movimiento, golpe bajo a las rodillas y un último golpe centrado en el abdomen. Todos golpearon al aire mientras la otra espada de Drigán se desenvainó para detener otro golpe que le venía por la diestra a manos de Grembardo. Todo, lo detenía todo, y aun así tenía capacidad para atacar. Era temible verle en acción.

Un golpe sesgado de espaldas se dirigió hacia Savior que salvó su vida a tan solo unos centímetros de su cuerpo, merced a la pesada maza que Monkel fijó para detener el golpe asesino. Fue un golpe raudo y preciso que plantó sin mirarle siquiera, tal era la capacidad de Drigán en combate. Daba mandoblazos y detenía golpes mirando siempre de frente, haciendo gala de una intuición legendaria.

Ahora les tocaba a ellos. Colhad, Anturión y Camp atacaron de forma simultánea formando un triángulo y realizando una sucesión de golpes imposibles de imaginar. Golpe a la cabeza, al pecho, rodillas, abdomen, brazos… golpes sin fin acompañados de gritos de rabia y dolor por el esfuerzo. Drigán agitaba sus dos espadas con velocidad, deteniendo todos y cada uno de los golpes con el chasquido sonoro del metal golpeando el metal. Súbitamente, centró sus puños sobre su frente y con un grito descomunal de nuevo hizo brotar la esencia del alma, el maná, sobre su alrededor. Los caballeros del dragón alimentaban sus habilidades innatas especiales mediante el uso de las energías místicas, como lo pudiera hacer un mago para canalizar magias. A su alrededor se formó una burbuja que se expandió con una potencia impensable, alzando a los tres caballeros por los aires y tirándolos varios metros hacia atrás, haciéndolos rebotar en el suelo.

Todos enmudecieron y se quedaron paralizados ante tal exhibición de poder. Todos menos él, Drigán. Sin dejar tiempo para el respiro, ya estaba corriendo y dando un salto con sus espadas juntas en un mismo punto: el pecho de Camp.

—¡Nooooo! —gritó Savior de forma desesperada, aunque en vano. Drigán atravesó de forma implacable a Camp, que vio extinguirse su vida mientras se ahogaba en su propia sangre.

Y hubo un parón en la contienda... quedaban trece caballeros y Drigán estaba sin tocar. Había ya matado a cinco de sus caballeros y la moral de Savior y los suyos estaba al límite de la huida. Eran caballeros de Ausper, hábilmente entrenados para lo peor, pero era difícil de aceptar que alguien como ellos, de su altura y condición, pudiera luchar ante tamaña grandeza. Si fuera un dragón o un demonio del inframundo era normal pensar así, mas no en una persona como ellos.

Drigán no daba segundas oportunidades y el olor a sangre despertó sus ansias de matar. Se había puesto en entredicho su honor, su supremacía sobre el resto de humanos y su capacidad de combatir, y ahora estaba poniendo a todos en su sitio. Se lanzó veloz como el viento hacia varios caballeros, que sorprendidos alzaron sus defensas para desviar los ataques. Primero pasó a la vera de sir Brawel, que chocó su empuñadura contra un golpe segador al cuello, mientras caía hacia atrás por la fuerza del impacto. Luego Colhad y Truma sufrieron dos latigazos a la altura del pecho. El primero se agachó lo más rápido que pudo, sufriendo un golpe en la parte alta de su yelmo, que acabó abollado. Truma optó por centrar su espada aferrada con ambas manos extendidas, una decisión que resultó fatal. La espada se quebró con un tintineo seco y vio como el filo brillante de su verdugo le impactaba en la armadura, tirándolo al suelo. No, el golpe no había sido mortal, pero apenas pudo alegrarse cuando vio a Drigán pasar por encima de él mientras giraba el brazo zurdo que Colhad esquivó para clavarlo en su cuello. El golpe fue de una precisión difícil de creer, sobre todo teniendo presente que ni siquiera miraba a su objetivo. Hubo un estallido de sangre que salpicó varios metros alrededor.

Ahora tenía de frente a Savior y a Monkel, sobre los que volcó su rabia con varios golpes con ambas espadas, todos repelidos o esquivados no sin dificultad. Savior de Orleans aprovechó un instante de lucidez y arrojó la daga que guardaba en su bota, viendo cómo alcanzaba a Drigán. Sí… era mortal, sangraba también como ellos. La daga se clavó en su muslo derecho, aunque Drigán la miró como si fuera una simple espina. Se la desclavó con rabia e ira, lanzando una mirada de odio y destrucción que asustaría hasta al mismísimo demonio de la ira. Se había despertado la bestia. Exhaló un grito que incluso hizo daño a los tímpanos de los caballeros, perplejos de lo que estaba pasando, y cerró sus puños sobre su espada y sobre la daga manchada con su sangre. Todos sus huesos crujieron. Súbitamente se lanzó en línea recta hacia Savior cual depredador hambriento.

—¡Cubridme! —ordenó Savior, viendo como el valor se le desvanecía al constatar a esa bestia dirigiéndose hacia él con tanta firmeza—. ¡Que no se acerque!

Colhad balanceó su espada sobre Drigán, que detuvo con la mano abierta. Agarró la espada con su propia mano y con la misma le golpeó en la cabeza, repeliéndolo y tirándolo hacia atrás. Ahora se pusieron de frente Sagunto y Anturión, ligeramente temblorosos y respirando con fuerza. Dieron un grito de ánimo y danzaron sus armas sobre Drigán, quien esquivó hacia la derecha ambos golpes con un movimiento rápido y medido. Acto seguido usó su propio cuerpo para empujar a Sagunto con una embestida desequilibrante que se llevó también al suelo a Anturión. Parecía que sus fuerzas habían aumentado, detenía los golpes casi sin inmutarse y sus empujones te levantaban del suelo. Era una bestia que había olido el olor de la sangre, de la suya, y ya no podía detenerse.

Tres caballeros más se antepusieron frente a él, aunque se deshizo también de ellos de forma rápida y eficiente. Brawel tomó su espada corta y empuñándola como un dardo de tabernas, se la arrojó con toda sus fuerzas, aunque no lo alcanzó. Drigán solo tuvo que mover levemente la cabeza para que el proyectil pasara frente a él.

—¡Detenedle! ¡Matadle! —gritaba Savior, mirando hacia atrás con temor mientras veía como Drigán se le acercaba a paso firme repeliendo a su cohorte.

—Vais a reuniros con vuestro Creador, cucaracha. Nos os quede la menor duda —gritó Drigán, acelerando sus pasos para cubrir los pocos metros que le quedaban.

Frente a él estaba Monkel y Tuvirilles. Eran la última barrera antes de llegar a su objetivo. Se lanzó hacia ellos con un tremendo salto hasta clavarle las rodillas a éste último en su pecho. Tuvirilles se vio en el suelo con Drigán sentado sobre su pecho. Apenas le dio tiempo a dejar oír un "*Noooo*" de miedo antes de que la daga le entrara por las rendijas del yelmo y le perforara el rostro en un mar de sangre. Sin embargo, esta vez Drigán había bajado la guardia y Monkel lo aprovechó lanzando su mazo de guerra con todas sus fuerzas, esta vez logrando impactarle. Un golpe así hubiera destrozado todas las costillas de cualquiera, aunque Drigán parecía aún de una sola pieza. Eso sí, lo alejó varios metros de la posición que tenía, y lo más importante, lo había desequilibrado. Cuando se centró nuevamente y se dio la vuelta en el suelo para levantarse, tres espadas estaban con pulso firme tocándole el cuello. Por un momento, parecía que le daba igual, pues miraba a Savior con los ojos inyectados en rabia, tentando el levantarse de nuevo.

—¡Orden mi señor! —gritaron al unísono Colhad, Brawel y Grembardo.

—No lo matéis, aunque sus actos no quedarán impunes. Matarlo sería una recompensa y merece dolor por lo que ha hecho. Seis de nuestros hermanos han muerto aquí hoy en sus manos y me aseguraré de que sufra por seis veces el deseo de morir.

—Me da igual lo que hagáis, Savior de Orleans. Vos ya estáis muerto.

—Habláis con mucha soltura para tener tres espadas sobre vuestra garganta —dijo Monkel, con rostro serio y contrariado—, y el Creador sabe que sois valiente en el combate. Mas habéis sido vencido, aceptadlo.

—Os mataré, os juro que os mataré. Vos Savior sufriréis mi ira cuando os arranque vuestro corazón con una daga, os lo extraeré mientras aún seguís con vida, para que veáis lo que es dolor y pánico y para que os vayáis con esa imagen al más allá.

—¡Callad ya! —sentenció Savior, enfundando su arma y mirando a su alrededor con pena—. A donde os llevo no os van a quedar ganas ni posibilidad de venganza alguna, creedme. No saldréis de ahí nunca.

—Saldré… y sino sabed que ya estoy fuera. Ya os he visto, os conozco, sé vuestro nombre y quién sois, caballero de la orden del palo. Pensáis que soy un hombre, como vos, mas yo soy un pacto entre la especie que vos representáis y los dragones.

—¿Su dragón? ¿Está aquí? —preguntó Sagunto, mirando hacia los cielos.

—No, no os preocupéis, si estuviera aquí ya lo sabríamos —dijo Savior de Orleans, intentando poner calma—. Prendedle con cadenas y vendadle los ojos. Quiero a dos de vosotros siempre a su vera vigilándolo. Ante cualquier movimiento o intento de escape, matadle.

—¿Y la maga? ¿Vamos tras ella? —preguntó Monkel, vendando los ojos de Drigán que cerró sus ojos y empezó a murmurar para sí mismo.

—Sí, desde luego que sí. Yo mismo me ocuparé de ello. Vos, Monkel, vos, Colhad, vos, Grembardo, vos Brawel y vos Anturión, vendréis conmigo. El resto iréis a Yaigón, a Roca negra de la muerte. Llevad allí a este despojo y que se pudra por la eternidad en esa prisión. Montad rápido y descansad lo mínimo. En doce lunas podéis estar ahí si sois prestos.

—Sed prestos, pues su dragón puede acecharos —añadió Monkel.

—Así lo haremos —dijeron tres de los caballeros.

—Partid pues, asegurad bien al recluso e id con cuidado. Nosotros cumpliremos la misión de dar con esa maga —dijo Savior con el yelmo abierto y respirando aire puro luego de la matanza.

Drigán no tenía miedo, incluso daba la extraña sensación de que se había dejado capturar, aunque solo era eso, una ilusión. Su pierna le seguía sangrando y las cadenas que le sujetaban los brazos por detrás eran recias y gruesas. Por último, estaba siempre apuntado por una espada o dos, de forma que era complicado salir de una situación así. No obstante se le oía murmurar cosas incomprensibles…

«Kragor til Mass, contadme qué pasa. ¿Es parte de vuestro plan?».

«Mi estimado caballero, vínculo de sangre y de poder. No hay plan más allá del que el destino nos tiene reservado».

«Hacedme el favor y vengad mi desgracia sobre estos desgraciados».

«El equilibrio ha dictaminado que así sea, Drigán. Vos no habéis sido derrotado por un hombre, sino por una muchedumbre. No hay honor ahí, ni valor, ni orgullo, sino lo que la condición humana llama victoria. Vos debéis estar por encima de esto, sabéis que estáis por encima de esto».

«El destino no me ha segado la vida… ja, ja, ja».

—¿De qué te ríes desgraciado? —dijo Umhs, mientras preparaba su caballo.

—El golpe de Monkel lo ha debido de dejar tocado del coco… dejadlo y atentos a que no haga nada raro. Cuanto antes salgamos, antes llegaremos —dijo su compañero de armas, Ruperto.

«No, mi caballero, tu destino te ha reservado un camino distinto al previsto. Ahora deberás usar el poder del oído, pues en el vanaglorio, la condición humana rinde sus verdades».

«Entiendo Kragor til Mass. Estaré atento a lo que oiga».

«No temáis a la muerte si os llega, pues es parte de vuestro escrito en la vida. Si llega abrazadla, pues en ella alcanzaréis la dicha».

«No la temo, Kragor til Mass, pero me hace arder las entrañas que sea en manos de una oveja como este Savior».

«No siempre el más poderoso es el más grande o el que más sabe luchar. El que siempre gana es el que más sabe, pues de la información somos capaces de prever lo que sucederá».

«Sí, mi dragón. No os entiendo del todo pero seguiré vuestro sendero de luz».

«Oíd, memorizad y entended lo que se diga, pues en ello veréis como vuestro camino cambia».

—¿Listos todos? —dijo Savior a su grupo, mientras comenzaban a galopar hacia el bosque colindante.

—¡Listos, sir Savior! —dijeron los integrantes del grupo.

—¡Id con el Creador! —le dijo ahora al otro grupo que escoltaba a Drigán—. Suerte en vuestras jornadas y tened valor.

Todos los caballeros gritaron un "¡Sí, sire!" mientras despedían a sus colegas de armas.

CAPÍTULO 5: SENDEROS DE TRISTEZA

Vaiel se detuvo unos instantes en lo alto del Paramal, un lugar descubierto con amplias vistas hacia toda la región. Miró allí por última vez lo que hasta ahora había sido su hogar y que ya solo le traía malos recuerdos, y volteó la cabeza antes de seguir avanzando por el camino. Para muchos jóvenes, la opción más sensata era intentar continuar viviendo en el pueblo, heredando la vivienda de su padre e intentando hacerse un hombre, mas Vaiel lo tenía claro: no era ahí donde su vida iba a progresar. Manantial de Munros era un sitio poco agradecido con sus habitantes y la pobreza del lugar lo iba convirtiendo en un estercolero. Las calles olían mal, la gente también, y poco a poco se iba convirtiendo en un pueblo de viejos.

Vaiel mal vendió lo único que tenía de valor, la vivienda de su padre por ocho átlidos, y con ello compró equipo básico de viaje, comida y agua, y partió sin dudarlo. Su objetivo era cambiar de aires y olvidar la tristeza que tuvo que pasar en su pueblo, pues aunque tuvo ratos felices, la enfermedad de su padre lo llevó a un sacrificio mortificante. Ver cómo moría día a día le resultó una cruel tortura para su alma. Aparte, él necesitaba conocer una ciudad mayor, pertenecer a un lugar donde existiera vida, donde se vieran a los niños jugando y a las mujeres riendo, y no a viejos con pipa fumando en una plaza. Con tal fin, decidió partir a la capital, como otros jóvenes hicieron en su día. Era un camino largo el que le esperaba, mas no tenía prisa: ya nada ni nadie le ataba.

El viaje hacia la capital debería pasar por el bosque de Nefrún, transitar el alto de Vistok, atravesar el Paramal y por último recorrer la enorme planicie que componía el desierto de sal del Norte. De momento iba disfrutando de su sosegado viaje de paz interior, durmiendo bajo los árboles del bosque y disfrutando de los frutos silvestres, así como de la pesca si se cruzaba con algún río, pues era temporada de jugosos salmones que luchaban por ascender a aguas más cálidas a través de su cauce. El bosque de Nefrún era tupido, con arboledas espesas desde sus raíces hasta las copas, que eran achatadas. El suelo estaba tapizado de arbustos, hojarascas y piedras cubiertas de musgo verde, con un microclima frío que se mantenía persistente.

No fue hasta pasadas dos semanas largas cuando vislumbró el camino pedregoso que ascendía hacia el Alto de Vistok. La noche estaba ya cerrada y decidió proseguir en vez de descansar.

«Un último esfuerzo y ya descanso sobre mullido», se repetía mientras caminaba guiándose por las luces del pueblo que se dejaban ver en la cercanía.

Llegó a un recodo donde el camino se empinaba con dureza y allí vio a un carromato descendiendo. Iba manejado por dos individuos con pieles de animales por todo el cuerpo y dos mulas que tiraban del carro con fuerza, o más bien iban frenando su descenso. Llevaban una lumbre encendida que oscilaba de un lado a otro a cada metro que avanzaban. No tardaron mucho en ver a Vaiel caminando hacia ellos, hasta que se cruzaron en sentidos opuestos. Se detuvieron ambas partes mientras se miraron, Vaiel con cansancio y los viajeros desconocidos con desconfianza, mirándose a continuación entre ellos furtivamente. Al final uno de ellos tomó la palabra.

—Buenas noches, peregrino. Muy tarde para dar paseos por aquí ¿no?

—Buenas noches camaradas. Llevo varias semanas de viaje, camino hacia la capital. Vi el alto de Vistok ahí cerca y decidí proseguir unas horas más hasta llegar ahí, aunque veo que el camino se pone bastante duro.

—Te va a costar llegar andando, sí. El sendero engaña mucho, parece poca distancia pero se complica la cosa. ¿Viajáis solo?

—Sí, solo con mi mochila y mis esperanzas —le quedó algo cursi esa respuesta, seguramente propiciada por el cansancio.

—¿De dónde decís que veníais? —le preguntó el otro individuo, mientras descendía del carromato y cogía una bota de vino.

—Del manantial de Munros… a unos días de… digooo, unas semanas de aquí —se puso algo nervioso, pues vio que asomaban empuñaduras de espadas largas por debajo de las pieles de abrigo. «Es normal Vaiel, van protegidos por si les pasa algo por el camino».

—Y decidme, joven… ¿conocéis acaso a alguien en el Alto de Vistok? ¿O en la capital?

—Puede ser… —dijo retrocediendo, a medida que ambos individuos se acercaban hacia él.

—Pues mi colega y yo pensamos que os podemos ayudar a aligerar vuestro paso. Ese saco que lleváis parece bastante pesado. ¿Qué tal si nos ocupamos nosotros de portarlo?

—Creo… creo que será mejor que siga mi camino —dijo en un ademán de continuar, aunque ambos ladrones se pusieron frente a él, esta vez mostrando claramente sus espadas e incluso empuñándolas aún enfundadas.

—O nos das lo que llevas encima o te corto en picadillo, desgraciado. No juegues conmigo —le dijo el otro individuo, claramente ansioso por obtener su recompensa.

Vaiel pensó en huir corriendo, pero era imposible escapar de esos dos, con todo el peso y cansancio que llevaba sobre sus espaldas. ¿Luchar? Era otra alternativa, pero Vaiel solo portaba una daga roma, mientras que esos dos llevaban espadas largas que seguro no era la primera vez que usaban. Solo le quedaba tirar por la compasión y rezar porque su mala suerte desapareciera.

—Os lo ruego, señores. Mi padre ha fallecido hace unas semanas y lo poco que tengo es para intentar empezar una vida en la capital. Apenas llevo un par de átlidos y equipo básico de acampada, que venderé nada más llegar para poder costearme una habitación mientras busco un oficio.

—Me partes el corazón, capullo. No tengo toda la noche, así que suelta todo ahí, o te lo arranco —desenfundó su espada y su colega hizo lo mismo. La cosa se ponía fea—. ¿Y bien? ¿No me habéis oído?

—¡No!, no puedo daros mis cosas.

Y echó a correr. Corrió cuesta abajo como si el mismísimo demonio de la ira estuviera siguiéndole. Sacó fuerzas de donde creía que aún no le quedaban, y presa del miedo, se internó en el bosque. Tenía que escapar, podía escapar, él era rápido, era muy rápido. Sin embargo, sus piernas flaquearon, se torcieron ligeramente hasta el punto de casi hacerle caer. Mantuvo el equilibrio y siguió forzando su huida, aunque le pesaban las rodillas por todos los kilómetros que llevaban ya hechas en su viaje. Entonces se dio cuenta que su pantalón estaba mojado por la parte de su muslo derecho y no era orina, sino sangre, sangre que le comenzaba a arder. Miró un instante hacia atrás, y para su desgracia allí estaban sus dos perseguidores, casi a su vera, uno de ellos alzando de nuevo su espada y acuchillando a Vaiel en el otro muslo. Este golpe fue el definitivo. Vaiel cayó.

Estaba en el suelo, con los ojos vidriosos y la respiración entrecortada. Las dos piernas le sangraban constantemente, arrebatándole las pocas fuerzas que podía tener. Levantó su mano derecha para defenderse, si es que aún podía, y se la apartaron de un manotazo.

—Te dije que te quedaras quieto y nos dieras tus cosas, mendrugo. Me has hecho correr y eso te va a costar caro.

—Déjale, ya tiene bastante. Cojamos sus cosas y vámonos, que no estamos muy lejos de la ciudad.

—De eso nada, este no va a vivir para respirar otro día.

Vaiel empezó a tiritar, mientras sus fosas nasales se le llenaron de moco líquido. Su cabeza le daba vueltas, y por un momento, pensó en Manantial de Munros y lo que estaría haciendo ahora si se hubiera quedado allí. A su alrededor, uno de los malhechores estaba abriendo su mochila de viaje y quitándole el saco de átlidos que tenía, su pequeña fortuna. Sonrieron entre ellos mientras iban guardando todo para sí mismos, aunque ahí no iba a quedar todo. Le cogieron del cuello de su abrigo y alzaron su cabeza medio metro tendido sobre el suelo como estaba. Vaiel agarró con su mano zurda sin fuerzas a su agresor, pero de nada servía. Vio además aparecer el filo de la espada que por dos veces le alcanzó, y solo pudo tragar saliva y seguir sollozando.

—Valiente hombre —dijo con ironía quien le tenía agarrado—. En el fondo te vamos a hacer un favor y todo ja, ja, ja.

—Venga, acaba ya y vámonos.

Le puso la espada en el cuello, ya libre de ropajes, y le marcó un surco que rápidamente comenzó a sangrar. Solo faltaba presionar la espada y finalizar el trabajo. Pero no sucedió. El hombre se quedó quieto, como paralizado por una fuerza innatural y miró fijamente a los ojos de Vaiel. Tiró la espada, le agarró la cabeza con ambas manos y le gritó con nerviosismo.

—¡Oye! ¿Me oyes? ¿Me oyes? —le pegó dos tortas y le zarandeó un poco—. Te estoy hablando, ¿me oyes?

—¿Qué estás haciendo? —le preguntó su compañero—. ¿Qué mierda te pasa ahora? ¡Cárgatelo ya!

—¡Cállate! Tú, ¿me oyes?

—Sí… sí… —le dijo Vaiel medio inconsciente, mirándole con unos ojos ya sin vida.

—¿De dónde has sacado este colgante? ¿Lo has robado?

—¿Qué pasa con ese colgante? —le preguntó nuevamente su camarada, intentando acercarse para verlo mejor.

—Míralo bien, Ambus, solo nos faltaba esto…

—Mierda —dijo Ambus tragando saliva—. Es la orden del cuervo de maese Dévora. Joder, la hemos jodido. Este es un protegido de ella.

—Aún vive, espera, trae agua y algo de vino, y algún trapo. Podemos taparle las heridas, creo que no nos ha visto los rostros.

—Y una mierda, tenemos que matarlo y hacerlo desaparecer.

—Dévora nos encontrará, esa se entera de todo.

—No tiene por qué, piénsalo. Aquí, en mitad del bosque desaparece su protegido atacado por vete a saber tú quien. No hay pistas y…

—No os he visto —dijo susurrando Vaiel—. No os he visto…

—Mierda, mierda, mierda —insistió Ambus.

Cuando el nuevo día amaneció, el cielo se mantuvo grisáceo. Las nubes amenazantes comenzaron su recital de agua, unas gotas frías que impactaron con estruendo sobre la tierra firme. Vaiel abrió levemente sus ojos mojados en lluvia y barro, y se vio tirado cerca de unos arbustos y tapado con los ropajes que llevaba de abrigo. Tenía sangre seca aferrada a sus muslos, con una fea cicatriz que le dolía, sobre todo cuando intentó levantarse.

Le costó un poco ubicar dónde estaba y qué hacía ahí. Miró que su equipo de viaje estaba amontonado cerca, con la mochila abierta y su bolsa de dinero vacía.

«Al final os llevasteis mi dinero ¿eh, hijos de una cerda?»

Empezó a recoger lo que pudo para evitar que se siguiera mojando. Lo introdujo todo como pudo dentro de la mochila y miró el sendero hacia arriba, donde estaba el Alto de Vistok.

«Malditos sean todos y maldita mi puta suerte», se repetía una y otra vez mientras se iba deslizando hacia allí, arrastrando la mochila que se iba mojando cada vez más.

Alto de Vistok era un punto estratégico para los comerciantes, pues era un nexo de encuentro de las distintas mercaderías procedentes de varios lugares de la región. Era un paso obligatorio para las rutas principales que se abrían en el Sur de Ampiria, que iban trazándose en función de la cercanía de la capital, y por supuesto, de lo protegida que estuviera la zona. No tenía caballeros movidos por el emperador ni por el marqués de la región, sino una orden independiente constituida por mandato de un monje ermitaño de nombre Lalies. Muchos rumoreaban que era un loco visionario, otros que era un poderoso mago, mientras que otros tantos lo veían como el héroe que fue capaz de enfrentarse a una legión de segadores pútridos en la Segunda Cruzada Verde de Trivoiteres, él solo.

La orden se bautizó con el nombre de los caballeros lalianos y su emblema era una flor de tulipán circunscrita en un pentágono. El tulipán representaba el amor, el pilar principal de su religión, y el pentágono la totalidad de la sabiduría, su edén. Su religión proclamaba que debían ayudar a los necesitados y cultivar su saber, aunque lo cierto es que la orden derivó hasta convertirse en auténticos carniceros déspotas. Verlos implicaba esconderse rápido, pues eran jurado y verdugo, y te sentenciaban si necesidad de pruebas o disputas. Se les conocían como "los jueces".

Cuando Vaiel llegó a Alto de Vistok, apenas se sostenía en pie. Además, sus ropajes de pieles pesaban casi el triple de lo normal a causa de la fuerte lluvia. Estaba exhausto y no diferenciaba casi nada de lo que tenía a su alrededor. Veía casas, callejones, gente corriendo para refugiarse del aguacero… pero nada nítido.

Se hizo entender cuál vagabundo, con señales y balbuceos, y poco a poco le fueron indicando una dirección. No sabía bien si iba a dónde él necesitaba, pero siguió las señales como pudo hasta llegar a una taberna, en cuyo porche delantero había pintada una lanza bajo la que ponía "El lancero iris". Abrió las puertas de la taberna y varias miradas a su alrededor se fijaron en él, más por el ruido de la lluvia golpeando en la entrada que por él mismo. No obstante, las heridas de sus piernas eran evidentes fijándose uno un poco, aunque el aire enrarecido y las bebidas alcohólicas de este lugar no animaban a tener la vista muy nítida. Vaiel se sentó en una silla cercana a la puerta, apoyó ambos brazos en la mesa y sobre ellos puso su cabeza. Le dolía nuevamente, estaba débil y sentía como ahora además le atenazaba el frío por los huesos.

Un hombre de mediana edad, muy bien peinado y con un bigote muy cuidado se le acercó ataviado con un delantal con el emblema del Lancero iris.

—¿Y bien? ¿Va a tomar algo? —zarandeó ligeramente a Vaiel como intentando despertarle por si estuviera dormido—. ¿Hola? ¿Estáis bien?

—Sí… sí… perdonad. Ponedme algo de comer y beber, os lo ruego.

—Un día pasado por agua ¿eh, muchacho? Bueno, aquí ahora descansaréis. ¿Qué os pongo de comer? ¿Venado, cerdo, perdices del lugar? Están riquísimas…

—Cerdo mismo… —de repente cayó en la cuenta que no tenía dinero para costearse nada. Alzó su rostro hacia el gentil tabernero y siguió diciéndole—. Por cierto… durante mi camino hacia aquí me robaron anoche. He estado herido y abandonado y…

—Ahorraos las palabras. Si no tenéis dinero, largaos de aquí —le dijo de forma tajante el tabernero, cerrando sus cejas y mirando más detenidamente a Vaiel.

—Os lo ruego, tengo hambre y sed, os pagaré, os lo juro.

—Largaos antes de que os eche a patadas.

Ya se iba, cuando Vaiel recordó algo. El medallón de Dévora, el que le salvó de caer muerto anoche igual también le servía aquí. Era notorio que Dévora era conocida en estos ámbitos, hasta el punto de asustar a esos dos ladrones que al final incluso decidieron, por miedo, no ejecutarle.

—¡Aguardad! —le dijo al tabernero, mientras sacaba de su cuello el colgante de Dévora y se lo mostraba al tabernero.

El tabernero se detuvo un instante, cerró sus ojos para enfocar un poco mejor y se fue acercando a Vaiel hasta tocar el medallón para mirarlo mejor. Lo palpó deslizando sus yemas sobre la superficie, como comprobando su autenticidad, y miraba de soslayo a Vaiel algo incrédulo.

—¿Es bastante garantía para que me podáis servir un plato de cerdo y cerveza? —esputó Vaiel con firmeza.

—¿Garantía? Lo que veo es que es platino, y del bueno según parece. Os lo puedo aceptar como pago, pero porque me dais pena. ¿Un plato de estofado de cerdo y una jarra de cerveza? Muy bien, dadme el medallón y ahora os lo traigo.

Vaiel pensó en Dévora, su amor platónico, la diva que despertaba su más alocado sentimiento de pasión y desenfreno, y en cómo le salvó de la muerte la noche pasada. Sin embargo, miró a su alrededor a la gente comiendo y bebiendo y su estómago le recordó sus prioridades.

—Aquí tenéis, y os lo agradezco. Sabed que me lo donó maese Dévora, ¿sabéis quién os digo?

—Ni idea, muchacho.

«Vaya, pues parece que no es tan famosa», pensó Vaiel mientras veía cómo se llevaba su medallón.

Cuando le presentaron el estofado y la jarra fría, le volvió la vida. Tomó una hogaza de pan, la empapó en el caldo del plato y sucumbió ante el sabor de la comida. Nunca había llegado hasta un punto de extenuación tan grande como en el que estaba ahora, y mucho menos con unas heridas que le daban punzadas continuamente.

Iba a darle el primer mordisco a esa suculenta carne, cuando el plato se alejó de él hacia la silla que tenía enfrente, donde una mujer se había sentado. Con el brazo izquierdo se acercó también la jarra de cerveza.

—Pero, ¿qué...? —balbuceó Vaiel incrédulo.

—Tenía ganas de comer estofado, y la cerveza se ve apetitosa y a la temperatura justa, ni muy fría ni muy del tiempo.

—Señora...

—Señorita, por favor.

—Señorita, será mejor que os quitéis de mi vista. No sé quién sois ni me importa, pero o me devolvéis mi plato o no tendré reparos en quitároslo a la fuerza.

—Pero si no tenéis fuerza ni para sosteneros. Os deben doler esas dos heridas que tenéis en las piernas... y se os ve cubierto de demasiada lluvia como para haber estado en este pueblo bajo cobijo. Un camino largo el que lleváis recorrido ¿verdad? —una cucharada sopera de estofado pasó a los labios de la extraña—. Mmmmmm, qué rico está. Este cocinero es un artista.

—¡Maldita seáis! —dijo Vaiel, golpeando con su puño la mesa—. Devolvedme mi comida, que bien caro me ha costado.

—Y tanto, como que habéis dado a cambio un colgante muy valioso. La gran Dévora no estaría muy conforme, ¿no creéis?

Segunda cucharada a la boca.

—¿Os conozco de algo? —dijo perplejo Vaiel.

—Mmmm... No… mmm qué rico está. Aguardad un sorbo de cerveza... ahhhh reconfortante. Sí, me llamo Zurah, muchacho, y no, no me suena vuestro rostro para nada.

—Yo soy Vaiel. Oiga, de verdad, no quiero armar aquí un lío. Acabo de llegar, sí, y necesito comer, creedme.

—¿Os merecéis esta comida luego del pago que habéis hecho? Estoy segura que ese colgante no se os dio para este canje tan bajuno.

—Llevo más de dos semanas viajando por el bosque de Nefrún, me han robado y apaleado por el camino, y he tenido que andar así y bajo una lluvia sin clemencia hasta llegar aquí. Varias horas… Creedme que aprecio más de lo que imagináis a maese Dévora, mas de nada me sirve su colgante si estoy muerto, y o lo entregaba o me desmayaba.

—Tiene sentido lo que decís… lo que no me explico es por qué Dévora os entregaría su medallón. Vaiel decís, ¿eh? Tomad, comed y bebed, que tenemos mucho de lo que hablar.

Cuando el plato volvió al frente de Vaiel, éste lo acogió entre sus brazos para asegurarse que ya no se lo llevaría nadie y empezó a comérselo con las mismas manos. Miraba a su alrededor como varios de ahí dentro, incluida Zurah, le miraban con los labios ligeramente encorvados, aunque le daba igual.

—¿De qué conocéis a Dévora? —logró decir entre un cacho de carne magra y un sorbo de cerveza.

—La conocí hace mucho tiempo en una búsqueda. Nos ayudamos mutuamente.

—No tenéis pinta de ser una ladrona, burppp —eructó de forma sonora—. Os pido perdón… yo… es que…

—No os preocupéis, no sois lo más asqueroso que he visto, aunque competís con esa imagen seriamente. Yo no soy una ladrona, desde luego que no.

—¿Puedo saber a qué os dedicáis?

Zurah le miró detenidamente, juntado ambas palmas bajo su mentón y cerrando sus ojos inquisidores. Aconteció una mueca nada tranquilizadora, de esas que no sabes si está feliz o que trama algo. Vaiel, que iba recobrando poco a poco las fuerzas y la visión, la miró más detenidamente a ella también. Vestía con una chaqueta de piel tintada en azul oscuro y unos pantalones de cuero rudo. Sus botas eran de tacones altos, aunque parecían cómodas. Su rostro atraía la curiosidad y despertaba entusiasmo y algo de temor. Era la típica persona que uno mejor no se acercaba por si las moscas, aunque te gustara. Daba malas vibraciones.

—Soy jardinera, me dedico a la botánica desde que mis padres me enseñaron tal oficio.

—¿Jardinera? ¿Os referís a plantar flores y cultivar semillas?

—Una definición bastante escueta y directa.

—Pero… eso cualquiera sabe hacerlo. Hasta el Hormiga sabe cómo plantar calabazas y luego recogerlas, y eso que el Hormiga es un vago de narices.

—Estoy segura que el Hormiga debe ser un jardinero excepcional, mas no me comparéis con un amigo vuestro.

—Uhmmm… ¿os he ofendido? —ya le quedaba un par de cucharadas del estofado y media cerveza—. Igual me he expresado mal… quería decir que me extraña que podáis vestir con tanto porte y nobleza siendo jardinera. Aparte, ese oficio no es tal, sino que todos tenemos que saber de jardinería.

—Resulta curioso oír al pueblo ignorante expresarse. Os convencéis incluso de que es cierto lo que pensáis, es asombroso.

—¿Eso es un insulto?

—¿De verdad tenéis que preguntármelo?

—Creo que ya hemos hablado bastante —dijo Vaiel con su plato vacío y el resto de la jarra camino hacia su boca.

—También os equivocáis en eso. Aún nos falta mucho de lo que hablar, Vaiel. Me alojo en la posada de la calle de enfrente, en la habitación seis. Id allí en media hora, os esperaré —el rostro de Vaiel era de sorpresa y de grandeza, hasta que notó como la cerveza se le atascaba en la garganta y empezó a toser con fuerza—. Y no hagáis más el ridículo, os lo ruego. Os estoy citando para hablar en un sitio libre de escuchas y más tranquilo. No cometáis el error de considerarme vuestra concubina.

—Ehh… no, claro que no, no era mi intención pensar eso —dijo Vaiel, tartamudeando un poco y bajando de la nube en la que estaba—. Es solo que no entiendo de qué queréis hablar conmigo. Además, os diré que no es buena práctica que invitéis a un desconocido a vuestros aposentos. Nunca se sabe quién puede ser y si intenta algo contra vos.

—No os preocupéis por eso, tenéis pinta de inofensivo, aparte que se defenderme por mi misma.

—Ya… bueno, permitid que decline vuestro ofrecimiento, estoy aquí de paso y prefiero seguir mi camino nada más me recupere.

—Vos vendréis a mi habitación esta noche.

—¿Tan segura estáis, jardinera? —dijo Vaiel levantándose de la mesa.

—Estoy tan segura como de que sois un héroe en Ampiria. Me sorprende esa idea, pero sois vos, estoy segura.

—¿Qué…? ¿De qué habláis?

—Sois un héroe, o mejor dicho, lo seréis. Y no es que me guste ayudaros en tal labor, que se ve compleja, sino que he de hacerlo por la cuenta que me trae.

—¡Estáis loca! Parecíais una mujer curiosa, luego resulta que sois una jardinera, luego una prostituta invitándome a subir a sus aposentos y ahora ¿qué? ¿Una vidente?

—Consideradme lo que queráis, no es vuestra opinión sobre mí lo que me quita el sueño. Os espero en media hora —dijo Zurah adelantándose a Vaiel hacia a la puerta.

—Vais a esperar mucho, me temo.

—Os equivocáis, Vaiel. Ya habéis venido, aunque aún no lo sabéis.

—¿De qué estáis hablando?

—Para qué les distes ojos, ¡oh gran Creador!, si insisten en no usarlos. Ya te he visto venir a mi habitación, así que no os lo estoy pidiendo, sino más bien os estoy facilitando la labor.

—¿Lo habéis visto dónde?

—Muy a pesar mía, en mis sueños.

CAPÍTULO 6: CRUCE DE CAMINOS

Thernok se mostraba preocupado a la luz de la chimenea de ese antro. Miraba a los rostros que se movían entre las mesas del fondo con preocupación, como si alguien estuviera espiándole o -pero aún- acechándole. Sobre la mesa tenían tortilla de huevos de codorniz con habas, patatas cocidas y vino tinto de la casa. No era muy bueno, pero cumplía su cometido de alegrar con su ingesta.

—¿Estamos seguros aquí, Dévora? —inquirió Thernok—. Estoy seguro que vos sabéis manejaros en estos temas, mas tengo la extraña sensación de que hay sombras acechando en todo recodo de los pasillos de esta taberna. Aparte, vería más lógico estar quizás en una posada, en una habitación independiente y a solas ¿no?

—Seguros no estamos, Thernok, no desde que la camarilla del Búho está detrás mía. No obstante, varios de los rostros que veis andando por aquí son de la mía, y os aseguro que para colarse aquí e intentar hacerme algo debe venir alguien muy especial que aún no he llegado a conocer en mi vida. Así que ahora calmaos.

—Lo intentaré, aunque como os digo la cosa apremia.

—Vale, no hay problema, pero entended que tengo varias cosas en la cabeza ahora. Me he ganado un enemigo muy importante y con muchos contactos, he de salvar a Rociada, la pequeña niña raptada, y he cobrado por un trabajo que tengo que cumplir. Y ahora me salís vos con este pergamino sobre el camafeo de Guerón y un posible Apocalipsis. A ver, decidme qué amigos de confianza tenéis para saber cómo movernos. Ese Lord Cranes de Vilios, por ejemplo, ¿al final es amigo o enemigo?

—Era un amigo muy íntimo mío, a quién confiaría mi vida sin pensarlo, mas es primo del conde de las tierras Noseigas. Y como os dije, los nobles están muy metidos en esta búsqueda.

—¿Vuestra organización estaba centrada en la búsqueda de esta joya?

—Estábamos dedicados a restauración de escritos, ampliación de bibliotecas, varias búsquedas de armas y joyas referidas en la historia… pero como os dije surgió el tema del camafeo.

—¿Cómo lo encontrasteis?

—Lo encontró uno de nuestros más experimentados aventureros, un hombre para todo. Sin embargo, al encontrar el camafeo quiso usarlo para su propio beneficio y fue consumido por las llamas del infierno.

—¿Era mago ese aventurero?

—No que yo sepa. ¿Por qué lo preguntáis?

—Porque según leí en lo que me mostrasteis, deja bien claro que la llave para usar esa joya es un mago.

—¿Entonces debemos buscar un mago?

—Estáis perdido, Thernok. ¡Centraos os lo ruego! —dijo Dévora, golpeando la mesa con el puño—. Ese camafeo traerá la destrucción, se habla de un apocalipsis y según queda escrito será un mago el que logre despertarlo.

—Cierto, cierto… os ruego me perdonéis. Estoy algo alterado por todos los sucesos que están pasando.

—No os disculpéis —le dijo Dévora, viendo que tanta presión sobrepasaba la capacidad de un hombre tan mayor—. Es normal sentirse rebasado, pero debemos mantener la cabeza fría.

—Os prometo que así lo haré.

—La cosa es destruir esa joya. ¿Sabéis si se puede?

—Sí, se puede. De hecho se lo mostré a una animista que...

—¿Una animista? ¿Tenéis relaciones laborales con una animista? Y yo que pensaba que los magos estaban ya extinguidos… son como una lacra que sobreviven a todo. Siempre aparece uno nuevo.

—Esta es distinta, Dévora. Arropa magia blanca y sus actos altruistas hablan por ella misma.

—No me fio de nadie, pero de un mago menos todavía... y si es mujer, menos aún.

—Pues en ella deberíais, creo que fue mi mejor contacto.

—¿Y le disteis el camafeo?

—No, no lo aceptó. Me dijo que para destruirlo se necesitaba a un conocedor de la magia, pero que ella no estaba segura de intentarlo aún, por si lo despertaba.

—Coincido. Menos mal que ha sido sensata. ¿Entonces tenéis con vos el camafeo?

—No, desde luego que no. Temeroso de lo que podía pasarme lo oculté en uno de los escondrijos que teníamos en la organización, concretamente uno que solo conocía yo.

—Hicisteis bien.

—Sí, eso creo. Lo dejé escrito aquí, por si algo me pasara… agggg.

Sangre roja como la cera recién derretida salpicó la mesa y las viandas que ahí reposaban. Thernok tenía los ojos abiertos de par en par y los tosidos de su boca no hacían más que salpicar más y más sangre por doquier. Dévora miró a su alrededor con un barrido rápido. Todo en orden. ¿Pero entonces? Movió a Thernok, y en su espalda vio un espadón hábilmente clavado que le había atravesado la caja torácica.

Descorrió las cortinas que había detrás y que daban paso a un pasillo al final del cual estaban dos de sus secuaces.

«No puede ser… no puede haber pasado por aquí sin ser visto», pensó fríamente, intentando buscar dónde se podía haber metido el criminal. Volvió a mirar a Thernok, que desgraciadamente ya no ostentaba vida, y constató que la estocada había sido precisa, o sea, que había sido un ladrón asesino. Justo en ese momento Jeremiah, el cochero, entró con dos jarras de cerveza, quedándose paralizado ante la escena.

—¡Asesina! —gritó con firmeza—. ¡Habéis matado a mi señor! ¡Asesina!

Varios de los individuos que allí había se levantaron, metiéndose las manos bajo sus camisas y sacando espadones, dagas e incluso garfios afilados. Jeremiah seguía indicando a Dévora y chillando su nombre. Dévora cerró los ojos del viejo Thernok y le cogió el pergamino donde había dejado escrito el escondite del camafeo de Guerón. A continuación, miró nuevamente hacia el frente, donde la multitud se amontonaba.

—Quieto todo el mundo —dijo con voz calmada—. No le hagáis daño. Dejadle ir y ocupaos de este muerto. Enterradle bajo un pseudónimo y quien lo haga que me lo comente solo a mí.

—Pero, Dévora… este se va a ir de la boca —dijo con voz seseante un individuo con cara de pocos amigos, deseando clavar su daga en el agitado cochero.

—Sí, lo sé, mas eso ya es inevitable. El marqués pondrá precio a mi cabeza y tanto yo como mis camaradas serán perseguidos a muerte, así que ocultaos y no denotéis que me conocéis.

—Pero… podemos hacer desaparecer a este loco y…

—No, no, no es por él. Él es una víctima más de todo esto. Ahora lo voy entendiendo.

—¿A qué os referís? —dijo Remendes, uno de los contactos más fieles de Dévora, tras unos segundos de un molesto silencio general.

—A que el marqués tiene espías entre nosotros. Tonta de mí el pensar que un ladrón puede fiarse de otro, y mucho menos si todos comen bajo el techo del mismo marqués. A este hombre de aquí lo acaban de matar ante mis ojos y no he sido capaz de ver el ataque. Quién fuera no pudo salir de aquí tan rápido y es que ni siquiera hay ruta de escape posible. Ha sido uno de los nuestros, aunque no me atrevería a acusar a ninguno directamente.

Alrededor todos comenzaron a mirarse con estupor y sorpresa. Entre ladrones existían códigos no escritos, entre los que estaba el no vender a un colega de oficio. Pero estaba claro que aquí se había transgredido esa norma y si Dévora de Vohm lo declaraba abiertamente todos podían estar seguros de que era cierto.

—¿Y qué hacemos ahora, maese Dévora? —preguntó Merdigán, un hombre de más de dos metros de altura que tenía preso al pobre Jeremiah que no paraba de llorar y gemir mirando a su alrededor a todos contra él.

—Desapareced. El espía os delatará, pues os conoce, así que debéis darle caza vosotros a él. Yo contactaré con vosotros cuando descubra más sobre todo esto. Y dejad libre al cochero, lo necesito libre para que cuente lo que ha visto y oído. Que sepan todos que es el marqués Brovián el que mueve los hilos de todo esto. A ver cómo se las arregla cuando el emperador le pida justificaciones.

La taberna se llenó de algarabía, mientras algunos se terminaban su jarra y se largaban corriendo, desapareciendo en la noche. Otros se quedaron ahí, asimilando aun la noticia que tan brusco giro daba a sus vidas. Eran una hermandad de ladrones protegida por el señor de estas tierras y eso les confería muchos privilegios. Ahora se verían no sólo desprovistos de todos ellos, sino que además serían perseguidos a muerte.

Dévora salió hacia las cuadras, ensilló a su yegua negra "Tizón", y fue rauda camino abajo. A medida que iba trotando por las calles, iba elucubrando su plan de huida y acción. Debía ir a ver a Melquíades para preparar determinados escritos de adjudicación en caso de muerte, luego debía hacerse con equipo de viaje para varios días, sacar átlidos de su reserva oculta y hacerse con el camafeo. No obstante estaba sola y no podía confiar en los suyos.

«Orden, orden —se repetía una y otra vez—. Un ladrón debe tener la cabeza fría y en orden para ser competente, sino cometerás errores y te cazarán. Ten orden, Dévora. Y lo siento por ti, pequeña Rociada, pero no puedo salvarte hoy. Tendrá que ser otro día. Sé fuerte y aguanta».

No pasaron más de dos horas antes de que Dévora estuviera saliendo por las grandes puertas de la capital. Posiblemente, el espía ya estaría dando parte de todo, pero a ella no la cazarían, no al menos fácilmente. Si algo sabía hacer Dévora bien, era desaparecer.

Tomó el pergamino de Thernok, donde estaba marcada la localización del camafeo, y rompió el lacre que lo tenía sellado. Sin embargo, para su sorpresa no encontró un lugar explícito, sino un poema manuscrito.

Luz acontece entre las aguas quietas,
aires de cambios que nos separan.
Guerras aparecerán,
odio y sangre todo lo cubrirá,
donde antes había vida ahora la muerte reinará,
entre rezos oscuros la reliquia aguardará.

¿La has visto acaso, nómada de la vida?
¿O acaso has osado palparla para tu gloria?
Suena ya el dulce canto de su réquiem,
su preparación para el final.
Un solo segundo bastará para su luz,
solo un instante para llevarte al infierno,
un dolor efímero que borrará tu historia.

Rompe las cadenas que atan a la magia,
rueda a través de su fluir hilvanado,
oscurece tu vida y conviértete en muerte,
sacrifica tu alma para salvar las otras.

Un poema que hablaba de la destrucción y la muerte. De cómo se debía tener cuidado con el camafeo si no quería uno estallar en mil pedazos y en cómo había que confiar en la magia para tratar con ese objeto. La parte más preocupante era el último verso, donde decía "sacrifica tu alma para salvar las otras". Si eso significaba sacrificarse, iba a ser complicado, y no por tener que hacerlo ella misma, sino porque debía ser un mago quien lo hiciera. Y no eran tiempos de abundancia de magos, aparte que luego faltaría convencerle de destruir ese objeto voluntariamente. La cosa se iba a poner complicada de verdad. Si al menos supiera el nombre de la maga o animista blanca esa que ayudó a Thernok, tendría una alternativa, pero es que no tenía ni idea de dónde ir. Pensó por un momento en recurrir al Búho, pues buscaban la misma finalidad con el camafeo, destruirlo. Sin embargo, el Búho se vendía fácilmente por dinero, y si Dévora tenía precio por su cabeza, seguro que no perdería esa oportunidad. Además, el Búho debía responder ante los suyos dando ejemplo y no mostrándose indulgente luego de cómo ella escapó de sus garras. No, el Búho no iba a ser una buena ayuda.

Las horas pasaron raudas por los senderos por los que Dévora cabalgaba sobre Tizón. No solía viajar por caminos principales, sino por senderos secundarios o de animales salvajes, de forma que fuera más difícil emboscarla. La noche estaba cerrada, aunque como hábil ladrona que era, sus pupilas estaban ya habituadas a esa falta de luz, moviéndose con ligereza y seguridad incluso en la más absoluta oscuridad. Dévora sabía que debía correr todo lo veloz que pudiera, pues mañana por la mañana ya habría algún destacamento de caballeros persiguiéndola. Y en uno o dos días los pueblos vecinos estarían ya alertados. Se pondría recompensa a su cabeza y se abriría una cacería hasta verla muerta. Debía desaparecer y hacerlo bien, aunque su fama ahora se volvía en su contra. Muchos la conocían, especialmente ladrones y pícaros de tabernas, y se iba a volver muy complicado no ser vista entre tantas caras conocidas. Pero el camafeo tenía prioridad, ante todo y sobre todo.

Realmente muchos se sorprenderían al conocer a una ladrona del calibre de Dévora, que se movía con retazos de legalidad en sus acciones. Eran muchas las veces en las que mostró compasión o que actuó en favor de alguien de forma altruista. Tenía que ser implacable y recta en la toma de decisiones, pero no podía combatir contra lo que sentía: ver a una niña pequeña en problemas, una mujer siendo golpeada brutalmente por un hombre, acciones para destrozar familias… todo eso era enemigo de Dévora y siempre se las ingeniaba para rotar las tornas según su criterio.

—En menudo follón nos hemos metido ¿eh Tizón? —dijo susurrando la ladrona a su yegua—. Y yo me pregunto, ¿por qué rayos he de meterme yo en esto del camafeo? ¿Acaso no había otro u otra a quién molestarle con eso? ¿Acaso no tengo yo ya bastantes cosas en la cabeza?

Tizón relinchó comedidamente, como si entendiera lo que le decía su jinete.

—Sí, sí… pues claro que sí, Tizón. A alguien tenía que tocarle, pero ¿por qué rayos a mí? Ahora a ver a dónde vamos, porque no está la cosa muy bien que se diga. A ver… al Suroeste está el alto de Vistok, un lugar donde confluyen muchos mercaderes de casi todos los lugares de Ampiria, algo malo para mis intereses, aunque al menos no hay caballería de Ausper. No obstante están los jueces y esos caballeros no se andan con nimiedades, ante la duda te cortan la cabeza —Tizón volvió a gemir, resoplando con fuerza—. Pues ya ves… por otro lado podemos ir hacia el Norte y llegar al mar de Caritrea, a la ciudad de Reina-Uz. Allí creo que tengo algún contacto que aún no sabe nada de este asunto y podré sacarle algún que otro favor, y con suerte podremos embarcarnos a otro continente, lejos de todo esto. Y ya volveremos más adelante, cuando tengamos algo más claro. De todas formas nadie encontrará el camafeo sin este poema… o incluso con él, porque la verdad, poco dice aquí de su ubicación.

Dévora había sido instruida en la misma calle a la supervivencia extrema, y aguantaba bien el frío extremo de las noches y a sobrevivir con poca comida y bebida. Tenía también un concepto de la ubicación muy preciso, teniendo una especie de mapa mental de la geografía y geología del lugar. Reina-Uz estaba a unas cuantas semanas de viaje, pero ella podía acortarlas por los atajos que iba recorriendo.

Y así pasaron los días y las noches, cabalgando entre senderos secundarios y caminos poco frecuentados. Las estrellas eran las únicas testigos de la huida de Dévora a través de kilómetros y kilómetros de distancia de Ausper la Mayor, y los árboles y rocas del camino los cómplices que la ocultaban. Reina-Uz ya estaba a mitad de camino, y aunque le gustaría saber qué pasaba por la capital, le interesaba más llegar cuanto antes a su destino.

En el quinto día de su huida la comida ya escaseaba, y lo que era peor, el agua. Tizón estaba ya quejándose con dureza y el camino no facilitaba precisamente las cosas. Era polvoriento y con tramos empinados y rocosos. Ya había atardecido cuando Dévora estaba andando apoyada sobre el costal de Tizón y oyó ruido de voces cerca. Detuvo a Tizón y lentamente fue arrastrándose hacia unos arbustos. Tras ellos miró hacia abajo donde reposaba una fuente natural de la que brotaba agua. Allí había parado un carromato grande con el dibujo de un gran payaso en su lona y el cartel "Circo los dragones sin alas". También había algunos viajeros que reposaban de su caballo mientras comían algo o comentaban entre ellos noticias de según su procedencia. Era un lugar de reunión donde los nómadas del camino se paraban para descansar, incluso durante varios días.

Era arriesgado dejarse ver, pero necesitaba agua y comprar algo de comida. Tizón también lo agradecería. Bajaría el tiempo justo para abastecerse, tenía que hacerlo. Tomó de las riendas a Tizón y descendió por el sendero pedregoso superior hasta ir entrando al corro de la fuente. Las miradas se desviaban hacia ella, aunque ninguna era devuelta por parte de la ladrona.

Llegó a la altura de los abrevaderos, donde varios caballos bebían, y allí puso a Tizón para que saciara su sed. Ella empezó a llenar su cantimplora y su odre, mientras miraba más detenidamente al grupo que comulgaba en la zona. Nadie le prestó más atención de la que merecía un viajero más que acababa de llegar. Nada más acabó de llenar sus recipientes, se dirigió hacia uno de los mercaderes que allí anunciaba algunos productos de comer y le compró queso curado, manzanas confitadas, pan de sésamo y brotes de espárragos sazonados a la pimienta. Con esto tenía suficiente como para llegar a la ciudad de Reina-Uz, sin lugar a dudas.

Los del circo improvisaron ahí una actuación sin sus vestimentas oficiales ni el guion escrito. Empezaron en favor de unos niños que allí estaban, y al final varios de los allí presentes se fueron uniendo a la congregación. Muchos de los viajeros les tiraban algunos romanceros a los actores, lo que les animaba más aún a seguir interpretando. Representaban un teatro en honor a Sigfrido de Anterios, un caballero de la orden de los dragones blancos, un héroe para la leyenda popular que conquistó reinos enteros y llevó a cabo batallas épicas.

Viendo el campo tranquilo y relajándose por primera vez en mucho tiempo, decidió quedarse un ratito para disfrutar del ambiente. Sabía que hacía mal, que un ladrón en huida debía permanecer visible lo estrictamente necesario, pero también sabía que igual esta gente podía informarle de algo que ella no supiera. A fin de cuentas no podían ser de Ausper la Mayor, ella habría sido más rápida que ellos con total seguridad.

—¿Os importa que tome asiento? —le preguntó a una pareja que vestía con ropajes de viaje, gorros de ala ancha y prendas cubiertas de polvo.

—A vuestro gusto —le indicó la mujer, de ojos claros y labios partidos en dos, alguna cuchillada que dejó ahí su cicatriz.

—Un largo viaje lleváis ¿no? —le preguntó el hombre que estaba al lado. Vestía parecido a ella, aunque él iba armado con un estilete y un arma de fuego asomando por la camisa.

—Algo, sí —dijo de forma escueta Dévora, mirando la actuación.

—¿Queréis? Es de hierbas —le ofreció el hombre, mientras le extendía una botella de un líquido amarillento.

—No, gracias, pero os lo agradezco. ¿De dónde venís vos, pareja? —Dévora sabía que la mejor forma de detener la curiosidad de la gente era preguntándole a ellos acerca de su vida. Responder una pregunta con otra.

—De Ausper la Mayor, pero no os equivoquéis, somos familia, no pareja —dijo sonriendo el hombre—. ¿Y vos?

—Llegué por mar a la ciudad de Reina-Uz y tras visitar la región, me disponía a visitar la capital, de dónde vos procedéis. ¿Qué tal se vive por ahí?

—Si eres pudiente muy bien, si no como las ratas. La capital chupará todo lo bueno que tengáis, creedme. Mejor marchaos a un pueblo tranquilo. ¿Sois mercader de qué, por cierto?

—Represento a talleres Sigfred, especialistas en la elaboración de todo tipo de muebles de madera, desde un sillón hasta un abrevadero como ese de allí, o incluso estructuras de casas enteras.

—¿Una carpintería? —dijo con voz socarrona la mujer—. ¿Vais a la capital a vender muebles y maderas? Ja, ja, ja, si eso es cierto, sois la mujer más tonta que he conocido en mi vida. Hay mejores artesanos en la capital de lo que pensáis…

—¡Ah, vaya! Lo imaginaba, mas no sabía si realmente trabajaban también la madera y si podían abarcar toda la demanda —dijo Dévora, consciente que en el barrio de los oficios de Ausper la Mayor no solo se trabajaba bien la madera, sino que se hacían auténticas obras de arte.

—Pues sí amiga, sí. Como vayáis allí anunciando vuestras mercaderías se os echarán a la yugular. Mejor id a Manantial de Munros, no muy lejos de aquí.

—¿A Manantial? —interrumpió el hombre—. Ahí solo va a vender madera para calentar las chimeneas, porque más pobreza de la que encontraréis ahí no hay.

—Sí, es cierto... Munros está cada vez más abandonada a su suerte —añadió la mujer.

—Bueno, veré entonces qué hago. ¿Lleváis mucho tiempo de camino? —preguntó Dévora.

—Ocho... no, más, nueve días aproximadamente...

La conversación seguía fluyendo de forma natural, aunque los ojos de Dévora se volvieron nerviosos y le costó mantener la compostura frente a sus contertulios. Se tapó el rostro con la capucha de forma disimulada, dando a entender que se tapaba de la molesta luz con el brazo. Seis caballeros con el emblema de Ausper la Mayor entraron en la plaza sobre sus corceles. Iban ataviados con sus armaduras desprovistas de los yelmos y con sus capas distintivas ondeadas al viento. Su presencia silenció a todos alrededor y el teatro cómico se detuvo sin mediar palabra alguna, permaneciendo todos en el lugar en el que estaban, como inmovilizados por una fuerza antinatural. Los caballeros se pusieron en mitad de la plaza y uno de ellos gritó con voz prominente:

—Saludos comerciantes y viajeros. Somos la guardia de Ausper la Mayor, la decimoquinta escuadra. Vamos a parar unas horas para descansar nuestras monturas y comer algo. Os rogamos que no os acerquéis a menos de diez metros a ninguno de nosotros bajo pena de muerte.

La gente comenzó a susurrar entre ellos y es que, desde luego, los caballeros de Ausper no habían entrado con buen pie. Dévora estaba pensando en cómo habían llegado casi a la par que ella y en cómo huir ahora de la situación. Si salía corriendo la verían al momento. Quizás lo mejor sería esperar a que anocheciera, para fundirse con las sombras, aunque aún quedaba mucho para eso, y los caballeros estaban descabalgando y mirando a la gente a su alrededor. La iban a descubrir, maldita sea.

—¿Me oís, señorita? —repitió el hombre, mientras cataba el licor de hierbas que le ofreció anteriormente—. Os preguntaba si viajáis sola.

—Sí... bueno no, somos cuatro, pero nos dividimos para abarcar varias ciudades y pueblos y luego nos volveremos a juntar para contrastarlo todo —le respondió Dévora, dando más credibilidad a su historia.

—Ah... mercado fraccionado se llama eso ¿no?

—¡Tú sí que estás fraccionado! —le espetó la hermana, dándole un coscorrón—. Deja ya tranquila a la dama.

—No os preocupéis, no es molestia —respondió Dévora, levantándose del sitio—. Ahora ruego me disculpéis, tengo cosas que comprar antes de seguir mi camino. Un placer haberos conocido.

—Igualmente —respondió la pareja al unísono.

El panorama no pintaba bien, mas si en algo era bueno la ladrona era en esfumarse, incluso en los momento menos idóneos para ello. Con su capa terciada de lado y sus ojos hacia el suelo, fue de grupo en grupo hacia su montura, presta para abandonar el lugar. Sin embargo, algo cambió en su parecer: había un prisionero con esos caballeros. No venían por ella, ahora estaba segura. Sus cálculos habían sido correctos, no les podría haber dado tiempo a moverse tan rápido por los caminos principales habiendo ella transitado por senderos de atajos. El prisionero estaba vendado y con fuertes cadenas aferrándole los brazos por la espalda. Era un hombre fuerte y alto, de pelo rubio y piel morena. Sus vestimentas eran de cuero recio, con muchos garabatos representando espadas, dragones y escudos heráldicos. Dévora notó como las pulsaciones le bajaron sustancialmente y su estado de alerta fue disipándose para dar paso a la curiosidad. No obstante, no era buena idea mezclarse con caballeros de Ausper la Mayor, especialmente si habían dejado claro que nadie se les acercara.

Como ladrona consagrada que era, Dévora era capaz de fijarse en cosas nimias para las personas comunes, detalles aparentemente normales pero que daban pie a deducir mucho más. El prisionero estaba vendado y eso era algo anómalo. Se hacía cuando no se deseaba que viera por qué camino transitaba o por su alta peligrosidad.

«Es evidente que lo llevarían a prisión o a ejecutarle, así que no tiene mucho sentido que no pueda ver hacia dónde va —pensó para ella misma—. Aparte, va encadenado y siempre hay un guardia con una daga tras su espalda, demasiada seguridad para solo una persona».

Los caballeros solicitaron a un grupo de familias algo de comida y bebida que gentilmente les sirvieron. Fueron los únicos con los que compartieron alguna palabra. Dévora tenía que saber más, estaba en su disciplina el intentar aprovechar cualquier hecho a su favor, y si bien no sabía en qué podía ayudarle esta situación, tenía un presentimiento. Los ladrones eran comerciantes de información y nunca se sabría cuándo le sería útil saber que por aquí pasó esta cuadrilla. Mientras no pusiera en riesgo su integridad, podría intentar saciar su curiosidad.

Así pues, con letanía y disimulo, se acercó a las familias que habían asistido a los caballeros con el pretexto de regalarle algo a los más pequeños. Eran tres familias, compuestas por tres hombres y tres mujeres adultas, tres niñas de menos de ocho años y dos niños de edad crecida, sobre los doce años. Rápidamente congenió con ellos, ofreciéndoles una flauta de madera como regalo y contándoles una tragedia inventada, en la que ella había sido madre de una niña preciosa pero que a los cuatro años fue asesinada por orchis. La congregación se sintió muy cercana a ella, dándole un té de flores e invitándole a sentarse a su lado. No pasó mucho tiempo cuando Dévora comenzó a preguntar acerca de los caballeros.

—Esos son guardias de la capital ¿no? ¿Qué harán por aquí? —dijo con voz trémula.

—No es un sitio tan raro para verlos —respondió Altanir, uno de los varones—, este es un sitio de paso frecuentado por todo tipo de viajeros para repostar agua y descansar unos días antes de proseguir.

—Sí, sí, cierto es. Llevan a un prisionero según parece —insistió Dévora—. Pobrecito, a ese no le espera nada bueno.

—No os refiráis a él, Dévora —le dijo susurrando Bella, la esposa de Carlindo—, ni siquiera le miréis. Nos han dicho que es un caballero del dragón, ya sabéis de esos que domestican a esas fieras. Dicen que huelen cuando alguien habla de ellos y que son capaces de robarte el alma.

«¡Un caballero del dragón! —pensó Dévora con sorpresa—. Pero… ¿y su dragón? Un caballero del dragón no dejaría que le prendieran así como así. La leyenda los describe como temibles en el campo de batalla y con un dragón siempre cercano que los ampara… Y sin embargo tiene sentido… por eso lo llevan así, atado a tope y sin poder ver».

—Además es de modales bruscos —siguió diciendo Bella —cuando le ofrecí agua me la escupió al suelo y me dijo que no quería nada de un insecto como yo. ¿Os lo podéis creer?

—Gente desagradecida —dijo Dévora, respondiendo lo que querían oír—. Seguro que es un bandido que ha matado o ha destrozado a alguna familia. Justo castigo le espera.

—Eso seguro —dijo al momento Carlindo de nuevo—. Esos caballeros no se andan con chiquitas y si no lo han ejecutado ya es porque lo van a torturar hasta que escupa su corazón por la boca.

Dévora conocía bien la leyenda de esos míticos caballeros del dragón, en la que se hablaba no solo de su poder en combate y de sus habilidades innatas, sino también de cómo eran capaces de encauzar maná, al igual que un taumaturgo podía hacer.

«Seguro que por eso lo han apresado. Habrían creído que era un mago y van a sonsacarle información de dónde puede haber más. Malos tiempos para conocer el secreto de la magia».

Tras despedirse del grupo, a punto estuvo de irse del lugar, pero algo la mantuvo allí cerca. Realmente no sabía dónde ir, ni tenía ya amigos en quién confiar. Las amistades de una ladrona se volvían contra ella nada más poner precio a tu cabeza, sobre todo si era el señor de las tierras quien lo hacía. ¿Confiar en un caballero del dragón? Bueno, si le salvaba seguro que podía contar con él como guardaespaldas, aparte que igual hasta sabía algo del camafeo. No era una opción muy viable ni apetecible la de liberarle, y tenía que estar segura antes que nada, mas parecía una opción bastante buena para sus intereses. De cualquier forma, tenía que hablar con él antes que nada, y para eso debía emplearse a fondo. Esperaría a la noche, su mejor aliada, momento en el que trazaría su plan.

Se despidió de las amistades que allí hizo y se ocultó bastante alejada del lugar. Estaba en un promontorio oculta a la vista, viendo cómo la gente de allí se iba yendo mientras otros nuevos venían de paso. Estaba claro que la presencia de la caballería ahuyentaba a todo viajero, y apenas paraban para descansar unas horas y refrescarse antes de seguir su camino.

Los caballeros dispusieron su campamento con tiendas de caballería, las que se sustentaban con varias varillas finas y una central sosteniendo un recubrimiento de tela rígida. Se podían contar hasta seis tiendas y al prisionero lo metieron en una de ellas con uno de los guardias. El resto de guardias se metió en sus tiendas respectivas, excepto uno que se quedó fuera cerca de una hoguera, montando guardia. Éste tenía visión directa con la tienda donde estaba el prisionero, así que estaba claro que debía colarse por detrás de la tienda. Abriría un hueco en la tela y entraría. El problema era que dentro estaba otro caballero, presumiblemente despierto, al lado del prisionero. Tendría que improvisar estando allí, aunque no sin antes prepararse debidamente. Comprobó que su frasco de ámbar en polvo estaba bien sujeto en su cinturón, mientras se cerraba la capucha tapándole todo su rostro y hacía lo propio con un pañuelo sobre su boca y nariz.

El ámbar en polvo se obtenía dejando endurecer ámbar al Sol y luego machacándolo hasta hacerlo polvo, para mezclarlo a continuación con otras sustancias procedentes de la flora, como flores y hongos. Era muy usado por gente de la condición de Dévora, pues al espolvorearlo sobre alguien, y éste respirarlo, le provocaba náuseas y sueño, mucho sueño. En algunos casos provocaba ataques epilépticos e incluso la muerte por una reacción alérgica, pero no era lo habitual.

La noche se cerró sobre el lugar, con un frío que helaba los huesos y humedecía los ropajes con el rocío nocturno. Para mayor gloria de Dévora, una niebla leve se asentó sobre el valle donde estaba la fuente. Hábilmente, la ladrona se deslizó entre el follaje sin apenas provocar ruidos y en muy poco tiempo ya estaba detrás de la tienda. Al otro lado, el caballero que montaba guardia miraba atentamente hacia todos los puntos cardinales. Había que hacerlo bien y rápido, no había lugar para los fallos. Acercó su oído y su vista a la lona de la tienda, donde desdibujó la silueta de los dos moradores. No decían nada, absoluto silencio, y era complicado saber quién era quién, pues eran de constitución semejante. Muy sutilmente, Dévora abrió un minúsculo acceso por debajo de la lona y lentamente comenzó a espolvorear el ámbar en polvo. Dentro, las siluetas apenas movían sus cabezas o su torso, así que por ahora no había problemas.

Pasaron veinte minutos largos, durante los cuales, el guardia de la hoguera se levantó para estirar las piernas, servirse un café con unas hierbas que le añadió de aderezo y se volvió a sentar. Dévora ya había vertido todo el ámbar en polvo y faltaba que entrara en funcionamiento, mas parecía que tardaba más de lo habitual. Dentro, las dos siluetas permanecían erguidas aún. Algo estaba fallando y el tiempo iba en su contra. Siendo seis, seguro que iban a rotar las guardias cada hora, y aunque aún tenía algo de tiempo, no le gustaba estar tan apretada de margen. No obstante esperó y se sucedieron diez minutos más. Pero allí seguían impertérritos, las dos sombras permanecían sentadas tal y como estaban antes. Sin embargo, algo fallaba en esa imagen. Llevaban más de diez minutos quietos en la misma posición, síntoma de que quizás el somnífero había actuado y estaban aletargados ahí dentro.

Era la hora de la verdad, tenía que entrar o largarse, y aunque por un momento dudó, al final sacó su puñal oscuro y trazó un corte del tamaño de una mano sobre la lona. Miró sin más impedimentos el interior, y allí estaban los dos, el guardia y el prisionero totalmente dormidos. El caballero estaba apoyado sobre sus alforjas con la espalda. La mano que sostenía su daga estaba en el suelo. El prisionero estaba también dormido a causa de la sustancia. Dormía plácidamente apoyado con la espalda sobre la varilla central que sostenía la tienda. En este punto, habían dos opciones, la de despertarle y hablar con él aquí, como tenía pensado, o bien sacarlo y tratar con él fuera. Esta última idea no le gustaba mucho, pero se había demorado demasiado ya, tenía que haber entrado antes y en breve el efecto del ámbar en polvo desaparecería. La opción estaba tomada, cogería al prisionero y se lo llevaría fuera, a su escondite. Debía ser rápida, abrir un agujero mayor para sacarle a rastras e intentar ser silenciosa para no alertar al caballero que estaba de guardia en la hoguera. Y así lo hizo.

Cuando Dévora llegó a su escondite, Drigán que estaba siendo arrastrado cogido por sus axilas, empezó a despertar lentamente.

—¿Qué…? ¿Qué está pasando? ¿Qué haces? —gritó el caballero del dragón, revolviéndose en el suelo.

—Cerrad la boca si no queréis que os deje aquí merced a vuestros captores. Soy una amiga que os está liberando.

—¡Quitadme la venda! —volvió a gritar Drigán.

—Lo haré, pero os ruego que intentéis no gritar, no estamos muy lejos de los caballeros que os tenían preso.

—¿Acaso creéis que me preocupa eso? Esa gente va a saber cuál es el castigo por osar meterse conmigo.

—Haced lo que queráis, mas os ruego que antes me oigáis —replicó Dévora, mientras le devolvía la visión.

Drigán se irguió hasta sentarse en el suelo, con sus dos brazos apresados aún por la espalda a las gruesas cadenas. Miró hacia lo lejos, donde veía las tiendas de caballería alrededor de la fogata. Ellos estaban asentados entre unos arbustos frondosos, ocultos entre la niebla y la oscuridad de la noche. Se giró y vio a su libertadora, una mujer con un cuerpo de fantasía, con unas curvas idílicas que no ocultaba en lo más mínimo. Su rostro, sin embargo, estaba oculto tras una capucha que apenas dejaba ver más allá de sus labios y la punta de su nariz.

—Dejadme veros, mujer —dijo Drigán con voz firme.

Dévora destapó su rostro y le dibujó una sonrisa afectiva, aunque Drigán no parecía reparar en ello. Era un hombre apuesto, aunque con una rudeza y modales que lo alejaban de todo romanticismo.

—¿Quién sois? —le volvió a preguntar a la ladrona.

—Mi nombre es Dévora de Vohm, aunque agradecería que no lo dijerais por ahí. Digamos que la Corte me tiene en su punto de mira, y que haya liberado a uno de sus prisioneros no creo que siente muy bien. No quiero que acentúen su cacería hacia mi persona.

—Quitadme las cadenas —espetó Drigán, como si las palabras de Dévora le importaran en lo más mínimo. Estaba claro que era un hombre práctico, parco en palabras.

—Lo haré con gusto, mas antes necesito saber algo de vos. Necesito ayuda y…

—Os ayudaré, pero ahora soltadme.

—No os he dicho en qué aún —dijo Dévora, con una risa contenida—. Os tengo que contar antes de qué se trata, pues no es…

—Callaos de una vez, mujer, y soltadme —le interrumpió Drigán, mirándole con cara de pocos amigos.

—Vuestra leyenda os persigue, temible caballero del dragón, mas está claro que sois igual de vulnerable que cualquier otro hombre que haya conocido. No os confundáis, no os debo nada más allá de lo que he hecho y no me deis órdenes, detesto que hagan eso. Os he liberado para que me ayudéis en un asunto de mucha importancia, más de la que podáis pensar.

—¿Liberado? Seré libre cuando estas cadenas no me sujeten los brazos. Cumple tu trabajo y luego háblame, mientras tanto no hables de honores que no te corresponden.

—Está bien, tenéis razón. Dejaros aquí así no os da la libertad. Permitidme —le dijo Dévora, mientras le echaba hacia delante para tener más ángulo para forzar los candados que mantenían con presión las cadenas—, en un minuto estaréis libre.

—¿Tenéis otra arma que no sea ese puñal? ¿Algo así como una espada?

—Supongo que para vengaros de esos caballeros ¿no? No es que me quiera entrometer, mas insisto en que me gustaría que antes me oyerais. Aparte que enfrentarse a seis caballeros de Ausper la Mayor no es algo que deba plantearse con tanta premura.

Los candados cedieron y las gruesas cadenas cayeron al suelo, dejando al descubierto los fornidos brazos de Drigán. Estaban tatuados con dragones que nacían en sus hombros y cuyas cabezas acababan en sus puños, con las fauces abiertas de par en par.

—No hace falta que me cuentes nada, sé lo del camafeo de Guerón y me servirás bien. ¿Ayuda dices? Por supuesto que la tienes, cuentas con un caballero del dragón a tu lado.

—¿Pero... qué? ¿Cómo sabéis lo del camafeo?

—Kragor til Mass me lo ha referido.

—¿Y ese quién es?

—Es tu Dios a partir de ahora —impuso Drigán, mientras desenvainaba la espada larga que Dévora tenía en su espalda. A continuación miró hacia el campamento.

—Muy bien. No sé bien qué sabéis o qué suponéis que yo sé, mas podéis estar equivocado.

—¿Buscas el camafeo?

—Sí, así es.

—Suficiente entonces. Solo espero que no te pongas frente a mis intereses.

—Aguardad, algo falla aquí. Primero, os agradecería tener un poco de gentileza hacia mí, como yo hacia vos. ¡Os he liberado!, no sé si sois consciente de ello. Y segundo, esos caballeros están armados y descansados, y vos estáis aún ligeramente drogado por el ámbar en polvo y solo con una espada larga. Y tercero —no estaba muy segura si decirle esto también—, sois vos quien tiene que estar a mi servicio y no yo al vuestro.

—Mi nombre es Drigán, caballero milenario del Dragón dorado, y no admito ningún tipo de obligación ni mandatos de una mujer como tú. Si me has liberado lo has hecho porque ese era tu destino y porque necesitas mi ayuda.

—¿Drigán, decís? —dijo Dévora, sorprendida al recordar que ese era el nombre que el Búho quería que le investigara.

—Así es. Y para vuestro consuelo, a partir de ahora os trataré con el respeto que pedís. Lo hago por cortesía hacia una dama que sois y no porque despertéis admiración sobre mí.

—Disculpad mi rostro de sorpresa. Me preguntaron por vos no hace mucho, aunque se os creía encerrado en una prisión.

—En Roca negra de la muerte, hacia dónde me llevaban esos desgraciados. Pero lo van a pagar caro, creedme.

—¿Y puedo preguntaros por qué os tenían preso? Esa prisión no es un lugar al que lleven a simples delincuentes. ¿Es por vuestro conocimiento de la magia?

—No, es por ayudar a una maga.

—¿Conocéis a una maga? Parece que he dado con la persona adecuada, mi destino ha sido agraciado conmigo —dijo algo jocosa Dévora—. Necesitaremos una para destruir el camafeo, nos viene fantástico. ¿Sabéis dónde está?

—Nadie va a destruir el camafeo, no al menos si yo puedo prohibírselo. Esa reliquia pasará a mi posesión.

—¿Pero sabéis qué es capaz de hacer? Es una temeridad que persona alguna pueda sostenerlo.

—Si no os gusta mi decisión, marchaos y dejadme en paz. Ir conmigo implica estas condiciones.

A Dévora ya no le quedaban más cartuchos que quemar y Drigán estaba ya dando por cerrada la conversación para encaminarse hacia los caballeros de Ausper, que se preparaban ya para dar el cambio de guardia y descubrirían la fuga. Sin embargo, cual hábil jugadora de tabernas, Dévora sacó la carta oculta que guardaba bajo su manga.

—Una cosa más Drigán. Si aún no tenéis el camafeo es porque no sabéis dónde está, ¿cierto?

Drigán se dio la vuelta y la miró de arriba a abajo como si estuviera frente a un desecho. Sin mediar palabra alguna dio tres pasos firmes hacia ella hasta plantar su nariz tocando la de ella. Dévora, no obstante, estaba ya acostumbrada a tratar con todo tipo de borrachos, egocéntricos y narcisistas que cohabitaban en tabernas noctámbulas, y no cedió ni un solo paso hacia atrás.

—¿Tenéis algo que contarme, ladrona?

—Que tengo la localización del camafeo.

—¿Dónde?

—Vos tenéis fuerza y poder para abrirnos paso en su búsqueda, y yo tengo su localización. El trato es irnos ahora y dejar vuestra venganza para más adelante.

—¿Os atrevéis a darme órdenes, cucaracha?

—Hicimos un trato, caballero del dragón. Respetadlo.

—Kragor til Mass os destrozará por tamaña ofensa si no lo hago yo antes. Me estáis poniendo a prueba, y si no os saco la información a tortas aquí y ahora es por agradecimiento a haberme liberado. Pero no tentéis más vuestra suerte y soltadlo.

—¿Y ese quién es? ¿Vuestro dragón?

—No solo mi dragón, es mi alma y parte de mi propia existencia.

—Pues parece que no vino a salvaros ¿no?

—El destino quiso que fuerais vos quién lo hiciera.

—Pues es el destino quién os habla ahora, oídle y obedecedle. Esta ladrona y vos debéis ir juntos a por ese camafeo. Esos caballeros os alejarán de ese destino.

Parece que Dévora hizo diana. Drigán se quedó pensando durante unos segundos algo desorientado hasta volver a mirar a Dévora. Esta vez emitió una leve sonrisa y alegró sus facciones.

—Muy bien ladrona, es el destino quién habla y yo lo respetaré. Vámonos de aquí, ensillad ese caballo y seguidme a pie sin retrasarme mucho.

—¿Mi caballo? Podemos ir los dos encima, ¿no creéis?

—Un caballero del dragón no cabalga junto a personas como vos, ladrona.

—¿Tanto os cuesta llamarme Dévora?

—Para mí, vuestros nombres son pura falsedad. Sois todos iguales, magos, caballeros, ladrones, panaderos, ganaderos… no merecéis ser nombrados, no tenéis ese privilegio ante el gran Astral.

—Desde luego sois una persona simpática, el acompañante que todo viajero querría tener a su lado —dijo sarcásticamente Dévora.

—Por supuesto que sí —le respondió Drigán muy serio, sin caer en la cuenta que era una ironía.

CAPÍTULO 7: ALIANZA CON SANGRE

El corcel de Drigán era brioso y veloz, y cada zancada que daba hacía tronar el suelo. Tenía detalles que solo un caballero del dragón le aplicaría, como herraduras de un extraño metal rojizo y semitransparente, unas alforjas escamosas de color verde, o unas riendas coronadas en toda su superficie por unos colmillos del tamaño de una mano. Sirián era buena jinete, ya había hecho muchos viajes a lo largo de su vida y entre ellos la huida era algo habitual. Desde que descubrió los secretos de la magia, tuvo que ir escondiéndose de todos, ocultando su conocimiento por miedo a ser señalada y ejecutada. Eran unos tiempos difíciles para ser mago, aunque amparases la casa blanca.

Dejar atrás a Drigán no era de su agrado, pero lo conocía de sobra y sabía que podía apañárselas él solo, o mejor dicho, él y su dragón. Lo conoció cuando apenas era un muchacho que mal vendía sus servicios de camorrista en los barrios bajos de Munfay. Apenas tenía diecinueve años, pero ya tenía un cuerpo esculpido en músculos recios y marcados. Tenía una complexión única, y de alguna forma, Sirián ya sabía que él estaba destinado a algo mucho mayor. No fue hasta un año después cuando Drigán conoció a Kragor til Mass, quien se convertiría en su dragón. Sirián tuvo la suerte de mediar en esa unión y es por ello que la aceptaban como una amiga, todo un privilegio teniendo en cuenta que los caballeros del dragón y su dragón no se juntaban con el resto de humanos. Poseían un vínculo que trascendía más allá de lo conocido, de forma que ambos sentían lo que el otro sentía y podían comunicarse de forma mental desde cualquier lugar.

El ritual para convertirte en caballero del dragón comienza con el nacimiento de un dragón especial, uno marcado por las estrellas. Dicho dragón renuncia a su libertad por separado y busca a su alma gemela, su vínculo, un humano elegido entre los millones que existen. Es entonces cuando el dragón busca con ahínco reunirse con su humano, para crear el vínculo. Ese es un momento muy especial donde la magia brota a raudales a través de ellos. Se conforma una red en la que se entrelazan los hilos de ambos, quedando unidos de por vida. Cambiar las redes del pasado, el presente o el futuro no era algo que estuviera a la altura de nadie, ni siquiera de los magos más experimentados que pudieran haber existido. Los magos más avezados tenían premoniciones y visiones de lo que podía llegar a pasar sobre una persona en un corto periodo de tiempo, mas no llegaban a mucho más, no al menos sin un riesgo patente.

Cuando Drigán fue acosado por quien sería su dragón, no sintió deseos de huir ni sintió temor. Sabía que ese era su destino. Fue hacia él, lo miró y supo entonces que había nacido para ser parte de esa fiera que llevaba dentro desde su nacimiento. Drigán fue con Sirián al lugar de encuentro, un lago al que él sentía que tenía que ir, y allí estaba Kragor til Mass esperándolo. Era dorado como la estrella más brillante, con una luz palpitante y cálida. A su alrededor el sonido estaba apagado, conformando un ambiente de paz. Un dragón dorado era algo insólito, apenas se podían ver, y mucho creían en ellos como leyendas y no como una realidad. Normalmente, el futuro caballero del dragón y su dragón se recluían durante varios años mientras solidificaban ese vínculo, aunque había un problema con el que no contaron: Kragor til Mass tenía un mal congénito que no solo lo mataría, sino que arrastraría también a Drigán. Afortunadamente -o porque el destino estaba escrito así, como le gustaba decir a Drigán- Sirián estaba allí.

Sirián tenía avezados conocimientos de curación merced a la casa blanca que abrazaba, mas intentar curar a un dragón eran asuntos mayores. Eso era muy peligroso, muchas cosas podían salir mal, con la complicación añadida que además podía dañar a Drigán. Sin embargo, lo intentó con el beneplácito de Kragor til Mass. Tocar los hilos temporales de un dragón dorado era un desafío, pues debía retroceder al día de su nacimiento y tejer de nuevo los hilos que lo definían, unos hilos que suponían un laberinto de miles de caminos posibles. De hecho, no hubiera podido hacerlo por sí sola. Empleó los conocimientos del árbol de

Calatros, su hogar y motivo de su exilio, y lentamente y durante más de seis horas sin descansar estuvo hilvanando el destino del vínculo. Al final, Kragor til Mass y Drigán cerraron su vínculo y se fueron sin decir nada. Pasaron a ser olvidados durante varios años. Sirián sabía que era lo natural. Ahora debían conocerse, el caballero del dragón debía aprender a emplear el maná y a usar sus habilidades especiales, mientras que el dragón iba enseñándole todas y cada una de sus capacidades. Debían practicar luchando juntos, aprender a entenderse y adoptar la religión del equilibrio. Sirián sabía que posiblemente no volvería a saber nada de ellos, pues solo salen de su guarida cuando ven que realmente deben actuar, siempre por deseo propio.

Cuando lo volvió a ver pasados unos años, Drigán era otro, eso estaba claro. Su mirada era la de una fiera, y su diálogo no era carismático y cercano, sino egocéntrico y autoritario. Él se consideraba la cumbre de los humanos, y quizás no le faltaba razón. Su cuerpo estaba aún más cincelado para el combate, con unas formas rectas y unos músculos entallados en los dos metros de altura que tenía. Desafiaba con su mirada constantemente y ya no hablaba a Sirián con el respeto hacia una señorita, sino de tú a tú y sin aprecio alguno. Era inevitable que así fuera, aunque no todo había desaparecido. El venir a verla ya era indicio de que la apreciaba, tanto él como Kragor til Mass, su vínculo. Hasta dos veces se encontró con él, y aunque tuvo sus dudas si ésta tercera vez vendría, allí se presentó en las ruinas de Truyeiras.

«Ánimo Drigán, te necesito de una pieza para encontrar el camafeo. No me falles y ven pronto», pensó dándose ánimos a sí misma.

Sirián tomó la ruta principal, bordeando la costa durante más de dos horas. Poco a poco fue aflojando el ritmo para pararse a pensar hacia dónde ir. Podía quedarse a la intemperie, aguardando a Drigán, o bien refugiarse en algún pueblo cercano. No obstante, poco tiempo tuvo para pensar, pues el camino por detrás traía ruidos de cascos. La habían seguido y eso solo podía significar una cosa: que Drigán había sido derrotado. Habían subestimado a sus rivales, eso estaba claro. Sirián cogió de nuevo las riendas y azotó al caballo para que se pusiera al galope, aunque ya la tenían a la vista y ellos eran jinetes consagrados. Tenía todo en su contra: estaba en un espacio abierto, montaba peor que ellos y era minoría.

Mas no podía hacer nada más, no al menos sin ser alcanzada. El vuelo requería de unos minutos de concentración que no disponía, reduciendo las opciones a solo una: detenerse y prepararse para lo peor. Y así lo hizo.

Los seis jinetes llegaron a su altura, espadas en mano y con los yelmos bajados, aunque se adivinaba que algo iba mal. Lo primero era que solo eran seis, y no el tropel que llegó a Yumeiras, y lo segundo que no atacaron nada más llegar a la altura de Sirián, sino que se detuvieron mirándose entre ellos y formando un semicírculo a su alrededor. Tenían miedo, eso estaba claro, la temían, y quizás podía usar eso en su contra.

—No quiero problemas con vosotros, caballeros de Ausper la Mayor. Dejadme ir y nada os pasará —dijo Sirián, apuntándoles con su báculo.

—Permaneced quieta y rendid vuestro báculo —dijo Savior de Orleans, adelantándose unos metros—. El uso de la magia no está permitido y vos, maga, debéis rendir cuentas ante nuestro señor.

—¿El marqués está tan preocupado por mí que prefiere obviar las batallas que se suceden en manos de las hordas salvajes en sus pueblos? —dijo con ironía Sirián.

—No hay nada que justificar ante vos y os convido a no hablar más. Dejad vuestro báculo en el suelo y daos la vuelta, o de lo contrario cargaremos sin contemplaciones, aunque seáis una mujer.

—Si la muerte es vuestra decisión, os la presentaré en bandeja. No es mi deseo que sintáis el horror de vuestra alma despojando a vuestro cuerpo, mas no me dejáis más opción —dijo Sirián sin amedrentarse de las amenazas.

Los caballeros alzaron sus armas preparados, aunque sus ojos dudaban. La orden no llegaba a través del yelmo de Savior. Ya había sufrido la baja de seis de sus hombres en manos de Drigán y ésta que tenían delante era una maga, una disciplina conocida por ser auténticos asesinos en potencia, capaces de destruir aldeas enteras con su magia.

—Mirad, maga, nosotros cumplimos órdenes —volvió a insistir Savior, lo que dejó algo desconcertados a sus caballeros y daba fe a Sirián—. Venid con nosotros, no os trataremos mal y tendréis un juicio justo, os lo prometo.

—¿De qué se me acusa, si puede saberse? —dijo Sirián elevando un poco el tono de su voz, para provocar mayor temor, aunque su timbre era demasiado fino para asustar.

—De usar la magia, de conocerla… bueno de saber usar magia y usarla —dijo Savior.

—He sanado a gente enferma, he traído vida donde antes había muerte y he mostrado luz donde antes había oscuridad. ¿Eso es motivo para ser enjuiciada?

—¡El uso de la magia está prohibido, maga! —dijo Grembardo, llevado por la ira—. Rendíos u os juro que no quedará de vos ni el recuerdo cuando os atraviese con mi mandoble.

—¡Antes de que lleguéis a dar dos pasos seréis vos el olvidado! —gritó Sirián.

—¡No nos dejáis más opciones, maga! —dijo Savior de Orleans, incitando al resto de su caballería—. Si es lo que queréis lo tendréis, pero pensad que no nos podréis detener a todos, y con que uno de nosotros llegue, será suficiente para daros muerte.

—Poco sabéis de la disciplina de magia para ser cazador de magos, comandante. Yo soy animista, no maga, y mis conocimientos están versados en los sortilegios, no en simples hechizos o conjuros. Bastará evocar uno de ellos para…

La conversación se detuvo cuando empezaron a oír ruidos procedentes del bosque del Sur. Era el típico ruido de una multitud moviéndose, con un canto de metal rompiendo a la vez a cada paso. Lo segundos pasaron en silencio entre Sirián y los caballeros, que sin dejar de controlarse con la mirada, tenían los oídos puestos hacia el bosque. Varios gemidos toscos se dejaron oír, unos chillidos propios de los orchis, unos seres mitad humanos mitad plantas engendrados con magia púrpura, o eso se creía. Savior de Orleans se quitó el yelmo, desentendiéndose de Sirián, mientras miraba a la espesura del bosque con los ojos redondeados de temor. Dos nuevos gemidos, estos de más duración y cercanía, se propagaron por todo el área, mientras el *run-run* de la multitud moviéndose se avecinaba.

—¿Segadores pútridos? —preguntó Monkel sin mirar a nadie en concreto.

—Multitud de ellos, según veo —dijo Sirián con la voz firme y el semblante desafiante—. Llegarán a nuestra posición en breve, tenedlo por seguro, así que más os vale huir ahora que estáis a tiempo.

—No se dirigen hacia aquí —dijo Savior, sin mirar a Sirián. Tenía los ojos algo apesadumbrados y la espada ya no la levantaba en guardia, sino como una mera extensión de su brazo hacia abajo—. Su rumbo es hacia el nordeste, donde está el monasterio de Erde de Colanigledes.

—Savior, ¿estáis bien? —preguntó Colhad, acercándose a él.

—Mi hermano —respondió Savior—. Mi hermano es monje ahí.

—¿Cuántos monjes hay en ese monasterio? —preguntó Sirián, intentando calcular tiempos y bajas si los orchis llegaban allí antes que ella—. ¿A cuánto tiempo está el monasterio a caballo?

—A cinco leguas, seis quizás —respondió Savior mirándole con sintonía, como si estuviera realizando un pacto con ella sin necesidad de mediar palabra alguna.

—Esos monjes nada han hecho para merecer ese castigo —dijo Sirián, agarrando las riendas de su caballo—. Voy para allá, su salvaguardia es prioritario antes que nuestras disputas.

—¡Alto ahí, maga! —espetó Brawel, señalándole con su mandoble paralela al suelo—. Vos no os movéis de aquí…

—…sin nosotros —añadió Savior de Orleans, enfundando su espada—. Debemos ir al monasterio y proteger a esos monjes, y debemos hacerlo ya. Maga, si alguna vez tuvisteis buena voluntad en vuestros actos, demostradlo ahora y ayudadnos, mas sabed que si salimos vivos de esta contienda, seréis arrestada igualmente. Daré parte de que nos ayudasteis en la batalla, os lo juro por mi honor.

—No tenéis que ofrecerme nada a cambio, Savior —respondió Sirián—, si está en mi mano ayudar lo hago voluntariamente y no esperando nada a cambio.

—¿Pero cómo? —dijo Brawel a medida que los siete jinetes comenzaban a trotar bosque a través hacia el monasterio—. ¿Ahora luchamos junto a magos?

—¿Habéis oído cuántos orchis pueden ser, Brawel? —preguntó Savior en voz alta para hacerse oír entre el ruido de los caballos—. Yo por lo menos aproximo dos centenas, y a menos que vos sepáis como dividiros en cien necesitamos toda la ayuda posible para repelerlos. La maga puede hacerlo y así nos servirá. Y como he dicho, luego será arrestada.

Todos los caballeros sabían que si el hermano de Savior no estuviera entre esas paredes, quizás su comandante no habría dado la orden de ir a ayudar, aunque tampoco podían asegurarlo con total certeza. Savior de Orleans había demostrado su valor en muchas ocasiones y quedaba fuera de discusión su sentido de la lealtad y el honor. De cualquier forma, su orden era ir a ayudar y tener como aliada a Sirián, y así lo aceptó el resto de su tropa.

Llegar al monasterio no fue difícil, estaba ubicado en una loma que lo anunciaba desde la distancia. Estaba edificado sobre las ruinas de una almenara de vigilancia que antaño se usaba para vigilar los puestos fronterizos, pero que una vez las tierras fueron absorbidas por el imperio, quedó en desuso. Fue entonces cuando la congregación de monjes que actualmente habita allí, decidió formar un monasterio alrededor de dicha almenara, irguiendo un muro para delimitar un perímetro fortificado. Dentro había unos cobertizos y una vivienda común de dos pisos. Era una construcción básica nada preparada para un combate de estas dimensiones y eso los caballeros lo sabían de sobra a medida que se acercaban a las puertas. Por detrás de ellos se veían algunos seres deformes, compuesto por torsos de hombres con cabezas pero desprovistos de sus extremidades y con unos ramajes oscuros en su lugar. Se movían hincando en el suelo sus fuertes ramas, a veces erguidos y otras veces usando sus cuatro extremidades. Sus ramas eran fortísimas, equivalentes al hierro, y atravesaban a sus víctimas con ataques rápidos y certeros. Además, si eras herido por un segador pútrido, tarde o temprano serías uno de ellos: te contagiaban.

Las puertas del monasterio se abrieron un par de metros para dar entrada a los jinetes, que nada más accedieron al patio central, dos monjes se ocuparon de volverla a cerrar. Dentro vieron a varios monjes mirando desde lo alto del muro, mientras otros se afanaban en coger cosas de fuera y meterlas en la casona principal, como si de algo fuera a servirles eso.

—¡Mi nombre es Savior de Orleans y esta es la decimoquinta escuadra de Ausper la Mayor! —gritó Savior alrededor para que todos le oyeran—. ¿Dónde está el abad Monfes?

—Muerto mi señor Savior —le respondió uno de los monjes que abrió las puertas—. Las fiebres se lo llevó la estación anterior.

—¿Cuántos monjes sois aquí?

—Somos 18 novicios y 33 monjes en la orden.

—Demasiados para planear una huida. Pero no nos queda otra. Organizad a todos y decidles que bajen inmediatamente aquí abajo…

—No da tiempo, Savior —dijo un monje de rostro extrañamente parecido al de él. Tenía una complexión fuerte y grande, como la de un guerrero—. Llegarán en menos de quince minutos y no da tiempo a salvarnos todos.

—Kily —dijo Savior mientras descabalgaba y lo abrazaba—. Debéis tomar mi caballo y salir de aquí inmediatamente, yo haré lo posible para salvar a más monjes de tu orden.

—No huiré, Savior —dijo Kily devolviéndole el abrazo—. Me debo a esta orden y al igual que vos no abandonaríais a los vuestros en una batalla, yo no puedo hacerlo con los míos.

—Pero… Kily… entiendo —dijo apesadumbrado Savior sin saber bien qué hacer o decir.

—Brawel, subid a la almenara, parece el lugar más resistente de este lugar —tomó las riendas Monkel, el caballero albino—. Reunid ahí a los monjes, que se encierren dentro. Grembardo y Colhad, mirad el amurallado a ver si podéis asegurarlo poniendo aceites y productos que prendan. La altura de dos metros de las murallas no va a ser impedimento para esos seres, pero al menos los freiremos cuando suban. Yo estaré metiendo en la almenara toda la munición que encuentre.

—¿Vamos entonces a luchar? —preguntó sorprendido Grembardo.

—¿Algo en contra, sir Grembardo? —respondió Monkel, con voz firme y mirada taladrante—. ¿Preferís acaso estar en vuestra hacienda jugando con vuestro hijo y fumando hojas de tabal? ¿O acaso veis mejor salir corriendo y salvar vuestra vida?

—No, Monkel, mas debemos ser realistas, esta batalla no la podemos ganar —dijo Grembardo, alzando su voz en un intento de denotar llevar algo más de razón—. Son muchísimos más, y ya hemos luchado antes contra esos seres y sabemos cómo son. Son rápidos y te atacan de frente, desde el suelo e incluso por detrás con esas ramas puntiagudas que le salen por todo el cuerpo. Necesitaríamos un milagro para salir indemnes. Incluso esa almenara caerá, esos engendros meten sus raíces por cualquier grieta y la abren hasta hacerla del tamaño de una puerta.

—Bueno… si necesitamos un milagro, tenemos uno —dijo Savior, retomando el puesto que le correspondía de comandante y señalando a Sirián—. Maga, ¿estáis preparada?

—¿Una maga? —preguntó Kily echándose hacia atrás. Varios monjes se quedaron paralizados.

—Es algo largo de contar, mas no temáis, está a nuestras órdenes y al mínimo ademán de traición regará el suelo con su sangre.

—Savior, ¿cómo habéis podido pactar con magos? ¿Acaso no os acordáis del daño que hicieron antaño en las guerras? Casi destruyen todo atisbo de humanidad con sus ansias de conocer la magia y querer expandirla más y más —dijo tembloroso Kily.

—Odiadme y temedme todo lo que queráis, Kily —dijo Sirián mientras sostenía su báculo en posición vertical y lo iluminaba con una luz tenue de tonos amarillentos—. Tenéis vuestras razones para hacerlo luego de todo lo que sucedió en esas guerras, no os culpo de ello. Mas sabed que al igual que no todos los caballeros son buenos por naturaleza, ni todos los monjes son castos, no todos los magos buscamos el poder o la maldad.

—Ojalá pudiera creeros, maga —respondió Kily a punto de romper a llorar—, mas sois un demonio, vuestra alma está condenada a ser una humana sin compasión ni perdón. Sois un ser errático que…

—¡Dejadlo ya! —sentenció Savior, mientras veía como sus caballeros se iban moviendo a las distintas zonas para cumplir el plan establecido—. Y vos, maga, ¿vais a hacer algo u os quedaréis ahí quieta?

—Os agradecería que me llamarais Sirián, pues ese es mi nombre, y sabed que ya he empezado a hacer algo. Los orchis están llegando y lo mejor será que os refugiéis en la almenara con vuestro hermano. Yo repeleré las primeras oleadas y me reuniré con vosotros arriba.

—No puedo dejaros aquí sola, ni aunque seáis una maga —espetó Savior.

—Nos os preocupéis por mí, sé arreglármelas por mí misma.

Sirián comenzó a levitar unos centímetros del suelo, muy lentamente, hasta que se alzó varios metros con movimientos totalmente libres. Todos se quedaron boquiabiertos, hasta que el ruido de las hordas de enemigos acercándose les puso en de nuevo en movimiento. En escasos minutos, gran parte de los muros estaban impregnados de aceites, al igual que el patio por la entrada. La almenara cerraba sus puertas, con todos los monjes y caballeros en su interior. Grembardo se asomó por uno de los ventanucos de la almenara preparando flechas incendiarias mientras veía con estupor a Sirián, volando a unos metros del suelo en el centro del patio. Tenía su báculo irradiando relámpagos rojizos ascendentes y una especie de burbuja traslúcida que la cubría frontalmente. La horda sonaba con más fuerza, hasta que de repente se oyó un ruido de impacto fuerte que hizo temblar las puertas principales de acceso al patio. Sirián agarró su báculo con fuerza mientras comenzó a convocar un cántico que originó que sobre ella se formara una vorágine de varios metros.

Varias raíces se asomaron por los muros, y sobre ellas, torsos y cabezas conectadas de forma amorfas. Los segadores pútridos ya estaban aquí y venían buscando la sangre de los vivos. Las puertas volvieron a zozobrar y entre sus grietas se asomaron varias raíces que las iban ensanchando y partiendo. El suelo tembló y una nueva oleada de segadores pútridos comenzó a trepar por todo el perímetro. La vorágine de Sirián comenzó a arder en llamas, mientras ella daba giros de 360 grados para abarcarlo todo con su mirada. La primera flecha surcó el cielo desde la almenara, e impactó con puntería en una de las zonas impregnadas en aceite, haciendo que comenzaran a arder todos los orchis. Chillaron de dolor y se agitaron hacia otras posiciones, pero como si fueran hormigas en marabunta, rápidamente otros ocupaban sus posiciones tras extinguirse las llamas. Eran más de los que supusieron, muchos más.

A continuación las puertas estallaron en mil pedazos, ocupando la entrada un sinfín de segadores pútridos. Los muros laterales también estaban siendo superados por multitudes, y aunque repelieron a muchos con las flechas incendiarias, el combustible acabó y seguían subiendo más.

—Maldita sea, son muchos. Fijaos allí al fondo, está plagado de esos seres —dijo Colhad a los suyos.

—Con el fuego hemos matado a varias decenas de ellos —remarcó Brawel—, y aún falta por hacer arder el patio principal, hay bastante aceite derramado como para freír a otros tantos.

—¡Pero habéis visto cuántos son! ¡Mirad bien más allá de los muros, son infinidad! Esta será nuestra tumba —dijo Grembardo claramente nervioso—. ¿Y la maga? ¿Qué está haciendo la maga, a qué espera para hacer algo?

Los segadores pútridos ya ocupaban gran parte de la plaza central y otros tantos estaban entrando en las viviendas y en los cobertizos, mientras que las flechas de fuego impactaban una tras otra en el suelo del patio sin provocar llamas tan abundantes como en los muros. Con los nervios del momento no tuvieron en cuenta que el patio no estaba enlosado, haciendo que la tierra absorbiera gran parte de ese aceite. Dentro de la almenara no paraban de maldecir su mala suerte, hasta que finalmente, Sirián actuó. La vorágine que tenía sobre ella soltó un primer latigazo de varias decenas de metros, recorriendo todo el patio y más allá de los muros, para luego desviarse hacia todos los puntos cardinales. Era como una gran ola de fuego cuya cresta iba consumiendo todo a medida que avanzaba: hierba, maderas, viviendas y por supuesto, segadores pútridos. Todo el patio quedó cubierto de cenizas, aunque rápidamente comenzó a llenarse de nuevo con más segadores pútridos. Sirián enfocó su báculo hacia donde más se agolpaban y les arrojó varias bolas brillantes que al impactar, estallaban en un fuego celeste.

—Así que este es el poder de una maga —dijo incrédulo Grembardo.

—Tanto poder no debería estar al alcance de una persona. Ese poder de destrucción es una abominación —añadió Colhad.

—Al menos está de nuestro lado —dijo Monkel—. ¿No os habéis preguntado por qué no se ha largado? Está volando y podría quitarse de en medio cuando quisiera, pero está ahí fuera luchando sola.

—No os dejéis seducir por ella ni por sus actos, sir Monkel —dijo Savior—. Los magos son destructores y no podéis fiaros de ellos. Igual tienen buena voluntad ahora, mas tarde o temprano le asaltarán sus deseos de gloria y poder y lo usarán para dañar. Y ya veis el daño que hacen.

Sirián seguía ahí arriba golpeando, ahora evocando sortilegios ardientes que expelía en forma de pantalla hacia los distintos sitios donde más muchedumbre veía. Los segadores pútridos se afanaban en llegarle, arrojándole astillas del tamaño de un dedo con una puntería de lo más certera. Las astillas llegaban a la altura de Sirián, pero se quedaban ralentizadas hasta detenerse al llegar a unos centímetros de ella, como si entraran en una burbuja coloidal que las frenaba. Sin embargo, cada vez las astillas penetraban más en esa barrera protectora y cada vez se aproximaban más y más a su piel. Eran cientos de púas arrojadas desde distintos sitios, una escabechina de la que parecía que no iba a salir con vida. Apenas se conseguía adivinar su pelo a través de tantas púas. Súbitamente, Sirián comenzó a descender paulatinamente.

—La están derrotando —dijo Savior—. La maga no aguanta más, creo. Los problemas ahora son para nosotros. Bajemos todos abajo, a las puertas, y resistamos ahí. Vos, Monkel quedaos aquí como última resistencia por si...

—¡Aguardad! —interrumpió Colhad—. ¡Sirián aún vive! ¡Fijaos estaba concentrándose!

Estaba claro que a Savior no le hizo gracia que uno de los caballeros nombrara a Sirián con su nombre, cuando debía ser llamada maga. Los nombres creaban afinidad y cercanía, y quería evitar eso como fuera. No obstante habían cosas peores por las que preocuparse ahora, como lo que estaba pasando ahí fuera.

Sirián, totalmente cubierta de cuchillas de madera, alzó ambos brazos expeliendo una burbuja transparente que rebotó por todos los recodos, muros y viviendas a su alrededor. Era como una onda sónica que tiró a gran parte de los presentes al suelo e incluso hizo temblar los cimientos de la almenara. A continuación, sus ojos se cubrieron de un brillo cegador y su báculo quedó coronado por un haz de luz dirigido que a medida que tocaba a un segador pútrido lo hacía estallar. Sus ojos hacían lo mismo bajo todo aquello que observaba, ya fueran raíces arrojadas hacia ella o segadores pútridos. Era una auténtica carnicera, que iba destrozándolo todo a su alrededor. Volvió a tomar varios metros de altura más para desplazarse de un lado a otro del patio, haciendo estallar a los segadores que allí se agolpaban.

—Por el Creador, debemos salir a ayudarla —dijo Monkel, temblando ante tamaña muestra de valor.

—¿Qué os pasa Monkel? —dijo Savior—. ¿Acaso queréis morir salvando a una maga? No olvidéis que ese poder de destrucción lo hubiera usado sobre nosotros sin contemplaciones.

—Le estábamos amenazando, es normal que quisiera protegerse ¿no creéis?

—Si un caballero de Ausper la Mayor os dice que os entreguéis, así debéis hacerlo. Resistirse es demostrar que sois culpable —sentenció Savior, como si estuviera leyendo una Ley.

—Lucha como un demonio, de eso no cabe la menor duda. Menos mal que es de la casa blanca, no quiero ni pensar en qué sería capaz de hacer si fuera de la escuela negra —dijo Colhad con un asombro permanente.

—Estaríamos ya evaporizados, seguro. Ante ese poder nada se puede hacer, basta con mirarla y darse cuenta de esa verdad —dijo nervioso Grembardo.

—Está dando su vida por nosotros, por salvarnos a todos. ¿De verdad vamos a quedarnos aquí viendo cómo muere? —preguntó de nuevo Monkel.

—¡Centraos caballeros! —gritó Savior de Orleans, molesto por los últimos comentarios—. Esa maga es nuestra enemiga y si está haciendo eso de ahí abajo es porque busca que se le perdone la vida. Pero será arrestada y llevada a juicio, tal y como prometimos. Es la orden que se nos dio y debemos cumplirla. No nos dejamos llevar por sentimientos ni pareceres, somos caballeros de Ausper la Mayor, y nuestro honor y nuestra fuerza se rigen en órdenes. Que quede claro.

Todos los caballeros se callaron, aunque seguían ensimismados viendo a la animista luchando ella sola contra ese ejército de segadores pútridos. Era brillante verla acatar su coreografía en el aire, haciendo explotar a sus enemigos en haces de luz y atravesando la muchedumbre con el rayo perenne que su báculo emitía. Sin embargo, Sirián también tenía las fuerzas limitadas y varias púas de madera, partes del propio cuerpo que los orchis le lanzaban, llegaron a tocarle. La sangre brotó de su mejilla derecha y de su muslo izquierdo, mientras que en el hombro se le clavaron otras tantas. Sus defensas estaban siendo atravesadas y era cuestión de tiempo que fuera derrotada.

Sirián centró el báculo sobre su pecho, dividiendo su cuerpo en dos partes simétricas, y lanzó un grito desesperado al cielo. Alrededor de ella se juntaron varias virutas de maná tejiendo una esfera azul vívida, de la que salió un chorro ascendente de luz brillante. Varias virutas se le seguían clavando, ahora con más profundidad sobre su piel, pero ella tenía que seguir convocando ese sortilegio y no se detuvo hasta completarlo. El chorro de luz ascendente invirtió su dirección y descendió con fuerza hacia la esfera que cobijaba a Sirián. El sonido se apagó por todas partes durante unos segundos, e incluso el movimiento se detuvo. Los párpados, la respiración, las flechas lanzadas desde la almenara… todo estaba quieto. Súbitamente Sirián abrió sus ojos y la esfera se expandió por todas partes en un estruendoso festival de destrucción. Eran como varillas celestes que todo cuerpo, raíz, carne, o madera que tocaban lo cercenaban mientras continuaban avanzando en su trayectoria. Todo a su alrededor quedó reducido a muerte y desolación.

—¡Increíble! —gritó con entusiasmo Colhad—. ¿Habéis visto eso? ¿Lo habéis visto? Que nuestro Creador la acoja en su edén, porque bien merecido se lo tiene ja, ja, los ha reventado a todos.

—Es impresionante. Ese golpe que ha dado es sencillamente fantástico. Y yo que creía que ya lo había visto todo… —dijo suspirando Grembardo.

—Algo falla —señaló Monkel—. Está en el suelo, mirad. Ese último ataque la ha dejado sin fuerzas creo.

—Y entran más. Malditos sean, ¿cuántos son esos bichos? ¿Es que no se acaban nunca? —dijo con odio Grembardo.

—Si he de morir aquí, no será encerrado como una rata esperando mi hora —dijo Brawel—. Salgamos ahí fuera y muramos como caballeros de Ausper. Esa maga lo ha dado todo por nosotros, ahora nos toca enseñarle qué somos capaces nosotros de dar.

—Ese patio se va a llenar de segadores pútridos en breve. Aún quedan más, mirad más allá de los muros. Ahí fuera es muerte segura, aquí dentro al menos podemos enfrentarlos en espacio cerrado —dijo Savior, intentando dirigir un grupo que se le escapaba de las manos.

—¡No digáis tonterías Savior! —le replicó Monkel—. ¿Pensáis matar aquí dentro a cientos de segadores pútridos? Yo desde luego no pienso quedarme aquí. Voy a salir ahí fuera a proteger a Sirián, y aunque pueda darle solo unos minutos más de vida antes que nos destroce la muchedumbre, me daré por satisfecho.

—Voy con vos —dijo Colhad.

—Vamos todos —dijo Savior, intentando congraciarse con los suyos—. Rodearemos a la maga y la traeremos aquí dentro. Nos servirá bien si se recupera y no hay que olvidar que debemos llevarla para ser ajusticiada.

Estaba claro que Savior de Orleans no iba a ceder su pensamiento rígido de caballería, pero debía ceder cuando había indicios de un motín entre los suyos. Todos los caballeros abandonaron veloces la almenara con las espadas en mano. Savior miró a Kily con los ojos apesadumbrados y le asintió, buscando un poco de su aprobación. Kily juntó sus manos sobre su corazón y vio como sus ojos se llenaban de lágrimas.

—Si salís vivo de ésta, cualquiera de los aquí presentes, narrad lo que aquí sucedió tal y como lo habéis vivido, y decid que la decimoquinta escuadra de Ausper resistió en este monasterio hasta dar su último aliento —dijo Savior, antes de cerrar las puertas tras de sí y salir corriendo tras sus compañeros de armas.

Fuera olía a sustancia quemada, una mezcla entre madera y carne. Todo el suelo estaba soltando un humo oscuro, sobre todo donde más cadáveres se agolpaban. A medida que pisaban, se oía un crujido que estallaba en virutas de madera muerta. El patio no parecía ni el mismo que cuando entraron, con los muros ennegrecidos y los cobertizos totalmente destartalados. Todo alrededor era desolación.

Sirián estaba a unos veinte metros de su posición, aunque parecían muchos más. Todos los caballeros corrían en línea hacia ella, que permanecía con una rodilla hincada en el suelo. Respiraba con mucha profundidad y se le veían rastros de sangre alrededor de ese rostro inmaculado. A mitad de camino, vieron como varios segadores pútridos se asomaron por las puertas, zigzagueando a medida que se aproximaban veloces. Por los muros también comenzaron a asomar varias raíces. Parecía increíble que fueran tantos.

Cuando los caballeros llegaron a la altura de Sirián, formaron un círculo a su alrededor, mientras que Monkel, el más robusto, la cogía entre sus brazos.

—Habéis luchado con valor, Sirián —le dijo Monkel, corriendo tan veloz como podía. Sirián tenía los ojos entrecerrados y parecía otra mujer. Se le veía herida y vulnerable, nada que ver con el temor que despertaba al verla luchar. Hasta los magos se cansaban, sin lugar a dudas.

—Aún quedan muchos —señaló Grembardo, que cubría uno de los laterales de Monkel.

—¡Vamos, vamos, seguid! —dijo Savior—. Tenemos que llegar a la almenara. ¡Rápido!

Pero no pudo ser sin luchar. A tan solo unos metros de las puertas de la almenara, tres segadores se antepusieron. Lo peor era que detrás venían más. Ya, derrotada Sirián, el siguiente punto a rodear y demoler era la gran torre, y hacia allí iban todos los enemigos. Brawel alzó su espada y con un grito se lanzó hacia uno de los segadores pútridos, que hincó sus raíces en el suelo y se levantó más de un metro sobre el suelo. El caballero le cercenó de un tajo limpio su apoyo, haciendo que el segador cayera al suelo desequilibrado. Alzó su espada de forma ominosa y la clavó sobre el pecho, rompiendo costillas, carne y órganos, si es que aún latían ahí dentro. El segador pútrido gritó y sus raíces comenzaron a temblar hasta quedarse inmóviles.

Savior y Grembardo se volcaron hacia otro de los enemigos. Uno por cada lado, reduciendo así las posibilidades de esquive de su adversario. El segador pútrido extendió sus raíces intentando defenderse con un buen ataque, aunque Savior ágilmente se agachó, esquivando la raíz, para luego ejecutar un golpe ascendente sobre el orchi. Grembardo tenía también su espada hincada sobre el orchi, aunque una raíz atravesaba su abdomen. La muerte le había llamado.

Colhad y Anturión se ocuparon del tercer enemigo, rompiendo las raíces que les atacaban una y otra vez. Anturión vio como una raíz surgía del suelo y le agarraba el pie, extendiéndose rápidamente por su pierna. Afortunadamente Colhad estaba ya frente a frente al orchi y de un tajo limpio le cercenó la cabeza. Las raíces se abrieron al momento, dejando libre a su colega de armas.

Dos monjes de dentro se apresuraron a abrir las puertas de la alminara. Monkel pasó primero con Sirián sobre sus brazos y a continuación Savior de Orleans. El siguiente fue Colhad, sobre el que pasaron silbando varias raíces puntiagudas arrojadas en la distancia. Brawel, que venía por detrás, pasó último y las puertas se cerraron casi al momento. Apenas subieron un par de escalones, cuando Brawel se detuvo y escupió sangre que se le quedó decorándole los labios. Se arrodilló y miró a todos con una sonrisa forzada, con los dientes aplastados unos contra otros por el dolor. Su espalda estaba repleta de raíces clavadas. Actuó de escudo involuntario al entrar a la almenara y eso le alegraba, el saber que había servido para salvar a los suyos.

—Brawel… —dijo Colhad, poniéndole el brazo encima.

—¡No hay tiempo! —exclamó Monkel—. Debemos subir arriba del todo e intentar que Sirián se reponga.

—Brawel, habéis sido un caballero digno y leal. Gracias por vuestra amistad —recitó Savior, mientras daba órdenes de seguir subiendo.

Arriba, la almenara tenía una estancia enorme donde todos los monjes estaban refugiados. Cuando llegaron los caballeros, depositaron a Sirián en el suelo mientras Colhad indicaba a los monjes que la asistieran. Tenía heridas y rozaduras, y apenas estaba consciente. Se le veía muy agotada y era imperante que recobrase sus fuerzas.

—Grembardo… Brawel… ¡Maldita sea! ¡No fue acertado bajar a por la maga! ¡No me hicisteis caso y al final dos de los nuestros han muerto inútilmente! —dijo Savior enfurecido, alegrándose por dentro de ver de nuevo a su hermano Kily.

—Han muerto por salvar a una mujer, no hay forma más honrosa de morir —dijo Colhad.

—¿Estáis seguro, sir Colhad? —replicó Savior—. Esa mujer va a morir tarde o temprano, no puede salvarse. Los nobles tienen sentenciados a todo mago que se mueva por la región, lo sabéis ¿no? ¿Acaso creéis que cambiarán de parecer si les decimos que nos ayudó a luchar contra segadores pútridos?

—No es esa la cuestión, comandante, sino por qué tenemos que delatarla —dijo Monkel, sembrando una duda que puso muy nervioso a Savior.

—¿Qué estáis diciendo, Monkel? ¿Que nos callemos y digamos que no sabemos nada de una maga? ¿Y con estos monjes que aquí están, qué hacemos? ¿Los matamos a todos para que se callen también y no digan nada? —dijo iracundo Savior.

—Perdonadme si tomo la palabra —dijo Anturión con voz sosegada—. No suelo hablar mucho, pues soy más de respetar las órdenes sin preguntar nada relativo a ello. Mas veo que nos estamos saliendo del guion. Necesitamos a la maga para salir de ésta, nos guste o no. Si luego va a ser ajusticiada o no creo que podemos decidirlo más tarde. Ahora deberíamos ver cómo salir de ésta.

Las miradas se cruzaron entre Monkel y Savior, aunque estaba claro que Anturión tenía razón. No era el momento de decidir qué harían luego, sino lo que harían ahora.

—¿Cómo se encuentra la maga? —preguntó Anturión a los monjes que la estaban tratando.

—Está agotada, apenas tiene fuerzas para articular palabras. Las heridas son rasguños, aunque no sabemos la resistencia que puede tener ella ante el veneno.

—¿A qué os referís?

—Es conocido que las heridas de un segador pútrido te convierte en un segador pútrido ¿no?

—Cierto —dijo Savior.

—Cierto, está condenada me temo —dijo también Monkel.

—¿Conviene pues matarla antes de que se transforme? —preguntó Anturión, sacando un puñal de su bota diestra.

—No deberíais ser tan impetuosos —dijo Kily, avanzando unos metros hasta Sirián—. Bien sabéis que no abrazo la idea de ayudar a una maga, mas me debo a la verdad, y callarme lo que sé es una forma de mentir. Los segadores pútridos provocan su contagio cuando eres herido con sus raíces, pero sólo con aquellas que aún son partes de su cuerpo. Aquellas de las que se desprenden y que te arrojan no llevan su sangre marchita, o al menos no provocan el contagio.

—¿Estás seguro, hermano? —le preguntó Savior.

—Totalmente. Yo fui herido por un segador pútrido. Dos púas de esas se me clavaron en la pierna y como puedes ver sigo siendo yo —dijo Kily, mientras mostraba unas cicatrices en su pierna zurda.

—¿Cuándo te pasó eso? —preguntó Savior sorprendido.

—Cuando estaba con padre bajo la tutela de sir Jacob. Tú aún eras muy pequeño, pero el ataque que sucedió en el pueblo y en la ciudad nos llegó también a nosotros. Salvamos la vida y padre me dijo que nunca contara esto a nadie, que lo guardara celosamente. Y así lo hice, le di mi palabra.

—Lo imaginaba, sabía que estuvisteis ahí los dos —replicó Savior.

—¿Oís eso? —dijo Anturión, acercándose hacia unas de las ventanas—. ¿Qué están preparando esos engendros ahora?

Un ruido ensordecedor estremeció todo el valle, recorriendo cada recodo de la almenara y haciendo zozobrar cada vela encendida. El cielo presentó un par de relámpagos relucientes y comenzó a caer una lluvia de goterones que abarcaba todo el monasterio. Sirián, como si se despertara de un mal sueño, abrió sus ojos de par en par y se irguió hasta permanecer sentada en el suelo.

—¡Protegeros todos! ¡Está llegando! —gritó asustada y temblorosa.

—¡Sirián! ¿Qué…? ¿Quién decís que viene? ¿Os encontráis bien? —le preguntó Monkel, arropándola con su capa.

—Escondeos donde podáis y rezad, pues él no hará rehenes ni os perdonará… agggg.

Paró de hablar, poniéndose ambos brazos sobre el abdomen, que le dolía horrores hasta el punto de no dejarle decir nada que no fuera una mueca de dolor.

—Está delirando. Sea como sea no creo que haya nada más peligroso que lo que nos está azotando ahí abajo —dijo Savior.

—No estéis tan seguro, sir Savior. Mirad ahí arriba, en el cielo. ¿Qué es eso? —dijo Anturión, saliendo al balcón de la almenara y señalando hacia una vorágine de relámpagos que se estaba formando en el cielo, todos concentrados en un mismo punto que desprendía una buena cantidad de luz a pálpitos.

Súbitamente, una enorme bola de fuego cayó veloz hasta impactar en el patio. Todos los de la almenara cayeron desequilibrados al suelo y los cimientos de la torre crujieron hasta el punto de casi derrumbar la construcción. Los muros de abajo se partieron en varios cachos y todo, absolutamente todo, era fuego impregnado en una sustancia que hacía que se propagara a su alrededor con el simple contacto. Una bola así podría haber reventado fácilmente la torre más gloriosa del imperio.

Todos los presentes, monjes y caballeros, estaban atontados en el suelo, recobrando la consciencia muy lentamente. Los ojos se iban cruzando unos con otros y se iban diciendo algo, aunque los oídos cimbreaban aún por el estruendo que había caído. Colhad dio un grito sordo mientras señalaba el balcón donde Anturión estaba. Dicho balcón ya no estaba, se había derrumbado. De hecho, las cuatro balconadas que tenía la almenara en su parte álgida habían caído. Sirián estaba desmayada, cobijada por los monjes que lentamente iban levantándose de nuevo mientras rezaban en voz alta al Creador.

Se oyó un nuevo estruendo, un trueno prolongado más de medio minuto que vino acompañado de un relámpago que se encendía y apagaba de forma intermitente. Entre cada latido, una figura enorme se desdibujó en el firmamento, un ser del tamaño de una mansión, algo inimaginable para cualquier persona. Su sombra se extendió por todo el valle y los segadores pútridos empezaron a huir del lugar. ¡Huían! ¡Los segadores pútridos huían! No había nada ni nadie capaz de tamaña proeza, aunque parece ser que se equivocaban.

Kragor til Mass bajó en picado del cielo abriendo sus fauces y expeliendo bolas ardientes que explotaban en mil pedazos al impactar. Los segadores pútridos se movían agitados de un lado a otro, ocultándose en el bosque de forma dispersa, aunque Kragor til Mass no daba tregua. Se atrevía con todo, quemando el bosque, rompiendo muros y levantando la tierra. Era pura destrucción, y si los segadores pútridos eran magia púrpura aplicada sobre la muerte, los dragones eran magia por sí mismos. Ellos eran magia.

—¿Un dragón dorado? Como tenga algo que ver con el caballero del dragón que hemos capturado, estamos en un problema, Savior —dijo Monkel.

—¿Acaso... acaso nos está ayudando el dragón? —preguntó aún conmocionado Colhad.

—Los segadores pútridos están huyendo, es el momento de salir de aquí —dijo Savior, mientras hacía señales a los monjes para que fueran hacia las escaleras—. No podemos quedarnos aquí más tiempo, esta almenara no aguantará mucho más.

Monkel cogió a Sirián de nuevo entre sus brazos para llevársela hacia abajo, aunque Savior se interpuso con determinación y con la mano presta sobre la empuñadura. Colhad, que ya corría hacia las escaleras, se detuvo también y se acercó a sus amigos. La almenara tembló de nuevo, los monjes gritaron asustados mientras seguían descendiendo y fuera se oían explosiones en un horizonte de fuego. Los tres caballeros estaban formando un triángulo, mirándose cara a cara.

—Ya está bien de proteger a la maga, sir Monkel. Dejadla ahí y salid con el resto. No consentiré que salvéis su vida —dijo Savior de forma tajante.

—No puedo abandonarla, entre mis preceptos está la de salvaguardar y proteger a las mujeres y a los débiles —replicó el caballero albino.

—¡No me deis clases de caballería, Monkel! —gritó enfurecido su comandante—. ¡Soltadla ahora o seréis castigado por traidor!

—¿Traidor? ¿Me llamáis traidor, sir Savior de Orleans? —respondió Monkel, mientras dejaba a Sirián en el suelo y agarraba su mazo de batalla.

—¿Vas a sublevarte en favor de una maga? —dijo Savior.

—No, voy a sublevarme en favor de una mujer que nos ha protegido con su vida, mostrando más valor del que nunca vi en hombre alguno.

—Pagaréis con vuestra vida esa ofensa a nuestra orden, Monkel. Seréis desprovisto de todas vuestras tierras y haciendas, y vuestro nombre será condenado al destierro en la mente de la gente —pronunció Savior, mientras desenvainaba su gloriosa mandoble.

Un nuevo estruendo hizo temblar toda la estructura, esta vez abriendo una grieta enorme verticalmente. El suelo se inclinó ligeramente y pequeñas piedras del techo se precipitaron como una lluvia. Monkel alzó su mazo y apuntó a la cabeza de Savior, que muy ágilmente retrocedió a la vez que giraba su mandoble en semicírculo para abrirle el vientre al caballero albino. Éste puedo arquearse lo justo para sufrir solo un rasguño superficial, aunque no fue suficiente para evitar que brotara la sangre. Savior de Orleans era un luchador sin igual, muy diestro en el uso de la espada larga y con una capacidad única para convertir una defensa en un contraataque. Monkel lo sabía, aunque confiaba en su arma destructora, su enorme martillo de batalla, que una vez golpeaba no daba segundas oportunidades.

Fuera se oyó un rugido que hizo de nuevo temblar todo el valle. Kragor til Mass estaba enfurecido, arrasando con todo lo que se movía. El patio ardía por zonas y los bosques circundantes eran pasto de las llamas. El cielo tronaba con fuerza, como representando la rabia desatada del dragón, rompiendo en truenos y relámpagos que se dejaban ver en la lejanía. Los monjes salieron de la almenara y al instante sintieron el golpe de calor sobre sus rostros. Los párpados se le quemaban y la piel les ardía. Se taparon con sus capuchas y se juntaron en piña, para minimizar los posibles daños por quemadura, y salieron corriendo entre los caminos de llamas y los cadáveres de los segadores pútridos. El miedo les hacía cerrar los ojos casi al completo y entregarse al Creador en rezos, aunque seguían moviendo las piernas hacia su libertad.

Monkel ahora giró sobre sí mismo, poniendo su maza paralela al suelo, y soltó un tremendo latigazo en dos partes, a la altura del abdomen y de la cabeza. Sin embargo, no alcanzaron a su objetivo. Savior se posicionaba con mucha soltura y, aunque casi pierde el equilibrio en otra sacudida de la almenara, logró mantenerse y zafarse del ataque. Ejecutó un par de ataques frontales con su mandoble, uno que Monkel bloqueó con el mango de su maza y un segundo que le pasó a escasos centímetros del cuello.

—¿De verdad pensabais que teníais alguna oportunidad? —gritó Savior de Orleans, con una mirada inundada en deseos de sangre—. Moriréis por una maga y por un grupo de monjes, desgraciado, ¿eso queréis que ponga en vuestra lápida?

—Os recuerdo que uno de esos monjes que estoy salvando es vuestro hermano, Savior —le replicó Monkel, tomando aire.

—¡Esa maga morirá, Monkel! ¡Os guste o no debe morir!

—¿Por qué, Savior? —le dijo Monkel mientras volvía a alzar su mazo—. ¿Por qué tenemos que dar muerte sin pensar? ¡Esta mujer merece la vida por lo que ha hecho!

—Muchos antes como vos pensaron igual y los magos casi nos aniquilan. ¿Acaso lo habéis olvidado? ¡No dejaré que salga de aquí esa maga!

—Y yo tengo que salvarla, mi comandante —concluyó Monkel, agitando su mazo en cruz hacia Savior. La enorme cabeza del arma golpeó insistentemente sobre la hoja del mandoble de Savior, que desviaba los potentes ataques del caballero albino con perspicacia y cautela. Esa maza le daba gran potencia de ataque, pero dejaba abiertos varios huecos de defensa que debía aprovechar, momento que apareció cuando los cimientos de la torre cedieron aún más y el firme que pisaban se inclinó unos grados más, los suficientes como para hacer que Monkel cayera al suelo. Casi al momento la punta de la espada de Savior se posicionó en la nuez cubierta de sangre y tierra de Monkel. Las dos miradas se cruzaron en un diálogo sin palabras. Monkel cerró sus ojos y… la espada cayó sobre él totalmente muerta. Cuando los volvió a abrir, vio a Savior de Orleans atravesado por una espada larga asentada en su espalda. Empuñándola detrás suya estaba Colhad, con lágrimas en los ojos y los dientes apretados por la fuerza hecha.

—¡Lo siento mi general! —gritó Colhad, dejando su espada clavada y apartándose unos metros del cuerpo de Savior—. ¡Lo que hacéis no está bien! ¡No está bien! ¡No podemos matar a todos los magos porque muchos de ellos fueran unos asesinos ambiciosos de poder! ¡Las personas pueden cambiar, todos podemos cambiar!

El cuerpo sin vida de Savior se precipitó al suelo y Monkel, sin perder un segundo, se levantó del suelo y tomó a Sirián de nuevo entre sus brazos en jarra. Miró a Colhad, que permanecía ahí sentado en el suelo lamentándose por la grave situación que había desencadenado. Había matado a su superior y no a cualquiera, era Savior de Orleans, un reputado general de la Corte. Colhad sabía que ya nunca más volvería a ser un caballero reconocido, y que debía exiliarse y desaparecer por lo que había hecho: había cavado su propia tumba. Sería perseguido a muerte, aunque lo peor sería la vergüenza de ser señalado como el asesino de sus superiores, de un hermano de armas, el claro ejemplo de lo que un caballero nunca debía ser.

—Salgamos de aquí, Colhad. Esto se viene abajo —dijo Monkel, intentando incitarlo con su pierna.

—Monkel... he matado a Savior, ya no tenemos salvación, nos cazarán...

—Olvidaos de ese desgraciado. No tuvo impedimentos en cumplir las órdenes para atrapar al caballero del dragón o a esta maga, pero al saber que su hermano estaba en este monasterio ni se lo pensó en hacernos venir, incluso sabiendo que era un sacrificio.

—¿Y qué habríais hecho vos, Monkel? —preguntó totalmente abatido Colhad.

—Seguramente lo mismo, pero no habría traído a mis caballeros a morir conmigo aquí.

Súbitamente el techo de la almenara explotó en mil pedazos por su parte central, rompiéndose la estructura por su perímetro. Dos garras enormes se habían clavado en el techo y separaron la estructura del resto. La almenara se quedó al descubierto, con grietas enormes amenazando toda su superficie y con una inclinación que no aventuraba nada bueno. Colhad y Monkel se quedaron paralizados a ver al gran dragón dorado frente a ellos. Kragor til Mass aleteó con agilidad hasta posarse ahí encima, a escasos metros de ellos. La torre crujió dando sus últimos coletazos, ya no podía aguantar mucho más.

—Salvad a la animista, sacadla fuera de la torre —gimió el dragón, exhalando humo de sus fauces—. ¡Hacedlo ya!

No hizo falta mucho más que para que tanto Colhad como Monkel se pusieran manos a la obra. Empezaron el descenso por las escaleras decrépitas y quebradizas de la almenara, intentando esquivar los trozos de piedra que iban cayendo del techo de cada planta. La torre estaba agonizando y sus lamentos se dejaban oír entre ecos de piedra rompiéndose. A mitad de camino, Colhad vio cómo su pierna derecha se encajaba en una grieta que se abrió de improviso. No podía sacarla, y el lugar se hacía más y más inestable.

—¡Salid de aquí, no os preocupéis por mí! —le gritó a Monkel, que estaba unas escaleras más adelantado, con Sirián sobre sus brazos.

—¡Eso nunca! No dejaré a un hermano atrás aunque un dragón esté amenazándome —le respondió el caballero albino, acercándose a su hermano de armas. Cargó el cuerpo de Sirián sobre su hombro derecho y con el brazo izquierdo agarró a Colhad para tirar de él.

—¡Está encajada, salvaos al menos vos! —gimió con dolor Colhad.

—¡Callad y tirad! ¡Os juro por el Creador que no moriremos aquí! —insistió Monkel, apretando los dientes y tirando con todas sus fuerzas.

Al final la grieta se ensanchó un poco y ambos caballeros salieron despedidos con fuerza escaleras abajo. Monkel pudo mantener el equilibrio lo justo para no dejar caer a Sirián, mientras que Colhad sufrió una torcedura que le haría cojear a partir de ahora. Vieron como una grieta enorme subía vertical acompañada de un ruido ensordecedor. Era el golpe de gracia, la almenara moría. Los caballeros hicieron un acopio de resistencia y salieron por lo que quedaba de la puerta, cuando la parte de arriba de la torre comenzó a desmoronarse. La torre se venía abajo y un cúmulo de polvo y piedras se precipitaron, amenazando aplastarlo todo ahí abajo. Fue Kragor til Mass quién se interpuso entre los cascotes y los dos caballeros, abatiendo sus alas y expeliendo su arma de aliento para desviar las piedras. No obstante, el resto de la torre se estaba inclinando y ante eso nada se podía hacer ya. Debían correr, Monkel y Colhad debían sacar más fuerzas de dónde pudieran.

Cuando la torre agonizó del todo, todo el valle crepitó en un estruendo feroz. Parecía más un terremoto que una demolición. Los monjes estaban con sus rostros ennegrecidos cerca de un claro, apilados entre ellos y mirando incrédulos al enorme dragón que a unas decenas de metros se posaba entre rugidos roncos. No sabían si llorar o entregarse al Creador.

Entre la humareda de polvo, se dibujó la imagen de Colhad cojeando de su pierna derecha y apoyándose en el hombro de su compañero, Monkel. Éste llevaba entre sus brazos a Sirián. Se habían salvado, lo habían conseguido, y así lo notificó Kragor til Mass con un rugido atronador.

—Gracias Monkel —le susurró Colhad al oído a su compañero mientras seguían avanzando—. Sois el mejor amigo que un hombre podría tener.

—Gracias a vos, Colhad. Me habéis demostrado que no todo está perdido en la orden. Savior se entregó a la rabia y al ego propio, y no pensó con claridad. Se convirtió en lo que prometimos destruir. Un caballero debe obedecer órdenes, pero ante todo debe tener bien claro sus preceptos.

—¿Crees que hicimos lo correcto? —le preguntó Colhad, fijando sus ojos en Sirián—. ¿Y si esta maga al final es una destructora y acaba con la vida de mucha gente? ¿Cómo podemos estar seguros de que es una maga buena?

—¿Qué te dice tu corazón, sir Colhad? Un caballero debe sentir también, no solo luchar. Según he visto de ella, no me cabe la menor duda de que hemos hecho lo correcto. Lo que me preocupa es eso de ahí —le respondió Monkel, señalando con la vista a Kragor til Mass que con fuertes pisadas se acercaba a ellos. Sus ojos eran dos rubíes ardientes y sus fauces estaban continuamente apresadas en humo. Cuando llegó a su altura, ambos caballeros se quedaron quietos como estatuas. Ni pestañeaban al ver la inmensidad de esa fiera.

—Dejadla en el suelo —dijo el dragón con voz soberana. Monkel palideció aún más y obedeció sin dudarlo.

Sus ojos emitieron un brillo ascendente y el cuerpo de Sirián se vio rodeado de virutas de maná translúcido. Era magia, el dragón estaba evocando magia con tan solo pensarlo y Sirián era su objetivo. No sabían qué estaba haciéndole, pero no iban a preguntárselo. Imponía demasiado como para abrir la boca. Súbitamente el polvo se limpió del rostro de la animista, su pelo volvió a adquirir el brillo que tenía y sus ojos verdes volvieron a abrirse. Miró a Kragor til Mass durante unos segundos y le sonrió con dulce afecto.

—Gracias Kragor til Mass, habéis sido el agua fresca que este desierto necesitaba. Vuestra presencia ha llegado a tiempo para ganar esta batalla —le dijo Sirián, bajando su cabeza en símbolo de sumisión.

—No alegres tu alma por tal hecho, animista, pues la intención de mi voluntad no fue la salvación de persona alguna. Eres tú el objeto de mi presencia porque así lo ha querido mi presencia entre los vuestros —le respondió Kragor til Mass esperando alguna pregunta más. Los dragones no hablaban por hablar, sino que esperaban la pregunta concreta antes de dar la información oportuna. Y eso Sirián lo sabía bien.

—¿Drigán se encuentra bien entonces, gran Kragor til Mass?

—Por supuesto que sí. No verás pasar mucho tiempo antes de verle.

Monkel y Colhad se miraron entre ellos, pensando en la desdicha que sus hermanos de armas habían pasado llevando como rehén al caballero del dragón. Si su dragón estaba aquí diciendo que estaba a salvo era porque esos caballeros ya no estaban con vida. Fue un pensamiento fugaz, pues estar frente a un dragón dorado ocupaba todos sus pensamientos.

—¿Me llevaréis vos, Kragor til Mass? —le preguntó Sirián, alegrándose al mirar que los monjes se habían salvado.

—Decir necedades está entre vuestras habilidades, mas no me las compartas con tanta sobriedad. Yo no soy montura para gente de alma común como la tuya. Serás encontrada por mi alma gemela, más afín a ti, que te encontrará justo donde ahora estás. Solo el tiempo te separa de ese momento.

—Muy bien, Kragor til Mass. Así lo haré, esperaré a Drigán ¿Sabéis ya dónde está el camafeo?

—Es indiferente saberlo o no cuando posees a quién lo sabe. Rompe tu habla ante el silencio y busca refugio a tu cansancio, pues él llegará cual mesías para salvarte de tu ignorancia. Dile al resto de almas putrefactas que brotan a tu lado que abandonen el lugar, pues su presencia resulta molesta y dañina para mis ojos.

—Gracias de nuevo, Kragor til Mass, por vuestra asistencia —dijo Sirián, finalizando la conversación.

Kragor til Mass levantó el vuelo, aunque no llegó a alejarse del lugar. Se lo veía u oía a lo lejos, cual ave de presa acechando a sus víctimas. Una cosa estaba clara: no había lugar más seguro en toda Ampiria ahora. Sirián apenas pudo hablar con los monjes, que preferían rehuirla. Estaba ya acostumbrada y no le suponía ningún insulto. Fueron Colhad y Monkel quienes se dirigieron a ellos, indicándoles que debían ir a la ciudad más cercana para pedir ayuda. Debían contar todo lo que habían visto. Cuando Kily preguntó sobre su hermano, Monkel le dijo que había dado su vida protegiendo a la maga. Era una mentira, sí, pero decirle la verdad sería algo demasiado duro. Kily juró que se vengaría de esa maga, pues según su criterio, había sido hechizado por ella. Monkel lo tranquilizó dándole a entender que se la llevarían prisionera, e instándole a que se olvidara del asunto, que mejor honrara a su hermano que había sido un héroe.

Cuando llegaron a la altura de Sirián, ésta les miró con una sonrisa algo forzada.

—Al final tengo el orgullo y el honor de daros las gracias, mis salvadores —les dijo Sirián—. Me habéis protegido incluso ante vuestro general. Sé lo duro que os habrá resultado tal acto.

—¿Cómo lo sabéis? —preguntó Colhad desorientado.

—Estaba consciente, sin fuerzas pero consciente. Estaba agotada de todos los días de viajes que llevaba y del combate contra los segadores pútridos. Creedme si os digo que convocar magia cansa tanto o más que luchar espada en mano.

—No nos debéis nada —dijo Monkel con semblante serio—, aunque os agradecería el poder saber quién sois realmente y qué hacéis por esta región. Cuando un mago acontece es porque algo se avecina.

—En efecto sir Monkel, estoy aquí por algo —respondió Sirián, acomodándose sobre una parte de la muralla destrozada—. Ha aparecido un objeto cuyo poder se remonta a los inicios de la creación. Se dice que es una reliquia del mismo Creador, una capaz de destruirlo todo.

—¿Cómo destruirlo todo? ¿A qué os referís?

—Su nombre no os dirá nada, es el camafeo de Guerón. Su poder… Permitidme explicarlo de una forma más sencilla: imaginad que sois el Creador y tenéis a vuestro lado arcilla a raudales. La cogéis, le vais dando forma y creáis el mundo en el que vivimos. Luego cogéis más arcilla y vais creando a las personas, y así sucesivamente. Digamos que, como Creador que sois, creáis todo. Pues bien, ahora pongamos que no os gusta lo que veis, o que simplemente queréis hacer otra Ampiria distinta. Como Creador que sois simplemente aplastáis todo lo creado y volvéis a coger arcilla para hacer una nueva tierra. ¿Me seguís?

—Os sigo, Sirián —le respondió Monkel, mientras ayudaba a su colega Colhad a sentarse en una roca enfrente.

—Pues bien, imaginad ahora que ponéis en esa tierra que habéis creado un objeto capaz de hacer eso, de aplastar esa arcilla que habéis moldeado para crear otra. Eso es el camafeo.

—¿Queréis decir que ese objeto existe de verdad? ¿Algo capaz de hacernos desaparecer? —preguntó algo incrédulo Monkel.

—No sé exactamente cómo actúa el camafeo, sinceramente, pero sí que sirve para destruir. Las últimas investigaciones llevadas a cabo y la presencia de Kragor til Mass me llevan a pensar que es más y más cierta la leyenda que os cuento. Sí, tengo la firme convicción de que esa reliquia está entre nosotros. Quiero encontrarla y destruirla.

—¿Por qué el Creador nos crearía una arma capaz de destruir su propia creación? —se preguntó a sí mismo Colhad, mirando hacia el suelo.

—La voluntad del Creador es infinita —sentenció Monkel, desviando su mirada hacia Sirián con ojos rectos—. Si ese objeto existe debe ser destruido y me aseguraré de ello. Os acompañaré, Sirián. Mi maza y mi brazo están a vuestro servicio.

—Os lo agradezco, mas mucho habéis hecho ya por mí. Esta búsqueda va a complicarse mucho más, tengo la certeza de eso, y serán muchas las trabas que tendremos para poder alcanzar la victoria.

—He renunciado a mi orden, Sirián. Yo no puedo volver a la capital y presentarme ante la Corte luego de todo lo acontecido. Los monjes dirán todo lo que sucedió, y el saber que había una maga con nosotros ayudándonos empañará mi reputación hasta el punto de ser punto de mira de muchos. Buscarán matarme, os lo aseguro. Si al menos sirve de algo todo lo que hice, he de mostrarme afín a esa idea. Os seguiré para buscar ese camafeo, hasta verlo destruido. A fin de cuentas esa es la Ley que define a un caballero ¿no? Proteger al resto.

—Bajo esa armadura y ese tórax tan grande veo que hay un corazón mayor aún que el de Kragor til Mass —le respondió Sirián cándidamente—. Será fantástico viajar a vuestro lado.

—A mí me vais a perdonar, pero esto se me queda un poco grande, creo —dijo Colhad, contemplando a Kragor til Mass a lo lejos mientras disparaba una bola ardiente a un lugar del bosque—. Un dragón dorado inmenso, una maga con poderes impresionantes, un camafeo que todo lo puede destruir, y una traición, causada por mi mano. No me mal entendáis, no estoy temeroso de represalias, pero sí ando algo perdido.

—No tenéis que justificaros de nada, sir Colhad —le dijo Monkel, poniéndole la mano sobre su hombro derecho—. Sois un auténtico caballero de Ausper la Mayor, y vuestra actuación se ha visto forzada, como la mía, a actuar contra nuestro comandante.

—Lo sé, Monkel, lo sé. Pero yo no tengo vuestra fortaleza ni vuestra capacidad para soportar más peso, no soy tan grande como vos, ya me entendéis. Yo no puedo seguiros, Sirián, esto supera mis fuerzas —dijo Colhad, levantándose y mirando con los ojos entristecidos a Sirián.

—No os preocupéis, os entiendo. Nada os ata a mí y tenéis mi eterna gratitud por lo que habéis hecho en favor de mi salvación —le respondió Sirián.

—Me exilio a partir de ahora. No os digo dónde, pues prefiero ser olvidado. Rezaré al Creador para que expíe mis errores, y si ese objeto maldito existe, para que sea destruido. Os deseo suerte, mucha suerte, y suplicaros mi perdón por no ayudaros en la búsqueda —finalizó Colhad, que se alejaba cojeando hacia los monjes.

Sirián y Monkel permanecieron allí solos y apenas se dirigieron la palabra. Kragor til Mass parece que se desvaneció, aunque de alguna forma se intuía su presencia. Comieron algo de lo que salvaron de la desolación e improvisaron un campamento donde descansar, pues la noche acontecía ya.

—¿Por qué os hicisteis maga, Sirián? —rompió el silencio Monkel mientras terminaban de cenar.

—Y vos, ¿por qué os hicisteis caballero de Ausper la Mayor? —le replicó Sirián—. Muchos os dirán que el destino así lo tenía escrito y otros porque la casualidad así lo quiso. Lo importante es lo que vos creáis.

—¿Encontraremos ese camafeo y seguiremos vivos? —volvió a preguntar Monkel, cada vez más interesado en la reliquia maldita.

—De eso no me cabe la menor duda, sir Monkel. El problema va a ser destruirlo.

—¿Por qué supone un problema?

—Porque he de sacrificarme para que eso suceda —dijo Sirián cerrando los ojos.

CAPÍTULO 8: TRATOS OSCUROS

"El lancero iris" era una taberna muy frecuentada por todo tipo de viajeros, desde la clase alta hasta los más humildes. Mercaderes, cazadores de los bosques, peleteros y por supuesto, los ciudadanos del Alto de Vistok, se congregaban ahí por las noches para saciar su sed de alcohol y charlar con comodidad entre amigos. Vaiel era una persona que, muy a su pesar, pasaba desapercibido en cualquier lugar. Era uno más del montón. Vestía con ropajes de fácil adquisición, de un cuero no muy bueno, y su presencia no atraía miradas suspicaces. Solía estar despeinado, algo sucio, y su complexión no asustaba ni a las ratas. Zurah estaba andando en el otro lado de la plaza, hacia la posada "Rey de los montes", donde pasó entre algunos huéspedes que estaban en la entrada y se metió dentro.

«Está loca esa jardinera —pensó Vaiel, mientras se sentaba fuera a tomar un poco el aire y hacer la digestión de su apresurada cena—. ¡Ahora resulta que sueña conmigo! Todo esto es por culpa de Dévora, esa mujer... ¡está metida en mil cosas, por el Creador! Llego aquí, al Alto de Vistok, y resulta que la conocen, de locos vamos... Y esta Zurah la lleva clara si piensa que voy a ir a verla, lo que me faltaba, con lo insolente que ha sido. Ya se la pueden llevar al infierno, estoy yo como para tonterías de estas. Me apalean, me roban y encima ahora la lagartija esta intenta reunirse conmigo allí, en secreto. La verdad, paso de más problemas».

Justo se levantó, cuando dos hombres acababan de llegar a la altura de la taberna. Descabalgaron con el ruido pesado de las corazas que portaban puestas, además de espadas de filo ancho sobre sus espaldas. Debían ser caballeros de alguna orden de tantas, pero Vaiel ni los conocía ni falta que le hacía. No obstante, uno de ellos se quedó quieto observando a Vaiel cuando pasaron a su lado antes de acceder a la taberna.

—¡Eh tú!, ¿te conozco de algo? —le preguntó con cara de pocos amigos a Vaiel.

—¿Me decís a mí? —le respondió Vaiel, saliendo de sus pensamientos y mirando a su alrededor.

—¿Veis a alguien más alrededor? ¿O es que pensáis que hablo con las paredes? —el otro caballero que justo estaba entrando se quedó quieto en la puerta, intrigado por ver lo que ocurría.

—Creo que no os he oído, estaba pensando en mis cosas —le dijo Vaiel, levantándose y tomando el camino hacia otro lado, algo que no sentó muy bien a los dos individuos.

—¡Eh, alto ahí! ¿Cómo te atreves a darme la espalda, desgraciado? —le gritó mientras se dirigió hacia él y le agarró del cuello—. ¿Acaso quieres pudrirte en una celda de dos metros cuadrados?

—Desde luego se lo ha ganado con creces —dijo el otro caballero, apoyándose en la pared de la fachada mientras se encendía una pipa de hojas muy aromáticas.

—Disculpadme, os lo ruego, pero no sé quién sois, yo… yo vengo de fuera —dijo Vaiel ya asustado al constatar que un nuevo problema llamaba a su puerta sin haber hecho otra cosa que estar sentado.

—¿De fuera? No tenéis pinta de venir de muy lejos… ¿Quién sois? ¡Nombre! ¿Y a qué os dedicáis?

—Me llamo Vaiel y me dedico un poco a todo… viajo de un lado a otro… ahora estoy buscando trabajo… voy a la capital, pero me robaron aquí cerca hace no mucho y… ¡no me mataron por poco! —respondió Vaiel, dándose cuenta que era poco creíble lo que decía.

—¿Y de dónde decís que venís? —le preguntó nuevamente mientras le soltaba el cuello y cerraba sus ojos de forma inquisidora.

—Del Manantial de Munros, buen señor —respondió Vaiel, mirándolos detenidamente e intentando saber quiénes eran esos dos. Finalmente se atrevió a preguntarles directamente—. ¿Puedo preguntaros quiénes sois y a qué debo este interrogatorio?

—¿Cómo dices, desgraciado? —le dijo su acosador, al que no le sentó muy agradable la pregunta—. Somos caballeros lalianos y este interrogatorio se debe a que aquí no se permiten ladrones de otros lados. Y vos tenéis toda la pinta de serlo. ¿Tú que dices, compañero? ¿Tiene pinta o no de ladrón?

—Y de violador de niños —dijo el otro caballero laliano riéndose—. A éste mejor meterlo en prisión con los perros viejos, para que le enseñen cómo se tratan a los de su calaña.

—¡Oigan, esperen, no! Os lo juro, no soy ningún violador ni ladrón. Yo solo… —miró de nuevo a la cara de esos dos y supo que con la verdad no se salvaría de esta. Así que empezó a improvisar—. Yo comercio con maderas y plantas para jardines, mis señores. Yo… yo vengo con mi mujer, nos hospedamos allí, en la posada "El rey de los montes"...

—¿Maderas? —preguntó el caballero de la pipa acercándose también—. ¿Y os compran eso? Ja, ja, ja.

—Bueno… intentamos que así sea… —dijo Vaiel, sonriendo con una mueca forzada.

—No me creo nada de lo que dice éste —sentenció su acosador principal—. Hazme un favor, ve a la posada y pregunta si se hospeda allí su mujer. ¿Qué habitación era, dijisteis?

—Eh… no hace falta molestarla, mis señores. Es algo tarde y ella estaba cansada. Acabamos de cenar, os lo pueden decir en la taberna. Ella estará acostada ahora.

—¡Habitación, he preguntado! ¡Responded! —dijo con voz imperante el caballero.

—Seis… habitación seis. Se llama Zurah… mi mujer digo… se llama Zurah…

—Voy a ver, dame un minuto —le dijo el caballero de la pipa camino hacia la posada.

—Como me hayas mentido, ya puedes ir rezando al Creador —le amenazó el caballero laliano que estaba a su lado. Vaiel no paraba de titiritar, no recordaba con claridad ni qué les había dicho.

«¿Su mujer? ¿Le has dicho que esa jardinera era tu mujer? —pensó confuso Vaiel—. ¿Comercio de madera? Por el Creador, en qué estaba pensado… estos me van a decapitar, de esta no me libro. Maldito el día que abandoné el Manantial. Allí estaría ahora tranquilo, con el Hormiga, tomando alguna jarra de algo. ¡Maldita mi suerte! Tengo que salir corriendo, tengo que huir como sea, pero como me pille me puedo dar por muerto. ¡Maldita sea!»

No tardó mucho hasta que llegó el otro caballero acompañado de Zurah. Vaiel se quedó paralizado al verla venir riéndose con quien lo acusaba de violador y ladrón. La miró con los ojos desencajados. Sus labios querían decir "por favor, ayuda" aunque apenas lograban articular palabra alguna.

—¡Hola querido! ¿Ya te has metido en problemas? —dijo Zurah, refiriéndose a Vaiel.

—Señora —dijo el caballero que se quedó con Vaiel apresándolo y haciendo una reverencia—. ¿Este es su marido?

—¿Parece mentira que me casara con alguien así, verdad? Debí haber elegido mejor, quizás algún caballero de porte esbelto y hombría patente, como vos —respondió Zurah, con un tono de voz seductor—. ¿Ha hecho algo indebido?

—No, no os preocupéis —le respondió el caballero laliano que fue a buscarla—. Titubeaba mucho y al verlo así, desaliñado y con respuestas contradictorias creíamos que era un ladrón de poca monta, ya sabéis. Mejor no le dejéis salir de noche, por si vuelve a meterse en problemas.

—Si es que… te lo tengo dicho Vaiel, tú no sirves para beber por la noche. Mira qué pintas tienes, y encima has molestado a estos caballeros tan ocupados —dijo Zurah de forma socarrona—. Les pido perdón, gentiles caballeros, y les agradezco la buena voluntad de no sancionar a mi marido. Es un caso perdido, ahí lo veis, pero es una buena persona.

—No se preocupe, señora —le dijo el caballero más arisco que anteriormente sujetó por el cuello a Vaiel—. Tratamos con todo tipo de gente y sí es verdad que su marido no parece peligroso, pero uno nunca puede fiarse. Es usted una mujer encantadora. Si necesita algo, lo que sea, no dude en preguntar por mí o por mi compañero. Yo soy Ernesto de Loan y mi colega Sig de Rot.

—Un placer conoceros, Ernesto y Sig. Tened por seguro que nos volveremos a ver en estos días —dijo Zurah, mostrando una mirada libidinosa.

Para Vaiel, la escena no podía haber sido más humillante. Los caballeros estaban tonteando con Zurah, quien se suponía que era su esposa, e incluso se despidieron de ella con un beso muy cálido sobre su palma. Aparte, a él no le dirigieron la palabra ni para decirle adiós, era como un poste invisible.

—Bueno Vaiel, ya te dije que estarías en media hora en mi habitación —le dijo Zurah, mientras le hacía ademán de ir hacia la posada. Vaiel miró hacia la taberna y por el ventanal de la entrada se veía a los dos caballeros lalianos mirándolos mientras cuchicheaban. Bueno, más bien miraban a Zurah, y era previsible de lo que estarían hablando entre carcajadas.

—Sí, supongo que no me queda más remedio —dijo Vaiel algo perdido. Empezaba a dolerle la cabeza.

—Con la guardia laliana ni más ni menos. Aspiras a altas cotas, ¿eh? Esa gente no entiende de juicios ni excusas, lo sabes ¿verdad? Si ven un mínimo indicio de culpabilidad o duda en tus palabras te sentencian aquí mismo. La próxima vez ten más cuidado con quien te metes, hazte ese favor, que ya no estás en Manantial de Munros donde todo el mundo te conoce.

—Ya me he dado cuenta, Zurah. Y os agradezco que me hayáis ayudado a salir de esta. No teníais por qué arriesgaros, pero lo habéis hecho.

Zurah lo miró detenidamente y lo recorrió de arriba a abajo con el rostro a punto de estallar en risas. Vaiel era un hombre muy peculiar, uno del montón, pero parecía estar apagado, como si le hubieran quitado su hombría.

—De verdad Vaiel, no sé si sois extremadamente educado o es que sois el mayor tonto que he conocido —le dijo Zurah, riéndose a rienda suelta. Lo agarró del brazo mientras entraban dentro de la posada y lo miró con ojos risueños—. Somos matrimonio ¿no?

—Eh… sí… sí, claro —dijo Vaiel, mientras le inundaba el suave perfume de flores de Zurah—. No volveré a meter la pata… quiero decir, que no os pondré en una situación embarazosa y ni mucho menos volverá a suceder algo como lo de antes.

—Tranquilo Vaiel, calmaos. Os ponéis nervioso con suma facilidad. Poned el semblante firme y hablad seguro de vos mismo. No tenéis nada que temer, ni que preocuparos por mí. Sé protegerme por mí misma, creedme. Y no estéis nervioso por lo que pase ahora en la habitación, solo vamos a hablar, como os dije. Si teméis dar la talla como hombre, borradlo de vuestra mente, pues no sois el tipo de hombre que desearía como compañero de cama y no es a eso a lo que vamos.

Lo cierto es que Vaiel sí había pensado que podía haber pasado algo, pero la extraña jardinera le borró de la cabeza esa idea de un plumazo. Subieron a la habitación, parca en muebles, con una cama individual de madera recia, una mesa con una vela encendida y un taburete cojo. La ventana estaba a medio abrir, dejando pasar la brisa fresca de la noche. Zurah se sentó en la cama mientras hizo señales a Vaiel para que se sentara en el taburete, justo enfrente de ella.

—Bueno, contadme entonces, Vaiel. ¿Por qué un joven como vos sale del Manantial de Munros y se aventura aquí? ¿Y cómo y cuándo conocéis a Dévora? —le preguntó Zurah, con voz sosegada.

—Mi padre falleció hace menos de un mes, estaba aquejado del mal de la sangre escupida. Se fue consumiendo y murió, pero durante ese periodo lo pasamos mal, tanto él como yo —dijo Vaiel. La frente le ardía.

—Siento oír eso. Debemos aceptar que es la ley natural, que los padres den paso a los hijos —le dijo Zurah.

—Lo sé, lo sé, pero sufrió mucho. Sufrió mucho... Bueno, a Dévora la conocí hace mucho tiempo atrás, me protegió de unos matones que estaban pegándome. Yo era solo un niño cuando eso sucedió. Luego la volví a ver varias veces más, y desde ese día siempre me sentaba con ella para charlar un poco y contarnos cosas. Ella se pasaba mucho por el pueblo para cosas de su trabajo, me decía.

—Vamos que os enamorasteis de esa ladrona ¿no? Sois muy enamoradizo ¿eh? —dijo Zurah riéndose.

—¿Yo? ¡No, de verdad que no! —dijo Vaiel avergonzado de haber dado esa impresión, que por otro lado era cierta—. A ver, olvidaos de eso... ¿vale? La conocí y teníamos una buena amistad. El día que murió mi padre ella estaba ahí y me dio su colgante como regalo para darme ánimos, supongo.

—¿Decís que ella estaba allí? Entonces fue hace menos de un mes ¿cierto? ¿Y sabéis qué hacía Dévora allí hace tan poco tiempo? Concentraos, es muy importante —le preguntó Zurah mirándole fijamente, echándose hacia delante en su asiento.

—No lo sé, de verdad. Ella nunca me hablaba de sus cosas. Venía y se iba, solo eso —dijo Vaiel, secándose el sudor que le estaba brotando de la frente.

—¿Estáis enfermo? —le dijo Zurah, mientras le tocaba la frente.

—Me duele la cabeza y también el estómago. Igual me ha sentado mal la cena o es que necesito descansar un poco. Sabed que llevo varios días viajando y esta noche, como sabéis, sufrí un robo con pelea. Siento como si tuviera el alma partida por dentro, tengo un frío que me nace desde las entrañas, no sé si me entendéis.

—Te entiendo perfectamente —dijo Zurah, mirando fijamente a Vaiel durante varios segundos en silencio—. Vamos a hacer una cosa Vaiel. Esta noche os quedáis en esta habitación. Ahora os vais a acostar y a reponer fuerzas. Yo ahora tomaré otra. Mañana saldremos de Alto de Vistok. Desayunaremos bien y partiremos.

—¿Cómo? ¿Dónde? ¿Y cuánto cuesta la habitación? —dijo Vaiel para quedar como un caballero, aunque no tenía ni un mísero átlido o romancero.

—No os preocupéis por nada de eso, Vaiel. Descansad, mañana estaréis mejor. Sé que os robaron, así que dejad eso de mi parte.

—¿Tanto capital os da la jardinería? —le preguntó Vaiel.

—Ja, ja, ja, ¿de verdad aún pensáis que soy una jardinera corriente? —dijo Zurah, levantándose y yendo hacia la puerta—. Dormid un poco. Mañana os despertaré bien entrada la mañana.

—Una cosa más Zurah… dijisteis que soñasteis conmigo, ¿cómo es eso posible si no nos conocemos?

Zurah, que estaba ya en el dintel de la puerta, lo miró con ojos vacilantes. Se quedó mirándole así en silencio, como pensando la mejor respuesta.

—Si tuviera que explicaros eso ahora, tendría que mataros, Vaiel —le dijo mientras cerraba la puerta tras de sí. No era una respuesta muy agradable de oír antes de ir a dormir, aunque el agotamiento y las heridas sufridas hicieron que Vaiel cerrara los ojos en un profundo sueño en cuestión de minutos.

Había amanecido hacía horas y una luz fuerte impactaba sobre el rostro de Vaiel. Abrió los ojos lentamente y allí, en su habitación, estaba Zurah. Vestía con una indumentaria claramente de viaje, chaqueta fornida, una vara larga de apoyo, botas que le llegaban hasta las rodillas y una mochila de viaje que reposaba ahí al lado. Sobre la mesa había pan, manteca roja y una jarra de leche fría.

—Buenos días. ¿Qué tal estáis hoy? —le dijo Zurah sin mirarle, adivinando que ya estaba despierto.

—Eh… bien… bien… la verdad es que muy recuperado —dijo Vaiel con voz ronca mientras se estiraba en la cama—. ¿Y vos qué tal?

—De maravilla. Comed y marchamos, no tardéis. Estoy abajo pagando al posadero.

—Esperad, esperad. Os tengo que dar las gracias por dejarme dormir esta noche en…

—Dejadlo ya, Vaiel. Comed y bajad, y si podéis, asearos un poco —le interrumpió Zurah, yéndose fuera de la habitación.

—Aguardad, aguardad. Y ahora en serio, Zurah. No sé dónde pensáis que voy a ir, pero creo que tendría que saber algo antes ¿no? No os conozco, aunque os estoy muy agradecido por todo, mas seguiros a vaya usted a saber dónde no es mi objetivo. Yo voy hacia la capital, para buscar trabajo.

—A ver Vaiel… os lo resumiré brevemente para que me entendáis. Durante mucho tiempo he sido una protegida de la hermandad de los guardianes de las letras. Nos centramos en proteger la sabiduría escrita, así como los tesoros que surgen de dichas búsquedas. O mejor dicho, nos habíamos centrado en eso hasta hace poco, porque no hace mucho, el gremio sufrió su peor golpe: se disgregó. Nuestro líder desapareció, al igual que varios de mis hermanos de hábito. Otros estamos intentando saber qué ha pasado y buscando pistas. Y aquí aparecéis vos y me habláis de cómo Dévora, una ladrona reconocida y respaldada por el marqués Brovián, acontece por la zona, primero con vos en el Manantial de Munros y hace unos quince días en la capital. Se mueve rápida, pero sus noticias han llegado altas y claras a mis oídos. Y necesito verla.

—Vaya… ¿Y puedo saber qué pinto yo en esto? Ya os he dicho todo lo que podía saber —le respondió Vaiel, limpiándose la cara con el agua fresca de una palangana.

—Pintáis mucho en este cuadro. Sabed que ha sido Dévora la que ha asesinado al líder de mi gremio, maese Thernok, y es mi deber encontrarla para vengar a mi orden. Vos vendréis conmigo para asegurarme que se lo pensará dos veces antes de atreverse a hacer alguna tontería, pues es evidente que sois su protegido.

Vaiel se quedó paralizado con la cara mojada. No se terminaba de creer lo que había escuchado, o al menos si lo había entendido bien. ¿Lo quería de rehén? ¿Dévora era una asesina que trabajaba para el marqués? Se giró lentamente y la miró desafiante a los ojos, buscando por primera vez algo de valor de sus entrañas.

—Aprecio a esa mujer que me salvó de pequeño y que siempre ha sido atenta conmigo. A vos no os conozco, creía que erais amable, pero ya veo que era por interés propio. Estáis loca si pensáis que voy a seguiros en esa campaña, menos aun sabiendo que buscáis dar muerte a Dévora.

—No os estoy dando opción, Vaiel. Vais a venir, os guste o no —la vara de apoyo que usaba Zurah, que hasta ahora había pasado desapercibida, emitió un leve resplandor y comenzó a supurar un humo grisáceo por su parte baja—. Ya os dije que tantas preguntas acabarían por pasaros factura, aunque espero no tener que llegar a ello. Soy una bruja del segundo círculo negro. No queráis ponerme a prueba, Vaiel.

—Pe… pero… fuisteis aniquilados de Ampiria… no… No puede ser —tartamudeó Vaiel, echándose hacia atrás hasta pegar su espalda a la pared.

—Yo ni siquiera vivía entonces, pero fui aleccionada por mi maestra en las artes oscuras. Podéis pensar lo que queráis de mí, pero no os pienso dar opción. Vamos a buscar a Dévora y no quiero sorpresas de ningún tipo por vuestra parte.

—¿Mi… mi decisión no cuenta?

—No podéis decidir algo que ya está escrito. Cumplid vuestro destino.

—¿Veis el futuro acaso? —dijo Vaiel, dándose cuenta que se había arrinconado en una esquina de la habitación él mismo—. ¿Sois capaz de predecir lo que sucederá?

—Tengo la premonición de sucesos sí, y por ello os digo que no debéis temer nada si estáis conmigo. Si os vais, aquí y ahora de esta habitación, no veréis un nuevo amanecer.

—¿Moriré si me voy ahora?

—Así es —respondió Zurah con convicción y firmeza.

—Yo… no quiero morir —dijo Vaiel, sin saber bien qué decidir o si realmente tenía posibilidad de elegir otra opción—. ¿Me dejaréis ir luego?

—Eso depende, Vaiel. Si sigo viva es porque nadie sabe de mi disciplina.

—No os preocupéis por eso, Zurah, nadie lo sabrá de mis labios. Sé guardar un secreto, os lo juro. Ya podrán torturarme o…

—Ja, ja, ja, callad, anda, callad —le interrumpió Zurah, extinguiendo su báculo y haciendo que de nuevo pareciera un bastón de apoyo—. De eso no me cabe la menor duda, conozco unas plantas con las que elaborar una tisana que os hará olvidar todo eso.

—¿Una droga decís? ¿Y sabéis qué efectos tienen con seguridad?

—¿Acaso no os dije que era jardinera? ¿No dijisteis que esa labor era fácil de llevar a cabo? Ja, ja, ja, Vaiel, Vaiel, Vaiel… terminad de comer y vayámonos. No tenemos mucho tiempo.

—¿Puedo al menos saber hacia dónde iremos?

—Hacia Ausper la Mayor —le dijo Zurah, dándose la vuelta y dejando atrás la habitación.

Vaiel tardó varios minutos en bajar, pero al final lo hizo. Estaba claro que tenía que ordenar un poco todos los acontecimientos que estaban sucediéndole. Solo había tenido algo de tranquilidad mientras viajaba por el bosque de Nefrún, cuando entró en sintonía con la naturaleza, durmiendo bajo los árboles y respirando ese aire tan puro. Luego llegó al Alto de Vistok y comenzaron sus penurias.

Zurah tenía dos caballos ensillados, uno que era claramente suyo por la silla de montar que tenía de cuero negro y con alforjas abultadas, y otro que acababa de comprar para Vaiel. Ambos se subieron y trotaron hacia fuera del pueblo, sin dirigirse la palabra más allá de lo necesario. A Vaiel no le hacía gracia embarcarse en este viaje con una bruja oscura, pero había tenido tiempo para pensar bien lo que iba a hacer. Por la noche, cuando estuvieran dormidos, intentaría huir. No se terminaba de creer la amenaza que la bruja le hizo y se arriesgaría a huir solo, sin miedo alguno a que la muerte fuera a buscarle. Esa bruja era malvada y no la ayudaría a que diera muerte a Dévora.

—¿Estáis bien? Os veo con la mirada ida —le preguntó Zurah, acercándose a su compañero de viaje.

—Sí, es solo que no suelo asimilar muy bien que una extraña vaya a dar muerte a una amiga —respondió Vaiel con ironía.

—Os recuerdo que en ningún momento he hablado de dar muerte a esa ladrona. Busco vengar la muerte del líder de mi gremio y no su muerte —le respondió Zurah con la mirada fija hacia el frente. Vaiel la miró extrañado por esa respuesta.

—¿Y cómo pensáis vengar la muerte de vuestro líder? ¿Azotando en el culo al culpable? —preguntó de nuevo Vaiel.

—Primero he de saber qué pasó. Un ladrón es un instrumento, pero no quien da la orden. Yo a quien quiero dar muerte es al que dio esa orden. Si Dévora cumplió esa orden podrá redimirse dando muerte a quien le pagó por hacerlo. Eso es lo que yo entiendo por venganza.

—Curiosa forma de verlo —dijo Vaiel, intentando razonar un poco lo que le había oído.

—¿No me creéis, verdad? —le dijo Zurah, metiéndose la mano dentro de la chaqueta para sacar algo en su puño.

—Es difícil creer lo que te dice alguien que te obliga a ir como rehén para dar muerte o vengarse de una amiga. No sé si me entendéis… —le dijo Vaiel, permitiéndose levantar un poco la voz.

—Os vuelvo a decir que no es su muerte lo que yo busco. De hecho, aprecio a esa mujer más de lo que podáis pensar. La conozco desde hace años y es por ello que me cuesta creer que cometiera ese asesinato. Pero los hechos evidencian que fue ella —dijo Zurah, extendiendo su mano y dándole a Vaiel el colgante que Dévora le regaló y que luego él vendió para comer en la taberna "El lancero iris".

—¿De dónde…? ¿Habéis recuperado este medallón por mí? —dijo asombrado Vaiel.

—No deberíais deshaceros de él así como así, tal y como os dije ayer noche. Ese medallón os lo regaló Dévora para que lo guardéis y no para que lo vendáis para comer —le dijo Zurah, bebiendo un poco de agua de la cantimplora.

—Os… os agradezco que lo hayáis recuperado. Francamente, no esperaba esto de vos. Pensaba… pensaba huir esta misma noche de vuestra vera, pero veo que en el fondo sois una persona noble. Aparte, yo me dirigía también a la capital y es mejor viajar en compañía que solo ¿verdad? —dijo Vaiel sincerándose.

—No llegaremos a Ausper la Mayor, Vaiel —dijo con seguridad Zurah.

—¿A qué os referís? —preguntó Vaiel.

—¿Sabéis usar una espada, Vaiel? ¿Quizás un arco? Porque vais a necesitar defenderos de los segadores pútridos que nos seguirán —respondió Zurah, acelerando el ritmo al trote.

—¿Segadores pútridos? —dijo Vaiel, abriendo sus ojos de par en par—. ¿Estáis hablando en serio? Yo no soy caballero ni nada de eso, ¿cómo esperáis que yo…? Estáis bromeando, ¿no?

—Tenemos ocho días para enseñaros a luchar con precisión y valentía, pues la contienda sucederá. Y no temáis a los segadores pútridos, pues lo realmente temible es el Origen que los controla y que también nos pondrá a prueba.

—¿Origen? ¿Qué rayos es eso? ¿Y por qué no nos vamos por otro camino?

—¿Queréis a vuestra Dévora, no? Pues si queréis salvarla y ser su príncipe azul, es ahí donde debéis estar —le respondió con media sonrisa Zurah. Vaiel se quedó pensándolo, y por un momento se vio aferrando una espada manchada con la sangre de sus enemigos y rescatando a Dévora de entre la multitud. Era un cuadro que brillaba en su mente y por una vez iba a ser él quien la salvase a ella, como debía ser.

—Pero vos podéis matarlos a todos ¿no? Quiero decir, los magos tenéis el poder de destruir todo con la magia que convocáis —dijo Vaiel, volviendo de nuevo a la realidad.

—Yo manejo embrujos, Vaiel. No os voy a dar clases de aprendizaje en magia, pero sí os diré que existen cinco viales para canalizar y aprender a usar la magia. Puedes, por ejemplo, emplear los hechizos, toscos y directos, muy previsibles en su uso y que impactan en el objetivo. Luego está la conjuración, que se basa en canalizar mediante el uso de las manos y las palabras que despiertan ese maná, evidentemente tras un largo periodo de aprendizaje, no vayáis a pensar que por chillar ¡fuego! saldrá una bola ardiente de vuestras manos ja, ja.

—¿Y los embrujos son la tercera rama, o vial? —dijo Vaiel, interesado en el tema como si fuera un aprendiz de mago.

—Sí, es la tercera. Los embrujos son escurridizos y atacan al alma de las personas. Son menos físicos y atraviesan armaduras, escudos e incluso la carne para atacar en tus sueños, en tu imaginación, en tu mente.

—Entiendo… entonces sois un buen seguro de vida siempre que os tenga cerca ¿no?

—Soy mortal, Vaiel. No ofrezco mucha protección, y mi estudio está canalizado en la magia de escuela negra, la de combate.

—Oí historias acerca de los magos de combate. Eran cubiertos en las batallas por la caballería y los arqueros, de forma que atacaban desde la retaguardia con todo su repertorio de magias, mientras los defensores canalizaban escudos protectores o algo así.

—No hagáis mucho caso a lo que cuentan los rumores —dijo Zurah riéndose, mientras se recogía el pelo en una cola—. Lo que sí es verdad es que allí donde la magia blanca ofrece una protección y una curación, la magia oscura ofrece su destrucción.

—Pues entonces os podéis encargar de esos bichos con facilidad ¿no? —retomó de nuevo la pregunta Vaiel.

—Como os dije el problema es el Origen que los mueve...

—¿Y eso es...? ¿Un segador pútrido grande? —preguntó de forma cómica Vaiel.

—Un Origen es un vórtice de magia. Es magia en sí mismo, es un ente que no está en este plano y que va atravesando los tres planos de forma continua. Su potencia de combate es inhumana, controla los elementos primarios con soltura y conocimiento, y su presencia es capaz de derribar incluso a los legendarios dragones.

—¿Derriba dragones? ¡Bendito sea el Creador! ¿Y de verdad queréis ponerme frente a un engendro así? —preguntó Vaiel, algo asustado.

—Esperemos que no haga falta poneros frente a un Origen, Vaiel, porque si así fuera sólo podría lamentar vuestra muerte. A un Origen no se le puede matar —le respondió Zurah de forma escueta.

—¿Y cómo…? —preguntó Vaiel, sin llegar a finalizar la frase antes de que Zurah le respondiera.

—Encerrándolo en el pasado. Ellos se mueven entre los tres planos que nos definen en el tiempo: el pasado, el presente y el futuro. La cosa está en dejarlo recluso en el pasado o en el futuro, sacándolo del presente. ¿Cómo se hace esto? Pues es complicado, aquí tendríamos que referirnos a la magia púrpura, que son buenos conocedores del tiempo y de cómo moldearlo —respondió Zurah—. Y ahora Vaiel, mejor guardar fuerzas, que nos espera un largo viaje. Pararemos para comer dentro de cuatro o cinco horas.

—Muy bien Zurah —respondió Vaiel—. Y por cierto, ¿cómo se supone que voy a aprender a manejar la espada o el arco? ¿Vais a enseñarme vos?

—No, ni mucho menos. Os enseñará un amigo que veremos mañana. Es el mejor guerrero que existe en Ampiria, creedme.

—Eso dicen todos ja, ja, ja.

—¿Conocéis a otra persona que arrastre el apodo de "matadragones"? —dijo Zurah, mientras veía como Vaiel se quedaba absorto asimilando que una persona fuera capaz de matar a un dragón, algo tan grande y fastuoso.

CAPÍTULO 9: EL REENCUENTRO

Cabalgar por la noche era algo arriesgado, más aún si iban dos jinetes sobre la grupa del caballo y si además se hacía campo a través. Dévora iba tapada por la enorme espalda de Drigán, que manejaba el caballo con convicción y rectitud, aunque aun así varias ramas bajas iban arañando los brazos de la ladrona. No le costó mucho convencer al caballero del dragón de montar juntos, pues debían huir rápido de la fuente del camino antes de que los caballeros se dieran cuenta de la fuga.

La noche le encantaba a Dévora. Con la oscuridad se sentía muy protegida en todos los aspectos. Podía usarla para desaparecer en cualquier recodo, sin dejar rastros de su presencia. Podía abrir sus ojos de par en par sin miedo a sufrir molestias de luz y a aparecer justo detrás de quien quisiera sin ser vista. Era su mejor escudo. Y esta noche era especialmente hermosa, con una Luna anaranjada y una brisa a favor de su dirección.

Cabalgaron durante varias horas hasta que, durante unos segundos, Drigán cabeceó hacia un lado. Enderezó al caballo con firmeza, pero era evidente su cansancio. Dévora era una noctámbula, estaba acostumbrada a estar despierta en este tipo de situaciones, mas su rudo acompañante no tenía esa habilidad. Podía tener muchas virtudes especiales y únicas, pero vencer al cansancio no, no al menos sin dormir.

—¡Parad, Drigán! —le gritó Dévora a Drigán pegándose a su oído—. Paremos un rato a descansar, nos vendrá bien a ambos.

—No, debemos seguir —respondió el caballero del dragón sin girarse ni para mirarla. Apretó el paso dando más velocidad.

—No creo que nos sigan esos caballeros, hace ya varias horas que los dejamos atrás. Al descubrir vuestra huida, lo primero que habrán hecho habrá sido preguntar a la gente de allí y buscar alrededor alguna pista. Les costará encontrar alguna, y eso si son buenos rastreadores. Y aunque así lo hicieran, vamos por la noche y la oscuridad nos ampara.

—Yo no estoy huyendo de esos pazguatos.

—Entonces, ¿a qué debemos tanto brío en el galope? ¿Y a que sigáis luchando contra vuestro cansancio con tanto ahínco en vez de reposar un par de horas?

—Tenemos que darnos prisa para ver a Kragor til Mass. Me está esperando.

—¿Vuestro dragón nos espera? ¿Y…? ¿Por qué no viene él a buscarnos mejor? —le dijo Dévora, intentando suavizar a continuación su frase—. Quiero decir, sería más fácil si él se acerca volando hacia donde estamos nosotros, en vez de nosotros, montados sobre un caballo ya agotado y secundando por un bosque de arbustos y árboles bajos, vamos donde él esté.

—Él no puede venir, debe quedarse protegiendo a la maga —le dijo Drigán como si Dévora supiera de qué estaba hablándole.

—¿Maga? ¿Qué maga? Drigán, tenemos que parar un momento y contrastar lo que sabemos, porque no puedo trazar una estrategia así, por lo que vais soltando cuando os interesa —dijo Dévora, claramente enfadada.

—Yo no oculto nada. Si me preguntas, te respondo, así que siéntete feliz por ello, pues no tendría por qué hacerlo.

—Vos siempre tan encantador.

—Te agradezco que me veas así —dijo Drigán, dando por zanjada la conversación.

Ante la cabezonería de un caballero del dragón nada se podía hacer, solo paciencia y esperar el momento adecuado. Y no sucedió hasta pasadas cuatro horas más, casi amaneciendo ya, cuando Drigán directamente se durmió sobre la montura. El caballo cabalgaba al paso, muy lento, con su hocico cubierto de saliva blanca por el cansancio y la sed. Dévora, que también se había quedado algo aletargada, cogió las riendas por la cintura de Drigán y lo detuvo. Desmontó pausadamente y se las ingenió para bajar también al fornido caballero del dragón. Cayó como una fruta madura al suelo, pero apenas se revolvió un poco para de nuevo coger el sueño. Estaba literalmente exhausto, de eso no había duda. Dévora le tapó con su capa y vació casi toda la cantimplora en dar de beber al caballo, que gustosamente sació su sed y comenzó a comer brotes tiernos del suelo.

La cosa no pintaba bien, se repetía una y otra vez la ladrona. No sabía hacia dónde iban exactamente y les faltaba agua. Como mucho podrían aguantar un día o dos, pero al tercer día el caballo no soportaría tanto agotamiento sin beber. Aparte la comida… tenían pocas raciones para dos, y si no encontraban algo de comer, el corcel pasaría a ser el menú. Ella no era una cazadora muy hábil, aunque tenía algunos trucos, como montar trampas para capturar roedores además de tener moderados conocimientos sobre botánica, los suficientes como para saber qué setas o qué frutos podían ser comestibles.

Cuando Drigán abrió sus ojos, la luz solar bañaba el horizonte con tonos anaranjados. A unos metros de su posición había una hoguera medio apagada y sobre ella unos trozos de carne de conejo ennegrecidos y unas bayas apiladas sobre una hoja grande. Dévora estaba algo más lejos, sentada sobre una piedra y leyendo el pergamino que Thernok le entregó en su muerte.

—¿Qué hora es? ¿Nos quedamos dormidos? —preguntó algo desorientado Drigán.

—Pues sí, Drigán, os quedasteis dormido incluso sobre el caballo, algo insólito si me permitís añadir —dijo Dévora, riéndose y guardando con disimulo el pergamino en el bolsillo interior de su chaqueta.

—Tenemos que ponernos en camino ya —se apresuró a decir Drigán yendo hacia el caballo—. Hemos perdido un tiempo muy preciado. ¡Deberías haber cogido las riendas y haber seguido!

—Un plan perfecto, seguimos avanzando hasta que el caballo caiga al suelo destrozado por el esfuerzo, sí, sí… y además, como yo soy vidente, puedo saber hacia dónde ir sin que me lo digáis —señaló Dévora con una voz melódica.

—Yo lo veo en buena forma —dijo Drigán, refiriéndose al caballo.

—Sí, tenía sed y se sirvió él mismo de la cantimplora, para luego tirarse al suelo para descansar unas horas.

—No entiendo vuestras ironías, ladrona.

—Os estoy diciendo que os sentéis y comáis algo, ¡por el Creador! De nada sirve darse prisa si al final del camino llegan dos cadáveres —le replicó Dévora, poniéndose en posición acusadora—. Ya habéis descansado, ahora comed algo y luego ensillamos al caballo y volvemos a salir hacia vuestro dragón. Y por cierto, me gustaría que me indicarais dónde está, más que nada para saber hacia dónde nos dirigimos.

—¿Conoces el monasterio de Erde de Colanigledes? Pues allí vamos —respondió tajante Drigán, mientras daba cuenta del conejo—. Gracias por servirme estas viandas, por cierto.

—¡Vos dándome las gracias por algo! Esto sí que es algo difícil de creer —dijo Dévora medio jocosa—. Y el monasterio que decís lo conozco perfectamente, sus monjes son gente muy amable. Estamos algo lejos, pero acortando por ciertos atajos podemos llegar en un par de jornadas.

—¿En un par de jornadas? Eso está bien, está muy bien —alcanzó a decir Drigán con la boca llena de comida.

—Suerte hemos tenido de estar tan cerca… Ahora decidme, Drigán, ¿quién es esa maga? ¿Está allí, en el monasterio?

—Es una buena amiga, trátala con respeto cuando la veas. Y sí, está ahí fuera, esperándonos junto a su compañero y a mi dragón —le respondió Drigán, como su estuviera ahora allí viéndolo todo.

—Aguardad, aguardad… ¿ahora son tres? Seríais un buen ladrón, os lo juro, sabéis cómo callar las verdades, incluso contándolas. ¿Y se puede saber desde cuándo un caballero del dragón se relaciona con magos?

—¿Y desde cuándo tengo que justificarme de nada ante una mujer como tú? —respondió Drigán, mirándole con desprecio—. Agradece que no te destroce esa cara bonita que tienes por dirigirte a mí de esa forma.

—Pues deberíais estar más agradecido. Os salvé de las garras de esos caballeros, de hecho hoy estaríais ya con una preciosa soga colgando de vuestro cuello. Os he cocinado conejo y algo de bayas frescas, y he vigilado mientras dormíais plácidamente. Y si os incomoda mi pregunta acerca de la maga, os aguantáis. Es bien sabido el peligro que acarrea un mago, aunque supongo que eso ya lo sabéis.

—Que me ayudes no significa que yo deba agradecértelo, ladrona. Lo haces porque quieres y porque te interesa para tu objetivo. Te conviene que yo siga vivo y que te lleve ante Sirián, porque buscas a un mago para romper el camafeo. Pero vete haciendo a la idea que ese camafeo no se destruirá —dijo Drigán con voz firme.

—¿Sirián es la maga? Bien, ya puedo ponerle nombre. ¿Y el acompañante que decíais que está con ella dentro del monasterio? —siguió preguntando Dévora.

—Es un caballero de Ausper la Mayor, según parece. Y no están dentro del monasterio, están acampados fuera —respondió Drigán, dejando perpleja a Dévora.

—¿Un caballero de Ausper la Mayor? ¿Me estáis hablando en serio?

—Totalmente —dijo Drigán, terminando de comerse las bayas y eructando. A continuación tomó la cantimplora y sorbió el resto de agua que quedaba en su interior.

—¿Y por qué rayos no deja vuestro dragón que duerman dentro del monasterio? ¿Son prisioneros acaso de él? —dijo Dévora, dándose cuenta que a Drigán no le hacía mucha gracia verla allí, de pie, haciéndole preguntas con esa entonación.

—Duermen fuera porque el monasterio ya no existe, ladrona. Los segadores pútridos lo han arrasado todo. Y ahora deja que te pregunte una cosa yo a ti, a la que espero respuesta. ¿Dónde está el camafeo? —le preguntó Drigán, mirándola fijamente a los ojos como si fuera a sacárselos con la mirada. Dévora titubeó un momento, pero era especialista en el disimulo.

—No lo sé aún. Tengo el lugar donde se encuentra, pero no sé dónde es —respondió Dévora, bajando su tono de voz.

—¿Cómo se digiere eso, si puede saberse? ¿Qué sabes del camafeo?, dímelo sin rodeos.

—Tengo este poema que escribió Thernok antes de morir. Me aseguró que ahí dejó escrita la localización. De alguna forma estos versos nos deben llevar hasta el mismo —le respondió Dévora, mostrándole el pergamino a Drigán. Éste lo miró detenidamente para luego devolvérselo a la pícara.

—Un poema absurdo a mi entender. Veremos a ver si no estás intentando tomarme el pelo —dijo Drigán, subiéndose al caballo.

—Creo que merezco un voto de confianza ¿no? Si hubiera querido dañaros lo hubiera hecho ayer noche, mientras dormíais.

—He aprendido a no confiar en vosotros, y menos aun sabiendo que eres una ladrona, experta en el engaño —le dijo

Drigán, mientras le extendía la mano para que subiera a la grupa trasera del caballo.

—Pero sí confiáis en una maga, claro... —dijo irónicamente Dévora mientras subía.

—Exacto, lo has entendido perfectamente —respondió Drigán, ajeno a las indirectas.

Los días y las noches se solaparon con rapidez. Hacían paradas de un par de horas para dar descanso al caballo y dormir uno de ellos. Aunque al principio Drigán era reacio a dejar llevar las riendas a Dévora, al final cedió. El saber que así llegaría antes a su destino era motivo suficiente como para forzar al máximo.

Al séptimo día, en el horizonte se adivinaron las ruinas de lo que antes debían ser unas murallas recias y altas. Ahora eran trozos de piedras dispuestos en un orden caótico. Era el atardecer, con un cielo rojizo y con un viento recién avivado. Se olía en el ambiente un aroma a quemado, y de hecho varias arboledas estaban calcinadas. El páramo que se abría ante ellos no presentaba mejor aspecto, con claros de color negro alfombrando su área.

—Ese era el monasterio. Por lo que veo no ha quedado nada en pie —indicó Dévora, mientras fijaba la vista a lo lejos.

—Allí está Kragor til Mass —dijo Drigán, ajeno a lo que le decía su acompañante.

—Y es lo que importa ¿no? El resto de monjes y lo que aquí sucedió es irrelevante, ¿cierto? —replicó Dévora, algo molesta ya de tanto pasotismo.

—Lo que aquí sucedió tenía que suceder y no estamos aquí para cambiar el destino de las personas, eso es lo que no entiendes tú —respondió Drigán con voz firme—. Ahora agárrate bien que hacemos el último esfuerzo, pienso llegar esta noche allí.

Kragor til Mass se presentó una vez más en el campamento. Apenas lo había frecuentado una vez durante esta semana larga, y cuando llegaba no pronunciaba palabra alguna. Miraba a Sirián y a Monkel, rugía de forma incontrolable y volvía a coger el vuelo para desaparecer en la lejanía. Parecía como si estuvieran siendo vigilados más que protegidos, o al menos esa era la sensación del caballero albino. Sirián, sin embargo, era conocedora del comportamiento de los dragones y de cuál era la guía de sus acciones.

Durante este tiempo, Monkel logró algo de cacería, aunque se alimentaron de las raciones de carne saladas que fueron encontrando entre los restos del monasterio. Afortunadamente, el pozo de agua no sufrió daños y tenían agua en cantidad.

—Contadme un poco sobre vos, Sirián. ¿Nunca habéis pensado en formar una familia, ajena a ser una animista? —preguntó Monkel, ya más informado acerca de lo que Sirián era y hacía.

—Cuando llegue ese momento lo abrazaré, sin lugar a dudas, mas de momento no he conocido a la persona que llene ese vacío. Además, el conocimiento que tengo me obliga a llevar una vida algo sacrificada para salvar y proteger al necesitado. ¿Qué harías vos si tuvierais la cura de varias enfermedades en vuestras manos? ¿Acaso no intentaríais sanar a la mayor gente posible? —le dijo Sirián.

—Supongo que sí… aunque se me hace raro todo esto. Representáis lo que juré destruir, el uso de la magia trajo muchísimo dolor a estas tierras y luego de la aniquilación era imperante hacer desaparecer todo rastro de magia. Aunque algo no iba bien en esa orden, supongo que siempre supe que no era una ley justa —dijo con los ojos alicaídos Monkel.

—¿Qué os preocupa realmente, sir Monkel? Habéis actuado de corazón y sabéis que vuestra causa es justa, algo que cualquier caballero ha de cumplir. Sin embargo, no es eso lo que de verdad os tortura, ni siquiera nuestra situación actual ni hacia dónde vamos —le dijo Sirián, analizando a su compañero de forma precisa.

—¿Recordáis el pueblo de Lum? Aquel sitio donde parasteis una noche para descansar. Os alojasteis en casa de una nativa de allí —dijo Monkel, mirándola fijamente a los ojos. Sirián puso su semblante serio, pues intuía que se avecinaban malas noticias—. Era una mujer de edad mediana, con un niño pequeño a su cargo…

—Aisha y Néstor —dijo Sirián de forma tajante—. ¿Les ha pasado algo?

—Nos dieron el chivatazo que vos estabais ahí dentro escondida, y bien conocido es el poder de un mago. Savior nos dio la orden de posicionarnos en la puerta y ventana, y a su señal entrar a romper. Fue todo muy rápido: forzar las entradas rompiendo madera, cristal y lo que estuviera delante, y nada más ver a la maga, atravesarle con nuestras espadas antes que pudiera decir nada —dijo entristecido Monkel.

—¿Néstor estaba ahí? —preguntó Sirián, consciente de que a Aisha la habían matado al confundirla con ella.

—Sí, estaba.

—¿Y lo vio todo? —dijo Sirián, poniéndose en pie y con los ojos enrojecidos a punto de llorar.

Hubo un silencio durante varios segundos tras el que Monkel se levantó sin poder mirar de frente a Sirián.

—No le dio tiempo a ver nada —dijo Monkel, dejando claro que también fue asesinado.

—¡Por el Creador! ¡Era un niño! ¿Cómo…? ¿Es que no lo visteis? ¿En qué puede parecerse un niño tan pequeño a una mujer como yo? —empezó a recriminar la animista con voz angustiada.

—Fue todo muy rápido. Como os dije estábamos sobre aviso de la capacidad de los magos para dañar con su magia y debíamos matar sin pensar. Romper, entrar y matar. Luego mirar. Esa era nuestra orden, alimentada del miedo a ser devorados por algún hechizo impío —dijo apesadumbrado Monkel.

—¿Veis por qué es tan difícil esto? —dijo Sirián sentándose de nuevo—. Una tiene el poder de sanar pero tiene que ir ocultándose por miedo a que la maten. En vez de ayudarme, me enjuician a muerte.

—Ahora sé de vuestra obra y de vuestra razón en esta vida, y lo único que puedo hacer es arrastrar el dolor que he infligido a Aisha y a Néstor, y ayudaros en todo lo posible para alcanzar vuestro objetivo.

—Quiero que me ayudéis porque realmente veáis que es necesario destruir ese camafeo, no porque queráis redimiros —le corrigió Sirián, mientras se volvía a levantar y se quitaba la arena de sus atuendos y se recogía el pelo en una coleta.

—Así lo haré, os lo juro —respondió Monkel sin dejar de mirar el suelo, como si estuviera siendo flagelado en su espalda con latigazos.

—Bueno, de nada sirve hablar de un pasado destruido. Mejor centrémonos en un futuro por construir. Tenemos visita, así que levantaos —dijo Sirián, agarrando su báculo.

—¿El dragón nuevamente? —dijo Monkel, secándose unas lágrimas que habían acontecido sobre sus lacrimales pero sin llegar a precipitarse por las mejillas.

—No, ha llegado Drigán, su caballero. Y parece que no viene solo.

—¡Ah! el motivo de nuestra espera ¿no? —dijo Monkel, levantándose y colgándose el martillo de combate sobre la espalda.

—Así es —dijo Sirián, mirando hacia un horizonte casi devorado ya por la noche.

Cuando Drigán y Sirián llegaron al campamento improvisado donde Sirián y Monkel les esperaban de pie, Kragor til Mass se dejó ver, cayendo desde el cielo hasta posarse a apenas unos metros del campamento. Rugió con fiereza, dejando un eco que recorría todo el valle.

—¡Saludos Kragor til Mass! —dijo Drigán, bajándose del caballo casi sin detenerlo y arrodillándose frente a su dragón-vínculo—. Aquí estoy, preparado para llevar a cabo el cometido que me asignes.

Dévora, al saltar de repente Drigán, tuvo que coger las riendas por sorpresa y casi le cuesta una caída del caballo. Pudo calmar al caballo varios metros más adelante, y aunque le entraron ganas de decirle cuatro cosas a Drigán, la imagen de su dragón le hizo guardar silencio y mirar de reojo a los otros dos. Ella era una maga, no cabía la menor duda, y él era un caballero de Ausper la Mayor, tal y como referenciaba el tipo de coraza y el sello que coronaba en sus botas. ¿Podía ser verdad que existiera una alianza como ésta?

—He aquí la conocedora del estigma de la magia, nombrada como Sirián, y su escudo, nombrado como Monkel. Ella es la mano que tomará el camafeo, mientras que él es el polvo que se llevará el aire —dijo Kragor til Mass mirando a su caballero, que permanecía arrodillado mirando el suelo.

—Entendido, Kragor til Mass. Yo os presento a Dévora, esta mujer de la noche que me ha liberado como bien sabéis, de esos caballeros que nos perseguían. De hecho —y ahora levantó su mirada de forma desafiante hacia Monkel—, ese estaba con ellos.

—Una noche os concede el destino, mi caballero, para conformar el destino de esta reunión. Mañana sucederá nuestra salida para ser trinidad con ese camafeo. La información que el azar nos ha dado será compartida con la maga, aquí presente, pero en otro tiempo —sentenció Kragor til Mass—. Y dónde se oculta nuestro objetivo también debemos olfatear, pues el destino ha querido que escribamos en su guion usando a la ladrona.

—A tus órdenes, Kragor til Mass —dijo Drigán, aunque Sirián interrumpió antes de que se despidieran.

—Perdonad mi atrevimiento, Kragor til Mass, mas tengo algo que añadir sobre lo que estáis diciendo. Dais por sentado que os ayudaré a controlar ese camafeo y no es esa mi función. Yo estoy aquí para destruirlo, se lo dejé bien claro a vuestro caballero.

—Y... y yo... estoo... su gran e inconmensurable majestad Kragor —dijo algo nerviosa Dévora—. Yo también tendría algo que decir... a ver... yo... estáis diciendo que vaya a por el camafeo yo y no es esa mi intención, creedme. Tengo otros problemas encima como para meterme en éste... Si queréis os doy el pergamino de donde se puede extraer la ubicación y ya vais vosotros... de verdad, perdonadme, pero no es cosa mía todo esto...

—Mi tiempo se ha acabado aquí y ahora. Mañana volveré, Drigán —dijo Kragor til Mass, obviando todo lo que le preguntaban.

Y alzó el vuelo con fuerza, alejándose en la distancia. La noche se cerró totalmente y la única lumbre era la hoguera que crepitaba en el campamento. Drigán se levantó y con un movimiento brusco de su cara señaló a Monkel.

—¡Tú! —le dijo a Monkel—. Ya puedes ir rezando a tu Creador, porque has visto tu último amanecer. Te voy a enseñar yo lo que pasa cuando te metes con un caballero del dragón.

Monkel desenvainó su martillo de combate con ambas manos y lo fijó sobre Drigán. Dévora se echó hacia atrás, intentando comprender qué estaba pasando y cómo actuar, aunque la presencia de la animista le trastocaba mucho su guion.

—Tenéis toda la razón en querer batiros a mí —dijo Monkel a Drigán—, aunque sabed que vuestras formas no fueron las correctas. En ningún momento se os quiso hacer daño, y fuisteis vos quien nos hablasteis de malas formas e incluso nos insultasteis.

—No tengo por qué justificarme ante ti, ni ante ninguno de vosotros —dijo Drigán, mientras desprendía maná y su piel se cubría de escamas, ante el asombro de todos—. Tú y tus compañeros os atrevisteis a ponerme la mano encima y eso solo tiene un desenlace: la muerte.

—No si yo estoy presente —dijo Sirián, iluminando su báculo en una luz blanca con retazos amarillentos en forma de copos de nieve que pausadamente iban cayendo al suelo. Recubrió a todos en ese manto de claridad—. Ahora bajad vuestras ganas de pelear y hablemos. Si luego queréis mataros, haced lo que deseéis.

—¿Qué…? ¿Qué es esto maga? —gritó Drigán, viendo que una fuerza sobrenatural le impedía lanzarse hacia su presa—. Liberadme de esto o…

—¿O qué, Drigán? —dijo Sirián con un tono de voz que reverberaba en los oídos—. Este manto de paz prohibirá que se haga daño alguno a nadie. Como os he dicho, necesitamos hablar. Luego podéis hacer lo que os plazca, tanto vos como vos, Monkel.

—¿Os atrevéis a poneros en mi contra, maga? —le insistió Drigán.

—Nada podéis hacerme, Drigán. Vuestro dragón os lo ha dicho claro, ¿verdad? Yo soy la llave que necesitáis, así que si me queréis aún a vuestro lado, calmaos un poco.

—Muy bien… —respondió Drigán, haciendo desaparecer las escamas sobre su piel—. Por ahora seguirás con vida, caballero de piel blanquita, pero no pienses que estás a salvo. Solo has ganado unos minutos de vida.

—No está en mi voluntad haceros daño —respondió Monkel, bajando su martillo de batalla y mirando a Drigán—. Estoy aquí para ayudar a Sirián y no a vos. Para mí seguís siendo un arrogante que ni siquiera guarda el respeto que debe al hablar con sus semejantes.

—Tú no eres mi semejante, desgraciado —le dijo Drigán, sentándose en el suelo—. ¡Adelante, hablad lo que tengáis que hablar, solo tenéis esta noche!

Sirián se sentó y miró al resto para que hiciera lo propio. Dévora no veía el momento para salir corriendo de allí, aunque no parecía que fuera el momento idóneo, no al menos con esa maga agarrando ese báculo tan brillante.

—Bueno, seré yo quien rompa el hielo un poco —tomó la palabra Sirián mirando un poco los ojos de todos—. Ante todo presentarme: soy Sirián, animista del círculo blanco y guardiana de

Calatros. Aunque vos, Drigán, ya me conocéis, y vos Monkel también. A vos, señorita, creo que no os conocía.

Dévora asintió con la mirada algo perdida, sin saber qué decir por primera vez en su vida.

—Ella se llama Dévora —dijo Drigán al ver la situación—. Y no sé qué magia has usado, pero me la tendrías que enseñar, porque has conseguido que se calle desde hace mucho tiempo. Un milagro, sin lugar a dudas.

—Bueno… a ver… perdonadme ante todo, pero aunque sabía qué me iba a encontrar aquí, me desborda un poco todo —dijo Dévora, superando su asombro y nerviosismo—. En efecto soy Dévora, y aunque me han presentado como "mujer de la noche", no soy tal. Consideradme alguien que ha vivido en las calles y ha aprendido de ellas a sobrevivir con poco.

—Vale, perfecto —replicó Sirián con voz calmada y una sonrisa de tranquilidad—. Este de aquí es Monkel, caballero renegado de Ausper la Mayor. Ha renunciado a sus obligaciones para acompañarnos en esta búsqueda tan trascendental. Creo y confío en él tanto como él lo hará en todos vosotros.

—¿Qué te hace suponer que es de confianza? —dijo Drigán de malas maneras—. Estas cucarachas van de forma cobarde hasta darte la puñalada por la espalda. No pienses que voy a confiar en ellos. Estás loca si piensas eso.

—Me salvó la vida y me defendió ante su general, Savior de Orleans, a quien se enfrentó hasta darle muerte. Si no confiáis en él, hacedlo en mí, y si os digo que es de fiar, lo es. —dijo Sirián, intentando zanjar este tema.

—¿Mataste al cobarde ese de Savior? —le dijo Drigán directamente a Monkel—. Vaya… estás ganando puntos, sí señor ja, ja.

Monkel le miró con rostro serio y enjuto, sin responder nada. Dévora, algo más suelta con la situación, se sentó más cómoda y empezó su análisis paso a paso, recorriendo con la mirada detenidamente a los dos nuevos integrantes del grupo.

—Bueno, pues presentaciones hechas, vamos con el tema que nos ha traído aquí. Todos sabemos qué es, pero quizás andamos algo perdidos, así que intentaré ordenar un poco toda la información. Han salido rumores acerca del camafeo de Guerón, un artefacto peligrosísimo si alguien llegara a activarlo para su beneficio. Se dice mucho de esta reliquia y en casi todos los sitios queda retratada como el arma de destrucción por excelencia. Aquel que tenga ese camafeo decorando su chaqueta y que obviamente lo tenga activado, tendrá un poder desolador. Será imparable. El plan pues es el siguiente: encontrar el camafeo, saber cómo destruirlo y destruirlo.

—Aquí no estoy conforme, maga y bien lo sabes — respondió Drigán—. Vamos a ver, lo diré una vez más, y espero que quede claro para todos. Ese camafeo no va a ser destruido, Kragor til Mass lo desea y para él debe ser. Así que buscar dónde está la joya y recuperarla, perfecto, pero destruirla no. Aparte, no sé realmente qué aportas tú en esta búsqueda, Sirián, y tú, caballero andante. Yo tengo el plan y traigo a quien trae el plano de donde se encuentra. ¿Qué me podéis ofrecer vosotros dos?

—¿Tu dragón te trajo hasta aquí para formar grupo con nosotros y aún te preguntas qué hacemos aquí? ¿Acaso sabes más que tu dragón? —le dijo Sirián socarronamente.

—Ilumíname, tú que lo sabes todo. ¿Por qué mi dragón actúa a vuestro favor? —preguntó Drigán.

—Quizás porque incluso él sabe que el camafeo no puede ser controlado y debe haber alguien conocedor de la magia para controlarlo. Tal vez Kragor til Mass no quiere quedarse con el objeto hasta no saber que es seguro tenerlo, o bien está buscando hacerse con él para usarlo una vez se limpie de maldad, si es que es posible hacer eso. Y está claro que necesitáis a alguien que conozca a la magia no solo por teoría, sino también por uso práctico, y que además sea de confianza. Y creo que yo lo soy para vos ¿no? —dijo Sirián sonriendo.

—Sabes que sí, eres un orgullo para los tuyos —respondió Drigán—. Sin gente como tú, la raza humana estaría abocada a ser exterminada sin contemplaciones.

—¿Por qué tanto odio hacia los seres vivos? —dijo Monkel, algo irritado de todo lo que oía de Drigán—. Yo también sé algo de los caballeros del dragón y sé que antes erais una persona normal y corriente, como yo o como ellas dos.

—No digas más necedades y guarda silencio —dijo de forma tajante Drigán—. Y tú, Sirián, adelante, sigue diciendo lo que tengas que decirnos. Que tengo sueño y quiero descansar. Y tú, caballerucho, no creas que te he olvidado, pero sí es verdad que le debo a esta maga mucho y es por ella que te dejaré vivir.

—¿Se supone que tengo que agradecerte tamaño favor? —dijo con ironía Monkel, casi desafiándole a intentar combatir.

—Os rogaría silencio, al menos hasta que termine de exponer todo —pronunció Sirián alzando su brazo libre—. A ver, cada uno de nosotros tiene una creencia o religión que sigue como cierta en su vida y en sus actos. Vos, Drigán, creéis en el equilibrio como forma de vida y que las acciones están pesadas en una balanza cuyo fiel está siempre centrado. Dais por cierto que el destino está escrito y que las cosas suceden porque tienen que suceder, tanto las buenas como las malas.

Drigán asintió orgulloso de la explicación. Era un buen resumen de su ideología.

—Vos Monkel —prosiguió diciendo Sirián—, creéis en el Creador, un ente única y auto-creada capaz de crear la vida y la existencia, tanto la corpórea como la trascendente. Cuerpo y alma quedan definidos en una simbiosis de libre albedrío y os dejáis guiar por el sentimiento. Sois dueño de vuestra vida y decidís qué camino seguir para escribir vuestro futuro. Y algo parecido supongo que abrazáis vos, Dévora.

—Bueno... —dijo Dévora ya metida en la conversación—. El caso es que sí creo en un Creador, debe existir, aunque no en la forma en la que lo ven todos. Existen demasiadas creaciones suyas que nos dejan por los suelos. Demonios, dragones, tumularios... todas esas creaciones salen también de él, lo que me hace pensar que no nos acurruca y nos mima, sino que más bien ha creado un tablero de ajedrez sobre el que ha dispuesto fichas, para ver cómo interaccionan entre ellas. El camafeo, de hecho, es una pieza más de ese tablero, que seguramente habrá puesto para dar "más juego".

—Una explicación maravillosa de vuestras ideas, Dévora —dijo Sirián, volviendo a tomar la palabra—. Yo por mi parte creo en la síntesis de un Creador a partir de los elementos primarios. Y éstos surgen de la idea de ser necesitados, al igual que el Creador y el resto de armonías que pueblan la vida y la muerte. ¿Y qué es eterno? Las ideas y nuestra mente, y por lo tanto nuestras ideas. Y ¿a qué viene todo este resumen? Pues a haceros ver cómo todas nuestras ideologías nos arrastran a permanecer juntos en esta búsqueda. Vos, Drigán, porque el destino así lo quiere. Vos, Monkel, porque esto servirá para un bien mayor. Vos, Dévora, porque no podéis olvidar que sabéis dónde está la reliquia de destrucción, el camafeo de Guerón, y vuestras creencias os impedirían obviar eso.

—¿Y a vos? ¿Qué os mueve? —le espetó Dévora.

—Mis ideas. Quiero seguir siendo una mente viva y no una idea muerta. Aun estando exiliada y siendo buscada a muerte por el uso de la magia, soy una persona con ganas de vivir y de conocer más de la vida —respondió Sirián, levantándose de forma solemne—. Y ya establecido cuál es nuestro motor, toca abrir nuestra baraja de cartas. Lo primero es buscar el camafeo. ¿Vos sabíais dónde estaba, Dévora?

—Algo así —dijo Dévora, desenrollando el pergamino que ocultaba bajo su chaqueta y mostrando el poema de Thernok—. De alguna forma estos versos deben llevarnos al lugar.

—Pues a eso nos dedicaremos en cuerpo y alma, y mientras no lo tengamos claro, permaneceremos aquí. Debemos tener claro hacia dónde dirigirnos —dijo Sirián.

—Pues ya tenéis ahí trabajo —dijo Drigán, echándose una manta que encontró por ahí y acostándose para dormir—. Yo mañana partiré con Kragor til Mass, como habéis oído antes.

—Doy por cierto que saldréis para buscar información acerca de cómo utilizar ese camafeo, tanto para usarlo como para destruirlo —le respondió Sirián, intentando completar más la información—. Me parece genial, pues os desplazáis con mucha velocidad y podéis recorrer estas vastas tierras en muy poco tiempo. Estoy segura que luego sabréis encontrarnos.

Pero no recibió respuesta, Drigán estaba de espaldas y se dejaba oír un ronroneo. A Monkel le pareció una actitud de lo más reprochable, contraria a todo régimen de educación, mientras que a Dévora le entró una risita incontrolable por la excéntrica situación. Hacía tiempo que no se reía y cuando se dio cuenta, vio como Sirián y Monkel la acompañaban al son de la carcajada.

—Lo cierto es que los caballeros del dragón son así, una gema en bruto muy poco pulida y refinada, pero de un gran valor —dijo Sirián, buscando una analogía más cuantificable—. Lo más importante es su pureza por dentro, y os aseguro que Drigán es de corazón puro. Bueno, descansemos esta noche y mañana comenzaremos la búsqueda. Monkel y yo montaremos guardia esta noche, que estamos más descansados.

Drigán, que aún tenía los ojos abiertos, se quedó repitiendo esas palabras en su mente antes de caer dormido. «Soy una gema de gran valor y de corazón puro». Evidentemente, se quedó solo con lo mejor de la frase de Sirián. Mientras, Dévora se acostaba cerca de la hoguera y cerraba los ojos para dormir también. Estaba exhausta y necesita algo de reposo, aunque no era por la noche cuando ella más se recuperaba.

No dejaba de releer mentalmente el poema una y otra vez, hasta que de repente abrió los ojos de par en par y gritó: ¡Lo tengo! ¡Ya sé dónde está el camafeo!

CAPÍTULO 10: EL MATADRAGONES

El viaje hacia Ausper la Mayor era largo y cansino para Zurah y Vaiel. El tiempo no acompañaba, con vientos de rachas muy fuertes y lluvias nocturnas que les impedían reposar de forma óptima. Estaban muy cansados, aunque afortunadamente los caballos conservaban aún bastante brío y fortaleza. Zurah iba encabezando el camino, rauda y decidida, con Vaiel justo detrás, cerrando los ojos casi siempre debido a la fuerza con la que las gotas de lluvia le impactaban. Cuánto más rápido iba, más fuertes y más abundantes eran los goterones.

Llegados a un punto, Zurah paró casi en seco, haciendo que Vaiel tuviera que maniobrar bruscamente hacia un lado para detenerse unos metros más adelante. Zurah se quedó mirando hacia los alrededores y señaló un camino que se metía bosque a través. Vaiel la siguió en silencio, estaba claro que sabía lo que se hacía. De todas formas Vaiel estaba maravillado al ver a Zurah totalmente seca, con el pelo rizado al aire como si no estuviera lloviendo, mientras él estaba empapado hasta en la ropa interior. «¡Repele la lluvia!», se repetía con asombro en su mente.

La noche no fue impedimento para detenerse, como las otras veces, lo que dejaba claro que Zurah quería llegar cuanto antes. Vaiel apenas preguntó si faltaba mucho un par de veces, pero siempre recibía la misma respuesta: en breve llegaremos. No fue hasta pasada la medianoche cuando se cumplió esa frase. Se escuchaba un salto de agua que caía con fuerza, una catarata enclavada en lo más profundo del bosque. Para llegar ahí debías saber llegar, eso estaba claro. No había sendero alguno, sino que avanzaron pisando arbustos y piedras. Por no haber, no había ni los típicos caminitos que dejaban los animales al frecuentar una zona.

Bajo la catarata, a un lado del pequeño lago que luego daba paso a un río, había una casa de madera noble. Era bastante grande y tenía un redil de verjas de madera. Se adivinaban ovejas y un par de vacas, aunque era todo muy intuitivo debido a la falta de luz. Cuando llegaron a las puertas, una lumbre prendió dentro de la vivienda. La chimenea parece que estaba humeando y se filtraba un olor a comida recién hecha. Se notaba claramente que habían ascendido durante su viaje y que estaban a una altura considerable, pues había algo de niebla acompañando a la incesante lluvia y menos oxígeno del normal. Costaba respirar. Zurah desmontó, ató su caballo en el abrevadero dispuesto al lado y llamó a la puerta con su báculo de madera. Vaiel permanecía a su lado, maravillándose todavía de verla totalmente seca.

—Adelante, pasad, pasad —se oyó que dijo alguien desde dentro. Era una voz grave y muy fuerte. Sin conocerlo aún, Vaiel ya estaba dibujando en su mente a la persona, con una constitución física casi el doble de la de él, una cabeza cuadrada y unos brazos como dos robles.

Zurah abrió la puerta empujándola y ambos accedieron a su interior. La vivienda presentaba un salón muy acogedor, con todos los muebles elaborados en madera artesanal, aunque algo toscos quizás. Olía a caldo de carne y madera quemada. Todas las paredes estaban pobladas de cuchillos, arcos y cabezas de animales a modo de trofeos de caza. Un hombre se plantó frente a ellos con el torso descubierto y una jarra de lo que parecía ser algo fuerte, por las muecas que ponía al darle un sorbo. Era un hombre tremendo, de una altura que rebasaba los dos metros fácilmente y con una complexión hecha con regla. Eso no era un hombre, era un gigante, era una mole de músculos.

—¡Zurah, benditos los ojos que os ven! —gritó el guerrero yendo hacia ellos—. ¿Cuánto fue la última vez? ¿Hace un año?

—Casi dos años, Maiden. Trejibes no cumplió su trato como esperábamos y tuvimos que cambiar de proveedor. Aparte he andado muy liada con asuntos del gremio —le respondió Zurah, soltando su vara de madera y sentándose en uno de los sillones—. ¿Y tú qué tal vas? Veo que aquí el tiempo no pasa ¿eh? Ja, ja.

—No me quejo, la verdad. La tranquilidad es mi guía y aquí hay mucho de eso. Por cierto, ¿cómo es que no estáis mojada cuando este individuo que os acompaña está empapado? ¿Os lo habéis puesto por encima, acaso? —dijo Maiden, soltando una carcajada sonora acompañando la de Zurah. Nuevamente Vaiel era motivo de risa, algo que últimamente le estaba irritando bastante.

—¿Y bien? ¿Quién eres? —le preguntó Maiden, invitándole a que se acercara a la chimenea.

—Mi nombre es Vaiel y procedo del Manantial de Munros —respondió Vaiel, quitándose la chaqueta que no paraba de gotear y desabrochándose un poco la camisa.

—¿Aún sigue vivo el hijo de puta de Arico? —dijo Maiden a la vez que les servía sopa caliente con trozos de carne sobre la mesita.

—¿Conocéis al viejo Arico? —dijo sorprendido Vaiel—. Lo cierto es que sigue ahí, sí, aunque tuvo que vender varias de sus tierras. El pulgón se cebó en sus plantaciones, parece ser, y perdió toda la cosecha.

—¿El pulgón? ¿Eso dice? ¿Que fue el pulgón? Ja, ja, ja ¡Él sí que está hecho un buen pulgón! —respondió Maiden, cerrando su enorme mandíbula como si fuera un cocodrilo que acababa de cazar a su presa—. Si lo pillo le iba a quitar yo las ganas a ese de timar a la gente. Pero sentaos y comed algo, os lo ruego, estaréis cansados luego de tanta lluvia.

Lo cierto es que a Vaiel le sorprendía tanta hospitalidad por parte de un ermitaño como Maiden, aunque también era cierto que no era un ermitaño normal y corriente. Encajaba perfectamente con la idea que él tenía de un guerrero.

Estuvieron cenando y bromeando un par de veces más a costa de Vaiel, hasta que poco a poco la conversación se centró en el verdadero tema de la visita. Hasta ahora Maiden no había preguntado por Vaiel, ni éste sabía exactamente de qué se conocían Zurah y él, mas cuando la bruja oscura pronunció la palabra segadores pútridos, Maiden cambió su rostro.

—¿Y cuántos son, según decís? —masculló el guerrero, haciendo crujir los huesos de sus manos.

—Varios, aunque el problema es que va con ellos un Origen —respondió Zurah—. La leyenda habla de tus hazañas matando dragones, pero no de cómo te defiendes ante un Origen. Y por favor, trátame de tú, ya sabes que tú y yo ya hemos superado ese escalón del respeto entre caballero y dama ja, ja.

—¡Es que al verte con esta nueva mascota no sabía cómo tenía que hablarte!

Ya iban tres humillaciones hacia Vaiel, esta vez llamándole mascota.

—Perdonad, pero no soy ninguna mascota. Soy… —dijo Vaiel, antes de ser interrumpido de nuevo por el guerrero.

—Y bueno ¿qué pasa con ese Origen? ¿Va hacia ti también?

—Sí, nos va a encontrar y la lucha tendrá lugar, queramos o no —respondió Zurah.

—¿Por qué, si puede saberse? ¿No podéis tirar hacia otro camino? —dijo Maiden levantándose y sacando de unos cajones equipo de viaje, como preparándose para marchar sin saber aún casi nada.

—Imposible. Tenemos una sola opción de encontrarnos con mi contacto, que se cruzará en unos días por el paso del gigante. Si llegamos tarde no la podremos ver y tenemos los días justos. Podría llegar yo mucho antes, pero no puedo dejar solo a éste —dijo Zurah. Vaiel se sentía como si no estuviera ahí. Se referían a él de forma libre, insultándole, humillándole o riéndose de él de forma libre. Era una situación muy incómoda.

—Muy bien. Y ahora viene la pregunta jodida, Zurah. ¿Para qué quieres verla? —dijo Maiden, abrochándose una espada cubierta de runas por su perímetro. A Vaiel le pareció que brillaba en determinados momentos.

—Olvídate de eso, Maiden. Solo te necesitaré para superar el escollo del Origen. Una vez lleguemos al paso del gigante no te necesitaré más —le dijo Zurah, terminando de cenar—. Por cierto, ¿cuánto será esta vez? Y lo más importante, ¿has luchado contra algún Origen alguna vez?

—No, pero no me asusta ese rival. Si se mueve y grita, sabrá lo que es el dolor, eso te lo aseguro —respondió Maiden con una clara convicción de que lo que decía era cierto—. Pero necesito saber más Zurah, lo siento. No quiero ir a jaulas de grillos y luego encontrarme aquí con amigos del imperio esperándome. Así que cuéntame, Zurah, ¿para qué rayos te reúnes con esa tipeja en ese sitio y por qué es tan importante que incluso quieres pasar por encima de segadores pútridos?

—¿Seguro que quieres saberlo? —dijo Zurah con un tono entre seductor y amenazante.

—Suéltalo, venga —respondió de forma directa Maiden.

—Mi gremio se ha disuelto, o mejor dicho ha sido víctima de una cacería. Mi líder ha sido asesinado y está relacionado con Dévora, a la que voy a ver en el puente —dijo Zurah, resumiendo un poco toda su historia.

—¿Dévora? ¿Dévora de Vohm? —preguntó Maiden, fijando la vista hacia las llamas de la chimenea—. Esa mujer es peligrosa, témele más a ella que al Origen ese. Es una rata de ciudad, se mueve con mucha soltura, podría estar aquí fuera escuchando todo lo que estamos hablando y tú ni te enterarías. Es una sombra con muchos contactos, incluso en la Corte. Sabe tener amistades y sabe ganárselas. Meterse con ella equivale a meterse con mucha gente, Zurah.

—No paras de sorprenderme. Vives aquí, apartado de toda civilización, y ahora resulta que la conoces —dijo asombrada Zurah—. A esa mujer la conoce todo el mundo pero nadie sabe nunca nada de ella, por lo que veo. Solo que si es muy peligrosa y blablabla.

—No, realmente no sé mucho de ella. Soy de ese grupo del bablabla, ja, ja, pero su nombre ha llegado hasta aquí, lo que debería hacerte pensar si realmente quieres una venganza que te pueda costar la vida.

—Ella no es una asesina —dijo Vaiel, haciendo que sus dos compañeros de habitación lo miraban con ojos expectantes—. Ella… ella solo mata cuando los otros son malos.

—¿Cuando son malos? —preguntó con risas Zurah, a quien se unió Maiden.

«En qué estabas pensando, Vaiel —masculló hacia sí mismo—. Mejor cállate y pregunta qué mierda haces tú aquí. En qué tienes que ver tú con todo esto».

No obstante la imagen de poder salvar o proteger a Dévora le seguía atacando de vez en cuando, como ahora que se planteaba encontrarse con ella para clamar venganza. Se moría de ganas de poder avisarla y ganar así galones.

—Bueno, entonces os acompaño hasta el puente de los gigantes, vemos a esa ladrona y luego me vuelvo, ¿correcto? —concluyó Maiden, haciendo cálculos mentales.

—Eso es —respondió Zurah—. ¿Cuánto es?

—Treinta átlidos, Zurah. Y está incluido el servicio de amiga —respondió Maiden, abriendo un petate y metiendo dentro unas cuerdas—. Pago por adelantado, como bien sabes. Y me quedaré contigo al llegar al puente, por si necesitaras mi ayuda contra esa ladrona. Al menos espero que este lenguado sepa manejar bien el arco.

—Esa es otra cosa de la que quería hablarte —dijo Zurah, preparándose para una gran carcajada por parte del guerrero—. Vaiel no sabe luchar, de hecho no ha manejado nunca espada ni arco, y necesitamos que sepa defenderse cuando los segadores pútridos nos alcancen. Lo necesito vivo.

La carcajada no se hizo esperar. Vaiel, indignado se dirigió hacia la puerta. No tenía por qué seguir soportando esto, la vejación a la que había sido sometido superaba con creces lo humanamente permitido. Él, a fin de cuentas, no tenía por qué estar allí. Él sólo quería llegar a Ausper la Mayor y labrarse allí un oficio, ganar algo de dinero y poder formar una familia. Todo este embrollo de venganzas personales empezaba a ser algo pesado para él. Se puso de nuevo la chaqueta mojada y llegó hasta la puerta, mas antes de salir el guerrero le habló.

—Esperad muchacho, esperad. Siento mucho haberme reído de vos. Sentaos, os lo ruego, volved.

Vaiel miró de reojo. Zurah tenía una palma puesta reteniendo su risa y Maiden estaba de pie con su enorme brazo extendido hacia él.

«¿Y a dónde vas a ir, cretino? —pensó siendo realista—. Es de noche, no tienes ni idea de qué camino seguir y no tienes ni equipo ni comida».

—¿Tengo vuestro perdón? —le insistió Maiden.

—Solo si me tuteas, Maiden —le respondió Vaiel, intentando soltarse un poco.

—Será un placer, amigo —le dijo Maiden, mirando a Zurah con la mirada seria para que dejara de lado sus risitas macabras—. A veces nos metemos con la gente y no nos damos cuenta de que se ofenden. Es el problema de estar rodeado de borrachos en tabernas de mala muerte, que allí nadie se ofende ja, ja.

—No pasa nada —dijo Vaiel haciendo una mueca, la primera desde hacía ya tiempo—. Es normal. Y te diré que, en efecto, no sé luchar como tú o como ella, pero aprendo rápido.

—¿Ella? ¿Zurah dices? Si ésta se cortó una vez el dedo con su propio palo, y eso que no tiene filo ja, ja —dijo riéndose Maiden, haciendo que la cara de Zurah se pusiera algo más agria—. Ella sabe lanzar magias, como imagino que ya sabes. Es una bruja que hace mucha pupa si te pega. Pero nosotros somos los que aguantamos ese daño y te llegamos con el acero más noble para partirte en dos.

—La espada quieres decir ¿no? —dijo Vaiel de forma algo ridícula.

—Lo que sea, Vaiel. Un guerrero usa como arma cualquier cosa que tenga. Una espada, una piedra, su puño, su cabeza y su verga si hiciera falta —dijo Maiden, empezando a instruir a su discípulo.

—Vale, entiendo, entiendo, perdón por…

—¡No, nada de perdón! —interrumpió Maiden—. Un guerrero vence una batalla incluso antes que haya sangre en la tierra. Te deben temer por tu mirada, por tus gestos, por tu brusquedad. Debes ser un animal, convertirte en uno. Si vas pidiendo perdón, lo que estás diciendo es que eres medio mujer.

—Pero… —dijo Vaiel con la cara colorada de vergüenza—. Pero ¿qué más dará eso contra un segador pútrido? Esos no tienen conciencia ¿no?

—Ya, pero todo nace de aquí dentro —le dijo Maiden, poniéndole su enorme mano sobre el lado izquierdo del pecho—. Si tu corazón palpita con fuerza, tu brazo será poderoso. Si lo oculta, serás vencido. Sé un animal y tus enemigos te temerán.

—Lo intentaré, vale —dijo Vaiel.

—Muy bien, toma este arco y acostúmbrate a él. Duerme con él, come con él, orina con él. No quiero que te separes de él nunca. Durante estos días de viaje haremos prácticas a medida que avancemos montados en los caballos, cuando paremos y antes de dormir. No tienes cuerpo para romper en una contienda, pero sí para diezmarlos desde la distancia —le dijo Maiden, dándole un arco de madera de haya con un carcaj a juego decorado con motivos élficos.

—Muy bien —respondió Vaiel, ahorrándose esta vez el dar las gracias. Quería convertirse en un animal.

—Esto, Zurah, te costarán diez átlidos más —le dijo a la bruja, que ya estaba amodorrándose en el sillón—. Pero te prometo que antes de la pelea, este individuo será el gran Vaiel.

—Sea el milagro —respondió Zurah cerrando los ojos—. Daos por pagado. Mañana ajustamos cuentas antes de salir.

La mañana siguiente amaneció con luz clara y un alfombrado de hierba húmeda tapizando el suelo. Era el día apacible luego de la tormenta de la noche. Se olían aromas de flores frescas, madera húmeda y tierra mojada. Fuera, Maiden había dispuesto un desayuno para titanes: una docena de huevos de gallina aderezados con sal y pimienta, ocho rebanadas de pan del tamaño de un antebrazo cada una, tres jarras de dos litros repletas de leche recién ordeñada, medio kilo de queso cortado en tacos gordos, un kilo de carne de oveja y pollo embutida, y manteca roja a voluntad. Con hambre no se iban a quedar, eso estaba claro.

Retomaron de nuevo el camino principal, siempre guiados por Zurah. Maiden se vistió con una cota de cuero ligera y con un brazal de hierro que le cubría todo el brazo derecho. Llevaba sobre la espalda un mandoble que brillaba según cómo le incidiera la luz, con tonos más rojizos o más amarillentos. La llamaba Linhauser, la espada gélida de los titanes de las nubes, y estaba claro que algo de magia tenía. Por si acaso llevaba un par de puñales en sus botas, un espadón enfundado a la derecha de su cinturón y un hacha enorme colgando de las alforjas. La hoja del hacha juntaba ambos filos por su perímetro, formando una especie de semicírculo hueco.

Cada poco tiempo se acercaba a Vaiel y le mostraba cómo colocar la flecha sobre el arco y cómo apuntar. La dificultad añadida de ir montado a caballo hacía que Vaiel se volviera loco viendo cómo todo se le desequilibraba en sus manos de trapo. La flecha se le caía por la derecha, el arco por la izquierda y él casi se caía del caballo. Sin embargo, Maiden era insistente, y al acabar los tres primeros días, Vaiel ya era capaz de disparar incluso al trote.

A medida que avanzaban los días, el grupo iba conociéndose mejor. Estaba claro que Maiden y Zurah tenían una amistad duradera y sólida, aunque aun así seguían aprendiendo el uno del otro. Vaiel, que era el nuevo, es el que tenía más que contar. Poco a poco se fue soltando la lengua. Aprendió a tener un carácter más como Maiden, recto y sin dejar que nadie le pisoteara. Respondía de forma mordaz y su puntería había mejorado de forma increíble. Hasta él mismo estaba sorprendido por sus nuevas capacidades.

Cuando se enteraron que fue no hace mucho el cumpleaños de Vaiel, le prepararon una sorpresa con una broma bastante pesada. Esperaron a que estuviera dormido del todo y sacaron un par de botellas de ron añejo que Maiden se trajo consigo. Pero para levantarle, empezaron a chillar agitados que los segadores pútridos estaban aquí, que estaban rodeados y que iban a morir. Vaiel, se levantó tan asustado que se orinó encima, incluso. Fue una broma pesada que afortunadamente asimiló bien y regó con un buen ron. No obstante, sabía que no podía confiar del todo en ellos. Zurah le tenía a su lado para chantajear de alguna forma a Dévora y Maiden hacía todo lo que hacía por los átlidos que recibía a cambio. Aquí no había tanta amistad como parecía, sino más bien camaradería de viajeros.

Ya habían pasado varios días con sus noches respectivas. El grupo estaba parado, con Zurah comiendo frutas del bosque que recogieron el día anterior, Maiden tumbado boca arriba mirando el cielo infinito y Vaiel alejado unos metros disparando el arco hacia un objetivo distante. Sabían que quedaba poco y ya hablaban menos, intentaban concentrarse en la batalla. Es lo que Maiden llamaba "la calma del guerrero", que siempre acontecía antes de la batalla.

—Se le da muy bien ¿no? —preguntó Zurah, refiriéndose a Vaiel—. Demasiado diría yo, sin entender mucho del tema, pero ha aprendido en pocos días a apuntar con mucha destreza. Resulta difícil de creer.

—¿Temes haber ganado un enemigo? —le replicó Maiden sonriendo con una picardía latente.

—¿Enemigo? ¿Quién? ¿Ese? —dijo Zurah riéndose—. Vamos Maiden, ¿tan insignificante me ves?

—No, no, pero temes haber perdido el control de ese chico al que antes manejabas como se te antojaba. Míralo ahora, es capaz de acertar a un blanco en movimiento en menos de cinco segundos y ya no baja la cabeza. Su mirada ya no es de corderito, sino de depredador. Ya no viene porque tú quieres que venga, sino porque él quiere venir.

—¿Eso te ha dicho? —dijo Zurah, con claros indicios de preocupación.

—No, pero basta con verlo. Él luchará y hará lo que él quiera sin depender de lo que tú o yo digamos.

—Eso está por ver —sentenció Zurah, con una mueca de seguridad.

—Me has preguntado si ha mejorado mucho en tan poco tiempo ¿verdad? Pues mi respuesta es sí. Ha aprendido a manejar el arco a un nivel que a mí me costó más de dos estaciones —dijo Maiden, mirando cómo Vaiel volvía a disparar una flecha que impactaba en un tronco—. Eso que hace no se aprende, con eso se nace. Yo solo le he mostrado cómo tiene que andar, pero él ya conocía el camino.

—No te tenía como filósofo —dijo Zurah con picardía—. ¿Dónde quedó el enfado perpetuo y el lenguaje obsceno de los guerreros?

—Pronto lo veréis. Me pican las palmas de las manos y eso solo significa que estamos próximos a nuestro objetivo.

—¿El puente dices? —dijo Zurah, calculando mentalmente distancias mientras miraba a su alrededor—. Debemos estar a un par de jornadas, porque allí se ve el collado de Friss y en su parte Sur está el puente.

—Sabes mejor que yo que antes de esos dos días estaremos en aprietos. ¿Acaso tú no sentías a esos bichos? —dijo Maiden.

—¿Yo? —preguntó Zurah riéndose—. ¿Acaso crees que los detecto por el olfato, como un perro de caza? Los veo igual que tú, cuando se van acercando en la distancia o por los ruidos que hacen de ramas arrastrándose. Pero no, no tengo corazonadas especiales ni nada de eso.

—¿Y el Origen?, por ahora has evitado hablar de él más de lo necesario —dijo Maiden, irguiéndose hasta acabar sentado—. ¿Tan malo es?

—Sí lo es, sí —la faz de Zurah cambió radicalmente. Se puso seria e incluso perdió color, como si fuera a desmayarse—. No sé si podremos vencerle, ni si seremos más rápidos que él huyendo. Un Origen nos destruirá antes de que podamos pestañear.

—Pues evitaremos pestañear entonces —dijo Vaiel, acercándose al grupo sin que se dieran cuenta.

—¡Vaiel! —dijo Maiden—. ¿Qué tal esa puntería? ¿Más certera?

—Escuchad Zurah —dijo Vaiel, centrado en lo que tenía que decir—. Se me ha ocurrido que vos podéis alzar el vuelo, como conocedora de magia que sois, y adelantaros hacia el puente. Allí encontraos con Dévora y convencedla que venga a ayudarnos, así podemos tener alguna opción frente a esos segadores pútridos. Nosotros seguiremos a pie y juntaremos ambos grupos en la contienda.

—¿Y no sería mejor evitar la pelea? —dijo Maiden—. Si podemos ver por dónde transitan esos seres, los bordeamos y punto. Lo digo más que nada porque no es cuestión de luchar por luchar, sino porque sea estrictamente necesario.

—Eso sería lo mejor, sí —respondió Zurah—, pero estando en un valle no lograremos bordearlo a tiempo para contactar con la ladrona.

—No entiendo del todo eso —dijo Maiden, levantándose del todo—. ¿No podemos contactarla más allá? Quiero decir unas leguas más hacia delante.

—A ver cómo os lo explico para me entendáis —dijo Zurah levantando la voz—. Si hacemos eso, ella morirá. Cualquier acción que implique no ir rectos hacia ella y contactarla en o antes del puente de los gigantes, tendrá como efecto su muerte. Os podéis fiar de lo que os digo, para ese tipo de premonición soy muy certera.

—No habéis respondido a lo que os he preguntado yo —dijo Vaiel, apoyándose en el arco y mirándola sin pestañear—. Eso no implica cambiar nuestro rumbo, sino buscar ayuda para el combate. Yo más que nadie quiero que ella se salve, para que os demuestre que no es una asesina vulgar como pensáis, y que si acabó con la vida de vuestro maestro fue por un bien mayor.

—¿Y qué te hace pensar que ella aceptará venir conmigo a luchar contra segadores pútridos y contra un Origen? —preguntó Zurah en un cara a cara con Vaiel.

—El saber que yo estoy aquí —dijo Vaiel con seguridad.

—¿Y por qué piensas que me creerá? —volvió a preguntar Zurah.

—Porque llevaréis con vos este medallón que ella me dio y que una buena amiga me enseñó que debía usar en una situación especial —dijo Vaiel, mientras le ofrecía el colgante de Dévora.

Zurah tomó el colgante y se sentó. En efecto, Vaiel había cambiado en estos días. Se le veía seguro de sí mismo, e incluso se había ganado la aprobación de Maiden, que era de hacer pocos amigos. Y por mucho que le doliera no llevar ella la razón, el plan que presentó Vaiel podría funcionar. Los segadores pútridos eran peligrosos, incluso para una bruja del círculo oscuro como ella, y si eran manada, la cosa se pondría muy cuesta arriba. Dévora no es que fuera una ayuda desequilibrante en el combate, pero era muy hábil en trazar huidas y emboscadas.

—¿Cómo lo ves, Maiden? —preguntó Zurah.

—¿Cómo lo ves tú? —le respondió el guerrero—. Eres tú quien paga, así que tú decides.

—Sabéis que es la mejor opción, al menos si queremos tener alguna oportunidad de salir con vida. No obstante, no acabo de entender cómo estáis tan segura de que el único camino para salvar a Dévora es ir a través de esa manada de segadores pútridos y no verla luego. ¿Por qué suponéis con tanta seguridad que morirá si no se hace así? —dijo Vaiel.

—Los taumaturgos podemos seguir hilos temporales para ver acontecimientos que vendrán. Unos lo ven de forma críptica, otros de forma mucho más clarividente, y otros, como yo, de forma cerrada. ¿Qué quiere decir esto? Pues que todos los hilos de Dévora se parten en el momento que va más allá del puente de los gigantes. Y eso no se puede volver a tejer, es así. Es su destino. Lo único que se puede hacer es que no transite por ese destino y se tejerá uno nuevo para ella —respondió Zurah, intentando ser lo más clara posible.

—¿Y habéis visto lo que nos pasará a nosotros? —preguntó Vaiel.

—¡Yo no quiero saberlo! —gritó Maiden, mientras se alejaba de sus compañeros—. Yo moriré cuando tenga que hacerlo y no deseo vivir con el miedo de esperar ese momento.

—Tranquilo Maiden, pues no, no he visto vuestro futuro. Muy a mi pesar, no controlo esas visiones. Surgen al hilvanarse el hilo de alguien sobre el mío. O sea, cuando alguien se va a cruzar conmigo, como tú por ejemplo, o como Maiden. ¿Que por qué veo el de ella y no el tuyo? Caprichos de la canalización, o desconocimiento de la magia por mi parte. Se me presenta lo que se me presenta, no puedo elegirlo —dijo Zurah, justificándose lo mejor que podía, aunque por la cara de Vaiel no parecía convencerle del todo.

—Está bien. Pues tengamos valor y hagamos lo que os digo. Maiden y yo seguiremos rectos, y tú y Dévora vendréis por la retaguardia —resumió Vaiel, esperando el sí definitivo.

—Aunque no me convence del todo el plan, he de confesar que nos asegura verla, que es mi objetivo —dijo Zurah—. Así que, así se hará. Descansaré un par de horas más, lo voy a necesitar para un vuelo tan largo. Vosotros montad y seguid el camino. Maiden sabe por dónde es.

—¡Adelante Vaiel! —exclamó Maiden —Vamos a ver cuánto has aprendido matando árboles y ramas ja, ja, ja. Ve ensillando tu caballo que nos vamos.

Ir con Maiden hacia esa batalla despertaba en Vaiel una confianza inusitada. Se sentía pletórico, bravo, con ira deseando salir para machacarlo todo. Sin embargo, una cosa era lo que sentía ahora y otra bien distinta cuando viera a los segadores pútridos acercándose. Había oído mil historias sobre cómo eran y cómo mutilaban a sus víctimas atravesándolos con sus raíces, perforando la carne como si fuera mantequilla.

Hace un par de noches se meó encima cuando le gastaron la broma pesada esa, así que debía intentar impregnarse del valor de su compañero. Y es que a Maiden se le veía con la tranquilidad de quién ya ha luchado en mil batallas. Transitaba por el bosque desentendido de todo, con una sonrisa en su rostro, incluso. Era un titán. Vaiel se preguntaba a cuánta gente habría dado muerte.

Y un nuevo día nació, aunque la luz no los alentó con su ánimo. Había nubes negras poblando todo el cielo y una lluvia fina caía de forma intermitente. Con las capuchas cerradas y gracias a la techumbre natural de los árboles altos que había por donde transitaban, apenas se mojaban. No obstante, la visibilidad se vio reducida. A Vaiel le parecía oír ruidos por todas partes, tras cualquier matojo, bajo todas las piedras. Estaba en una alerta continua. Cuando llegó la noche y Maiden propuso descansar, Vaiel sabía que le iba a costar hacerlo.

Se refugiaron bajo una loma natural producida por un desprendimiento de tierra, lo que les daba un techo natural. Apenas tenían sitio para tumbarse, sobre todo Maiden, mas no era cuestión de ser muy crítico dada la situación. Al menos no se mojaban ahí. Sacaron algo de masa de pan con queso para cenar y el odre de vino.

—¿Te puedo preguntar una cosa, Maiden? —dijo Vaiel, intentando saciar su curiosidad.

—Al fin te decides a preguntarme, ja, ja, ja —respondió Maiden para sorpresa de Vaiel—. ¿Quieres saber dónde he luchado, no?

—Bueno, no exactamente —dijo Vaiel intentando buscar las palabras más adecuadas para no ofenderle—. Eres conocido como el matadragones y me preguntaba… bueno… si… cuántos…

—Te estás preguntando si realmente he matado algún dragón —sentenció Maiden, tomándole la palabra a Vaiel.

—Sí, más que nada por saber cómo lo hiciste. Quiero decir, dar muerte a una bestia como esa es algo impensable, es algo de lo que pocos hombres pueden presumir de haber hecho.

—Se nota que nunca has visto a un dragón, Vaiel —dijo Maiden, acompañando con varias carcajadas roncas su discurso—. Esos animales son auténticos destructores, son grandes conocedores del uso de la magia, y sus armas de aliento y su propio físico son capaces de destruir a todo lo que se interponga frente a ellos. Batirse a un dragón no es algo real, no al menos si lo piensas fríamente, y la mayoría de las veces es solo eso, una leyenda.

—¿Quieres decir que tu leyenda es falsa, entonces? —dijo Vaiel algo desilusionado.

—No he dicho eso, amigo mío. Pero si alguien presume de haber matado a esos seres mágicos, probablemente no haya visto ni uno en toda su vida.

—Entonces es que prefieres no responderme, ¿no?

—Te responderé, pero no busco que me hagas fama por ello. ¿Tengo tu aprobación?

—Sin lugar a dudas —respondió Vaiel, deseoso de oírle decir lo que él esperaba oír.

—Sí, tengo cuatro dragones en mi haber —dijo con pasmosa tranquilidad Maiden—. Pero debes saber que sería imposible de llevar a cabo tamaña hazaña si no fuera gracias a Linhauser, mi mandoble mágica. Los dragones, al ser entes mágicos, ven reforzadas sus cualidades protectoras mucho más de lo normal. Su piel, escamosa y resistente como el acero, triplica su dureza por su condición mágica, y es solo con un arma mágica bien preparada y enseñada para tal labor como puedes atravesarlo hasta darle muerte.

—Increíble —dijo Vaiel con los ojos como dos platos—. ¿Y te hirieron? ¿Te llegaron a quemar?

—Tuve suerte, si te soy sincero. Y es que los dragones pecan en una cosa, que es lo que un guerrero como tú y como yo debemos convertir en su debilidad: su soberbia. Ver a una persona, como nosotros, acercarse a ellos para darle muerte, le resulta tan irrisorio y cómico que no sacan todo su arsenal en el combate, no al menos hasta que se dan cuenta que se les han herido. Por ello a un dragón no lo puedes herir, debes darle un golpe que lo mate. Dejarlo herido es firmar tu sentencia de muerte.

—¿Y cómo usa uno su soberbia? Quiero decir, ¿te acercas y le dices que lo vas a matar y mientras él se ríe le asestas el golpe? —preguntó Vaiel entre risas contenidas.

—No, claro que no ja, ja. Su soberbia le hará verte como algo tan débil que querrá evocar su lanzallamas a tus pies, para ver cómo te pones morenito pero sin morir. Querrá ver como su rugido te hace sangrar los oídos, pero no querrá hacerte estallar el cerebro. Digamos que querrá jugar contigo. Y tú debes entrar en ese juego hasta que te vea ya herido de muerte, esperando el golpe final, sangrando por tus orificios y respirando con dificultad. Es entonces cuando debes sacar todas tus fuerzas de dentro y asestarle el golpe final con tu arma mágica. Si un dragón empleara todas sus aptitudes nada más verte, no habría victoria posible. Con una de sus bolas explosivas te convertiría en una muesca más en el camino.

—Pufff… te admiro por tu valor, Maiden —dijo Vaiel sincerándose—. Yo creo que no podría ponerme frente a frente ante un ser así.

—Soy yo quien te admira a ti, joven arquero —respondió Maiden, terminando de cenar y poniéndole su mano sobre el hombro—. Acabas de aprender a luchar y te vas a poner frente a frente ante un ser que hace huir a los dragones ante su presencia.

—¿El Origen, dices? —preguntó Vaiel algo asustado.

—El mismo —dijo Maiden—. Lo tuyo sí que es valor. Así que descansa un poco, que mañana nos toca conocerlo.

Esa noche Vaiel apenas pudo dormir. Montaba en su mente mil imágenes de cómo sería ese Origen, cómo atacaría, y lo grande que debía ser para hacer huir a un dragón. Estaba sufriendo una bofetada de realidad, y el miedo comenzó a apoderarse de su cuerpo. Mañana iba a conocer al peor de los enemigos que el Creador había creado, aquel que los magos dicen que es indestructible y que los guerreros definen como la tumba más honrosa para su valor.

«Pero cómo te has metido en este embrollo, Vaiel —de decía a sí mismo, sorprendido de ver a Maiden roncar a pierna suelta—. ¿Qué mierda haces aquí, yendo hacia un combate contra segadores pútridos? ¿Te crees que eres capaz de matar a uno? ¿Si no eres capaz ni de cazar a una gallina, cómo vas a matar a esos seres?».

CAPÍTULO 11: EL PUENTE DEL DESTINO

—¿Cómo que lo tienes? —preguntó Drigán, rascándose los ojos del cansancio interrumpido—. ¿Qué has adivinado, ladrona?

—¡Conozco la localización del camafeo! —volvió a gritar Dévora, levantando el pergamino—. Lo teníamos justo enfrente.

—Explicaos, os lo ruego —dijo Sirián, iluminando su báculo para dar luz en la noche—. ¿Sabéis dónde está el camafeo de Guerón?

—A veces lo más más simple es lo más complejo. Mirad, mirad el mensaje que Thernok me legó —dijo Dévora, extendiendo el pergamino cerca de la luz, para que todos pudieran verlo.

Luz acontece entre las aguas quietas,
aires de cambios que nos separan.
Guerras aparecerán,
odio y sangre todo lo cubrirá,
donde antes había vida ahora la muerte reinará,
entre rezos oscuros la reliquia aguardará.

¿La has visto acaso, nómada de la vida?
¿O acaso has osado palparla para tu gloria?
Suena ya el dulce canto de su réquiem,
su preparación para el final.
Un solo segundo bastará para su luz,
solo un instante para llevarte al infierno,
un dolor efímero que borrará tu historia.

Rompe las cadenas que atan a la magia,
rueda a través de su fluir hilvanado,
oscurece tu vida y conviértete en muerte,
sacrifica tu alma para salvar las otras.

—¿No veis nada raro? —preguntó Dévora riéndose.

—Un papel amarillento y unos versos que hablan de cómo es el camafeo —respondió Monkel, uniéndose al grupo.

—¿Y bien? —preguntó impaciente Drigán—. ¿Se puede saber dónde está la localización? ¡Aquí no pone nada!

—Está claro que vuestra experiencia descifrando mensajes supera a la nuestra, Dévora —dijo Sirián, abriendo su palma hacia el pergamino—. ¿Nos ilumináis con la respuesta?

—Mirad bien la primera letra de cada verso —dijo Dévora, dando a conocer la solución—. Si os fijáis dice: LAGODELOSSUSURROS. Lo ponemos bien y…

—¡El lago de los susurros! —exclamó Monkel—. Por el Creador, tenéis razón.

—Thernok no solo creó este poema para indicarnos cómo va a ser el camafeo y su obtención, sino también codificó ahí su localización —dijo Dévora orgullosa de su logro.

—¿Y dónde queda eso? —preguntó Drigán.

—Muy al Norte, pasadas las estepas ardientes de Llaída —respondió Sirián con la risa medio torcida—. Un viaje peligroso, sin lugar a dudas. Esas estepas no sustentan nada de vida, son tierras de fuego eterno. Muchos lo definen como el infierno en la tierra. Los magos más ancianos dicen que allí se produce la síntesis de los Orígenes. Que allí se originan, vamos.

—¿Y se supone que tenemos que ir allí? —preguntó Dévora, alejando la sonrisa de su rostro.

—Yo sí —dijo Sirián—. Vos sois libre de lo que queráis hacer.

—Yo iré con vos —dijo Monkel al momento.

—Tú también irás con ellos, ladrona —dijo Drigán—. Está claro que sabes ver cosas que los otros no. Yo he de ir mañana con mi dragón para buscar información de cómo controlar dicho camafeo y luego me reuniré con vosotros allí.

—Pensáis mal, Drigán —dijo Dévora y mirando un poco a todo el grupo—. Valoro mucho vuestro arroje en todo lo que estáis haciendo, mas conozco mis límites, y tengo otras preocupaciones de las que tengo que ocuparme. Estoy siendo perseguida a muerte, han puesto precio a mi cabeza por toda la región. No tenéis ni idea de lo que es sentirse como una rata, perseguida para ser pisoteada.

—No, ni idea —dijo sarcásticamente Monkel—. Qué iba a saber un caballero renegado que ha dado muerte a su general y se ha aliado con sus enemigos…

—¿De verdad estáis haciéndome esa pregunta, Dévora? —dijo Sirián, sonriendo con dulzura e ironía.

Estaba claro que la razón que Dévora presentó no encajaba muy bien con este grupo. Todos estaban siendo perseguidos de alguna forma. Sirián por ser animista, Monkel por ser un caballero renegado e incluso Drigán era mal visto por ser un caballero con un dragón a su merced. No, definitivamente no era un buen argumento ese.

—Bueno, igual vosotros estáis ya habituados a esta situación, pero para mí supone hundirme en la miseria. Yo vivo de las interacciones con la gente, y que pongan precio a mi cabeza reduce ese hecho drásticamente —intentó justificarse Dévora, aunque sin mucho éxito según se veía en los rostros de sus acompañantes—. Lo lamento mucho, de verdad, pero mañana dejaré el grupo.

—Respetaremos vuestra decisión, Dévora —dijo Sirián, apagando su báculo para dejar que la oscuridad de la noche de nuevo los cubriera.

—¡Cobarde! —dijo Drigán, antes de darse la vuelta y acostarse de nuevo.

—Os echaremos de menos, Dévora —dijo Monkel con voz solemne—. Apenas nos conocemos y no hemos coincidido mucho en aventuras, mas es notorio que sois persona avispada, de recursos y útil para nuestro bien. No obstante, vuestra decisión es lo que priora y es deber nuestro aceptarla.

—Cierra la boca, bocazas —volvió a decir un Drigán medio dormido—. Que haga lo que quiera, si se quiere largar que se largue. No la necesitamos. Es más, podrías irte con ella y así nos haces un favor.

No se habló mucho más esa noche. Dévora hubiera querido tener más valor para llevar a cabo esa aventura, pero el grupo era el menos idóneo. Eran personas de muy diversos ideales y formas, con unas creencias muy distintas. Aparte, el tema no le gustaba nada de nada. Una reliquia capaz de destruirlo todo, una maga que iba con ellos al lado de un caballero de Ausper la Mayor y un caballero del dragón con su dragón cerca... Seguir en ese grupo era de locos.

Cuando se levantaron por la mañana, Drigán daba por hecho que Dévora se habría marchado, pero ahí seguía. Según les dijo, los acompañaría hasta el puente de los gigantes y allí tiraría por el camino del bosque colindante.

Se despidieron pues de Drigán, que partió sentado sobre Kragor til Mass hacia el horizonte. Los tres que se quedaron, se miraron con asentimiento y comenzaron su viaje. Monkel y Sirián tenían un lazo muy cercano, se veían muy unidos en todo. Era extraño ver cómo ese caballero de Ausper la Mayor había cambiado de tal manera su modo de ver a Sirián hasta el punto de protegerla como fuera, incluso yendo con ella a Llaídra. «Sería eso lo que llamaban "el orgullo de caballería"», pensó Dévora.

Cuando llegaron al final de la meseta, el puente de los gigantes se abría paso en el horizonte. Era una construcción titánica, elaborada en piedra maciza. Medía 345 metros exactos de longitud y tenía una altura en el punto más alto de 140 metros. Su obra la llevó a cabo el soberano Ruger de Camp, que tenía la idea de crear solo construcciones increíblemente grandes. También inició la edificación del castillo de Camp, así como las catacumbas de los bibliotecarios, pero ninguna de las dos tuvo éxito. El castillo falló en sus cimientos a mitad de construcción y se derrumbó de forma catastrófica, matando a cientos de personas que trabajaban en él de forma activa. Las catacumbas consistían en crear un entramado de túneles enorme, de kilómetros y kilómetros, para tener conectada bajo tierra toda Ampiria. La llamó de los bibliotecarios porque su idea original era crear una biblioteca única, pero luego amplió su idea para ser una red de comunicación subterránea sin igual. Fuera como fuera, tampoco acabó muy bien, y es que se sucedieron derrumbes en cadena. Según parece, ordenó crear las catacumbas con unos túneles tan anchos que el peso del techo rebasó la capacidad de aguante, creando grietas y derribando varias galerías. El puente de los gigantes, sin embargo, aguantó estoicamente el paso de los tiempos, y hoy era considerado como una de las obras magnas de la historia de Ampiria.

—Bueno, aquí os dejo —dijo Dévora, mientras seguían rumbo hacia el enorme puente—. Tiraré hacia el bosque y me uniré al camino principal. Quería antes desearos suerte en vuestro cometido y que me contactéis si algún día necesitáis ayuda.

—Agradecemos mucho vuestro ofrecimiento, Dévora —le respondió Sirián—. Sin lugar a dudas nos volveremos a ver. Suerte también para vos y tened siempre presente que habéis sido de mucha ayuda en esta búsqueda.

—No tanto, no tanto —dijo Dévora quitándose mérito—. Lo que estáis a punto de hacer vosotros sí que tiene mérito. Es más, si por mí fuera, yo…

—¿Qué pasa ahí abajo? —interrumpió Monkel, señalando hacia el bosque que se abría varias decenas de metros más abajo, justo en el inicio del puente—. ¿Es cosa mía o las copas de los árboles parece como si se movieran erráticamente?

—No es cosa vuestra, sir Monkel —dijo Sirián intrigada—. Es muy tupido y estamos a mucha distancia para poder ver con claridad algo, aparte esta lluvia fina que ha empezado a caer no ayuda tampoco mucho. Algo raro está pasando ahí, sí…

—Algo no, "algos" —remarcó Dévora con un ojo cerrado y un catalejo posicionado en el otro ojo—. Son orchis, muchos. Pueden ser fácilmente treinta o cuarenta.

—¿Orchis? —gimió Sirián—. ¿Será posible? Primero fue el monasterio y ahora aquí. ¿A qué vienen estas batidas? ¿Y cómo es que se están atreviendo a acercarse tanto a las ciudades pobladas?

—Bueno, son más poderosos que los hombres en igualdad numérica. No es tan descabellado que actúen así —pensó en voz alta Dévora.

—Sí lo es si tenemos en cuenta que los segadores pútridos no tienen conciencia. Su creación está regida por nigromancia y son controlados por ese nigromante. Por lo tanto, alguien está preparando algo, pero no sé bien qué. De hecho, lo del monasterio me sigue intrigando. ¿Qué interés podría tener alguien en destruir un monasterio apartado como ese? —explicó Sirián más detalladamente.

—¿Nigromante? ¿Entonces es un hombre quien controla a esos bichos? —dijo sorprendido Monkel.

—Bueno, cuando digo nigromante entendedlo como un hombre, una mujer, o algo peor: un Origen —dijo Sirián—. Y es éste último el que de verdad me preocupa, porque los Orígenes pliegan el tiempo a su antojo y van planeando sus emboscadas según el resultado que saben que les espera.

—¿Cómo? —dijo Monkel, cogiendo el catalejo que Dévora iba compartiendo con el resto del grupo—. ¿Que planean según el resultado? ¿A qué os referís con eso?

—Ellos zozobran en los planos temporales. Están en el pasado, el presente y el futuro, pasando de un plano a otro continuamente. De ahí la dificultad en darles muerte, de hecho. El caso es que al estar en el futuro ven retazos de lo que sucede, lo interpretan, y al volver al presente aplican lo aprendido para variar su estrategia. Si ven que asaltando una ciudad determinada obtendrán beneficio, así lo harán. Por todo ello, no encajo bien qué estrategia pueden estar elucubrando y lo más importante, si es un Origen quién los controla.

—Pues el ataque al monasterio no le salió muy bien —subrayó Monkel—. ¿Acaso no vio eso en el futuro?

—Ellos ven retazos, no un futuro cierto. Los hilos del tiempo se van tejiendo y son probabilidades las que dominan el futuro, pero no certidumbres. Así, para que lo entendáis, si yo os veo beber dos litros de vino aquí y ahora, os puedo asegurar que un futuro próximo de dos horas tendréis que ir a orinar. Pero eso no tiene por qué cumplirse y puede suceder cualquier otra cosa —dijo Sirián, tomando ahora ella el catalejo.

—¿Qué otra cosa podría negar esa evidencia? —dijo Monkel riéndose.

—Podríais vomitar todo ese vino ingerido, o alguien os podría dar muerte por la espalda. En cualquiera de los dos casos no iríais a orinar —respondió Dévora.

—Vale, vale. Entiendo… pues recemos que no sea un Origen de esos. Igual es por culpa del camafeo que todo estos orchis están tan agitados —intentó justificar Monkel.

Sirián lentamente fue apartando su rostro del catalejo, que devolvió pausadamente a Dévora. Tenía la mirada extraviada, con las pupilas muy dilatadas y sin pestañear. Dévora la miró extrañada a la vez que le agarraba la mano con suavidad.

—¿Qué os pasa? —le preguntó Dévora—. ¿Qué habéis…?

—¡Mirad allí! —gritó Monkel, señalando hacia el cielo—. ¿Qué rayos es eso?

En el cielo se veía una sombra volando veloz hacia su posición. La figura, que se acercaba sin pausa, resultó ser una mujer de ropajes estrechos y de colores apagados. Tenía una vara de madera alargada que no dejaba de parpadear hasta que pisó el suelo. Se la veía respirando con profundidad y su rostro estaba perlado en sudor. Monkel desenvainó su martillo de combate, mientras que Dévora ocultó sus manos bajo la capa envolvente, palpando las dagas que ahí dentro ocultaba.

—Dev… ¿Dévora? —preguntó Zurah mientras tomaba aire a bocanadas—. ¿Sois Dévora?

—¿Quién sois? —dijo Monkel, apuntando con su martillo—. ¿Qué queréis de nosotros?

—Nada de vos, seáis quien seáis. De hecho no esperaba encontrarme con vos… ni con vos —y se quedó mirando fijamente a Sirián. Estaba claro que entre taumaturgos se reconocían.

—Sí, yo soy Dévora de Vohm —dijo Dévora, mirando a la bruja cara a cara—. ¿Qué se os ofrece?

—Mi nombre es Zurah, soy compañera de viaje de vuestro amigo Vaiel —dijo Zurah, mostrándole el colgante que le regaló en su día en el Manantial de Munros—. Viene de camino hacia aquí para reunirse con vos. Va acompañado de Maiden, "el matadragones". Sin embargo, ahí abajo se van a encontrar con varios segadores pútridos y un Origen, y no podrán solos. Os pido ayuda en su nombre.

—¡Un Origen! —gritó Monkel—. ¿Cómo sabéis eso?

—Lo confirmo, sir Monkel —dijo Sirián sin salir del trance en el que estaba—. Es un Origen lo que ahí abajo se mueve.

—¿Nos hemos visto antes? —preguntó Zurah a Sirián intentando adivinar de qué disciplina era—. El caso es que juraría haber coincidido con vos en Ausper la Mayor, quizás en...

—No lo creo, Zurah. Mi nombre es Sirián, animista del círculo blanco y guardiana de Calatros —respondió Sirián sin nada que ocultar—. No me conocéis de nada.

—Sirián… sí, sí, he oído vuestro nombre antes, por supuesto que sí —respondió Zurah asintiendo—. ¿Magia blanca, decís? No sabía que aún se practicaba ese conocimiento en manos de nadie. Sea como sea, un placer conoceros, colega animista.

—El placer es mío, Zurah —le respondió tajante Sirián—. Y permitidme una pregunta: ¿por qué esos dos compañeros que están ahí abajo no huyen de los segadores pútridos en vez de ir hacia aquí, pasando inevitablemente sobre ellos?

—Por ella —respondió Zurah, señalando a Dévora—. Su hilo temporal se romperá si sucediera eso.

—¿Y en qué os importa lo que me pase a mí? —dijo Dévora metiéndose en la conversación entre las magas—. ¿Por qué queréis salvarme? Y me extraña que Vaiel esté ahí abajo como decís. El Vaiel que yo conozco estaría corriendo a cuatro patas si sabe que hay segadores pútridos cerca.

—Si me permitís os responderé, aunque sabed que no disponemos de mucho tiempo. Como os he dicho, ahí abajo estarán en breve en problemas —dijo Zurah, secándose el sudor con la manga de su chaqueta—. A ver... os queremos viva porque tengo que hablar con vos sobre un asunto privado. Es sobre Thernok y el gremio que regía. Se dice por ahí que fuisteis vos quien le dio muerte, y siendo yo una integrante de su gremio estoy investigando acerca de ello. Lo segundo, deciros que os puedo asegurar que conocí a ese Vaiel del que me habláis, pero ha madurado más de lo que pensáis. Está henchido de valor, aunque sí es verdad que aún no ha tenido confrontación alguna.

—¿Thernok? Sí, le conocí, éramos muy buenos amigos. De hecho confió en mí su último secreto antes de ser asesinado. No, yo no le maté, aunque eso es lo que quieren que la gente crea —respondió Dévora, captando la amenaza encubierta de la que era objeto. De hecho veía claro que esa maga venía a por ella, y si no intentaba nada es porque no esperaba encontrarse con Sirián, otra maga.

—¿Tenéis pruebas de lo que decís? —dijo Zurah.

—No, solo mi palabra —respondió Dévora, mirándole fijamente—. Pero sabré encontrar a quien urdió ese plan, os lo aseguro. De hecho tengo ya un rastro que he de seguir, aunque no será fácil.

—Será interesante saber a quién llegáis —espetó Zurah—. Y os agradecería que me hicierais partícipe. Es mi intención vengar a mi maestro del gremio. Confiábamos mucho el uno en el otro, nos teníamos como padre e hija. Por ello me sorprende mucho que os haya confiado algún secreto a vos, una auténtica desconocida.

—Desconocida para vos, no para él —añadió Dévora—. Lo que está claro es que vuestro mentor era un buen tratante de información. Sabía cómo tener contactos y cómo moverlos, y de eso sé bastante. En este tipo de negocios, los sentimientos quedan en un segundo plano. Thernok era ante todo el número uno del gremio de los guardianes de las letras y su premisa era salvaguardar sus búsquedas.

—¿Y prefirió confiar en vos antes que en mí? —preguntó suspicazmente Zurah—. ¿No creéis que yo sabría proteger mejor ese secreto, sea cual sea?

—Sois poderosa en el combate usando magia —dijo Dévora—, pero dudo que tengáis la capacidad para desaparecer o encontrar aquello que solo se intuye por rumores. Él quería llevar a cabo una búsqueda muy importante y encontró que podía confiar en mí para llevarla a cabo con éxito. Confiaros a vos esa búsqueda hubiera resultado en un error, o así lo evaluó él.

—¿De qué búsqueda habláis? —preguntó Zurah, entrecerrando sus ojos como si intentara leer la mente de la ladrona—. Teníamos varias abiertas, pero ninguna secreta o tan importante como… a menos que la leyenda sea cierta y las runas que unimos dijeran verdad… Pero no… eran vulgares historias sobre leyendas y mesías, nada a tomar en serio. Aunque… no puede ser otra cosa... ¿Es el camafeo de Guerón vuestra búsqueda? ¿Acaso eso os confió mi mentor?

—Y si así fuera ¿qué pensáis hacer? —dijo Dévora, intentando tomar la iniciativa en la conversación—. Si él no confió en vos, no esperéis que yo lo haga.

—Cuidad esa lengua viperina. No penséis que pueda tener dudas ante alguien como vos. No me provocáis temor alguno —dijo Zurah, avanzando hacia ella.

—Me vais a perdonar, pero está claro que vamos a necesitar más tiempo del que disponemos —interrumpió Sirián, bajando los ánimos a Zurah y a Dévora, que cada vez subían más su timbre de voz—. Si esos dos están ahí abajo y en peligro deberíamos ir a ayudarlos ya.

—Pero si habéis dicho que ahí abajo hay un Origen ¿no? —preguntó Monkel—. ¿Qué pensáis hacerle? ¿Es mortal o no, en qué quedamos?

—No que yo sepa —respondió Sirián y clavó su mirada en Zurah—. Tendremos que encerrarle en un tiempo futuro o pasado.

Quedaron muchas cosas en el tintero, pero en efecto Zurah permaneció cautelosa ante la presencia del grupo de tres. Dévora sabía esto, aunque tampoco se la veía muy preocupada por la bruja. Ya estaba entrenada en tratar con todo tipo de personas, disciplinas y estados de ánimo. ¡Pero si había visto incluso a un dragón! No iba a ser una bruja la que le asustara, ni mucho menos.

Monkel se montó su coraza, yelmo, brazales y perneras de metal, mientras bailaba con su maza pesada para desentumecer sus músculos. Sirián y Zurah iluminaron sus báculos mientras recitaban en voz baja unos cánticos para despertar su maná. A su alrededor se iban formando unas auras multicolores que permanecían ahí visibles, como un arco iris. La lluvia arreció con más fuerza y la temperatura descendió en varios grados. Se estaba desatando la tormenta.

Dévora miró hacia el bosque, y tomando ella la cabeza del grupo, comenzó a descender colina abajo. No sabía bien qué se iba a encontrar en ese bosque, pero debía hacerlo. No tanto por el camafeo de Guerón, ni por Vaiel, ni siquiera por ayudar a Sirián y a Monkel. Debía hacerlo por ella, se lo debía. Tenía que soltar mucha de su rabia contenida contra alguien y quién mejor que los orchis.

Bajaron con velocidad, abiertos en abanico, pasando por una vegetación que se iba haciendo más tupida a cada paso. Los arbustos llegaban ahora hasta las rodillas y los árboles medían más de cuatro metros. La tierra iba desapareciendo bajo sus pies para dar paso a césped silvestre y flores varias. Del fondo se oían chirridos y ruidos de ramas arrastrándose. Era un rastro sonoro muy fácil de seguir.

Corrieron veloces cuando los primeros segadores pútridos se asomaron a través de la cortina de agua y el follaje. Eran torsos humanos con la cabeza cubierta de raíces y las extremidades convertidas en más raíces entrelazadas. Nada más ver al grupo que iba corriendo hacia ellos, emitieron un grito agudo y alzaron sus raíces en alerta. El choque ya era inevitable y a partir de ahora solo se podía hablar de muerte.

El primer ataque lo inauguró un segador pútrido, que desató toda su furia arrojando tres ramas puntiagudas desde los doce metros que lo separaba de Dévora. Ésta se agachó ágilmente sin perder velocidad, viendo como las púas malditas le pasaban sobre la cabeza. La distancia ahora eran seis metros, y el enemigo enterró sus raíces y se propulsó con una fuerza sobrenatural hacia ella. Era una especie de salto catapultado. Dévora se detuvo en seco a la vez que giró su cadera hacia la derecha y, apoyándose con la mano, hizo una acrobacia milimétrica para no sufrir el choque con el kamikaze. Ambos se giraron para verse las caras, momento que el orchi aprovechó para intentar clavarle ambos brazos puntiagudos en el abdomen a la ladrona. Ésta dio un volteo medido hacia la derecha, de forma que se puso a un lateral del enemigo y aprovechó el impulso del giro para desenfundar su espada y cercenar la cabeza del engendro. Brotó del corte un chorreón de sangre verduzca mientras el cuerpo sin vida caía al suelo derrotado.

Zurah alzó el vuelo y se desprendió de su báculo, que dejó levitando a unos metros encima de ella. Varios relámpagos lo golpeaban con insistencia y una vorágine oscura se iba formando a su alrededor. Súbitamente la bruja oscura alzó ambas manos y el báculo comenzó a salir expelido una y otra vez como si hubiera múltiples réplicas del mismo. Salían surcando el cielo a una velocidad inusitada hasta dar con un segador pútrido y atravesarlo con gritos de agonía. Ella solo tenía que verlos desde allí arriba y dar la orden a su báculo de cazar a ese objetivo.

Monkel, por otro lado, iba cercano a Dévora, por intentar mantener la formación. Era más fácil luchar cerca de un compañero que lejos. Para su sorpresa, vio como la ladrona se movía con extrema agilidad y puntería, así que se desentendió un poco de ella y alzó su maza para ir recto hacia uno de los segadores pútridos que estaba corriendo a cuatro patas hacia él. Corrieron y corrieron, pero antes de chocar mutuamente, Monkel volteó su maza y la hizo descender con todas sus fuerzas verticalmente, justo cuando el adversario llegaba a esa posición. La maza le golpeó el cráneo, abriéndole un agujero mortal. Casi sin parar, levantó de nuevo el mazo y golpeó al aire en el momento justo para desviar un proyectil de ramas en pico que iban hacia él. Miró rápidamente a su alrededor y vio a varios segadores que se acercaban. Dévora se puso a su espalda mirando de frente.

—¡Os cubro la espalda! —le gritó la ladrona.

—¡Perfecto Dévora! ¡Hagamos que vuelvan del infierno del que salieron! —gritó Monkel, echando a correr hacia los dos que más cerca tenía.

Uno de ellos arrojó varias púas, que afortunadamente pasaron a más de medio metro desviadas. Monkel se sacó de su bota un espadón y se lo arrojó con furia a uno de los enemigos, mientras que balanceó su enorme maza para acertarle al otro. El arroje impactó con acierto en el pecho de un segador pútrido, que gimió y se encerró entre las ramas que componían su cuerpo como si fuera una araña moribunda. El otro esquivó a tiempo el golpe atroz de la maza, levantando al unísono una de sus raíces y arremetiendo con una clavada oblicua al cuello. Monkel apenas tuvo tiempo para tirarse hacia atrás y esquivar el golpe, aunque le impactó en el torso, dejándole un surco en su coraza inmaculada. Nuevamente alzó su maza y esta vez hizo un golpe a media altura, paralelo al suelo, pero de nuevo el enemigo lo esquivó saltando hacia atrás.

Dévora optaba por la agilidad, deslizándose entre sus adversarios y aprovechando los huecos y puntos débiles que dejaban abiertos para clavarles una daga o su espada. Dos segadores pútridos la cerraron, uno de frente y otro por la espalda. El de frente ejecutó tres golpes seguidos que Dévora esquivó saltando de un lado a otro, acercándose lo suficiente a su rival como para saltar sobre sus raíces y posicionarse justo detrás. Casi al mismo tiempo, las raíces asesinas del adversario que tenía por la espalda estaban apuntando a la ladrona, persiguiéndola con varios golpes en sus esquives. El primero falló, el segundo también y el tercero y cuarto golpearon en un torso marchito. Era el cuerpo de su compañero necrario, el del otro segador pútrido, que vio como se había convertido en escudo de la ladrona al ponerse ésta detrás. Nada más caer, Dévora ya se había girado y tenía preparada la espada con un golpe recto y preciso hacia el centro del torso del que quedaba vivo. El golpe resonó con un estallido mortal.

Tres nuevos segadores venían corriendo, uno de ellos trepando entre los árboles y balanceándose entre ellos. Monkel arrojó una daga hacia uno de ellos, pero no acertó. Los tres venían en un frente común, hasta que un rayo atravesó a uno de ellos. La huella de Zurah no daba lugar a segundas oportunidades. Monkel miró de nuevo hacia Dévora y la vio rodeada de cuatro segadores pútridos. Ramas y raíces intentaban acertarle, mientras ella realizaba acrobacias esquivando cada golpe. Era una auténtica acróbata en combate, la más ágil de los guerreros que había conocido. Pero él no era tan ágil, y esos dos corriendo hacia él iban a ser un desafío, aparte del que tenía de frente. Súbitamente un nuevo rayo en forma de báculo hizo estallar el torso de uno de ellos. Sin más que pensar, echó a correr hacia los dos que venían, alzando su maza para romper con todo. A punto de llegar al encuentro, se deslizó por el suelo para posicionarse detrás de los dos enemigos. Uno de ellos cayó en la trampa rompiendo frontalmente con sus deformes extremidades extendidas, mientras que el otro se frenó en seco, intuyendo lo que el caballero iba a hacer. Estando en el suelo, Monkel intentó golpear al orchi que tenía de frente, pero éste bloqueó el ataque con sus raíces y ejecutó un ataque rápido con el otro brazo para ensartarlo. Monkel apenas tuvo tiempo de voltearse en el suelo para ver cómo se levantaba la tierra a escasos centímetros. El orchi alzó sus brazos terminados en punta y emitiendo un sonido gutural de ultratumba los bajó para mancharse en la sangre del caballero. Monkel solo pudo taparse con los brazos y chillar… pero no sintió dolor. Abrió los ojos y ahí seguía ese ser, rechinando los dientes y golpeando una y otra vez a Monkel, o más bien intentándolo. Chocaba contra una barrera invisible que de alguna forma lo protegía.

En los cielos, la animista blanca brillaba con un resplandor que se tenía que ver a kilómetros. Su figura quedaba totalmente cubierta por el esplendor. Sus ojos entraron en un frenesí de tonalidades multicolor que iban y venían a varios metros de su posición. Cuando miraba a sus aliados que luchaban ahí abajo, desprendía maná para que les envolviese en un campo de fuerza casi impenetrable. Era un milagro, aunque tamaña magia tenía un esfuerzo colosal; no sólo debía canalizar a distancia su objetivo, sino que cada vez que el campo recibía un golpe, ella sufría un gasto de energía tremendo. Su maná estaba definido por su capacidad de aguantar despierta y con energías. Si el cuerpo desfallecía, su alma también, y no podría seguir canalizando.

Monkel partió una de las extremidades de madera de su rival en dos al propinarle una patada de barrido, a la vez que cogía de nuevo su mazo. Rodeándolo había ya tres segadores pútridos, y por detrás se acercaban más. Golpeaban con fiereza, mas sus golpes no rebasaban la barrera blanca que la animista sostenía. Monkel dio un rugido e hizo girar su mazo hasta tres veces sobre sí mismo, haciendo saltar astillas, carne putrefacta y huesos podridos a su alrededor. No se dejaría sorprender de nuevo, debía liberar de tanta carga a su protectora.

Por la parte Norte, se acercaba cerca de una treintena de segadores pútridos, corriendo uno encima del otro. Zurah miró a Sirián de soslayo, lo suficiente como para que ésta mirara hacia allí. Los taumaturgos tenían una capacidad especial de comunicarse sin gestos ni palabras, solo con la mente, aunque su uso provocaba un gasto de maná tan grande que preferían usar las palabras. Sin embargo, en una situación como ésta, poca energía había que ahorrar. Sirián giró su báculo y lo enfocó hacia ese cúmulo de segadores y tras evocar un canto, del báculo comenzaron a salir bolas de luz blanca cual meteoritos. Zurah siguió con su recital de báculos enfocados, para ir cubriendo a los dos compañeros de abajo. Las bolas blancas caían al suelo y explotaban en esporas luminosas, llevándose consigo a todo aquello que se encontraban delante. Varios segadores pútridos caían mutilados o destrozados, aunque otros seguían su marcha hacia delante. Querían llegar a donde la carne viva gritaba, querían llegar a Dévora y a Monkel.

Monkel partió en dos otro rostro, cuando notó como una púa se clavaba en su coraza, hincándose en su piel y perforando parte de su pectoral. Ardió en daño, pero hinchándose de rabia cargó contra el orchi responsable y lo partió en dos, literalmente. Dévora estaba siendo superada por la multitud de segadores pútridos, ya eran cuatro los que estaban acosándola, y lo único que podía hacer era seguir viva esquivando. Una de las veces un campo de fuerza fantasma la protegió de una rama que hubiera impactado en su pierna. Imaginaba que era cosa de Sirián, pero no quería poner a prueba esa magia ni una vez más. Al no ver puntos débiles en sus adversarios, arremetió contra ellos cerca de un árbol de más de cuatro metros de altura por el que trepó aprovechando el impulso de un esquive. Trepó veloz, y aunque sus adversarios fueron a cazarla extendiendo las raíces pegadas a su cuerpo sobre el tronco, tenían un límite que no pudieron rebasar. Dévora los miró desde ahí arriba, viendo como comenzaban a escalar hacia ella. «Ahora vais a saber lo que es bueno, engendros» se dijo a sí misma, mientras saltaba al vacío arrojándoles dos puñales de forma precisa a dos objetivos distintos por la espalda. Cuando llegó al suelo, dos segadores pútridos descendieron de nuevo del árbol, mientras que los otros dos se revolvían de dolor en el suelo con sendos puñales clavados en sus cogotes. Dévora, sin dar tiempo a nada, echó a correr huyendo de los adversarios. Su técnica estaba basada en la huida y en pillar desprevenidos a sus adversarios, en ser más ágil que ellos. Pero aquí falló la emboscada. Cuatro nuevos orchis se plantaban de frente, y aunque uno de ellos fue atravesado por un báculo fantasma, aún quedaban tres, más los dos de atrás. Giró a la derecha y saltó sobre unos arbustos frutales, y allí se topó con un Monkel que corría hacia su dirección. Tras él, cuatro segadores pútridos más corrían descontrolados.

—¡Mierda! —gritó el caballero, dándose de nuevo la vuelta—. ¿Cuántos son?

—Traigo a seis, Monkel —gritó Dévora, viéndoles venir ya por su lado—. Mejor ir hacia los vuestros. Corred e intentad pasar debajo de uno de ellos.

—No es buena idea, antes casi… ¡agachaos! —gritó Monkel justo a tiempo para que, tanto él como la ladrona, esquivaran dos púas que se clavaron con fuerza en un árbol cercano.

De repente todo se iluminó y una bola blanca impactó a un metro escaso de su posición. Los segadores pútridos que seguían a Monkel saltaron por los aires convertidos en ramas con trozos de carne adherida.

—¡Por aquí rápido! —gritó Monkel, dándose la vuelta para ver los que venían por detrás.

Apenas recorrieron un par de metros cuando llegaron los perseguidores de Dévora. Los seis avanzaron sin orden aparente intentando ensartar a los dos héroes. Una rama pasó a unos centímetros del rostro de la ladrona y otra rama le atravesó la capa sin llegar a impactarle el torso. Entre ambas ramas, la hoja de su espada se manchaba con la sangre verduzca del ser maligno. Monkel giró su mazo de forma ascendente y quebró varias ramas que iban hacia él para darle muerte. Volvió a girarlo, esta vez hacia abajo, y detuvo dos ramas más que ya estaban buscando un camino hacia su cuerpo. Estaba retrocediendo, rodeado de esos cinco seres malignos, que le acosaban una y otra vez sin descanso. Dévora no estaba ya ahí, había desaparecido literalmente. Al caballero albino empezaban a pesarle los brazos y es que no paraba de crear un escudo agitando el mazo arriba y abajo, y para mayor complicación su espalda chocó contra el tronco de un árbol. Súbitamente dos de los orchis abrieron sus bocas desmesuradamente, dejando ver la hoja de dos dagas, respectivamente. Dévora no fallaba. Los otros tres orchis rechinaron y volvieron a atacar al caballero, que sacando fuerzas de flaqueza se impulsó hacia ellos con el mazo en alza. Quebró a uno de los enemigos con su cuerpo y a otro con el mazo, mientras que el tercero se echó hacia atrás, esquivando el golpe y contraatacando con sus brazos en punta. Una rama le hirió en el torso y la otra se clavó en su brazo. Monkel gritó de dolor, pero la muerte aún no le había llegado. La espada de Dévora reapareció de nuevo por la espalda del orchi, clavándose en su cuello. Monkel, en una asombrosa demostración de fortaleza, se levantó de nuevo cogiendo su maza y gritó con rabia.

—¡Adelante, no te pares por mí!

Sirián no paraba de lanzar bolas incandescentes de luz mientras que intentaba cubrir de las numerosas púas y ataques a sus amigos de abajo, mas el cansancio le estaba haciendo mella. A su lado, Zurah estaba dirigiendo su mirada a varios focos a la vez, a medida que iba perforándolos en dolor.

—¡Zurah! —gritó Sirián entre el ruido que despertaban los flujos de magia—. ¿Podéis cubrir a Monkel y Dévora?

—¿Tenéis preparado un sortilegio? —gritó la bruja oscura.

—Así es, pero o lo hago ahora o no sé yo cuándo podré —respondió Sirián, mirando hacia el frente.

—¿Qué es eso? —dijo Zurah, volviendo totalmente opacos sus ojos—. ¿Es el Origen?

—Ese es —respondió sin dudarlo la animista blanca—. Y a su lado se adivinan varias figuras. Son más de veinte.

—Haré lo que pueda —respondió Zurah, fijando su vista donde Dévora y Monkel luchaban—. Intentaré cubrirles de… ¡Mierda! ¡Allí Sirián! ¡Mirad allí!

Abajo, en un punto distante de treinta metros, Maiden y Vaiel estaban en mitad del combate. Maiden iba con su espada mágica, haciendo brillar sus runas de forma que cuando agitaba el arma dejaba un rastro tras de sí durante unos segundos que luego salían expelidos hacia delante. Su impacto quemaba a las criaturas y las hacía arder. Se les acercaban tres o cuatro segadores pútridos, pero Maiden, de un rugido los echaba hacia atrás moviendo su poderosa Linhauser. Vaiel iba cerca de él, mirando hacia los lados, y aunque había disparado un par de flechas, aún no había acertado a ninguno de los engendros. El nerviosismo era atroz, aunque a medida que avanzaba en la batalla se iba soltando. Maiden iba ahí, varios metros por delante, rompiendo con todo, sin miedo a nada ni a nadie. Varios segadores pútridos lo emboscaron en triángulo, pero Maiden, siendo tan grande como era, sorprendentemente se movió con agilidad, esquivando el primer ataque para trazar a continuación un arco mortal con su espada, que hizo arder al desgraciado orchi. Los otros dos comenzaron un recital de ramas y púas, que Maiden respondió avanzando con odio en sus ojos y clavando Linhauser en el torso de uno de ellos, que empezó a arder desde sus entrañas. De una vuelta se sacó el espadón de la cintura y se lo clavó con fuerza en la garganta al otro, cercenándole la cabeza. Arriba, a lo lejos veían un lucero brillante, ese debía ser el Origen y hacia él iban. Maiden lo tenía claro: si ese bicho controlaba a estos seres, debían darle muerte cuánto antes.

Nuevos enemigos se plantaron frente al guerrero, cuando Vaiel vio a otro que saltaba desde la copa de un árbol. Puso sus extremidades de raíces en punta y se tiró en picado hacia Maiden. No daba tiempo ni a gritar, ni tan siquiera a pestañear. El torso robusto de Maiden estaba abierto a las garras de ese ser, pero sucedió el despertar. No sabía aún cómo sucedió ni cómo controlarlo, pero el tiempo se detuvo ante los ojos de Vaiel. Se agachó levemente y sacó de su carcaj una flecha de punta incendiaria, que tensó en el arco élfico como si fuera una prolongación de su propio cuerpo. La posición era perfecta, no zozobraba ni un ápice. Miró a su objetivo y la imagen de sus ojos marchitos se le puso delante, como si de un *zoom* se tratara. Veía al detalle el movimiento de las pupilas de su enemigo, cómo los brillos le hacían cambiar de tonalidades y formas. Entonces notó como su mano se calmaba y la flecha salía despedida del arco con firmeza y control.

De nuevo se oyó bullicio, segadores pútridos gritando de dolor al ser amputados y quemados por Linhauser, cuando una flecha se clavaba en el rostro del segador pútrido que saltaba hacia el guerrero y caía envuelto en llamas dentro de sí mismo. Maiden se giró y acto seguido miró a Vaiel.

—¡Muy buena muchacho! ¡Así se hace! ¡Dales duro! —le gritó con rabia.

—¡Esperad Maiden! ¡Quieto! ¡Está ahí! —gritó Vaiel, retrocediendo al ver lo que se ponía frente a ellos—. ¡Es el Origen!

Maiden se giró rechinando los dientes y aferrando su mandoble mágica con fuerza, aunque se quedó petrificado. Apenas podía mover un músculo viendo lo que estaba viendo. Eso no era atroz, era inhumano.

—¡Adelante! —gritó Sirián—. ¡Ocupaos de estos dos que yo iré hacia esos otros!

—¿Y el sortilegio? —gimió Zurah.

—Están al lado del Origen, los va a destrozar —gritó Sirián, volando hacia ellos—. Proteged a Monkel y a Dévora, y buscad una huida. Yo intentaré llevarme a esos dos.

—¡El Origen os matará a los tres! —gritó Zurah, centrándose en Dévora que estaba siendo acosada por tres segadores pútridos.

—No persigo su muerte, sino conservar la vida de esos dos —respondió Sirián mentalmente a su compañera—. El Origen seguirá viviendo me temo.

—¿Andáis mal de fuerzas? —preguntó Zurah, con claros indicios de preocupación.

—Ya he tirado de las reservas, Zurah —respondió Sirián, alejada ya varios metros de ella y destino al Origen —. Pero no temáis, la magia blanca se alimenta no solo de mi energía, sino de la de todo ser vivo con voluntad para vivir y dar la vida. Donde haya bondad, yo existiré.

—Pues vais a tener que buscar mucho —protestó Zurah—. Suerte, Sirián. Confío en vos.

Los segadores pútridos seguían brotando detrás de todo árbol, mostrando sus raíces puntiagudas amenazantes. Monkel luchaba contra varios de ellos mientras Zurah desde el aire seguía su recital de lanzas oscuras, mientras que Dévora intentaba dispersarlos huyendo de un lado a otro. Eran muchos, más de los que pensaban. En el otro lado, Sirián llegó a la altura de Maiden y Vaiel. Se detuvo un momento sobre ellos y miró fijamente al Origen. Todo lo que había de humano en ese ser había desaparecido, ahora era una figura humanoide traslúcida con dos focos de luz cónicos donde debían estar los ojos. En cuestión de segundos aparecía y desaparecía, estaba saltando de un plano a otro con una facilidad pasmosa. Sirián tomó aire y aferró el báculo con fuerza alineándolo con su torso. Alrededor se oyó un estruendo, y varios círculos de luz concéntricos se extendieron desde ella hacia todas partes, dejando el lugar irradiado en magia blanca. Todos los segadores que estaban alrededor comenzaron a desintegrarse en esporas blanquecinas, mientras que el Origen, ajeno a esa magia, fijó su mirada hacia el cielo. Clavó su mirada en Sirián, que lentamente descendía de los cielos con claros síntomas de agotamiento. Había lanzado el sortilegio iris, y aunque había limpiado la zona, pronto volverían a acontecer más segadores pútridos. Además, quedaba el Origen, inmune totalmente a dicha magia.

—¿Habéis visto eso? —dijo Vaiel, señalando a Sirián—. ¡Maiden, esa mujer! ¡Debemos salvarla!

Maiden estaba ensimismado mirando al Origen, aunque luego del sortilegio que barrió la zona salió del trance. Aún sangraba mucho, los arañazos sufridos habían sido profundos. Pero debía seguir, su corazón de guerrero no podía rendirse aún. Miró a Sirián, que levitaba ya cerca del suelo, y fue veloz hacia ella a la par que Vaiel. El fornido guerrero la agarró sobre su hombro derecho, manteniendo con la zurda a Linhauser, y miró hacia el frente.

—Coge su báculo, Vaiel —le dijo sin apartar la vista del Origen—, y sígueme, tenemos que huir de eso. Nos ha limpiado el camino, así que aprovechemos ahora.

—Creo que puedo darle, Maiden —señaló Vaiel tensando su arco—. Veo los puntos débiles de mis adversarios y sé dónde darle para derribarlo.

—¡Ese enemigo no es de este mundo! ¡Sígueme y cierra la boca! —gritó Maiden, echando a correr hacia la posible huida.

Sin embargo Vaiel permaneció ahí quieto unos segundos. Levantó su arco y lentamente vio como la imagen del Origen se le acercaba a los ojos hasta el punto de tener una imagen clara de un punto entre sus dos ojos. Tensó la flecha con decisión y soltó sus dedos, notando cada metro que iba recorriendo en el aire. Cuando llegó al punto de impacto, la flecha simplemente atravesó al Origen y se convirtió en polvo, para asombro de Vaiel.

—¿Pero qué…? —dijo Vaiel, bajando lentamente el arco.

—¡Corre Vaiel! —volvió a gritar Maiden.

Y echó a correr detrás del guerrero. En el aire aún habían copos del sortilegio lanzado por la animista blanca y todo segador pútrido que se asomaba por los alrededores empezaba a arder en llamas. Enfrente oían voces gritando y gemidos de más enemigos. Una mujer ataviada de negro y con dos espadas cortas pasó veloz, perseguida por dos segadores pútridos.

—¡Dévora! —chilló Vaiel.

—¡Corre Vaiel, no te pares! —siguió gritando Maiden.

Cuando llegaron casi a la falda de la montaña, donde el bosque ya iba desapareciendo, vieron a un caballero rodeado de multitud de segadores pútridos, cerca de seis. Una maga disparaba desde la distancia unas flechas negras que atravesaban a los enemigos, aunque eran muchos para impactar a todos. Monkel soltó su arma pesada en un barrido frontal y se llevó por delante a otro de ellos, aunque uno por la retaguardia le hincó sus raíces en la zona lumbar. Otra herida más, y con ella otro reguero de fuerzas que lo abandonaba. Este golpe le hizo arrodillarse y temblar.

Sin pensárselo dos veces, Vaiel tomó una flecha de su carcaj y la hizo silbar hacia uno de los enemigos, impactando en su cabeza putrefacta. Maiden, cargando a Sirián sobre su hombro, dio un grito de rabia y se lanzó hacia Monkel, situándose a su espalda. El caballero albino, al ver los nuevos refuerzos, se armó con más fuerzas y se levantó de nuevo, agitando una vez más su pesada arma. Uno, dos y hasta tres segadores pútridos cayeron muertos ante el empuje del grupo. Zurah evocó una nube azul oscura que dispuso por donde había venido el grupo de Vaiel y Maiden, un muro de contención para evitar que vinieran más por detrás siguiéndoles, al menos durante unos segundos.

—¡Rápido subid y dirigíos al puente! —gritó desde las alturas Zurah.

Vaiel volvió a disparar una de sus flechas, impactando en el centro del torso al segador pútrido que quedaba con vida. Para mayor seguridad, Maiden lo atravesó de una estocada certera a la altura del cuello y casi sin respirar se enfundó el arma y dispuso su hombro libre para servir de apoyo a Monkel. Vaiel miró hacia atrás, intentando cubrir la huida. Algunos segadores pútridos estaban atravesando la humareda que Zurah levantó, gritando y con su piel burbujeando, como si un ácido los estuviera consumiendo. Vaiel disparó un par de flechas más a los más cercanos mientras corría hacia atrás, siguiendo a sus compañeros, y fueron ascendiendo la loma.

Zurah fue la última en quedarse, mirando desde el cielo al Origen. Éste permanecía inmóvil en su última posición y no parecía que quisiera perseguirlos. La miraba con curiosidad, como indagando quién era y qué hacía ahí. Al poco se dio la vuelta y fue desapareciendo entre el tumulto de la espesura.

«¿Quién rayos eres, demonio? —pensó hacia sus adentros Zurah—. ¿Por qué no vienes a por nosotros? ¿Qué estás planeando, maldito?».

Cuando llegaron al puente de los gigantes, se detuvieron justo en la entrada. Vaiel vigilaba hacia el bosque por si veía algo, mientras Maiden se arrancaba varias púas clavadas en su cuerpo. Monkel estaba titiritando, ensangrentado por todas partes y con más heridas de las que había tenido en toda su vida. Zurah lo miraba sin saber bien qué hacer y Sirián permanecía desmayada, totalmente exhausta.

—Dadle agua o algo a Sirián, la necesitamos consciente —dijo Zurah, intentando limpiar algunas de las heridas del caballero albino.

—¿Vienen más por ahí, Vaiel? —preguntó Maiden, mientras abría el odre de vino y le acercaba un trago a Monkel.

—Nada… creo que se han rendido —dijo Vaiel sin apartar la vista del bosque.

—No van a venir, no está entre sus intereses matarnos —subrayó Zurah con cara de susto viendo que las heridas de Monkel se volvían verduzcas—. El Origen ha establecido una nueva ruta de acción y afortunadamente no somos importantes en ella.

—¿Qué mierda era el Origen ese? Brillaba como si fuera una estrella y me dejó paralizado nada más verle —protestó Maiden viendo que su brazo derecho le fallaba y apenas podía moverlo—. ¿Qué…? Joder, me duele el brazo.

—Lo atravesé con una flecha, le di justo en el centro de la cabeza y se convirtió en polvo al traspasarlo. No… no es de este mundo, es inmortal —dijo Vaiel, reviviendo esa escena de nuevo.

—Es un Origen, ya lo sabíais. Ese ser no es de este plano, salta de uno a otro. Ya os dije que no podíais matarlo... —respondió Zurah, que seguía sobre Monkel intentando reanimarle—. Joder, se nos va... ¡Oye, abre los ojos! ¡Ehh!, ¿me oyes?

—No te va a oír, se está convirtiendo —dijo Dévora, apareciendo por un lado que Vaiel creía tener también cubierto—. Le han herido los segadores pútridos y le han inoculado su veneno, que ya le está afectando. En breve será uno de ellos.

—¡Dévora! —gritó Vaiel, dirigiéndose hacia ella—. Celebro veros con vida, os vi abajo pero os perdí de vista.

—Chicos... —dijo Maiden, tumbándose en el suelo—. El brazo me duele horrores y las piernas me pican por dentro, me arden.

—También habéis sido herido por esos seres —dijo Dévora, andando hacia Sirián—. En menor grado, pero lo suficiente como para convertiros también.

—¡Eso nunca! ¡Antes muerto que ser un engendro de esos! —gritó Maiden, cogiendo un puñal de su equipo.

—Guardad vuestras fuerzas, si Sirián recobra el sentido podría curaros, ella abraza la curación y seguramente conozca algún método mágico —dijo Dévora, intentando tranquilizar al guerrero.

—Esto es incurable —dijo Zurah, apartándose de Monkel, que estaba sufriendo ya la transformación. Sus brazos se estaban secando, quedándose prácticamente en los huesos, y raíces verdes le surgían de los dedos, entrelazándose entre ellas. Un charco de sangre oscura iba brotando de sus orificios, alfombrando todo el lugar.

—Mierda, mierda, mierda —protestó Maiden al ver ese horror—. Por mis muertos que no pienso convertirme en eso. ¡Despertad a esa maga! Y vos Zurah, ¿no sabéis nada para curarme? ¿De qué os sirve tanta magia sino podéis curarme de esto?

—Lo siento yo... —dijo Zurah aturdida aún ante el horror que consumía a Monkel—. Yo no domino ese conocimiento y dudo mucho que Sirián sepa algo. El veneno de los segadores pútridos no es fácil de conocer ni de extirpar, Maiden. Lo siento mucho.

—Mierda —volvió a decir Maiden, mirándose los dedos por si veía alguna raíz.

—Ya vuelve en sí —dijo Dévora, que no paraba de mojar el rostro de Sirián con agua fresca a la vez que Vaiel la abanicaba para darle bocanadas de aire—. Sirián, ¿me oís? ¿Me oís?

Sirián abrió lentamente los párpados. Se sentía mojada en sudor, tierra y dolor, y las extremidades le pesaban un quintal. Miró a Dévora, le sonrió y volvió a cerrar los ojos. Estaba al límite de sus fuerzas.

—¡No, no, no! Levantadla aunque sea a bastonazos —gritó Maiden, poniéndose nervioso al ver cómo el cuerpo sin vida de Monkel se agitaba en el suelo con saltos espasmódicos que le iban convirtiendo en un segador pútrido. Ya tenía raíces donde antes tenía brazos y piernas, y el torso estaba en plena conversión.

—Está agotada, necesita energías. Tomad, ponedle estas semillas bajo la lengua, a ver si así logramos que despierte —convino Zurah, sacándose unas pepitas de un saco negro que colgaba de su cinto.

Dévora las tomó y las miró por encima. Las olió y volvió a mirar a Zurah con mirada indecisa.

—¿Qué se supone que es esto? —le dijo sosteniendo una de las semillas con sus dedos—. Por su forma y olor me recuerda bastante al monegasto, un veneno paralizante.

—En efecto, es monegasto —replicó Zurah—. Veo que conocéis bien los productos de la madre tierra, pero no todos sus efectos.

—Es un veneno —siguió diciendo Dévora—. Muy usado en determinadas profesiones y desde luego que trato con ello. El aceite de monegasto es una herramienta que siempre tengo presente en mi equipo.

—Lo que sin embargo desconocéis es que sus propiedades son distintas a si se come cruda o sintetizada en aceite —replicó Zurah, desafiándola con la mirada—. La semilla cruda libera una reacción en el cuerpo que la hará levantarse de inmediato, aunque luego la dejará aturdida varias horas.

—¿Aturdida o paralizada? ¿Varias horas o de por vida? —inquirió Dévora.

—¡Por el Creador, metedle esa semilla a la maga ya! —gritó Maiden, viendo como le temblaban los brazos espasmódicamente—. Me... me estoy desmayando... y... ¡dadle eso!

Dévora dudó unos instantes y el rostro de Zurah no le dejaba claro si se estaba marcando un farol o si realmente decía la verdad. Igual quería quitarse de encima a Sirián, la única que impedía que se abalanzara hacia ella, pues Monkel ya era historia y Maiden estaba convirtiéndose. No podía fiarse, no si estaba en juego su vida.

—Dádselo, Dévora, dice la verdad —interpuso Vaiel, mirándola con una tranquilidad extraña en esta situación—. La conozco lo suficiente como para saber que no miente.

—Vaiel, hay intereses más allá de los que sabéis entre esta bruja y yo —dijo Dévora, sin apartar la vista de Zurah, que centró la parte baja de su báculo sobre el pecho de Monkel, preparada para asestarle un golpe mortal—. Conozco estas semillas y su efecto es muy pernicioso. Sí es verdad que se consumen crudas, pero hasta donde yo llego, creo que tienen el mismo efecto que su aceite.

—No confiéis en ella si no queréis, pero confiad en mí pues —dijo Vaiel—. Una vez me dijisteis que había que aprender a confiar solo en determinadas personas y en momento concretos, pues todos cambiamos de parecer. Quizás Zurah no fuera de confianza, mas ahora sí lo es. Ha llegado ese momento en el que ha cambiado.

Dévora dudó unos segundos más, cerró los ojos y dispuso de tres semillas bajo la lengua de Sirián. Disimuladamente palpó una de sus dagas bajo la capa envolvente, vigilando a Zurah de soslayo. Si algo iba mal esa daga se clavaría en su pecho, lo tenía claro. No tardó mucho en verse los efectos de las semillas de monegasto. Sirián convulsionó hasta tres veces y en la cuarta vez acabó sentada con los ojos abiertos de par en par. Hinchó sus pulmones casi a punto de hacerlos estallar y soltó un resoplido sonoro.

Monkel gritó por última vez y las cuencas de sus ojos se volvieron verduzcas. Las ramas que componían parte de su cuerpo comenzaron a agitarse de forma nerviosa y Zurah ejecutó su plan. Clavó su báculo hasta atravesarle, dejándolo ensartado en el suelo.

—¿Qué...? ¿Dónde...? —dijo Sirián al despertar y mirar alrededor.

—Hola Sirián, soy yo, ¿me oís? —dijo Dévora, agarrándole la cabeza con ambas manos.

—Sí, sí, os oigo y os veo —dijo nivelando su tono de voz, que le daba altibajos—. ¡Estáis a salvo!

—Sí, pero no todos. Este hombre ha sufrido las heridas de los segadores pútridos y se está convirtiendo —dijo Dévora señalando a Maiden—. ¿Sabéis de alguna cura?

Sirián dirigió sus pupilas hacia Maiden, que yacía en el suelo temblando con los ojos blancos. Su cuerpo había empezado el ritual de conversión, acelerando las pulsaciones y bajando la masa muscular de las extremidades.

—Podemos estar a tiempo —dijo Sirián levantándose, ayudada de la ladrona—. Necesito mi báculo.

Vaiel se lo dispuso al instante en su zurda. Sirián centró el cabezal sobre el rostro de Maiden y todos admiraron como su cuerpo adoptaba un brillo blanco calmante. La animista comenzó a recitar en susurros un canto. Estaba convocando un sortilegio de extirpación, algo que le llevaría tiempo.

—Ánimo Sirián —dijo susurrando Zurah—. Tenéis que curarlo.

—Estoy segura de que lo hará —dijo Dévora, acercándose a la bruja oscura y ofreciéndole su mano en símbolo de confianza.

A medida que el sortilegio era convocado, el cuerpo de Maiden seguía teniendo espasmos tan fuertes que a una persona de complexión más delgada le hubiera partido en dos la columna vertebral con total seguridad. Se arqueaba al límite, haciendo crujir huesos y músculos. Poco a poco veían como la masa muscular de los brazos del guerrero volvían a su condición normal y los pequeños brotes verdes que empezaban a brotarle por sus dedos se marchitaban y caían convertidos en polvo. La curación llegó a tiempo.

Convinieron acampar allí hasta que tanto Sirián como Maiden se recuperaran. Ambos estaban dormidos, cogiendo fuerzas luego del tremendo desgaste que habían sufrido. Dévora y Zurah se dispusieron alrededor de una hoguera improvisada, mientras Vaiel terminaba de cavar un boquete para enterrar lo que quedaba de Monkel.

—Supongo que deberíamos continuar nuestra conversación, lo estarás deseando —le dijo Dévora a Zurah, tratándola de tú a tú.

—Supongo que sí... —respondió Zurah, debatiendo si debía confiar en la ladrona o no—. Me hablasteis la última vez que teníais...

—Por favor, tutéame —le interrumpió Dévora.

—Prefiero no hacerlo aún —dijo tajante Zurah—. Lo último que me dijisteis era que teníais un posible rastro que seguir para descubrir al asesino de Thernok y del resto de integrantes del gremio que me acogía.

—En efecto. Sin embargo, hay un tema de mayor envergadura que necesita de toda mi atención. Ya investigaré eso y te mantendré al tanto, tenlo por seguro.

—¿Y puede saberse qué es eso tan importante en lo que prefieres ocupar tu tiempo, en vez de probar tu inocencia? —respondió Zurah tuteándola también, al darse cuenta que quizás había sido muy impertinente en la respuesta anterior.

—La búsqueda que Thernok me legó. Es esta de aquí —dijo Dévora, mostrándole el pergamino del poema.

—¿Por qué me lo muestras ahora? —preguntó Zurah, no sabiendo bien qué hacer con ese legajo.

—En mi mundillo, a esto se le llama "prueba de confianza". Llevamos unos días de persecución, hemos luchado codo a codo contra segadores pútridos, un Origen ha estado frente a nosotros... ¡y más que te podría contar! Pero si una cosa está clara es que no eres una persona malvada. Estás dolida por tu maestro, porque lo mataron y porque no confió en ti para compartirte su último secreto. Sin embargo, si algo tengo claro es que al final todo el puzle se resuelve de forma lógica. Poco a poco iremos descubriendo quién es el titiritero que maneja a sus asesinos, te lo juro.

—¿Y qué se supone que es esto? —dijo Zurah algo más interesada en ese último secreto.

—Todo lo referente al camafeo de Guerón —respondió Dévora segura de sí misma—. El camafeo existe, y de hecho ya tenemos su localización, encriptada en la primera letra de cada verso.

Zurah leyó el poema con estupor y enmudeció ante las evidencias que le presentaba Dévora. No se lo podía creer. El camafeo era una leyenda viva, existía de verdad.

—Bueno señoritas —dijo Vaiel mientras se ponía la chaqueta—, ¿tenemos ya ruta para llegar a casa? Me muero de ganas por un buen estofado de conejo y reposar en una cama decente.

Dévora y Zurah se miraron entre ellas y empezaron a reírse por primera vez.

—¿Qué pasa? ¿He dicho algo gracioso o qué? Ya nos hemos encontrado y habéis solucionado vuestras diferencias, ¿no? —preguntó Vaiel perplejo.

CAPÍTULO 12: LA TORRE DE LAS RESPUESTAS

Volar a lomos de un dragón no era algo sencillo ni para los propios caballeros del dragón. Los dragones no aceptaban ser ensillados bajo ningún concepto y sus escamas eran resbaladizas, muy traicioneras. Debías sentarte cerca de su cabeza, justo detrás de sus orejas, y agarrarte a los pelos que allí había, los únicos que podían verse en todo su cuerpo. Además, dado su elevado peso y dimensiones, cuando el dragón realizaba cabriolas en el aire generaba mucha fuerza de inercia, mucho empuje. El jinete debía estar preparado y saber cómo moverse en todo momento. Tal era la habilidad de Drigán, que era capaz de sentir incluso cuando su dragón iba a doblar, a girar o a posarse. Tal era el grado del vínculo que tenía. Incluso dominaban la conversación telepática, algo que muy pocos de su ralea podían presumir de saber hacer.

Iban volando a ritmo constante hacia el Oeste, a una altura muy por encima de toda vista. Abajo apenas se veían manchas verdes, grises y azules, bosques, ciudades y zonas de agua respectivamente. Estar ahí arriba era calmante y te hacía sentir poderoso, único. Así se sentía él, el caballero del dragón.

«*¿Está muy lejos esa torre, Kragor til Mass?*», preguntó Drigán a su dragón con tan solo pensar en él.

«*Cuatro soles, si el viento de nuestro vuelo sigue con ésta ímpetu. ¿Qué os preocupa, mi caballero?*», le respondió Kragor til Mass, sintiendo la preocupación de su humano vinculado.

«*Es... es acerca de lo que decían esa ladrona y la maga blanca, sobre el camafeo. Dicen que su poder de destrucción es incontrolable y que solo un conocedor en magia puede despertarlo. Está claro que se equivocan en algo, pero me asalta la duda si podría hacernos daño al intentar manejarlo*».

«A veces los rumores se tornan en verdades y la leyenda se torna a historia. Tal es el caso que te preocupa, mi caballero», respondió de forma algo críptica Kragor til Mass.

«¿Queréis decir que pueden estar en lo cierto?», preguntó Drigán algo perdido.

«El camafeo es una espada para matar y a su herrero lo hacen llamar el Creador, aquel al que los hombres veneran. Mas nosotros veneramos al gran Astral, eterno y glorioso, y la posición de nuestra verdad nos coloca por encima de tan vulgar y débil sociedad. Si asumimos la existencia de un camafeo más poderoso que nuestro vínculo, estamos poniendo dicho pacto al nivel de esos humanos, ¿lo entiendes?».

«O sea...».

«O sea que objeto y razón deben ser destruidos, mas sin que ellos conozcan ni sepan. Ellos conocerán la verdad que se les muestre, no la que vean».

«Entonces, Kragor til Mass, ¿ese objeto sería capaz de destruirnos también a nosotros? ¿Da eso credibilidad a que su Creador pueda estar a la par del Astral?», preguntó Drigán algo confuso con las nuevas noticias que le iban dando.

«Decir insensateces no es tu régimen, mi caballero, pues conoces esa y más respuestas. Esa espada está fabricada por los hombres y no por Creador alguno. Las mentes humanas imaginan y ven poderes milagrosos, y claman a una explicación para nombrarlo. Sufren de la ignorancia de la magia, acontecimientos atmosféricos inauditos, sucesos paranormales... son mentes arcaicas cerradas en un mismo baúl, el de la regla del Creador. Donde tú ves la verdad, ellos ven ángeles de su Creador que han descendido a impartir castigos o anunciamientos».

«Perdón por dudar, Kragor til Mass, a veces pierdo el rumbo. Es lo que tiene andar cerca de esos inferiores, que me impregnan de sus carencias y desperfectos», dijo Drigán telepáticamente, ya más centrado en su dragón.

«Abrazad la duda, mi caballero, pues es una virtud —dijo Kragor til Mass descendiendo su vuelo a menos altura—. *Ellos sabrán que ese camafeo nuestro es. Ellos serán ayuda para nuestro objetivo, pero no al revés»*.

«Ellos no me usarán, por eso no te preocupes».

«Lo sé y lo sabes, pero ¿lo saben ellos también? No solo tenemos poder en combate, sino también en cómo nos desentendemos de gente como ellos».

«Ellos son una herramienta, no un fin. Lo tengo claro».

«Perfecto. Agárrate fuerte. A ver si podemos reducir la distancia en menos tiempo. Tenemos que dar con esa información cuanto antes, necesitamos saber cómo controlar ese camafeo para destruirlo».

Kragor til Mass no se equivocó en sus cálculos, y a los cuatro días ya estaban volando por las lindes de la explanada de Llaídra. Esa explanada era un lugar inhóspito y cubierto de fuego y lava, un sitio poblado de seres demoníacos que ni siquiera los dragones deseaban ver. Quizás fue por eso que los alquimistas que erigieron la Torre de Erún escogieron hacerlo aquí. Poquísimas eran las visitas que tenían y es que nunca esperaban a nadie. Era una congregación autosuficiente con unos intereses muy herméticos. Miraban por y para la hermandad, y todo lo de fuera de la torre era dañino. La Torre de Erún era majestuosa en la distancia, 65 metros verticales de una piedra rojiza que brillaba al impactarle la luz. Además, se decía que bajo tierra había otros muchos metros de torre cavados, aunque nadie había entrado tan profundo como para saberlo, o al menos no se tenía constancia. La torre estaba coronada por una gema de enormes dimensiones que estaba continuamente irradiando un arco rojizo sobre sí misma.

Cuando llegaron a la vera de los muros, vieron cómo el jardín del interior era de piedra, con grietas en el suelo. No había nada de interés. Solo las grandes puertas que aguardaban a lo lejos y que daban acceso a la torre.

—Muy bien, mi caballero, entra ahí y obtén la información que necesitamos saber —dijo Kragor til Mass, mirando repetidas veces hacia todos los lados. No le gustaba estar tan cerca de Llaídra, o así lo interpretaba Drigán.

—En caso de ayuda cuento con tu intervención ¿no? —dijo Drigán.

—Tengo mis dudas, así que ándate con cuidado. Los alquimistas que ahí dentro moran crearon para sus defensas golems, monstruos de metal, piedra e incluso cristal capaces de evocar unos ataques muy dañinos. Éstos últimos pueden convocar magia, incluso.

—¿Qué? ¿Estatuas lanzando magia? —dijo Drigán intranquilo—. ¿Y crees que me dejarán pasar así sin más, teniendo a esos guardianes?

—Conocen la leyenda de los caballeros del dragón. Úsala a tu favor.

—Ya, pero ¿y si no funciona? ¿He de temer algo contra esos golems?

—Lo mismo que yo, mi caballero —respondió de forma escueta Kragor til Mass.

—Sea pues. Nos vemos en un rato, no te alejes mucho… —dijo Drigán, caminando con paso firme hacia las puertas del fondo. Eran de una altura exagerada. De hecho Drigán calculó que Kragor til Mass podía pasar fácilmente por su marco. Su superficie era de una piedra negra, lisa y ligeramente cristalina. Era como una piedra preciosa de ónice, pero de tamaño gigante y en forma de puerta.

La entrada tenía a los lados dos enormes gárgolas mirando hacia el frente con cara de pocos amigos. Drigán constató que no había apenas ventanales en toda la torre, algo muy extraño. Además, las puertas se veían cubiertas de tierra y algo de vegetación que se había asentado en la comisura de la misma. Era un síntoma que dejaba claro que estas puertas no se abrían desde hacía mucho tiempo y que, por lo tanto, a sus habitantes no les gustaba recibir visitas. No obstante, no se amilanó y se puso justo frente a la puerta, cuando vio que su colgante draconiano se apagó. Lo agarró y se quedó mirándolo con extrañeza, y luego se giró para mostrárselo en la lejanía a Kragor til Mas.

«*Nuestro colgante, Kragor til Mass* —dijo mentalmente a su dragón—, *se ha apagado. ¿Qué rayos está pasando?*».

«*Es normal, mi caballero, no te asustes. La torre inhibe el uso de objetos mágicos tanto en su interior como en su cercanía, eso es todo*», le respondió el gran dragón dorado.

«Estos alquimistas están empezando a fastidiarme», pensó Drigán mientras golpeaba la puerta con el pomo de su espada. Sin embargo nada pasó. El silencio era eterno, no se oía ni a los pájaros ni al viento. Nada, absolutamente nada.

Tuvo que golpear hasta tres veces más, hasta que tras las puertas se oyera un ruido seco, el de un peso cayendo. Pero la puerta no se abrió.

—¿Hay alguien ahí? —gritó Drigán con los brazos en cruz sobre su pecho.

—¿Quién se presenta? —respondió una voz metalizada a través de las puertas.

—Mi nombre es Drigán, caballero del dragón milenario de la cohorte dorada. Abrid estas puertas y permitidme hablar con vuestro mandatario —dijo Drigán con voz firme y seguro de sí mismo.

—No se os permite la entrada. Marchad y no volváis —respondió la voz nuevamente. Drigán miró de nuevo hacia atrás, a su dragón, y de nuevo golpeó la puerta.

—¡He dicho que me abráis! —gritó ahora con más fuerza—. ¡Os lo exijo!

—No se os permite la entrada, marchad y no volváis —insistió la voz metálica.

—Tengo un asunto muy importante que tratar con vuestro líder. Es de vital importancia que me abráis.

Hubo unos segundos de silencio, a lo que de nuevo la voz se dejó oír al otro lado.

—¿Qué asunto es ese?

—¿No podrías abrirme y tratarlo mejor cara a cara? Me resulta molesto hablar con una puerta aquí fuera —expuso Drigán sin retroceder ni un metro de su posición.

—Negativo. Decidme el asunto o marchad y no volváis —respondió la voz sin ceder.

—Muy bien, si eso es lo que queréis… Pero que conste que el camafeo de Guerón tendrá muchos compradores ansiosos de tenerlo y os pesará no haberme abierto las puertas el primero —dijo Drigán, buscando una nueva vía para abrir las puertas. Tras decir eso, se dio la vuelta y comenzó a andar con pasos lentos. Había tirado la caña y ahora solo faltaba que mordieran el anzuelo. Y mordieron, pues las puertas comenzaron a abrirse.

Drigán se giró tras haber recorrido unos seis metros y se quedó ahí quieto viendo como las puertas se abrían con un ruido chirriante. Una luz tenue salió de su interior, arropando a una estatua de más de tres metros de altura y dos de ancho. Era un homínido de brazos colgantes que le llegaban hasta el suelo. Su rostro estaba dominado por cuatro gemas rojas que brillaban en pulsos. Todo su cuerpo brillaba como si fuera pizarra recién cortada. Se veía algo tosco en sus andares.

—Venid, pasad —le dijo con voz metálica el golem de piedra.

—Vaya, parece que os lo habéis pensado —dijo Drigán andando hacia el golem. No le hacía gracia haber desvelado tan pronto el tema del camafeo de Guerón, pero tarde o temprano se lo tenía que haber dicho para investigar su manejo y control.

La torre por dentro presentaba bajorrelieves que iban cambiando su tonalidad a medida que Drigán andaba por el pasillo central. Las luces eran unas piedras poliédricas que aumentaban su intensidad cuando detectaban movimiento cerca, algo sencillamente increíble. El suelo irradiaba un frescor innatural, creando una atmósfera más apacible que en el exterior. Los techos eran altísimos, coronados por grandes bóvedas con gárgolas y estatuas decorando los vértices.

El golem iba por delante de Drigán, tambaleándose de un lado a otro a cada pisada. Cuando llegó al final del largo pasillo, se detuvo y se echó hacia un lado. Enfrente había una puerta metalizada con un cristal azulado en su parte central. A punto estuvo Drigán de avanzar hacia ella, cuando escuchó que se abría del otro lado. Salió un hombre de baja estatura, piel blanca, carente totalmente de pelos y ojos negros como el azabache. Vestía con los hábitos típicos de un monje, aunque quizás con más clase. Eran unas túnicas de cuero de mangas largas muy bien curtidas. En sus pies calzaban unas botas largas con motivos florales dibujados, tales a hojas de parra y ramas.

—Un caballero del dragón por este lugar… No es algo muy habitual de ver —dijo con un timbre de voz irritante—. Me llamo Cacoi, representante tercero del consejo druídico de esta torre, y podéis ponerme al día de vuestro mensaje.

—No te ofendas, Cacoi, pero no vengo aquí a hablar con vasallos. Llévame ante tu líder o me largo, no tengo tiempo que perder —dijo Drigán, agarrándose a su soberbia de caballero del dragón.

—¿Disculpad? Ante todo os agradecería que me hablarais con más respeto, al igual que yo lo hago. Y nuestro líder, como vos lo llamáis, no está aquí para recibir visitas sobre rumores y leyendas absurdas, sino para regir esta torre. Se os han abierto las puertas, algo que es un honor, así que os agradecería que fuerais más educado y cooperativo.

—Te hablo con respeto, monje —le respondió de malas formas Drigán—, al menos con el que mereces. Me has dejado esperando en las puertas y eso es un insulto para mí. Creo que aún no te enteras de a quién tienes delante tuya ¿no? Soy Drigán, caballero milenario del dragón Kragor til Mass, y nuestro vínculo es venerado incluso entre los míos. ¡Guárdame tú respeto a mí y yo haré lo propio contigo! Y ahora no me hagas perder más tiempo y dile al mandamás que baje aquí, que tengo que hablar con él.

—Creo que está todo dicho, habéis elegido dar por zanjada esta conversación —le respondió el druida claramente molesto—. Marchad pues y no volváis más, no sois bien recibido en esta torre.

—Sea pues, me largo, pero será tu nombre el que salga a relucir cuando el camafeo caiga en otras manos. Todos sabrán que el gran Cacoi me recibió en la torre y no me dejó pasar porque al pobrecito no se le hablaba con educación. Adiós, monje, que te vaya bien —dijo Drigán, dándose la vuelta y de nuevo marcándose el farol de irse.

Esta vez anduvo mucho más que antes, casi la mitad del largo pasillo. Por un momento creía que había salido mal su farol, aunque el druida le volvió a llamar a lo lejos.

—¡Aguardad! Aguardad un momento y contadme qué sabéis del camafeo. Tengo que evaluar si es de interés para nuestro druida guía antes de poder permitiros pasar.

—Ya os he dicho que no tengo nada que hablar contigo. ¿Qué pasa con tu druida guía? ¿Qué le molesta levantarse de su asiento acolchado para venir aquí a hablar conmigo? —preguntó Drigán con fanfarronería.

—Él no puede moverse, pues no es humano como vos o como yo —le dijo Cacoi, templando su voz e intentando buscar una solución—. Al menos decidme si tenéis ese camafeo o es parte de una rumor más que habéis oído.

—Tengo el camafeo —dijo Drigán manteniendo la mirada fija en los ojos de Cacoi.

—No os creo, si lo tuvierais lo sabría, esta torre identifica...

—¡No seas necio! —interrumpió Drigán alzando su diestra—. ¿Acaso crees que una reliquia como esa se puede pasear por ahí como si fuera un colgante más? ¿Y de verdad crees que me lo traería aquí dentro sin haber hablado antes con vuestro guía inválido? Mi dragón me espera fuera y solo él y yo sabemos dónde se oculta el camafeo.

—Si eso fuera cierto, ¿por qué venís aquí a contárnoslo? ¿Por qué no hacéis uso de él? —preguntó Cacoi, levantando también la voz.

—¿Seguimos con las tonterías, Cacoi? ¿Seguimos haciéndome perder el tiempo? Sabes muy bien que su activación requiere de un conocedor y practicante de magia, y no de alguien como yo. ¿Vamos a seguir así mucho tiempo o me vais a presentar de una puñetera vez a quién maneja este antro?

Cacoi permaneció dubitativo, no le cuadraban muchas cosas, aunque sí era cierto que ese era un caballero del dragón y que parecía saber del camafeo algo más que rumores. Quizás era casualidad, pero si fuera cierto que la reliquia había sido finalmente descubierta, la torre de Erún debía participar fuera como fuera.

—Está bien, Drigán. Veréis a Erún XII, descendiente directo de nuestro fundador. Os rogaría que le mostréis el respeto que merece, que no le habléis como me habláis a mí y que no intentéis nada amenazante. Os va la vida en ello —dijo Cacoi con el rostro serio.

—Empezamos mal, si ya me estáis amenazando —respondió Drigán, echando a andar hacia el druida.

—Os advierto, solo eso.

Anduvieron entre escaleras de caracol, descendiendo por debajo del nivel del suelo. Pasaron por algunas salas donde reinaban colosales construcciones de gemas preciosas, la mayoría con una finalidad puramente decorativa. Se cruzaron con algunos druidas más, ataviados con túnicas semejantes. Miraban a Drigán de forma reacia aunque nadie decía nada. Cacoi debía ser un alto cargo aquí dentro, de eso no cabía la menor duda.

Tras descender diez minutos largos, llegaron a un arco muy curioso, conformado con varias raíces de flores amarillas y blancas. A ambos lados, dos estatuas de cristal totalmente transparente se movían de forma autómata, vigilando ambos lados del arco. Más allá se veía un jardín colorido y repleto de vida. Había incluso insectos, como mariposas y libélulas, recorriendo el lugar. Desafiaba la razón que un jardín así pudiera crecer tan profundo bajo tierra, pero ahí estaba.

Los golems de cristal se activaron simultáneamente y empezaron a hablar con Cacoi. Luego se echaron hacia los lados y Cacoi se dirigió hacia Drigán.

—Hemos llegado, Erún XII está en el jardín esperándoos. Los golems os llevarán ante él, seguidles y no hagáis ninguna tontería.

—Sin problemas, Cacoi. Os veo luego —respondió Drigán, mirando a los golems con algo de nerviosismo. Esas creaciones eran algo muy peligroso, así que convenía evitar contiendas, eso estaba claro.

—Os esperaré aquí —dijo Cacoi despidiéndose.

A medida que Drigán andaba por el jardín, los golems le acompañaban como guardaespaldas a ambos lados. Si Drigán iba hacia un lado erróneo, los golems le rectificaban de inmediato, con giros bruscos o ruidos chirriantes. Por el camino vio a ciervos, conejos, un pequeño lago con nenúfares flotando en su superficie y una caída de agua con peces saltando a contracorriente. Era una belleza de lugar, sin lugar a dudas.

No pasó mucho tiempo hasta que llegaron hasta un gran árbol de tronco retorcido y mil arrugas, con una copa frondosa de hojas del tamaño de una cabeza adulta. Varios pájaros cantores habían anidado entre sus ramas. Los golems de cristal se abrieron hacia los lados y permanecieron quietos. Drigán miró hacia todos los puntos cardinales, pero seguía sin ver a nadie, así que se sentó en el suelo.

—Y bien, caballero del dragón, ¿largo camino recorréis para mostrarme vuestra espalda? —dijo una voz calmada y ronca. Drigán pegó un salto de su sitio y se giró en guardia, aunque no había nadie allí... ¿o quizás sí? El árbol, ese gran árbol movía sus ramas lentamente y su tronco rugía. El suelo donde tenía hincada las raíces daba pequeños temblores.

—¿Sois...? ¿Sois vos? ¿El árbol? —preguntó Drigán asombrado.

—El cómo me veáis no varía mi ser, pues aunque me llaméis árbol, no soy tal, sino ent. Destino comparto con vos, al que todos llaman humano y vos negáis, gritando ser caballero del dragón.

—Gran verdad decís, Erún. Y permitidme que os felicite por este antro que tenéis montado. Lo cierto es que es espectacular y yo no me asombro con poca cosa —dijo Drigán, recorriendo con su mirada de nuevo todo el jardín.

—No seamos sombras buscando personas, Drigán. Seamos personas buscando personas.

—¿Cómo decís? —dijo Drigán algo perdido en ese galimatías.

—Habéis hablado del camafeo de Guerón, de su pertenencia, de su localización y de su uso. Pero ahora lo ocultáis hablando de mi jardín, quizás buscando un sendero de trato o quizás una palabra de introducción por mi parte, que aquí os la muestro —dijo Erún XII con tranquilidad. Las palabras salían de su tronco con una lentitud que ponía a prueba al más paciente.

—Vamos directos al grano ¿no? Vale, perfecto entonces. Sí, tengo el camafeo de Guerón, y busco de alguna forma un trato para venderlo, a vos en este caso. Pero antes os lo tengo que traer y para eso necesito saber cómo moverlo. Según creo es necesario un conocedor de la magia, pero no estoy seguro, y antes de confiar en un cualquiera desearía saber si al cogerlo podría destruirlo, algo que no me gustaría, claro está.

—Habláis y habláis, pero ni una verdad ha salido de vuestros labios. Con mentiras no se puede hablar de tratos, y con engaños no se puede tratar —le respondió el ent, dejando a Drigán sorprendido, aunque no desarmado en argumentos.

—¿Cómo mentiras? ¿Me estás llamando mentiroso, árbol podrido? —dijo de malas maneras el caballero del dragón. Los golems de cristal dieron un paso hacia el frente de inmediato y sus brazos afilados se alzaron de forma amenazante.

—Sois vos quien os llamáis mentiroso, pues sois vos quién mentís. Y sois vos quien buscáis la muerte, llamándola con vuestras palabras —le respondió el enigmático Erún XII.

—Está bien, está bien —dijo Drigán, intentando serenarse y volviendo a ordenar sus ideas—. No tengo el camafeo ¿vale? Pero sí sé dónde se encuentra. Y si a vos os interesa os lo puedo traer, pero antes necesito saber si necesito a un mago para controlarlo y si éste podría llegar a destruirlo si quisiera.

—Mezclar agua con vino no resulta en vino, caballero del dragón. Con la verdad sucede lo mismo, pues una mentira convierte en mentira a la verdad que la acompaña —respondió solemne el ent.

—¿Y puede saberse en qué os estoy mintiendo ahora? ¿Acaso creéis saberlo todo sobre mí? ¿Leéis la mente o algo así? Os estoy diciendo a qué vengo y me llamáis mentiroso, eso no resulta muy agradable. Y no me digáis que soy yo el que me auto inculpo, ¿vale?

—Mas eso último que decís es la única verdad que desenmascara vuestra mentira, Drigán. En este jardín vuestras mentiras se marchitarán y solo las verdades os harán brotar. ¿Deseáis ser una planta hermosa o una marchita?

—No os he mentido, Erún, os guste o no es la verdad la que os he dicho. Creo que vuestro jardín os puede estar fallando.

—Un caballero del dragón no daría tal reliquia para nuestro beneficio. Buscaría a reyes, emperadores y hombres ricos capaces de pagar por tenerla. Mas bien sabéis que aquí el dinero no existe, sino es en semillas, frutos y raíces. ¿Dónde encaja en vuestro argumento esta verdad?

—En el saber, que os olvidáis de mencionarlo. En esta torre es bien sabido que tenéis pergaminos y libros olvidados en el tiempo, y seguro que alguno de ellos habla sobre el camafeo de Guerón. Os lo vuelvo a pedir: necesito saber si es imprescindible tener a un mago para portarlo y si en tal caso, éste podría tener la capacidad de destruirlo —dijo Drigán, viendo como la cosa se complicaba un poco.

—Pedís, mas nada ofrecéis. Y pedís aquello que no puede darse, pues el conocimiento de la orden es conocimiento para la orden, y vos no lo sois —le respondió el ent de forma tajante.

—Es decir, que no hay trato ¿no?

—Decís verdad, caballero del dragón.

—Sea pues, guardaos vuestro conocimiento y que os vaya bien en el futuro —dijo Drigán, dándose la vuelta para tomar la salida. Sin embargo, los golems de cristal le cerraron el paso. Cacoi se acercaba a lo lejos, junto a otros dos golems. Algo no iba bien.

—Lo siento, Drigán, mas tendréis que venir conmigo a una habitación. Nuestro guía Erún XII así lo desea —le dijo Cacoi, haciendo un gesto a los golems que se dispusieron en un cuadrado alrededor de Drigán.

—¿Me estáis haciendo prisionero? —dijo Drigán, intentando buscar un escape entre esos colosos, infructuosamente—. Sabéis en el lío que os vais a meter, ¿no?

—Debisteis haberlo pensado antes de entrar aquí —le respondió Cacoi—. Tendréis que permanecer recluido hasta nueva orden de nuestro guía.

—Mi dragón os aniquilará por esta ofensa, Cacoi. Esta torre tiene los días contados y tanto tú como el resto de tus druidas fornica-árboles seréis aplastados o calcinados. No sabes lo que es capaz de hacer un dragón enfadado, y te aseguro que el mío lo estará. No hagas tonterías y deja que me marche —dijo Drigán, atosigado ya por los golems que cerraron aún más el espacio.

—La decisión no es mía, Drigán. Nuestro guía nos ha hablado y vos seréis recluido. Si decís donde se encuentra el camafeo de Guerón igual os podemos dejar ir —le dijo Cacoi.

—Ja, ja, ja, ya puedes empezar a andar, druida de poca monta. No pienso decirte nada. Me pudriré en esa celda, pero te aseguro que moriré con una sonrisa sabiendo que otros encontrarán el camafeo y que no seréis vosotros. Bueno, y eso si no salgo en breve, que estás subestimando la fuerza de un dragón y eso te va a costar la cabeza. De hecho, le diré que te reserve para mí, quiero ser yo quien te torture.

Cacoi se giró y los golems empujaron a Drigán escaleras arriba. Los golems de piedra eran toscos, pero agarraban con una fuerza descomunal. Los de cristal eran más rápidos de movimientos y de tacto afilado. Iba a ser complicado huir de esa situación. Drigán solo pudo ver cómo las escaleras se acababan y era encerrado en una habitación con puerta de metal sólida. Fuera se quedó un golem montando guardia y dentro otro más. Lo primero que hizo Drigán fue mirar si había ventana, pero no había. Tampoco ninguna otra puerta y los muros eran de roca sólida. Aparte, estaba el golem dentro, vigilando sin descanso. La comunicación con Kragor til Mass era infructuosa, algo evitaba que pudiera hablarle mentalmente. Esta torre era una prisión incluso más temible que Roca negra de la muerte, imposibilitando el poder fugarse. Drigán se tumbó en la cama y totalmente tranquilo -como él era- intentó conciliar el sueño. Sabía que Kragor til Mass intentaría rescatarlo, era cuestión de tiempo, así que era mejor descansar e ir planeando qué le iba a hacer al Cacoi cuando lo tuviera entre sus manos.

CAPÍTULO 13: ROMPIENDO LAS CADENAS

—Este puente es largo de verdad, por el Creador —expuso Vaiel, dándose un masaje liviano en los muslos a medida que andaban por encima del Puente de los gigantes.

—¿Ya estás cansado? Pues mejor no te cuento cuánto nos falta para llegar al lago ese, días y días y más días —dijo Maiden ya totalmente recuperado de la infección de los segadores pútridos.

—Pues mira, esa es una buena información a saber. ¿Alguien tiene alguna idea al respecto? —preguntó Vaiel mirando a todos los del grupo. Zurah suspiró y Maiden despertó una carcajada sonora. Sirián andaba unos metros por detrás mirando hacia abajo del puente, al bosque donde el Origen debía andar.

—Andando como vamos, sin caballos ni medio de transporte, aproximadamente a unas treinta jornadas —respondió Dévora.

—¿Cuánto? —exclamó Vaiel dudando si era una broma—. ¿Treinta días? Supongo que tendréis alguna ruta planeada ¿no? Lo digo más que nada porque necesitaremos comida y un descanso algo más agradable que el follaje.

—Sí, o al menos yo tengo ya trazado un camino —dijo Dévora, mirando hacia arriba como intentando dibujar un mapa en su mente—. Desde aquí podemos llegar a Sinistra en ocho días y desde allí podemos llegar a La última llamada en doce días más. Luego desde allí ya no hay más ciudades y nos tocará tirar hacia las llanuras de Llaídra. Intentaremos hacernos con unos caballos en Sinistra, a ver si tenemos buena fortuna.

—Me parece un rumbo perfecto y con buena compañía —dijo Maiden, refiriéndose a las tres mujeres del grupo —. Ahora solo falta que vea el color del dinero. ¿Alguien me piensa pagar por esto?

—Ya puedes volverte a tu cabaña, Maiden —le dijo Zurah sin dejarle casi ni acabar la frase—. Ya habéis cumplido vuestro cometido y os he pagado por ello.

—¿Cómo que te vas? —preguntó Vaiel mirando a su amigo—. ¿No vas a venir con nosotros?

—Pueeeeees… lo cierto es que he vivido y luchado lo suficiente como para darme cuenta que hay que hacerlo no por una bandera o por un rey, sino por dinero, porque con él podrás comer, beber y dormir con comodidad —respondió Maiden.

—Te olvidas de que también se puede luchar por un bien común —dijo Dévora—. Y os lo dice una que hasta antes del combate pasado no pensaba seguir en esta búsqueda.

—¿Os ibais a ir? —preguntó Vaiel.

—¿Qué os retuvo? —preguntó al unísono Maiden.

—Me retuvo el saber lo que ese camafeo es capaz de hacer, el tremendo daño que es capaz de ocasionar. Y el destino ha querido que esté metida en esta búsqueda. En mis manos cayó el pergamino, el azar quiso que conociera a Thernok y la suerte ha querido que conozca al resto de vosotros. Todo ello me lleva a concluir que tengo que ir, ese camafeo debe ser destruido sea como sea —respondió Dévora.

—Estás dando por sentado que se puede destruir, Dévora, y al menos yo tengo mis dudas —dijo Zurah, entrando también en el juego de tutearse entre todos.

—Bueno, si no pudiera destruirse al menos sabré dónde ocultarlo para que nadie lo encuentre. ¡Qué mejor forma de esconder algo, que confiando en una ladrona! —dijo riéndose Dévora.

—Sea como sea, el bien común no me termina de convencer, Dévora —replicó Maiden—. Si me quedo, lo haría en todo caso para agradecer a la animista su gran favor por librarme de las garras de ese veneno. Por cierto, ¿dónde anda?

Sirián estaba ya varios metros atrás. Andaba muy lentamente con los ojos cerrados, como en un trance. Parecía una sonámbula, más que una persona despierta. El resto del grupo se detuvo en seco y fueron a rodearla, aunque nadie se atrevió a despertarla, nadie excepto Zurah, que la zarandeó con confianza hasta hacerla salir del trance.

—¿Estás bien? —le preguntó Zurah, abriéndole los ojos de par en par con sus dedos—. El Origen te estaba afectando de alguna forma, ¿verdad?

—No, no, no era el Origen —dijo Sirián volviendo en sí—. Tenemos que cambiar nuestra ruta, o al menos algunos de nosotros. Tenemos que ir cerca de Llaídra y tenemos que ir ya.

—Uhmmm… ahí íbamos, Sirián —dijo Zurah, dudando si su compañera estaba del todo recuperada—. ¿Recuerdas? El Lago de los susurros enclavada en Llaídra, donde el camafeo está oculto, lo que ponía en el pergamino.

—Sí, lo recuerdo, pero no me refiero a eso. Drigán ha sido hecho preso en la Torre de Erún, en las lindes de Llaídra, y los alquimistas no tardarán en sonsacarle todo lo que sabe sobre el camafeo. Debemos ir a rescatarle, y debemos ir ya —dijo Sirián con cara de preocupación.

—¿Te lo ha dicho él? —inquirió Zurah.

—No, ha sido Kragor til Mass —respondió Sirián.

—Buena relación tienes tú con ese dragón… demasiado buena diría yo —dijo Zurah con cara seria.

—¡Siempre es mejor llevarse bien con un dragón! —dijo riéndose Maiden.

—Una vez los ayudé, tanto a él como a Drigán, y desde entonces guardamos una buena relación de amistad —dijo Sirián, intentando justificarse de la forma más simple posible. No quería ni necesitaba dar muchas explicaciones al respecto.

—Pero, a ver si lo entiendo, porque sigo sin ver el problema —dijo Vaiel metiéndose en la conversación—. Vamos ya hacia Llaídra ¿no? ¿Qué problema hay? Cuando lleguemos vamos a la torre esa y vemos si…

—No, no es eso —dijo Zurah, entendiendo finalmente el mensaje que quería dar Sirián—. Uno de nosotros deberá ir a la torre ya. El resto seguirá su rumbo a pie.

—¿Volando decís? —preguntó Dévora.

—No, eso sería muy lento. Volando podríamos tardar quince días en llegar, pues tenemos que descansar también. Y eso es mucho tiempo, Drigán nos necesita ya. Debemos ir rompiendo el tiempo, tejiendo sus hilos sobre nosotros —dijo Sirián.

Zurah se sentó a un lado del puente y resopló con fuerza.

—Sirián, teleportarse es una opción peligrosísima. Aunque su conocimiento nos llega a través de la magia que canalizamos, está vetado usarse. Los peligros y riesgos que acarrean teleportarse son altísimos, más aún si somos muchos —dijo Zurah hablando en alto para que todos fueran partícipes.

—Por eso no iremos todos —dijo Sirián más convencida de lo que tenía que hacer —. Iré yo sola a rescatarle.

—No deberías, Sirián. No sabes qué te puedes encontrar ahí y no puedes saber si te saldrá bien —insistió Zurah.

—No me queda otra, Zurah. He de hacerlo, Drigán merece ser salvado, y aunque sé que es una persona poco amigable y poco agradecida, sí es una buena persona. Todos merecemos ser salvados, y si está en mi mano hacerlo, tengo que partir. Aparte, pondrá en peligro la misión en la que nos encontramos. Si los alquimistas de Erún se enteran de la localización e inician su búsqueda no tardarán en aparecer nuevos enemigos. Y lo que menos necesitamos ahora son más enemigos, pues andamos escasos de apoyos. Todos nos buscan para ajusticiarnos, darnos muerte o torturarnos. Estamos de alguna forma señalados por caballeros, reyes y cofradías independientes. Me niego a perder a otro miembro del grupo —sentenció Sirián.

—¿Teleportarse? —dijo Maiden—. ¿De verdad podéis hacer esas cosas los magos?

—Sí, pero pocos lo han usado, y los pocos que lo hicieron no viven para contarlo. Un pequeñísimo error de cálculo te puede hacer aparecer en el otro lado con una pierna materializada dentro de una roca, o con tu cuerpo en mitad de una puerta. No es un método que deba usarse bajo ninguna circunstancia. De hecho, los que lo han probado lo han hecho porque la curiosidad les ha podido. Es saber que tienes el poder de hacer algo pero no poder usarlo; tienes que estar continuamente luchando contigo misma para no dejarte caer en la tentación de emplearlo —explicó Zurah.

—Si me permitís, tengo algo que añadir sobre la Torre de Erún —dijo Dévora—. Sé que ese lugar es un antro donde habitan unos alquimistas de religión cerrada que veneran a un ent, un árbol de la vida. Los rumores también decían de ese lugar que estaba maldito, pues las rocas se alzaban con vida para atacar a los intrusos. Se dice que esos locos animaban a objetos inertes para protegerlos, formando al final una fortaleza inexpugnable. De hecho, si Kragor til Mass, que es un dragón de la más alta estirpe, no puede salvar a su caballero, por algo será… Deberíamos pensar que quizás nosotros tengamos menos opciones aún.

—No puedo dejarlo ahí prisionero, Dévora —insistió Sirián—. Él no me dejaría ahí sola.

—¿Estás segura de eso? A ti quizás no, pero si fuera yo o cualquiera de nosotros seguro que Drigán no movería un dedo por salvarnos. Y no es que yo esté en contra de rescatarlo, pero la tarea es muy complicada como para planteárselo. ¿Debemos poner nuestra vida en peligro para salvar la vida de uno? Las cuentas no salen, es así de claro —dijo Dévora, reduciendo todo a una ecuación.

—Soy consciente de todo lo que decís, pero aun así iré —sentenció Sirián—. Seguid hacia Llaídra y haceos con el camafeo. Destruidlo apenas podáis. Yo me reuniré con vosotros. Si no fuera así, sabed que sois unas personas magníficas y que ha sido un honor estar a vuestro lado.

—No Sirián, no irás —dijo Zurah—. Tú debes seguir hacia el camafeo de Guerón. Si lo que leímos es cierto, solo una de nosotras podrá activarlo para destruirlo y dudo mucho que yo tenga el conocimiento para hacerlo. Recuerda que abrazo al círculo oscuro, e igual el poder me absorbe y me corrompe. O igual simplemente no sé cómo limpiarlo o destruirlo. Debes ser tú, del círculo blanco, quien vaya a ese objetivo. Yo me ocuparé de ir a por Drigán.

—Pero… no tienes por qué hacerlo, Zurah —dijo Sirián, acercándose a su vera—. Yo lo hago porque se lo debo, porque lo considero un amigo, porque está en mí. Pero tú eres libre, no tienes por qué sacrificarte.

—Sirián, lo importante es el camafeo, no tú o yo, y lo sabes. Así que venga, largaos, seguid el camino. Yo me ocupo de teleportarme allí. ¡Ah y una cosa! Si todo sale bien, espero no volver a veros nunca más porque solo me traéis problemas —dijo Zurah, intentando bromear un poco con la situación, aunque su rostro presentaba preocupación y algo de miedo.

—Yo voy contigo —dijo Vaiel, poniéndole la mano sobre el hombro—. ¡Y no quiero oír nada al respecto!

—No necesito que venga un granjero conmigo, no voy a ordeñar vacas —le dijo Zurah, intentando zafarse de su mano.

—No te pienso dejar sola en esto. Tú me ayudaste, todos nos hemos ayudado, y aunque solo vaya para animarte con mis tonterías, quiero ir. Está claro que en este grupo soy el que menos puede aportar, así que permíteme que al menos te preste mi compañía —dijo Vaiel, dudando si lo que estaba diciendo salía de sus labios.

Todos permanecieron callados unos segundos. Zurah le sonrió, asintiendo a su ofrecimiento, y Maiden empezó a aplaudir con fuertes palmadas.

—Quizás seas el que menos pueda aportar, Vaiel, pero has puesto sobre la mesa algo que nadie ha sido capaz: valor. Has luchado contra esos segadores pútridos cuando cualquier otro aguerrido caballero habría salido corriendo a cuatro patas, y ahora te ofreces a teleportarte con una bruja que nunca ha usado esa técnica y con mucha probabilidad de que salga mal para salvar a un compañero. ¡Eso es valor! Y yo, Maiden de Gressiel, se postra ante ti —dijo Maiden en voz alta, mientras se arrodillaba. Dévora hizo lo mismo mirándole con ojos lastimeros. Zurah sabía que Vaiel no estaba preparado para algo así, pero no podía vetar que lo intentara. Ya era un hombre y debía tomar las decisiones que él considerara oportunas.

—Siendo dos, vais a tener más probabilidades de que salga mal —expuso Sirián, asustando a Vaiel que se preguntaba de nuevo a sí mismo por qué rayos se había ofrecido tan rápido sin pensárselo dos veces.

—También se puede ver como que tienen el doble de opciones de que salga bien. Si una teleportación falla, la otra puede llegar bien ¿no? —dijo Maiden, intentando arreglar las cosas, aunque ponía claramente más nervioso a Vaiel.

—Saldrán bien las dos. Zurah ya nos ha mostrado su conocimiento en magia y estoy segura de que lo hará bien —dijo Dévora, intentando suavizar el momento de tensión.

—Salid pues y mucha suerte. Nos volveremos a ver, tenedlo por seguro —terminó por decir Zurah mientras se sentaba en el suelo con las piernas cruzadas y cerraba los ojos.

—Adiós Zurah y gracias por lo que haces —dijo Sirián, poniéndole la mano encima.

—Zurah no me falles ¿eh? Espero volver a verte en unas semanas, que aún tenemos asuntos pendientes ja, ja —dijo Maiden.

Dévora estaba al lado de Vaiel, a quien le dio un beso en la barbilla. Vaiel se sonrojó, y por un momento, sintió como que había valido la pena poner su vida en peligro. ¡Había conseguido que su amor plantónico le diera un beso!

—Mucha suerte a los dos —dijo Dévora con voz apesadumbrada—. Espero que podáis librar a Drigán de sus ataduras y que nos reunamos en breve.

Vaiel se quedó inmóvil, viendo como los tres compañeros seguían su camino por el puente. Zurah seguía con los ojos cerrados y murmurando algo. Según le dijeron, debía concentrarse para crear todo el tejido de hilos que se entrelazaban entre ellos y volver a tejerlos en otra red. Algo fácil de explicar pero no muy inteligible por ajenos a la materia.

Cuando ya pasaron más de treinta minutos, las figuras de Dévora, Maiden y Sirián eran unas sombras rompiendo el horizonte. Zurah se movió ligeramente. Dispuso una mano al frente e hizo gestos a Vaiel para que se acercara. Éste se acercó.

—Siéntate enfrente mía, Vaiel —dijo la bruja oscura susurrando.

—Voy… ¿va a doler esto de teleportarse?

—No lo sé, nunca lo he hecho.

—Vaya, eso no tranquiliza mucho. ¿Tengo que hacer algo?

—No, solo cállate, cierra los ojos y no te muevas. Intenta respirar lo mínimo posible. Cuánto más movimientos hagas, más problemas tendrás en tu teleportación.

No bastó decir mucho más: Vaiel permaneció como una estatua. Notaba cómo le picaba la nariz, los brazos y las piernas, pero se resistió como pudo pensando en otras cosas. Empezó a soñar con Dévora viviendo en un pueblo de montaña, cerca de un lago. Tenían una casa enorme y dos pequeños que correteaban por la entrada. En el lago había una barcaza que usaban para darse paseos románticos por el agua cuando llegaba el atardecer.

Zurah empezó a despertar la teleportación. Varias virutas de maná dibujaron un círculo alrededor de ellos, ascendiendo de forma errática en brillos parpadeantes. La frente de Zurah presentaba gotas de sudor que le recorrían todas las mejillas. Sus ojos temblaban por el esfuerzo. La Torre de Erún se dibujaba sobre su mente y encontró el hilo de Drigán sobre ella. Ahora tenía que atar el suyo allí, al igual que el de Vaiel, y dejar que el tejido del tiempo lo aceptara. Vaiel, por otro lado, estaba con una sonrisa de oreja a oreja, quieto y sin saber lo que estaba pasando. Él seguía soñando en su utópico mundo con Dévora.

La Torre de Erún presentaba muchos hilos en continuo movimiento, como si estuviera continuamente cambiando su espacio. Estaba claro que era una protección por parte de esos alquimistas, que habían dotado a su morada de un escudo impenetrable. La cosa se iba a poner difícil, pero no podía rendirse ahora. Intentó ser más rápida que la Torre, tejiendo los hilos alrededor de Drigán, mas la torre los destejía con igual rapidez. Había que cambiar de estrategia y había que hacerlo ya. Zurah no aguantaría mucho más, por lo que probó a intentar engañar a la torre. Comenzó a tejer hilos falsos, concretamente los de Maiden y Dévora. Estaba claro que no los podía teleportar, pues no estaban en su círculo sino ya muy lejos, pero la torre no lo sabía. A medida que movía sus hilos, la torre comenzaba a tejerlos de nuevo en el orden original. ¡Había caído en la trampa! Zurah empezó pues a cambiarlos de la forma más errática posible, atándolos en nudos ya repletos de otros hilos. Simétricamente, iba tejiendo los hilos de Vaiel y el suyo, avanzando poco a poco. Era un trabajo arduo y que necesitaba de toda su concentración, cambiando de un tablero a otro, anudando los hilos trampa por un lado y los auténticos por otro.

El último hilo quedó sujeto. Toda la maraña de hilos quedó montada y conforme, aunque la verdadera prueba la pasaría al fijarla. Podía comprobar de nuevo todos los nudos, pero no había tiempo, la torre de Erún estaba ya acabando de restaurar todos los hilos falsos dispuestos y las fuerzas de la bruja estaban al límite. Pensó en su madre y en su hermana, y sin pensárselo más abrió sus ojos. El círculo de maná formó unas cortinas de maná ascendentes y en cuestión de segundos ambos desaparecieron en el aire, dejando atrás polvo brillante que se fue desvaneciendo.

—Oh, oh —dijo Vaiel al ver al enorme golem dirigirse hacia él con los cuatro ojos rojos brillantes —. ¿Dónde estoy? ¿Qué…?

Súbitamente Drigán saltó a la espalda del golem a hacer lo imposible, agarrarle para impedirle avanzar. El golem siguió su camino con paso firme arrastrando al caballero del dragón, hasta arrinconar a Vaiel en una esquina de la habitación. Preparó su puño de roca maciza que tensó hacia atrás, listo para acabar ahí con todo, pero Drigán aún no había dicho todo. Alcanzó a darse apoyo en el suelo, y en una proeza sobrehumana, inclinó al golem para levantarlo sobre su cabeza.

—¿Qué mierda haces tú aquí? ¿Quién eres? —dijo Drigán, temblando por el esfuerzo de estar sosteniendo a la pesada mole sobre su cuerpo.

—Yo… yo… soy Vaiel…

El golem se giró bruscamente y cayó al suelo junto a Drigán. Vaiel no se creía lo que estaba viendo, era algo insólito. El golem de piedra se levantó, pero esta vez sus ojos brillaban latentes en rabia. Drigán se puso delante para detenerle nuevamente pero el golem supo dar cuenta de él con un barrido de izquierda a derecha con su brazo diestro. Drigán solo pudo cubrirse con ambos brazos antes de salir despedido por los aires hasta golpearse contra la mesa, rompiéndola en dos. Siguió su avance hacia Vaiel, que seguía en shock en la esquina, temblando y con los ojos como dos platos. Súbitamente, al golem se le abrió el abdomen, por el que asomó un báculo oscuro que giraba sobre sí mismo envuelto en un aura negra. Iba corroyendo la piedra que componía el cuerpo del golem, se la iba comiendo. El golem miró hacia su torso y luego se giró, para ver a Zurah con la rodilla izquierda hincada y sus ojos cubiertos de una niebla negra. Había pillado al golem por sorpresa, y afortunadamente era uno de piedra, carente de magias protectoras y de ataque. El golem apenas tuvo tiempo para dar un paso hacia la bruja, cuando ésta cerró sus puños y el báculo expandió su aura en un zumbido. El cuerpo del golem estalló en varios trozos.

—¿Estás bien? —dijo Zurah mirando a Vaiel—. ¿Todo bien? ¿Puedes levantarte?

—Sí… creo que sí —dijo Vaiel, mirándose las piernas y los brazos, buscando por si le faltaba alguna parte —. ¿Y tú?

—Bien, aunque no me esperaba tener un golem enfrente nada más abrir los ojos —respondió Zurah.

—¿Puede saberse quiénes sois? —dijo Drigán, quitando trozos de astillas de su cuerpo.

—Mi nombre es Zurah, bruja del círculo negro y él es Vaiel, un amigo. Venimos a rescatarte. Estamos en el grupo de Sirián y Dévora, yendo tras el camafeo de Guerón —resumió Zurah de forma escueta.

—¿Dévora? ¿Esa ladrona cobarde aún sigue en el grupo? —espetó Drigán.

—Sí, por supuesto que sí, y muy valiosa nos ha sido su ayuda —dijo Zurah.

—Ya veo. Imagino que Kragor til Mass os advirtió de que estaba aquí, ¿no? —preguntó de nuevo Drigán.

—Así es, se comunicó con Sirián, pero al final decidimos venir nosotros. Ellos han seguido el camino hacia el Lago de los susurros a pie —dijo Zurah.

—¿Y tú quién eres? —dijo Drigán señalando con repulsión a Vaiel.

Vaiel lo miraba algo asustado. Maiden era mucho más grande y con más músculos que Drigán, pero había visto como éste último levantó a pulso a ese golem, un trozo de piedra que debía pesar una barbaridad de kilos.

—Él es Vaiel, es un conocido de Dévora —dijo Zurah, al ver que su compañero no reaccionaba.

—El compañero de una cobarde, es otro cobarde —esputó Drigán.

—¿A quién llamáis cobarde? ¿A Dévora? —dijo Vaiel, saliendo de su trance.

—¡Anda, pero si habla! —dijo el caballero del dragón sentándose en la cama—. Llamo cobarde a ella y a ti, así es. Basta con verte para darse cuenta de qué estás hecho.

—Podéis llamarme cobarde y tendréis razón. Pero no a ella, no si la hubierais visto luchar contra esos segadores pútridos como yo la vi —respondió Vaiel poniéndose en pie.

—¿Pero cómo? ¿Esa ladrona de verdad se ha quedado en el grupo? Lo último que recuerdo que dijo fue que se largaba, que esto del camafeo no era cosa suya. Me sorprende que haya combatido, aunque luego de verla no me extrañaría que hubiera sido ella quien atrajo a los segadores pútridos —dijo Drigán.

—Al menos a ella no la han atrapado ni necesita que vengan a rescatarla, como a vos. Podéis tener un dragón a vuestro servicio, pero necesitáis ayuda para poder seguir vivo. A ella no la vi necesitar ayuda ni durante el combate, era capaz de zafarse de los ataques y contraatacar ella solita —respondió Vaiel, poniendo en tensión a Drigán, que se levantó de un golpe con los puños cerrados.

—Bueeeeno… no hemos venido hasta aquí para hablar de Dévora, ¿cierto? —dijo Zurah, intentando centrar un poco la conversación—. Busquemos una salida y larguémonos de aquí.

—Conforme —dijo Drigán sin apartar la mirada de Vaiel—. Y tú, payaso, si eres del grupo, eres del grupo. Deja atrás los formalismos conmigo y ármate de valor, porque no vamos a estar para salvarte el culo si estás en problemas, ¿me entiendes?

—No tendrás que salvarme, tranquilo —respondió Vaiel, haciéndole caso omiso.

—¿Qué puedes decirnos de este lugar? —preguntó Zurah, descansando un poco en una silla.

—Hay golems como ese, pero algunos de metal y otros de cristal. Este garito lo maneja un árbol parlante, que habita abajo del todo, por debajo de la tierra, en un jardín que tienen ahí montado. Justo detrás de esta puerta, por cierto, hay otro golem vigilando —dijo Drigán, intentando no olvidarse de nada.

—Ya veo. Y sin ventanas en la habitación, por lo que veo. Pues tengamos cuidado con esos golems, porque si bien a éste lo he pillado por la espalda, como sea uno de metal o uno de cristal será mejor que corramos rápido —advirtió Zurah.

—Eso me dijo Kragor til Mass, que manejaban magia, incluso —señaló Drigán.

—Ni idea, pero me lo imagino. Los estudios alquimistas sobre el alzamiento de materia inerte no son únicos de esta torre. Ya llevan cientos de años haciéndose y recuerdo como se mencionaba que la composición de los golems era directamente proporcional a su capacidad para canalizar magia. Materiales más refinados eran capaces de recordar el vórtice de maná con el que eran alzados y lo iban conectando en una especie de mente colectiva entre todas sus piezas, resultando en tener capacidad para evocar magia. Desconozco qué tipo de magias, pero seguro que no son curativas —respondió Zurah algo preocupada.

—¿No podemos salir tal y cómo habéis entrado vosotros? —preguntó Drigán.

—Hemos tenido un porcentaje de éxito del 33%. No ha sido sencillo realizar la teleportación para dos personas. Si ahora somos tres, el porcentaje se reduciría drásticamente al 15% —dijo Zurah. A Vaiel se le cambió la cara al oír esa probabilidad tan baja.

Si lo hubiera sabido en el puente de los gigantes seguro que no habría venido.

—¿Y realizar dos viajes? —dijo Drigán sin pensarlo bien—. Me lleváis y luego volvéis a por él.

—No, eso sería jugar ya a ser el Creador. Cada viaje es un 33% de éxito al ir dos y ¿me pedís que realice tres viajes entre idas y vueltas? Estaréis bromeando, Drigán.

—Sí, no es muy tranquilizador. Además, ahora que caigo no podemos largarnos así como así. Antes tenemos que encontrar la biblioteca o a un tal Cacoi, un amigo, y descubrir cómo se controla ese camafeo —rectificó Drigán, centrándose más en para qué había venido aquí—. ¿Para qué estamos aquí si no es para eso? Vine para recabar esa información y no nos iremos de aquí sin ella.

—Bueno, al menos tienes a un amigo aquí dentro, algo es algo —suspiró Zurah—. ¿Es de confianza?

—¿Cacoi, dices? Desde luego que sí, nos queremos muchísimo. Ya verás qué abrazo le doy cuando lo vea. Ese maldito traidor, hijo de una hiena, va a lamentar el día en el que me encerró aquí dentro, te lo aseguro. Él y su árbol parlante. Querían sacarme información pero soy yo el que les va a sacar las entrañas a ellos.

—Ya veo… *buenos amigos*, sí —dijo Zurah resoplando.

—Tengo una idea para salir de aquí y dar con la información esa —dijo Vaiel, apagando la voz a medida que hablaba. Sus dos compañeros le miraron con una mezcla de incredulidad y sorpresa.

—Habla, ¿qué tienes en mente Vasiol? —dijo Drigán.

—Vaiel, me llamo Vaiel. Y según veo, si te tenían aquí encerrado para sacarte información, podrías decirle al golem que traiga a ese tal Cacoi, que quieres confesarle todo, darle toda la información. Y nada más entre lo emboscamos. Él cree que estás aquí dentro con un golem vigilándote y no se esperará que estemos Zurah y yo.

—No parece mala idea, por no decir la única. Teniendo a ese alquimista igual podemos neutralizar al golem de fuera. Puede ser una buena opción —dijo Zurah.

—Pues nada, menos hablar y más actuar. Tú, ¿sabes manejar ese arco que traes contigo? —dijo Drigán, dirigiéndose a Vaiel.

—Bastante bien, sí —respondió Vaiel, mientras sacaba una flecha del carcaj y la disponía sobre el arco.

—Pues colócate en aquella esquina y apunta al monje bastardo ese nada más entre aquí. Tú Zurah, quédate en aquella otra esquina con tu báculo amenazando en forma de lanza. Yo estaré aquí de frente. Entrará con el golem de la puerta, pero no podrá cubrirle por todos los flancos —dijo Drigán, organizando todo mientras se imaginaba la puesta en escena.

—¿Y si sale mal algo? Quiero decir, ¿y si su golem ataca? ¿O y si el alquimista sabe canalizar magia? —preguntó Vaiel, intentando cerrar todos los imprevistos.

—Si tú ves que levanta una mano o intenta hacer algo que te huela mal, dispara. No intentes pensar qué está haciendo, simplemente dispara. ¿Te ha quedado claro? —le instruyó Drigán a Vaiel, que asintió con seguridad.

—Si el golem ataca intentad salir por la puerta, yo haré lo posible por confundirlo y salir detrás de vosotros. Si puedo matarlo lo haré, aunque no será tarea fácil —señaló Zurah, mientras se iba colocando en su posición.

—Una cosa Zurah. Según tengo entendido aquí no se puede canalizar magia ¿no? O algo así creo que entendí de Kragor til Mass. ¿Cómo es que tú sí puedes?

—Esta torre se alimenta de magia negra, y sí es cierto que impide el uso de artefactos mágicos, así como de canalizaciones de sortilegios y encantamientos, pero la magia negra no la puede inhibir del todo. Si lo hiciera, no podría levantar sus propias defensas, alimentadas por esa magia negra precisamente. Y yo soy del círculo negro, así que, por ahora sin problemas.

—Sea pues, comencemos con el plan. Todos a sus puestos, esta noche cenaremos tranquilamente en una taberna del camino y beberemos buen vino —dijo Drigán, juntando sus manos con fuerza.

—Queda un poco lejos cualquier taberna, según tengo entendido, nos lo dijo… —dijo Vaiel sin terminar su frase al ver que Drigán solo lo decía para dar ánimos.

—¿Listos todos? —preguntó Drigán mirando a Vaiel.

—Listo —dijo Vaiel tensando el arco y apuntando hacia la puerta.

—Lista —dijo Zurah alzando su báculo con la diestra.

—Por cierto, no te pregunté, ¿cómo está Sirián? —dijo Drigán a Zurah, que no terminaba de entender bien a qué venía esa pregunta ahora.

—Bien, ¿te preocupa eso ahora? —dijo Zurah.

—No, era solo por curiosidad.

Y se puso en marcha el plan. Drigán golpeó la puerta con fuerza y chilló a través de ella que quería hablar con Cacoi, que quería llegar a un acuerdo con él. No tardó mucho en aparecer un alquimista, que entró por la puerta junto al golem. No era Cacoi, para decepción de Drigán, aunque eso no le hizo dudar en su acción. Como si fuera una pantera, se lanzó al cuello del hombre y lo agarró con ambas manos, apretando con fuerza. Sin embargo, la fuerza del golem era muy superior. Agarró al caballero del dragón y lo apartó de un lanzamiento hasta la pared de enfrente.

—¡Decidle a ese golem que se esté quieto u os juro que contaréis con otro boquete en vuestro cuerpo! —gritó con nerviosismo Vaiel.

—¡No intentéis nada! —gritó por el otro flanco Zurah —. No al menos si queréis seguir con vida.

El hombre los miró con suma tranquilidad, algo atípico para la situación en la que se encontraba, lo que puso más nervioso al grupo. El golem miraba a un lado y a otro, evaluando qué hacer, hasta que se decidió y comenzó a andar a paso firme hacia Vaiel.

—¡Dile que se pare u os juro que os empalo! —volvió a gritar Vaiel.

—La muerte no es un final, sino un estado más. Yo no la temo y vos no deberíais t... —dijo el alquimista antes de ser atravesado con una de las patas de la mesa de madera que Drigán le arrojó.

—¡Rápido, sal de ahí Vaiel! —le gritó Drigán, mientras iba tras el golem para golpearle con una de las piedras del anterior golem destrozado.

Zurah ya estaba en la puerta. Miró como el alquimista aún vivía, esputando sangre a borbotones mientras se agarraba el trozo de madera que le atravesaba el estómago de lado a lado. Temblaba y se oía cómo su respiración se mezclaba con toda la sangre que poblaba su garganta, pero aun así, conservaba una sonrisa macabra en su mirada y en sus labios.

«No tuvimos en cuenta que nos podía tocar el alquimista loco. O peor aún, que estén todos igual de locos», pensó Zurah.

Vaiel corrió pegado a la pared mientras Drigán se ocupaba de entretener al golem, y se zafó de la encerrona llegando a la puerta. El golem se giró para encarar a un Drigán motivado y enfurecido, pero sin recursos para plantar cara a tamaño adversario con las manos desnudas. El golem movió sus brazos para golpearlo con dureza, aunque esta vez el caballero del dragón fue ágil y esquivó el ataque. Era rápido golpeando, sí, pero no tanto corriendo. Drigán torció hacia sus compañeros y salió corriendo por la puerta, cerrándola nada más salir. Los tres se miraron algo incrédulos de que el plan hubiera salido tan bien, aunque ahora se dieron cuenta que no planearon nada más allá de la puerta. ¿Hacia dónde debían ir para llegar a la biblioteca? El alquimista estaba muerto y contaban con él para saber cómo moverse por el laberinto que suponía esta torre. No obstante, tuvieron que actuar rápido, pues la puerta gimió entre grietas tras el primer impacto del golem desde dentro de la habitación. No aguantaría otro golpe así, de eso estaban seguros. Miraron hacia un lado y otro del pasillo, y echaron a correr por la derecha. La iniciativa la tomó Drigán, el más decidido y con mayor arroje, aunque era el que menos razonaba. Se movía más por instinto que por lógica.

No tardaron en llegar al primer recodo del pasillo cuando la puerta de detrás estalló en manos del iracundo golem de piedra. Drigán seguía corriendo a tremenda velocidad y los otros dos le seguían tan veloces como podían para acortar la distancia. Una puerta se abrió nada más pasar ellos y un alquimista ataviado con una túnica blanca y magenta dejó caer un jarrón que llevaba en sus manos. Apenas empezó a dar un grito cuando una flecha le atravesó la garganta y le dejó clavado en el dintel de la puerta. Vaiel había girado sobre sí mismo, apuntado en apenas un segundo en plena carrera y disparado a su víctima, un disparo que pocos arqueros de la corte de Ausper la Mayor podían presumir de hacer. Zurah lo miró sorprendida por tan rápida actuación y vio que sus ojos estaban con las pupilas totalmente dilatadas, como si estuviera a oscuras. No era Vaiel, era otra persona.

El final de este pasillo era una escalera suntuosa y muy decorada que descendía al piso inferior, dando paso a una cámara de paso grande. Allí había tres alquimistas, uno de ellos con una túnica roja y los otros de color marrón, como las de Cacoi. Las botas eran muy parecidas, con motivos florales. Se quedaron mirando perplejos a los tres fugitivos hasta que uno de ellos gritó con todas sus fuerzas.

—¡Alarma! ¡Intrusos!

—¡Mierda! ¡Matadlos a todos! —gritó Drigán, pegando un salto desde arriba de las escaleras hacia uno de ellos. Iba armado con una de las patas de la mesa de su habitación, un arma que en manos de alguien como él podía ser peor que cualquier hacha afilada. Manejaba con mucha soltura casi cualquier tipo de armas, había tenido una instrucción ejemplar. Nadie sabía si en manos de su dragón o de otra persona, pero sus habilidades en combate eran excelentes.

—¡Dejad uno vivo! —gimió Zurah, bajando veloz mientras una flecha surcaba cerca de su oreja hasta impactar certeramente en la frente del alquimista de rojo.

Cuando Drigán aterrizó sobre su víctima, éste comenzó a chillar y cubrirse con sus brazos la cabeza. Incluso empezó a llorar mientras pataleaba para zafarse del corpulento caballero del dragón. Pero cuando Drigán veía una debilidad en sus víctimas no daba segundas oportunidades; simplemente ejecutaba un golpe mortal y buscaba otra víctima. Y así lo hizo, clavándole el madero en el vientre para luego golpearle en la cabeza contra el suelo hasta dejarle el rostro totalmente desfigurado.

Zurah llegó abajo, cara a cara al alquimista que faltaba, que la miraba con los ojos con todas las venas marcadas del terror que estaba pasando. Era un chico joven, de no más de dieciocho años, y sus manos temblaban como un flan en plena acrobacia circense. Zurah alzó su báculo y miró hacia atrás, para detener el frenesí de sangre, parando a tiempo a sus dos compañeros. Vaiel estaba justo detrás de ella deslizándose por la barandilla de la escalera y con el arco tenso fijado en el alquimista. Drigán venía andando con un madero en la mano y todo manchado de salpicaduras de sangre. Su mirada y sus gestos no daban a pensar que quisiera otra cosa que no fuera destrozar algo.

—Miradme y responded si queréis salvar vuestra vida —dijo Zurah al alquimista—. Tenéis que decirnos dónde está la biblioteca aquí, o dónde se guardan legajos y libros sobre reliquias.

Y cómo controláis a los golems, a quién o a qué obedecen. ¡Ah! y salida, qué salidas hay de esta torre además de la puerta de entrada.

El alquimista se sentó en el suelo temblando entre lágrimas y asintió sin llegar a articular palabra alguna. En apenas unos segundos le habían abierto la cabeza a uno de sus hermanos de la orden y al otro le habían empalado con una flecha. ¡Y aquí, dentro de la inexpugnable Torre de Erún!

—¿No has oído lo que te ha dicho? —preguntó Drigán, acercando el madero que iba formando un charco de sangre gota a gota cerca de sus pies—. ¿Necesitas acaso que te abra un agujero más grande para escuchar mejor?

—No… no —dijo el alquimista tartamudeando—. Lo… lo he oído… os oigo… señor…

—¡Anda!, si sabe hablar y todo —dijo Drigán envalentonado—. Pues ya puedes ir soltándolo todo, chico, o te juro que te arranco tus ojos y me los como crudos.

—¿Qué…? ¿Qué queréis…? Yo solo soy un novicio… ¿biblioteca? sí… está en el tercer y cuarto piso de la torre.

—¿En qué piso estamos ahora? —preguntó Zurah, intentando situarse. El novicio la miró extrañado, pero desde luego no se atrevió a hacer pregunta alguna.

—En el octavo piso, señorita —respondió de corrido, sin trabar ninguna palabra.

—Viene el golem, chicos —alertó Vaiel dándose la vuelta. En efecto, el golem de piedra de la habitación ya estaba allí, bajando las escaleras lo más rápido que sabía.

—Está bien monje, mírame bien a los ojos y dame una respuesta que me satisfaga. ¿Se puede desactivar a esos golems? —le preguntó Drigán al joven alquimista que no paraba de llorar cuando le acercaba el palo ensangrentado.

—No… yo… no se pueden desactivar —respondió el alquimista haciendo que Drigán alzara su arma—. ¡Pero sé cómo hacer que os deje en paz! Pero por favor, no me hagáis daño, os lo ruego, no me matéis…

A punto estuvo de atravesarle Drigán, pero se contuvo. Normalmente lo habría matado ya, más aun en esta situación tan estresante para él. No podía hablar con su dragón y estaba recluido entre unas paredes. Todo eso, para un caballero del dragón, era algo muy anómalo.

—¿Cómo se hace para que nos deje en paz?, dinos —le preguntó Zurah apresurada.

—Los golems... los golems obedecen las órdenes de todo alquimista, prevaleciendo las órdenes de los hermanos de rango superior. Y tienen dos leyes que deben respetar siempre: La primera es que no podrán atacar a ningún hermano si no es por mandato de un hermano de orden superior. La segunda es que todo golem guardará las órdenes que se le den bajo un santo y seña especificado por su ordenante —dijo el alquimista casi sin respirar...

—¿Acaso me ves como un monje loco de los que vivís aquí? ¿Me ves algún parecido, mequetrefe? —le dijo Drigán con voz rugiente.

—Chicos, o nos largamos ya o preparaos, el golem está ya abajo —remarcó Vaiel, tirándose hacia atrás y mirando hacia los lados.

—¿Cómo hacer para que un golem nos vea como alquimistas de aquí?, ¡dinos! —gimió Zurah, agarrándole por el cuello con ambas manos.

—No, no, eso no podéis, pero... ¡Grumo azul! Estos tres son amigos de la Torre, son novicios recién ordenados como yo —gritó el novicio. El golem permaneció quieto y sus cuatro gemas oculares comenzaron a brillar en distintas tonalidades.

—¿*Grumo azul* es el santo y seña de ese golem? ¿Puedo controlarlo yo entonces? —dijo Zurah, intentando verle provecho al asunto.

—Así es, pero recordad que ningún daño podrá hacer contra uno de la orden y que las órdenes que le dé un hermano prevalecerán sobre las vuestras, ya que...argg —dijo el novicio antes de que Drigán le atravesara el cuello con la versátil pata de la mesa.

—¿Por qué...? Podías haberte esperado ¿no? —dijo Zurah, echándose hacia atrás tras la salpicadura de sangre que brotó.

—No hay que tener compasión. Ya dijo lo que nos interesaba, dejarlo vivo era un estorbo. ¿Acaso los lobos se apiadan de los pobres cervatillos al darles caza? Debemos... —dijo Drigán, antes de ser interrumpido por Vaiel.

—¡...debemos ser animales! Él hubiera hecho lo mismo si fuera al revés. No solo hay que salir de esta torre con la información que necesitamos, sino que yo abogaría por derribarla entera, matar a todos y a cada uno de sus habitantes y quemar a ese árbol santo que veneran —dijo Vaiel con voz firme.

—Me empiezas a gustar, Valiolo —dijo Drigán, dirigiéndose hacia el golem para mirarlo fijamente.

—Vaiel, me llamo… bueno, es igual… —masculló Vaiel, cubriendo las escaleras.

—A ver chicos, parece que tenéis la enfermedad de la rabia. Y luego nos dais caza a nosotros los magos porque somos los peligrosos. ¿Os estáis escuchando, por el Creador? Dejaos de demoliciones y matanzas, al menos hoy. Nuestra prioridad es salir de aquí con la información, así que vamos con ello. Dejad al resto de alquimistas que vivan felices el resto de sus días aquí —dijo Zurah, intentando encauzar al grupo.

—¿Creéis que luego de todo lo que hemos provocado aquí se olvidarán de nosotros? Iniciarán una cacería para darnos muerte. Nos buscarán por todas partes y no cesarán hasta vengarse de nosotros —señaló Vaiel.

—Bueno… teniendo en cuenta que a mí me busca cualquier rango de caballería conocido, sea cual sea su reino, la congregación de los bucaneros de la pólvora, los contrabandistas deseosos de cobrar recompensas por dar muerte a un maga y casi cualquier desgraciado que escuche la palabra *maga* y me vea… ¿qué más da tener a estos también tras de mí? —dijo irónicamente Zurah.

—Se hará lo que yo diga, maga. Si te gusta bien, sino puedes largarte tal y como viniste, desapareciendo en el aire —sentenció Drigán.

—Está claro que lo tuyo no es ser agradecido —respondió Zurah indignada.

—Bueno chicos, ¿dónde vamos? Os recuerdo que seguimos aquí dentro y aún tenemos que salir, y no veo muchas facilidades —dijo Vaiel, mirando nervioso por las escaleras a ver si se acercaba alguien.

—Creo que puedo controlar a este golem de piedra, aunque no sé si será algo que nos convenga o no. Si nos topamos con alguno de estos alquimistas, podrá ponerlo en nuestra contra. Puede ser un arma de doble filo —dijo Zurah.

—Tráetelo, maga. Seguiremos bajando hasta llegar a las bibliotecas y allí buscaremos la información que necesitamos. Luego saldremos de aquí. La destrucción de la torre sucederá, pero no ahora, ya me ocuparé de eso yo más adelante —dijo Drigán, adjudicando las prioridades al grupo.

—Conforme, pongámonos en marcha —dijo Vaiel.

—Vamos pues. *Grumo azul*, sígueme y defiéndenos ante cualquier amenaza —ordenó Zurah al golem—. Una cosa más... convendría ponernos las túnicas de estos que hemos matado. Al menos, si nos topamos con algún alquimista de estos a lo lejos no sospechará tanto.

—Pues venga, id cogiendo sus atuendos y disimulad los rastros de sangre con alguna piel que tengáis o con otra cosa. ¡Vamos! —dijo Drigán.

Comenzaron a descender las interminables escaleras, llegando al piso siete. Descendían muy lentamente, peldaño a peldaño, al ritmo del golem de piedra. En este piso había toda una congregación de alquimistas, más de una decena. Estaban todos sentados y mirando hacia otro con hábitos rojos que les estaba dando una clase práctica de cómo mezclar determinados ingredientes para sintetizar unas pócimas y elixires. Los estudiantes apenas alcanzaban la mayoría de edad, eran novicios muy jóvenes de mirada inocente. El maestro era de edad mucho más avanzada, de pelo canoso y mirada atrofiada, como si tuviera alguna enfermedad ocular degenerativa que le dejaba los ojos lechosos y sin pupila identificada. Todo el grupo miró al grupo a lo lejos, que siguieron avanzando hacia las escaleras del piso inferior. Sin embargo, el maestro los detuvo.

—¡Eh vosotros! ¿Dónde lleváis a ese golem? —exclamó desde la distancia.

—Mierda, ya sabía yo que nos iba a dar problemas —dijo Zurah.

Drigán se detuvo y miró fijamente al alquimista, sin mostrar ni miedo ni temor alguno. Vaiel estaba temblando, palpando su arco oculto bajo la túnica y preparándose para usarlo en un tiro difícil por la distancia. Zurah no sabía bien si ordenar al golem atacar o quedarse quieto, dudaba que alguna de esas opciones fuera a salvarles de la situación.

—Cacoi me ha ordenado llevárselo, ¿por qué? —respondió Drigán sin titubear.

—¿Maese Cacoi? —dijo el alquimista de hábitos carmesí—. ¿Y puede saberse para qué?

—Desde cuando tengo que justificar lo que maese Cacoi pide. Si tenéis algún problema habladlo con él cuando lo veáis, pero no me hagáis perder más el tiempo —dijo Drigán de forma rotunda. Zurah no paraba de morderse los labios pensando en que debía darle lecciones de modales al caballero del dragón.

—¿Cómo os llamáis? —preguntó el alquimista con rostro de enfado—. Me aseguraré que os castiguen por responderme de esa forma, desgraciado. ¡Respetad a vuestros superiores cuando os hablen! Por mucho que maese Cacoi os envíe, debéis guardar respeto.

—Me llamo Drigán, viejo. Y si quieres luego nos vemos y me castigas como consideres. Pero ahora déjame hacer mi trabajo —dijo Drigán, poniendo a prueba la paciencia del alquimista. Afortunadamente, Cacoi era un rango muy alto en esta congregación, lo suficiente como para que el alquimista les hiciera un gesto para que siguieran.

—Desde luego, Drigán, lo tuyo no es tener tacto ¿eh? —exclamó Zurah a medida que se encaminaban escaleras abajo.

—Somos la presa, y si muestras miedo el depredador lo olerá y te detectará. Debes ser tú el depredador, que no te vean dudar —respondió Drigán. Vaiel lo miró sorprendido al percatarse de la similitud con lo que Maiden le dijo. El camino para ser un guerrero temible era el comportamiento, eso estaba claro. Debía ser rudo, recto y no dudar nunca.

En el sexto piso les esperaba varias mesas donde alquimistas comían y charlaban entre ellos. Pocos se fijaron en ellos como algo ajeno a la Torre y aprovecharon para seguir a buen paso hacia la quinta planta, aunque algo los detuvo. Las escaleras que descendían estaban enmarcadas en un arco de runas brillantes, bajo las cuales había dos golems de mineral verduzco. Al lado, tras una mesa de roble lacada, había un alquimista de cabeza redonda y ojos azules. Vestía con unos atuendos desgastados y chanclas de esparto. Los nudillos de sus manos estaban aquejados del mal de los ancianos, mostrando unos huesos que sobresalían más de lo normal.

Zurah y Vaiel se miraron entre ellos. Drigán señaló al anciano de la mesa y sin mediar palabra se dirigieron hacia él. No obstante, Zurah le indicó que prefería ser ella quien llevara la voz cantante ahora. Drigán asintió de forma ególatra, como dándole a entender a ver qué era capaz de hacer.

—Buenas tardes, hermano. ¿Qué tal estáis hoy? —dijo Zurah, intentando romper el hielo sin levantar sospechas. Afortunadamente, el alquimista anciano les miró de forma amable y con una sonrisa apacible.

—Hola hermana. Bien, aunque esta noche no he podido dormir todo lo bien que hubiera querido. ¿Nos conocemos?

—No, hacía tiempo que no estaba en la Torre, junto a mis hermanos. Fui destinada al exterior, a recabar información y traer nuevos libros perdidos para nuestra biblioteca. He llegado hace pocos días —respondió Zurah.

—Ah, entiendo, aunque no sabía que hubieran grupos en el exterior. Antes era todo distinto, los hermanos guardábamos reclusión aquí dentro y el exterior no era pisado bajo ninguna circunstancia —dijo el anciano.

—Ya, pero entenderéis que existen causas que exigen esas acciones. Ojalá pudiera poneros al tanto de las mismas, mas me debo a mis superiores, ya sabéis —dijo Zurah.

—Claro, claro, no era mi intención preguntaros acerca de ello tampoco. La cúpula sabrá bien qué hace, de eso no me cabe la menor duda. Sea como sea bienvenidos de nuevo al hogar.

—Os lo agradezco mucho, hermano. Otra cosa os quería comentar, ¿han cambiado los golems de palabra de orden? Este que llevamos veo que no, pero los del arco tengo mis dudas.

—¿Palabra de orden? ¿Los golems de veridium? —dijo el anciano bajando las cejas—. Esos golems no obedecen palabra de orden alguna, hermana... nunca lo han hecho. ¿Cuánto tiempo lleváis fuera?

—Más de siete años, hermano. Os he preguntado porque no sabía si se había progresado en la investigación de los golems y si ahora también los de veridium obedecían una palabra de orden.

—No, no, esos son guardianes de las runas del arco. Ya sabéis, todo intruso que intente atravesar el arco activará los golems —explicó el anciano.

—Vale, entonces todo sigue como antes, ja, ja —dijo Zurah, intentando disimular que estaba al corriente—. Solo espero que no suceda ningún accidente con falsos positivos. Quiero decir, como llevamos mucho tiempo fuera de la Torre, no me gustaría que me atacaran creyendo que soy de fuera ja, ja.

—No, no os preocupéis, aunque si estáis haciendo referencia al accidente del hermano Magista, eso se solucionó ya. Se dotaron a todos los golems de la palabra de orden para desactivarlos. ¿Siete años dijisteis que lleváis fuera? Uhmmm… no recuerdo bien cuando sucedió ese accidente, pero sería por ahí más o menos.

—Pues no lo recuerdo, sinceramente, y no me han puesto al tanto tampoco. ¿Los golems se volvieron contra él?

—Así es, pero vamos, fue el primer y único accidente que sucedió. No se supo bien por qué, pero ya os digo que los golems protectores de arcos rúnicos ya tienen activada su inhabilitación. Basta con ordenarles *Tierra de luz* y se quedaran quietecitos.

—Vale, agradecemos mucho su información, así como su bienvenida. Nos veremos en estos días, hermano —dijo Zurah, despidiéndose ya.

—Que tengáis un buen día, hermana. Y por cierto, tenéis manchado y algo descosido el hábito. Tened cuidado que nos os vean así u os podrán sancionar.

—Pues sí, sí… tengo que cambiarme ya mismo —dijo Zurah tapándose las manchas de sangre que habían quedado al descubierto—. Gracias por todo, hermano.

Era de agradecer que el alquimista no tuviera una mirada muy avezada y que solo viera unas manchas, sin apreciar que eran de sangre. No obstante, el sistema de Zurah había funcionado y tenían la palabra de orden para desactivar a esos golems. Así pues se acercaron al arco y susurró cerca de los golems de veridium las palabras *Tierra de luz*. Ambos golems apagaron sus ojos de inmediato. Luego miró a su golem de piedra y ordenó que siguiera adelante, y atravesaron el arco para descender escaleras abajo. En ese mismo instante, las runas se iluminaron dibujando unas señales en el suelo y en el aire. Toda la sala enmudeció y se quedaron mirando la escena, incrédulos.

—¡Gente de fuera! —exclamó el alquimista de la mesa que les ayudó.

—¡Gente del exterior! ¡Gente del exterior! —gritaron varios de los que estaban sentados ahí, mientras se levantaban e iban hacia el grupo.

—¡Mierda, el arco es el que detectaba a la gente de fuera y no los golems! —se quejó Zurah.

—¡Vamos corred! —gritó Drigán, descendiendo por las escaleras.

La alarma había sido activada y ahora solo les quedaba correr. Sus enemigos eran multitud, y posiblemente reactivarían los golems y llamarían a más. Ahora era una prueba de velocidad, de ser más rápidos que sus cazadores.

Bajaron veloces hasta llegar a la quinta planta, adaptada para ser un área de estudio en el manejo de la magia. Se podían ver muchos cristales y círculos de runas en el suelo donde se situaban los iniciados para aprender a canalizar y ser afines a la magia. Nada más bajar por las escaleras, cuatro alquimistas se dirigían hacia ellos con un golem de cristal a su vera. Ambos grupos permanecieron quietos mirándose los unos a los otros.

—¡Vienen detrás! ¡Han desactivado los golems y están matando a todos! —dijo apresuradamente Zurah.

—¿Quiénes son? ¿Qué os ha pasado? —dijo uno de los alquimistas.

—Nos han herido, mirad —dijo Vaiel, mostrando su vestimenta rota y manchada con la sangre de su anterior poseedor—. Van armados y saben cómo matar a los golems.

—¡Bajad, y no os preocupéis, nosotros nos ocupamos! Informad a la cúpula. ¡*Grumo azul*, sígueme! —dijo el alquimista, haciéndose con el mando del golem de piedra y subiendo escaleras arriba. Habían mordido el anzuelo, pero no por mucho tiempo, así que debían darse prisa. Pasaron de nuevo por un arco donde había dos golems verdosos, que al grito de *Tierra de luz* permanecieron inmóviles.

Escaleras arriba se oía como un tropel de gente bajaba rauda para darles caza. El grupo corrió saltando los peldaños de tres en tres para descender lo más veloz posible, intentado sacar la máxima ventaja posible. Debían ir pensando también en qué hacer para bloquear el paso a su perseguidores, pues necesitarían tiempo para investigar en la biblioteca. Sin embargo, cuando llegaron al cuatro piso, se encontraron con seis alquimistas en formación de triángulo, esperándolos. Los encabezaba Cacoi.

—Vaya, vaya, vaya. Así que el ratón ha traído a más amigos ¿eh? Me asombra que os hayáis colado en la Torre, que está claro que aún debemos mejorar en seguridad para evitar infiltraciones —dijo Cacoi, alzando su mano diestra para dar el alto.

—¡Cacoi! ¡Maldita rata! Te aseguro que no verás un nuevo día —gritó Drigán.

—Creo que os confundís, caballero del dragón, sois vos la rata atrapada en la ratonera —dijo Cacoi, cuando por detrás del grupo se amontonaban varios alquimistas con los golems de cristal y de piedra. Estaban entre dos frentes y no había salida, no podían enfrentarse ante ese ejército tan poderoso.

—Entregaos y ningún mal se os hará, resistíos y os mataremos. El mal que habéis hecho no quedará impune y con lo que decidamos se os castigará en consecuencia. Y no os molestéis en intentar nada, pues nada lograréis. Este es nuestro hogar y aquí mando yo —dijo Cacoi con voz claramente de enfado.

—No estés tan seguro, alquimista loco —dijo Zurah mientras rodeaba sus ojos de una bruma oscura ascendente. Alzó sus manos con los puños cerrados y dos círculos concéntricos se abrieron en sus caderas. Cuando abrió las manos, ambos círculos de humo negro salieron expelidos con fuerza hacia todas las direcciones, aunque… aunque algo salió mal. La ruta que debían haber seguido se desdibujó y los círculos se transformaron en meras líneas que fueron direccionadas directamente hacia el golem de cristal, que absorbió toda la magia que la bruja había convocado.

—Pues sí, bruja oscura. Sabed que los golems de cristal absorben toda magia empleada en su presencia, o al menos la que nos interesa, que es la vuestra. Dejad de cansaros inútilmente en una batalla que no podéis ganar. Estáis sin posibilidad de emplear armas mágicas, ni dotes mágicas, solo tenéis vuestro puños y vuestras piernas, que antes de que intentéis usarlas chocarán contra nuestras defensas. Somos mayoría y los golems os destrozarán. ¡Rendíos ahora! —dijo Cacoi, acercándose unos metros más junto a los suyos.

Drigán miró desesperado a ambos lados, pero solo había pared. Atrás los alquimistas esperaban con ansias la orden de matarlos. Eran muchos, y aunque parecían endebles, no se sabía si eran capaces de canalizar magia, aparte que iban acompañados de los dos golems. De frente tenían a Cacoi y a los otros cinco, y aunque parecía el grupo más sencillo, estaba claro que eran conocedores de la magia. Sus manos estaban irradiando un aura azulada, estaban preparados para soltar su ataque mágico.

Vaiel no se lo terminaba de creer, el haber intentado algo tan loco como colarse en una torre como esta en los confines del mundo, e intentar escapar como si nada. Miró a Zurah buscando una respuesta, pero ésta se había rendido ya. Tenía ambos brazos alzados con las palmas descubiertas en símbolo de sumisión.

—Muy bien, bruja, veo que entendéis vuestra situación. ¿Y vosotros dos? —dijo Cacoi, dando dos pasos más. Distaba unos 15 metros del grupo.

—Me podrás encerrar otra vez, druida loco, pero te aseguro que volveré a escapar. Y no podrás encontrar ningún lugar donde esconderte, te encontraré estés donde estés —respondió Drigán, alzando también sus brazos.

—Confiáis mucho en que vayáis a permanecer con vida luego de todo el estropicio y muertes que habéis causado, caballero del dragón. Me aseguraré personalmente de que no volváis a molestar, y eso siempre y cuando confeséis todo lo que sabéis del camafeo de Guerón. De lo contrario será un placer torturar a tus acompañantes, y seguro que ellos no resistirán como tú.

—No me torturéis, os lo ruego —dijo Vaiel, dando un paso al frente—. Yo... a mí me contrató esta bruja y me trajo aquí sin saber bien a dónde venía ni qué hacía aquí. Cuando me quise dar cuenta, estaba corriendo para salvar mi vida. Os contaré todo lo que sé del camafeo, todo, os lo juro.

—¡Maldito traidor! —gimió Drigán, lanzándose hacia él. Vaiel dio un salto hacia el grupo de Cacoi esquivando el ataque.

—Vaya, vaya, vaya. Parece que el caballero del dragón ya no va a ser necesario. Y vos, bruja, rezad si sabéis, porque tampoco tenéis vuestro cuello a salvo —dijo Cacoi, acercándose a unos diez metros de Vaiel.

—Mi dragón te destrozará, Cacoi. Reza lo que sepas, porque estás sentenciado a muerte —gritó nuevamente Drigán.

—¡Calladlo ya! ¡No quiero volver a escuchar a ese desgraciado! ¡Matadlo! —gritó Cacoi, acercándose a menos de diez metros y dando la orden definitiva. Era el momento de actuar, Vaiel no podía esperar más.

—¡Callaos vos, Cacoi! —dijo Vaiel tensando su arco corto que tenía oculto bajo la túnica y apuntando a su cabeza —. Que nadie mueva ni un músculo a menos que creáis que sois más rápido que mi flecha. Y para vuestra información esto no es magia, ni tenéis a golem alguno a vuestro lado para cubriros. Y sabed que a esta distancia soy capaz de acertarle a una mosca en pleno vuelo.

Cacoi miró fijamente a Vaiel, intentando averiguar si dudaba o si había algún punto débil en su habla, mas el arquero se mantenía erguido y con los brazos fijos sin temblar ni un milímetro.

—Sabes que esto… —dijo Cacoi, antes de ser interrumpido por una flecha. Vaiel disparó a uno de los cinco acompañantes que le escoltaban, clavándole el proyectil entre los dos ojos. Un tiro perfecto. Apenas tuvieron tiempo de mirar la escena cuando Vaiel ya tenía otra flecha cargada en su arco.

—He dicho que os calléis. La siguiente flecha se clavará en vuestra cabeza, os lo aseguro —dijo Vaiel impávido.

Cacoi dudó unos segundos más, pero al ver cómo Vaiel tensaba un poco más el arco, asintió en rendición. Todos los alquimistas se tiraron al suelo con los brazos extendidos y a los golems se les dio orden de subir al piso octavo, donde estaba la habitación de Drigán. Al menos perderían tiempo haciendo que bajaran de nuevo.

—Parece que se cambiaron las tornas, ¿eh desgraciado? Ya te dije que te las verías conmigo y ha llegado tu momento —dijo Drigán, cerrando sus puños hacia el alquimista.

—Alto, Drigán —se interpuso Vaiel—. De momento este es nuestro seguro de vida y no estamos aquí para venganzas personales. Este hombre está defendiendo su hogar, lo mismo que tú o yo haríamos. Así que respeta su vida.

—Él no iba a respetar nada, iba a matarme, ¿recuerdas?

—Tú eres el intruso aquí, no lo olvides. Déjate de venganzas personales, te lo ruego. Céntrate en lo que hemos venido a hacer aquí. Si quieres vengarte de él vuelve tú otro día, seguro que no me necesitas para eso.

—Desde luego que volveré… ¿me oyes alquimista? De momento da gracias a que vales más vivo que muerto, pero como te pases de listo, aunque sea un poquito, te arrancaré la cabeza con mis propios brazos. ¿Te ha quedado claro? —chilló Drigán con rabia. Cacoi asintió con pesadumbre, aunque no se le veía especialmente asustado. Estaba claro que estaba intentando idear algún plan.

—¿Qué hacemos con esta gente? —susurró Zurah a Vaiel y a Drigán—. No los podemos dejar aquí sueltos.

—No te preocupes, avanzad vosotros con Cacoi que yo me ocupo de atarlos y amordazarlos debidamente —dijo Drigán.

—¿Podrás tú solo? —dijo Vaiel, sospechando que el caballero del dragón tramaba algo.

—¿Prefieres que vaya con Cacoi por delante? Será un placer, te lo aseguro… —respondió Drigán irónicamente.

—No, no, está bien. Bajamos a la siguiente planta, la tercera. Si no estamos ahí será en la segunda. No tardes Drigán —dijo Vaiel, mientras ordenaba a Cacoi levantarse y avanzar. Zurah se posicionó a su lado, amenazándolo con la daga que el alquimista portaba en su cinturón.

Arriba se quedó solo Drigán, con dieciséis alquimistas tirados en el suelo y con la orden de no levantarse o su superior sería ejecutado. Era un plato muy suculento para el caballero del dragón, que era ajeno a todo sentimiento de lástima, dolor o indulgencia. Empezó a atarles las manos y los pies rasgando los hábitos que llevaban puestos, aunque su intención no era hacer prisioneros, ni mucho menos. No estaba en su ideología. Debía matarlos a todos, hacerles pagar el atrevimiento de encararse a un caballero del dragón, y así lo hizo. Cuando el último de ellos estuvo atado de mano y pies, tomó un puñal de uno de ellos y empezó a degollarlos uno a uno. Los acólitos se intentaban mover desesperados al ver la trágica muerte que les esperaba, pero apenas lograban avanzar unos metros arrastrándose antes de ser cazados por el puñal ensangrentado de Drigán.

—Está bien Cacoi, escuchadme bien y servidme bien, y os aseguro que ni vos ni vuestros acólitos sufrirán daño alguno —le dijo Zurah al oído al alquimista mientras llegaban al tercer piso—. Necesitamos saber dónde hay escrito algo del camafeo de Guerón, sobre todo en lo relativo a su manejo y control. Necesitamos saber cómo puede destruirse, todos los pasos a seguir. ¿Entendido?

—Entendido —respondió Cacoi.

—¿En qué piso está dicha información? —preguntó de nuevo Zurah.

—En el tercero está todo. No obstante, me gustaría saber si aceptaríais algún pago por el camafeo —dijo Cacoi, sin apartar la vista del frente.

—Ese camafeo debe ser destruido, alquimista —tomó la palabra Vaiel—. Intentar controlarlo es despertarlo para destruirlo todo. ¿Acaso no os importa vuestra torre? Ese camafeo arrasaría absolutamente todo.

—Aquí podemos entender su funcionamiento y encontrar un medio para que eso no sucediera. Creedme cuando os digo que existe solución para tal temor.

—No nos hacen falta soluciones, ya tenemos una. Así que callaos y decidnos en qué libro viene explicado eso —dijo Vaiel, empujando al prisionero para que no se detuviera.

—Cómo queráis, pero os advierto que la biblioteca es un lugar repleto de hermanos de la congregación y alguno dará la alarma. No soy el único alquimista de la cúpula, somos cuatro los que la componemos, y no tendrán miramientos en que me matéis si ven comprometida la seguridad. Si bajamos lo que nos falta de escaleras y entramos en la biblioteca, moriremos todos —dijo un Cacoi tembloroso.

—¿Dices la verdad? —preguntó Vaiel, poniéndose frente a frente como si leyera sus ojos.

—Totalmente. Si pasamos ese arco no saldremos con vida.

—Pues habrá que buscar otra forma de no levantar sospechas —sentenció Vaiel.

CAPÍTULO 14: LA CIUDAD DE LAS SOMBRAS

Durante siete jornadas, el grupo conformado por Maiden, Sirián y Dévora anduvo por caminos angostos de tierra. Dévora dirigía con paso firme, prometiendo atajos para llegar a la ciudad de Sinistra, aunque arrastraban la falta de comida, lo que les provocó un agotamiento muy acentuado. Tenían las caras pálidas y andaban arrastrando los pies, totalmente exhaustos. Los intentos de cacería no les aportaron nada, ni las trampas que ponían por las noches ni las posibles frutas que pudieran ver por el camino. Solo había zarzas, pinchos y hojas verdes incomibles. Afortunadamente no les faltaba agua, pues Sirián podía hacerla surgir de la nada. Le costaba menos potabilizar que crearla de la nada, mas por no haber, no había ni agua estancada por el camino.

Entre tanto esfuerzo, finalmente llegaron a la ciudad de Sinistra. Era una ciudad de caserones diversos, con barrios más ricos y otros más humildes. En las afueras se presentaban varios viñedos, dando lugar a un vino muy conocido del lugar, el *"Traitero"*. Un castillo de roca negra dominaba el monte que bañaba toda la ciudad, con catapultas asomando por las almenas y altos torreones de vigilancia. Durante la Tercera Cruzada de los Rojos, el emperador Rog I que entonces reinaba, dio mucha relevancia a esta ciudad para su defensa. Realmente no era un punto estratégico ni una ruta de comercio importante, mas los recursos que se obtenían eran muy preciados. El vino era el sustento para la tropa, reconfortaba y daba calor en las noches de combate, y el trigo y las legumbres de estas tierras aportaban el alimento que los mantendrían vivos para luchar otro día. Actualmente, el castillo estaba regido por el conde Migeinos, un fiel siervo al emperador que estaba más preocupado en localizar a nuevas damas para su cama cada noche que en dirigir la ciudad. Y la ciudad se resentía, especialmente en los barrios bajos, donde la gente se instruía en el pillaje y el rapto. La guardia de aquí eran caballeros corruptos, que hacían la vista gorda a cambio de algunos átlidos, dejando pasar todo tipo de contrabando de drogas y mafias. No era una ciudad para pobres, y si parabas aquí de viaje, debías hacerlo en su parte Norte, donde la opulencia y las calles eran habitadas por los más adinerados.

Dévora conocía bien esta ciudad, había estado unos años atrás, mas aunque no hubiera sido así, sabía desenvolverse con suma facilidad entre el bullicio. Sabía desaparecer entre la gente, ser una sombra más de la multitud. Se relacionaba de forma innata con la gente de la calle y tenía ese don de gentes que a un guerrero ermitaño o a una animista blanca podrían faltarle.

Pararon en una taberna de no muy buen ver. Los suelos estaban poblados de restos de comida y varios insectos se movían por las esquinas con nerviosismo. Los cubiertos no estaban muy limpios y la comida era poco apetitosa, mas el hambre les hizo ver de ese estofado de vaca simplón toda una exquisitez. Apenas tenían dinero, pero sí lo suficiente como para alimentarse y comprar algo de equipo de viaje para los días venideros. La ciudad de La última llamada estaba a doce jornadas de Sinistra y debían estar preparados. No obstante, esta noche descansarían en Sinistra, se merecían un descanso de al menos una noche.

Luego de comer, Dévora los llevó al "Orgullo lis", una posada de término medio que alojaba a todo tipo de huéspedes, desde viajeros de paso hasta comerciantes rácanos. Sus habitaciones eran bastante toscas, con camas que crujían al tocarlas, paredes agrietadas y ventanas con cristales partidos y parcheados con maderas y engrudo. Era un lugar poco frecuentado por miradas curiosas, o al menos así lo evaluó la ladrona. Nada más llegar, y tras haber cenado antes, se postraron en sus respectivas camas y se durmieron. Era mucho lo que llevaban sobre sus piernas y sobre sus mentes, y las destartaladas camas eran como un oasis en ese desierto de agotamiento.

La noche en Sinistra era especial. Los habitantes de allí afirmaban que la ciudad tenía una magia muy singular y que tras cada rincón podías encontrarte con el amor, la riqueza o la muerte. Eran miles de habitantes supeditados a encontrarse en tabernas y otros lugares nocturnos, cada uno con su historia particular.

Dévora intentaba pasar desapercibida, que nadie preguntara por ellos y que nadie sospechara de ellos. Cada uno se alojó en distintas habitaciones, Sirián subiendo las escaleras en la puerta 4, Maiden al final del pasillo, puerta 16, y ella en el segundo piso, puerta 9. Sin embargo, sus intentos fueron en vano, pues unos ojos acechaban en la oscuridad del lugar.

Cuando Sirián abrió sus ojos aún era de noche y la habitación había cambiado. Estaba en un diván tapizado en un rojo apagado, con varias incrustaciones de gemas en las maderas de su estructura. Alrededor había una mesa con frutas frescas, una jarra y un vaso, una alfombra de lana gruesa poblando el suelo y varias velas encendidas en una mesilla de noche. Aún tenía sueño, apenas había descansado un par de horas, pero alguien la despertó. Estaba ahí, a contraluz, sentado frente a ella en una silla. La figura presentaba a un hombre adulto, con ropajes de corte caro y resistente. Se oía continuamente un tintineo, como el golpear de algo sobre un metal.

—Lamento tener que importunaros en vuestro agradable sueño, animista, mas era urgente veros. Tendréis muchas preguntas que hacerme, y seguramente estéis pensando en cómo habéis llegado aquí y cómo podéis escapar. Pues bien, para vuestra tranquilidad os diré que nada malo tiene por qué pasaros y que saldréis de aquí viva. Eso sí, no intentéis nada raro como levantar vuestros dedos y convoca magia, pues os encontraréis con una daga amenazando vuestra espalda. ¿Queda claro, animista? —dijo la voz hablando muy pausadamente.

—¿Dónde estoy? —dijo Sirián, irguiéndose en el diván hasta quedarse sentada.

—En un lugar desconocido para vos, sin lugar a dudas. Pero no perdamos tiempo de forma inútil y dejad que yo haga las preguntas. Así avanzaremos más y podréis salir antes. A ver… Dévora de Vohm. ¿Dónde está?

—¿Dévora? ¿Qué queréis de Dévora? ¿Quién sois?

—Veo que persistís en vuestra manía de responder preguntas con preguntas y eso no resulta agradable. No tenéis por qué saber nada más aparte de lo que yo os haya dicho ya. Limitaos a responderme. Quien soy no os importa, y para qué quiero reunirme con ella tampoco. Decidme dónde está.

—Está aquí, en el pueblo. Vino conmigo y la dejé cuando me alquilé la habitación —dijo Sirián, intentando mirar el rostro a su interlocutor. Tomó la iniciativa de responderle sin darle muchos detalles y buscando decirle cosas que presumiblemente ya sabría.

—Muy bien, vamos cooperando. Ahora decidme dónde se fue.

—No lo sé, se despidió sin más.

—¿Cuándo os ibais a reunir? Por la mañana imagino ¿no?

—Sí, es de suponer que sí.

—¿Me estáis dando largas? Sabed que la tortura es un arte que conozco bien, aunque me dé pena tener que hacerlo sobre una maga tan hermosa como vos.

—Habláis con educación y no teméis a una maga, ni buscáis mi muerte aun sabiendo que os recompensarían por ello. Me resulta extraño saber qué negocio tan turbio habéis podido tener con Dévora, eso es todo.

—Eso no es de vuestro interés, animista. Solo decidme dónde puedo encontrarla.

—No os lo diré, porque no lo sé. Y si lo supiera, tampoco os lo diría.

—Eso no me ayuda mucho. Supongo que necesitaréis un empuje para ayudaros a cooperar. ¡Corre la lona! —gritó la sombra, mientras una cortina de color mate se deslizaba hacia un lado. Allí estaba Maiden encadenado a una mesa de metal con varias ruedas en su perímetro. Estaba amordazado e inmóvil. A su lado había dos encapuchados que procedieron a coger unas cuerdas y unos utensilios de una camilla. Eran objetos punzantes y los cordajes encajaban en el potro de tortura en el que estaba tumbado.

—¿Qué le habéis hecho? Es solo un mercenario que venía con nosotros por dinero. Él no sabe nada —dijo Sirián, levantándose para socorrer a su amigo. Por su espalda notó el frío tacto del metal sobre su cuello.

—Será mejor que permanezcáis quieta en el diván y si él no sabe nada, como afirmáis, estoy seguro de que vos sí. No quiero hacerle daño, así que contadme lo que necesito saber y los dos quedaréis libres.

—¿Qué garantías tengo de que eso será así?

—Si os quisiera muertos ya lo estaríais. Vos sois un peón más en el tablero por el que he de pasar hasta llegar al rey. Cosa vuestra si me dejáis pasar o si he de mataros.

—En el ajedrez hay muchas estrategias para llegar a una posible solución, sin ser tan drástico.

—La solución me es indiferente, lo que yo quiero es el objetivo, y es Dévora. Así pues os lo preguntaré una vez más, y será la última: ¿dónde está Dévora?

Hubo silencio y tras unos segundos la sombra dio la orden, asintiendo. Los dos carniceros se pusieron manos a la obra y empezaron a tensar las cuerdas moviendo las ruedas del potro. Las extremidades de Maiden quedaron extendidas al límite, provocándole un dolor tan agudo que incluso se oía más allá de la mordaza. El otro carnicero empezó a rasgarle un brazo mientras le echaba sal, en la herida.

—¡Por el Creador! ¡Tened compasión con ese hombre! —dijo Sirián, intentando buscar solución a tamaño problema—. Preguntadle a él, pero no le hagáis eso.

—Ya lo hemos hecho, Sirián, y no se ha mostrado ni educado, ni conforme a ayudarnos. Es por ello que hemos tenido que recurrir a vos. No me hubiera atrevido a molestar a una dama, mas no me dejó más opción. Y sabed que no tendré contemplaciones en llevar a cabo mi tortura hacia él.

—Ya os dije que no sé dónde está Dévora. ¿Qué más queréis de mí?

—¿Dónde está el camafeo? Y ahorraos el responderme qué camafeo, os lo ruego.

—Soltadle y os lo diré —dijo Sirián, señalando a su compañero.

—Veo que no entendéis que aquí sólo mando yo. ¡Apretad y que las heridas sean más profundas! —dijo la sombra, haciendo que sus compañeros obedecieran sus órdenes. Maiden tenía su rostro enrojecido por el esfuerzo de aguantar los tirones a los que estaba siendo sometido, e incluso un hombre tan corpulento como él encontraría un límite en esa tortura.

—Muy bien, muy bien. Está en Llaídra —dijo Sirián con los ojos anegados en lágrimas. Estaba debatiéndose en qué hacer, pues en el fondo sabía que el camafeo era un objetivo prioritario sobre cualquier persona. La espada que la apuntaba por detrás al cuello se fijó en su garganta.

—En Llaídra, muy bien… tiene sentido que estéis aquí de viaje, pues está de paso. Perfecto. Ahora ¿podemos ser un poco más concretos? ¿Qué sitio de Llaídra, por favor?

—Yo… sabéis a lo que vamos ¿cierto? Sabéis que vamos a por el camafeo de Guerón. Sabéis ni nombre y sabéis acerca de nuestro grupo. ¿Os puedo preguntar, sin ánimos de ofenderos ni que lo paguéis con mi compañero, si buscáis también su destrucción? —dijo Sirián ya desesperada, intentando buscar la unión entre ambos grupos.

—Por el respeto que tenéis hablando y porque sois mujer os perdonaré la insolencia de preguntarme, aun habiendo sido antes tajante en ese respecto. Como os dije, no es de vuestra incumbencia lo que yo quiera y vaya a hacer con el camafeo. Solo decidme su localización. Llaídra dijisteis, ahora sed más concreta —dijo la voz, ligeramente más perturbada.

Sirián dudó por unos instantes viendo a Maiden retorcerse del dolor, pero finalmente bajó su cabeza y dejó de mirar. No podía revelarle ese secreto, no sin atentar contra su propio ser. Dévora, Drigán, Zurah, Vaiel… ellos aún estaban libres y seguirían la búsqueda. Sólo podía entregarse al milagro del perdón.

—Lo lamento, mi señor, mas no os puedo ayudar más. Persigo la destrucción de ese camafeo y así debe cumplirse. Si con mi muerte se cumple ese objetivo y prohíbo que vos os interpongáis en el camino, será una muerte necesaria. Me entrego a vos, no sin antes pediros que tengáis compasión —dijo Sirián con lágrimas poblando sus mejillas.

—¿Compasión? Ese sentimiento dejó de manar en mis venas cuando mi hermano mató a mis padres para robarles su dinero. Y cuando tuve que alimentarme de cucarachas de la calle al no tener donde dormir. Compasión es una palabra que tendrá significado para vos, pero que para mí dejó de tener validez. Si esa es vuestra palabra final os convido a que recéis lo que sepáis, por vuestro camarada que ahora veréis cómo muere y luego por vuestra alma, pues no saldréis de aquí con vida. ¡Adelante muchachos! ¡Cercenadle los brazos y las piernas! Que vea como desgarramos su cuerpo.

La imagen no podía ser más dantesca. El potro de tortura temblaba ante la resistencia que ofrecía el fornido guerrero, pero poco a poco iba agotando sus pocas fuerzas y los cordajes le ganaban la partida. El otro torturador saco ahora de la camilla un utensilio largo de metal y un punzón. Ese artilugio se empleaba para abrirle una vía en el abdomen e ir sacándole los intestinos, enrollándolos en una especie de bovina. Maiden empezó a gritar y moverse de tal forma que por un momento la mesa de tortura metálica crujió. Sirián tenía fija una espada en un surco de sangre uniforme a la altura del cuello.

Clavaron el punzón, justo cuando las cuatro velas de la habitación de tortura se apagaron. Solo quedó encendida una, la que estaba al lado del que se ocupaba de los engranajes de tortura. Éste puso el tope en las ruedas y se dirigió hacia las velas extintas, cuando una daga le atravesó el cuello de forma impecable. A continuación se apagó la última vela.

—Veo que habéis venido —dijo el carcelero que mantenía aún prisionera a Sirián—. Si lo hubiera sabido os habría preparado algo más digno. Una pena que tenga que sufrir gente ajena.

—Una pena, desde luego. Pero estoy segura que no queréis hacer más daño. Estoy dispuesta a olvidarme de vos, pero me tenéis que entregar a la animista sana y salva —dijo la voz salvadora de Dévora entre la oscuridad. Se oían ruidos de cordajes y engranajes soltándose.

—Sabéis perfectamente que no os la pienso entregar. Menos aún con ese guerrero a punto de soltarse, aunque tú y yo sabemos algo que ellos no ¿verdad, Dévora? Sabemos que de aquí no saldrá con vida uno de los dos.

—Eso depende de ti, Búho —respondió Dévora a la vez que liberaba a Maiden de la mordaza.

—¡Pienso destrozarte desgraciado! ¡Suelta a Sirián y hazlo ya! —gritó el guerrero en la salvaguardia de la oscuridad con la única guía del hombro de Dévora, sobre el que reposaba su mano.

—Analicemos esto Dévora. Vos sois dos y nosotros dos, pero además aquí tenemos a vuestra animista con una espada en el cuello. No sé vosotros, pero esto se plantea así: entregaros y no la mataré. Resistiros y la mataré, y luego tendremos que batirnos dos contra dos. Vuelvo a insistir en que no busco vuestras muertes, sino que me deis el enclave del camafeo y un par de respuestas más —dijo el Búho al lado de su compañero y usando a Sirián como escudo ante posibles proyectiles.

—Eso no sucederá nunca, Búho. Nunca nos dejaríais vivos, no me toméis por una novicia. ¿Creéis que estáis hablando con una cualquiera o qué? Si queréis una solución yo os la daré: liberad a Sirián y no os mataré hoy, aunque seréis mi objetivo de por vida —respondió Dévora, calmando el frenesí que Maiden le susurraba al oído.

—No os creo, Dévora. Y sería estúpido de mi parte entregar al único rehén que me es útil. Si vos tampoco me creéis supongo que ya no es útil esta rehén y puedo prescindir de ella.

—¿Buscáis que sienta compasión o lástima? No os equivoquéis, si he de prescindir de ella lo haré sin problemas.

—Mentira, Dévora. Has venido hasta aquí para salvarlos, no para vengarte de mí. De hecho, destapaste tu escondrijo al ver que a ese guerrero se le avecinaba su muerte. Pero al igual que antes te destapé, ahora haré lo mismo. Adelante Jiko, mátala —dijo el Búho, indicando a su compañero la orden de dar muerte a Sirián.

Súbitamente, de las sombras salió una daga volando que cuando reapareció se clavó en el hombro de Jiko. Dévora había hecho un arroje desde mucha distancia, muy arriesgado con el escaso blanco que había, mas acertó. Al momento, Maiden salió de entre las sombras alentado por Dévora. Era una locomotora que iba con voracidad para destrozar a alguien. Sirián se tiró al suelo y el Búho dio un par de pasos hacia atrás, desapareciendo entre la oscuridad del lugar. Jiko alzó una espada corta viendo venir a Maiden, y cogiéndola con su mano torpe la agitó hacia la derecha para darle un tajo. El guerrero, lejos de amilanarse, gritó con furia y puso su mano cubierta aún con cuerdas y agarró la espada. Jiko tiró para recuperarla, pero de nada sirvió. Maiden lo agarró del cráneo y empezó a apretar con tal fuerza que ambos parietales crujieron partidos. Desde la sombras un puñal surcó el aire y se clavó en el hombro de Maiden. Casi sin tiempo para pensar, sintió un mareo que le hizo temblar las rodillas.

—¡Marchaos! —gritó Dévora desde un lugar oculto, mientras una vela se encendía a los lejos, cerca de una puerta—. Este es mío. Si os quedáis aquí caeréis como moscas.

—Mucha confianza tienes en eso, jovencita —se oyó decir al Búho desde otro lado desconocido—. Antes de que nacieras yo ya sabía usar un puñal.

—Cierto es, Búho, por eso ya no eres tan ágil ni certero. Ese golpe a Maiden, a tan poca distancia, no lo hubiera fallado un vulgar asesino de las calles. Se ve que te pesan los años.

—La buena ventura quiso que alzara el brazo justo en el momento del arroje. Mas pronto sabrás de primera mano hasta dónde llega mi puntería.

—¿Buena ventura? ¿Ahora se llama así al asesino torpe? —dijo Dévora, moviéndose agachada y con la espalda pegada a la pared.

Estaban en la oscuridad más absoluta y apenas entraba un hilo de luz por la puerta donde Sirián y Maiden huyeron. Ese hilillo debía bastar para ajustar sus pupilas e intuir dónde estaba el adversario. Los ladrones más experimentados tenían una capacidad entrenada para ver en la oscuridad con una certidumbre asombrosa. Ambos conocían la técnica: debían estar alejados de toda fuente de luz para reducir la posibilidad de ser vistos y debían estar pegados a una pared para minimizar la exposición. Así mismo intentaban hablar poco, lo suficiente como para que el enemigo les respondiera y poder ubicar así el foco.

—¿Cuántos puñales os quedan, Búho? Tres, ¿verdad? Arrojasteis uno a Maiden, que fijaos qué casualidad, me lo he encontrado —dijo Dévora totalmente quieta y concentrándose en lo que oía y veía.

—Ja, ja, ja, me temo que tengo todos conmigo, mi señora, incluido el que le arrojé a vuestro compañero. Sé que no estáis en esa posición, aunque buen intento —respondió el Búho, marcándose un farol y mirando dónde estaba el cadáver de su camarada de oficio, el que mató Maiden.

De nuevo silencio y ambos comenzaron a andar deslizándose lo más lento posible para hacer el mínimo ruido.

—Hacéis más ruido que un paquidermo de feria. Os oiría a leguas de aquí —dijo el Búho, intentando minar la moral de su adversaria.

—A vos os delata vuestra respiración. Os suena a cansado, a viejo. ¿Queréis un descanso? —dijo Dévora, intentando seguir su rastro.

Súbitamente el Búho echó mano de tres botellitas que contenían veneno y un calmante, y empezó a esparcirlas en abanico, de frente. Al caer el líquido al suelo, se dejó oír un ruido concreto, distinto al que se escuchó cuando se impregnó a Dévora. Ella, al notar que se mojaba de frente, se tiró al suelo y arrojó con fuerza una daga hacia donde dedujo que procedía el foco, pero se había agachado tarde. El Búho tuvo un oído fino, y su puñal había herido el muslo derecho de la ladrona, que rápidamente mojó de sangre sus pantalones de cuero. La daga de Dévora, por el contrario, chocó contra piedra.

—Aguantáis bien el dolor para ser mujer —dijo el Búho seguro de haber acertado el golpe al no oír el ruido metálico del puñal sobre el suelo.

—Dais por sentado muchas cosas, Búho. Vuestra daga ha acabado clavándose en una madera bastante lejos de mi posición, no en mí. ¿No diferenciáis una cosa de otra? —respondió Dévora.

—Huelo vuestra sangre y vuestro temor. El estar arrinconada no es plato de buen gusto ¿verdad?

—Yo huelo vuestro hedor apestoso. ¿Estáis sudando mucho por miedo, Búho? ¿Os da miedo la oscuridad acaso?

Durante varios minutos estuvieron quietos en la oscuridad, susurrando frases cortas para seguir minando la moral del contrincante y localizar en lo posible su ubicación. Pero no era sencillo ni para un ladrón consumado. Y los dos lo eran, sabían cómo combatir el miedo y cómo camuflar su posición. Era una batalla de aguante y fortaleza mental.

Dévora seguía sangrando y sabía que el tiempo iba en su contra, mas no veía solución plausible, no al menos a corto plazo. Así que optó por una solución drástica: iluminar toda la habitación. Ella se mostraría, sí, pero también mostraría dónde estaba el Búho oculto y sería algo más igualado. Sin pensárselo dos veces, se sacó de un zurrón pólvora de Zacalías, una sustancia que al lanzarse contra el suelo provoca una reacción química que creaba una luz muy intensa durante varios segundos. Solo iba a tener una oportunidad, así que debía estar preparada a conciencia. Lo primero que hizo fue enrollarse un pañuelo de cuero en el muslo donde tenía la herida y se aseguró que la capa lo tapaba. No quería que su rival viera que efectivamente estaba herida, pues la ponía en una situación de inferioridad evidente. Luego asió una de sus dagas con la mano diestra y dispuso otra en la parte delantera de su cinturón, para no perder tiempo cogiéndola con la otra mano al tirar la pólvora de Zacalías. Respiró con fuerza, se pegó a la pared y arrojó la pólvora al suelo con fuerza.

Toda la habitación se iluminó con una luz brillante y nítida, mostrando a la perfección todos los elementos que allí había: muebles, sombras, puertas, ventanas tapiadas y por supuesto a ambos rivales, que quedaron al descubierto. El Búho estaba tras una silla de madera y pegado a la pared, mientras que Dévora no tenía cobertura de frente. Ambos se miraron entre sombras, aun adaptando sus pupilas al cambio repentino de luz, y arrojaron sus dagas con imprecisión. La daga de Dévora golpeó a medio metro del objetivo, y la del Búho a bastante distancia a la derecha de la ladrona. Rápidamente el Búho tomó otro puñal que tenía y se frotó los ojos con la mano libre para aclarar la vista lo antes posible, mientras que Dévora hizo lo propio, echando a correr hacia él. No tenía cobertura, estaba herida y la única arma que tenía era acercarse lo máximo posible para aumentar las posibilidades de éxito. Además solo le quedaba una daga y no podía fallar este arroje. La pólvora de Zacalías se fue consumiendo y la luz comenzó a perder intensidad progresivamente, cuando los combatientes estaban a menos de cinco metros. Dévora dudó unos instantes antes de arrojar su daga, cosa que no hizo el Búho, que se levantó para tomar más fuerza con el cuerpo y soltó su puñal hacia la ladrona. Ésta giró su cadera hacia la derecha, intuyendo que el golpe iría hacia su corazón o su cabeza y la fortuna quiso que el puñal rasgara su capa y la atravesara sin dañarla en el cuerpo. Justo entonces la luz se apagó.

—Buen intento, Dévora —exclamó el Búho, palpando la silla para cogerla como escudo nuevamente. Ella no lo sabía, pero el Búho arrojó su último puñal, y la cosa no pintaba bien tampoco para él. Vio como ella tenía una daga en su mano, por lo que debía encontrar la que ella le arrojó cerca para tener alguna opción si volvía a despertar esa luz. Fue a cuatro patas y pegado a la pared, palpando el suelo hacia su izquierda, donde acabó la daga. Tenía que encontrarla como fuera. Le extrañó que Dévora no dijera nada en la oscuridad, pero estaba seguro de que no la había alcanzado. Tras unos segundos de ceguera, rozó un trozo de metal afilado. ¡Era la daga de Dévora, la había encontrado! Volvía a igualar las tornas, o al menos eso creía él, pues justo cuando la cogió y se puso de cuclillas contra la pared sintió la respiración de la ladrona a su derecha. Casi al mismo instante un filo se clavaba en su garganta hasta partirle una vértebra.

—Sabía que no te quedaban más, ladrón de pacotilla —dijo Dévora, mientras notaba como la sangre de su adversario regaba su brazo entero.

CAPÍTULO 15: JUEGOS MACABROS

Zurah tenía sus dudas acerca del plan de Vaiel, pero lo cierto es que era el único viable estando en la situación en la que estaban. Cacoi no era un rehén lo suficientemente sólido como para que el resto de alquimistas de la cúpula permaneciera quieto, algo que necesitaban para acceder a la biblioteca y salir de la Torre de Erún. Sin embargo, era todo muy premeditado, y la solución de Vaiel implicaba un riesgo aún mayor.

—Sabéis que es la única posibilidad que tenemos —dijo Vaiel—. En breve aparecerán por detrás más gente, además de lo que viene escaleras arriba. Y os recuerdo que tenemos que bajar a la biblioteca ya. Tenemos poco tiempo y tenemos que actuar rápido.

—Lo sé, Vaiel, lo sé. Pero no convence tu idea. Tiene que haber otra solución —dijo Zurah.

—A ver, callad un momento que me aclare. Tú, Vaiel, vuelve a explicarme tu idea, pero más despacio —dijo Drigán sin apartar la espada corta del cuello de Cacoi.

—Los alquimistas sólo se rendirán si amenazamos a alguien con poder aquí. ¿Y quién es el más alto rango? El guía que ellos veneran. Si lo capturamos como rehén, ninguno de estos acólitos se moverá en nuestra contra, ni ellos ni sus golems —explicó Vaiel.

—Yo estuve frente a su guía. Es un árbol gigante. ¿Cómo piensas llevártelo, si puede saberse?

—La cosa sería que uno de nosotros se quede allí, amenazando al guía, mientras los otros dos puedan ir a la biblioteca para buscar la información que necesitamos.

—Ese árbol estaba en la planta más baja de esta torre, por debajo del nivel del suelo. Sería bajar corriendo las dos plantas que nos faltan y la siguiente, hasta plantarnos enfrente de él. Con Cacoi podemos ir desactivando los golems y tal… podría funcionar sí. Eso sí, ¿cómo se amenaza a muerte a un árbol de varios metros de altura? Porque clavarle una espada no creo que lo mate, y la magia de Zurah no podrá aplicarse allí, hay dos golems de cristal escoltando su entrada. Por mucho que los desactivemos seguirán desviando la magia hacia ellos. ¿Alguna idea?

—Con fuego, amigo Drigán, con fuego —dijo Vaiel.

—El fuego tarda en prender, no sé si lo sabes —replicó Drigán.

—En la copa no. Las hojas arderán con facilidad.

—Subir hasta su copa no es escalada fácil. No, así no. Pero me gusta tu idea. Podemos amenazar al árbol de otra forma, con una explosión que lo reviente todo. Yo también moriré, sí, pero de todas formas no estamos en una situación muy favorable ahora —dijo Drigán.

—¿A qué te refieres con explosión, Drigán? —preguntó Vaiel—. ¿Tienes algo capaz de derribarlo todo?

—Sí lo tengo, y te aseguro que sabré usarlo —dijo Drigán, mirando escaleras abajo.

—Esperad, esperad, que vais muy rápidos. ¿Habéis pensado en cómo largarnos luego de aquí? Porque el que esté ahí abajo, con el árbol guía, ya me diréis como sale de aquí —dijo Zurah.

—Estaré yo ahí abajo y saldré, no te preocupes, sabré hacerlo —respondió Drigán seguro de sí mismo—. O eso o tanto el guía como nuestro amigo Cacoi pasarán a mejor vida.

Nadie sabía exactamente qué iba a usar Drigán, y hasta el mismo Cacoi se preguntaba qué as guardaba el caballero del dragón bajo su manga. No obstante, no dio más detalles al respecto, y se limitó a seguir bajando con Cacoi como rehén y Zurah y Vaiel detrás.

Cuando llegaron a la segunda planta, ésta era un laberinto de estanterías. Cubrían todo el perímetro de la estancia y llegaban hasta el techo, acogiendo a una multitud de pergaminos, libros, cuadernos y legajos de todo tipo. Entre cada estantería habían pasillos estrechos por los que se podía avanzar de dos en dos, aunque alguien de la corpulencia de Drigán ocupaba todo el ancho. Avanzaron en la misma disposición, con Cacoi al frente, Drigán detrás de él con su espada fija en el cuello del alquimista, Zurah a continuación, y cerrando el grupo Vaiel, mirando hacia atrás casi todo el rato con el arco tenso.

Se cruzaron con varios alquimistas, que permanecieron quietos al ver a uno de sus líderes amenazado con una espada. En el centro de la estancia había varias mesas de estudio y consulta, poblados con más alquimistas y novicios. En muy poco tiempo se vieron rodeados de más de 30 personas, algunos temerosos que huían entre los pasillos y otros inmóviles que miraban incrédulos. El grupo avanzaba a paso firme, buscando las escaleras descendentes, y gracias a la guía de Cacoi llegaron en unos minutos. Allí el mismo Cacoi gritó "*Tierra de luz*", dejando a los dos golems que vigilaban el arco totalmente inmóviles. Vaiel miraba nervioso hacia atrás a medida que seguían bajando la enorme torre, ahora para llegar al primer piso.

—Atrás han reactivado los golems, chicos, estamos vendidos. Viene una multitud. Aún estamos a tiempo de bajar al piso uno, luego a la planta baja y salir de aquí —dijo Vaiel alborotado—. Si seguimos bajando hasta el árbol nos van a destrozar.

—¡Ni lo sueñes, muchacho! ¡De aquí no se larga nadie hasta que tengamos lo que vinimos a coger! Y si nos dejas tirados, te aseguro que te encontraré y te lo haré pagar caro —dijo Drigán con cara de pocos amigos.

—Nada de amenazas, Drigán, que parece que tengo que recordarte cada minuto que hemos venido a salvarte. Menuda forma de agradecerlo tienes. ¿Acaso no aprecias tu vida para nada? Ahí abajo nos van a pillar y nos van a masacrar —espetó de nuevo Vaiel, intentando hacerle entrar en razón.

—¡A callar y avanzando! Ya estamos llegando al piso uno —dijo Drigán mientras atenazaba a Cacoi aún más entre sus brazos—. ¡Y tú Cacoi!, te estás portando muy bien, así que no la fastidies ahora ¿vale? Ve indicando el camino por esta biblioteca.

En efecto llegaron al piso uno, muy similar al piso superior, con estanterías cubiertas de libros por doquier. Aquí los pasillos eran más ordenados, dividiendo la sala en cuadrados exactos. En cada vértice de esos cuadrados habían dispuestas mesas y sillas, y la mayoría estaban ocupadas por alquimistas. Análogamente a lo que hicieron en la sala anterior, fueron raudos entre la gente hasta llegar a la escaleras descendentes. Para su sorpresa ahí no había golems ni arco de runas, aún no se había implantado, según la versión que les contó Cacoi. Así pues, siguieron descendiendo por las escaleras de tres en tres, con un bullicio acompañándoles por atrás que no presagiaba nada bueno. Se oían voces, gritos y pasos pesados de varios golems, una algarabía alerta y enfadada que iba saliendo de su incredulidad e iba pensando en dar muerte a los intrusos.

Cuando llegaron a la planta baja, la sala tenía cerradas la puerta de salida y la de descenso, escaleras más abajo. Seis alquimistas ataviados con túnicas rojas decoradas con motivos florales estaban esperando al grupo. Además, detrás de ellos destacaba un golem de cristal de más de dos metros de altura que emitía un brillo carmesí en el centro de su torso.

—¡Apartaos u os juro que lo degollo aquí y ahora! —gritó Drigán como poseído por una fuerza ajena.

—Está bien, calmaos, bajad vuestra arma y tranquilizaos. No hay motivos para provocar más muertes —dijo uno de los alquimistas levantando su palma derecha en símbolo de paz.

—¡No me fío de ti, ni de ninguno de vosotros! Apartaos y abrid esa puerta o me lo cargo —repitió Drigán, apretando la espada en el cuello de Cacoi.

—Si queréis matarlo, hacedlo y luego moriréis todos vosotros. Ese arco hacia abajo no se abrirá bajo ninguna circunstancia, y eso maese Cacoi lo sabe bien. Ninguna de nuestras vidas es tan relevante como la de nuestro guía. Así que os vuelvo a repetir que os calméis un poco antes de hacer alguna tontería —dijo con voz tranquila el alquimista. Por detrás empezó a acontecer la muchedumbre que les perseguía.

—Tú lo sabías, ¿verdad desgraciado? Sabías que nos íbamos a encontrar con esta situación y que de nada serviría llevarte del cuello —le susurró Drigán a Cacoi, apretando aún más la espada, que le iba dejando otro surco de sangre a la altura del mentón—. Si no te corto el cuello aquí y ahora es porque aún vales algo, aunque te estás devaluando segundo a segundo.

—Cálmate Drigán, no hagas tonterías —dijo Zurah, intentando evaluar la situación.

—Atrás han llegado. Y se oyen a los golems bajando también —dijo Vaiel, moviendo su arco a distintos objetivos de forma alocada.

—¡Pues si hemos de morir aquí, que sea luchando al menos! —gritó Drigán.

—¡Esperad! Os lo ruego, dejadme un momento —dijo Zurah, interrumpiendo el frenesí que empezaba a dominar a su compañero.

—Hacéis bien en retenerlo, bruja. Al menos si queréis salir con vida de aquí —dijo el alquimista.

—Está bien, ¿queréis hablar?, pues hablad conmigo. Mi nombre es Zurah, del círculo oscuro de brujería, y hemos venido aquí por dos razones que proceden de una misma. Vinimos aquí para obtener información acerca del camafeo de Guerón, y lo hicimos por las buenas, mas vos recluisteis a mi compañero en vuestra torre. Es por ello que hemos venido a rescatarlo, y dada vuestra naturaleza bélica, ahora no pensamos en pedir educadamente que nos deis la información, sino que os lo exigimos. Está claro que el bueno de Cacoi os importa bastante, pues si no os tiraríais hacia nosotros con uñas y dientes —dijo Zurah segura de sí misma.

—Mucho gusto en conoceros, Zurah. Yo soy Covales, alquimista carmesí de la cúpula de la Torre de Erún. En efecto, sí nos importa maese Cacoi, y lo queremos con vida. Pero no os engañéis pensando que haremos lo que sea para tal fin. Todos hacemos un juramento al ingresar en la orden, y contempla una situación como esta. El protocolo dictamina que la vida de nuestro guía es primordial antes que cualquiera de la de sus acólitos. Así pues esa puerta no se abrirá.

—No os estoy pidiendo abrir las puertas, sino que me deis la información que requerimos —dijo Zurah, intentando cambiar de estrategia. A fin de cuentas ya no tenía sentido amenazar al ent que tenían en el jardín de su sótano, nunca llegarían allí abajo.

—Muy bien, aunque hay mucho que discutir sobre ello. Habéis matado a muchos de los nuestros y eso descompensa un poco vuestros requerimientos. No obstante estamos dispuestos a escucharos. ¿Qué información necesitáis? —dijo Covales, ordenando al cúmulo de alquimistas que bajaba por las escaleras que permaneciera quieto de momento.

—¿Muertos? Solo dos han muerto y ha sido por obligación ya que ellos nos atacaron antes y actuamos en defensa propia —dijo Vaiel, intentando justificar su actuación.

—¿Dos decís? Hasta una docena son los cadáveres que aún están calientes, varios pisos más arriba. Nuestro guía nos ha informado de ello, así que no andéis con mentiras —respondió Covales, mostrando indignación en su voz.

—¿Doce…? —se preguntaron así mismos Zurah y Vaiel. Miraron a Drigán, que se limitó a escupir al suelo.

—¿Qué pasa? ¿Os apena la muerte de tanta gente? —les preguntó directamente, como si estuvieran en otro lugar tal a una taberna o una posada, comiendo y chocando jarras de cerveza.

—Drigán… dime que no mataste a los alquimistas que tenías que atar en el piso… —dijo Zurah antes de ser interrumpida de nuevo por el caballero del dragón.

—¿Desde cuándo tengo que justificarme yo ante ti o ante el pelele este del arco? Estáis frente a un caballero del dragón y nosotros no nos apiadamos ni rendimos ante hombre alguno.

—Joder, Drigán —susurró Vaiel nervioso.

Zurah se mordió los labios con rabia contenida y volvió a mirar a Covales, que los miraba cada vez más ansioso de acabar con ellos.

—Os pido perdón por dichas muertes, maese Covales. No tenía constancia de ese suceso, y de hecho no era lo que inicialmente habíamos concretado, pero nuestro compañero se tomó la justicia por su cuenta e hizo lo que hizo. Ya no podemos remediarlo. Lo que sí podemos hacer es evitar más muertes. ¿Queréis un acuerdo o no? —dijo Zurah, intentando ser más directa.

—Os diré cuál es mi acuerdo. Liberad a Cacoi y os dejaré libres —respondió Covales de igual forma.

—¿Y la información que veníamos a recabar? La necesitamos y no podemos renunciar a ello.

—¿Qué información es la que os quita tanto el sueño?

—Saber cómo puede controlarse el camafeo de Guerón y si es posible destruirlo.

Todos los alquimistas enmudecieron conscientes de lo que se estaba hablando. Era algo que si se pronunciaba alertaba a todo conocedor de las leyendas del Creador y de los objetos que depositó en los reinos de Ampiria. Las famosas reliquias y sus espléndidos poderes.

—¿Tenéis el camafeo? —preguntó Covales.

—¡No es de vuestra incumbencia! —respondió Drigán con tono despectivo.

—Era simplemente por poner más cartas sobre la mesa de juego. Me resulta extraño que vengáis hasta aquí y forméis todo este caos si solo os estáis orientando con leyendas y rumores. Es evidente que algo tenéis —dedujo Covales en voz alta.

—Tenemos su localización, sí, pero no queremos cogerlo así como así. Primero necesitamos saber cómo hacerlo —dijo Zurah, agarrando a Drigán del brazo para que no interrumpiera de nuevo.

—Entiendo... Y supongo que está fuera de lugar preguntaros por ese lugar ¿verdad?

—Sí, está fuera de lugar. Y ahora dejaos de interrogatorios y respondednos. ¿Hay trato en darnos esa información o no? —dijo Zurah, mirando sin pestañear a Covales. Éste le respondió de igual forma, como intentando indagar hasta dónde serían capaces de llegar con la amenaza de dar muerte a Cacoi si no aceptaban sus exigencias.

—Os damos esa información y abandonáis la Torre de Erún, y Cacoi se queda aquí libre. Pero el caballero del dragón deberá someterse al Kebori por todo el daño causado. De lo contrario no hay trato, y estamos dispuestos a perder a nuestro hermano Cacoi —sentenció Covales.

—Mierda... éste va en serio —susurró Zurah a su grupo.

—¿Crees que tengo miedo al Kebori, fornica-árboles? Estoy seguro que estás tú más asustado en pronunciarlo que yo en usarlo. ¡Adelante, montadlo! Os enseñaré lo que es un caballero del dragón, necios druidas —gimió en voz alta Drigán.

—¡No te alegres tanto, caballero del dragón! Has de saber que deberás someterte con seis huecos tapados —dijo Covales.

—¿Solo seis? Más fácil me lo pones aún. Venga, adelante, preparadlo de una vez. Y espero que tengáis palabra para cumplir con lo que habéis prometido. Nos daréis la información que precisamos y nos dejaréis marchar.

—Os doy mi palabra.

Vaiel y Zurah intentaron en vano convencer a Drigán de que no se sometiera al temible Kebori, mas él lo tenía claro: si de esa forma se podía obtener la información que necesitaban, lo haría. Ese era su camino, su destino, y debía recorrerlo orgulloso. El Kebori era un juego atroz, ideado por canteros para poner fin a sus disputas. Consistía en un artilugio de metal con ocho boquetes en su perímetro. Se metía pólvora en un número determinado de boquetes y se ponía una cuerda saliendo de cada agujero. Por último se cerraba con una tapa que dejaba al descubierto solo las cuerdas y se ponía todo sobre un torno giratorio. Los contrincantes se ponían uno frente al otro y giraban el torno para que hiciera girar el Kebori hasta pararse en un agujero. El que tenía el turno debía poner su corazón frente al agujero y tirar de la cuerda. Si ese agujero no tenía pólvora, le tocaba hacer lo mismo al otro contrincante, y seguir así hasta que uno se rindiera o acabara muerto. Jugar con seis boquetes tapados implicaba tener solo dos opciones sobre ocho de salir indemne del suicidio.

—Drigán, no puedo hacer nada para salvaros de esto, lo sabéis ¿verdad? —dijo Zurah agitada mientras veía como un alquimista montaba un torno y hacía traer el Kebori.

—No te preocupes tanto, Zurah. No temas lo que tenga que venir, pues es lo correcto. No puedes luchar contra el destino, ni debes apenarte por ello sin antes haberlo sufrido. No me des por muerto hasta que no tengas mi cuerpo inerte frente a ti.

—Serás una persona complicada, Drigán, pero en valor no te supera nadie. Gracias por darnos esta oportunidad de vivir —le dijo Vaiel.

—Tu vida me da igual, arquero. Si hago esto es porque necesitamos esa información y soy el único que puede someterse a este juego macabro. Vosotros no tenéis el valor ni la capacidad suficiente para hacerlo, así que déjate de tonterías y agarra bien a éste. Si hacen algo indebido, atraviésale con la espada.

El Kebori se dispuso en mitad de la sala, con Zurah y un alquimista verificando que todo estaba como se convino, con seis de los ocho agujeros preparados para arder en pólvora si se tiraba de sus cuerdas respectivas. Drigán se dirigió hacia el mismo, mas antes de activarlo se dirigió a Covales.

—Cumple dándonos la información que precisamos y yo activaré el Kebori, no te quepa la menor duda. Cumple y yo cumpliré.

Covales asintió y carraspeó un poco antes de dirigirse a Zurah y Vaiel. No se le veía muy convencido de actuar él primero, pero estaba claro que el grupo no iba a ir a ninguna parte, tal y como estaba la situación actual. A fin de cuentas, en su mente estaban todos sentenciados a muerte, y aunque tuviera que dejarlos salir para salvar la vida de Cacoi, tarde o temprano darían con ellos.

—Pues os contaré lo que tantas ganas tenéis de saber. No es necesario ir a la biblioteca, pues yo mismo os puedo decir todo al respecto. Nada más colocarse un individuo el camafeo, éste comenzará a poseerlo para entrar en sintonía con él. Es evidente que para entender de lo que estoy hablando uno debe ser ducho en el conocimiento de la magia, pero el camafeo no necesita que su posesor sepa entrar en sintonía con objetos mágicos. Algunas veces el camafeo rechazará al individuo, haciéndole arder en unas llamas que nacerán de sus entrañas. Otras veces, sin embargo, el individuo obtendrá la aprobación de la joya y ésta le prestará sus poderes, los canalizará por él. Eso sí, esto es una simbiosis, y cada vez que se usen sus poderes parte de tu alma se irá con el camafeo. Su cometido es precisamente ese, hacerse más y más fuerte absorbiendo más y más almas. Es por eso que es un objeto tan poderoso y que tiene trato de "reliquia". Lleva muchísimos años absorbiendo almas.

—Te deja usar su extremo poder mientras te va mermando… —pensó Zurah en voz alta—. ¿Y cómo puede uno saber si es apto para controlarlo o no? Porque es necesario controlarlo para poder destruirlo ¿cierto?

—Si es que lo destruimos, Zurah —dijo Drigán puntualizando.

—Bueno sí… si es que lo destruimos —apostilló Zurah, siguiéndole el juego.

—Sí, es necesario poder activarlo para poder destruirlo. Para saber si eres digno de llevarlo, el camafeo estudiará tu capacidad para usarlo. Si tu interés es destruirlo dudo mucho que te vea como un posible objetivo para activarlo, mas si lo que buscas es hacerte con su poder, te conviertes en la mejor botella donde verter su líquido. El camafeo busca más poder y solo lo encontrará si quien lo maneja quiere usarlo. Si no, se deshará de él o de ella entre llamas —respondió Covales.

—Y para acabar, ¿cómo se destruye el camafeo? —preguntó Zurah.

—Bueno, es complejo por lo que antes os he dicho. Si tienes en mente destruirlo, el camafeo os destruirá a vosotros, por lo que realmente no se podría. No obstante, el camafeo puede implosionar de la misma forma que hace implosionar a los candidatos que rechaza, entre llamas. ¿Cómo se hace? Supongo que debe partir de la mente de su posesor.

—Estaríamos hablando entonces de engañar al camafeo, ya veo —sentenció Zurah—. ¿Y por esta información hemos llegado hasta este punto?

—Sabéis que no, no es por eso. Os toca mover ficha, caballero del dragón. Usad el Kebori mientras vuestros amigos se dirigen hacia la puerta de salida. Nada más lleguéis allí, soltad a Cacoi y largaos. Si os salváis, Drigán, podréis también salir con ellos —respondió Covales, apartando a todos del centro de la sala donde solo estaban Drigán y el torno.

—¡Drigán, te esperamos! —dijo Vaiel en voz alta—. Tenemos confianza en ti, saldrás de aquí vivo.

Drigán se sentó en la silla frente al torno y miró al extraño artilugio de metal. Estaba cerrado herméticamente y no presentaba ningún indicio visible de qué agujeros podían estar llenos o vacíos. Debía girar el torno y tirar de la cuerda que quedase enfrente y no le asustaba tanto el saber que tenía seis de ocho opciones de morir, sino que no se había despedido de Kragor til Mass. Eso le dolía en lo más profundo del corazón, pues para él, era parte de sí mismo.

Sin pensárselo más veces, giró con fuerza el torno. Tenía un mal presentimiento de esta situación. Su respiración se hizo muy pesada y el corazón le palpitaba con más fuerza a medida que el torno iba frenando. Finalmente se detuvo en seco, dejando un agujero apuntado a su torso. Miró de nuevo a Zurah y a Vaiel, y les asintió con los ojos serios. Él sabía que había cumplido su cometido y había hecho lo que ningún otro habría podido. Ya sabían lo que hacía falta para manejar ese camafeo y fue gracias a él. Ahora les tocaría mover ficha a otros, pues él ya movió la suya, aquí y ahora.

Zurah se dio la vuelta, tapándose los ojos, cuando Drigán palpó la cuerda del Kebori con sus dedos. Vaiel, que tenía a Cacoi sujeto entre su brazo y la espada, no apartó la vista en ningún momento. Quería ver ese acto de valor, fuera cual fuera el desenlace final. Drigán le devolvió la mirada y por primera vez que Vaiel recordara, le sonrió. Luego bajó la vista unos segundos, susurró algo para sí mismo y tiró de la cuerda.

Tenía un mal presentimiento de todo esto y no se equivocó. El Kebori se había detenido en una agujero lleno de pólvora.

CAPÍTULO 16: EL NACIMIENTO DE UNA LEYENDA

Abandonar Sinistra no fue una decisión fácil, pero Dévora sabía que el Búho no había venido sólo y sus secuaces pronto darían con ellos. Cogieron todos sus pertrechos de la posada y abandonaron la ciudad siendo de noche aún, sin descansar lo suficiente ni buscar monturas que les hicieran más cómodo el trayecto hacia La última llamada, su próximo destino. Afortunadamente, habían comprado ayer las provisiones necesarias para aguantar el trayecto, aunque prometía ser largo y cansino.

Sirián sanó el muslo herido que aquejaba a Dévora, evocando una magia curativa que cerró por completo la sangría. Incluso la cicatriz desapareció, convertida en polvo. Maiden también abrazó la curación de la animista, que endureció sus huesos doloridos, restauró los músculos dañados en el potro de tortura y cerró todas sus heridas. Sin embargo, el cansancio no podía sanarse y todo el grupo sufría de no haber descansado más de dos horas esa noche, además de la contienda que protagonizaron. El más entero era Maiden, que cargó con casi todo el equipo, mientras que Sirián iba apoyada en Dévora, recuperándose del agotamiento al canalizar magia. Debían avanzar, debían huir de esa ciudad maldita y refugiarse en los pedregales de Ruxmi, donde permanecerían ocultos hasta recuperarse.

Anduvieron durante más de tres horas guiándose por la luz de las estrellas, transitando caminos secundarios, como le gustaba a Dévora. Podían ser más agrestes y agotadores, pero daban mucha más seguridad ante posibles amenazas. No obstante, sus perseguidores iban a ser ladrones experimentados que pensaban como ella, por lo que se puso a trazar un nuevo plan. Sabía que vendrían a caballo, que serían muchos y que eran conocedores de habilidades de rastreo avanzadas. Ellos iban a pie y estaban muy cansados, y era cuestión de horas que fueran alcanzados. Las opciones se reducían, por lo que se decantó por la única alternativa que les daría alguna ventaja: separarse.

—Sirián, Maiden, parad un momento, tenemos que separarnos —dijo Dévora, acomodando a Sirián en una roca para que tomara aliento—. Con el Búho muerto, sus perros guardianes estarán ya organizándose para darnos caza, y vendrán mucho más equipados y descansados que nosotros. La última llamada está a muchas jornadas aún y no creo que lleguemos de una pieza así. La única opción que tenemos es que sigáis vosotros dos hacia allí y yo me reuniré, apenas pueda, con vosotros. Iré dejando pistas evidentes para que sus rastreadores me sigan a mí, dándoos tiempo suficiente para llegar.

—De eso nada, somos un grupo e iremos todos juntos, pase lo que pase —exclamó Maiden, dejando el pesado equipo en el suelo y estirando los brazos.

—No hay otra opción, Maiden. Sirián debe llegar, pienso firmemente que es quien mejor puede ayudar con el camafeo. Y tú eres el mejor guardaespaldas que podría tener como compañero. Yo puedo manejarme bien campo a través y sabré salir de esta situación.

—¿Lo has pensado bien, Dévora? ¿Y si te encuentran? Al menos siendo tres podemos tener más oportunidades de sobrevivir ¿no? —dijo Sirián, intentando convencerse de que era mejor idea ir en grupo, aunque en el fondo entendía la lógica de la ladrona.

—Son asesinos hábiles en su oficio. Si nos encuentran no hablarán, nos emboscarán y antes de que nos demos cuenta tendremos cada uno una daga clavada en nuestro corazón —respondió Dévora. Sirián asintió apesadumbrada.

—Dévora... nos vemos entonces en La última llamada —replicó Maiden—. Ni se te ocurra no aparecer ¿eh? Necesitamos a alguien que nos guíe como pez en el agua, y esa eres tú. Además, he aprendido a apreciarte como persona.

—Cualquier diría que me estás cortejando, Maiden —dijo riéndose Dévora.

—Ojalá estuviera en mi mano poder aspirar a ello, pero una cosa no quita otra. Tú ocúpate de volver entera y de una pieza ¿vale?

—No te preocupes por eso, Maiden. Me tendrás de una pieza a tu lado —le dijo Dévora, acercándose y besándole en los labios. Fue un beso corto pero suficiente como para que se transmitieran muchos sentimientos. Ella era una mujer muy hermosa, con mucha confianza y segura de sí misma, y él era un guerrero que combatía sus ideales con valor y temeridad. Nunca se hubiera imaginado que alguien tan corriente como él podía atraer a una mujer tan completa como Dévora, mas el beso saldó todas las dudas.

No fue una separación fácil, pero sí necesaria. Maiden y Sirián vieron en silencio como su compañera desaparecía entre el follaje y la oscuridad de la noche, y no pudieron evitar agarrarse de la mano y mirarse con pena. Pero debían proseguir su camino, el esfuerzo de su compañera debía servir para algo y tenían plena confianza en volverla a ver.

Dévora, por otro lado, era más realista y sabía que su situación era precaria. Tomó algunas raciones y agua de lo que llevaban, y su idea para despistar a los posibles seguidores era dirigirlos hacia un sitio creíble, como podía ser el barranco de Nuestar. Dicho barranco estaba a más de treinta días de marcha y era un lugar indómito donde pocos se aventuraban a ir. Requería de escalar pendientes rocosas y verticales, cumbres nevadas y estepas con depredadores como osos y lobos ansiosos de clavar sus dientes en carne humana. Allí habitaban los Saidin, una raza de personas muy altas, de piel oscura y habilidades únicas para el combate con lanza. Eran auténticos expertos en el combate cuerpo a cuerpo y desde que nacían eran instruidos en dicha práctica, independientemente si eran hombres o mujeres. Vivían alejados del imperio y de toda persona ajena a ellos y dejaban bien claro a los visitantes que se acercaban por allí que no los recibirían con los brazos abiertos. Para los Saidin, todo lo extraño era una amenaza, especialmente si se trataba de gente del imperio.

De todas formas, Dévora no pretendía ir hacia allí. Ni estaba preparada para eso ni necesitaba hacerlo. Su idea era encarrilar a sus cazadores haciéndoles creer que iban hacia allí para buscar ayuda en esa raza. Cuando se dieran cuenta de la equivocación ya estaría lejos de ellos y encaminada hacia La última llamada. Era un plan ambicioso de llevar a cabo y tenía pocos recursos con los que ayudarse, pero tenía que intentarlo. Tenía que avanzar hacia allí, dejando pistas evidentes de su paso, y tras avanzar lo suficiente, girar para volver al rumbo original.

Los rastros que iba dejando Dévora eran pisadas claramente visibles, roturas de ramas bajas, e incluso tirar migas de comida alrededor de piedras grandes, como si hubieran parado ahí para comer algo. Así estuvo durante dos días completos, parando lo justo para descansar un poco el cuerpo, beber y comer para coger energías, y seguir. No durmió nada, y aunque estaba acostumbrada a esos esfuerzos, sus piernas empezaban a fallarle en determinadas situaciones de escalada. Miraba con frecuencia con su catalejo, oteando el camino hecho, pero seguía sin ver a nadie tras ella. Le asaltaron varias dudas: igual no habían picado con su rastro o igual no había nadie siguiéndola, pero algo no le terminaba de convencer de todo esto. Sentía que tenía que seguir su plan, costara lo que le costara.

La cuarta noche de huida rindió finalmente a la ladrona. Su cansancio era extremo, las piernas le pesaban como si fueran de plomo y andaba varios metros con los ojos cerrados sin darse cuenta. Estaba exhausta y se convenció a sí misma que debía parar unas horas. Se ocultó en un lugar alejado varios metros de todo camino, bajo unos árboles bajos, y se apoyó en el tronco de uno de ellos. Se tapó con la capa todo el torso, cerró los ojos y se durmió profundamente.

Soñó con un banquete en la posada "Los seis pilares" de Ausper la Mayor, en el que se conmemoraba su cumpleaños. Allí estaban todos sus amigos y conocidos, que elucubraron entre ellos darle dicha fiesta sorpresa sin que ella sospechara nada. Había dulces, pasteles rellenos de pollo caramelizado, compota de varias frutas, pescados a la leña del mar de Caritrea y mucho vino. Maiden estaba engalanado con unos ropajes ceremoniales muy vistosos, con colores vivos y ribetes ornamentales nobiliarios. Tenía una sonrisa encantadora y solo tenía ojos para ella, invitándola incluso a bailar cuando los músicos de la taberna entonaron el "Paz de cristal". Al abrazarlo se sentía muy protegida, nada en este mundo podía hacerle daño mientras él estuviera cerca. El guerrero olía a una fragancia fuerte, y sus ojos seguían siendo un cauce de piedras duras en un río fresco y dulce. Sirián, Zurah, Vaiel e incluso Drigán estaban también allí presentes, riéndose entre ellos mientras la miraban y le sonreían. Era feliz, era muy feliz y no quería ocultarlo ni controlarlo, quería gritarlo en cada esquina y callejón de la ciudad. Súbitamente, sintió un pinchazo fuerte en su estómago, como un retortijón inoportuno que le apresaba las entrañas haciéndole daño. ¿Acaso había comido algo que le sentó mal? Miró como Maiden la observaba con extrañeza y de repente los músicos dejaron de tocar la canción. Zurah tenía las manos tapándose la boca, al igual que Sirián, que la miraban con cara de sorpresa. De nuevo otro retortijón, éste de dolor más agudo, le azotó el cuerpo y sin poder evitarlo abrió los ojos de par en par. Se levantó tomando una bocanada de aire, como si estuviera casi a punto de la asfixia y vio que estaba en el bosque, tirada en el suelo. Sin embargo, no estaba sola.

Frente a ella había un hombre entallado en una cota de mallas y con una espada de dos manos que mantenía rígida para pinchar a Dévora y despertarla. A su lado, una mujer de complexión fina, armada con escudo y espada larga, la observaba con cara de pocos amigos.

—Pues parece que sí está viva —dijo el hombre, apartando el mandoble del cuerpo de Dévora—. ¿Hola? ¿Me entendéis?

—Sí, os… os oigo. ¿Quién sois? —dijo Dévora, levantándose poco a poco y evaluando la situación. No le gustaba nada ser sorprendida de esta forma, durmiendo y sin posibilidad de defenderse.

—Yo soy sir Leonardo de Carpatia y ella es Lilian de Carpatia. Os hemos encontrado aquí y parecíais muerta, la verdad. No se os notaba ni la respiración.

—¿Qué…? ¿Qué hora es? —preguntó Dévora desorientada—. ¿Está atardeciendo ya?

—Pues… sí, eso parece —dijo Leonardo, mirando el cielo—. Deben ser las seis o siete de la tarde.

Había dormido mucho, más de ocho horas calculó Dévora. Cuando ella se tumbó, el Sol aún no reinaba en su punto más álgido y ya iba a anochecer en breve. Al menos estaba claro que los dos que tenía delante no parecían ser secuaces del Búho, aunque tampoco podía estar completamente segura.

—¿Tenéis nombre, muchacha? —dijo Lilian, acercándose un poco.

—¿Cómo? ¿Nombre? —dijo Dévora, interrumpida en sus pensamientos y aún desorientada.

—Sí, nombre. Vuestro nombre. ¿O simplemente os llamáis muchacha?

—No, claro, ja, ja. Mi nombre, sí... Soy... podéis llamarme Dévora.

Tras decir esto permaneció atenta a la mirada de ambos, por si había alguna reacción sospechosa, mas ni se inmutaron ni pestañearon. Leonardo tomó la palabra de nuevo.

—Pues mucho gusto, Dévora. Supongo que no estáis herida ni nada por el estilo, pues os veo en pie y entera. Lamentamos haberla despertado y si podemos ayudarla en algo, aquí estamos.

—Os agradezco el ofrecimiento. Lo cierto es que me quedé dormida, estaba algo cansada. Pero estoy bien, ilesa y enterita ja, ja.

—¿Queréis algo de comer? —preguntó Lilian, ofreciendo una rebanada de pan de trigo y un cacho de queso curado a Dévora—. Seguro que os vendrá bien, se os ve algo... perdida.

—¡Oh! Quedo agradecida por los alimentos. Me encanta el queso y me vendrá bien, así me deshago un poco del gusto de las raciones secas. ¿Perdida, decís? No, no, en absoluto. Sé dónde estoy.

—Bien, eso está bien. Nosotros nos dirigimos hacia el Sur, hacia ciudades de por allí. No conocemos mucho de esta región, mas ya nos estamos acostumbrando a las formas y tradiciones de por aquí —dijo Leonardo, sentándose en el suelo frente a Dévora. Lilian sacó más pan y queso, además de una bota de vino que dispuso en el centro.

—¿Dijisteis que sois de Carpatia? ¿Dónde queda eso? Porque creo que es la primera vez que oigo esa región —dijo Dévora, centrándose un poco más en los dos individuos.

—Bueno... no es de Ampiria, sino de otro continente, de Remigia —dijo Leonardo.

—¿De Remigia? Pues sí que venís de lejos... ¿estáis de peregrinación o algo así?

—No, estamos exiliados por voluntad propia. Fuimos condenados a muerte y tuvimos que huir en este exilio para evitar ese fin —dijo con pasmosa normalidad Leonardo mientras abría la bota de vino y le daba un trago.

—Vaya… bueno, una cosa está clara, no creo que os encuentren por aquí, tan lejos ja, ja. No hay pecado capaz de hacer que os vengan a buscar hasta aquí, tan al Sur y en otro continente, así que sentíos tranquilos —dijo Dévora, saboreando el exquisito queso. Lo cierto es que tenía hambre, más de la que creía.

—No estéis tan segura, Dévora. Vendrán aquí y al fin del mundo a buscarnos, eso tenedlo por seguro. Nuestro pecado fue atroz, pero tuvimos que hacerlo, no pudimos evitar nuestros sentimientos —dijo Lilian, acercándose a Leonardo y poniéndole la mano sobre el cuello.

—Problemas de amor según veo ¿no? Estabas comprometida con alguien y le querías a él, ¿me equivoco? —dedujo Dévora en voz alta.

—¿Quién yo? ¿Y… él? ¡No, por el Creador! —dijo Lilian, apartándose de Leonardo al momento, mientras él escupía el vino que se le atragantó por el susto—. ¡Somos hermanos! Nunca se nos ocurriría eso.

—¡Ay! Os ruego me perdonéis… parecíais tan cercanos y tan cariñosos, ya sabéis como…

—Como hermanos, sí —dijo Leonardo al momento, riéndose.

—Sí… perdón por mi insensatez. Creía que había sido un hecho tal a ese el que os exilió y no otra cosa. Os pido mis más sinceras disculpas, aunque tampoco es algo tan extraño lo que os he mencionado. Conozco a algunos que esposaron a sus hermanas. El amor no entiende de razas, familias ni pareceres.

—No lo dudo, pero no es nuestro caso —dijo Lilian—. Ojalá fuera por algo tan nimio.

—¿Y entonces? ¿Qué os sucedió? —preguntó Dévora de nuevo.

Leonardo miró a Lilian y ésta le asintió. Estaba claro que no querían hablar de ello, aunque decidieron que Dévora no era alguien de quien asustarse, no aparentaba ser peligrosa. No obstante tenían sus dudas y pronto Dévora entendería el motivo.

—Sucedió que maté a alguien de rango alto y quizás tuve que haberme contenido —dijo Leonardo, sincerándose—. Envió a una guerra perdida a mis dos hijos, en la que tenían que defender un puesto fronterizo ante un ejército que nos superaba cien a uno. Murieron, obviamente, y el puesto cayó. Y no contento con eso, se atrevió a forzar a mi hermana, aquí presente, a ser su concubina. Cuando fui a hablar con él para hacer que recapacitara, ordenó encerrarme en los calabozos por insubordinación, así que ahí estallé. Desenfundé mi arma y le di muerte, tanto a él como a los dos caballeros que le protegían en la sala. Luego fui corriendo a por mi hermana y abandonamos la ciudad, la región y el continente.

—Puf… vaya epopeya. Lamento mucho lo sucedido, aunque si os sirve de consuelo os apoyo en vuestra acción. Se merecía eso, sin lugar a dudas. ¿Intentasteis hablar con el señor de las tierras? Igual hubiera intercedido hacia vuestro favor.

—Era el señor de nuestras tierras, el marqués de Silverado, al que maté —dijo Leonardo.

Dévora se quedó muda, mirando a ambos hermanos con discreción.

—Vaya. Matar al señor de las tierras sí es un problema —dijo Dévora estremeciéndose. Un acto como ese no se decía así como así, y menos a una desconocida como podía ser ella. No al menos si no la pensaban silenciar de por vida.

—No tuve elección —dijo Leonardo.

—¿Os podemos preguntar por vos? Desde el primer momento que os vimos aquí, durmiendo bajo este árbol, nos pareció algo extraño. Una mujer sola como vos, con poco equipo de viaje, sin montura… ¿Adivino o también estabais huyendo de algo o alguien? —preguntó Lilian.

—Perdonad si resulto poco amable en mi respuesta, mas preferiría no tener que hablar de ello. Digamos que soy poco apreciada por mucha gente, desde caballeros hasta ladrones de tabernas. Me he ganado muchos enemigos, me temo.

—Bueno, aquí habéis ganado dos amigos —dijo Lilian sonriendo.

—Mucha suerte en vuestro camino pues, Dévora —dijo Leonardo, levantándose del suelo y asegurando la silla de montar del caballo—. Si el destino nos vuelve a encontrar será un placer compartir con vos algo de comida y bebida nuevamente.

—Os lo agradezco mucho, sir Leonardo. Me apena mucho no ser más hospitalaria en… —dijo Dévora poniéndose en alerta.

Estaba segura de haber oído pasos camuflados entre la espesura circundante, e incluso le pareció ver alguna sombra deslizándose entre arbusto y arbusto—. ¡Salid, cobardes! ¡Mostrad vuestro rostro de vergüenza!

—¿Qué…? —dijo Leonardo, desenfundando con ambas manos su mandoble pesada. Se puso de inmediato a la vera de su hermana, quien alzó el escudo para cubrirse de posibles ataques.

—¿Y bien? ¿Vais a mostraros o a seguir ocultos, asustados por mi presencia? ¿De verdad creéis que sois más diestros que yo, pazguatos? Os debéis estar orinando encima ahí escondidos sin saber bien qué hacer, ¿es eso? —siguió gritando Dévora, incitando a que se mostraran los asaltadores, hecho que funcionó. Uno de ellos salió de entre la maleza, ataviado con chaqueta de cuero estrecha y con unos guantes y unas botas a juego. Portaba dos espadas cortas y un cinturón con multitud de espadones y frasquitos colgando. Estaba claro que era una expedición de búsqueda y captura.

—Muy capaz os creéis, Dévora de Vohm. Demasiado diría yo. Quizás es porque creéis que esa maga podrá hacer algo, pero ya os están apuntado varios virotes. Si no os hemos matado ya es porque merecéis sufrir por vuestra acción y no morir así, sin más —dijo el individuo.

—Seguro que no sois más que tres desgraciados que antes os dedicabais a portar pesos en los muelles. Tenéis aires de grandeza y creéis que vais a vengar a vuestro mentor, cuando la verdad es que moriréis igual que él, con una daga atravesando su garganta —respondió Dévora, mirando de soslayo hacia todas las direcciones.

—¿Eso creéis, estúpida ladrona de pacotilla? Os vais a arrepentir de lo que hicisteis, tanto vos como la maga y el guerrero ese. Moriréis todos aquí y ahora —sentenció el ladrón, ordenando con un silbido el ataque.

Dos virotes salieron escupidos de la maleza, uno de frente y otro por detrás, dirigidos ambos hacia Lilian. El que iba de frente lo detuvo poniendo el escudo y el de la retaguardia fue cubierto por Dévora, que conocedora de la forma de atacar de los de su disciplina, esperó al proyectil para desviarlo con un preciso espadazo.

—¡Atentos, son cuatro! —gritó Dévora—. Yo me ocupo de los dos de la retaguardia, vos id a por los dos de frente.

—¡Por el Creador! —gritó Leonardo, alzando su mandoble y corriendo hacia el jefe de los ladrones que se mostró.

—¡Por el Creador! —dijo Lilian, desenvainando una espada larga para dirigirse hacia el matorral de donde salió el virote frontal.

Dévora tenía claro que esta emboscada era de libro. Si fueran tres ladrones, como parecía a primera vista, se dispondrían uno al frente y dos por detrás, formando un triángulo con los objetivos dentro. Pero estaba el jefe al frente, junto a otro que disparó un virote, por lo que debían ser cuatro. Dos delante y dos detrás. ¿Que por qué no dispararon los dos de atrás en vez de solo uno? O bien porque no tenían dos ballestas, o bien porque daban por sentado que con un virote habrían alcanzado a Lilian. Sea como sea debía estar ahí cerca el cuarto, por lo que debía estar atenta a descubrirlo.

El de la ballesta cargó raudo otro virote, esta vez dejando ver medio torso sobre el matorral que lo ocultaba, y apuntó a Dévora con precisión. Esquivar un virote a tan poca distancia sólo podía hacerse con mucha práctica en intuir el golpe, pues la agilidad de poco servía. No podías ser más rápido que una ballesta, pero sí podías moverte justo antes de que saliera disparada hacia ti. El saber cuándo hacerlo no se aprendía en ninguna academia de luchadores, sino que se adoptaba mediante la experiencia en combate. La ladrona siguió corriendo hacia su objetivo, distando apenas unos metros ya de él, cuando saltó hacia la derecha en el mismo instante en el que su cazador soltaba el seguro de la ballesta y el virote salía volando a escasos centímetros de Dévora, rozándole la mejilla. No se lo podía creer, se quedó con los ojos abiertos de par en par paralizado por un esquive como ese, imposible en su mente. Nadie podía ser tan rápido como para realizar una cabriola como la que hizo la ladrona y es que no era posible para un humano. No obstante, poco duró su asombro, pues cuando se quiso dar cuenta, una daga iba volando hacia él. Dévora no sólo esquivó el virote, sino que antes de girar y caer al suelo, arrojó una daga con la mano oculta. El arma se clavó en el esternón del enemigo, tirándolo al suelo entre dolores y gritos espasmódicos. El golpe no le había matado y le iba a hacer sufrir antes de acabar con su vida.

Por el frente, el ladrón que encaraba a Leonardo y Lilian, cogió un frasco azulado y lo arrojó hacia ellos con fuerza, haciendo que impactase en el escudo de Lilian. Soltaba un vapor de olor muy fuerte, seguramente un veneno o un somnífero, pero ellos no iban a caer en una trampa así, no tan fácilmente. Cuando el ladrón sacó otro frasco de su cinturón, Lilian arrojó su escudo hacia un punto concreto del matorral, haciendo que un virote saliera desviado hacia el cielo. Leonardo, por su parte, aguantó la respiración tras un grito de valor y siguió avanzando recto hacia su objetivo. Lilian entonces saltó hacia el ladrón que ya no se ocultaba entre la maleza y que tras desprenderse de su arma a distancia, desenfundó una espada corta para chocarla contra la de ella. Movió su espada hacia derecha e izquierda, para intentar realizar una clavada frontal, pero Lilian se defendió de todos los golpes de forma diestra con su arma. Algo fallaba en la mente de los cazadores, pues se suponía que ella era una maga, torpe con las armas y peligrosa con la magia, mas estaba siendo justo al revés.

Leonardo sufrió el golpe de un frasco que impactó en su torso, aunque siguió corriendo como si solo fuera agua. Seguía aguantando la respiración para no caer ante el veneno y solo pensaba en partir en dos a su enemigo. Éste, al ver a Leonardo tan cerca se centró en asir sus dos espadas y evaluar el golpe. Leonardo venía con una carrerilla que le daba ventaja en potencia, por lo que debía esperar a que llegara lo más próximo posible y esquivarle tirándose hacia un lado. En ese momento tendría la espalda del guerrero al descubierto, ideal para clavarle la espada. Esa era la teoría, aunque tenía sus dudas si tirarse hacia el lado derecho o el izquierdo, pues no evaluaba bien la lateralidad de Leonardo. No obstante, de poco le sirvió, pues Leonardo no siguió corriendo de frente, sino que se movió hacia la derecha con dos pasos largos para luego hacerlo hacia la izquierda. El juego de piernas confundió al ladrón lo suficiente como para no ver cómo la pesada mandoble giraba sobre la cabeza del guerrero para intentar cercenarle la cabeza de un tajo. Levantó sus dos espadas cortas en cruz en el momento justo para bloquear el golpe, aunque le echó hacia atrás por la potencia.

Dévora permaneció quieta en el lugar, mirando con nerviosismo hacia todas partes. Debía verlo, debía descubrir al cuarto ladrón que la acechaba. Y llegó por donde menos se imaginaba que podía hacerlo: por el aire. El ladrón había trepado unos metros por el tronco de un árbol y desde dicha altura pegó un salto para caerle encima con su espada. Describió una parábola lo más amplia posible para llegar a la posición de la ladrona, aunque solo le llegó a un hombro con el filo de la espada. Unos centímetros más de salto y le hubiera amputado todo el brazo. Dévora dio un grito de dolor y se retiró hacia atrás, mirando como su adversario se levantaba y la enfocaba con la mirada. El hombro le ardía con punzadas de dolor, dejándole ese brazo inhábil, algo que complicaba la cosa. Con la otra mano arrojó una daga lo más rápido y veloz que pudo, pero el enemigo supo adivinar el ataque y esquivarlo con un salto digno de mención.

Leonardo alzó de nuevo su mandoble y ejecutó cuatro estocadas seguidas, las cuatro detenidas por su rival, aunque en la última giró la muñeca y le golpeó en la nariz con la empuñadura, partiéndole el rostro en sangre fresca. El asesino gritó en ira y decidió que ahora le tocaba a él, por lo que empezó a atacar de forma acalorada con sus dos espadas cortas, moviéndolas con mucha rapidez y cambiando continuamente de diana: apuntaba a la cabeza, a la rodilla, al brazo derecho, de nuevo a la cabeza, brazo izquierdo y vuelta a empezar. Leonardo, apabullado por la velocidad de su contrincante y con su arma pesada, tuvo que ceder terreno defendiéndose como podía, esperando el momento de contraatacar, que sucedería cuando su rival necesitara coger oxígeno luego del frenesí de golpes. En efecto, tras su último choque de espadas su velocidad se mermó, y abrió la boca de par en par para tomar aire y escupir la sangre que le bañaba el rostro. Leonardo golpeó de frente con su espada como señuelo y acto seguido hizo un barrido con su pierna a ras del suelo. El ladrón esquivó hacia atrás con las energías al límite, y aunque vio venir la patada por el suelo, no pudo saltar a tiempo y fue derribado. No tuvo ni tiempo de abrir los ojos tras el golpe contra el suelo, cuando el mandoble de Leonardo se clavaba en su pecho con un crujido seco.

Lilian seguía moviendo una y otra vez su arma hacia su rival, pero éste se movía veloz, esquivando todos y cada uno de los embistes. La sorpresa de ver a una maga luchando con tanta soltura fue disolviéndose en la mente del asesino y se centró en atacar él a partir de ahora. Pegó un salto de medio metro de altura y golpeó verticalmente con la espada para iniciar su recital, trazando una estocada al vientre, otra a la cabeza y una última ascendente. El primer golpe lo esquivó Lilian, echándose hacia un lado, el segundo poniendo su espada vertical para bloquear, pero el tercero le abrió la carne del muslo superior y el torso, dejándole un surco profundo de sangre. Se echó hacia atrás y se arrodilló, temblando con la mano que sostenía su espada y abrazándose el vientre con la otra. Exhaló un grito de dolor intenso y miró hacia el suelo escupiendo sangre. Le había hecho daño, de eso no cabía la menor duda, y sin pensárselo dos veces, el ladrón dio tres pasos rápidos y enfocó el filo de su espada a la clavícula de la supuesta maga. Súbitamente, Lilian giró sobre ella hacia la derecha y aprovechando la inercia del movimiento, soltó un latigazo mortal con su espada a la altura del cuello de su adversario, cercenando su cabeza. Su estrategia había funcionado.

Dévora retrocedía pausadamente, agitando su espada paralela al suelo para frenar a su adversario, que avanzaba sin temor alguno, apartando las débiles estocadas. En sus ojos se veía el halo de la victoria y Dévora sabía perfectamente que tenía todo a su favor. La cosa estaba complicada, pero no podía hacer otra cosa que no fuera aguantar hasta ver una oportunidad. Su perseguidor comenzó su ataque voraz con varias estocadas, todas detenidas o esquivadas, para luego golpear a Dévora con un puñetazo en la mandíbula y una patada en el hígado. La sangre ya decoraba a la ladrona en todo su cuerpo, se había derramado de la herida del hombro regando todo su brazo, además de escupir saliva de color rojo vívido por la boca. Volvió a alzar su espada para clavársela directamente en el corazón, pero fue lenta y previsible, y el enemigo la esquivó aprisionando su brazo. Paralelamente, le golpeó con la otra mano, trazándole un surco profundo sobre el brazo retenido, el único que tenía en buen estado. Gritó de nuevo de dolor y angustia, pues sus dos brazos estaban ahora incapacitados. Su rival avanzó a paso firme y dispuso su arma al frente, listo para acabar con la tortura. Ya no había escapatoria ni posibilidades de contraataque. De repente, el filo de un mandoble se abrió paso a través de su pecho, atravesándolo en un reguero de sangre. Leonardo gemía con una respiración fuerte detrás de la víctima, sosteniendo su gloriosa arma.

—¿Estás bien, Lilian? —gritó desde esa posición—. Y vos, Dévora ¿os encontráis bien? ¿Son heridas muy profundas?

—Bien por aquí, herida en mi orgullo, sobre todo —dijo Lilian, acercándose a paso rápido al ver a Dévora que se sentaba titiritando.

—He tenido días mejores, la verdad —dijo Dévora, mirándose la herida del hombro y cerrando los dientes por el dolor—. Lamento mucho todo esto, venían por mí y os habéis visto envuelto en este follón. Gracias por vuestra ayuda.

—Hablaron de una maga. Imagino que la confundieron conmigo. ¿A qué se referían? ¿Existen aún los magos? —dijo Lilian nada más llegar y ver que las heridas sufridas por Dévora no eran letales.

—Lilian, ahora no —dijo Leonardo, sacando agua y un trapo blanco de sus enseres—. Primero vamos a recuperarnos de estas heridas y luego hablamos. Y eso también va por vos, Dévora, pues creo que nos debéis una explicación. Ayudaros era nuestra obligación, quizás no tenga bandera ni rey, pero juré la orden de caballería y sigo respetándola, y vos necesitabais de dicha ayuda. Lo que no entiendo del todo es por qué estáis aquí, tan alejada de todo, y por qué esta gente os ha seguido tan lejos. ¿Acaso habéis matado también a un señor o algo parejo?

—Ojalá ese fuera mi pecado, pero no… es algo más complejo. Estoy en una búsqueda con un grupo de amigos, y os confundieron con la maga. Aunque no os lo creáis aún existen los magos, aunque ésta a la que hago referencia es del círculo blanco. Es curativa, vamos. Si estuviera aquí ya estaríamos sanados de nuestras heridas y preparados para marchar donde fuera ja, ja.

—Si estuviera aquí, dudo mucho que tuviera nuestra ayuda. Los magos provocaron el gran derrumbe, casi el exterminio, y es obligatorio para todo ciudadano darles muerte. Eso reza aquí el código ¿no? —dijo Leonardo, parando de limpiar la herida a Dévora.

—Yo también pensaba así, mas luego de conocerla y ver su dedicación hacia la gente, cambié de opinión. No todas las personas son malvadas de corazón, y eso incluye a los magos —dijo Dévora sincerándose.

—Vos sabréis que alianzas hacéis —sentenció Leonardo, terminando de limpiar la herida.

—¿Y qué búsqueda estáis llevando a cabo, si puede saberse? —preguntó Lilian.

—Un objeto ha despertado de su letargo, o más bien ha sido encontrado, pues siempre estuvo ahí, oculto. Se trata de una reliquia única en poder de destrucción y debemos encontrarla para destruirla —respondió Dévora a modo de resumen.

—¿Vais de parte de algún señor o gremio? —preguntó curiosa Lilian, mientras miraba a los alrededores a ver si veía los caballos de las víctimas.

—No, lo cierto es que no. Vamos por libre, tanto yo como el resto del grupo que hemos ido formando.

—¿Qué sois, una especie de salvadora del pueblo o algo así? Porque si algo he aprendido con la experiencia es que nadie hace algo por nada —remarcó Lilian.

—Y tenéis razón, pero cuando echas la mirada hacia atrás te das cuenta que lo haces por el grupo, por los amigos, porque tienes que hacerlo. Al principio tenía claro que esto no era tema mío y estaba decidida a abandonar dicha búsqueda, pero luego fui conociendo a los compañeros y vi cómo era necesaria en la búsqueda. Algo te atrae para seguir en ello, no sé si es altruismo o necedad, la verdad. Os aseguro que tengo muchos problemas ya en mi vida, como habéis podido constatar con estos perseguidores que venían por mí, pero aun así, debo seguir.

—Abrazo vuestra persistencia y coraje para no abandonar, Dévora. Valoro mucho esa voluntad de marcarse un objetivo y no abandonarlo pase lo que pase —señaló Leonardo mientras daba un trago de vino.

—¿Me ayudaríais en mi búsqueda? Gente como vosotros son los que necesitamos, capaces en la lucha, de convicciones sólidas y gentiles en el trato. Os aseguro que la animista no será un problema.

—Aceptaría sin pensármelo dos veces, pues es mi obligación de caballero asistir en el bienestar del necesitado, mas tengo otras prioridades que claman mi presencia. Como os dije, estamos en plena huida de nuestro reino, que nos busca a muerte, y he de intentar limpiar mi nombre mancillado. Quizás no deba hacerlo, pues realmente acabé con la vida de mi soberano, mas hasta incluso un emperador debe comprender que está para salvaguardar a sus ciudadanos y no para aprovecharse de ellos. Con esta verdad vamos a la Corte de alguno de los señores de estas tierras, por si nos acogiera entre sus filas.

—Os entiendo. Si os puedo ayudar en algo, solo decídmelo —respondió apenada Dévora.

—Pues sí os pediría una cosa. ¿Conocéis al marqués Brovián "el vizco"? Hemos oído buenas referencias suyas, que es un señor capaz y atento, y que posiblemente entienda nuestras razones.

—Parece que vinieron a pie esos energúmenos — interrumpió Lilian, volviendo con sus dos compañeros.

—Ja, ja, ja, ¡el marqués Brovián! ja, ja, ja —dijo Dévora en una arrebato de carcajadas.

—¿Le conocéis entonces? —dijo Leonardo, dejándose contagiar por la risa.

—Sí, sí que le conozco. Es uno de los que me estarán buscando para darme muerte. Esa reliquia de la que os hablé es muy codiciada por los grandes señores y terratenientes, como podréis imaginaros. Y al saber que yo estaba tras ella, para destruirla, pusieron precio a mi cabeza. De hecho sabed que he trabajado a sus órdenes durante muchos años, pero aquí estoy ahora, siendo una prófuga. A veces me pregunto si hice lo correcto no cogiendo el camino de vuelta… —dijo Dévora, cambiando su risa por cara de preocupación al ver cómo había cambiado su bienestar por la situación en la que se encontraba ahora.

—Hicisteis lo correcto, Dévora. Un acto noble siempre justifica cualquier acción, no os quepa la menor duda —respondió de forma solemne Leonardo.

—Y agradecemos la información sobre el marqués, pues nos queda claro que no es de fiar, ni como persona ni como señor. Supongo que podremos viajar más al Sur buscando a otro —dijo Lilian, poniendo su mano sobre la de la ladrona como apoyo moral.

—Podéis intentar pedir audiencia con Lalies, en el Alto de Vistok. Es un señor de carácter difícil y muy hermético, pero precisamente eso le convierte en alguien incorruptible. Además, luchó con valentía antes los segadores pútridos en una batalla que acaeció en esta región hace varios años. Maneja una cohorte de caballeros de régimen muy estricto, quizás con demasiadas pretensiones y ventajas, pero estoy segura que vos podríais sanar ese desperfecto. Lalies no es un buen hombre, pero sí es justo y abraza la caballería con mucho ahínco. Estoy segura de que él os oirá con neutralidad.

—Muchas gracias, Dévora. ¿Y podemos saber a cuánto está dicho lugar? —preguntó nuevamente Leonardo.

—A unas veinte jornadas desde esta posición. ¿Veis aquellos montes a lo lejos? —dijo Dévora, señalando hacia una cordillera que se veía en el horizonte—. Pues cuando estéis por allí, por el camino principal, veréis claramente dónde se ubica dicha ciudad.

—¿Vos qué haréis ahora? —dijo Lilian, ajustando el equipo en las alforjas del caballo.

—Tengo que ir hacia allá, a reunirme con mis amigos —respondió Dévora, indicando el camino contrario—. Me esperan varios días de caminata, pero tengo que encontrarme con ellos, me necesitarán, estoy segura de ello.

—Ojalá pudiéramos ir con vos, noble Dévora. No obstante no iréis sola. Lilian, saca de las alforjas nuestro equipo y déjale algo de comida y bebida para una semana. Nosotros seguiremos a pie —dijo Leonardo.

Lilian miró a su hermano con algo de recelo, pero finalmente asintió y empezó a reajustar el equipo.

—Pero… no, no podéis hacer eso —dijo Dévora—. Vos también necesitáis el caballo, es vuestro, y bastante me habéis ayudado ya con estos asesinos que venían por mí. Esos asesinos seguro que tienen sus caballos cerca, dudo que vinieran a pie.

—Callad y cogedlo. Sois una mujer herida, de buen corazón y que busca un objetivo noble que cumplir. Si no os ayudo a vos, no podría ayudar a nadie más. Además, tened por seguro que nos volveremos a encontrar —respondió Leonardo, ayudando a Dévora a levantarse.

—Sí, además no hay monturas por las cercanías, he buscado y no hay nada. Los que os persiguieron vinieron a pie. De hecho se nota en sus botas, muy desgastadas por el camino —añadió Lilian.

—Os devolveré este favor, Leonardo y Lilian. Os juro que os encontraré y os compensaré por todo lo hecho. Os doy mi más sincero agradecimiento, no estoy acostumbrada a este tipo de favores tan magnánimos.

—Ya tendremos tiempo para charlar y darnos las gracias en un ambiente más agradable, quizás en alguna buena taberna. Os deseo suerte, Dévora —dijo Leonardo despidiéndose.

—Mucha suerte, Dévora. Y cuidad bien de ese caballo, lleva con nosotros más de cuatro años. Se llama Clavo, por cierto —dijo Lilian, ligeramente emocionada al desprenderse de su montura.

—Lo haré, tenedlo por seguro. No lo expondré a ningún peligro innecesario —respondió Dévora, montándose en Clavo y cogiendo las riendas.

Ir a caballo cambiaba mucho su situación, ahora podía ir más rápido, más descansada y más segura.

CAPÍTULO 17: UN NUEVO DESPERTAR

Toda la planta baja de la Torre de Erún se hizo eco del enorme estallido que provocó el Kebori al disparar la pólvora que Drigán había accionado. Covales, Cacoi y el resto de alquimistas dibujaron una mueca de satisfacción sobre sus rostros, dando por entendido que se había hecho justicia. Ese intransigente caballero del dragón había pagado con la muerte su soberbia y egocentrismo, y ahora era solo un cuerpo inerte tirado en el suelo con una mancha de sangre que aumentaba de tamaño bajo su cuerpo magullado. Zurah y Vaiel miraron la escena con dolor, maldiciendo su impotencia al no poder haber hecho algo para evitarlo.

Entre cuatro alquimistas cogieron el cadáver de Drigán y lo echaron fuera de la torre, mientras Covales indicaba a Zurah y Vaiel que liberaran a Cacoi. Zurah quitó su daga del cuello, aunque Vaiel tensó su arco apuntándole mientras iban retrocediendo hacia fuera de la Torre. Parece que los alquimistas no iban a emprender ninguna trampa, y nada más Cacoi pasó por el umbral de las puertas de metal, éstas se cerraron con un crujido chirriante. Ya estaban solos y en libertad, al lado del cuerpo de Drigán, que ya estaba formando un nuevo charco de sangre en su posición.

Del cielo se oyó un estruendo acompañado de varios relámpagos. Era el rugido de Kragor til Mass que se dejó oír por todo el valle. Venía en caída libre rodeado de su característica aura dorada, y a unos metros del suelo paró en seco y aterrizó con fuerza, tirando al suelo a la bruja y al arquero al hacer temblar todo. El dragón los miraba de forma inexpresiva, como esperando algo, aunque ninguno de los dos lograba encontrar palabras para comenzar una frase. Estaban enmudecidos y tristes, alicaídos por el reciente suceso, y la presencia de Kragor til Mass no vaticinaba nada bueno. Posiblemente culparía a ellos de la muerte de su caballero, y la sentencia era la muerte.

—¡Traedme a mi caballero! —rugió el dragón desde la distancia, no pudiendo acercarse mucho a las lindes de la Torre mágica de Erún.

Zurah y Vaiel se miraron entre ellos, y en silencio lo cogieron de brazos y piernas para arrástralo como pudieron hasta fuera del rango de la torre. A unos metros de Kragor til Mass se apartaron hacia atrás en sumisión, con lágrimas perlando sus ojos. El dragón fijó su vista en Drigán y entró en un estado de silencio y quietud. Lo miraba con los ojos brillantes en amarillo, mientras alrededor se veían virutas de maná manando verticalmente.

—¿Qué está haciendo? —susurró Vaiel a Zurah, quien seguramente sabría más que él sobre magia.

—No estoy segura, más creo que está convocando un hechizo de restauración vinculante. El taumaturgo sufre los daños de la víctima, librándola de los mismos —respondió Zurah, intentando analizar el hecho.

—¿Se está sacrificando?

—Es que no tiene sentido… no puedes hechizar a quien está… espera… ¡no está muerto! ¡Drigán no está muerto! —gritó Zurah sin darse cuenta que a Kragor til Mass le molestaba su interrupción.

—Pero… si se ha disparado en el corazón, no puede seguir con vida. Un disparo de pólvora a tan poca distancia te parte el órgano en mil pedazos —dijo Vaiel sin saber muy bien si lo que decía era una tontería o una verdad.

—No se puede hechizar sobre un muerto, ese vial de magia se basa en la vida. Distinto sería un embrujo, pero un hechizo no. De hecho ¡fíjate en Kragor til Mass! ¡Le están saliendo heridas en el pecho!

Poco a poco la sangre que bañaba el pecho de Drigán se fue secando, mientras que Kragor til Mass rugía de dolor al ver cómo su escamado torso se abría en heridas sangrantes. Volvió a rugir con fuerza, como si fuera su último aliento, y levantó a Drigán a más de un metro. Cuando volvió a caer pesadamente al suelo, éste abrió sus ojos como si despertara de un mal sueño.

—¡Por el Creador! ¿Cómo es posible? ¡El disparo te tuvo que partir en mil cachos el corazón! Milagro mayor no he visto nunca… —dijo Vaiel sin saber bien a quién mirar.

—Calla de una vez, que pareces una cotorra asustada —dijo Drigán, mientras se levantaba y miraba a su dragón—. ¿Cómo te encuentras, Kragor til Mass? ¿Las heridas son muy dañinas?

—Lo suficiente como para dolerme, pero no para matarme, mi caballero.

—Gracias por estar ahí para salvarme.

—Siempre he estado ahí esperándote, mi caballero.

—Supongo que para nosotros no habrán agradecimientos ¿no? —susurró Vaiel, haciendo reír un poco a Zurah, que por otro lado, seguía algo confusa por lo que había presenciado.

—Ya sé qué es lo que hay que hacer con el camafeo. Podemos controlarlo nosotros, no es necesaria la ayuda de ningún mago —dijo a Kragor til Mass.

—Eso es una noticia magnífica, mi caballero. Me recuperaré e iremos en su búsqueda cuanto antes.

—Perdonad… —interrumpió Zurah con voz bajita y prudente—. Quizás no sea el momento ni el lugar para hablar de esto, pero Sirián, Dévora y Maiden se dirigen hacia el camafeo a la planicie de Llaídra, y necesitarán nuestra ayuda. Entiendo que queráis ese camafeo para vos, mas os ruego que lo penséis más detenidamente. Ya sois poderoso, más que cualquier persona, y ese camafeo os puede destruir. ¿Vale la pena arriesgarse ante tamaño poder si realmente no vais a obtener nada a cambio? Quiero decir, ¿realmente vais a ser mucho más poderoso de lo que ya sois?

—Tienes razón, no es el momento ni el lugar, Zurah —respondió Drigán antes de que Kragor til Mass tomara la palabra.

—Vuestro argumento es sólido y veraz, bruja, y sabed que ese es también nuestro objetivo. Mi caballero os dirá lo que necesitéis saber —dijo el dragón.

Drigán lo miró algo sorprendido por haber desvelado sus planes, pero la sabiduría de su dragón era incuestionable y la acató sumisamente.

—Me… me sorprende y me agrada que busquemos entonces el mismo fin… es… es reconfortante. ¿Seguiréis entonces a nuestro lado, Drigán? —preguntó Zurah nuevamente.

—No lo creo, ya no sois necesarios. Puedo ir yo a recuperar ese objeto y ocuparme de él junto a Kragor til Mass —respondió tajante Drigán—. Y podéis tutearme como hacías antes, no me ofende.

—¡No es justo lo que haces! —gritó Vaiel—. Zurah y yo nos hemos jugado el pellejo teleportándonos para meternos en este gallinero de golems y runas mágicas para salvaros. Maiden y Sirián hubieran venido si hubiera sido necesario y ¿ésta es vuestra forma de agradecerlo? ¿Diciendo ya no somos útiles para tu objetivo y que la suerte nos sea propicia? Pues has de saber que tanto Sirián como Dévora y Maiden han seguido avanzando hacia Llaídra, y están solos y pasando mil penurias. ¡Deberíais ayudarles!

Zurah miró con cara de pánico a Vaiel. Hablar de esa forma a un caballero del dragón no era una buena práctica, menos aún si su dragón estaba presente. Era evidente que Vaiel no sabía mucho sobre ello, pero eso no le iba a eximir de sufrir la cólera de Drigán, que lo miró con ojos inexpresivos.

—¿Acaso he dicho que no vaya a ayudarla, desgraciado? —empezó a decirle Drigán—. He dicho que no os necesito, pero eso no significa que no vaya a avisarles. La ladrona y el otro matón del que hablas me dan igual, pero a Sirián la aprecio lo suficiente como para al menos avisarla de que no siga. Yo me ocuparé a partir de ahora de todo.

—¿Tan seguro estás, Drigán? —dijo con voz acusadora Vaiel—. Te recuerdo que esta torre era tu prisión y no podías salir de ella.

—¡Pero he salido! —interrumpió Drigán chillando, ahora sí, con ira—. Tú crees que me has salvado, cretino insolente, pero la única verdad es que es el destino el que ha dictaminado esa elección. Tú has hecho lo que has hecho porque tenías que hacerlo, no hay más. Así que ahora cierra la boca y aprende de los mayores ¿entendido?

A punto estuvo de responder algo más, pero Zurah le dio un pisotón disimulado para que guardara silencio. Estaba al límite de que despertara la furia de Drigán y eso no era bueno. Para calmar los ánimos, la bruja oscura intentó cambiar de tema.

—Nos parece perfecto tu plan, Drigán. Si vas a ayudar a Sirián te lo agradecemos. ¿Cuál es el plan pues?

—Iré sobre Kragor til Mass hacia ella y…

—No podrá ser, mi caballero. Puedo alzar el vuelo, pero no entrar en combate, y mucho menos llevar peso, no hasta que me recupere del todo. No obstante no te preocupes, pues un corcel está presto para llevarte, ya le he llamado y viene con tu armadura de gala —dijo Kragor til Mass mirando hacia el horizonte. Los dragones tenían una empatía animal muy poderosa y congeniaban con los animales con tan solo pensarlo.

—Bueno, pues a caballo entonces. Iré hacia donde está Sirián y le diré que deje todo en mis manos. Vosotros dos podéis volver del tugurio del que habéis salido —terminó su frase Drigán.

—¿Podemos tener la gentileza de dos caballos? —preguntó Zurah sin muchas esperanzas.

—No por mi parte, buscad vuestra fortuna por vosotros mismos —respondió Drigán mientras observaba como un caballo se acercaba veloz en la lejanía.

—Vale, no hay problema. Volveremos a pie, estamos relativamente cerca de La última llamada, así que no hay problema —dijo Zurah a Vaiel, intentando trazar un plan de acción.

—No la encontraréis en la ciudad —respondió Drigán—, han ido directamente a Llaídra.

—¿Cómo…? ¿Estás seguro? —preguntó dubitativa Zurah.

—Totalmente, bruja. Van directos hacia Llaídra, según me cuenta Kragor til Mass. Se separaron de la ladrona y ahora van en dos grupos.

—¿Por qué hicieron eso? Ufff… esto complica las cosas. ¿Tú irás a por Sirián no?

—Así es, nada más llegue ese caballo aquí, partiré hacia donde está la maga.

—Bien, pues nosotros nos reuniremos con Dévora. ¿Sabes si se dirige hacia La última llamada?

—Ni idea, Kragor til Mass no la ha controlado en la distancia.

—Entiendo… ¿Vamos pues a la ciudad, Vaiel? Creo que Dévora nos podrá informar un poco mejor de la situación —preguntó Zurah a su compañero.

—Me parece perfecto, Zurah. Aunque Drigán vaya a por el camafeo, nosotros seguiremos con nuestro plan original —respondió Vaiel.

—Perfecto muchachos —dijo Drigán, palpando las crines al caballo y acariciándolo por el cuello—. Suerte en vuestra marcha entonces.

—Una cosa más, Drigán —dijo Zurah—. Os rogaría que saciarais mi curiosidad con respecto a lo que pasó ahí dentro y aquí fuera. ¿Cómo es posible que con un hechizo se os devuelva a la vida? No creo que haya existido nunca alguien capaz de realizar tamaña hazaña.

—Porque dais por sentado que había muerto y no fue así —dijo Drigán, destapándose el pecho y mostrando su lado derecho—. Es aquí donde yo tengo mi corazón y no en la izquierda, como el resto de mortales. Sufrí el disparo de pólvora en mi lado izquierdo, y sí, me hizo una gran daño, mas sanable con magia.

—¡Bendita gracia! ja, ja —dijo Zurah, riéndose por no deducirlo.

—¡Adelante Kragor til Mass! ¡Guíame por el aire y vayamos hacia esas estepas ardientes! —dijo Drigán, levantando el caballo sobre sus patas traseras y saliendo al galope tendido. Su dragón alzó el vuelo de forma algo más errática, acusando las heridas que portaba.

CAPÍTULO 18: LLAÍDRA

Llaídra se abría con fuego, lluvia de cenizas y un cielo ennegrecido en una niebla ardiente y opaca. Asolador era el adjetivo que se le pasó por la cabeza a Sirián, que cerró los ojos un instante para descansar un poco su dolorida mente.

—Ya estamos en Llaídra. Ha sido un viaje largo y tortuoso, y más que nos queda para llegar al lago de los susurros. No obstante debemos ser cautos, es aquí donde habitan…

—… los segadores pútridos, sí, lo sé. —interrumpió Maiden mientras apoyaba su zurda sobre el mango de "Linhauser", su temida mandoble forjada en el frío más avezado de los tumultos blancos del Norte—. Mantengámonos cerca y andemos con cuidado, no quiero sorpresas en este tramo. Intentemos atravesarlo lo antes posible.

—No temáis, en mis sueños premonitorios no os vi en peligro, si no atravesando el arco grisáceo de la capital, Ausper la Mayor.

—Ya, mi estimada animista, lo sé, lo sé, y soy consciente que tu precognición es muy acertada, pero tú misma insistes siempre en recordarme que el futuro es un hilo tan fino y frágil que con cualquier suspiro inesperado todo puede alborotarse. ¿No es así?

—El futuro es parte del tejido que nos define, unos hilos del tiempo que hilvanados nos definen en nuestra vida y en nuestra muerte. Hay muchos agentes externos que pueden influir en mancillar mis sueños, mas no es habitual. Sed positivo Maiden, veréis como pasamos por este páramo de fuego sin problemas.

—Adelante pues, vayamos a buen ritmo —sentenció Maiden mientras daba el primer paso hacia el páramo ardiente. Las palabras de Sirián le conferían mucha tranquilidad, la suficiente como para sentirse más relajado en cualquier aspecto, aunque -como buen guerrero que se precie- de vez en cuando alzaba su vista en alerta.

El equipaje que llevaban era el mínimo, apenas un odre medio llena de agua potable, algunas raciones de carne seca y un par de bayas que recogieron por el camino. Maiden además, portaba su inseparable mandoble mágica y una daga alojada en un lateral de su bota zurda. Sirián, por otro lado, era más llamativa. Vestía con un atuendo límpido de color blanco, con tiras grises y florituras lilas por cuello y bajera, mientras que en su mano sostenía una vara de algo más de un metro coronada por una piedra azul apagada, pero que cuando la animista canalizaba magia, se iluminaba de forma irregular. Aparte portaba su zurrón con un par de libros, un tintero y algún que otro enser clasificado por Maiden como "lastre innecesario" para un viaje.

—Nunca dejará de sorprenderme cómo no te afecta para nada en tu piel este calor. ¡Bueno, ni el calor, ni el frío, ni la lluvia! —exclamó Maiden, empezando a sudar sus primeros goterones por la frente.

—Ja, ja, ja, os explicaría que basta con sintonizar con el tejido que nos rodea para hilar ese pequeño cambio, pero me miraríais con la cara que estáis poniendo ahora y me vais a hacer sentir culpable de no saber explicarme bien ja, ja.

—No, no, de verdad te lo digo. Me resulta sorprendente verte caminar y que la lluvia de cenizas ni te toque, además de que tu rostro no esté perlado por ninguna gota de sudor. Sé que eres una animista, pero la verdad sea dicha: sois más conocidos por vuestra magia destructiva.

—Sí, lamentablemente es de lo que más se habla siempre, del mal. Mas también sanamos y purificamos, y damos vida allí donde solo hay muerte. Aparte, la magia innata de la que estamos hablando es inherente en todo nacido para ser gobernado en magia. Es entender el tejido…

—Hablas del tejido como si fuera una sábana encima nuestra ja, ja, ja.

—Es más bien una maraña de hilos, querido Maiden. Vos sois muchos hilos tejidos sobre una estructura que a su vez son más hilos, y el cielo a vuestro alrededor son otros hilos, y el suelo, y aquellas montañas ardientes, y las piedras del camino... todo es un manto de hilos entremezclados entre ellos, formando estructuras y superestructuras combinadas.

—¿Luego de todo lo pasado aún me tratas con tanto respeto y distancia? ¡Suéltate, animista, por el Creador! ¡Sé más natural!

—Lo lamento, Maiden, mas es complejo ser ajena al ente que represento, tanto por parte de mi nacimiento como por la sombra que albergo en vida. Os guardo respeto porque os venero, como persona y como amigo.

—Lo dicho... —dijo Maiden mientras se secaba con la manga su frente ya empapada y cerraba los ojos un poco para protegerse de la ceniza volcánica que inundaba todo el aire—. Que sois un grupo rarito los animistas, aunque tú seas una excepción notable. Y por cierto... ya podrías tejer hilos a mi alrededor, o lo que sea eso que hacéis, y hacerme el camino más llevadero ¿no?

—Ja, ja, ja no podría Maiden, sería muy peligroso estar hilvanando en varios tejidos a la vez... esperad... cerrad vuestro paso y quedaos quieto.

Sirián estaba con las pupilas abiertas de par en par, como si estuviera viendo mucho más allá de lo que normalmente se podría, y su báculo emitía un leve cimbreo que se dejaba ver en su mano. La animista se dibujaba en este estado como una rastreadora que oía, sentía y veía a través del entorno, respirando cada hecho que pasara como si estuviera a apenas unos pasos.

—¿Qué pasa? —dijo Maiden mirando hacia los horizontes—. ¿Sientes algo? ¿Pasa algo?

—Son segadores pútridos, vienen hacia aquí. ¿Cómo nos han podido sentir? Solo somos dos y vamos cubiertos por el manto.

—¿Segadores pútridos? ¡Maldita sea! ¿Cuántos son esta vez? ¿Tres? ¿Cinco? —preguntó Maiden, asiendo con ambas manos a Linhauser y dejando que su filo celeste comenzara a emitir ese brillo cubierto de niebla descendente tan característico del hielo.

—Más de una veintena, pero el problema no son esos, me podría ocupar yo de enterrarlos de donde salieron. El problema es que los acompañan dos Orígenes.

—¿Veinte has dicho? ¿Veinte segadores pútridos? ¿Y dos Orígenes? ¡Esto comienza a ponerse torcido! ¿A cuánto están?

—A un par de millas, nos alcanzarán en menos de una hora. Maiden, los Orígenes son magia en estado puro, magia negra infundida sobre vida no pensante y guiada por instintos, sobre todo flora marchita. Maiden, los Orígenes son capaces de canalizar magia, pues ellos mismo son magia, y su capacidad de destruir es muy superior a la mía de construir.

—¿Son tu némesis, me estás diciendo? —preguntó Maiden con convicción desdibujada en su mirada, consciente de que su compañera estaba ligeramente asustada.

—No es ese el sentido que quiero darle, sino más bien que son auténticas barbaries destructivas. No son conscientes de lo que hacen, no lo piensan, son como un lobo famélico que lleve sin comer un mes y lo encierres con dos ovejas en un corral sin salida. Es todo destrucción sin control, y lo que es peor, son dos.

—Pues no temas, mi querida animista, que ese lobo se va a encontrar aquí con un tigre, también ansioso por destruir a esas aberraciones. Estando a la distancia a la que están, y tal y como estamos y dónde nos encontramos, solo hay una solución ¿cierto? Así que demuéstrame una vez más por qué eres quién eres y haz que tus sortilegios revienten a esos engendros. ¿Cuento contigo?

—Aguardad, puedo intentar doblegar el espacio sobre el tiempo actual… —dijo Sirián, mientras una brisa suave acontecía sobre su rostro.

—¿Teleportación dices? Olvídalo, prefiero no experimentar con eso, aún recuerdo lo que me contasteis que le pasó al joven novicio de tu congregación… ese tal Archibald, o Aníbal.

—Astrid.

—Ese. Apareció con una pierna dentro de una de las paredes, ¿fue así?

—La teleportación tiene riesgos conocidos, sí. Cambios en el terreno o errores en los recuerdos del taumaturgo pueden hacer que incluso os materialicéis varios metros sobre el suelo… o lo que es peor, bajo el mismo.

—¡O mitad, mitad, como Aníbal!

—Astrid, se llamaba Astrid.

—¡Como se llame! ¡Vamos, Sirián, ya me entiendes! Solo recurriré a la teleportación en caso extremo… y aunque este lo es… dime realmente, ¿hasta qué punto eres capaz de guiarnos por una ruta segura? ¿No lo habríamos usado antes para ahorrarnos este viaje? Creo que será mejor que nos preparemos para hacer frente a esos engendros y olvidemos esa idea.

—No os puedo asegurar una teleportación exacta, ni creo que exista conocedor de la magia capaz de hacerlo.

—Pues afila tu báculo y vayamos a...

—Aguardad un momento —interrumpió Sirián, mirando hacia el horizonte nuevamente—. Pero... ¿quién es ese?

Entre el amasijo de cenizas que palpitaba hasta el suelo, se desdibujaba la imagen de un jinete galopando veloz hacia su posición. Apenas era una sombra traslúcida, mas para los ojos de Sirián era visible con nitidez. Veía a un hombre de talla alta y constitución fornida, engalanado con un yelmo de tonos opacos y filigranas doradas que le tapaba todo el rostro. Sus vestimentas eran recias y consistentes, demasiado para el infernal calor que hacía en este lugar. Montaba sobre un caballo de viaje de larga zancada y fuertes músculos, aunque se le veía dolorido a causa del cansancio.

—No os lo vais a creer —le dijo a Maiden mientras iluminaba su báculo en tonos brillantes, como si de un faro se tratase.

—¿Qué...? ¿Qué has visto? ¿Qué estás haciendo ahora iluminando eso? ¿Atrayendo a los segadores o qué?

—Nuestra ruta de escape llega veloz por el horizonte, Maiden. Reconocería esa capa oscura y de escamas doradas en cualquier lugar. Es Drigán.

—¡Drigán! Entonces... ¡lo consiguió! ¿Viene también con él? —dijo el guerrero, mientras guardaba de nuevo a Linhauser en su funda de runas y plasmaba una sonrisa larga sobre su rostro.

—Un caballero del dragón nunca viene solo, Maiden. Su dragón siempre le sigue de cerca como si fuera su propia sombra —dijo la animista blanca mientras oteaba el cielo con una sonrisa—. Él también está aquí.

—Entonces estamos a salvo ja, ja, ja, esos segadores pútridos van a tener su merecido.

El jinete devoraba la distancia que lo separaba de la animista y de ese guerrero que la acompañaba, consciente de que el tiempo apremiaba. Detrás suya se avecinaban varios segadores pútridos y Orígenes, esas macabras representaciones del mal que solo admiten la muerte como pensamiento. Kragor til Mass, su dragón de escamas doradas, le estaba advirtiendo de la posición de aquellos, incitándole a que fuera presto para darle las noticias al grupo. Era imperante alcanzarlos.

«Han logrado olvidar la mies ardiente de mi provocación. Oyen tu pálpito y lo diferencian del mío».

«¡Maldita sea Kragor! —dijo Drigán mentalmente consciente que su dragón le oía—. *Ya te dije que no era buena idea separarnos así. Una cosa te dejaré clara: no pienso volver a este páramo en mi vida. Hay un calor sofocante y aquí solo hay peligros. Emboscadas bajo cada piedra, en cada desfiladero, en cada brote de cenizas».*

«La disyunción fue la salvación de la luz blanca y el corazón de valor, pues mi cercanía no causa temor en cuerpos sin almas, ni tampoco deseo de acabar con mi ser».

«¿Que no te temen me estás diciendo?».

«Para temer has de conocer, mi caballero, y para conocer has de ser capaz de pensar. ¿Acaso puede la roca temer al hombre?».

«Debería, pero dejémonos de diálogos sin solución. ¿Están cerca?».

«Están cerca de vuestro destino, en el sendero que estáis dibujando aquí y ahora».

«Esto me pasa por preguntarle a un dragón... —pensó Drigán cuando justo un lucero se encendió en la distancia, como un globo de luz persistente—. *¡Ese brillo! ¿Qué es ese brillo Kragor?».*

«Es la marca de quien rompe nuestro equilibrio con bondad sin control».

«Vale... Sirián está allí. ¡Adelante pues! Espero que no cuenten con mi ayuda, pues no estoy aquí para salvar a estos dos, mi cometido es bien distinto, vengo a entregarle el mensaje y nos vamos. No estoy aquí para salvarles de nada, cada uno es dueño de su destino».

«Tus deseos son afines a los míos, mi caballero».

Cuando Drigán llegó a la altura de Sirián y Maiden, éstos no pudieron evitar mostrar la alegría de verle. Maiden levantaba sus brazos con vítores y Sirián aplaudía sin cesar. Drigán saltó del caballo casi sin frenar con una acrobacia sin igual y se posó sobre el suelo pesadamente. Tras el yelmo, la conocida voz del caballero del dragón resopló con fuerza.

—Sirián… un placer volver a verte.

—¡El placer es nuestro, Drigán! Veo que al final Zurah y Vaiel consiguieron ayudarte, ¡qué alegría! Por cierto, este es Maiden, un… —dijo Sirián, antes de ser interrumpida por el caballero del dragón.

—No me importa quién es este pelele. Sirián estoy aquí para advertirte que varios segadores pútridos se dirigen hacia vosotros y van comandados por dos Orígenes. Debéis largaos de aquí cuanto antes. Por otro lado, olvidaos ya del camafeo, tú y todos, porque no es necesaria la intervención de ningún mago para su uso. Yo me ocuparé de encontrarlo y desactivarlo —dijo Drigán con convicción. Maiden puso mala cara, aunque prefirió no intervenir aún.

—Pero… Drigán, no podéis hacer esto solo. Desconozco qué habéis encontrado en la Torre de Erún, mas dejadme deciros que esto debemos hacerlo entre todos. Es un riesgo muy grande que vayáis sólo —dijo Sirián, bajando su nivel de euforia.

—No voy sólo, Kragor til Mass viene conmigo —espetó Drigán, abriéndose el yelmo para notar algo más de aire fresco, aunque en esta zona todo era tórrido y ardiente.

—Si habéis tomado vuestra decisión, la respetaré. No obstante nosotros seguiremos nuestro plan. Sería maravilloso que aceptarais venir con nosotros, mas no os puedo obligar, evidentemente. ¿Zurah y Vaiel están bien?

—Están bien, se dirigían hacia La última llamada para reunirse con la ladrona. Ya les dije que vosotros no estabais ahí, que por cierto me extrañó. ¿Por qué decidisteis venir aquí directamente?

—Porque no podíamos confiar en que Zurah y Vaiel os liberara y porque en la ciudad campa una cohorte de caballeros de Ausper la Mayor. Nos lo advirtió un viajero con el que nos topamos por el camino. Le compramos algo de comida y bebida y aquí estamos —dijo Maiden rompiendo su silencio—. Por cierto, me llamo Maiden y es un placer conocer a alguien como tú, aunque esperaba más compañerismo por tu parte, la verdad.

—No tengo por qué guardar respeto ni amistad con alguien como tú, Maiden. No te conozco lo suficiente, pero estoy seguro de que pecas de lo mismo que el resto de humanos. Debilidad, miedo, temor y necedad. Conmigo no va gente como tú. Conmigo solo van héroes —respondió Drigán de forma impertinente.

—Ya veo… —dijo Maiden, retirándose unos pasos hacia atrás y tragándose su orgullo.

—Drigán, cuando llegues al Lago de los susurros necesitarás saber cómo encontrar el camafeo y en eso podremos ayudarte. Das por sentado que la reliquia estará quieta en un pedestal, esperando que alguien la coja, y seguro que no es así. Habrá trampas letales, enemigos ocultos y protecciones mágicas salvaguardándolo. Reconsiderad id solo, os lo ruego —dijo Sirián, intentando hacer entrar en razón a Drigán, algo que pocos podían presumir de haber hecho.

—¿Qué sabéis de todo eso? ¿Qué enemigos hay? ¿De qué trampas me habláis? —preguntó Drigán mientras miraba hacia el horizonte, donde se veía una especie de tornado de arena moviéndose hacia ellos.

—Aún no puedo decirte nada porque no lo sé con total certidumbre. Tendría que estar allí para saberlo, pero algo sí os puedo adelantar. No me extrañaría que fueran Orígenes los que custodian ese camafeo y que las trampas sean el propio lago. Es un lugar conocido por ser el hábitat de un efrit, un genio de las llamas cuyo poder lo podemos sentir incluso aquí y ahora con este calor tórrido —respondió Sirián, viendo como Drigán la miraba con ojos dubitativos.

—Sirián, ya vienen. Eso de allí al fondo son los Orígenes creo —dijo Maiden, percatándose también del tornado.

—¿Y bien Drigán? El tiempo apremia. ¿Contamos con vos? —insistió Sirián.

El caballero del dragón bajó la mirada hacia un lado y se agitó nervioso. Posiblemente estaría hablando con su dragón hermanado, o quizás estaría viendo cómo dar a torcer su brazo sin dar la sensación humillante de dejarse convencer. Un caballero del dragón no podía transmitir la idea de dejarse convencer por una humana rasa, su soberbia se lo prohibía.

—Está bien, vendrás conmigo hacia el lago. Necesitaré de tus habilidades mágicas para terciar lo que allí pueda encontrarme. Sube al caballo y nos vamos —dijo Drigán, cogiendo las riendas del corcel.

—No me iré sola, Drigán. Maiden se viene con nosotros.

—Estarás de broma ¿no? ¿Qué puede aportar ese pelele? Y no me cuentes que será un luchador aguerrido que nos ayudará, porque para eso me basto y me sobro yo mismo. ¿O es que acaso tiene alguna habilidad especial que le hace matar efrits con la mirada?

—Es mi compañero y yo no abandono a mis compañeros. Y sé que vos tampoco lo hacéis.

—Da igual, a fin de cuentas no debería estar aquí —dijo Maiden opinando sobre su situación—. Id vosotros dos, no pasa nada, yo volveré sobre mis pasos.

—No, no lo haremos —afirmó Sirián.

—Será mejor que te decidas ya, Sirián. El grupo se acerca —indicó Drigán, señalando hacia una maraña de ramas y cuerpos que se movían veloces hacia ellos. Entre ellos se veían dos entes luminiscentes que arrastraban polvo y arena a su alrededor, imitando un pequeño tornado.

—Sois vos quien tenéis que decidiros, Drigán. No pienso moverme de aquí si no es con Maiden.

—Mi señora… —dijo Maiden, intentando terciar en la disputa inútilmente.

—¡No Maiden! No pienso abandonarte aquí en este lugar luego de todo lo que has hecho por mí y por el resto del grupo. ¡Te vendrás con nosotros! —gimió Sirián, mirando de nuevo a Drigán.

—Mujer más terca no ha existido —sentenció Drigán, asintiendo a Maiden para que se uniera.

El plan que trazaron fue montarse Maiden y Drigán en el caballo mientras Sirián alzaba el vuelo. No fue tarea fácil convencer al caballero del dragón de compartir montura con el guerrero, mas al final cedió ante la proximidad de los segadores pútridos. Por otro lado, Kragor til Mass intentaría despistar a los enemigos atacándoles desde la distancia para atraerlos.

Así estuvieron durante una hora escasa, y aunque al principio les cogieron ventaja, los Orígenes no se dejaron engañar por la estrategia. Les iban acortando la distancia poco a poco y era cuestión de tiempo que se juntaran ambos grupos.

—Me dice Kragor til Mass que nos están cogiendo. Tenemos como mucho un par de horas antes de que nos alcancen y el caballo está al límite, no sé si aguantará tanto —exclamó Drigán para que la oyera Sirián también.

—¿Cuántos son? ¿Lo sabéis? —preguntó Sirián, volando próxima a los jinetes.

—Casi cien segadores pútridos y dos Orígenes —estipuló con exactitud Drigán—. ¿Estás pensando en plantarles cara?

—¿Tenemos otra opción, Drigán? —replicó Sirián.

—¿Y qué hacemos con los Orígenes? ¿Cómo los anulamos? —volvió a preguntar Drigán.

—A esos nada se les puede hacer, estuve no hace mucho frente a uno y nada le impactaba. Ni la bruja oscura ni yo pudimos dañarle en lo más mínimo. Son como fantasmas —dijo Maiden.

—No hay nada imposible para un caballero del dragón, guerrero. No creas que me asustan esos dos Orígenes, si se mueven pueden morir, eso te lo aseguro —replicó Drigán.

—Lo cierto es que no sé cómo vencerles, son auténticos señores de la muerte, inmunes a toda... esperad, esperad, ¡deteneos! —dijo Sirián, parando su vuelo en seco—. ¡Siguen rectos! ¡No nos siguen!

—¿Qué rayos...? —exclamó Drigán mirando cómo, en efecto, los segadores pútridos y los Orígenes seguían un rumbo fijo—. ¿Entonces no nos seguían? ¿Estábamos en su camino? ¿Es eso?

—No estoy segura... posiblemente sí y se hayan desviado algo para cazarnos, pero habrán evaluado que les llevará tiempo hacerlo y han decidido seguir su rumbo original. La pregunta es... ¿hacia dónde van? Es ya la segunda vez que vemos este tipo de ataques organizados liderados por Orígenes, y no es arbitrario. Están atacando posiciones concretas.

—Te refieres al monasterio ¿no? ¿Esa era una posición estratégica? —preguntó Maiden.

—Sí, al monasterio. Y quizás no sepamos qué importancia puede tener ese monasterio, pero está claro que la tenía para ellos. Y ahora... ¿hacia dónde irán ahora?

—A La última llamada —respondió Drigán, guiado por las palabras de su dragón.

Sirián lo miró con los ojos abiertos de par en par, intentando evaluar la situación y los daños que se podrían ocasionar si llegaran allí. Esa ciudad poseía muchos ciudadanos y la catástrofe que se formaría sería monumental. Los segadores pútridos no sólo mataban sino que convertían a sus víctimas, como le sucedió a Monkel, el caballero albino, y casi a Maiden. Cien de esos segadores duplicarían o triplicarían su número en minutos y serían una legión en horas, arrasando la ciudad.

—Tenemos que volver hacia la ciudad, tenemos que advertirles —dijo Sirián tocando el suelo.

—Prioridades, Sirián, prioridades. La nuestra es el camafeo, olvídate de la gente esa, su destino es el que es, no trates de cambiarlo —dijo Drigán, ya harto de tantos cambios en sus planes.

—No lo entiendes, Drigán. Esos segadores pútridos transforman con su veneno a sus víctimas, y si llegan a la ciudad, granjeros, pastores, mercaderes y el resto de la ciudadanía serán engendros de esos. Y hoy será esa ciudad, mañana otras y al final llegarán a la capital. ¿No os dais cuenta? Es un exterminio —dijo alterada Sirián, intentando evaluar la magnitud del problema.

—¿No dijisteis que habían caballeros de Ausper la Mayor en La última llamada? —recordó Drigán acertadamente—. Igual estaban sobre aviso y están ahí preparándose para plantarles cara.

—Pues es cierto lo que decís… ¿cómo podían saber que había un ataque inminente? No tiene sentido… —pensaba en voz alta Sirián.

—A menos que alguien les avisara —dijo Maiden—. A veces la respuesta más obvia es la acertada ¿no?

—Tenía mis dudas sobre que alguien manejara a estos Orígenes, pero ahora estoy más segura. Antes los Orígenes eran entes relegadas a su propia inexistencia, saltando de un plano a otro del tiempo tan rápido que apenas podían verse ni sentirse. Ahora están controlados, no me cabe ya la menor duda, y además de forma ordenada junto a los segadores pútridos. Son títeres controlados por un maestro. Unos ataques ordenados como estos no saldrían de las mentes de esos seres, no… es un rasgo humano —dijo Sirián segura de lo que decía.

—¿Y por qué avisar a la caballería de Ausper la Mayor? —interrogó Maiden, sin ver la conexión.

—¿Por qué llamar a más gente a defender la ciudad? —dijo Sirián, mordiéndose los labios y entristeciendo sus ojos—. Para tener a más gente a la que convertir.

—Alto ahí, Sirián. Esos caballeros serán unos papanatas como personas, pero saben controlar sus espadas lo suficiente como para llevarse por delante a unos cuantos bichos de esos. Igual matan a seis o a diez antes de ser convertidos —dijo Drigán.

—Sí, pero contad con la cantidad de ciudadanos a pie que no saben luchar, mujeres, niños, ancianos… los caballeros son un mero reclamo para diezmar la capital —dijo Sirián alzando de nuevo el vuelo—. Debemos ir allí para avisarles, sino esto será el principio de una catástrofe. De hecho, por eso atacaron el monasterio, para convertir a los monjes indefensos que allí había. Y seguramente habrán atacado otros puestos más como ese. Se está reuniendo un ejército de orchis y tenemos que actuar para evitarlo.

—Estoy contigo, Sirián —dijo Maiden, mirando a Drigán.

—Está bien, está bien. Decidme que estos orchis y sus ataques tienen relación con el camafeo e iré con vosotros, a La última llamada —dijo Drigán dubitativo.

—No sabría deciros aún de qué forma, pero está relacionado. Confiad en mí, os necesitamos para esta hazaña y tened por seguro que vuestro nombre brillará entre los hombres como el héroe que los salvó —dijo Sirián, atacando la debilidad del caballero del dragón, su soberbia.

—Sea pues, pero no llegaremos antes que esos engendros montados en este caballo los dos. Tú sigue aquí —le dijo Drigán a Maiden mientras desmotaba—, que yo iré sobre Kragor til Mass. Sirián, ve a su vera, que yo os veré allí. Por cierto, Maiden… ¿no eres tú quién usas el sobrenombre de matadragones?

—Así me llaman, en efecto —dijo Maiden, que se puso en alerta, inseguro de la reacción de su compañero.

—Buena espada portas, e imagino que valiente habrás sido para ganarte ese título. Te respeto por esa hazaña, porque plantarse ante un dragón para darle muerte no está al alcance de muchos —le respondió, asombrando a todos los presentes.

—Agradezco tu consideración… —apenas logró decir algo más Maiden antes de que Drigán volviera a tomar la palabra.

—No te estoy vanagloriando, guerrero. Yo creo en la muerte de los míos, ese es su destino, aunque es una deshonra que alguien como tú los mates. Pero quería advertirte que tengas cuidado hacia donde apuntas con tu espada, porque como se te ocurra incrementar tu fama ante mi dragón, no habrá lugar en este mundo ni en el otro donde puedas esconderte de la venganza que nacerá en mí.

—No es mi intención… —dijo Maiden, nuevamente interrumpido.

—Imagino que no lo era, pero no hace falta decir nada más. Estoy seguro de que nos entenderemos bien —dijo Drigán, dando por finalizada la conversación.

Maiden y Sirián salieron al máximo de velocidad que el caballo les permitió, mientras que por detrás Kragor til Mass descendía de los cielos en una vorágine de llamas doradas. Cuando Maiden se giró para ver esa monstruosidad de animal y que se aproximaba a Drigán para hablar con él, no pudo evitar sentir algo de alivio de no haber provocado la ira de Drigán. Sí, él había dado muerte a dragones, pero eran de estirpe negra y de mucho menor tamaño. Los dragones dorados rara vez se dejaban ver y sus poderes superaban con creces la de cualquier otro.

CAPÍTULO 19: LA ÚLTIMA LLAMADA

La ciudad de La última llamada recibió ese nombre cuando fue fundada 340 años atrás, debido a que era la última ciudad poblada antes de entrar en las llanuras de Llaídra. Llaídra era una región inhabitable, con un terreno agreste y repleto de grietas, imposible de sustentar plantación alguna. Los animales tampoco podrían sobrevivir por la carencia de agua y las extremas condiciones de calor que había. Por todo ello, La última llamada se convirtió en un refugio de todo tipo de viajeros, aunque pocos se quedaban allí para vivir. Los habitantes eran nacidos allí, y durante cinco generaciones fueron asentando un comercio autóctono y un hábitat habitable para crear una ciudad importante. Años después, el emperador ocupó la zona bajo la protección de su bandera y, con la entrada de la caballería y los recursos del imperio, se nombró a uno de sus ciudadanos como conde: el Conde Casis.

Lo que más destacaba de la ciudad era la construcción de su castellanía, en roca viva. Se aprovechó un monte de piedra dura de más de treinta metros para diseñar un castillo de proporciones colosales. Las salas se excavaron en el interior del mismo monte y la fachada se elaboró con la misma roca extraída, formando un acabado tosco pero resistente e impactante a la vista. Varios balcones de gran amplitud se abrían de forma simétrica a lo largo de toda la superficie, con infinidad de ventanales con troneras asomándose. En la parte más alta, varios trabucos con pesadas piedras al lado miraban al horizonte, preparados para descargar una lluvia de rocas sobre los enemigos. Nunca se habían usado, aunque formaban parte de la historia de la ciudad, y por lo tanto, nunca se llegaron a desmontar. Daban prestigio y eran un símbolo de poderío ante cualquiera que visitara la ciudad, ya fuera un ciudadano a pie o un noble.

Cuando Zurah y Vaiel atravesaron las enormes puertas que abrían el amurallado se dejaron embriagar por el olor de la ciudad. Pan recién horneado humeaba cerca de la entrada, un lugar estratégico para levantar una panadería sin lugar a dudas, con cientos de trabajadores y viajeros pasando por el arco de entrada diariamente. Algunas tabernas presentaban mesas en el exterior de sus respectivos edificios, con bebidas y manjares de todo tipo sobre ellas dando alimento a varios ciudadanos. Pescado fresco, carne roja, patatas cocidas, espárragos del lugar… todo formaba un colorido y apetitoso cuadro gastronómico que hizo rugir con fuerza los estómagos de los dos viajeros. He hecho, no tardaron mucho en tomar asiento en un puesto de madera donde vendían pollos enteros ensartados en un palo y tostados a la leña, acompañados por patatas cocidas cortadas en rodajas y una buena jarra de cerveza fría.

En la posición en la que estaban, cerca de la entrada principal a la ciudad, vieron pasar a toda suerte de personas por delante. Destacaron un grupo de leñadores conduciendo una carretilla rebosante de madera virgen y tirada por una mula, cuatro mujeres corriendo detrás de más de ocho niños y un carruaje oscuro con cortinas verdes que pasó veloz, secundado por cuatro jinetes a su lado. Sin embargo, lo que les puso en alerta fue la presencia de más de una decena de caballeros con el emblema de Ausper la Mayor decorando sus capas. Todos por las calles se apartaban al ver a esos poderosos caballos y a sus jinetes, armados con gruesas armaduras brillantes y avanzando con la mirada hacia el frente como si nada les importara a su alrededor.

—¿Qué estará haciendo aquí la caballería de Ausper la Mayor? —preguntó Vaiel, dando cuenta a uno de los muslos de pollo.

—Lo cierto es que es raro. No verlos en sí, sino que sean tantos y que vayan tan fuertemente armados y equipados —dijo Zurah, mirando más allá de la puerta por si veía a más.

—Mira allí, Zurah —señaló Vaiel, indicando hacia el gran castillo cavado en la roca—. Fíjate arriba del todo. ¿Veo mal o eso que asoma y brilla son cabezas de caballeros?

—¡Por el Creador… son una multitud! No pueden ser tantos —dijo asombrada Zurah.

—Lo son, lo son. Llevan viniendo desde hace varios días y no paran de venir más y más —dijo Carlo, el pollero que les atendió y que se había acercado para recoger los platos vacíos—. ¿Os puedo ofrecer algo más? Se ve que teníais hambre ja, ja.

—Eh... sí, por favor, otra ronda de cerveza fría —dijo Zurah, mirando hacia los lados con cautela e intentando recordar si había dicho algo comprometedor. No le gustaba ser sorprendida de esa forma, y mucho menos habiendo tantos caballeros de la capital cerca.

—Muy bien, ahora mismo se las traigo —dijo Carlo, volviendo hacia su puesto.

—¿Muchos ha dicho? ¿Varios días? Fiuuuuuu... aquí se está cociendo algo, Zurah, y nada bueno tiene que ser. ¿Crees que tendrá que ver con el tema de los alquimistas de la Torre de Erún?

—Intenta hablar más bajo, Vaiel. Es mejor no levantar sospechas. Cualquier descuido puede costarnos muy caro —replicó Zurah, poniéndose el dedo índice sobre los labios—. Sobre los alquimistas no deberías preocuparte, ese grupo no tiene por qué venir aquí para nada. Saben lo del camafeo y puede que estén yendo a buscarlo, pero tal y como nos dijo Drigán, solo sabían que estaba en Llaídra. Eso y nada es lo mismo, las llanuras de Llaídra son muy extensas.

—¿Crees que Drigán habrá contactado con Sirián y Maiden? —dijo Vaiel con cara de preocupación.

—Estoy segura que sí. Además, Sirián sabe apañárselas muy bien. Seguro que están perfectamente y a salvo.

—¿No te resulta raro que no vinieran aquí, como planeamos al principio?

—Viendo el trasiego que hay de caballeros de Ausper la Mayor no me extraña tanto, la verdad. Igual consideraron que era mejor partir de aquí cuanto antes, lo que no es una mala idea, si te soy sincera.

—Pero debemos esperar a Dévora ¿no?

—La pregunta, amigo Vaiel, es ¿durante cuánto tiempo tendremos que esperar? Porque no pienso quedarme en este nido de caballeros mucho tiempo, créeme. Tarde o temprano nos descubrirán y yo soy un reclamo para esta gente, ya sabes...

—Ese caballero del dragón me ha dejado muy mal sabor de boca. Cada vez que pienso en cómo nos dejó ahí tirados luego de haber ido a salvarle me hace hervir la sangre —dijo Vaiel, cambiando de tema.

—Ja, ja, ja llevas con esa canción todo el viaje, Vaiel. Lo cierto es que no hubiera estado de más un *gracias* y una ayudita por venir aquí, pero bueno… han sido unos días pesados y duros de viaje que ahora están siendo recompensados con esta suculenta comida y una buena cama de reposo para esta noche. Y la verdad sea dicha, tuvimos mucha suerte al encontrar ese río y esos maderos que medio flotaban. Nos ahorramos más de dos jornadas de viaje al ir por el agua.

—Esta situación me recuerda mucho a cuando nos conocimos, ¿te acuerdas? Fue en el Alto de Vistok, en menudo follón me metí con esos jueces ja, ja.

—Sí que me acuerdo, ja, ja. Al final logramos salir bien del embrollo, aunque ya tenías la soga en el cuello ja, ja.

—Pues sí. Y al final acabamos como hoy, cenando juntos y luego a la posada a dormir. Supongo que esta vez tampoco queréis que compartamos habitación ¿verdad?

—¡Vaiel! ¿Me estás intentando llevar al lecho? —dijo Zurah riéndose con candidez.

—Nunca es tarde para querer a alguien ¿no?

—Ja, ja, ja, ¿y Dévora, vuestra amante idílica? ¿Unos días con esta bruja por caminos del bosque y ya la has olvidado? Ja, ja, ja. Desde luego de una cosa estoy segura, Vaiel: no eres la misma persona que conocí en aquella taberna.

—Bueno, con aquel Vaiel llegaste a casarte, o eso dijiste a los jueces. ¿Con este nuevo Vaiel celebrarás las nupcias? —dijo Vaiel, acercándose a ella hasta el punto de sentir su calor.

—Tú sigue intentándolo, Vaiel, pero no va a ser hoy —le respondió de forma tajante Zurah, echándose hacia atrás y recibiendo las dos jarras de cerveza que Carlo les traía. Vaiel se sintió algo miserable de lo que había hecho, no se reconocía a sí mismo. Había ofendido a su compañera poniéndola en una situación muy angustiosa y ese no era su estilo. Por un momento pensó en disculparse, pero ella no aparentaba haberle dado tanta relevancia. Vio como daba un gran trago de su jarra y le hizo además para que él hiciera lo mismo, pues tenían que ir pensando en refugiarse en una posada y recuperar fuerzas para mañana.

Durante tres días estuvieron anclados en la posada de Ruger, un hombre de conversación estimulante y servicio impecable. Sus precios eran altos, pero Zurah traía consigo suficientes átlidos como para permitirse el lujo de alojarse ahí, tanto ella como Vaiel. Ruger les contó que había oído algo acerca de un posible ataque de enemigos que venían del Norte. Nadie sabía quién lideraba ese ataque ni por qué lo hacía, pues no había constancia de que Ampiria tuviera una guerra tan importante como para involucrar el mismísimo emperador. Muchos rumoreaban que eran demonios procedentes de las llanuras de Llaídra, mientras que otros decían que era el fantasma del antiguo emperador que quería recuperar su reino y poblarlo de muertos vivientes. Lo que sí era del todo cierto, era que La última llamada nunca tuvo a tantos regimientos de caballeros en sus calles. Además, se habían contratado los servicios de varios herreros y carpinteros para habilitar los trabucos de los balcones de la castellanía y las troneras de las ventanas. Se estaban preparando para una guerra, de eso no cabía ni la menor duda, aunque el pueblo prefería no creerse del todo esa verdad y seguían con sus quehaceres diarios como si nada extraño estuviera pasando.

Fue en el atardecer de ese tercer día cuando alguien llamó a la puerta de Vaiel con tres golpes secos. Vaiel imaginó que era Zurah, pues era la única persona en todo el pueblo con quien tenía relación. Casi sin preguntar, fue y abrió la puerta, pero no encontró a Zurah, sino a Dévora, mirándole con ojos de cansancio y alegría. Sus ropajes estaban sucios y rotos por varias partes, y uno de sus hombros presentaba una herida tapada con un pañuelo, al igual que su brazo izquierdo. Los mofletes los tenía cubiertos de una película de tierra y sudor, la típica que evidenciaba el haber recorrido un largo trayecto. Vaiel enmudeció ante la presencia de la ladrona y apenas llegó a balbucear algo sin sentido.

—Yo también me alegro de verte, Vaiel. ¿Te importa que pase? —dijo Dévora, dando sus primeros pasos hacia el interior de la habitación—. Han sido unos días bastante agotadores y necesitaría cambiarme las gasas de las heridas y asearme un poco.

—Sí, sí claro… ¿necesitas una habitación? O sea, puedes quedarte con ésta, claro, yo me iría a otra, me da igual una que otra… —dijo Vaiel haciéndose un lío.

—No hace falta, de verdad. Pero usar esta bañera de aquí sí que me gustaría, hace ya tiempo que me hacía falta un baño relajante, pero no voy a robarte tu habitación, ni mucho menos —dijo Dévora, entrando en el baño y desnudándose con rapidez.

—Estooo, vale, yo te espero abajo en una mesa, pediré algo de comer, aunque tengo que preguntar a Zurah si hay dinero porque yo no tengo nada ja, ja. Pero sí, ella tenía bastante, no creo que le importe, de hecho se alegrará mucho de verte, como yo. ¡No ahora! claro está, sino cuando estés vestida… aunque estás muy bien así, no hay nada malo, bueno… —siguió diciendo Vaiel como si estuviera practicando un trabalenguas.

—¿Está Zurah contigo? Me alegra saber esa noticia. ¿Y Sirián y Maiden? Supongo que han llegado también ¿no? —dijo Dévora, metiéndose en la bañera llena de agua y haciendo caso omiso a lo que Vaiel decía.

—Eh… sí, Zurah está conmigo. Sirián y Maiden fueron directos hacia Llaídra. Drigán fue hacia ellos para reunirse allí. Nosotros decidimos esperarte aquí —respondió Vaiel, sentándose en una silla donde podía ver parte de la bañera de reojo.

—¿Que fueron directos? Uhmmm, la caballería que hay por aquí alienta mucho a eso, la verdad. No se sentirían seguros y prefirieron seguir, aunque han hecho mal. Debemos ir juntos y no a cuentagotas.

—¡La caballería! ¿Has visto cuántos son? Nos han dicho que son cientos de caballeros y que vienen enemigos a atacar esta ciudad. ¿No te parece una locura? Este castillo es lo más duro y mejor enclavado que he visto en toda mi vida, y con la de caballeros que hay aquí esos enemigos van a salir volando de Ampiria, ja, ja —dijo Vaiel, soltándose un poco.

—No te creas, el panorama que yo veo es algo más desalentador. Hazme un favor, dile a Zurah que venga, así también puedo hablarlo con ella.

—Por supuesto que sí, ahora mismo voy —dijo Vaiel, levantándose al momento de la silla y saliendo hacia la habitación de su compañera.

Zurah estaba eufórica al enterarse que uno del grupo había vuelto. Ya empezaba a preocuparse de estar todos tan divididos en sitios distintos. Cuando se reunió con Dévora en la habitación de Vaiel, la vio recién bañada y recogiéndose el pelo, algo castigada físicamente pero con la moral alta. Estaban cerca de su destino y seguro que tenía algún plan maestro para ponerse en marcha. Dévora tenía esas dotes de liderazgo que la hacían única, sabía en todo momento cómo actuar y qué hacer para dirigir al grupo con confianza y acierto.

Ya estaban los tres reunidos, con Vaiel sentado en una silla, Zurah en la cama y Dévora frente a la ventana, viendo como cinco caballeros discutían en la plaza de abajo con unos ciudadanos por algo referente a un saco de fruta. Ya se habían saludado con efusividad y resumido los acontecimientos, y ahora tocaba trazar un plan de acción inmediato.

—Bien grupo, la cosa está clara entonces. Si Sirián y Maiden han ido directos hacia el Lago de los susurros es porque han evaluado que estaban más seguros en ruta que en la ciudad. De Drigán prefiero no opinar, ese va un poco a su aire y no podemos contar con él de forma efectiva. La cosa es que aquí está habiendo mucho movimiento, como ya habéis constatado, y no es para menos: un ejército de orchis se avecina —dijo Dévora.

—¿Un ejército de orchis? —dijo Zurah extrañada—. Pero… ¿cómo que un ejército de orchis? ¿A atacar la ciudad dices?

—Así es, Zurah. El caso es que tengo buenas relaciones con el Conde Casis, o al menos las tenía, y me gustaría ir a hablar con él acerca de los acontecimientos que se avecinan. Sé que puede parecer poco idóneo meternos en este embrollo, pero si esos monstruos vienen aquí a atacar, es nuestro deber ayudar. Sirián siempre ha dejado claro que tiene como prioridad el asunto del camafeo, pero yo no pienso igual.

—Según tengo entendido estás siendo perseguida por el imperio ¿no? ¿Qué te hace suponer que el Conde de esta ciudad te abrirá sus puertas y no te encerrará en sus prisiones? —dijo Vaiel con claros síntomas de estar preocupado al ver hacia dónde iba el pensamiento de Dévora.

—Sí, pero siempre fue una persona comprensible y estoy segura de que al menos me oirá. Además, necesitará a todo hombre y mujer hábil para repeler ese ataque, y creo que nosotros podemos ser de mucha utilidad.

—Espera Dévora, espera. No pienses ni por un momento que usaré magia delante de todos esos caballeros. Eso será mi sentencia de muerte y lo sabes perfectamente. Si hay algo a lo que teman más que a los segadores pútridos, es a una maga convocando embrujos. No cuentes conmigo para ese plan, te lo digo desde ya —sentenció Zurah con firmeza.

—Lo sé, Zurah, lo sé. No es mi intención que hagas eso, ni mucho menos. Hay muchas formas de ayudar, socorriendo a la gente herida, ayudando en las cañoneras del fuerte, trayendo agua y munición donde se necesite… hay muchas formas de echar una mano en esta guerra que se avecina.

—Dime la verdad, Dévora. ¿Por qué quieres ayudar a esta gente? ¿Qué más te da a ti lo que le pase a este pueblo, si te persiguen para darte muerte? —replicó una Zurah inquisitiva.

—Me da igual lo que le pase a los altos cargos, aquellos que solo viven para engordar su capital, pero no puedo quedarme sin hacer nada por el pueblo. Yo provengo de la calle, como todos esos niños y trabajadores de la tierra que veis ahí abajo, cosechando y vendiendo sus productos para poder vivir. Si puedo hacer algo para ayudarlos, he de hacerlo, se lo debo. Si no, ¿qué sentido tiene ser un buen espadachín o tener buenas habilidades en combate? Mi función debe ser ayudar al mayor número posible para que salgan indemnes.

—¿Incluso si te matan en ese intento? Eso es más orgullo de caballería que de ladrona, y no te lo tomes a mal —dijo Zurah.

—Es orgullo de persona y de ciudadana, Zurah. Tú has vivido siempre un poco alejada de todos, intentando no relacionarte más de lo normal para estar segura, dada tu condición de bruja, pero yo tengo a muchos amigos ahí abajo. Sí, son amigos casuales, pero muchos de ellos son personas humildes y agradecidas que no se lo pensarían dos veces antes de cobijarme en sus casas para ocultarme. Son familias con niños, un futuro que se va a segar cuando lleguen esos seres.

—¿Y crees que si nos quedamos nosotros tres cambiarán mucho las cosas? —dijo Zurah, levantándose y mirando también por la ventana.

—Seguramente no, pero al menos sabré que lo he intentado. ¿De qué me sirve ir a por el camafeo y destruirlo, si la población está siendo ya diezmada por los orchis? ¿Nuestra intención es salvarlos y los dejamos morir? Es un contrasentido, mires como lo mires. Yo me quedo, y espero de vosotros hagáis lo mismo, aunque no os puedo obligar —dijo Dévora, incitando al resto a pronunciarse.

—Luego de todo lo recorrido con vosotras, lo que he visto y contra quien he combatido... os debo todo lo que soy ahora, y todo empezó contigo, que creíste en mí —dijo Vaiel, poniéndose firme frente a la ladrona—. Cuenta conmigo, Dévora. Haré todo lo posible para cumplir con este pueblo.

—Debemos estar locos por querer quedarnos aquí. Contad conmigo también, aunque eso sí: no pienso morir inútilmente. Si la cosa está perdida, me largo volando apenas pueda. Quiero dejarlo claro. No hay mayor desprecio a la vida que no querer seguir vivo, o al menos así lo veo yo —respondió Zurah cediendo ante la mayoría—. ¿Tienes ya preparado tu discurso ante el Conde?

—Os agradezco el compañerismo —respondió Dévora, atándose la capa a la altura del cuello—. Ahora mismo iré al castillo a pedirle audiencia. Si no vuelvo antes del anochecer, tomad vuestras propias decisiones, porque eso significará que no me recibió con los brazos abiertos.

—¿Quieres que te acompañemos, Dévora? —dijo Vaiel al momento—. Te conozco lo suficiente como para pronunciar mi opinión sobre ti ante ese Conde.

—No, prefiero que no. Quédate aquí y aguarda con Zurah.

—Vuelve, ¿vale? Que acabamos de recuperarte en el grupo como para perderte tan pronto. Nosotros estaremos preparados —dijo Zurah dándole un abrazo.

Y sin más que decir, Dévora salió de la posada y se dirigió rumbo al gran castillo tallado en la montaña. Estaba más nerviosa de lo que aparentó en la habitación con sus dos amigos, pero quería mantener el temple y no provocar el miedo inútilmente. Lo cierto es que no confiaba mucho en obtener el beneplácito del Conde Casis, pero sentía que tenía que intentarlo. No obstante, tenía una carta a su favor, y fue en cómo lo ayudó en enmascarar cierto problema que tuvo con una prostituta y un niño bastardo que nació de esa unión. Dévora fue muy meticulosa y eficiente en hacerlos desaparecer en otra región, hasta el punto de hacerle creer a la mujer que el padre de su hijo era de un caballero de la Corte y no del Conde. Supo engañarla contándole medias verdades de su noche de pasión, dándole a ver que estaban muy ebrios, que en la noche no se apreciaba bien quién era el hombre que estaba con ella y que su hijo tenía un parecido más que notorio a un caballero de alto rango de la Corte que se hizo pasar por el Conde para obtener más beneplácito. Además, le dijo que decir que su hijo era el bastardo del Conde podía traerle muchos problemas y eso bastó para hacerla recapacitar. Le dio una buena cantidad de átlidos de parte del caballero, cortesía del Conde realmente, y se dio por satisfecha en otro pueblo.

Dentro del castillo había mucho revuelo, muchos heraldos caminaban de un sitio a otro con piezas de armadura y armas pesadas colgando de sus cuellos, y los nobles estaban enzarzados en discusiones a cada esquina. Se olía la guerra en cada sala. No le costó mucho encontrar a sir Fynneas, un caballero de la orden del palo que gustosamente aceptó recibirla, aunque se mostró reacio a darle audiencia con el Conde. No le convenció hasta que le dijo su nombre: Dévora de Vohm. Ya había llegado la orden de arresto de la ladrona a La última llamada, y aunque por un momento el caballero estuvo tentado de apresarla, viendo que venía con las manos descubiertas y entregándose ella misma, dio parte a su superior. Para sorpresa de Dévora y de Fynneas, el Conde aceptó verla.

La sala del trono era un lugar lúgubre, con cirios encendidos alrededor de mesas de mapas y con armaduras ornamentales desgastadas decorando cada columna. Se apreciaba en toda la estancia una sensación de abandono persistente, con suelos arañados y paredes con desconchones. Toda la sala estaba repleta de altos rangos de la caballería, tales a generales y comandantes, hablando entre ellos mientras señalaban con insistencia puntos concretos en los mapas de la ciudad. Otros simplemente esperaban el momento de entrar en batalla, comiendo y bebiendo como si fuera su última vez. El Conde Casis estaba al fondo del todo, en una mesa enorme ocupada por varias fichas sobre un mapa a escala de la ciudad. A su alrededor se podía ver a varios estrategas que tejían líneas con hilos y movían fichas, bajo la atenta mirada del Conde y sus hombres de confianza. Entre esos estrategas, Dévora reconoció a Combia de Jess, un rastreador muy hábil con un olfato privilegiado. Era capaz de distinguir hasta diez tipos de quesos con los ojos vendados y de saber los ingredientes de algo cocinado con solo oler el plato. Cuando Dévora llegó a la altura de lord Casis, se arrodilló ante él y esperó su palabra.

—Dévora de Vohm… mal momento habéis elegido para venir hasta aquí. Como seguro que ya sabréis, estamos algo ocupados preparándonos para un ataque inminente de segadores pútridos. Vuestra arrogancia veo que no ha cambiado y os atrevéis a venir hasta aquí incluso con una orden de arresto hacia vuestra persona. Así que hablad, contadme por qué no debería ordenar que os ejecuten aquí y ahora siguiendo las órdenes del marqués Brovián —dijo el Conde Casis, haciendo caso al protocolo que Dévora esperaba que siguiera.

—Mi Lord Casis, señor de las tierras que pisamos. Ante todo disculparme por mi atrevimiento, mas estoy segura que ya me conocéis lo suficiente como para saber que las acusaciones que planean sobre mi cabeza son falsas. He sido víctima de quienes desean verme muerta y caí en una trampa de aquellos que eran llamados amigos, mas sabré demostrar mi inocencia. No obstante, no es ese hecho el que me ocupa ahora, sino el de la batalla de la que hacéis referencia —respondió Dévora con toda la tranquilidad que podía denotar.

—¿La batalla? ¿Y qué podéis hacer para la batalla? ¿Tenéis algún ejército oculto bajo vuestra capa? Porque no sé bien cómo podríais socorrernos en esta desventura —replicó el Conde, mirándola con desprecio incluso. Dévora se percató de que no iba a encontrar mucha amistad ni recuerdos a su favor en esta sala, así que optó por tomar medidas extremas.

—Igual sí, mi señor. Veo que hay un ejército bastante nutrido en la ciudad, y más que están viniendo siguiendo la llamada de vuestra persona, mas hay otros que no han llegado y no llegarán por no considerar este tema como suyo. Hablo de los jueces, los caballeros ordenados en el Alto de Vistok y cuya frialdad y devoción en el combate resulta ya legendaria. Está en mi mano traerlos, si ello os sirviera.

—¿Los caballeros lalianos? —dijo el Conde, cambiando su rostro de enfado a cauteloso—. ¿Decís que contáis con su favor? ¿Es eso verdad?

—Así es, mi lord. Podría traerlos para que lucharan a vuestro lado para repeler al ejército de orchis. Así mismo, podéis contar con mi ayuda para el combate, por supuesto.

Todos los integrantes de la mesa enmudecieron ante el nuevo enfoque que Dévora estaba dibujando. Los jueces sería una ayuda muy preciada, sin lugar a dudas.

—Según nuestros vigías, los segadores pútridos están a seis jornadas, o menos, de aquí. Y el Alto de Vistok está bastante más lejos… —apuntó Combia de Jess, dirigiéndose al Conde y mirando de reojo a Dévora.

—Tengo un medio para ir allí y volver en el mismo instante. Antes de mañana por la mañana, ya estarán todos los jueces disponibles viniendo hacia nuestra posición. Puede que no todos sobrevivan al viaje, mas tengo plena confianza en traer el máximo número posible de ellos.

—¿Y cómo podéis hacer tal proeza, si puede saberse? —preguntó de nuevo el Conde. Dévora sabía que esta era la pregunta clave y en la respuesta se lo jugaba todo.

—Tengo a una maga que obedecerá todo lo que yo le diga. Ella podrá traerlos aquí teleportándolos —pudo decir Dévora, antes de que todos gritaran con terror e incluso se echaran hacia atrás unos pasos.

—¡Una maga decís! Ya había oído algo acerca de ello, que os rodeabais con magos, pero me costó creer esa parte de la historia. Los magos hace tiempo se erradicaron, aunque se ve que algunos de ellos supieron esconderse en sus cubiles como arañas acechantes. ¡Y vos sois amiga de uno de ellos! ¿Qué queréis que os diga, Dévora? Habéis insultado a un marqués del imperio, se os acusa del asesinato de sir Thernok, líder del gremio de las letras, y ahora me venís con que sois amiga de un mago. ¿Qué se supone que es este juego? ¿Queréis morir y que sea yo quien dé esa orden? ¿Es eso? —dijo indignado el Conde de Casis.

—Estáis en vuestro derecho de obrar como dispongáis, mi señor. Yo solo puedo ofreceros ayuda para diezmar y vencer a esos seres. Soy consciente del inmenso daño que los magos hicieron a estas tierras, mas no todos abrazan el dogma de la destrucción sin control. Algunos buscan ayudar, al igual que hay señores que solo piensan en su fortuna y otros que piensan en su pueblo —dijo Dévora intentando medir sus palabras.

—¡Esto es intolerable, mi señor! —dijo un caballero de barbas canas y semblante arisco—. No podemos permitir esta ofensa, esta fugitiva debe ser sentenciada ya.

—¿Cómo os atrevéis a venir aquí para decir esa barbaridad? ¡Nosotros no nos juntamos con esa calaña, amiga de magos! —dijo otro más joven.

—Está bien, está bien, guardad silencio —dijo lord Casis, pensando con frialdad unos segundos antes de mirar nuevamente a los ojos de Dévora—. Debería cumplir con mi obligación de daros muerte aquí y ahora por vuestros pecados hacia el imperio, mas tengo una obligación más importante que esa, y es proteger a mis tierras del peligro inminente que se avecina. Desconozco vuestras aptitudes y amistades más allá de lo que os traté en el pasado, pero si realmente tenéis forma de traer aquí a la caballería del Alto de Vistok, he de apoyaros. Quiero dejar claro que esto no os exculpa de vuestra sentencia de búsqueda y captura.

Nadie se atrevió a discutir al Conde Casis, aunque se veía el desacuerdo en muchos rostros. Nadie quería estar al lado de una prófuga y mucho menos estar relacionado algún mago, personas tabú en boca de todos. Dévora se irguió y miró a su alrededor, intentando buscar dentro de los corazones de los presentes un nexo de unión y confianza, algo que se le antojaba complicado pero no imposible para sus dotes de convencimiento.

—Mi señor Casis, caballeros de La última llamada y de Ausper la Mayor, arqueros y guerreros que pertenecéis a algún gremio y que habéis venido hasta aquí para luchar… Los segadores pútridos son seres insensibles al dolor, capaces de atravesar la armadura más fuerte con un solo tajo de sus poderosas raíces, y no contentos con darte muerte, te convierten en uno de los suyos. Son incansables y rápidos, capaces de pensar para realizar ataques conjuntos, escaladores muy hábiles merced a sus extremidades de ramas y muy persistentes a la hora de mancharse con la sangre de sus víctimas. He luchado contra ellos y he visto como compañeros míos acababan convertidos en segadores pútridos, consumidos por dolores y transformaciones horripilantes sobre sus cuerpos. Aún estás con vida cuando tu cuerpo va marchitando tus brazos y tus piernas, consumiéndolas en cenizas y sacando en su lugar unas raíces putrefactas. Los ojos te estallan y los huesos del torso se fragmentan en mil cachitos para mezclarse con más ramajes marchitos. Y aún vives, aún gritas de dolor viendo cómo te estás convirtiendo en uno de ellos —dijo Dévora con voz alta y clara, como haciendo un discurso. Todos estaban mirándola con la mirada baja, pensando en la tragedia del suceso que narraba. Los tenía dolidos y tenía que seguir en esa línea—. Estoy segura de que ninguno de los presentes desea tan trágica muerte, y mucho menos para sus familiares. Muchos de vosotros tendréis esposa, hijos, hijas, padres, incluso abuelos, y saber que no podréis defenderlos ahí fuera no es lo peor, sino que os los reencontréis convertidos en uno de los engendros. Y tendréis que matarlos, tendréis que mirar lo que queda de vuestra hija pequeña y atravesarla con vuestros mandobles, salpicándoos en su sangre infecta. No... yo no puedo dibujar ese cuadro en mi mente, no puedo aceptarlo, incluso sabiendo que la cosa está peor de cómo nos lo pintan, pues con esos segadores pútridos vienen Orígenes también. Van unidos de la mano, luchando a la par con la maestría de un destructor de reinos. Los Orígenes son intocables, no tienen carne ni alma, y su sola presencia basta para hacerte arder entre llamas. No... no podemos ni debemos admitir que se nos entierre con tanta humillación y dolor, no podemos abrazar la idea de scr títeres en manos de esos engendros salidos de un infierno de demonios. Debemos combatirlos con todas las armas que tenemos, ya sea una espada de acero, una piedra del camino o la magia de un mago. Porque al fin y al cabo, todos somos de la misma raza, somos personas libres bajo una misma bandera. Lo que nos diferencia de ellos es precisamente nuestra capacidad de perdonar y creer, de razonar y buscar nuestro bienestar. Yo soy una persona libre, como todos vosotros, y vengo aquí para luchar contra quienes desean arrebatarnos esa libertad, segándonos la vida con una muerte en vida. Y os imploro a todos que miréis hacia el mismo frente que yo, porque solo así alcanzaremos la victoria.

Combia fue el primero en abrir el silencio con un aplauso, que se vio seguido de otros tantos. Dévora había calado en el corazón de los presentes, describiendo con esmero el dolor y el temor de la pérdida. Muchos seguían en desacuerdo en lo relativo a apoyarla, aunque otros se iban uniendo al aplauso generalizado. Finalmente, el Conde Casis asintió y dio un par de palmadas, mostrando su apoyo a la ladrona.

—No quiero saber cómo, pero hacedlo, Dévora. Tomad este anillo mío que os abrirá cualquier puerta en ese castillo. Ahora id y traed a los jueces —dijo el Conde Casis, dándole toda su confianza a Dévora. Ésta hizo una grácil reverencia y se retiró de la sala suspirando. Ahora le tocaba lo más difícil: convencer a Zurah de usar su teleportación para ir al Alto de Vistok y luego traerse a todos los jueces posibles de allí. Eso sí que iba a ser una batalla complicada. Lo que Dévora no sabía era que justo por las puertas de la ciudad un guerrero de constitución descomunal y una animista blanca estaban llegando de un largo viaje. A unos metros por delante, Drigán avanzaba con paso firme hacia tres caballeros que miraban con extrañeza su suntuosa armadura. Habían llegado y eso solo significaba una cosa: los enemigos estaban más cerca de lo que suponía el Conde Casis y Dévora.

CAPÍTULO 20: UNA PUERTA HACIA LA SALVACIÓN

Sirián, Maiden y Drigán no pararon para descansar ni un solo minuto. Era evidente el cansancio sobre sus rostros, mas la situación apremiaba. Los enemigos estarían a las puertas en un día o dos como mucho, y la ciudad se veía poco preparada ante sus ojos. La gente seguía haciendo su vida normal, cosechando sus granjas, ordeñando su ganado y trabajando en sus labores cotidianas. Al menos sí había mucha presencia de caballeros, de toda índole y rango, sobre todo alrededor del gran castillo de piedra que tanto orgullo daba a La última llamada.

Drigán no se lo pensó dos veces antes de acercarse a un grupo de tres caballeros de armadura oscura con pinchos coronando sus hombros y coderas. Procedían de una orden intermedia, los denominados guardianes del dolor, aunque comúnmente se les conocía como los caballeros de la serpe. Drigán llegó a su altura con paso firme y mirada recta, amenazante hasta el punto de hacer que uno de ellos desenvainara su espada larga.

—Vosotros tres. ¿Quién está al mando de todo esto? Tenemos que hablar con el que dirige aquí a todos —dijo Drigán, mientras se quitaba la tierra pegada a su rostro.

—¿Quién dirige? ¿Os referís al Conde Casis? —dijo uno de ellos con algo de asombro.

—¿Y dónde está ese Conde? ¿Allí arriba? ¿En el castillo? —dijo Drigán, señalando la enorme construcción.

—¿Estás de broma o qué? Mira, no sé quién eres, pero si… —respondió otro de los caballeros de la serpe antes de ser interrumpido de nuevo por Drigán.

—No estoy de broma, así que dame una respuesta cuando te hago una pregunta, no quieras que te la arranque de peor forma ¿Está ahí dentro el Conde Casis? ¿Dentro del castillo?

—Sí, claro, está ahí dentro. ¿Quién sois, caballero? —mencionó el caballero de la serpe amedrentado por la convicción y formas de Drigán. Suponían que debía ser un alto cargo de la nobleza, no les cabía la menor duda.

—Eso no os importa —dijo Drigán antes de darse la vuelta y señalar a Sirián y Maiden que los siguiera.

—Lo tuyo no son las formalidades ni la delicadeza ¿eh, amigo? —le dijo irónicamente Maiden acompañando con una pequeña carcajada. Drigán le respondió con un murmullo corto incitando a que se callara.

—Espera, Drigán. Si nos llevas hacia ese castillo, habéis de saber que yo no puedo pisarlo. Sería cuestión de tiempo que alguno de los allí presentes me reconociera como una animista conocedora de la magia, y saltarían todos a darme muerte. Ya sabéis que los caballeros de Ausper la Mayor me seguirán hasta el mismísimo infierno para darme muerte —dijo Sirián cogiéndole del antebrazo.

—Que se atrevan… en mi presencia nada tienes que temer. Si alguno de ellos se atreve a ponerte la mano encima, se la cortaré y se la haré comer allí mismo —respondió Drigán con su característico enfado permanente.

—Sé que seríais capaz, pero venimos en son de paz, para ayudar, y no para derramar más sangre. Creo que lo más adecuado sería que Maiden fuera en representación nuestra, mientras que nosotros nos informamos por la ciudad.

—¿Este guerrero hablando en mi nombre? Estarás de broma ¿no? En mi nombre solo hablo yo o Kragor til Mass, pero no un individuo como éste.

—Ya me estás fastidiando un poco con tu falta de tacto, Drigán. No sé qué problema tendrás conmigo, pero igual va siendo hora de que lo hablemos —dijo Maiden, remangándose la chaqueta y preparándose para pegar dos o tres puñetazos si fuera necesario.

—¿Me estás hablando a mí, desgraciado? —dijo Drigán, parándose en seco y cerrando sus puños en respuesta al desafío—. Te vas a tragar tus amenazas con sangre.

—Tranquilos chicos, os lo ruego. No es el momento ni el lugar, hay presencia de caballeros por todas partes y no nos queremos meter en problemas, además… —intervino Sirián antes de ser empujada por Maiden bruscamente, que no cesaba de mirar a Drigán con antipatía.

—¿Te crees que me das miedo? ¿Crees que me amedrenta un tipo como tú? Serás capaz de asustar a mucha gente hablando así, pero a mí me resultas cómico. Tipos como tú los desayunaba todos los días en las tabernas, vais de gallitos y no sois más que unos corderos con piel de lobo —dijo Maiden acercándose a menos de un metro del caballero del dragón, que resopló como si fuera un toro salvaje ante la amenaza.

—Parece que el matadragones se lo tiene creído ¿eh? Solo por haber empujado a Sirián ya mereces que te de la paliza que estás pidiendo, desecho de persona. Pero luego no me vengas llorando y clamando perdón, porque no pienso parar hasta verte muerto, perro —dijo Drigán, lanzando un derechazo directo al vientre de Maiden, que reculó inclinándose hacia delante. Drigán preparó un nuevo puñetazo con la zurda, aunque esta vez el guerrero la esquivó, contraatacando con su diestra directa a la cabeza. El rostro de Drigán giró bruscamente hacia un lado, saltándole sangre de la boca al suelo. Poco a poco, levantó de nuevo su rostro con los ojos inyectados en ira hacia Maiden, que se puso en guardia preparado para embestir de nuevo. Fue entonces cuando Sirián se puso de nuevo en medio con los brazos extendidos hacia ambos luchadores.

—Os lo ruego, no sigáis con esto. Nos están observando todos y como nos vea la caballería nos van arrestar. Por favor, parad.

—Apártate, Sirián. Este desgraciado se ha cansado de vivir y quiere dejar ya este mundo —dijo Drigán sin apartar la vista de su rival.

—Adelante, gallito, ya ibas necesitando que un hombre de verdad te diera una paliza para callar esa bocaza que tienes —le espetó Maide, incitándolo más aún.

Varios ciudadanos de La última llamada se pararon a varios metros para ver el griterío. Se iba formando poco a poco un círculo de personas que no paraban de señalar y susurrar entre ellos acerca de los dos combatientes. Sirián se vio de nuevo rebasada por Drigán y Maiden, que la apartaron para enzarzarse en un nuevo festival de puñetazos, dos para Maiden en la cabeza y uno para

Drigán en la zona del hígado. Los dos eran hombres muy corpulentos y de mucha resistencia a los golpes, aunque incluso ellos tenían un límite. Drigán entonces iluminó brevemente sus ojos, preparado para encauzar sus poderes de caballero del dragón y acabar esto de dos golpes, mas una voz suave de entre el tumulto, lo detuvo.

—No se os puede dejar solos ¿eh? Los hombres solo pensáis en partiros la cara para ver quién es el macho alfa, cuando no sois más que títeres de las mujeres.

Los dos miraron hacia allí, al igual que Sirián, reconociendo entre la capa de cuero negra, la desafiante silueta de Dévora acercándose hacia ellos.

—¡Dévora! ¡Estáis...! Offf —llegó a decir Maiden antes de ser silenciado por un derechazo directo al estómago que lo dejó de cuclillas en el suelo.

—Está bien, Drigán, ya está bien. ¿Se puede saber qué ha pasado aquí?—dijo Dévora, deteniendo la contienda con su capacidad innata de tranquilizar con el habla. Luego miró hacia la muchedumbre y se dirigió a ellos—. ¡Y todos vosotros podéis seguir vuestro camino, aquí no hay nada que ver! ¡Venga, fuera todos!

—Maldita sea, Drigán. Debéis tener más temple y menos orgullo. Maiden nada malo os ha hecho para que os comportéis con él de la forma que hacéis —le regañó Sirián, agachándose donde el guerrero para ayudarlo a levantarse. Maiden estaba sin lugar a dudas herido en su orgullo, pero no vencido.

—¿Así es como entiendes que es una pelea de honor, caballero del dragón? ¿Pegando por traición? ¿Así es como forjas tu leyenda? —le dijo con un claro enfado en su voz.

—Cuando uno pelea, pelea. No me vengas con tonterías de las tuyas, guerrero de pacotilla. Si te vas a poner a mirar a la primera que se te acerque, es cosa tuya —respondió Drigán mirándolo con asco—. Pero si quieres más, solo pídelo, que aún tengo mucho más que ofrecerte.

—Chicos, así no vamos a ningún lado. Si os queréis matar, hacedlo, id fuera de la ciudad y mataos de una vez. No tengo ganas de separar a dos toros bravos que buscan ver quién tiene su verga más grande, la verdad. Sirián, vámonos mientras con Vaiel y Zurah, que tenemos que prepararnos para la batalla que se avecina.

Afortunadamente, disponemos de muchos caballeros valientes y con honor que darán la vida para salvar al pueblo y no a dos tontos que solo piensan en partirse la cara por dos insultos —dijo Dévora, dándose la vuelta a la vez que cogía a Sirián del brazo.

—¿Caballeros valientes? Ja, ja, ja, permite que me ría, ladrona. Acabarán todos convertidos en lechugas como rompan las defensas —dijo Drigán, cayendo en la sencilla trampa que Dévora había interpuesto al tocar el orgullo de los luchadores.

—No lo dirás en serio ¿no? —dijo Maiden—. Éste no para de mofarse de mí tratándome de ser un don nadie, y no tengo por qué aguantar tal ofensa. ¡Por mucho menos he matado a gente!

—Pues perfecto, Maiden. Mataos… Si es así cómo pensáis, hacedlo, mataos. Yo seguiré venerando a los hombres que demuestran su valía en el campo de batalla, enfrentándose a enemigos y no a los que están en su mismo equipo. Si alguno de los dos pensáis que sois más hombre o que defendéis vuestro honor de esta forma permitidme que os aclare una cosa: estáis haciendo lo contrario. Estáis demostrando que no sois gente de fiar y que desde luego no os quiero tener en mi grupo, pues por cualquier cosa saltaréis a dar puñetazos para imponer vuestro egocentrismo. Así que adelante… mataros de una vez —expuso Dévora, dejando tanto a Drigán como a Maiden pensativos y con poco que decir. Se seguían mirando desafiantes, pero las palabras de Dévora les mantuvieron quietos y menos dispuestos a matarse. Sorprendentemente, fue Drigán el que tomó la iniciativa, secándose la sangre de sus labios y extendiendo su mano hacia Maiden.

—Te has atrevido a enfrentarte a mí y eso pocos hombres lo habrían hecho. Felicidades, guerrero. Ahora debemos luchar contra esos engendros de raíces y ahí veremos cómo luchamos cada uno de nosotros. Eso sí, cuando todo esto acabe, tenemos una disputa pendiente para ver quién golpea más fuerte.

Maiden dudó unos instantes al ver la mano ensangrentada de Drigán dispuesta hacia él. Igual era una treta que ocultaba un nuevo intento de sorprenderlo, aunque parecía que era sincero. Maiden se secó también la sangre que manaba de su boca y selló el pacto cerrando su mano sobre la del caballero del dragón.

—Bueno, y ahora venid conmigo a un lugar más recogido donde podamos hablar más tranquilos. En unos días llegarán los enemigos y hay mucho que hacer. ¿Sabéis algo nuevo del camafeo? —dijo Dévora, tomando el camino hacia la posada donde Zurah y Vaiel estaban esperándola.

—Un inciso, Dévora. Los enemigos estarán aquí en una jornada o dos como mucho. Venían pisándonos los talones —dijo Sirián, mirando de reojo a los dos hombres. Dudaba que realmente hubiesen hecho las paces.

—¿Dos días? —dijo Dévora sorprendida y acelerando el ritmo de sus pisadas—. Démonos prisa pues, aquí van a morir muchos, y para nuestra desgracia, depende de nosotros.

—¡Qué raro! —dijo Drigán en tono irónico.

La alegría de volver a ver a Dévora fue mayúscula, y al constatar que traía consigo a Sirián, Maiden y Drigán, se convirtió en euforia. Estar de nuevo los seis reunidos bajo el mismo techo resultaba un golpe de aire fresco para la moral de todos, algo mermada luego de los últimos acontecimientos. Dévora les contó a los recién llegados cómo fue su huida y la amistad que forjó con sir Leonardo y la dama Lilian, así como la reunión que acababa de tener con el Conde Casis, en el castillo. Por su parte, el grupo de Drigán, Maiden y Sirián expuso sobre la mesa sus descubrimientos acerca del camafeo y la preocupación de cómo estaba relacionado con la proliferación de los segadores pútridos. De nuevo salió la idea de que un nigromante los debía controlar y de nuevo surgió el temor al saber que varios Orígenes caminaban en unión a ese ejército enemigo. Dévora no veía el momento para exponer la promesa que le hizo al Conde Casis, de ir al Alto de Vistok, pero se le acababa el tiempo y debía hacerlo ya. Así pues, se levantó de la mesa más lejana en la que se encontraba y se unió a la conversación que mantenían Vaiel, Maiden, Zurah y Sirián. Drigán estaba algo apartado mirando por la ventana al cielo, posiblemente murmurando con su dragón.

—Contadme pues, porque soy bastante poco conocedor de los viales de magia y resulta hasta interesante —preguntó Maiden intrigado a Sirián.

—Ja, ja, ja si esta conversación la hubiéramos tenido hace un mes no me la creería, aquí sentados hablando con una bruja oscura y una animista blanca sobre magia ja, ja, ja —dijo Vaiel.

—Si es que tenemos muy mala reputación y no somos tan malas. ¿Verdad que no, Sirián? —dijo Zurah, siguiendo la chanza.

—Hay de todo, pero sí es verdad que todo el poder que somos capaces de encauzar debe ser controlado con cabeza, y no todos están preparados. Es como poner de rey a un loco de atar, que nada más ponerse la corona empiece a matar a los primogénitos del pueblo y obligue a sus caballeros a ir desnudos. Está claro que al final ese rey acabará perseguido y muerto. Si solo fuera un rey, nos reiríamos y punto, pero ahora pensemos que el 80% de los reyes son así. Entonces, lógicamente nos pondríamos en alerta al saber que hay un nuevo rey por aquí merodeando —expuso Sirián, intentando crear una analogía con la persecución que sufrían los taumaturgos.

—Ja, ja, ja, caballeros luchando desnudos, ja, ja. Imaginaos ese cuadro por un momento ja, ja —siguió con su risa loca Vaiel.

—Bueno, y ahora en serio, contadme eso de la nigromancia que no me quedó claro. ¿Es un nuevo vial de magia, dijisteis? —preguntó de nuevo Maiden a Sirián.

—No exactamente. Está versado en todos los viales en sí, hechizamientos, encantamientos, sortilegios, embrujos y conjuraciones, pero varía su fundamento básico y no lo versa ni en la escuela oscura ni en la blanca ni tan siquiera en la púrpura. Lo basa en una desconocida que se alimenta de la propia vida —intentó explicar Sirián, aunque por la cara que ponían Maiden y Vaiel, no se habían enterado de mucho.

—Intentaré explicarlo yo con palabras más pobres —dijo Zurah sonriendo—. Tú eres un guerrero de mandobles y tú un arquero. El vial que usáis es ese, tú una espada y tú un arco. Y ambos tenéis como fundamento usar el metal para matar. Pero ahora os pregunto, ¿qué pasa si sale uno con una espada elaborada en piedra? ¿O un arco hecho de huesos de dragón? Que introduce una variante en el vial y posiblemente el efecto sea dispar al habitual. Si tú con tu espada eres capaz de cortar por la mitad a alguien de un golpe, al poner el fundamento de una espada de piedra, eso no lo podrás hacer, aun siendo el mismo vial. Al golpear con la espada de piedra le romperás todos los huesos a quien sea, pero no podrás cortarlo por la mitad. ¿Se entiende más o menos así?

—Ahora sí, perfecto —asintió Maiden.

—¿Te imaginas desnudo con una espada de piedra, Maiden? ja, ja, ja —dijo Vaiel sin parar de reírse.

—Ya veremos qué pasa con ese nigromante y si existe, pero ahora tenemos que afrontar una decisión que no os va a gustar —dijo Dévora tomando la palabra—. A ver… hablé con el Conde Casis acerca de la única vía de que tenemos para vencer en esta batalla contra ese ejército. Estas murallas y ese castillo excavado en la montaña caerán ante el ímpetu del ejército que se aproxima. Más ahora, que Drigán nos ha dicho que Kragor til Mass está recuperándose de sus heridas y no vendrá a combatir. Es por ello que debemos reforzarnos con los jueces, los caballeros lalianos del Alto de Vistok.

—Bueno, si luchan a nuestro lado, bienvenidos sean — contempló Vaiel.

—¿Tan duros son esos jueces? He oído mucho acerca de ellos, de las pruebas que han de superar para su nombramiento, pero no sé yo si vendrán a luchar aquí —indicó Maiden tocándose la barbilla.

Dévora los miraba nerviosa, pues por lo que parecía no se habían percatado aún del auténtico problema, que era ir allí a convencerlos y traerlos. No obstante, Sirián sí había analizado más profundamente el plan expuesto y se la veía nerviosa, temiéndose lo peor.

—¿Los jueces han sido convocados ya, Dévora? ¿Están de camino? —preguntó Sirián.

—No, Sirián, no lo están. Aún no saben nada —respondió Dévora. Sirián ya se había dado cuenta del riesgo que había en juego.

—¿Y entonces…? —preguntó Vaiel, intentando imaginar qué se le escapaba.

—Entonces es de suponer que debemos ir allí teleportándonos para avisarles. ¿Es correcto, Dévora? —expuso Sirián.

—Es correcto —respondió la ladrona mirando el suelo y suspirando. Ahora venía la segunda parte del plan que aún no habían deducido.

—Aunque la idea es una auténtica barbaridad y aunque lo hiciéramos, no llegarían a tiempo aquí. Los enemigos están a menos de dos días y el viaje desde el Alto de Vistok hasta aquí son muchísimos días más. Es una idea absurda tal y como están las cosas —dijo Zurah, levantándose del corro y sirviéndose una copa de leche con miel.

—Sí, llevas razón, Zurah. Es por eso que le dije al Conde Casis que traeríamos a los jueces aquí instantáneamente, teleportándolos —dijo Dévora, arrugando la cara para prepararse para el aluvión de gritos que iba a sufrir.

—¿Qué? ¿Pero qué te crees que somos? ¿Diosas? ¿Crees que podemos mover a tanta gente de un lugar a otro así como así? —exclamó Zurah, escupiendo el sorbo de leche que aún tenía en la garganta.

—¡Eso es una insensatez, Dévora! —promulgó Sirián enfadada—. Desplazar tanta materia en el tejido del espacio no es algo factible para ningún mago. Se necesitan tejer tantísimos hilos que los errores iban a brotar por doquier. Eso no puede salir bien, es imposible.

—A Vaiel lo llevaste dentro de la torre de Erún y no pasó nada —dijo Dévora, intentando defender su idea.

—¡Venga ya, Dévora! Éramos dos y aun así podía haber hecho un estropicio. Nos jugamos un gran riesgo en ir ahí dentro, nos jugamos la vida yendo.

—Y yo os lo agradezco —interpuso Drigán sin dejar de mirar por la ventana. Todos callaron, sobre todo porque nunca le habían oído dar las gracias, como estaba haciendo ahora—. Y sin embargo, eso no fue valor, sino necesidad. Necesitabais tenerme y os arriesgasteis para salvarme. Ahora la ladrona os está hablando de valor, y veo como todos os asustáis y metéis vuestras cabezas dentro del caparazón. Cada uno sirve para lo que sirve, y si yo supiera teleportarme no dudaría en hacerlo si con ello traigo a esos jueces.

—Drigán, no es realista esa idea. Muchas cosas pueden salir mal, muchísimas. No es solo la vida de una la que se pone en juego, sino la de los jueces también. Son demasiados hilos para una animista sola, por muy concentrada y lúcida que tenga la mente —respondió Sirián.

—Pero no eres una sola —dijo Drigán, girándose y mirando a Zurah—. Sois dos magas ¿no? ¿Por qué no os teleportáis juntas y traéis a esos caballeros las dos juntas? ¿No sería más fácil así para esos hilos, o lo que sea?

Zurah miró a Sirián con una mezcla entre duda y miedo. Drigán había expuesto desde su ignorancia en la materia, un hecho que existía entre los conocedores de magia: la teleportación controlada. Varios taumaturgos podían establecer una sintonía entre ellos, para hilvanar un manto compuesto por varios hilos usándose, entre otros cometidos, para crear portales de teleportación. No obstante, no todo era tan sencillo como parecía y también existían riesgos importantes a evaluar.

—Es complicado, Drigán. Sí es verdad que podemos iniciar ambas un proceso de portal de teleportación, pero nos costaría muchísimo. Somos de casas distintas, y por lo tanto, nuestra forma de tejer será distinta. Además, el portal que se abra puede llevar a cualquier sitio, nada garantiza que sea el destino correcto —dijo Sirián, intentando exponer todos los problemas que veía.

—Pero se puede hacer ¿no? —insistió Drigán.

—Sí, se puede, pero…

—Pues hacedlo. Ahora está en vuestra mano hacer algo por esta gente y buscáis mil excusas para evitarlo. Eso sí, cuando en Llaídra teníamos la posibilidad de seguir hacia el Lago de los susurros, rápidamente me hablaste de prioridades. Piensa ahora tú en tus prioridades, maga.

Sirián se quedó pensando en las palabras de Drigán, pues aunque le doliera reconocerlo, tenía razón. Zurah, viendo hacia dónde se encaminaba todo, mostró su clara oposición a la idea, levantando la voz y dando por zanjada la loca idea. No estaba dispuesta a arriesgar su vida y la de tanta gente atravesando un portal que podía dejarles en cualquier lado.

—Lo lamento, de verdad que lo lamento. Pero es una idea imposible. Además, nada más ver que usamos magia, los caballeros se nos echarán encima, más aún si son los jueces esos. Y ese portal, seamos realistas, pocas veces han funcionado bien ni han permanecido mucho tiempo abierto. Sería imposible entrar dentro y mantener la concentración el tiempo suficiente como para volver. No, es inviable —siguió diciéndose a sí misma Zurah en voz alta.

—Entraré yo, vosotras no correréis riesgo alguno —dijo Dévora levantándose, como si fuera a atravesarlo ya—. Solo mantened el portal abierto, que yo me ocuparé de convencer a los jueces para que vengan, hablando con su líder. Por el uso de la magia, el Conde de aquí ya sabe que tengo amistades que usan magia y que nos ayudarán para el combate.

—¿Y cómo convenceréis a esa gente? ¿Irás allí y dirás "hola soy Dévora, vengo a que me ayudéis atravesando este portal"? —esgrimió Zurah, buscando más impedimentos para evitar el desenlace fatal.

—Tengo este anillo, el del Conde Casis. Con él me aseguro audiencia con Lalies, el señor del Alto de Vistok. Convencerle es cosa mía, confía en mí —respondió Dévora, cerrando las dudas.

—Tenemos que hacerlo, Zurah, tienen razón —dijo Sirián frotándose los ojos—. Si queremos tener opciones contra ese ejército, debemos traer a esos caballeros. Está en nuestra mano salvar a esa gente y debemos intentarlo.

Todos permanecieron en silencio mirándose furtivamente, pensando más seriamente en lo que se avecinaba. Una batalla contra segadores pútridos no era algo arbitrario, y mucho menos si había Orígenes y un nigromante detrás moviendo los hilos. Además estaba el tema del portal dimensional, que intranquilizaba con tan solo pensar en lo que era, una puerta que comunicaba dos lugares distantes. Maiden, por ahora apartado de toda la conversación, no le quitaba la mirada a Dévora y no paraba de preguntarse si aquel beso que recibió fue un acto de despedida o una muestra de afecto real. Lo cierto es que ella apenas le había referido la palabra a él desde que se volvieron a ver y mucho menos de la forma afectuosa o cercana que él se había imaginado. La decepción era grande, y aunque se animaba a sí mismo pensando en que no era el momento de darle vueltas a estas cosas, con tan solo mirarla le asaltaban de nuevo todos los recuerdos y aromas de aquel beso.

Dévora estaba centrándose en lo que tenía que hacer, una labor importantísima y dificilísima. Debía superar sus miedos y atravesar un portal dimensional que podía errar en su destino, y nada más llegar, saber desenvolverse para hablar con Lalies, que si bien se decía que era una persona comprensible, no era un caballero ordenado por el mismo reglamento que el resto. Sus orígenes eran monacales y su santidad la convirtió en venganza radical. Igual, al oír la palabra mago o portal dimensional, era suficiente para decapitarla allí sin dejarle decir ni tan siquiera un *hola* escueto.

Drigán salió de la habitación para comer algo en la planta baja, a lo que Vaiel se apuntó sin dudarlo. Había hambre y aunque ellos no iban a estar implicados en el tema del portal dimensional, los nervios les recorrían la médula como al que más. Zurah y Sirián, por su parte, se desprendieron de sus capuchas, capas y báculos, para sentarse una frente a la otra y comenzar su ritual de preparación. Abrir el portal dimensional podía llevarles más de cuatro horas, así que necesitaban tranquilidad y silencio. Debían intentar ser cautelosas y precisas, tejer cada hilo con seguridad sin desviar la mirada del resto de la malla que componía el espacio.

Cuando pasó el tiempo requerido, Drigán y Vaiel subieron a la habitación con energías renovadas. Habían comido un apetitoso plato de lubina al horno condimentada con patatas, tomates y cebollas, bebiendo un vino dulce del lugar espumoso. Cuando llegaron arriba, dentro vieron a Dévora y Maiden mirando fijamente a las dos taumaturgas, que tenían entre ellas un foco de luz celeste flotando y conectándolas con finas hebras luminiscentes. Sus rostros estaban perlados de goterones de sudor y sus cuerpos se veían en continua tensión por el esfuerzo. Sus mentes estaban buscando el camino hacia el Alto de Vistok, asegurando cada nudo que hacían en la malla, y verificando una y otra vez que todo se mantenía. Una labor mental que pasaba factura de forma implacable en sus cuerpos.

Drigán se puso de cuclillas apoyado en la puerta, mirando con asombro lo que ahí sucedía. Vaiel, por su parte, tenía la boca abierta de par en par, con saliva resbalando por sus labios sin darse cuenta. En toda la habitación solo se oía el cimbreo eléctrico de la magia que se estaba elaborando y nadie dijo nada hasta que Sirián empezó a hablar a su compañera, ambas con los ojos cerrados. Se decían cosas incomprensibles, una mezcla entre murmullos y frases sin sentido, aunque la realidad era que estaban finalizando el proceso de creación de la malla y se hablaban dentro de la misma.

«¿Lo has visto, Zurah? He contado hasta doscientos cuarenta y tres almas adheridas a ese hilo. Debemos atarlo huérfano», dijo Sirián mientras flotaba en ese ambiente imaginario solo visible por ellas.

«No puede ser huérfano, debe seguir hacia los nudos de seguridad. Pueden encajar, aunque habrán cambios», espetó Zurah en esa visión.

«No podemos realizar tantos cambios, ya llevamos 22 hechos. ¿Sabes quién es el implicado?».

«Mejor no saberlo, Sirián».

«¿Y si es el señor de las tierras, o un caballero de su orden?».

«¿Ves cuántas almas hay por ahí? Mucha casualidad sería que… ¡espera! ¡Ese hilo de ahí! ¿Por qué se está soltando?».

«Maldita sea, la malla no se sostiene, se está rompiendo».

«La parte central guarda los nudos, pero en el nexo, con el destino no se mantiene. ¿Y si lo cambiamos?».

«Estaríamos igual, Zurah. Por mucho que varíes el destino el problema viene de atrás. Tendríamos que revisar todos los nudos e hilos implicados, uno a uno».

«Eso es inviable, Sirián. Ya apenas tengo fuerzas para pensar, y no solo tenemos que abrir este portal, sino luego mantenerlo abierto hasta que Dévora vuelva con toda la gente. O cerramos ya la malla y actuamos ya, o no vamos a poder aguantar».

«Espera, espera. Tráete aquel tejido paralelo a los hilos del Conde, ¿los ves?».

«¿Crees que son los que conforman la idea de ir a buscar la ayuda al Alto de Vistok?».

«Sí, lo son. Fíjate en cómo se cruzan con Dévora, en un frágil nudo».

«Pues con cuidadito… vale… anudado…».

«Mierda, se ha deshecho toda la estructura de seguridad, Zurah».

«No es necesaria. Profundicemos y lleguemos hasta el final… que creo… ¡que creo que lo tengo Sirián!».

«¿Tienes el nudo terminal?».

«¡Lo tengo! ¿Quién dijo que el azar no tenía nada que ver en esto de la magia? Ja, ja. Míralo, aquí está».

«Bendita suerte, la de tiempo que nos hemos ahorrado siguiendo la ruta de hebras. Resuelve tú el rumbo, yo intentaré crear otra malla de seguridad».

«No creo que se sostenga, Sirián. Ya has visto lo complejo que está siendo el camino y la de cambios que hemos tenido que hacer en las almas de algunos. Esa malla de seguridad no va a encontrar nexos donde atarse».

«Pero tenemos que intentarlo, Zurah. Precisamente por los hilos que hemos tenido que romper y reubicar, no quiero tener sorpresas cuando abramos el portal. Imagínate lo que puede pasar. Dévora está conectada a Drigán y éste a Kragor til Mass. Éste a su vez, a los dragones... y sus hilos son muchísimos».

«Solo nos faltaba eso, abrir un portal hacia el cubil de un dragón. No quiero ni pensar la que se puede armar».

«Por eso tengo que armar la malla de seguridad. Tú sigue con el nexo final. No lo has perdido ¿verdad?».

«Lo tengo centrado ya. Evito el vórtice y el sumidero de salida y lo planto».

«¿Qué vórtice? No me digas que hay otro».

«Sí, pero este es pequeño, tranquila».

«¿De qué tira?».

«Mejor no averiguarlo. Lo esquivo y punto. A fin de cuentas hay senderos alternativos claros».

«Dudo de esos caminos, pero adelante pues. Yo a ver si... uhmm... no... se vuelve a caer la malla, maldita sea».

«No vas a poder crearla. ¡Ey! ¿Qué...? ¿Qué pasa aquí?».

«¡Suéltalo Zurah! ¡Suelta ese hilo antes que se rompa!».

«Libre... ¿pero qué? ¿Por qué ha pasado esto? El sumidero está en otra fase, no ha podido ser la causa».

«La tensión del cordaje es excesiva, es mucha distancia, debemos acortarla. Son demasiados nudos, demasiados caminos, demasiadas mallas interconectadas, y algunos hilos son demasiado frágiles. O acortamos la distancia o no llegamos».

«Me niego a dejarlo más lejos. El siguiente punto que tenemos localizado es Reina-Uz y eso está lejísimos».

«¿Y el bosque cercano? ¿No son esas las mallas que lo componen?».

«¿A un bosque, Sirián? ¿Quieres abrir portal ahí? Ramas, arbustos, árboles, piedras... y todo en continuo movimiento. Lo tuyo sí que es valor...».

«Si cierro la malla de seguridad podemos intentarlo».

«¿Crees que podrás?».

«Sí, tengo que hacerlo como sea... ».

«Ato pues el bosque como término. Sirián haz lo que puedas y abrimos el portal. No hay tiempo para más. Como sigamos así nos vamos a desmayar y eso implicaría no abrir el portal o cerrarlo una vez entre Dévora».

«Sea como sea debemos mantenernos en pie, Zurah. Esta es nuestra labor en esta contienda».

«Me hubiera gustado más llevarme por delante a unos cuantos segadores pútridos, si te soy sincera. Pero luego de esto no nos levantaremos ni en un día de descanso».

«¿Con ese vórtice que recorrimos antes? Más diría yo. De hecho, debemos advertirles luego, que no se nos olvide».

«Sirián, Sirián, Sirián… ¡está anudado!».

«¿El qué?».

«El término, está en la malla principal y se sostiene todo rígido. Mira los flujos de energía, recorren la superficie con concordancia y sin tramos discontinuos. ¡Esto se mantiene!».

«Espera, mira allí, alrededor de la entrada. ¿Qué es eso? ¿Por qué hay tanta energía flotando ahí?».

«Es la compensación por los nudos cercanos. Está al límite, pero puede soportarse».

«¡Y allí!, la energía se vuelve intermitente cada periodo. Esto es muy inestable, Zurah, demasiado».

«¿Inestable? ¿Pero cuántos portales dimensionales has abierto tú antes? O lo abrimos ahora o no lo abrimos nunca, Sirián. No podemos hacer más».

«Sí, cerrar la malla de seguridad. Debemos intentarlo. Esos brotes de energía en la principal pueden herir mucho a quienes atraviesen el portal, o incluso teleportarlos a cachos, y lo sabes».

«De lo único que estoy segura es que no podemos encontrar la perfección».

«Si cerramos la malla de seguridad sí…».

«Joder Sirián, se volvió a abrir allí, en el tránsito. ¿No ves que no se sostiene? Hemos hecho un buen trabajo, abramos el portal sin la malla de seguridad. Yo lo veo bastante estable».

«Bastante puede no ser suficiente».

«Mejor eso que no poder abrirlo, o tener que cerrarlo por cansancio extremo. Yo lo tengo claro, ¿y tú?».

«Supongo… supongo que tienes razón. Está bien, abramos el portal. ¿Tiras tú del origen?».

«Sin problemas. Dale tú al término a la de tres. Una… dos… y ¡tres!».

Súbitamente, las dos taumaturgas abrieron sus ojos irradiados en luz haciendo que la esfera luminiscente de luz celeste entre ellas estallara en círculos irregulares que crecieron hasta desaparecer. Eran como arcos de luz desdibujando una puerta amorfa, con muchos hilos brillantes colgando de su dintel. Cuando Zurah cerró sus puños, del centro de la puerta emergió una superficie rojiza que la cubrió entera, abombándose hacia delante y hacia atrás. Se oyó un ruido tosco, como de rocas cayendo cerca. A continuación, Sirián abrió sus ojos y del portal salió un rayo blanco atravesándolo de forma horizontal. Un zumbido acompañó todo el proceso hasta acabar en un goteo continuo que iba haciendo que la superficie rojiza de la puerta vibrara. Era como si cayeran gotas horizontalmente sobre la misma, dibujándose las típicas ondas que se suceden en un charco al tirar una piedra.

—Adelante Dévora, el portal está abierto. Saldrás en un bosque limítrofe al Alto de Vistok —dijo una Sirián con los ojos palpitantes en luz blanca y con sus manos temblando—. Y debéis daros prisa en hacer lo que tengáis que hacer, porque no sé cuánto tiempo podremos mantener este portal abierto. Hemos consumido más energías de las que debíamos.

—Sea pues. Estoy preparada —respondió Dévora, enfundándose su espada y poniéndose la capa envolvente.

—Nosotros nos armaremos aquí a conciencia, no vaya a ser que algún indeseable atraviese este portal y tengamos que reducirlo con rapidez —dijo Maiden.

Dévora, más relajada tras haber llegado el momento de pasar la puerta, miró al guerrero con inocencia y candidez.

—Nos tenemos que volver a ver, hay cosas pendientes que tenemos que hablar tú y yo —le dijo la ladrona con rostro serio.

—¿Qué cosas? ¿Acaso te molestó algo? —dijo Maiden extrañado.

—¿Molestar? —dijo Dévora riéndose—. Tenemos que discutir si prefieres dormir en el lado derecho de la cama o en el izquierdo, mi querido guerrero. Ve pensándolo mientras vuelvo.

Maiden dibujó una risa de afecto sobre sus labios, mientras asentía con deseos. Dévora era una belleza como mujer, muy atrayente cuando se movía y cuando hablaba, y a Maiden ya lo había embriagado desde aquel primer beso. No podía borrar de su cabeza la imagen de la ladrona, y ahora con más razón aún. A Drigán le daba igual estas cosas de amoríos, él solo tenía ojos para su objetivo, que era su dragón, y no podía perder el tiempo pensando en otra gente hasta el punto de amarlo.

Vaiel sí se resintió al oír la frase de su amor idílico. Se sintió herido, aunque no sabía bien el porqué. Realmente ella nunca le dio esperanzas ni le mostró más afecto que el de una buena amiga, aunque él seguía imaginándose que algún día iba a ser suya. Sin embargo, no era del todo infeliz, pues sentía que también había cambiado por esta vertiente. Ya no era tanto amor lo que sentía por Dévora, sino más bien nostalgia por aquellos momentos tan relajantes en el Manantial de Munros, en los que sus únicos problemas consistían en mantener a su padre y pasar ratos amenos junto al Hormiga y otros amigos suyos de la taberna Las Mil Flores. A veces veía a Dévora llegar de enigmáticas misiones y charlaba con ella para envidia de todos los presentes allí. Sí… había madurado. Ahora lo que le preocupaba era saber controlar un poco todos los cambios que estaba sufriendo. Aún recordaba cómo veía las cosas cuando estaba en la tensión de una batalla, acercando el punto de impacto de sus flechas como si lo tuviera justo enfrente. Era una sensación extraña en la que notaba que todo a su alrededor se detenía, tanto el movimiento como el sonido. Se notaba raro, diferente en gran medida. Pero era a mejor, de eso no cabía la menor duda.

Dévora, mientras tanto, ya estaba frente al portal dimensional. Miró a Zurah y a Sirián y no pudo ocultar su nerviosismo, aunque intentó camuflarlo poniéndose la capucha.

—Dévora… no hemos podido asegurar el destino, el regreso ni el tránsito, así que no sé con qué te vas a encontrar ahí y cómo será el viaje —dijo Sirián con rostro serio y entonando con tristeza.

—¿Te estás despidiendo de mí, acaso? —respondió Dévora, poniendo su mano sobre la de ella. Sintió que la animista estaba helada, incluso a través de los guantes de cuero que siempre llevaba puestos.

—No, no. Estoy segura de que saldrás de ésta. Siempre sales de todas sana y salva.

—Eso espero... aunque esta vez no depende de mí. Confío en vosotras.

—Hubiera querido asegurar el tránsito, pero era muy complicado, hay mucha distancia y los enlaces de las mallas se rompían... —dijo Sirián llorosa.

—No te preocupes. Estoy segura de que habéis hecho todo lo posible.

—Una cosa Dévora. Intenta ser rápida. Estamos justitas de energía y mantener esto abierto cansa una barbaridad —interrumpió Zurah.

—¿De cuánto tiempo dispongo? —preguntó Dévora sin más preámbulos.

—Seis horas como mucho —dijo tajante Zurah.

—Habrá que darse prisa. Es la hora de la cena, así que al menos sé que pillaré despierto a Lalies —se dijo en voz alta Dévora—. Solo espero que esta puerta no me lleve a otro lugar. Ufff... cuesta decidirse a atravesarla.

—¡No lo hagas Dévora! Si tienes dudas no lo hagas. Podemos buscar un plan alternativo aquí y ahora. Podemos intentar evacuar a la población, o entrampar a los segadores pútridos con emboscadas —dijo el aguerrido Maiden llevado por su afecto.

—No, no, debo hacerlo... o al menos intentarlo. Aunque la verdad, tengo un mal presentimiento de todo esto. Uff... son esas corazonadas que te... bueno... sea como sea, chicos, me alegra mucho haberos conocido, por si pasa algo ¿vale? —respondió Dévora a modo de despedida.

—Un placer ladrona. Sois un ejemplo de valor por este acto, y por ello yo, Drigán, os saluda y os aplaude.

—Eres la mejor, Dévora. Este mundo dejaría de ser tan maravilloso si tú no estuvieras en él, así que intenta volver ¿vale?—espetó Vaiel en la distancia.

—Dévora entra ya, los minutos pasan —dijo Zurah, con sus ojos impregnados en un aura oscura—. Y pase lo que pase, un gusto haber coincidido contigo en esta vida.

—Gracias a todos, sois inolvidables —dijo Dévora ligeramente emocionada.

—Te quiero, Dévora —gimió Maiden, mojando sus ojos entre lágrimas calientes de dolor y pena—. Te ruego que no entres.

—He de hacerlo, Maiden. Además… así tendremos mucho de lo que hablar luego ¿no? ¡Vamos allá! —dijo Dévora, atravesando el portal entre destellos chisporroteantes.

Ya no quedaba tiempo para más palabras y solo aguardar a la vuelta de Dévora, si es que había sobrevivido. Zurah y Sirián cerraron sus ojos alrededor del portal para guardar fuerzas, mientras se concentraban en dejarlo abierto, y Drigán volvió a la ventana, en silencio, para ver cómo anochecía en la ciudad. Vaiel prefirió bajar abajo, a una mesa de la taberna, donde se sentó y pidió media botella de ron.

Maiden se sentó solo en su habitación, secándose las lágrimas que aún le brotaban de los ojos. Quería sobreponerse a ese dolor, ser el guerrero ermitaño que siempre había sido y no tener que depender de otros. Sin embargo, su corazón le palpitaba con fuerza cuando pensaba en ella y no podía relegarla al olvido. Ya era parte de su vida, le gustara o no. Desgraciadamente, tenía ese extraño presentimiento de que no iba a volverla a ver nunca más y que pudo haber intentado hacer algo más para evitarlo.

Y no se equivocó. Nunca más volvería a verla.

CAPÍTULO 21: BANDERA DE HONOR

Alrededor había un bosque descubierto, con árboles bajos y hierba fina poblando el suelo. El cielo se veía despejado, con un manto de estrellas luminoso decorándolo. Nada más salir del portal, Dévora sintió un mareo demoledor que la tiró al suelo totalmente desequilibrada. Sintió náuseas y vomitó su última comida aún sin digerir. Todo le daba vueltas y sentía sudores fríos recorriéndole todo el cuerpo.

«Malditas seáis, Sirián y Zurah. Menudo viajecito me habéis dado», pensó mientras intentaba calmarse y recuperar fuerzas. Cerró los ojos e intentó centrarse en el ruido de la naturaleza, con los pájaros nocturnos y los ramajes crujiendo al son del viento, y poco a poco fue recuperándose. No sabía cuánto había pasado, pero debía ser bastante tiempo, de eso estaba segura, pues parte del vómito en el suelo se había secado ya.

«Al menos me habéis dejado cerca del Alto de Vistok», se dijo a sí misma al ver las estructuras de las primeras casas de la ciudad asomando en el horizonte cercano. Antes que nada, sacó de entre sus pertrechos un espejo de mano y se miró el rostro, a ver si había algún cambio debido al viaje dimensional. Era la primera vez que transitaba por uno y no sabía bien las consecuencias, pero sí había oído los suficientes rumores como para tenerle miedo. Viendo que todo estaba bien, no se demoró más y salió corriendo hacia la ciudad.

El Alto de Vistok siempre tenía sus puertas abiertas, fuera la hora que fuera. La vigilancia era precaria, no había torreones controlados ni vigías dispuestos en la muralla. Era una ciudad algo descuidada en su régimen, aunque los jueces que patrullaban sus calles de forma intermitente, era suficiente como para hacer que la gente tuviera cuidado con lo que hacía. Eran implacables en su mandato y no daban opción a una segunda defensa. Si ellos te veían como culpable de algo, te sentenciaban ahí directamente, y casi siempre con la muerte.

Dévora traspasó el arco de entrada de la ciudad y se dirigió en línea recta hacia una lumbre que iluminaba una casa de madera con la puerta abierta. Era una construcción de descanso que albergaba a guardias, donde se paraban para hacer cambios de turnos, comer, dormir un rato, o simplemente para charlar con los suyos. Dentro se oían voces, y por la ventana se veía a tres hombres de piel oscura y constitución robusta en pleno charloteo de risas. Eran caballeros lalianos, no había duda de eso por el sello del tulipán circunscrito en el pentágono que decoraba los tabardos que vestían. Dévora golpeó tres veces en la puerta y dio un paso hacia el interior, destapándose su rostro de la capucha que lo cubría y abriendo su capa envolvente.

—Buenas noches, caballeros de Lalies. Lamento importunarlos a estas horas de la noche, mas me trae algo sumamente urgente. Vengo de La última llamada con un mensaje urgente para su señor, sir Lalies.

—¿Quién sois? ¿Quién os envía? —dijo al momento uno de ellos poniendo su mano diestra sobre la empuñadura de su espada. Los otros dos también dieron un paso hacia ella, examinándola de arriba a abajo con la mirada.

—Mi nombre de poco importa y me envía el Conde Casis, regente de la ciudad. Aquí tenéis el sello de su propia mano que prueba mi procedencia. Os lo ruego, es muy urgente que me llevéis ante vuestro señor —insistió Dévora, arqueando su espalda hacia delante en sumisión.

—Pero ¿qué es lo que pasa para ser tan urgente? ¿Traéis un pergamino o algo? —dijo otro de los caballeros, escamado. Los otros dos se estaban adecuando ya las piezas de la armadura para salir a acompañarla, suponía Dévora.

—No, es un mensaje que he de darle de palabra, y no por escrito.

—Está bien, dadme vuestras armas y vuestro petate. Ahora salimos hacia el castillo a ver si está disponible nuestro señor. Y dadme vuestro nombre, si no es molestia —dijo amablemente el juez.

—Soy Dévora de Vohm, mi señor —respondió Dévora, a sabiendas que podía traerle problemas esa verdad. Dos de los caballeros estaban ya en la puerta y el tercero se quedó quieto, taladrándola con la mirada.

—¿Sois la prófuga que está siendo buscada por el Emperador? —dijo el caballero con voz ruda.

—Sí, soy yo. El Marqués Brovián solicitó esa orden y el emperador la habrá aceptado, mas no he tenido tiempo ni para defenderme de las acusaciones falsas que vertieron sobre mí —dijo Dévora, mostrando sus manos desnudas para dar mayor confianza a los caballeros.

—¿Y vos queréis que os lleve ante nuestro líder? Una de dos, o estáis loca de rebote viniendo aquí para ser sentenciada a muerte, o es que realmente es cierto lo que decís, que traéis un mensaje del Conde Casis —dijo el caballero más cercano a la puerta.

—Sea como sea me estoy oliendo que no es asunto nuestro. Mejor que sea Lalies quién la enjuicie. Mejor no meterse en estos follones —dijo otro.

—¡No estoy conforme! ¡Es una prófuga! Debe ser ajusticiada… —dijo su compañero, aunque fue interrumpido por el que sospechó de Dévora la primera vez. Debía ser el de mayor rango de los tres.

—Callaos y andando. Por mucho que el Emperador haya puesto precio a su cabeza, si el Conde Casis la protege no debemos involucrarnos. Eso debe hacerlo nuestro señor. Raúl, trae los caballos, tú Marbos, adelántate y ve informando en la casona.

—Oído, capitán —dijeron los dos al unísono, abandonando la casa.

—Y vos, Dévora, no quiero trucos. Tendréis una espada presta para atravesaros de lado a lado si intentáis hacer algo raro. Si esto es una treta, lo vais a pagar muy caro.

Dévora asintió conforme a lo que se le decía. Las cosas estaban saliendo como ella quería, pues iba a ver a Lalies, así que era mejor aceptarlo todo y seguir adelante. Y así sucedió. Avanzaron por las calles oscuras camino hacia donde Lalies se encontraba.

Casi a punto de llegar, el caballero Marbos salió raudo de las puertas principales del castillo, deteniéndose al lado del grupo.

El capitán que escoltaba a Dévora se adelantó y se puso a hablar con él en voz baja. Saltaron varias miradas furtivas hacia Dévora, con ojos de pocos amigos, y sin más se volvió a acercar a ella. Por un momento, parecía que el plan se venía abajo, pero el capitán dio orden de descabalgar y entrar en el castillo, a la sala del trono.

Los caballeros lalianos vivían en abundancia, de eso no cabía la menor duda. Las estancias del interior del castillo brillaban por el lujo, con barandillas bañadas en oro, escudos ornamentales con gemas incrustadas, cuadros enormes decorando las paredes y ominosas arañas de cristal sustentando las velas que daban luz. La sala del trono superaba incluso ese lujo, con mesas y sillas de mármol blanco a ambos lados, alfombras gruesas con dibujos variados sobre los suelos y multitud de candiles dorados que no cesaban de quemar aceite para dar lumbre. Lalies era un hombre muy mayor, de hecho había superado la edad media por mucho al cumplir los 60 años. Conservaba su fuerte complexión con dignidad, estando de pie al trono sin encorvarse ni dolerse de nada y con los brazos cruzados sobre su pecho, mostrando sus fuertes bíceps. Sus ojos celestes te vaciaban por completo, tenías la extraña sensación que entraban en tu mente de forma inequívoca y te leían el pensamiento.

—Bienvenida, Dévora de Vohm, al Alto de Vistok. Habéis traído con vos este anillo identificativo del Conde de Casis y es garantía suficiente como para que oiga lo que me tenéis que decir, aunque no penséis que ello os dejará libre de la sentencia que vuela sobre vuestra persona. De hecho, me resulta curioso y extraño que hayáis obviado ese hecho viniendo aquí. Hablad pues, explicaos.

—Agradezco la pleitesía que me ofrecéis, sir Lalies. Soy consciente de la trampa en la que me he visto envuelta y que me pone en un lugar complicado cara al mismísimo emperador. No obstante, ese hecho queda relegado a un segundo plano merced a lo que está sucediendo en La última llamada, objeto de mi viaje aquí. Si luego queréis enjuiciarme, lo aceptaré humildemente, aunque me gustaría antes poder explicar los motivos que me han llevado a estar en esa situación —respondió Dévora sin titubear ni pestañear. Quería transmitir la impresión de que estaba segura de sí misma.

—Sea pues, Dévora. ¿Qué motivo es ese tan importante? He de suponer que os envía lord Casis en persona ¿cierto?

—Así es, su excelencia. La última llamada está siendo asediada por segadores pútridos, un ejército de más de cien engendros que además van liderados por Orígenes. Varios caballeros de Ausper la Mayor ya han sido movilizados en el castillo de la montaña rocosa y se están preparando para repeler la embestida con una unión de órdenes. Incluso caballeros de casas independientes han ofrecido sus servicios para tal labor.

—¿Segadores pútridos en La última llamada? —dijo un hombre de rostro enjuto y pelo lacio que le llegaba hasta los hombros—. Era cuestión de tiempo que sucediera, las llanuras de Llaídra siempre han sido un hervidero de esas criaturas.

—Os presento a sir Gunj, mi hombre de confianza en la toma de decisiones —dijo Lalies a Dévora, que le respondió con una breve reverencia de cabeza.

—Lamentablemente, los segadores pútridos transforman a sus víctimas en más segadores pútridos, y la población no podrá ser protegida en su totalidad. Las murallas no son impedimento para que la escalen con sus raíces puntiagudas y se vaticina una batalla entre el castillo de roca contra toda la población que no entre dentro de sus cámaras. El Conde Casis estaba evaluando luchar contra el enemigo en campo abierto, mas el riesgo es muy grande debido a la presencia de los Orígenes, y quizás... —dijo Dévora atragantándose con su saliva y poniendo un rostro compungido—. Quizás no se pueda hacer y se opte a encerrarse en el castillo de la montaña para repelerlos con las armas de asedio.

—¿Me estáis diciendo que sacrificarán a la población? Muy típico del Conde Casis, sin lugar a dudas —exclamó Lalies con media sonrisa dibujada sobre sus labios.

—Lo que sí es verdad, mi señor, es que los segadores pútridos no suelen realizar ataques a ciudades. Suelen ir en pequeños grupos de dos o tres de forma errática atacando a animales o viajeros. Aquí se está hablando de un ataque organizado que no corresponde con el comportamiento de esos seres, carentes de mente y de estrategia. Incluso los Orígenes, que supuestamente los lidera, son entes incapaces de planear algo como esto —dijo Gunj acariciándose el mentón, buscando una respuesta en Dévora.

—En efecto, sir Gunj está en lo cierto. Se está rumoreando... bueno, más que un rumor es una certidumbre ya, que el auténtico enemigo es un nigromante, que es quién dirige todos los ataques. No hace mucho el monasterio de Erde de Colanigledes fue arrasado por segadores pútridos y no es de extrañar que otras aldeas hayan sufrido también ese destino. Se están realizando ataques puntuales, quizás para evaluar sus fuerzas en combate, o quizás para ir debilitando puntos de comunicación entre ciudades, y ahora ya han pasado al siguiente nivel: una capital. Si La última llamada cae ante esos seres, multiplicarán sus efectivos convirtiendo a los cadáveres y será cuestión de tiempo que lleguen a las puertas de vuestra ciudad —respondió Dévora.

Lalies miró con preocupación a su hombre de confianza y al resto de personas que había en la sala, que no daban crédito a lo que oían. Era un panorama tan apocalíptico, que no podía ser real, no al menos con tan pocas pruebas.

—¿Qué garantías tengo de que lo que me decís es cierto? —dijo en ese sentido Lalies.

—Solo mi palabra, mi señor, y el anillo del Conde que os traigo como prueba de que él me envía —respondió Dévora, rezando para que la creyera.

La respuesta se hizo esperar. Lalies dio orden de que la sala se vaciara de gente, quedándose solo algunos de los generales y Gunj con él. Con éste último empezó a hablar entre susurros, terciando su cara en desasosiego y cerrando el puño con fuerza. Estaba claro que la situación no era de su agrado y mucho menos tener que tomar una decisión.

—Está bien, Dévora. Mandaré a un grupo de mis caballeros para que vean la situación y la evalúen, y luego decidiré qué hacer —dijo Lalies, cediendo a la presión de ayudar, aunque aún desconfiaba de la ladrona—. No obstante me extraña no haber recibido noticias de nuestro emperador en este sentido, lo que me hace sospechar de todo esto.

—Mi señor… posiblemente ya hayan mensajeros viniendo hacia aquí desde Ausper la Mayor, mas no dará tiempo a que lleguen. La batalla está próxima, en dos o tres jornadas a lo sumo llegarán a las puertas de la ciudad. De hecho, los caballeros de Ausper la Mayor que están en La última llamada proceden de las aldeas y destacamentos limítrofes, no de la propia capital.

—¿Me estáis hablando en serio? —dijo Lalies, levantándose del trono y alzando su voz—. ¿Y cómo esperas que nos presentemos allí a ayudar a nadie? La última llamada está a varias jornadas a caballo, a más de dos o tres días. ¿Acaso me estáis tomando el pelo?

—No, mi señor, no me atrevería. De hecho, hay una forma para llegar allí de forma instantánea, tal y como yo he hecho. Hace tan solo unas horas estaba hablando con el Conde Casis en su castellanía y de la misma forma podremos llegar allí —expuso Dévora, intentando aguantar el temblor que le provocaba tener que decir lo que le faltaba: el portal dimensional.

—¿Y cuál es ese método tan impresionante que tenéis para moveros con tanta celeridad, Dévora? —dijo Lalies a punto de explotar, sintiéndose claramente engañado por una historia sin sentido para él.

—Mi señor... dos magos han abierto un portal dimensional desde allí hasta aquí.

El silencio fue unánime. Se podía oír la respiración de todas las personas allí presentes. Lalies no sabía si estallar en rabia o sentarse para pensar bien lo que acababa de escuchar. Gunj fue el único que estaba fuera del trance y tomó la palabra antes que nadie.

—¿Decís que tratáis con magos? ¡Eso es suficiente para decapitaros y quemar vuestros restos! ¡Guardias! ¡Apresadle y llevadla a los calabozos!

—Os lo ruego, sir Lalies, escuchadme. No habría venido hasta aquí sino os trajera la verdad. ¿Para qué arriesgar mi vida viniendo aquí y contaros una historia falsa? —gritó Dévora, justo cuando dos caballeros la cogían de las axilas y se la llevaban. Lalies permaneció de pie, mirándola fijamente con los puños cerrados, mientras Gunj seguía gritando sentencia de muerte a la amiga de la magia prohibida.

—¡Alto! —exclamó Lalies a los guardias que retenían a Dévora, que ya estaba a punto de ser sacada de la sala camino a los calabozos—. Traedla de nuevo aquí.

—Pero mi señor, no creeréis esas patrañas ¿verdad? ¡Es una hermana de la magia! La magia y los magos son una prohibición en toda Ampiria y tanto ellos como los afines a ellos deben ser ajusticiados con la muerte. ¡Es una orden imperial! —gritó Gunj, haciendo que Lalies se volviera y lo mirara con unos ojos afilados como cuchillos.

—Cuando necesite vuestro consejo os lo pediré, pero no os atreváis a contradecir mis órdenes nunca más. Ahora sentaos y callad —gritó Lalies con la solemnidad de un líder—. Y vos, Dévora, si lo que me contáis es cierto respondedme a esta pregunta: ¿sabe el Conde Casis de la existencia de esos magos?

—Sí mi señor, de hecho él me instó a que los usara para buscar vuestra ayuda —dijo Dévora, arrodillada en la alfombra con las manos apoyadas en el suelo.

—Estoy seguro que sabéis que el uso de la magia y apoyarla es un delito que se paga con la muerte. Nuestro emperador así lo interpuso en su día y es nuestra obligación obedecer esas órdenes.

—Lo sé, mi señor Lalies. Mas sabed que mucho de lo que creíamos no era cierto. Los magos son poderosos y son capaces de llevar a cabo auténticas barbaridades y matanzas, aunque hay otros que no son así. Son capaces de controlar su poder y de usarlo por el bien de la gente, los llamados de la casa blanca. Se dictaminaron esas órdenes por el bien del pueblo luego de lo que sucedió antaño, en unas guerras que pusieron a temblar la vida en Ampiria como la conocemos hoy en día. Pero pagaron justos por pecadores, mi señor. Os aseguro que son de confianza, yo confío en ellos, y el Conde Casis también —respondió Dévora sin dejar de mirar el suelo. No se sentía con fortaleza suficiente como para mantener la mirada a nadie ahora.

—¿Acaso me estáis pidiendo que desobedezca las órdenes de nuestro emperador? Eso implicaría mucho más que una simple discusión, eso sería algo muy grave —respondió Lalies, mientras Gunj se levantaba de nuevo asintiendo a la afirmación de su señor.

—Lord Lalies, he venido aquí voluntaria porque sois la única esperanza de salvar las vidas de un pueblo que intenta sobrevivir. Como os dije, hoy son ellos y mañana podrá ser vuestro pueblo. Hemos venido aquí porque es conocida vuestra mente liberal y porque vuestra bandera ondea en comunión a la del emperador, pero con vuestros propios mandatos. No aceptáis caballeros que no sean de los de vuestra orden y siempre habéis sido independiente en la toma de decisiones de vuestras tierras. Aceptáis al emperador, pero imponéis vuestras propias reglas. Aparte, la fama de vuestros caballeros, implacables y rígidos en el combate, son la única esperanza de esos hombres y mujeres sentenciadas a algo peor que la muerte. Os lo ruego, ayudadlos.

—Mi señor, oponernos al emperador en este hecho puede ser nuestra peor decisión. Una cosa es maquillar algunas de sus leyes y otra desobedecerlas. Nos ganaríamos a muchos enemigos —susurró Gunj.

Lalies estaba en pleno debate mental y la decisión que tenía que tomar iba a determinar de por vida a su régimen. Por un lado, si era cierto lo que decía Dévora, era su deber enviar a sus caballeros a combatir en esa batalla, usando a los magos si fuera necesario. Luego podría justificar esos hechos ante el emperador y ante quién fuera, pues lo primero era proteger a los necesitados que iban a ser masacrados en esa contienda. Por otro lado, cabía la posibilidad de que todo esto fuera una trampa diabólica y entonces pondría a su pueblo en una situación muy complicada. Sería un pueblo que rompió los lazos con el imperio, y por lo tanto, relegado a ser olvidado o incluso peor: podría ser objeto de conquista por quienes antes eran sus aliados.

—Necesito pensarlo antes de tomar una decisión —dijo finalmente, tomando asiento en su trono—. Llevaos a esta mujer a los calabozos hasta entonces.

—Mi señor, disponemos de poco tiempo. El portal no permanecerá mucho tiempo abierto y los enemigos están ya próximos. Encerradme si queréis, mas os lo ruego, llevad a vuestros caballeros a socorrer al pueblo —exclamó una vez más Dévora mientras era llevada, esta vez sí, a los calabozos.

La sala del trono se convirtió en un mercado de voces y argumentos. Lalies discutía con sir Cornvel y sir Gunj acerca de las posibilidades que le hacían dudar, mientras que el resto de generales voceaban entre ellos ideas dispares. Muchos querían ir a luchar, estaba en la sangre de estos caballeros tan duramente preparados ponerse a prueba ante batallas y enemigos épicos. Otros, sin embargo, abogaban por ser más políticos, no separándose del cobijo del imperio. No había una decisión firme y Lalies cada vez estaba más inclinado a permanecer ajeno a la contienda ante la duda de cometer un error insalvable.

La noche trascendió sin respuesta. Dévora no pudo conciliar el sueño en la prisión, no tanto por la incomodidad, sino por ver cómo habían pasado tantas horas inútilmente. Por la ventana enrejada del calabozo se veía la luz de la mañana entrando con calidez y eso solo significaba una cosa: el portal en breve se cerraría. Zurah y Sirián no podrían aguantar tanto tiempo concentradas en esa labor, aparte que los enemigos estaban ya próximos. Sentía mucho haberles fallado a todos, no haber sido capaz de convencer a Lalies de la verdad de esta batalla, y posiblemente se debía a la mala reputación que se había ganado en estas últimas semanas por culpa del marqués Brovián el vizco. Se las iba a hacer pagar con creces, si es que la vida le daba otra oportunidad, ya que su situación actual no le dejaba mucho margen para soñar con la libertad. De hecho, era raro que no la hubieran sentenciado ya a la pena capital, lo que alimentaba un poco sus esperanzas.

Finalmente, a media mañana se oyeron ruidos bajando a las celdas. El carcelero se presentó frente a Dévora junto a dos caballeros y abrieron la puerta. Sir Lalies había dado la orden de llevarla ante su presencia, lo que podía significar que la indultaría, pues si le tenían reservado la pena capital ¿qué sentido tenía hacerla ir ante él? No, no iban a decapitarla ni quemarla, quería hablar con ella y ella debía estar preparada a qué responder.

Esta vez la sala del trono estaba alimentada por la luz exterior y sus tonalidades jugaban en un hermoso arco iris bajo cada arco de columnas. Los alfombrados brillaban con más intensidad y el mármol de los muebles daba una sensación de limpieza y amplitud sin igual. Lalies estaba engalanado con un traje de colores amarillos y grises, con gemas engastadas en toda la superficie formando el emblema de sus caballeros por todas partes, en los hombros, en el pecho, en la espalda e incluso en los antebrazos. Sobre su cabeza reposaba la corona que le concedía la soberanía del Alto de Vistok, elaborada en oro noble y diamantes relucientes. Había unos cuantos caballeros a ambos lados del trono, pero Dévora ni se fijó en ellos. Solo miraba a Lalies, intentando adivinar por su expresión, las posibles decisiones.

—Bienvenida de nuevo, Dévora de Vohm. He estado toda la noche oyendo a mis consejeros, comandantes y personas de confianza, de forma que he alcanzado una decisión final. No ha sido fácil tomar esta decisión, os lo aseguro, mas creo que es la mejor para mi pueblo. Por un lado quiero pensar que no me habéis mentido y las pocas pruebas que traéis son una moneda lo suficientemente valiosa hacia tal fin, pero por otro lado, el cooperar con magos queda fuera de nuestras posibilidades. Así pues, aguardaremos aquí por si hubiera algún mensaje por parte de Ausper la Mayor, y entonces y solo entonces, actuaremos. A vos os dejaré en libertad, aun sabiendo que corre una pena capital por traición hacia el marqués de Brovián. No obstante, como bien dijisteis, aquí los juicios los hacemos nosotros y las sentencias las proclamamos nosotros. Y si bien la acusación es muy grave, este acto de entregaros para salvar la vida de aquellos que van a morir, os indulta. Así pues, partid y salvad vuestra vida, pues que yo os indulte no significa que estéis a salvo en Ampiria.

A Dévora le temblaron las rodillas y los brazos le pesaban el triple de lo normal. Se sentía tan alicaída por haber fracasado en su misión que el estar libre no le suponía ninguna alegría. Miró con desolación a Lalies y le asintió con tristeza, sin fuerzas para decirle nada más. Era una mirada de pena sincera, no había máscara ni engaño en ese dolor y eso Lalies lo podía saborear como si le pasara a él mismo.

—Lamento mucho que tenga que ser así, mi señora, mas nos debemos a una orden superior. El tema de la magia es algo muy grave, como ya sabéis, y no podemos obviar esa orden —dijo Lalies, intentando animar a la ladrona—. Deberíais partir a donde está el portal ese y avisar que los jueces del Alto de Vistok no irán a luchar con ellos, no al menos hoy.

—Mi señor, ¿puedo dirigirme a vos y al resto de esta asamblea a la que he sido invitado? —dijo de repente una voz que a Dévora le sonaba, aunque no le terminaba de poner rostro—. Respetaré vuestro mandato por haberme acogido, aunque os solicito con sumisión poder ir allí a ayudar a esta mujer.

—¡Ah, sois vos! —dijo Lalies, mirando detrás de Dévora donde el hombre estaba—. Poco tiempo lleváis aquí para contradecir mi palabra ¿no creéis?

—Ya os dije que no era buena idea aceptar a gente de fuera, mi señor —señaló rápidamente Gunj.

—No os contradigo, mi señor. Solo os pido que dejéis que cumpla con mi orden de caballero, en la que se reza que debo salvar al indefenso y proteger a nuestro pueblo por encima de toda orden y mandato. Yo no soy político, como vuestro sabio asesor Gunj; solo soy un caballero que intenta cumplir lo que su alma dictamina que ha de hacer. ¿Acaso no debe todo caballero ser y cumplir las tres normas de la caballería? —respondió la voz.

—¡Servir al feudo confiado, proteger a los débiles y servir al bien, ser honorable y cortés tanto en el campo de batalla como en la vida! —vocearon todos los caballeros allí presentes, como si fuera un coro.

—Conozco nuestro código, caballero, mas ¿acaso no ponemos en peligro a nuestro feudo yendo por ese portal? —dijo Lalies.

—Más aun diría yo, estaríamos protegiendo al traidor, pues ayudar al conde de Casis y a esta mujer sería traición. No olvidemos que son amigos de magos y que esta mujer además es una enemiga del imperio —añadió Gunj con los brazos en cruz sobre su pecho.

—No estoy de acuerdo —dijo el caballero, acercándose a Dévora que seguía arrodillada frente a Lalies y mirando al frente—. Llamáis traidora a quien no lo es, sir Gunj, y habláis de los magos como si no fueran personas. También ellos son personas y hemos de creer en su bondad, aunque muchos hayan sido demonios.

—Pero… ¿os estáis oyendo, caballero? —dijo Gunj claramente indignado—. Vos ni siquiera sois de aquí para opinar de esa forma y empiezo a pensar que quizás seáis un espía del conde Casis. ¿Os estáis oyendo? ¿Estáis diciendo que los magos son buenos?

—No digo eso, digo que estáis enjuiciando sin tan siquiera conocer a quién. Solo por deciros que alguien es mago, estáis ya dictaminando su sentencia a morir. ¿Y si le instruyeron de pequeño aunque él no quisiera? ¿Y si el mago en cuestión no es más que un hábil feriante con muchos trucos y fanfarronería? ¿Y si el mago ha nacido así, con esos poderes, sin quererlo ni desearlo? Como veis, son razones suficientes como para escucharlos antes de mandar matarlos, pues debemos proclamar justicia sabiendo sobre quién y no sobre qué. Justicia sobre las personas y no sobre lo que son —dijo el caballero antes de ser interrumpido por la voz iracunda de Gunj.

—Solo decís paparruchas y lo único que hacéis con esas aseveraciones es cavar vuestro destierro de aquí. ¿Acaso decís que sois amigo de magos, caballero? Porque si es así...

—¡Gunj, callad! Empezáis a hacerme dudar si realmente buscáis el bien del feudo o vuestro propio bien. Este hombre no es de estas tierras ni ha pasado las pruebas que aquí exigimos para ser nombrado caballero laliano, mas ha dicho lo que todo el mundo piensa y nadie se atreve a decir, incluido yo —dijo Lalies, haciendo que Gunj se sentara—. Veo en vuestros ojos, caballeros lalianos, las ganas de luchar y poneros a prueba, y ello me congratula, pues pienso como todos vosotros. Y veo en vos, caballero, la fuerza que yo tenía cuando era tan joven como vos.

—¿Tengo pues vuestro beneplácito para ir a defender al pueblo de La última llamada, mi señor? —dijo el caballero desconocido, que justo llegó a posicionarse detrás de Dévora. Sobre el hombro de ella, dejó caer su mano con un leve apretón. Dévora no pudo más y volteó su rostro unos segundos para ver quién era. Cuando finalmente lo vio, apenas podía dar crédito.

—¿Qué seguridad tenéis en que esta mujer no sea una traidora, tal y como se dice? —preguntó Lalies, dando un paso al frente.

—¿Seguridad? Pues porque fue la única persona que nos prestó su ayuda y nos indicó que debíamos venir aquí. La vi luchar cuando era víctima de una emboscada de cuatro asesinos y se defendió con honor y valentía. Fue sincera y amable, y tanto yo como mi hermana no hemos tenido esa gracia desde que fuimos desterrados de nuestra tierra.

—¡Leonardo! —dijo Dévora sin poder evitarlo, tapándose acto seguido la boca con ambas manos.

—Desde que vinisteis aquí y nos narrasteis vuestras desventuras, supe que erais un hombre de honor y digno de pertenecer a nuestra orden. Sois directo en vuestros juicios y no calláis por miedo a ser callado, sino que expresáis vuestro parecer con firmeza, esté frente a vos un mendigo o un rey. Y por ello os aplaudo. Es más, os aplaudo también por haberme quitado la mordaza que me impedía gritar lo que realmente debía gritar. No iréis solo a luchar allí, sir Leonardo, la caballería laliana irá con vos —dictaminó Lalies con rectitud.

Todos los caballeros allí presentes dieron un grito de júbilo, alzando el puño en victoria. Gunj fue el único que se quedó algo apartado, intentando hablar con Lalies para rectificar su decisión.

—Leonardo… ¿Cómo…? —dijo Dévora con los ojos empapados en lágrimas por la emoción al ver cómo en segundos había cambiado su adversidad. Había asistido a un milagro.

—Vinimos aquí, tal y como nos recomendasteis, y nos recibieron con las manos abiertas. Sir Lalies sabe ser un hombre antes que una corona o una bandera, y eso nos ha dado confianza en él. Ahora acaba de demostrar por qué es el líder de este lugar —le respondió Leonardo, que sacó de su bolsillo un pañuelo y le secó las lágrimas a Dévora.

—Os agradezco mucho vuestro favor, ya me veía volviendo sola y teniendo que decir allí a todos que el pueblo estaba perdido. Por cierto, ¿dónde está vuestra hermana Lilian?

—Está bien, también fue acogida por Lalies. Nada más sepa que estáis aquí se alegrará, aunque cuando sepa por qué se entristecerá ja, ja.

—Pero ella era combatiente ¿no? Creo recordar que se defendía bien ataviada con escudo y espada en mano.

—Sí, desde luego que sí. Temedla si la tenéis como enemigo, pues no da segundas oportunidades. No obstante, no es su deseo seguir en ese sendero. Digamos que desde siempre deseó ser más pacífica… total, mejor no decirle nada, que sino seguro que se apunta a venir y no queremos eso ¿verdad? —respondió Leonardo.

—¿Pacífica? Ja, ja, ja pues aparentaba tener un carácter dominante y agresivo, según vi la última vez ja, ja. Me recordó más a un caballero o a un mago que a una doncella de la Corte —respondió Dévora riéndose, aunque notó como la expresión de Leonardo se agrió por unos momentos. Algo no le había gustado en ese comentario.

—Sí… bueno, siempre fue una mujer complicada y rígida de pensamientos, pero ya os digo, mejor mantenerla al margen de todo esto. Ha sufrido mucho en este éxodo que hemos hecho, y ahora que finalmente estamos asentándonos en un nuevo hogar no quiero enturbiarla con una batalla.

—Claro, claro, haré como digáis. Y lamento si he dicho algo inapropiado que os haya hecho sentir mal.

—¿Por qué lo decís?

—Me pareció que… nada, supongo que nada. Gracias nuevamente por vuestra ayuda en esta audiencia con Lalies.

—Un placer, Dévora.

Los caballeros lalianos fueron llamados al patio del castillo, ataviados con sus armaduras y colores distintivos. Los caballos estaban también cubiertos de amenazantes armaduras con pinchos, prestos para dar lo mejor de sí en el campo de batalla. Luego de dos horas de preparación, cuando Dévora salió tras de Lalies, Gunj y otros comandantes para evaluar la armada, se quedó boquiabierta al ver el panorama que se presentaba. Más de doscientos hombres en formación aguardaban quietos junto a sus corceles la orden de avanzar. Sus miradas eran inexpresivas, sin reflejar dudas ni contemplaciones. Eran hombres que habían nacido para luchar y habían sido aleccionados para ese fin.

«El ejército que se encuentre con esta columna de combate lo va a pasar mal», pensó ensimismada.

Lalies miró hacia todos con solemnidad desde las puertas del castillo. No era de ponerse en balcones ni por encima del resto, sino al mismo nivel que sus *hermanos*.

—¡Caballeros del Alto de Vistok! Hoy ha despertado el día en el que correrá la sangre de nuestros enemigos. La última llamada, nuestra ciudad hermana, está siendo asediada por un ejército de demonios de raíces, cuyo único fin es acabar con la vida en Ampiria. Todos los luchadores hábiles están siendo llamados a las armas para defender su tierra. Hoy, hermanos de armas, hemos sido llamados por un mensaje desesperado del Conde Casis y nuestra respuesta va a ser contundente: ¡iremos a la guerra! —gritó con fuerza Lalies, haciendo que todo su ejército chillara su nombre en coro—. No debéis temer a lo que nos encontremos, pues en la batalla no tenemos sentimientos, no sufrimos dolor, no tememos a la muerte. ¡Somos caballeros lalianos y no nos asusta nada!

El coro siguió gritando cada vez con más fuerza, una y otra vez, mientras los generales iban conduciendo a sus respectivos regimientos en un orden matemático. Los refuerzos partían con abrumadora decisión, liderados por un Lalies adorado que siempre iba en cabeza.

Por detrás, Dévora avanzaba a la par de los heraldos, los jóvenes que aún no habían sido nombrados caballeros y que esperaban su momento para ponerse a prueba. No obstante, no se les veía con nerviosismo ni temor, sino que tenían la misma mirada recta que sus *hermanos mayores*. Entre ellos vio a Lilian, avanzando escudo en mano sobre un caballo blanco. Se acercó para saludarla.

«Parece ser que Leonardo no pudo evitar que se apuntara a venir», pensó con una leve mueca.

—¿Lilian? ¿Os acordáis de mí? Soy Dévora, la del bosque.

—Sí, claro que sé quién sois. De hecho, si estamos aquí ahora es por el mensaje que habéis traído. Estoy al tanto de todo.

—Ya veo, sí. Bueno, me alegro que os hayáis apuntado a defender estas tierras también. Es un acto muy noble el vuestro.

—No me conocéis como para juzgarme con tanta facilidad. Deberíais ser más precavida antes de emitir juicios así. ¿Y si vengo obligada? ¿Lo habéis pensado?

—No es eso lo que me pareció oír de vuestro hermano. Mas si os estoy molestando, decídmelo y os dejaré tranquila. No es mi intención molestaros.

—No me molestáis, pero tenéis que aprender a comportaros.

Si bien Dévora no era muy sutil en su habla y siempre iba con dobles sentidos, esta vez había sido humilde y educada en su máxima expresión. Algo había que no encajaba con Lilian, ya lo vio la primera vez que la conoció y ahora le volvía a surgir la misma duda. Se le había escapado algún detalle.

—Está claro que no os sentís muy cómoda con mi diálogo —insistió Dévora, mirándola detenidamente de arriba a abajo. Llevaba partes de armadura puestas en piernas, brazos y hombros, con el pecho cubierto con una cota ligera de cuero endurecido. Sus pelos brillantes iban fuertemente agarrados en una coleta que le llegaba hasta la mitad de la espalda. Sus manos se veían inmaculadas, con dedos largos y sutiles, reposando sobre las riendas del caballo y agarrando el escudo.

—Vuestro diálogo me es banal, eso es cierto. Estoy segura que tenéis mejores cosas que hacer que estar aquí perdiendo el tiempo conmigo —dijo de forma tajante la hermosa Lilian. Sí, era hermosa, muy hermosa incluso ahora que la miraba con más fijación. Sus ojos estaban limpios de toda impureza y su piel estaba tan limpia que rozaba lo idílico.

«Espera… espera Dévora, espera… ¿cómo no te has dado cuenta antes? —pensó Dévora mientras fijaba sus ojos en Lilian más aún al darse cuenta de lo evidente—. Agarra el escudo exponiendo su muñeca, como los novatos, y las riendas no sabe ni llevarlas, es el caballo quien la lleva a ella. Y las piezas de armadura que lleva no son de su talla, las perneras le cubren hasta la rodilla, cuando debería subirle más... ¿qué escondes, Lilian?».

—Dispongo de mucho tiempo libre, creedme, al menos hasta que lleguemos al portal dimensional. Por cierto, Lilian, ¿por qué insistís en parecer una guerrera, cuando ambos sabemos que no lo sois?

Lilian clavó su mirada sobre Dévora y por primera vez delató miedo. Dévora había jugado sus cartas sin saber bien qué hacía, pero parece que había acertado de lleno. Súbitamente una mano agarró sus riendas y la empujó hacia él. Era Leonardo, que la apartaba de su hermana.

—¿Qué estáis haciendo, Dévora?

—Estaba hablando con vuestra hermana y...

—Dejaos de excusas. Creía que erais una amiga y no alguien a quien estar vigilando.

—¿Por qué pensáis que debo ser vigilada, Leonardo? ¿De qué tenéis tanto miedo?

—No tengo miedo, pero ya os dije que no molestarais a mi hermana. Sufrió mucho por nuestro exilio y le está costando habituarse a estas tierras nuevas, más aún en los albores de una batalla y con una pícara como vos acosándola.

—¿Acosándola decís? ¡Solo le daba conversación! Creedme que lamento mucho todo lo que os sucedió, tanto a vos como a vuestra hermana. Debió ser muy duro todo.

—Pues olvidadlo todo y no estéis revoloteando continuamente sobre ella con preguntas. Necesita concentrarse en lo que está por llegar.

—Así lo haré. Y por cierto, veo que al final no pudisteis evitar que viniera.

—Era evidente que iba a enterarse, se hizo público al cabo de escasos minutos, y no tardó mucho en prepararse para venir.

«Algo no encaja en esto... me están ayudando, pero ¿por qué me mienten y ocultan cosas? Me ayudaron cuando estaba en el bosque, pero aun así hay algo grave y gordo en ellos...», seguía pensando Dévora en mitad de su conversación con Leonardo, cuando volvió a mirar a Lilian en la distancia, destacando sobre el resto por su frescura y apariencia noble. Y ahí lo vio claro, tan claro como que su nombre era Dévora. Volvió a dirigirse a Leonardo, aunque esta vez iba a ser ella la que iba a sembrar la trampa.

—Me alegro de teneros cerca Leonardo, me da mucha confianza que estéis en este combate. Cuando os vi luchar en aquel bosque, supe que erais un aguerrido combatiente que nada tiene que envidiar a estos caballeros lalianos.

—Sé defenderme bien, sí, aunque tampoco me gusta medirme al resto. Celebro que os guste mi compañía y así lo comparto yo con vos —dijo Leonardo más tranquilo luego de la reprimenda que le echó a Dévora.

—Cada vez que os veo, siento con mucha tristeza la pérdida de Alexis y Cáncavo, vuestros hijos. ¿Os puedo preguntar qué edad tenían cuando fueron forzados en esa guerra que acabó con sus vidas?

—Tenían veinte y veintidós años respectivamente, y os ruego que no rememoréis ese triste pasaje de mi vida.

—Os ruego mi perdón, entonces. No obstante, he de preguntaros abiertamente ya quién sois en realidad y qué hacéis aquí. Os considero un amigo y de mi boca no ha salido nada referente a que matasteis a un rey, ni de vuestra huida. Os he respetado como fiel amigo y a vuestra hermana como fiel amiga, mas hay mucho en juego hacia dónde vamos y necesito saber si puedo confiar en vos.

—¿A qué os referís? No os entiendo, Dévora, ¿estáis acaso perdiendo la cabeza?

—Leonardo… vuestra hermana no sabe sostener un escudo como debe hacerse, anteponiendo el antebrazo. Se me pasó por alto en la batalla del bosque, pero al verla ahora lo he recordado nítidamente. Sí, maneja la espada con soltura, pero no con la que se espera de una aguerrida luchadora o caballera, como me estáis vendiendo. Y fijaos en ella nítidamente y ahora en mí. Yo tengo la tierra del camino adherida a mi capa y a mi piel, pero ella no… la inercia de no querer mancharse y permanecer impoluta ha sido muy fuerte y no ha podido evitarlo. ¡Y sus manos! Dedos más finos y bien cuidados hace tiempo que no los veo ni en una dama de la Corte. Ha usado su magia, porque ella es maga. Y si hubiera alguna duda en todo lo que digo, sabed que nunca me dijisteis los nombres de vuestros hijos. Alexis y Cáncavo son dos maestros pasteleros de la capital, que os recomiendo que visitéis por las exquisiteces que elaboran.

Leonardo palideció hasta el punto de parecer que se desmayaba. Tembló su voz al intentar responder y volvió a guardar silencio. A continuación miró a su alrededor, a todos los caballeros que avanzaban en formación, y luego fijó su vista en Lilian entre la multitud.

—Sé que estáis buscando una huida, conozco los síntomas de ese comportamiento con total seguridad —dijo Dévora—. No os voy a delatar, pero tenéis que ser sinceros conmigo.

—La sinceridad no es buena compañera de viaje, Dévora. ¿Acaso no os ayudamos cuando estabais en peligro de muerte? ¿No os hemos ayudado ahora, interviniendo para ayudaros contra ese ejército de segadores pútridos? ¿Por qué nos lo pagáis así?

—No busco haceros daño, Leonardo, pero necesito saber quiénes sois. Os estaré eternamente agradecida por la ayuda que me disteis y… —dijo Dévora antes de callarse al ver como Lalies y otros dos generales se le acercaban al trote.

—Ya hemos llegado, Dévora. ¿Eso de ahí es el portal? —dijo Lalies señalando a lo que, efectivamente, era la puerta dimensional. Dévora se sintió tremendamente aliviada al ver que Sirián y Zurah habían logrado lo imposible: aguantar toda la noche y parte de esta mañana con el portal abierto.

—Así es, ese es el portal. Si me permitís, lo atravesaré yo primera para advertir al resto que nos espera al otro lado que estáis llegando.

—Pasaré con vos —respondió Lalies.

—El viaje a través del portal es bastante malo, os lo advierto, y podéis sentir náuseas y mareos. ¿No preferís que pase con algunos de vuestros generales antes?

—Mis hombres no harán nada que yo no haya hecho antes, ni los enviaré a ningún sitio sin que yo antes lo haya visitado.

—Vuestro valor y fraternidad os honra, sir Lalies. Será un placer pues.

—Vayamos pues, estoy preparado.

Dévora miró una vez más a Leonardo antes de seguir a la comitiva de Lalies hacia el portal. Él permanecía como una estatua, rígido por el temor a que se supiera la verdad que ocultaba junto a su hermana. Dévora le asintió con la cabeza, transmitiéndole que de momento su secreto estaba a salvo. Él le devolvió el gesto con una sonrisa escueta, aunque era del todo impredecible si lo volvería a ver.

Lilian, mezclada entre todos los heraldos y pajes, miraba toda la escena con determinación. Algo estaba pasando y no podía dejarlo por más tiempo. Tenía que mostrar ya la auténtica razón de por qué estaba ahí.

CAPÍTULO 22: EL RUGIDO DE LA MARABUNTA

La noche albergaba a toda la ciudad de La última llamada con un cielo cubierto por nubes grisáceas amenazantes de lluvia. La población estaba intranquila por tanta entrada de caballeros y guerreros procedentes de todos los confines de Ampiria, y los rumores de que estaban bajo asedio se multiplicaban por las tabernas y callejuelas. Muchos habían abandonado sus haciendas de fuera del muro para refugiarse dentro de la castellanía, y los que estaban dentro iban asegurando sus ventanas y puertas con maderas de apoyo. Se respiraba el miedo de una batalla inminente, y que el Conde Casis no hubiera salido a ratificar ni a desmentir nada generaba mayor nerviosismo.

El grandioso castillo excavado en la roca de la montaña presentaba sus trabucos reforzados con orgullo y decisión, y las cañoneras se asomaban por sus ventanucos por primera vez en mucho tiempo. Nadie recordaba cuándo se habían usado por última vez ni cuándo alguien se había atrevido a desafiar a esta ciudad fortín. Las calles estaban dominadas por la caballería transitando veloz de un destino a otro, mientras que los ciudadanos a pie apenas se dejaban ver en sitios de congregación multitudinaria. Se estaban celebrando varias reuniones en las vecindades, en las que se discutían nombrar representantes para ir a hablar con el Conde y que les dijera qué estaba pasando, aunque de nada serviría ya. El tiempo había acabado.

En la posada de las Mil flores, Zurah y Sirián seguían en su incesante concentración para mantener el portal dimensional abierto, inconscientes de si aún sería de utilidad o no. Vaiel y Maiden ayudaban secando los sudados rostros de sus compañeras con pañuelos mientras les daban algo de agua para hidratarlas por el tremendo esfuerzo que estaban realizando. Drigán seguía como una estatua frente a la ventana desde que Dévora se metió dentro del portal. Miraba con recelo todo lo que pasaba ahí fuera y a veces se le oía susurrar algo incomprensible con Kragor til Mass. Súbitamente, el lánguido rugido del gran cuerno de La última llamada tronó en toda la ciudad. Todos los ciudadanos se quedaron perplejos mirando hacia la parte más alta del castillo, donde el gran cuerno de alabastro se asomaba desafiante. Nadie sabía qué significaba o qué utilidad tenía su canto, aunque los más ancianos ya aventuraban la verdad: se avecinaba una batalla. Por si hubiera alguna duda, bastó con ver a las comandancias de caballeros que, nada más oír el estruendo del cuerno, galoparon veloces hacia el castillo o hacia los muros, como si estuvieran ejecutando una orden ya estudiada para este momento.

—¿Ya están aquí? ¿Tan rápido han llegado? —preguntó sorprendido Vaiel.

—Sí, ya están aquí —dijo Maiden, dejando de asistir a Sirián y cargando con Linhauser sobre su espalda—. Ha llegado el momento de actuar, me temo. Estoy seguro que Dévora saldrá de ese portal con la ayuda que fue a buscar. Ayudemos nosotros aquí lo que podamos, en el campo de batalla. Ha llegado nuestra hora.

—Espera, espera... ¿tú te estás oyendo, Maiden? ¿De verdad crees que tengo algo que hacer contra un ejército de esos bichos? ¿Acaso crees que tengo formación de guerrero o algo así? Sí, vale, tuve la desdicha de enfrentarme a ellos y casi no lo cuento, aun teniendo la ayuda de estas dos con sus magias —dijo Vaiel señalando a Sirián y Zurah—. Si son tantos como se dice que son, nos van a masacrar. Lo mejor que podemos hacer es permanecer aquí, cubiertos, y defender esta posición hasta que Dévora vuelva o que la animista y la bruja se recuperen de su trance.

—Una forma algo cobarde de rendirte, Vaiel. No hay que ostentar ningún título ni rango para demostrar que eres capaz de matar a un ser de esos, como tú dices. Eres un arquero excepcional y aunque no lo creas, hay algo en ti innatural. Tú no eres una persona normal y corriente, tienes un don muy especial. De todas formas no pienso obligarte, ni mucho menos. ¿Tú qué dices Drigán? ¿Te vienes? —dijo Maiden.

«*¿Por qué, Kragor til Mass? ¿Por qué me abandonas en una batalla como ésta? Es nuestro momento*», decía Drigán a su dragón entre murmullos mentales.

«*Mi ansioso caballero, mi daño es mayor al que puedas pensar. Mi vuelo es torpe, mis heridas me han drenado vida y mi corazón respira con dolor. No habría mayor placer para mí que tenerte sobre mi torso en un vuelo de sufrimiento para nuestros enemigos, mas no puedo ahora. Llora conmigo ese nefasto inconveniente y luego sécate las lágrimas, representándonos en la batalla*», respondió Kragor til Mass.

«*Me fastidia mucho, Kragor til Mass, pero confío en ti y en tú criterio para afrontar esta batalla. Por supuesto que dejaré bien alto nuestro nombre, eso ni lo dudes* », dijo Drigán, justo cuando un grito lo sacó del trance.

—¡Drigán! ¡Me oyes! —le gritó Maiden en la mismísima oreja.

—¡Maldita sea, guerrero de pacotilla! —respondió Drigán echándose hacia atrás del susto—. ¿Qué rayos pasa contigo?

—Te preguntaba si venías afuera a luchar contra los segadores pútridos o si preferías permanecer aquí.

—¿Y tienes que preguntármelo? Dejemos aquí a estas dos y bajemos el resto abajo. Y abrid bien vuestros ojos, a ver si así aprendéis algo de cómo se lucha…

—Ja, ja, ja, bajemos pues, Drigán, y quién sabe, igual eres tú el que aprende algo de lo que veas a tu alrededor, como por ejemplo de este guerrero de pacotilla —respondió Maiden entre risas.

—¿Y a ti qué te pasa? —dijo Drigán a Vaiel cuando se encontraba ya en la puerta de la habitación—. ¡Venga! ¡Coge tu arco y andando!

—Suicidarme no está entre mis planes —le dijo Vaiel.

—Pues nada, desgraciado, quédate aquí y tápate bien con una manta para no pasar frío. Deja que los hombres hagamos el trabajo duro y te salvemos el culo para que no te hagan pupa. ¡Maiden, vámonos! Estoy harto de tratar con cobardes como este.

Vaiel no encontró argumentos para responderle, entre otras cosas porque el caballero del dragón decía la verdad. Sentía miedo, veía la muerte más allá del resguardo de la habitación y no encontraba el valor por ningún lado. Se sentía miserable por haber traicionado la confianza de sus amigos, pero era superior a sus fuerzas. Nada más Maiden y Drigán abandonaron la habitación, Vaiel se arrinconó en una esquina y empezó a sollozar, lamentándose por ser tan poca cosa, pegándose incluso tortazos para despertar de ese mal sueño que era la vergüenza.

Mientras, fuera todo era confusión y gritos, con gente corriendo como si les fuera la vida en ello. Drigán miró hacia las puertas de entrada de la ciudad y la señaló con su espada.

—Allí les esperaremos.

—¿Quieres ir a las puertas? Desde luego, valor no te falta, no. ¿No sería mejor aguardarlos en el castillo? —le replicó Maiden, intentando abogar por la sensatez.

—Ahí solo van los que temen morir. Al frente van los que saben que van a matar. Tú eliges, pero yo lo tengo claro.

—Desde luego, sabes cómo hacer que alguien se sienta cómodo, ja, ja. Adelante Drigán, mostremos a esos orchis nuestra rabia contenida.

Corrieron por las calles, esquivando a los ciudadanos que huían en sentido contrario, hasta llegar a la altura de una de las edificaciones que servía de control a los caballeros de la ciudad. Allí se toparon con varias armaduras que los miraban pero que no decían nada. Entre sus yelmos se podía oler el miedo, el pánico de lo que se acercaba más allá del amurallado. Maiden intentó agudizar sus oídos y oyó un ruido continuo semejante a raspaduras. Drigán miró al caballero de más rango allí, un hombre mayor y que la armadura se le hacía pesada.

—¿Dónde se necesita más ayuda, o dónde tenemos nuestro punto débil más evidente? —le preguntó el caballero del dragón con firmeza y voz recta. El grupo de caballeros lo miraron como si fuera un loco o algo peor.

—¿Cómo… cómo decís? —preguntó el caballero al mando.

—¡Qué dónde se necesita más ayuda! —gritó esta vez Drigán.

—Pe… pero… vos… ¿ayuda decís?

—¿Pero es que no sabéis hablar aquí, o qué? ¿Solo os enseñan a portar armaduras y espadas para luego cagaros encima a la mínima idea de una batalla?

—¡Drigán! —dijo Maiden, que se había adelantado escaleras arriba por el muro y que estaba con la mirada fija hacia el horizonte—. Debes subir y ver esto.

—¿Los enemigos? —dijo Drigán, pasando por delante de los caballeros como si no estuvieran ahí, empujándolos incluso si estaban en su camino—. ¿Ya se ven en el horizonte? ¿Cuántos son?

—¿Cuántos? Demasiados diría yo.

—Ja, ja, ja. Aún estás a tiempo de refugiarte con esa cucaracha de Vaiel en su ratonera.

—No, no huiré, eso tenlo por seguro.

—Así me gusta —dijo Drigán llegando hasta su altura—. Porque odiaría tenerte aquí a mi lado y…

No pudo terminar su frase el caballero del dragón al ver lo que tenía de frente. Una multitud de segadores pútridos iba rauda hacia los muros de la ciudad, arramblando árboles, piedras y todo lo que se cruzara por su camino, convirtiéndolo en desolación. Era como una apisonadora compuesta de millones de hormigas que avanzaban frenéticamente comiéndoselo todo. Pero lo que más destacaba de la temible imagen eran los dos vórtices de luz que se dejaban ver en mitad del ejército. Dentro de los mismos se veía un brillo rojizo que palpitaba sistemáticamente cada quince segundos, dejando ver la silueta de un homínido. Eran los Orígenes.

—¿Cuántos cuentas que son, Drigán?

—Yo diría que más de dos mil —dijo Drigán con cara de preocupación.

—Quiero que sepas, Drigán, que si lucho aquí y ahora contigo no es por valentía ni sinrazón, sino porque hay una persona que se merece este tributo. Su nombre es Dévora y su coraje es el que me ayuda a seguir en este propósito.

—Crees que murió, ¿verdad?

—¿Y tú qué crees? ¿Qué te dice tu corazón?

—Si me dejara influir por el corazón sería alguien como tú, Maiden. Yo soy un caballero del dragón y ni tengo corazón para sentir dolor, ni siento dolor al ver tantos enemigos. ¡Lucha con orgullo y deber!

—Lo haré por devoción. Ella se merecía ese tributo, aunque ya esté muerta.

—Pues hazlo por ella, pero lucha. Que sea el valor tu bandera. Y ahora prepárate, que esos bichos van a ser duros. Intenta tener siempre cobertura tras de ti y no dejes que te rodeen.

—Me alegra ver que te preocupas por mí…

—Ja, ja, ja, mi buen Maiden. No te ofendas, pero no estás a la altura de este combate. De hecho, sé que vas a morir y lo que quiero es que aguantes más de veinte enemigos antes de ceder tu vida, esa es la apuesta que tengo con Kragor til Mass. Él piensa que aguantarás menos… Pero no debes sentirte triste, pues morir en una batalla como esta es algo digno de lo que sentir orgullo.

—Creeré entonces que con mi muerte la veré a ella.

Los trabucos lanzaron pesadas rocas desde lo alto del castillo, que surcaron por el cielo hasta chocar brutalmente contra la horda de segadores pútridos que avanzaba hacia el muro. Decenas de ellos salían expelidos en trocitos, aunque una nueva oleada saltaba sobre sus restos para seguir avanzando. Sobre los muros se dispusieron multitud de arqueros para lanzar flechas ardientes en parábolas letales para una persona, aunque de poco efecto sobre los segadores pútridos, que no sufrían de daños críticos al no depender de órganos vitales. Se movían regidos por la magia que los animaba, y por muchas flechas que se les clavara sobre sus raíces o incluso torso de carne, su ímpetu por matar no decrecía. No obstante, el fuego podía llegar a prender sobre sus ramas y eso sí que los exterminaba, al igual que si una flecha impactaba sobre su cabeza.

Alrededor de las puertas principales se congregaron más de cien caballeros sobre sus monturas y con las armas preparadas. Los caballos gemían intranquilos, conscientes de la presencia del enemigo, moviendo nerviosos sus cabezas. Detrás de la caballería se dispusieron más de doscientas unidades a pie armados con todo tipo de armas, desde picas y espadas largas, hasta simples palos afilados. Este era el primer grupo de choque luego de la caballería y estaba compuesto por la milicia del pueblo y guerreros contratados, en su mayoría. Era los más prescindibles, según la corona, y dado que no cobraban nada hasta que la batalla acabara, salía gratis contratarlos si morían.

—Ahí abajo, Maiden. Iremos en ese grupo detrás de la caballería —gritó Drigán, bajando las escaleras del muro hacia el patio.

—Intentemos estar juntos en todo momento, Drigán. Aumentaremos nuestra probabilidad de seguir vivos.

—Tú cúbreme las espaldas que yo haré lo propio. Por mi parte no pasará ninguno, te lo aseguro.

La seguridad que mostraba Drigán era sobrenatural, nadie podía igualar su temple. De hecho, una vez bajaron entre la milicia, la atmósfera que allí se respiraba era sobrecogedora. Muchos lloraban dentro de su casco, cerrando sus ojos y agarrando sus temblorosas manos al arma que tenían, mientras que otros se orinaban encima al no haber estado nunca frente a tamaña batalla. Eran ciudadanos a pie que apenas habían recibido instrucción en combate como para ponerlos directamente ante segadores pútridos deseosos de sangre. Siempre daba más miedo enfrentarte a algo desconocido y movido por leyendas, que ante una persona, a la que podías poner rostro y forma.

Ya se oían los rugidos del enemigo cerca del muro, desde el cual los arqueros se afanaban en disparar una y otra vez sus afiladas flechas. Sobre ellos volaban las enormes piedras de los trabucos, así como el recital que las cañoneras despertaron. Ya estaban a tiro y desde dentro del castillo se dio orden de disparar a discreción, una y otra vez, sobre la manta verduzca de enemigos, haciéndoles estallar en mil pedazos. Las nubes negras, acompañando al triste día que se abría, estallaron en truenos y lluvia pesada.

Maiden miró hacia el suelo, ya convertido en barrizal, y pensó nuevamente en Dévora. A su alrededor se sucedían los gritos y los ruidos de las armas de asedio disparando, pero él solo tenía ojos para un pequeño charco de agua que cimbreaba en ondas constantemente. Desdibujó allí mentalmente el rostro de su diva y sonrió con una mueca sincera.

«Si nos hubiéramos conocido antes, mi bella Dévora… no obstante confiemos en que el Creador nos haya guardado un lugar luego de la muerte, pues aunque no la busco, esto es un suicidio. Y sin embargo no tengo miedo, pues a tu lado estaré. Te veré… te podré tocar y besar, pero esta vez seré yo quien lo haga. Te quiero Dévora, te quiero más que a mi propia vida, y te quiero por cómo eras y por cómo me mirabas, cómo me sonreías y cómo hablabas. Eras la mujer más hermosa del mundo, Dévora».

Se oyeron ruidos de espadas por un lado del muro, donde varios segadores pútridos estaban escalando, clavando sus raíces sobre la piedra del amurallado. Los arqueros iban dejando sus arcos en el suelo para armarse con sus armas de mano y escudos a la vez que chillaban ayuda, aunque ésta no llegaba, y es que no había suficientes luchadores como para cubrir todo el perímetro del muro. Dos arqueros de otra parte del muro apenas llegaron a gritar algo cuando dos raíces rígidas les atravesaron el abdomen, arrojándolos abajo sin vida. Estaban entrando por varias zonas, aunque aún no habían visto lo peor. A lo lejos, los segadores pútridos se unieron entre ellos formando una especie de catapultas toscas de raíces, en las que arrojaban hacie el interior de la castellanía a otros de los suyos. Cuando los defensores vieron a los enemigos volando por los aires para aterrizar en las plazas de la ciudad o chocando contra los techos de las viviendas, entraron en pánico. Las órdenes se solapaban una sobre otra y cubrir todas las zonas de impacto se hacía muy complicado, más aun teniendo presente que los segadores pútridos iban matando y convirtiendo a sus víctimas.

Súbitamente, las puertas de la ciudad se estremecieron, crujiendo en toda su superficie. Una muchedumbre de segadores pútridos estaba agolpada, empujando e intentando atravesar su gruesa madera con sus puntiagudas raíces. Era cuestión de tiempo que lo lograran y dentro la caballería ya se iba preparando.

—¡Atentos caballeros! —gritó uno de los rangos altos—. ¡Que no nos intimiden! ¡Romped con todo lo que tengáis de frente!

La puerta avisó por segunda vez, esta vez abriendo varias grietas en su parte central. Algunas astillas volaron por el aire.

—¡Atentos! ¡Sed valientes, caballeros! ¡Escribirán sobre vosotros epopeyas de valor!

El tercer embiste fue el definitivo, partiendo los goznes y abriendo una brecha en la parte frontal de la puerta derecha. Varias raíces se amontonaron en el agujero para abrirlo más aún, mientras que el resto de segadores pútridos terminaba de derribar las puertas. Los caballeros alzaron sus caballos y trotaron de frente para la defensa de la plaza, gritando en rabia y valor.

Un segador pútrido, impulsado por sus catapultas de raíces, chocó brutalmente contra la parte alta del muro, acortándole la parábola para caer en picado donde la milicia esperaba su momento. Se llevó por delante a dos hombres que se quedaron impávidos al verlo venir, como si no se creyeran que eso podía suceder. A su alrededor, todos huyeron de inmediato, abriendo un espacio en forma de círculo entre el gentío. El segador pútrido, herido mortalmente por el choque contra las piedras, se movía como una araña moribunda, cerrando sus raíces y expeliendo una sangre verduzca de sus venas. A medida que dejaba de moverse, los defensores se iban acercando para verle de más cerca y alguno incluso llegó a tocarle con su espada. Estaba muerto... sangraban, eran mortales y eso animó al grupo, que no tardaron en amputarle trozos de raíces para exponerlos en alto como trofeo. Sin embargo, poco les duró su alegría, pues los otros compañeros que habían sido aplastados tenían raíces clavadas. No tardaron en convertirse en uno de los monstruos, levantándose y atacando con sus raíces a la multitud congregada. Un chico fue herido en su brazo derecho y un hombre mayor no pudo esquivar el ser alcanzado en su pecho por una raíz puntiaguda que le partió el esternón, dándole muerte al instante. Todos gritaron en pánico, intentando huir pasando encima del resto de personas, aunque todo pasó inadvertido en el caos que se había formado ya. Muchos eran los lugares aquejados de estas incursiones, y con el sopor de la lluvia y los chillidos de todos los frentes apenas se oía lo que pasaba cerca de las puertas.

El primer golpe de la caballería fue demoledor, cercenando cabezas, raíces, torsos y resto de cuerpos deformes. Las armas de poste empalaron a varios segadores pútridos, abriendo paso más allá de las puertas de La última llamada, aunque al fondo se veía como habían muchos más enemigos avanzando hacia ellos. La caballería recuperó varios metros del puente, aunque tan pronto perdieron el beneficio de la carga, los enemigos ganaron confianza, perforando la carne de los caballos y batiendo a sus jinetes. Murieron muchos enemigos, casi ocho por cada caballero, aunque en breve esos caballeros vencidos se levantarían como enemigos nuevos.

Ahora era el turno de la milicia, que se había fragmentado en varios grupos. Algunos huían despavoridos, otros estaban enfrentándose a los segadores pútridos que estaban dentro de la plaza y el tercer grupo comenzó a avanzar hacia el frente, a asegurar la zona de la puerta para impedir que entraran por ahí. En ese grupo estaban Drigán y Maiden, que no tardaron mucho en entrar en combate.

Un segador pútrido alzó todas sus armas de madera puntiaguda hacia Drigán, a lo que éste interpuso su largo escudo para frenarlo, para luego mover su espada en vertical y abrirle el torso de un tajo limpio. El enemigo cayó el suelo agitándose en dolor, aunque Drigán apenas le dio tiempo a más, pasando a su vera y cercenándole la cabeza de un golpe limpio.

—¡Cada segador pútrido que caiga cortadle la cabeza, así no se levantará más! —gritó Drigán sin dejar de mirar al frente.

Los que estaban detrás, tras ver la fortaleza del caballero del dragón, asintieron sin dudarlo, poniéndose detrás de él y de Maiden para rematar a los enemigos.

Maiden hizo aflorar a Linhauser, rompiendo en brillos todas sus runas y desatando su furia con golpes que se prolongaban varios metros más allá de su posición. Drigán, por su parte, avanzaba con movimientos medidos y precisos, dando golpes magistrales que nada más impactar, derribaban. Parecía increíble que solo dos personas pudieran abrir hueco, pero así era, aunque no avanzaban mucho. Los acompañantes, que por detrás iban rematando a los enemigos, eran diezmados paulatinamente y los enemigos no cesaban de rodearles. Entonces, Drigán despertó su aura innata, transformando su piel en una coraza escamosa y expeliendo un fuego traslúcido a su alrededor. No quemaba al tacto, aunque subió la temperatura varios grados y lo más importante: su fuerza y destreza se multiplicaron por diez. Todos abrieron los ojos como platos al ver a Drigán moviéndose a la velocidad del rayo, cortando en dos piezas a un orchi antes de que éste alzara uno de sus brazos. Mantener ese estado le iba a costar mucha energía al caballero del dragón, pero de nada servía guardarse algo. Maiden, viendo a su colega avanzar mientras los trozos amputados de los enemigos alfombraban el suelo, asió con fuerza a Linhauser e hizo lo propio, bajando sus defensas y alzando su arma mágica para que propagara su poder de daño más allá de su posición. Era impensable imaginarlo, pero lograron avanzar varios metros más, y tras éstos otros cuántos más. Cuatro púas llegaron a clavarse en el torso de Maiden, aunque la coraza que llevaba puesta cumplió bien con su función y minimizó el daño.

La otra entrada de la ciudad, la Norte, había caído en toda su plenitud y los segadores pútridos habían hecho suya la plaza de allí, matando a multitud de aliados. Toda la fuerza de choque de reserva se estaba centrando en repelerlos ahí y aunque les estaba costando, mantenían el asedio bien. Debían evitar que llegaran a las cañoneras, que no cesaban de disparar una y otra vez a los núcleos de enemigos.

Vaiel seguía dentro de la habitación, mirando por la ventana lo que estaba aconteciendo y horrorizándose de la atrocidad que estaba sucediendo ahí abajo. No dejaba de pensar en qué debía hacer y si fue una buena idea quedarse en este pueblo.

«Pero ¿quién te crees que eres, Vaiel? ¿Te has mirado bien? No eres más que un labriego con aires de grandeza. Pegas un par de tiros bien con un arco y ya te crees arquero, y vas al lado de magos y guerreros de élite y te crees uno de ellos. Por el Creador... nos van a masacrar a todos. De aquí no salimos con vida nadie. ¿Por qué no me quedé en Manantial de Munros? ¿Por qué no? Allí estaría ahora tranquilo y que otro se hubiera ocupado de recuperar esa mierda de camafeo. Yo...».

Súbitamente el portal dimensional crepitó y un caballero con la armadura totalmente armada se personó en la habitación. Vaiel lo miró indeciso antes de agarrar una daga y dar un paso hacia él. La armadura era preciosa, con ribetes dorados decorando toda su extensión y con un emblema muy característico en su pecho: un tulipán circunscrito en un pentágono. Lalies miró a Vaiel, daga en mano, y a las dos taumaturgas postradas en el suelo casi sin fuerzas como si viera un ritual macabro, y dudó un instante antes de decir algo. Justo entonces, Dévora aconteció del portal.

—¡Dévora! ¡Por el Creador! ¡Lo conseguisteis! —dijo Vaiel, arrodillándose y dejando caer la daga entre sollozos.

—¡Vaiel! ¿Qué ha pasado? ¿Estáis bien?

—Dévora ha sido horrible... creíamos que estabas muerta, que el portal no había funcionado correctamente... yo me quedé aquí esperándote y el resto salió a combatir.

—¿A combatir?

—Parece que hemos llegado en mitad de la contienda —dijo Lalies, mirando por la ventana de la posada—. Los segadores pútridos han llegado y están atacando la ciudad. Veo que dijisteis verdad, Dévora, y ello os valdrá mi perdón definitivo y mi ayuda para vuestra salvaguardia, os lo aseguro.

—¿Hace cuánto que empezó el ataque, Vaiel? —preguntó Dévora, acercándose también a la ventana para ver el panorama.

—Menos de una hora, Dévora. Yo iba a salir, pero no quería dejar solas a…

—Está bien, debemos darnos prisa. ¿Lord Lalies? ¿Vamos a buscar a sus caballeros? —interrumpió Dévora dirigiéndose a Lalies.

—Ahora mismo voy, Dévora. Permaneced aquí y disponed de nuestra salida. Vos que conocéis bien esta ciudad dadme una estrategia de ataque, dónde enviar mis efectivos para reforzar y dónde enviarlos para atacar al enemigo.

—Eso está hecho, mi señor —respondió Dévora, dirigiéndose rápidamente escaleras arriba para ver la situación por sí misma desde una posición más elevada, como podía ser el techo de la vivienda.

Lalies volvió a entrar al portal y apenas pasaron unos segundos cuando varios caballeros de aspecto impoluto fueron apareciendo en la habitación. Llevaban con orgullo esa armadura laliana que tanto temor despertaba en sus enemigos, y a medida que salían del portal desenfundaban sus gruesas mandobles con ambas manos, preparándose para el combate. Uno de ellos miró a Vaiel con rectitud y rugió a través del yelmo oscuro que le cubría el rostro.

—¿Y bien? ¿Dónde está Dévora? ¿Dónde está la mujer que nos debe orientar, muchacho?

—Ehh… sí… está arriba, creo que arriba… subió por las escaleras…

—¿Arriba dónde, muchacho? ¡Habla claro!

Aparecieron dos caballeros más detrás de los habidos y la habitación comenzaba a estrecharse.

—¡Estoy aquí! —dijo Dévora bajo el dintel de la puerta de entrada—. Seguidme rápido, necesitaré dos grupos, uno para defender la castellanía y otro para realizar un ataque a campo abierto.

—¿A campo abierto? ¿De qué sirve crear muros de defensa si luego los obviamos y salimos a combatir a campo abierto? Dejad mejor que me ocupe yo de la estrategia, porque vos tenéis poca idea de lo que decís.

—¿Os recuerdo la orden que os dio vuestro señor?

—Lord Lalies nos dijo que siguiéramos vuestro mandato, sí, pero está claro que habéis perdido el juicio. No tenéis ni idea de cómo planear una estrategia de ataque válida.

—Si la castellanía cae, estaremos perdidos, pues perderíamos la potencia de fuego de los trabucos. Aparte, es nuestro deber proteger al señor de las tierras. Veo que hay muchos focos dentro de la ciudad, pero de eso se tendrá que ocupar la caballería de aquí, pues si nos dividimos para paliarlos perderíamos fuerza de combate y capacidad de diezmarlos. No debemos olvidar, además, que nos enfrentamos a unos Orígenes. Lo poco que he aprendido de ellos es que ven retazos del futuro y que si siguen combatiendo es porque ven clara la victoria. Debemos hacer algo que no se esperen, algo inusual, algo que rompa la lógica de sus vaticinios. Y eso es salir un grupo fuerte y romper sus filas, hasta llegar a uno de los Orígenes.

Dos caballeros más acontecieron detrás, en un continuo goteo. Entre ellos estaba Lalies, que había regresado de nuevo a la habitación.

—Mi señor, esta mujer nos está indicando que salgamos a campo abierto. Es una locura.

—Hacedle caso en todo. No debéis temer a la muerte, debéis abrazarla.

—Con gusto lo haremos, mi señor. Mas… ¿buscamos defender la plaza o morir inútilmente?

—Permitidme responder, Lord Lalies —dijo Dévora con claros síntomas de enfado—. ¡Es nuestra única opción! ¿Sabéis qué son los Orígenes? ¿Sabéis cómo piensan? ¿Acaso conocéis su poder destructivo y su capacidad para predecirlo todo? Pues bien, yo no es que sepa mucho más que vosotros, pero he estado frente a uno de ellos y he sido consciente de todo el poder que son capaces de desencadenar. Aparte, estas dos magas de aquí me instruyeron en lo que son capaces de hacer. Basta deciros que paralizan con tan solo mirarlos, así que…

—Está bien, Dévora. Vuestra reputación es suficiente como para planear esa estrategia que estáis trazando, aunque tengo una duda clara: ¿cómo se supone que vamos a enfrentarnos a ese adversario, si nada podemos hacerle? —dijo Lalies, mientras detrás suya se agolpaban más y más caballeros que salían por el portal.

—Pues… ahí confiaba en vuestra capacidad de combate, Lord Lalies. Sois conocidos por ser capaces de derrotar a todo adversario que se os interponga y suponía que…

—Está bien, movámonos ya, que así no hacemos nada. ¡Brien!, ocúpate de ir hacia la castellanía y defiende la base con tus hombres. El resto vendrá conmigo a ver qué hacemos. Lamento deciros, Dévora, que vuestra idea resulta no solo arriesgada, sino peligrosa. Es muy impredecible el resultado.

—¡Pero es que se trata de eso, Lord Lalies! —dijo Dévora, intentando convencerlo una vez más—. Debemos ser impredecibles para que no puedan razonar ni ver éxito alguno en sus visiones de futuro. Eso les pasó cuando nos batimos a uno de ellos en los bosques y fue porque hicimos algo arriesgado e impredecible, nos dividimos en dos grupos y atacamos entre dos frentes, aparte de que éramos muchos más de lo que él predijo en sus visiones. Ahora entiendo lo que me decía Zurah, aquella bruja oscura de allí, cuando insistía en que a los Orígenes se les vence encerrándolos en el pasado o en el futuro. Se trata de eso, ¿no lo veis? Debemos dejarlos reclusos en su propia idea del fracaso. Deben ver que no tendrán éxito.

—¿Pero y si no sucede como decís, Dévora? ¿Y si decide plantarnos cara? Yo también conozco la leyenda de esos seres y conozco acerca de su inmortalidad.

—Permitid que yo me ocupe de ellos, Lord Lalies —dijo Lilian, que ya había atravesado también el portal junto a Leonardo.

—¿Vos? ¿Se trata de una broma?

—En absoluto, mi señor Lalies. Quizás no fui del todo sincera con vos, ni mi hermano tampoco, mas no hay tiempo ahora de explicaciones. Podemos hacer frente a los Orígenes, y no solo eso, podemos matarlos.

—¿Tan segura estáis? —preguntó Lalies, abriéndose el yelmo para mirarlos con sus propios ojos.

—Ya matamos a uno de ellos antes —sentenció Lilian, dejando enmudecidos a todos en la habitación.

—¿Quién sois? ¿Quién sois de verdad? —dijo Lalies, totalmente inmóvil ante la aseveración de Lilian.

—Permitidme, Lord Lalies, yo os lo explicaré —dijo Leonardo, intentando crear una atmósfera más afín entre todos—. Fui consagrado como caballero blanco por el maestro Moses y soy conocedor del misterio de la razón. Estoy dotado de capacidades que me hacen luchar por la bondad y el Creador que me da la vida, y me alimento no solo de las energías de mi cuerpo, sino también de las que me da mi mente. Sí, soy conocedor de la magia, soy capaz de conjurar bajo el círculo blanco para mi salvaguarda y la de mis allegados, como sois todos vosotros. Mi hermana, Lilian, también es conocedora de estos dones, aunque no emplea la espada como pilar de su saber, sino su propia mente.

—¿Qué quiere decir eso? ¿Es una maga?

—No, no soy una maga. No esperéis tipificarme en alguna disciplina, pues no la tengo. Soy simplemente una adoradora del Creador y de su creación. Creo en sus dotes y en su saber y de Él alimento mis fuerzas y mi tesón —dijo Lilian con voz firme.

—¿Sois una especie de sacerdotisa del Creador? Lo que me faltaba por ver ya, monjes y sacerdotes luchando... —dijo Lalies, mirando el suelo y negando con la cabeza.

—Confiad en nuestras aptitudes, Lord Lalies —dijo Leonardo tomando de nuevo la palabra—. Si llegamos a esos Orígenes, serán ceniza ante nuestro dogma, os lo aseguro.

—No hay tiempo para seguir hablando —sentenció Lalies sin levantar los ojos del suelo—. ¡Grupo, seguidme! ¡Vamos a las puertas de la ciudad! ¡Nos espera un combate por la libertad!

Leonardo y Lilian sonrieron al unísono, mientras que los otros caballeros se ajustaban los yelmos y gritaban al unísono un rugido ensordecedor de ánimos. Dévora asintió a los dos hermanos y les transmitió un «*gracias*» moviendo sus labios. A continuación, todos los caballeros y los que aún iban entrando abandonaron la posada, guiados con celeridad por Dévora. Vaiel se vio de repente solo allí, junto a sus dos compañeras, aunque realmente estuvo solo durante todo el rato. Nadie se fijó en él, nadie le habló, nadie le tuvo en cuenta. La cobardía tenía su precio y dado que él decidió esconderse aquí e incluso mintió a Dévora diciendo que lo hacía para proteger a las dos magas, el destino le había reservado el olvido.

Súbitamente, el portal se fue achicando a razón de un centímetro por segundo hasta desaparecer del todo, sumiendo a toda la habitación en penumbra. Zurah cayó desmayada, cubierta de sudor y respirando con dificultad, mientras que Sirián pudo agotar algo de fuerzas para acercarse a la cama, aunque sin poder subirse subirse a ella. Vaiel se levantó rápido y la cogió por los hombros para asistirla. Iba a continuación a por Zurah, cuando Sirián lo agarró la mano con un tacto tembloroso y frío.

—Debes ir allí, Vaiel. Debes ir a ayudarles.

—Sirián… yo… voy a por Zurah, está en el suelo y…

—Vaiel, deja que el valor fluya. Está intentando romper las cadenas que insistes en ponerle porque así has sido durante muchos años. La costumbre vuelve más y más recias a esas cadenas, pero debes romperlas. Te van a necesitar.

—Tengo miedo, mi señora… tengo mucho miedo —dijo Vaiel llorando a lágrima viva, volcando su cabeza sobre el vientre de la animista.

—Es bueno tener miedo, Vaiel, pues de él alimentarás tu capacidad de combatir —le respondió Sirián mientras le acariciaba el pelo con movimientos lentos—. En el temor a la muerte encontrarás la alegría de seguir vivo y de que el resto también lo haga. Ve, Vaiel, sal ahí fuera y despierta.

—Pero… no sabría ni donde ir ni qué hacer. Esos engendros me matarían, creedme… yo… —dijo Vaiel, levantando su rostro y mirando fijamente a Sirián, que le respondió con una mirada igual de centrada.

Cuando Vaiel se quiso dar cuenta, Sirián estaba manando maná, convocando alguno de sus muchos sortilegios o hechizos, aunque apenas lograba pensar más allá de su rostro. La veía angelical, mágica, única, como si fuera todo su mundo.

—Despierta Vaiel. Debes despertar y defender tu tierra y a tu pueblo.

—Yo...

—Despierta Vaiel. Tu pueblo grita dolorido por la sangre que está derramando. Debes salvarlo.

—Sirián… yo… no es mi pueblo… yo no soy más que un ganadero…

—Vaiel… tú eres el futuro rey de La última llamada y serás conocido como el emperador de Ampiria. ¡Despierta!

CAPÍTULO 23: CONOCIENDO A LA MUERTE

Drigán era una auténtica fiera deseosa de sangre. Se lanzaba hacia los segadores pútridos partiéndolos en varios trozos con su mandoble mientras enfocaba auras explosivas a su alrededor. Era un lucero de fuego contra el que todo lo que chocaba salía expelido en llamas. Las dañinas púas que le arrojaban casi nunca le llegaban a alcanzar y si lo hacían, rebotaban en su coraza escamosa. Los ataques de sus enemigos se convertían en meros intentos, pues apenas llegaban a mover sus extremidades algo cuando el caballero del dragón ya tenía clavada su mandoble en sus torsos. Era implacable, un luchador nacido para matar.

Maiden mantenía a raya a sus enemigos y avanzaba a la par que Drigán. Su espada de runas creaba arcos mágicos que prolongaban sus tajos varios metros más allá de donde ejecutaba el golpe, cercenando todo a su alrededor. Varias púas se clavaron en su torso y en uno de sus muslos, cubriéndole de un pequeño reguero de sangre. Sin embargo, él seguía luchando con fiereza y orgullo, dejando tras de sí cadáveres.

Tras ellos, varios de la milicia de La última llamada iban rematando a los caídos, así como a los que iban convirtiéndose. Estaban no solo despejando la entrada, sino que además avanzaron por el puente que salvaba el foso y estaban saliendo fuera, a campo abierto. Era una proeza para dos personas solo, pero fuera del puente ya no tendrían tanta salvaguarda y serían rodeados con facilidad, dificultando el combate. Es por ello, que permanecieron estáticos al final del puente, defendiendo la zona y asegurándose que ningún enemigo entraría por ahí.

No obstante, los enemigos seguían entrando por varias partes del muro, aparte de ser lanzados sobre ellos. Dentro de la ciudad el caos estaba desatado, con cuerpos inertes que convulsionaban en el suelo mientras les salían raíces. Muchos grupos de ciudadanos huían despavoridos, refugiándose donde podían. Incluso se veían a algunos caballeros entre ellos.

En la plaza del mercado se habían atrincherado varios ciudadanos con un grupo de cinco caballeros, asediados por seis segadores pútridos que les arrojaban raíces e intentaban atravesar la trinchera improvisada de carromatos. Súbitamente, el suelo tronó como si un animal de enormes dimensiones se estuviera acercando, cuando entre las calles del fondo se veían a algunos segadores pútridos que gritaban mínimamente antes de ser silenciados por una mano ejecutora implacable. Los jueces avanzaban al unísono, como si fueran la misma persona, y tan solo verlos ya amedrentaba. Eran unas armaduras recias y oscuras, unos yelmos sombríos, unas espadas largas que señalaban al cielo como si estuvieran amenazándolo. Los segadores pútridos gimieron de forma estridente y se lanzaron hacia el grupo en abanico, arrojando primero sus púas y luego intentando llegar al cuerpo a cuerpo. Los caballeros alzaron sus escudos de forma sincronizada repeliendo todas las púas, mientras que los que estaban atrás dieron un paso al frente entre la línea frontal para lanzar una estocada descendente al torso de los enemigos. Casi sin dar tiempo a respirar, la tercera línea ya estaba abriéndose paso para hacer lo propio, rompiendo con sus mandobles en un nuevo tajo vertical. A continuación, le tocó a la cuarta línea, cuyo único cometido fue rematar a los enemigos. Atacaban con disciplina férrea, automatizando todos sus movimientos como si de una colmena se tratara.

Lejos de decir o hacer algo más, uno de los jueces pasó cerca de los supervivientes de la plaza para animarles a que salieran de allí y se hicieran fuertes en alguna zona más segura. Los jueces debían seguir su camino, que era llegar al castillo y reforzar sus defensas ante posibles ataques, o al menos esas eran las órdenes para este grupo. El otro grupo, liderado por el mismísimo Lord Lalies, se abría paso entre la multitud aglutinada en las puertas principales de la ciudad. Misteriosamente, su camino estaba siendo bastante tranquilo, con muchos ciudadanos unidos en corros dispersos. A medida que se acercaban a las puertas, el suelo se veía repleto de enemigos muertos y decapitados, cubiertos de raíces marchitas y sangre verduzca ya endurecida. Justo en la puerta se detuvieron en seco y miraron a lo lejos del puente como los enemigos eran repelidos por lo que parecía magia. Se veía un lucero ardiente que cada vez que palpitaba, irradiaba una especie de llamarada a su alrededor y empujaba a los enemigos varios metros hacia atrás. También se veía como una sombra fantasmal en forma de espada recorría varios metros para convertir en polvo a los segadores pútridos.

Los caballeros lalianos se abrieron y dejaron pasar a Lord Lalies y a Dévora, que iba a su lado guiándolo por esta ciudad desconocida por él.

—¿Qué rayos es eso? ¿Magia? ¿Hay otro mago ahí? Por el Creador… ¿cuántos magos hay aquí, en esta maldita ciudad?

—No es un mago, mi señor —dijo Dévora, evocando una sonrisa de oreja a oreja—. Son Maiden, un guerrero que lucha con devoción y orgullo, y Drigán un caballero de la orden de los dragones.

—¿Un caballero del dragón? No me gusta nada su religión, les lleva a ser demasiado injustos y ciegos en sus decisiones.

—Pero luchan como diez hombres, Lord Lalies. Ahí lo veis, es una fiera comiéndose a sus adversarios. No hay hombre capaz de superar a su capacidad de combate, creedme.

—Eso creéis ¿eh? Ahora conoceréis al orgullo del Alto de Vistok. ¡Caballeros lalianos! ¡Bajemos ahí abajo y extirpemos esas raíces de este suelo nuestro! ¡Hagamos que esos Orígenes tiemblen al vernos!

Todos los caballeros lalianos se dispusieron en una formación en forma de óvalo, dejando a su señor en el centro. De forma totalmente sincronizada, comenzaron a correr por el puente hacia abajo. Eran como una máquina hábilmente engrasada preparada para encarar a cualquier enemigo.

Varios metros más abajo, Drigán y Maiden seguían en su inagotable esfuerzo de retener a las hordas, aunque los brazos del guerrero ya se resentían de tanto esfuerzo y el maná del caballero del dragón llegaba a su fin. Ya no se movían tan rápidos y los ataques enemigos cada vez eran más letales. Los enemigos, sin embargo, parecían no extinguirse nunca y siempre había más segadores pútridos dispuestos a matar a los dos héroes.

—¡Drigán! ¡Esto es el fin! —gritó Maiden, mientras dos púas se clavaban en su cuello, hiriéndole con un dolor agudo.

—¡Qué rápido te vienes abajo, guerrero de pacotilla! ¡Levanta esa espada y aguanta! —respondió Drigán, que justo acababa de partir en dos a uno de los enemigos.

—¡Quiera el Creador abrazarme por mis actos!

—¿De verdad te vas ya? —insistió Drigán, justo cuando dos raíces le azotaban la espalda como si fueran látigos ardientes—. ¡Mátalos! ¡No te rindas ahora! ¡Demuéstrame que estaba equivocado y que sobrevivirás a esto!

Maiden cerró sus dientes en esfuerzo, saboreando su propia sangre que le brotaba por varias zonas ya, y giró nuevamente su mandoble mágica a ras del suelo, partiendo varias extremidades de diferentes adversarios. Sin embargo, un segador pútrido rompió sus defensas por la derecha y clavó una de sus raíces en su abdomen. El dolor era abrasivo, como si le estuvieran quemando con una antorcha a carne viva.

—¡Aguanta guerrero! ¡Te he dado una orden! ¡Aguanta!

Maiden, agotando sus últimas reservas de energía, giró su empuñadura y partió en dos la raíz maldita que le había sentenciado. Miró de frente a su enemigo, que nuevamente preparaba un nuevo ataque, y se anticipó a él con una clavada recta. Luego puso todo su cuerpo en la parte baja de la espada y de un salto, lo cortó en dos. No obstante, dos segadores pútridos estaban ya esperándole de frente. Ambos gimieron y abrieron sus brazos de ramas, a lo que Maiden solo pudo suspirar y gritar. Para su sorpresa, las cabezas de sus enemigos estallaron de un golpe seco, tras el cual estaba Drigán, aferrando su espada.

—¿Acaso te vas a rendir ya? ¿Ahora que llega tu chica? —le insistió Drigán, señalando con sus ojos hacia la parte alta del puente, por la que descendían los caballeros lalianos y, entre ellos, Dévora. Verla despertó en Maiden unas fuerzas renovadas, y con un nuevo grito, volvió a la carga.

Apenas quedaban ya veinte metros para que los jueces llegaran al final del puente, y los gritos de Maiden y de Drigán los envalentonaban aún más. Ahí abajo empezaba todo para sus leyendas. Debían demostrar ahí por qué eran clasificados como los mejores luchadores con armadura de la región. Dévora vio a Maiden y no pudo evitar sentir un golpe seco en su corazón, como si le hubieran azotado con un mazo contundente en el pecho. Se alegraba de volver a verle, y aunque quizás no era el mejor momento, se sintió reconfortada. Sin embargo, el destino fue impávido en sus decisiones y no permitió que esa unión se produjera.

Maiden seguía con fuerzas renovadas repeliendo a sus enemigos, esperando los escasos segundos que podrían faltar para que los refuerzos llegaran por atrás, pero su destreza y su constitución estaban muy mermadas. Con la mente estaba eufórico, yendo tres pasos por delante de unas acciones que se volvían lentas y predecibles. La sangre le drenó poco a poco la última gota de sus energías, y cuando se quiso dar cuenta, tres segadores pútridos le habían rodeado. Su golpe frontal fue evitado por el enemigo y otros dos aprovecharon para ganar posiciones a ambos lados. Drigán, alejado varios metros mientras confrontaba a otros engendros, dio un grito que resonó por todo el valle. Maiden lo miró con tristeza mientras sentía como una raíz entraba en su espalda y emergía por su hígado. Sintió sangre subiéndole por la garganta, pero no llegó a vomitarla. Intentó alzar a Linhauser para asestar un golpe libertador, pero solo quedó en su mente, pues su cuerpo ya le había abandonado. Una nueva raíz se clavó en su esternón, partiéndole las costillas y penetrándole en los pulmones. Ya no pudo evitar vomitar sangre. Cayó de rodillas y escuchó a Drigán gritando algo, mientras uno de sus verdugos voló partido en mil pedazos. El otro desclavó su raíz e intentó medirse al caballero del dragón, mas aún quedaba un tercero. Tenía el torso totalmente consumido por la putrefacción, y la madera ennegrecida que componía sus raíces supuraba un líquido volátil semejante al ácido. Maiden no quería tener esa imagen en su momento final y buscó desesperadamente el rostro de Dévora en la proximidad, pero la visión se le apagó. Apenas oía murmullos y ya no sentía dolor, solo notaba cómo tenía los brazos extendidos e intentaba decir «Dévora» lo más alto posible. Por último, sintió cómo su cabeza se despedía de su corazón, separándose para no juntarse nunca más. No pudo ver a su diva y en su retina solo quedó la imagen de aquella mujer asustada que una vez le besó, la única que lo hizo y que le consideró su pareja. Ella se convirtió en su Creadora y a ella se entregó.

Cuando la cohorte de caballeros lalianos llegó a la posición, formaron un círculo de dos hileras y comenzaron a decapitar a todos los enemigos que tenían de frente, mientras la hilera frontal se ocupaba de levantar sus escudos y repeler diestramente los posibles ataques. Drigán estaba al lado de Maiden, abrazándolo e intentando reanimarlo, mas su cuerpo estaba ya sin vida, agujereado y sangrante por varias zonas. Dévora no pudo ni llegar a su cuerpo antes de caer de rodillas y soltar unas lágrimas contenidas. Realmente no lo conocía lo suficiente como para sentir amor hacia esa persona, pero conectó con él de tal forma que sentía algo muy especial. Él llenaba su todo. Era una luz que rompió su desamor y alumbró sus pasos futuros. Sin embargo, ahora yacía sin vida, convulsionando en el suelo. Por un momento pensó en llevárselo a Sirián, para intentar curarle, pero aquí no había cura posible. Drigán miró a Dévora y le hizo señales para que mirara hacia otro lado. Tenía sobre su diestra un puñal y con la zurda le tenía cogida la cabeza al cuerpo inerte de Maiden. No podían dejar que se convirtiera, debían acabar con él antes de que se levantara como uno de ellos. Dévora miró hacia Leonardo, quien negó con la cabeza, al igual que Lilian. Drigán, sin más demora, fijó el puñal en la frente de Maiden y se levantó, palpitante de furia.

—Caballero, soy Lord Lalies del Alto de Vistok y esta es mi comandancia.

—Yo soy Drigán, y así debes llamarme. ¿Vosotros sois los famosos jueces?

—En breve verás nuestra justicia planear sobre este valle, eso tenlo por seguro.

—¿A qué habéis venido? ¿A salvarme? Si es así ya os podéis ir largando, no pienso moverme de esta posición.

—No es nuestra intención, Drigán. Si queréis quedaros aquí, hacedlo. Nosotros vamos hacia allá —respondió Lalies, señalando hacia donde un Origen brillaba.

—¿Vais hacia el Origen? —dijo Drigán intentando tomar aire—. Pues aquí tenéis a otro dispuesto a ello. Demostremos a ese ser de qué estamos hechos.

El círculo de caballeros lalianos resistía sin problemas la posición, repeliendo todos los ataques con sus anchos y gruesos escudos y manteniendo alejados a los enemigos con sus largas espadas. Sin embargo, el tiempo iba en su contra, pues los segadores pútridos no se cansaban y ellos sí. Drigán tomó a Linhauser del suelo y se la presentó a Dévora.

—Es tuya, Dévora. Él así lo habría querido. Sé que no te será de mucha ayuda, pero deberías saber que te mencionó varias veces cuando te fuiste, y solo eran palabras buenas.

—Gracias, Drigán. Sin embargo, no es el momento de hablar de esto —dijo Dévora tomando la gloriosa espada entre sus manos—. Ya lloraremos su pérdida más adelante. ¿Estamos preparados, Lord Lalies?

—¿Y estos son los temidos segadores pútridos que tanto asustan? Sí, Dévora, estamos preparados. Y ahora lo vais a ver. ¡Caballeros lalianos! ¡Romped de frente! ¡Vayamos hacia aquella luz celeste del fondo!

De repente, las dos hileras de caballeros rompieron de frente con sus espadas y escudos, relevándose entre cada fila para golpear una y otra vez a distintas zonas del enemigo tenido de frente. Cambiaron su formación a abanico, avanzando con paso firme y sin ninguna duda. Los temibles segadores pútridos solo podían ver como sus púas rebotaban en las gruesas armaduras de hierro forjado y sus raíces rebotaban ante los resistentes escudos de metal. Apenas unos pocos enemigos lograron clavar por alguna rendija del yelmo o de la coraza sus raíces necrarias, aunque a cambio, los aliados se llevaron por delante a más de una treintena de enemigos.

—¿Dónde está el otro Origen? ¿No eran dos? —remarcó Lalies, mientras permanecía atento por si alguna raíz enemiga rompía la formación.

—Son dos, con total seguridad. El caso es que yo tampoco lo veo, solo veo ese de ahí enfrente —respondió Dévora mirando hacia todas las direcciones. Se dio cuenta cómo los segadores pútridos que estaban escalando el muro se detuvieron y comenzaron a retroceder hacia la posición de ellos—. Y no sé si habéis visto un poco el panorama, pero lo que les queda de ejército están volviendo hacia atrás. Nos van a encerrar entre dos fuegos.

—¿Te preocupa eso? Ya sabíamos a lo que veníamos y si eso sucediera no tenéis por qué sentir miedo, pues podéis estar segura de que moriremos todos —respondió tajante Lalies.

—Resulta curioso… al verse sorprendido por nuestro ataque frontal a campo abierto, está optando por lo que cree que le salvará, que es el ataque que nosotros le hicimos en el bosque.

—¿Quieres decir que está imitándonos? —preguntó Drigán, metiéndose en la conversación.

—Eso creo… si no ¿por qué está retirando su ejército hacia nosotros?

—Para defenderse de nosotros —respondió Leonardo.

—¿Tan seguro estáis de ser capaces de matarlo? —preguntó Dévora.

—Ese ser está movido por nigromancia y es en ello donde fui instruido. Sabré cómo inhabilitarlo.

—Sea pues… por mi parte estoy preparada.

—Por la nuestra, también —respondió Lalies.

—Sea pues, avancemos hacia ese Origen —dijo Lilian remangándose.

Los caballeros lalianos avanzaron a la orden de su señor con paso firme, intentando asegurar su cobertura ante la multitud de púas puntiagudas que eran arrojadas. Cayeron tres caballeros más antes de que llegaran a mitad de camino y ya, hasta el mismo Lalies, se puso en el frente. Los espadazos se sucedían en un recital continuo de sangre y odio, mientras que los enemigos insistían una y otra vez en intentar abrir brecha en la colmena de armaduras. Dévora, desde la retaguardia, vigilaba la cercanía del resto de segadores pútridos que volvían veloces desde la muralla hacia ellos, como llamados por el mismísimo Origen para defenderle. A su lado estaba Lilian, que despertó un aura turquesa a su alrededor que asentó sobre cada caballero allí presente con ella. Cuando Dévora fue recorrida por dicha aura, sintió que las fuerzas se le renovaban. Se sentía rejuvenecida, como recién despertada de un sueño reparador.

Un último frente de segadores pútridos se lanzó en un ataque frontal ante el grupo, moviendo sus ramajes putrefactos hacia varios puntos. Uno de ellos penetró en la rendija de uno de los yelmos, atravesando el cráneo del desafortunado caballero limpiamente. Otro de los caballeros golpeó con su escudo a uno de los enemigos, tambaleándolo hacia un lado lo suficiente como para que otro caballero a su lado lo decapitara de un tajo limpio. Los jueces tenían esa instrucción en combate, la de luchar apoyados el uno sobre el otro, estando no solo atentos al enemigo, sino a lo que hacía su aliado. Si éste golpeaba con el escudo, tú debías golpear con la espada para rematar. Si golpeaba con la espada, debías estar atento a cubrirle en caso de contraataque. Era una simbiosis que se adquiría a través de muchos combates, con sangre, cicatrices y dolor.

Lalies ejecutó tres golpes seguidos, uno para defenderse de un ataque, apartando las raíces que le venían, otro para desestabilizar al enemigo rasando el suelo, y el último clavando su filo en el torso. El segador pútrido empezó a chillar en el suelo intentando deshacerse del cerrojo que lo tenía clavado en el suelo, pero apenas pudo actuar unos segundos cuando una segunda espada, en manos de un caballero laliano, le decapitaba a la altura de la mandíbula.

—¡Adelante, ya estamos cerca! —gritó Lalies, dando ánimos a los suyos.

En efecto, el Origen estaba ya cerca, a unos diez metros de distancia. La imagen de un homínido palpitaba dentro del foco que lo componía, como si fuera él mismo un ser ardiente de luz. Leonardo se retrasó unos metros, al lado de su hermana, y allí comenzó a rezar en voz alta unos salmos en un idioma desconocido por todos los presentes. Su mandoble se iba iluminando tenuemente con una luz descendente, mientras que de sus hombros acontecían unas esporas brillantes ascendentes. Dévora había oído algo acerca de esta orden de caballería extinta en el tiempo, llamados caballeros blancos, o simplemente paladines, aunque verlos en acción superaba con creces a esas historias. Estaba entrando en sintonía con ese ser, notaba su presencia y se alimentaba de ella y de su fe para obtener las cualidades que le hacían único. No obstante, Dévora terció la vista hacia la derecha bruscamente, apartándose de Leonardo, pues algo atrajo su atención. Entre la lluvia y la oscuridad de la neblina, vio a lo que parecía un hombre sustentando un cayado y montando a caballo, allí a lo lejos. Estaba observando toda la escena detenidamente, aunque cuando Dévora lo miró, éste movió su rostro para devolverle el saludo. Dévora se quedó quieta de repente, centrándose solo en dilucidar quién era ese ser y que hacía allí, detrás de las filas de los enemigos. Cerró sus pupilas para fijar más y más la vista, y poco a poco iba desgranando más detalles.

Una bruma de cenizas recorría el cuerpo de ese ser y su caballo tenía unos ojos rojizos innaturales. Eso no era humano, o si lo era, poco le quedaba ya, pero no era un segador pútrido ni un Origen.

—¡Dévora, cuidado! —gritó Drigán, empalando en su espada una rama enemiga que iba hacia ella. El grupo de delante se detuvo y cuatro caballeros retrocedieron para asistirlos.

—¡Dévora! ¿Qué os pasa? ¡Avanzad! —gritó Lalies.

Pero la ladrona seguía ensimismada, como hipnotizada en ese ser. Súbitamente unos ojos totalmente negros como el carbón se abrieron en su mente. Solo podía ver eso en su mente.

«*El fin de la vida ya avecina, Dévora* —le dijo una voz susurrante—. *Rinde tus armas y déjate llevar por el inicio de una nueva era de vida*».

—¿Qué…? ¿Quién eres…? —llegó a decir Dévora en voz alta.

«*Soy tu alma, Dévora, la vida que reniegas vivir estando en ese cuerpo mórbido y corrupto. Vengo a limpiaros de todos vuestros pecados para salvaros de seguir viviendo entre odios, enfermedades y dolores. Os ofrezco la salvación, Dévora. Abrázala*».

—¿Salvación…? No os entiendo… ¿Sois el Creador?

«*El Creador y yo somos lo mismo, el crea y destruye, y yo destruyo para luego crear. Abre tus ojos a mi saber, Dévora*».

—¡Abre tus ojos, mujer! —gritó desesperado un caballero laliano que llegó justo para anteponer su escudo ante dos púas que iban rectas hacia la espalda de la ladrona.

—¿Qué le pasa? Se ha quedado en trance. Dejadla y avancemos, no podemos hacer nada más por ella, allí se acercan los orchis de la muralla y no disponemos de mucho tiempo —gritó otro de los caballeros.

El grupo de Lalies, distante unos metros hacia el frente, permanecía aún quieto, aunque Lalies ya estaba dando orden de seguir. No podían arriesgar la vida de todos por la vida de una persona, no sin llegar antes al Origen. Súbitamente, Lilian tapó los ojos de Dévora con sus palmas y dejó fluir una corriente azulada de energía desde su torso al rostro de la ladrona.

—¡Dadme unos segundos y la despierto! Está siendo poseída —gritó Lilian al pequeño grupo, compuesto por Drigán, Leonardo y cuatro caballeros más.

—Tenéis diez segundos —sentenció un caballero, echándose hacia atrás al sufrir la embestida de un segador pútrido, que tras tirarlo al suelo empezó a agitarse con nerviosismo para intentar clavarle alguna de sus raíces a través de esa sólida armadura. Afortunadamente, la espada de Leonardo se lo quitó de encima con un tajo limpio a la altura de la cabeza, arrancándole la mitad de la misma de su torso.

«Dadme vuestro corazón y vuestro saber, Dévora, pues yo os guiaré hacia el camino correcto. Buscáis vivir una vida que no es vuestra, ¿no lo veis? Cededme vuestra razón», seguía diciéndole mentalmente ese ser.

—Yo... yo quiero a la vida, pero... estoy confundida... me duele... me duele la cabeza...

«Sentís dolor porque estáis viviendo una mentira y sentís daño porque persistís en morir en un cuerpo decrépito que se consume día a día. El guerrero os espera, ¿acaso no os importa? ¿No deseáis volver a verlo junto a vos?».

—¡Maiden! ¡Aún vive!

—¿Puedes sacarla de ahí, Lilian? Ahí vienen cinco orchis, ya no podemos aguantar más —dijo Leonardo, debatiéndose entre seguir hacia su objetivo, el Origen, o permanecer allí para asistir a Dévora.

—Un segundo, casi la tengo aquí ya. Dadme un segundo más —siguió diciendo Lilian, que no cesaba de irradiar a la ladrona con su energía purificadora.

«Soltad vuestro cuerpo, despegaos de vuestra alma, dadme la mano y decid mi nombre, señora de la noche. Abrid los ojos a mi sombra...».

—¡Abre los ojos! —gritó por segunda vez Lilian, que ahora estaba zarandeando a Dévora. Ésta, saliendo del trance, miró absorta hacia derecha e izquierda hasta detenerse frente a los ojos celestes de Lilian.

—¿Qué...? ¿Qué ha pasado? Él... lo he visto —dijo Dévora.

—¡No hay tiempo, ya vienen! ¡Vámonos! —gritó uno de los caballeros, zafándose de un ataque arrojadizo de raíces y marchando hacia el grupo de delante. El resto de guerreros subió sus escudos e hicieron lo propio, corriendo tan veloces como pudieron para contactar con el grupo de Lalies. En su paso, un caballero laliano temblaba en el suelo con sangre brotándole de su yelmo y por las axilas, otro que había caído. Los efectivos se podían contar ya con los dedos de las manos, pero no había tiempo para seguir hablando, pues el Origen estaba ya ahí, frente a ellos. Su luz manaba descargas eléctricas alrededor suyo, provocando molestias en todo el grupo. Dos jueces ejecutaron un golpe en cruz con ambas espadas, pero solo lograron atravesar al ser, sacando por el otro lado las empuñaduras huérfanas de sus hojas. Otro caballero se tiró al suelo, chillando y llevándose las manos a las orejas, como poseído por una locura incontrolable.

—¡No le miréis a los ojos! En los ojos podrá ver el reflejo de nuestras vidas y nos torturarán con ello. Mirad al suelo, pero nunca a sus ojos —dijo Leonardo mientras se abría paso al frente.

—Necesito a alguien conmigo —dijo Dévora, señalando hacia el ser cubierto de cenizas que estaba varios metros más allá—. Allí está el nigromante, lo he visto. Si acabamos con él, todo esto acabará también.

—¡Adelante, os sigo! —dijo Drigán.

Lalies no hizo caso a la petición y se centró en atacar al Origen desde ambos flancos con sus hombres. Todos se pusieron el escudo de frente y avanzaron con dolor, aguantando las descargas eléctricas que se sucedían en el ambiente hasta poder golpear con su espada. Sin embargo, todos los golpes acababan atravesando al Origen, como si realmente fuera luz, aunque Leonardo ya era conocedor de ese hecho. Alzó su espada, y tras gritar un rezo, aconteció bajo sus pies un círculo blanco con una runa circunscrita.

—¡El Origen está recluido en este tiempo! Adelante, dadle con todo lo que tengáis —gritó Leonardo, mientras dirigía su espada en posición horizontal hacia el enemigo. El Origen, por primera vez desde que lo vieron, esquivó el ataque, agitando la trémula luz que lo envolvía. Ya no aceptaba los golpes, sino que debía esquivarlos, un hecho que los caballeros lalianos vieron con media sonrisa dibujada sobre sus rostros. Ahora les tocaba a ellos, y sin pensárselo dos veces atacaron.

El primer caballero laliano templó su arma a la altura del cuello e intentó sesgar al enemigo, aunque se encontró con que éste se agachaba a la vez que un haz de luz brillante se dibujaba en forma de arma larga hasta llegar a su torso. La armadura cedió en un boquete por ambos lados y el caballero cayó sin vida al suelo.

El segundo caballero ejecutó una maniobra de contrataque, dejándose ver para esquivar el posible ataque y luego rematarle con la guardia baja. El Origen lució su espada de luz nuevamente, aunque esta vez no alcanzó a su objetivo. Sin embargo, tampoco fue alcanzado por el caballero. Era rápido, era muy rápido, y así lo vieron también los dos caballeros siguientes que intentaron golpearle. Lalies también contribuyó con dos ataques suyos, aunque ambos atravesaron al Origen.

—¿Qué pasa? ¿Sigue aquí?

—No es fácil mantenerlo en este tiempo, Lalies. Insistid y tened cuidado, pues sus ataques no dan segundas oportunidades, son letales —respondió Leonardo.

—Ya veo —dijo Lalies, viendo que le quedaban apenas seis caballeros y que por detrás venían segadores pútridos para ejecutar su venganza—. ¡Caballeros lalianos! ¡Romped en círculo y entregad vuestra arma!

Al momento, todos los caballeros se dispusieron rodeando al Origen, con Leonardo y Lalies también entre ellos. Lilian era la única que se mantenía fuera del mismo, evocando un manto de santidad que acariciaba a los valientes. El Origen, viendo que era encerrado, trenzó dos haces de luz, uno a media altura y otro a ras del suelo. Lalies cerró sus dientes con fuerza, dio la orden de ataque y todos los caballeros la ejecutaron. Arrojaron sus pesados escudos al suelo, pues ya no les protegerían de nada, y juntado ambas manos en la empuñadura, blandieron su hoja hacia el Origen, cada uno a un sitio distinto. Era imposible esquivar ocho golpes así, incluso para un Origen, aunque él no se quedó quieto y empezó a girar sobre sí mismo con sus dos espadas de luz paralelas al suelo. Dos caballeros fueron rebanados en tres partes, salpicando toda la escena en sangre, órganos y huesos aún frescos. El siguiente en orden de ejecución pudo echarse hacia atrás para esquivar la espada letal que iba a media altura, pero la otra le cercenó las piernas a la altura de las rodillas, derribándolo entre gritos desesperados de dolor. El resto fue lo suficientemente rápido como para evitar el ataque. Para su sorpresa, vieron cómo alguna de sus espadas permanecía clavada en el Origen. Éste abrió su rostro en una bocanada de luz ascendente mientras el suelo comenzaba a crepitar, haciendo levitar algunas piedras varios centímetros. Se estaba acumulando una fuerza descomunal que amenazaba con estallar en cualquier momento y la escapatoria no iba a ser sencilla. Leonardo clamó un rezo santo y salió corriendo junto a su hermana, mientras que Lalies y sus caballeros hicieron lo propio. No obstante, no tenían tiempo suficiente.

El Origen, herido a muerte, volvió a exhalar un refulgente haz de luz omnidireccional de tonalidades rojizas e implosionó en una ola de llamas y destrucción varios metros a su alrededor. Lilian se detuvo en seco y alzando sus manos hacia el fuego que se les acercaba, hizo acontecer una pantalla transparente frente a ellos. La enorme ola de destrucción chocó contra ésta y transitó por los lados y sobre la misma formando una especie de cometa. Todos los allí presentes se quedaron quietos, asimilando lo que habían hecho y lo que estaba pasando. Habían matado a un Origen, una proeza que pocos podían presumir de haber hecho, y ahora se encontraban en una situación de huida desesperada que dependía única y exclusivamente de las fuerzas de la sacerdotisa. Lilian estaba al límite de sus fuerzas mentales manteniendo el campo de fuerza frontal, pues el ímpetu de la explosión fue fortísimo. No obstante, aguantó la oleada de muerte que poco a poco iba aflojando su intensidad y desolación, hasta desaparecer del todo. Alrededor vieron a multitud de cadáveres de segadores pútridos convertidos en cenizas, así como alguna que otra armadura de sus compañeros.

—¿Dónde está Dévora y el caballero del dragón? —preguntó Lalies, mirando hacia el horizonte.

—Salieron detrás de alguien que vieron. Nosotros debemos volver al castillo, allí nos necesitarán —indicó Leonardo—. Hemos de salvaguardar a los ciudadanos antes que a esos dos.

—Estoy de acuerdo —dijo Lord Lalies—. Y vos Lilian ¿os encontráis bien?

—Sí, estoy bien. Algo dolorida en mis músculos, pero bien.

—Perfecto. Volvamos al castillo, allí deben necesitarnos.

Súbitamente, una explosión enorme se dejó ver en el interior de la castellanía, justo donde el castillo cavado en la roca se presentaba. Se levantaron llamas y trozos de piedra varias decenas de metros del suelo, haciendo tronar todo el valle.

—¿Qué ha sido eso? —dijo un caballero absorto.

—¿Acaso el polvorín del castillo? —dijo otro juez.

—El otro Origen ha caído —aclaró Leonardo.

—¿Han matado al otro Origen ahí dentro? —preguntó Lalies—. ¿Quién? ¿Cómo?

—No lo sé, pero lo han hecho.

CAPÍTULO 24: SIN PERDÓN

—¿Emperador de Ampiria, Sirián? ¿Estás loca o qué? Veo que abrir ese portal te ha afectado más de lo que parecía — dijo Vaiel, mientras acababa de poner a Zurah en la cama, al lado de Sirián.

—No me creas si no quieres, Vaiel, mas cree en ti al menos. Aquí ya no sirves de nada, nosotras nos recuperaremos, pero allí fuera morirán cientos de personas si no sales a ayudarles.

—¿Y cómo se supone que lo haré? ¿Lanzando flechas hasta que uno de esos bichos me atraviese con sus ramas?

—Eso no va a suceder, Vaiel.

—Porque lo has visto en tus sueños ¿no?

—No, porque así lo creo. No tengo que soñar lo que es evidente ante mis ojos. Vaiel, no solo has crecido como persona, sino también como ser en este todo que componemos. No pienses que habitas un mundo vacío en el que estás solo, sino que somos una maraña de hilos tejidos uno encima del otro. Lo que tú hagas será determinante, Vaiel.

—Dévora al final lo logró y vosotras dos miraos… casi no tenéis fuerzas ni para respirar. Luego están Drigán y Maiden, todo valor. Lo cierto es que es una vergüenza mi papel en todo esto, pero ¿qué hago si siento miedo? ¡Tengo miedo!

—Pues cierra tus ojos, Vaiel, y céntrate en ese miedo. ¿A qué temes realmente? ¿A la muerte? ¿Al daño?

Vaiel cerró sus ojos entre lágrimas, temblando aún del mal momento que le tocaba pasar. Oía cómo la suave voz de Sirián le entraba por las orejas y se asentaba en su mente de forma cálida y amigable. Le relajaba mucho, haciéndole sentir cómodo, y no tardó en bajar su ritmo cardíaco y asentar su respiración.

—Temo hacer el ridículo, si te soy sincero. La muerte la he tenido muchas veces de frente, con mi padre, en mí mismo cuando llegaba por primera vez al Alto de Vistok, allí en la ciudad ante dos de sus caballeros defensores... y eso que no cuento a los segadores pútridos y el combate ante el Origen. No, a la muerte no la temo, es al ridículo.

—¿Y admiras a quienes te rodean, Vaiel?

—¿A quién te refieres? ¿A ti? Claro que sí. Eres alguien a quién adorar, sin lugar a dudas.

—Me refiero a todos los que te rodean. Yo, Zurah, Maiden, Drigán... pues todos los que te rodean son madeja de tu propio hilo.

—No te entiendo bien, pero sí, claro que los admiro. Os admiro mucho a todos, sois inalcanzables para mí.

—No pienses en igualarnos, sino en superarnos. ¿Recuerdas que decía el valiente Maiden sobre tu capacidad combatiendo? Quedó sorprendido al ver a alguien manejarse con tamaña habilidad sin apenas haber recibido instrucción. ¿Y Zurah, la temible bruja oscura? Hasta ella tuvo que reconocer tu tremenda capacidad. Y yo, por supuesto, que no ceso de admirarte. ¿Acaso eso no te dice nada?

—¿Qué debería decirme?

—Que eres la leyenda, Vaiel. Siente cómo tu corazón palpita con tanta fuerza que sería capaz de romperte el pecho y siente cómo tus sentidos se multiplican por diez con tan solo tú desearlo. Eres quién nació para ser rey, no solo por sangre, sino también por derecho.

Vaiel sintió unas punzadas fuertes en el lado izquierdo de su pecho y se arqueó ligeramente. Seguía con los ojos cerrados, aunque ya había cesado de llorar. Notaba un calor extraño en todo su cuerpo y poco a poco su voz iba cambiando.

—¿Leyenda? ¿Rey de sangre? ¿Acaso mi padre era rey y decidió exiliarse entre hollín y carbón?

—Tu padre fue sirviente, Vaiel, y fue con su juramento como se coronó padre tuyo. Tu padre auténtico rehusó tenerte, pues fuiste engendrado con la mujer equivocada.

—¿Soy el hijo bastardo de un rey?

—Eres más que eso, Vaiel.

Empezó a sudar y sintió como sus manos tenían aprisionado el arco de forma involuntaria. Un cúmulo de recuerdos se le agolpaba en la mente en forma de imágenes de su niñez. Se veía jugando en las calles del Manantial de Munros junto al Hormiga, su amigo íntimo, hasta largas horas de la noche, antes de que su padre le llamara para cenar. Su padre fue para él su única familia, y es que nunca llegó a conocer a su madre. Se le dijo que murió cuando él nació y que de alguna forma era una reina, una persona maravillosa y única que le quería mucho. La verdad que le contaba ahora Sirián rompía todo su mundo, pues ni su padre era su padre, ni su madre era tal maravilla. Sintió náuseas seguidas de una euforia descontrolada, para acabar finalmente abriendo sus ojos de par en par. Tenía las pupilas totalmente dilatadas, como si estuviera en plena oscuridad. Apenas pestañeaba. Los ruidos de la batalla le sonaban como algo muy distante. Estaba en un trance que hasta a Sirián le sorprendió.

—Vaiel, ¿estás bien? ¿Me oyes?

—Te oigo, Sirián —respondió Vaiel con una voz irreconocible en él. Era mucho más directa y sin mostrar ningún sentimiento.

—¿Has despertado? ¿Sabes ya quién eres?

—Ya sé quién soy, Sirián.

—Ya tienes liberada tu mente. Ahora ahonda en tu ser y mira dentro de tu corazón. Tú naciste en un día muy especial y la magia fluye por tus venas. Naciste para ser un héroe y así lo verá el pueblo. Estatuas y cuadros recorrerán tu leyenda por las calles y salas nobiliarias de todos los señores, pues mencionar tu nombre será distintivo de éxito.

Vaiel se levantó sin decir nada, se equipó el carcaj sobre su espalda y se ajustó la chaqueta cerrando los botones. Se ajustó las botas a la altura de las rodillas, apretándolas hasta el punto de casi cortarle la circulación y se dirigió hacia la puerta.

—Gracias Sirián, por tu ayuda. Ahora entiendo por qué Drigán te debe tanto.

Sirián sonrió satisfecha de haber tenido fuerzas suficientes para despertarlo de su ignorancia y convertirlo así en la leyenda que Ampiria necesitaba. Apenas Vaiel salió de la habitación, Sirián cerró sus ojos y se dejó llevar por el cansancio extremo al lado de

Zurah. Ya nada podían hacer ellas dos, solo recuperarse y rezar por el éxito en este asalto a La última llamada.

Vaiel salió de la habitación, esquivando casi sin inmutarse a todos los ciudadanos que iban corriendo en dirección contraria a él. Huían despavoridos de la batalla y aunque chocaban contra él, al mirarlo se quedaban absortos. Vaiel tenía un halo de victoria imaginario dibujado sobre su rostro, tenía la presencia de alguien que iba a cambiar las tornas de la batalla. No presentaba miedo ni dudas, solo convicción y determinación.

Cuando salió fuera de la posada, la ciudad estaba ardiendo en terror y descontrol. Multitud de ciudadanos yacían destrozados en el suelo por perforaciones de ramas, con más de uno convirtiéndose en un segador pútrido a causa del veneno. Varios caballeros luchaban como podían contra orchis aislados que habían sido catapultados más allá del muro, mientras que otros simplemente huían intentando salvar su vida. Tomó una espada del suelo y la miró detenidamente, como si estuviera santiguándola. Justo entonces, apareció frente a él una mujer corriendo despavorida con un segador pútrido siguiéndola. Le lanzó varias púas que le impactaron en su espalda, tirándola al suelo entre sollozos y pánico. Estaba paralizada cuando el segador pútrido saltó sobre ella y le hincó varias de sus extremidades en el cuerpo, rasgándola y haciendo jirones con su carne. Sus tripas salieron a flote envueltas en borbotones de sangre y los huesos saltaron astillados por toda la escena. Súbitamente, fijó su atención en Vaiel, y tras emitir un gemido irritante, salió corriendo hacia él. Vaiel permanecía inmóvil, espada en mano, con los ojos puestos en esa criatura. El segador pútrido devoró los metros que le separaban de su víctima sin atacar a distancia, quería bañarse en la sangre de Vaiel, que ante sus ojos estaba aterrorizado de miedo. A diez metros, volvió a gemir y saltó hacia la derecha para esquivar una flecha que un arquero le disparó mientras gritaba a Vaiel que se refugiara. Pero él seguía ahí totalmente quieto, viendo cómo su rival se ponía ya a apenas cinco metros. El engendro abrió sus fauces y tensó sus extremidades superiores para fijarlas hacia el torso de Vaiel, y con un último salto horizontal, fue a embestirle. Justo entonces, Vaiel giró hacia la izquierda a una velocidad milimetrada, pasándole el segador pútrido a apenas unos centímetros hasta acabar estampándose contra la puerta de madera de la posada. Cuando se dio la vuelta, Vaiel estaba ahí, quieto y de espaldas, con la espada tensa señalándole en amenaza. El segador pútrido gimió en ira y desde su posición, le embistió nuevamente con sus ramas en punta, pero nuevamente rasgaron el aire. Vaiel se agachó cual guerrero entrenado y clavó su espada en el torso del enemigo, para luego moverla con ambas manos hacia la derecha, abriéndole el pecho en un tajo de sangre verduzca. El segador retrocedió dolido intentando mantener el equilibrio, mas su verdugo no le iba a dar tiempo para recuperarse. Se había girado y ahora tenía sus ojos totalmente clavados en él, transmitiéndole ira y carencia total de compasión. El engendro azotó su brazo derecho, arrojando dos púas del tamaño de un dedo cada una, pero Vaiel, antes si quiera de que salieran expelidas, ya se había dispuesto hacia la derecha, para verlas pasar cerca de su oreja. Acto seguido hizo ademán de acercarse por su izquierda pero le fintó hacia el otro lado, rompiendo la guardia del enemigo y segándole la cabeza de cuajo.

—¿Quién eres? ¿De qué señorío procedes? —preguntó el arquero que intentó salvarle.

Vaiel lo miró con desdén y fijó su vista en el castillo. Sin decir nada comenzó a andar a paso ligero hacia allí.

—¡Eh, oye! —volvió a gritar el arquero—. Huye de allí, está perdido. Un Origen ha pasado por el muro, el castillo está condenado.

Haciendo caso omiso, Vaiel no solo siguió su camino, sino que empezó a acelerar su ritmo, tomando el arco entre sus manos como arma principal.

—Una de dos, o es un loco de atar o no sabe lo que le espera. ¡Adiós loco! —volvió a gritar el arquero, refugiándose en la posada.

Vaiel siguió su ruta veloz, pasando por calles cubiertas de muerte y desolación, con viviendas decrépitas, tejados desfondados y puertas hechas trizas. Los hombres y mujeres que se cruzaban con él corrían en sentido contrario, algunos alentándolo de volver sobre sus pasos. Pero él no tenía ojos ni oídos para ellos. En su mente tenía claro un objetivo, y era llegar a ese Origen. Sentía que podía derrotarlo, sentía que ese era su deber. Notaba como su sangre se volvía más líquida aún, irrigando cada músculo de su cuerpo al máximo, y su mirada se volvía cada vez más certera, acercando lo que veía a lo lejos ante sí, como si estuviera viendo a través de una lupa gigante. Contempló a un caballero en lo alto de su caballo luchando contra un segador pútrido en las puertas del castillo cavado en la roca, a más de trescientos metros de su posición, y veía nítido el sudor del jinete, las pupilas del caballo y la sangre putrefacta del segador goteándole de su torso. Iba incluso más lejos, pues lo veía todo ralentizado, deteniendo el tiempo a su alrededor. Sentía como la magia despertaba en sus entrañas y cada vez le dominaba más.

Avanzó cien metros más, dando muerte de forma impresionante a otros dos segadores pútridos con movimientos precisos y calculados. Allí se encontró con el amurallado de contención del barrio viejo, edificado para separar el barrio rico del barrio pobre. Había cuatro accesos por grandes portezuelas que estaban siempre vigiladas por caballeros del Conde, para mantener fuera a los mendigos y a la gente poco presentable. Vaiel no tenía tiempo ni voluntad para desviarse hacia una de las puertas, bastante más lejanas, así que siguió corriendo recto hacia el muro. A medida que se acercaba, aceleraba más y más su marcha, hasta plantarse a cuatro metros, momento en el que dio un salto sobrenatural de más de dos metros de altura para asentar sus dedos en los resquicios de la piedra. Tensó sus piernas con fuerza sobre la propia muralla y se impulsó hacia un tejado cercano para, casi sin dar tiempo a nada, volver a saltar hacia el muro, esta vez llegando con sus manos a la parte superior. Sin perder el equilibrio, se columpió con sus brazos hacia arriba y subió todo su cuerpo arriba del todo, y sin parar para tomar aire, siguió corriendo.

Al fondo se veía al Origen, envuelto en una luz tenue con una especie de lanzas de luz que giraban entorno suya, decapitando a todo aquel que cazaba en sus cercanías. Seis segadores pútridos avanzan a su lado, a punto de escalar por las paredes rocosas del castillo cavado en la roca. Justo entonces aparecieron varios caballeros de armadura singular, los caballeros del Alto de Vistok, formando dos hileras a un lado de la escena. La hilera trasera disparó varias flechas hacia los segadores pútridos, impactando en varios de ellos, aunque sin llegar a darles muerte. Éstos, al verse amenazados, rompieron frontalmente contra los caballeros, formándose una trifulca sin igual. Los escudos repelían como podían cada ataque que se les hacía, mientras que las gruesas espadas en sierra intentaban alcanzarlos. Otros caballeros hubieran perecido de miedo o de inexperiencia ante ese ataque, mas los caballeros lalianos tenían bien ganado su nombre, aguantando ese primer embiste y sobreponiéndose para realizar un contraataque. Un segador fue alcanzado por dos espadas, que lo atravesaron de lado a lado por el cuello y por el abdomen, dejándolo en el suelo convulsionando. Por otro lado, uno de los caballeros fue alcanzado por una raíz que un segador pútrido enterró en el barro e hizo emerger por el suelo, justo debajo de su víctima. Los gritos de dolor eran atroces, aunque sus hermanos de armas no se dejaban amedrentar por ello y seguían luchando aguerridamente y en orden.

Vaiel corrió veloz hacia ellos, más de lo que cualquier persona podría, sorteando los obstáculos que se encontraba por el camino con saltos y giros de acróbata. Ya apenas faltaban cien metros y veía a los caballeros ganando la partida. Aún eran doce efectivos que enfrentaban a apenas dos segadores pútridos, aunque el Origen se había unido a la contienda personal. Desde arriba del castillo estaban disparándole flechas incendiarias continuamente, pero todas lo atravesaban como si fuera un fantasma de luz. Los caballeros lalianos dieron un grito de orden y comenzaron a retroceder sin bajar su guardia. El Origen despertó un aura a su alrededor que hizo temblar el suelo y acto seguido despejó un látigo de luz violácea que giró una y otra vez sobre sus enemigos. El primer volteo se quedó corto en distancia, pero el segundo peinó a todos los caballeros, cortando en dos la cabeza de tres de ellos a la altura de la nariz. Esas armas de origen mágico atravesaban la armadura más resistente como si fuera mantequilla, eran temibles. Dos caballeros se lanzaron hacia el Origen por ambos flancos, y mientras uno de ellos sufrió el desgarro de sus piernas al ser repelido con velocidad por una espada de luz que el Origen evocó, el otro llegó a su altura, intentando clavar su espada en la sombra homínida que se dejaba ver entre tanta luminiscencia. Sin embargo, la espada lo atravesó para convertirse en metal fundido, quedándose solo con una empuñadura vacía. Era invencible, impenetrable en todos los ataques, o eso pensó el caballero antes de estallar en mil pedazos merced a una explosión que provocó el Origen al palparle con sus manos. Cachitos de carne ensangrentada con partes de la armadura comenzaron a mezclarse con la lluvia del lugar.

Justo ahora, Vaiel llegó. Se plantó en una posición elevada, encima de un carromato, y clavó su rodilla derecha a la vez que tensaba su arco élfico con precisión. El Origen emitió un haz de luz ascendente y comenzó a caminar con soltura hacia los caballeros, mientras que uno de los segadores pútridos daba caza a otro de ellos. Sus compañeros contraatacaron tarde, y aunque lo derribaron, su hermano de armas había extinguido ya su vida. Ya solo quedaban seis.

Ya estaba a punto de disparar, cuando una explosión enorme en la distancia lo descentró. Se vio brillar a todo el valle, más allá del muro principal, con una humareda de luz y llamas que subió varios metros para luego arremeter contra el suelo, desolando todo a su alrededor. Se oyó un lamento profundo en todo el valle procedente de varios segadores pútridos, para luego hacerse el silencio durante varios segundos. Luego, de nuevo volvió el rugido de la batalla.

Vaiel enfocó por segunda vez al Origen, pero desvió su posición hacia atrás con rapidez y dejó escapar su flecha hacia un segador pútrido que estaba ya a apenas un metro de él, saltando en el aire. Intuía la presencia de esos seres, notaba cuando se movían como si tuviera un radar de muerte en su mente. Sin dar tiempo a nada más, volvió a tensar una flecha sobre el arco y apuntó nuevamente al Origen. Sin pensárselo dos veces, disparó. La flecha surcó el aire cortando la lluvia hasta llegar a la altura del Origen, que vio como le pasaba de lado a lado hasta clavarse en las paredes del castillo.

«¡Maldita sea! —se dijo a sí mismo—. Así que sigues moviéndote entre los tiempos ¿eh? Pues vamos a comprobar quién es más rápido».

Sacó una nueva flecha de su carcaj y se hirió con ella de forma voluntaria el brazo, para mojarla en su propia sangre. Luego la tensó con decisión y nuevamente apuntó al Origen, que se había cobrado la vida de un nuevo juez.

—¡Ehh, tú! —gritó Vaiel con todas sus fuerzas al Origen, que se giró con sus ojos brillantes en tonos carmesí—. ¡A ver si eres capaz de esquivar esta flecha!

Acto seguido dejó escapar la flecha, que salió como una centella, rodeada de un brillo innatural en su parte punzante. Vaiel veía el recorrido de su proyectil centímetro a centímetro, con la lluvia estática en el cielo y todo a su alrededor detenido. Era como estar viendo un cuadro donde todo era pinceladas estáticas y él podía interactuar con su pincel. Vio como el Origen comenzaba a volverse ligeramente traslúcido, aunque ante sus ojos era un proceso lento, mucho más lento que la velocidad de su flecha, que finalmente llegó a su término. Esta vez no chocó contra el castillo, sino que se quedó clavada en el Origen. Éste volvió a hacerse corpóreo en este tiempo, aunque esta vez estaba arrodillado. Los caballeros lalianos dieron un grito al unísono y tres de ellos saltaron al instante hacia el ser, hincando sus espadas en el cuerpo putrefacto del engendro. Desgraciadamente, todas las espadas lo atravesaron de lado a lado, y levantándose de nuevo, lanzó por los aires a sus agresores con un aura expansiva. Salieron expelidos varios metros por los aires hasta dar contra el suelo, un duro golpe que si bien no los mató, los inhabilitó con torceduras y roturas óseas.

El Origen, lejos de amilanarse, clavó su mirada en Vaiel, olvidándose totalmente del castillo y del resto de personas que había en su cercanía. En su mano diestra evocó un halo de luz en forma de lanza, de un metro aproximadamente y se la montó sobre el hombro, preparando su lanzamiento.

«Te ha dolido ¿eh? —se dijo Vaiel mentalmente mientras sacaba una nueva flecha y la tensaba sobre el arco—. Ahora veremos quién es más rápido, criatura del averno. Adelante, arroja tu lanza e intenta evitar mi flecha, a ver si eres capaz».

Vaiel se concentró de tal manera que ya no veía al Origen como una sombra irradiada en luz, sino como un hombre demacrado, con una calavera en vez de cabeza. Podía sentir su odio rabioso a todo lo que fuera un ser vivo, pero también notaba dudas en su mirada. No tenía claro qué futuro era este, el que estaba viviendo ahora, y no había visto en sus saltos temporales que esta situación podía acabar así. Se dejaba llevar por la rabia más que por la razón y esa sería su perdición.

El tiempo se detuvo nuevamente ante la presencia de Vaiel, que cerró sus dientes con fuerza para tensar unos centímetros más el arco, liberando con determinación toda su energía en la flecha. Ésta salió disparada con más fuerza aún que la anterior, silbando una oda de muerte hacia su objetivo. En mitad del camino se cruzó con la lanza del Origen, que emitía pulsos de luz deforme hacia todos los lados, haciendo que su trayectoria fuera errática. Tanto Vaiel como el Origen comenzaron su estrategia de esquive, Vaiel entornando su cuerpo hacia el suelo y el Origen cambiando de hilo temporal.

Cuando la flecha llegó al final de su recorrido entró en el cuerpo decrépito del Origen, produciéndose un pequeño estallido en su interior. Esta vez el golpe había sido mortal, de eso no había dudas. El ser empezó a temblar descontroladamente, mientras un único haz de luz rojiza ascendió de forma brusca hasta casi llegar a los trabucos de lo alto del castillo. Un zumbido creciente empezó a fluir, advirtiendo que nada bueno se avecinaba. Los caballeros lalianos que sobrevivieron mostraron sus gloriosos escudos para protegerse del posible daño. En efecto, segundos más tarde, el zumbido cesó para dar paso a una vorágine de llamas al implosionar el Origen. Una ola de fuego hambriento fue lanzada hacia todos los puntos, rompiendo, quemando y devorando todo lo que se cruzaba por su camino. Varios de los jueces, los arqueros asomados y las personas cercanas hasta a cien metros, acabaron calcinadas sin salvación alguna.

Vaiel, por su lado, no fue todo lo rápido que él hubiera querido, y vio como la lanza de luz se le clavaba en el hombro derecho. El daño era atroz, le quemaban sus entrañas como si estuviera siendo cocido en una olla gigante de agua hirviendo. Pero había cumplido, el Origen estaba muerto y ya podía sonreír. Vio como el Origen agonizaba en una explosión enorme y lo único que pudo hacer casi totalmente paralizado, fue cerrar sus ojos. El fuego y la onda expansiva de la muerte del engendro se acercaron a él como remate final, aunque esta vez no alcanzaron a su objetivo. Dos de los jueces habían llegado a su lado momentos antes de los disparos cruzados y cerraron sus largos escudos frente a él. El potente choque de la explosión hizo poner a prueba a los caballeros lalianos, que cerraban sus dientes y anclaban sus tobillos con más resistencia de la que una persona podría hacer. Los escudos se iban limando por su perímetro y las llamas incendiarias pasaban por encima de los tres supervivientes sin hacerles arder, pero provocándoles quemaduras continuamente por el alto calor.

Cuando todo acabó, uno de los caballeros cayó al suelo exhausto, abriéndose el yelmo para tomar aire puro. Tenía la piel totalmente agrietada del calor, al igual que el resto de sus compañeros que se iban acercando. Solo habían sobrevivido cinco jueces y Vaiel en esa zona. El resto era todo un vergel de desolación, con cascotes y cenizas poblándolo todo.

—Eh, ¿me oís? —preguntó uno de los jueces a Vaiel—. Soy Fretano de Vistok. ¿Me oís?

Vaiel, al que aún le retumbaba la onda de la explosión, se limitó a asentir con la cabeza, mientras veía como la lanza de luz desaparecía en un halo invisible. Por los orificios abiertos comenzó a brotarle sangre de forma voraz.

—No os preocupéis, saldréis de esta. Quería ser el primero en daros la mano y felicitaros, héroe de Ampiria. Vuestra gesta no tiene parangón. Yo os llevaré a que os sanen.

Junto a otro caballero, lo agarraron como pudieron y fueron hacia el castillo, gritando que le abrieran las puertas. Sin embargo, dentro seguían en trance asustados por lo que estaba pasando fuera, y ante el desconocimiento de la muerte del Origen solo podían pensar que fuera estaban arremetiendo con explosiones de magia o algo peor. Las puertas no se abrieron y Vaiel seguía sangrando a una velocidad peligrosa. Fretano dispuso parte de su camisa para taparla, tiñéndose en cuestión de segundos de color rojo oscuro.

—Maldita sea, no abren. Id y buscad a alguien, necesitamos a un galeno —le dijo a su compañero de armas, que rápidamente salió a buscar ayuda junto a sus otros dos hermanos de armas. El tercero permanecía en el suelo con las dos piernas fracturadas y varias quemaduras en su cuerpo.

—Id a la posada… buscad a Sirián —dijo Vaiel con voz apagada y casi susurrante.

—¿La maga del portal? —preguntó uno de los que se iban ya.

—Sí… la que va con el atuendo blanco. Ella… ella sabrá qué hacer.

—Os la traeré raudo. No muráis, aguantad.

Sin embargo, Vaiel sabía que era muy tarde para traer a Sirián. El caballero debía llegar a la posada, que estaba bastante lejos, callejeando por una ciudad que desconocía. Luego debía despertarla de su cansancio y por último volver aquí. Los cálculos no eran para nada favorables según iba viendo cuánta sangre perdía por segundo, pero para su sorpresa, no sentía miedo. Tenía ganas de reírse por haber completado lo que él hubiera pensado hace cosa de dos meses que era algo imposible. Había hecho lo que persona alguna podía hacer, ni el grandilocuente Drigán, ni la fastuosa Zurah. Él, un simple, un granjero deshollinador del Manantial de Muros había matado a un Origen.

—¿Puedo saber vuestro nombre? —preguntó Fretano, mientras taponaba con fuerza la infausta herida.

—Me llamo Vaiel.

—Daré a conocer vuestro nombre para que sea recordado por mucho tiempo. Es un honor poder estar aquí a vuestro lado.

—Podéis iros si queréis. Aquí poco podéis hacer ya.

—No os abandonaré. Esperaré aquí con vos a que llegue la maga.

—No llegará. Apenas me quedan unos minutos de vida, creedme. De todas formas mi vida no acaba aquí, no debe. En los sueños no aparecía este final.

—Preferís pues estar solo… y lo respeto. Vaiel, seréis conocido como el asesino de Orígenes, os lo juro. Tamaña muestra de valor debe ser recompensada con ese sobrenombre.

—No hace falta que me pongáis sobrenombre alguno, pues ya tengo uno.

—¿Cuál, mi señor?

—Emperador.

Fretano lo miró algo confuso, imaginando que eran cavilaciones de un moribundo, y no le respondió nada. Se levantó lentamente y comenzó a alejarse de él, cuando por la plaza central se acercaba una comitiva de varias personas, entre ellos uno que conocía muy bien: Lord Lalies. Entre ellos se podía ver a varios ciudadanos rescatados, milicia y caballeros de Ausper la Mayor que deambulaban por la ciudad cumpliendo en la batalla. Ya apenas se veía a algún segadore pútrido, y los pocos que había se los veía correr campo abierto, huyendo de la ciudad. Fretano se arrodilló ante su Lord y le saludó con la mano en el pecho.

—Mi Lord. Sir Fretano a su servicio.

—Levantaos, hermano. Celebro que hayáis sobrevivido aquí. ¿Cuántos…?

—Solo cuatro, mi señor —interpuso Fretano antes de que Lalies acabara la pregunta. Su compañero Olbes, quien hace pocos minutos se dolía de las fracturas de sus piernas, estaba sin vida apoyado en parte del muro de una vivienda.

—¿Solo cuatro? ¡Malditos seres! Era un Origen, ¿cierto?

—Así es, mi señor. Era invulnerable, intocable con nuestras armas. Atravesaba nuestros escudos y armaduras con la facilidad de quien corta manteca. Y era muy veloz, como un relámpago.

—Pero le vencisteis, sir Fretano. Mis felicitaciones por tamaño logro.

—Solo pudimos aguantar, mi señor. Él fue quién le arrebató la vida a ese ser —dijo el caballero laliano, señalando a Vaiel—. Le alcanzó hasta dos veces con sus flechas, lanzadas con una fuerza innatural.

—¿Él solo lo hizo? ¿Y quién es?

—Se hace llamar Vaiel, mi señor.

—¿Qué heridas tiene? —preguntó Lalies acercándose más al arquero, que ya estaba inconsciente en el suelo por la extrema pérdida de sangre.

—El Origen le atravesó con una lanza de luz, y aunque pudo esquivarla para que no se asentara en una zona crítica, no pudo evitar su impacto. Se está desangrando y no abren las puertas. He enviado a que vayan a buscar ayuda, incluso que traigan a la maga del portal.

—Entiendo… Tú, tú y tú —dijo Lord Lalies a tres de sus caballeros—. Id a esas puertas y llamad al Conde o a quien sea que se refugia allí dentro. Que nos abran ya y que salga un galeno para sanar a este hombre.

—Yo puedo hacer algo mientras —dijo un hombre de avanzada edad con unos bigotes extremadamente frondosos—. Cuido de animales y tengo algo de conocimientos de medicina. Muchas yeguas sufren desgarros en partos complicados y lo primero es cerrar sus heridas para evitar el desangre. Le coseré las heridas delantera y trasera y se la quemaremos con fuego.

—¿Y se recuperará? —preguntó Lord Lalies.

—Eso solo el Creador puede saberlo. Yo solo puedo intentar cortarle la herida.

—Yo puedo intentar hacer algo más por este hombre —dijo Lilian, dando un paso al frente.

—Habláis de magia, ¿no? Prefiero evitar su uso en la medida de lo posible, no sé qué efectos tiene sobre las personas ni quiero saberlo más de lo necesario. Así que manteneos al margen.

—En la batalla os acompañé con mi halo de victoria y creo que ese valor os vino bien ¿no? ¿Acaso desconfiáis de mí?

—¿Darnos valor? Un caballero laliano no necesita valor extra y mucho menos si procede de una maga.

—Ella puede sanarle, Lord Lalies —interpuso Leonardo, que estaba al lado de Vaiel acariciándole el pelo, como si estuviera entrando en sintonía con él.

—Prefiero la medicina tradicional —sentenció Lord Lalies, mirando hacia las puertas del castillo que seguían cerradas, con algunos arqueros y caballeros asomados por los ventanucos superiores intentando adivinar qué pasaba ahí fuera.

—¿De verdad vais a permitir que este hombre muera? —dijo Lilian, remangándose y tomando entre sus manos el rostro moribundo de Vaiel—. Yo desde luego no voy a permitirlo y tendréis que matarme para evitarlo.

Lalies permaneció serio al ver cómo la sacerdotisa desobedecía sus órdenes, aunque en el fondo deseaba que fuera así. Él debía seguir recto en su régimen de caballería y no podía mostrar debilidad ni doble moral en cuestiones de magia. Cara a la gente debía seguir mostrando su rostro imperturbable de caballero, aunque por dentro no tenía dudas de que tanto Lilian como Leonardo salvaron a esta ciudad. Así que, dio un paso atrás y dejó actuar a la sacerdotisa.

—¿Me oyes, Vaiel? —preguntó Lilian, mientras frotaba sus manos desnudas sobre sus heridas—. Busca mi nombre, Vaiel, no rindas tu mente. Escucha mis palabras y aliméntate de ellas.

Vaiel no se movía. De las palmas de Lilian manaron pequeños pulsos de luz que brillaban y se apagaban en cuestión de segundos. Todos miraban la escena en un silencio sepulcral, intentando casi ni respirar. De repente, las puertas del castillo se abrieron, apareciendo una comitiva compuesta por ocho caballeros de capas rojas con una banda negra y el mismísimo Conde Casis. Lalies lo miró en la distancia y alzó su brazo para indicarle su ubicación. Al poco, ambos se encontraron alrededor de Vaiel.

—Lord Lalies... La última llamada os agradece que hayáis venido. Sin vos y vuestros caballeros, el destino de esta batalla hubiera resultado en otro final. Tenéis mi más sincero agradecimiento —dijo el Conde Casis, mirando de reojo a Lilian despertando magia sobre Vaiel.

—Es nuestro deber ayudarnos en tiempos de carestía. No me debéis nada, estoy seguro de que vos hubierais hecho lo mismo.

—¿Es la maga que os trajo? —dijo a continuación Casis.

—No, esta es una monja dada a la magia. La maga que nos trajo, de nombre Sirián, se quedó en la posada.

—¿Una monja que evoca magia? —dijo Casis, levantando sus cejas en incredulidad.

—Creedme, es complejo y largo de explicar. Quedaos con que es una aliada de magia blanca, o algo así. No es lo que parece y no es peligrosa. Y sé perfectamente que es contrario a lo que Rog II interpuso en sus órdenes contra el uso de la magia, mas sabremos responder por nuestros actos.

Vaiel comenzó a abrir lentamente sus ojos y a mover sus dedos de las manos. Vio a Lilian frente a él, sonriéndole con las palmas sobre sus mejillas. Sentía un frío extrañamente reconfortante que le recorría el cuerpo como si tuviera una serpiente deslizándose por sus entrañas.

—No tenéis nada que justificar ante mí. Yo también acepté que una maga usara su magia para traeros aquí y sin ella esto no podría haber pasado. Está claro que la magia debe ser controlada exhaustivamente por la caballería, y la decisión de erradicarla fue muy extremista —siguió diciendo Casis.

—Dais por sentadas muchas cosas, Conde Casis. Han sobrevivido aquí muchos guardianes de Ausper la Mayor y otros gremios independientes, que no dudarán en correr la voz de nuestros actos afines a la magia. El emperador no aceptará ni vuestra palabra ni la mía, y trazará un nuevo plan sobre nuestros reinos —respondió Lalies con cara de preocupación—. Y hemos sido muy diezmados en esta batalla como para planear una posible defensa.

—Mi señor, si me permitís puedo aconsejaros —dijo Leonardo, dando un paso al frente—. Siempre tendréis la fortaleza de las magas de la taberna, que lucharan por vos para defender vuestras tierras en caso de ataque.

—¡No digáis necedades, Leonardo! Solo me faltaba eso, usar más magia a mi favor. Nos os culpo de nada, ni a vos ni a nadie de los aquí presentes, pues tomé la decisión de venir aquí a ayudar a una ciudad de Ampiria que estaba en peligro y no me arrepiento de ello. Sin embargo, ahora tengo que afrontar las consecuencias de haber seguido ese código de caballería.

—Seguiremos juntos ese rumbo, Lord Lalies —añadió el Conde Casis, poniéndole la mano en el hombro.

—Igual no tan de la mano. Sabed que aunque vos vais de la mano al emperador, nosotros tenemos nuestra propia ley. Y bajo mi juicio, no hemos actuado mal, no al menos si hemos salvado a tanta gente. Muchos han muerto, ciudadanos, hermanos de mi orden y defensores de la vuestra… pero muchos más se han salvado. El emperador ya puede afilar sus espadas si piensa que voy a pedir perdón.

—Debéis recapacitar, Lord Lalies. Estoy seguro que el emperador sabrá ver que aceptamos la magia para salvaguardar la ciudad, y por extensión, a su propio imperio.

—No es necesario que os disculpéis —dijo Vaiel, levantándose con algo de temblores en las rodillas—. El emperador os debe más de lo que vos le debéis a él.

—¡Aplaudid al que mató a un Origen! —gritó uno de los caballeros lalianos, despertando una aplauso colectivo y vítores.

—Sed bienvenido de nuevo entre los vivos, maese Vaiel —dijo el Conde Casis.

—Mis hombres solo tienen palabras de heroísmo hacia vos, Vaiel, y un caballero laliano no se sorprende ante cosas banales. Así pues, tenéis mi gratitud y mi favor siempre que lo necesitéis.

Vaiel se limitó a asentir y mirar a su alrededor, como buscando a alguien.

—¿Dónde están Maiden, Drigán y Dévora? ¿Y Zurah y Sirián, siguen en la posada?

Los dos señores de las tierras se miraron entre ellos y luego hacia sus súbditos, a ver si alguien tenía constancia de alguna noticia. Lamentablemente solo había silencio.

—El caballero del dragón y la mujer que vino a buscarnos, la tal Dévora, seguían vivos cuando matamos al Origen fuera de los muros. No obstante, vieron a un jinete y fueron tras él.

Nosotros decidimos volver aquí, con buena fortuna para vos, según veo —relató Lalies.

—Entiendo… —respondió tácitamente Vaiel.

—Ahora os necesitaré, Lord Lalies, para trazar un plan ante las posibles represalias del resto de señores —volvió a tomar la palabra el Conde Casis—. Venid conmigo al castillo mientras vuestros hombres reposan y se recuperan de sus heridas. E insisto en que debemos orientar nuestra estrategia en pedir perdón ante el emperador, y no hacer prevalecer nuestros actos. Debemos mostrar que actuamos así bajo el yugo de la desesperación y que al menos valió la pena, pues vencimos, y no solo eso, sino que fueron nuestros caballeros quienes vencieron a esos Orígenes.

—Mas eso no es del todo exacto, Conde Casis. Este hombre, de nombre Leonardo, fue quien decantó la balanza a nuestro favor, y si bien es de los míos, el Origen de aquí fue vencido por este individuo —respondió Lalies señalando a Vaiel.

—¡Habladme con respeto! —soltó Vaiel con tono elevado.

—Está claro que sois un héroe en esta batalla, pero no confundáis valor con suerte. Una de vuestras flechas alcanzó al Origen, sí, pero eso no significa que seáis un héroe. Llamaos más bien afortunado.

—Excusadme, mi señor Lalies, mas si no llamáis héroe a este hombre, a mí tendréis que expulsarme de la orden —intervino con mirada triste Fretano de Vistok.

—Conmigo también tendréis que actuar de igual modo —dijo otro de los caballeros lalianos que estuvo allí, ante el Origen, y sobrevivió para contarlo.

—¡Y conmigo! —dijo otro más.

—¡Está bien, callaos! —interrumpió Lord Lalies, algo molesto al ver a sus vasallos apoyando a Vaiel antes que a él—. Así que queréis ser un héroe, ¿eh? Pues bien, héroe, ¿iréis vos a explicarle eso al emperador Roig II? ¿Le diréis que la magia era necesaria para vencer en esta batalla?

—Dejadlo, Lord Lalies, tenemos cosas más importantes que hacer que hablar con este joven —dijo el Conde Casis haciendo ademán de ir hacia el castillo.

—No será necesario que vayáis a ver al emperador para explicarle nada, él ya lo sabe. Y no tiene nada que perdonaros, pues él también apoya vuestros actos —dijo Vaiel, enmudeciendo a todos. Lilian apartó ya sus manos del recuperado arquero, y lentamente se fue retirando unos metros hasta pararse en seco y arrodillarse frente a él. Tenía los ojos abiertos como dos platos, como si hubiera visto algo inimaginable.

—¿Pero qué…? ¿Qué pasa aquí? —dijo Lalies con cara ya de angustia.

Leonardo se acercó a su hermana y la alentó a levantarse, aunque esta se limitó a susurrarle algo y permanecer allí quieta. Leonardo miró detenidamente a Vaiel, luego devolvió la mirada a Lilian y la acompañó en su sumisión, arrodillándose a su lado. Vaiel sonrió con una mueca en sus labios, lo suficiente como para intranquilizar aún más al resto que allí había.

—¿Alguien puede decirme que mierda pasa aquí? —gritó el Conde Casis con estupor.

—¡Tú, Lilian! ¡O tú, Leonardo! Obedeced a vuestro señor cuando os da una orden. Levantaos y decidme qué pasa aquí, ¿Por qué os arrodilláis frente a este desgraciado? —dijo Lalies con voz soberana.

Leonardo miró a Lilian y le asintió para que fuera ella quien respondiera. Él estaba viviendo un milagro, y no quería estropearlo con conversaciones banales y guiadas por el odio. Entre sus leyes de la caballería blanca, estaba el mantener el sosiego y la razón en cualquier situación que estuviera. Dejarse llevar por la ira, el odio, o el grito era indicativo que sentías debilidad al querer imponer tus argumentos.

—Este hombre, de nombre Vaiel, el muchacho más joven que ha matado a un Origen, es el emperador de estas tierras. Está escrito en su destino con la sangre del Creador. Lo he visto claro cuando le estaba sanando —dijo Lilian, despertando el asombro de todos a su alrededor.

—¿Cómo decís? —dijo Lord Lalies, acercándose a la sacerdotisa hasta el punto de casi chocar su frente a la de ella—. ¿Qué éste es nuestro emperador? ¿Nos estáis tomando el pelo?

—No me atrevería, mi señor Lalies. Pero…

—No tenéis por qué seguir hablando en mi nombre, Lilian, ya me ocupo yo —dijo Vaiel, mirando a continuación a Lalies—. Miradme bien, Lord Lalies, pues tendréis que recordar este rostro durante mucho tiempo. Vos os engrandecéis de haber formado un reino de caballeros santos, los llamados jueces, capaces de impartir justicia allí por donde ellos transitan y de luchar con la fuerza de un león. Vos mismo sois uno de ellos y vuestra leyenda escribe pasajes de gloria por vuestra grandeza... Pues bien, sabed que mi leyenda comienza aquí y ahora, y que yo no estoy formando un reino, sino un imperio. Vuestra grandeza ya ha quedado eclipsada por la mía y ni siquiera me habéis visto luchar aún.

—A ver, Vaiel… ¿Estáis hablando en serio? ¿Todo esto que estáis diciendo no es una fantasía o una locura por haber recibido algún golpe? —dijo Casis riéndose—. Ya tenemos un emperador, y que nosotros sepamos su único hijo es Cratos.

—Cratos nació mucho después de que lo hiciera yo. Él es hijo de Roig II y de la reina madre, Magdalena. Mas yo fui engendrado mucho antes, con la sangre de Roig II nadando por mis venas, pero de distinta madre.

Todos se miraron con desasosiego y sorpresa, intentando entender qué era todo este galimatías.

—¿Y quién se supone que es tu madre? —preguntó el Conde Casis, reteniendo la palabra a un Lalies que estaba a punto de explotar de ira.

—Lo desconozco, y la única persona que podía decírmelo, mi padre adoptivo, murió hace unos meses. No obstante, Roig II ha llegado al fin de sus días. Su imperio se desmorona asediado por segadores pútridos tanto por estas regiones como por otras. Va a morir en manos de quien le daba confianza, y lo hará en breve.

—¿Y cómo sabemos que lo que dices es cierto? ¿Cómo sabemos que eres realmente hijo de Roig II?

—Hay alguien que os lo contará todo, pero debemos capturarlo con vida. Es quien ha urdido todo este plan y quien, con total seguridad, está aliado a Roig II.

—¿Estáis insinuando que nuestro emperador es un traidor? Pero, ¿os estáis oyendo? —exclamó con rabia Lalies.

—Lo es. De forma involuntaria, pero lo es. No me preguntéis cómo lo sé, pero lo sé. Y tendremos frente a frente a quien confesará todo, sino lo matan antes.

—No esperéis que os ayude en esto, Vaiel —remarcó Lalies—. Podéis ser un hombre magnífico y seguro que sois capaz de llegar muy lejos, mas no os puedo dar devoción más allá de este momento.

—Lo mismo os digo —añadió Casis—. Tenéis nuestra gratitud por el servicio prestado, mas no os podemos dar pleitesía. Lo que contáis roza un poco el delirio.

—No os culparé por ello, mis bravos caballeros, aunque vos, Lalies, tendréis que ceder vuestro reino en manos de quien sepa controlar mejor a vuestros jueces. Yo seré el juez y mi ley será la vuestra. Os traeré a la sombra delatora y plantaréis vuestra rodilla ante mí.

—¿Y quién dice que tenemos que creer al primer individuo que nos pongáis delante? —preguntó Lalies.

—Es que no es un individuo normal y corriente, Lalies. A quien os tengo que traer es al jinete que Dévora y Drigán siguieron, alguien que abandonó su naturaleza humana. Es un nigromante.

—¿Un qué? —exclamó Lalies mirando a Casis, que se encogía de hombros.

—Un nigromante, mi señor —dijo Lilian con los ojos temblorosos—. No hay conocimiento de su existencia más allá de los escritos perdidos de Bummark, cuando relató que una nueva magia crecía entre los tumultos de Llaídra para alimentarse de los viales de magia conocidos.

—Y añadiré más —siguió diciendo Vaiel—. Teníamos dudas de que los segadores pútridos y los Orígenes estuvieran movidos por alguna estrategia, y así es, pues es el nigromante quien mueve dichas fichas. No obstante, en este combate y en otros, como el del monasterio, demostró además conocimiento de las edificaciones aquí existentes, lo que me hace pensar que hay al menos un traidor entre nuestras filas, alguien que le va trazando nuestros puntos débiles. Pero ese nigromante no alcanzará salvación, os lo juro.

—Vaiel, ni vos podéis vencer a un nigromante —remarcó Lilian—. No hay persona con vida capaz de dar muerte a ese ser.

—Corroboro lo que dice mi hermana —añadió Leonardo—. Ese nigromante es un ser inmortal y ni flecha ni espada será capaz de darle muerte.

—Evidentemente amigos, no podéis matar algo que ya está muerto —dijo Vaiel con suma tranquilidad, mientras hacía señas a uno de los caballeros presentes para que le trajera un caballo—. Tenemos que darle la vida, que es lo que más odia. Leonardo, Lilian, venid conmigo, vamos hacia Dévora y Drigán, pues deben estar en problemas.

—¿Creéis que están luchando contra el nigromante? —dijo Leonardo, levantándose y ajustándose su espada en la espalda.

—Algo peor, amigo Leonardo. Dévora es muy lista como para dejarse atrapar en una ratonera por ese nigromante. Lo que temo es que puedan estar frente al camafeo de Guerón, y de él seguro que no podrán salvarse.

CAPÍTULO 25: EL NIGROMANTE DE LLAIDRA

Dévora y Drigán corrieron tan veloces como pudieron, pero el extraño jinete cubierto de cenizas flotantes decidió no plantar cara. Dio la vuelta a su caballo ardiente y salió galopando como una centella, dejando tras de sí unos surcos de fuego en el suelo. Los dos héroes no se rindieron, aunque la distancia ya se hacía insalvable.

—No podemos seguirle, ¡maldita sea! Necesitaríamos un caballo para poder alcanzarle. A pie va a ser imposible. Vamos a volver mejor, Drigán, posiblemente lo volvamos a ver más adelante, cuando vayamos hacia el Lago de los Susurros —dijo Dévora aminorando la marcha.

—Sigue corriendo, ladrona. A ese ser lo vamos a pillar —respondió Drigán, empujándola del hombro para que siguiera corriendo.

—Pero… ¿no ves que no lo podemos coger? Ya no se le ve ni siquiera. Solo vemos los rastros de esa extraña montura.

—¡Que sigas corriendo! Tenemos algo mejor que un caballo que ya viene de camino.

No le costó mucho a Dévora entender a qué se refería Drigán. Miró hacia los cielos y allí, entre las nubes oscuras y la lluvia persistente, una figura rojiza se dejó ver palpitante. A cada relámpago que brillaba en el firmamento, la figura de Kragor til Mass se delineaba imponente.

«Estás perdido, nigromante del demonio —pensó Dévora, mientras volvía a coger ritmo en sus zancadas—. Ahora entiendo por qué te has largado pitando. No era porque nos temieras a nosotros, sino porque viste venir a este dragón».

Avanzaron varios metros más, cuando el enorme dragón descendió de los cielos aleteando con fuerza, levantando tierra y piedras en su aterrizaje. Se le veía ligeramente ladeado hacia la derecha, aunque su imponente presencia seguía amedrentando al más valiente. Rugió con ira hacia el cielo mientras se adecuaba a ser montado bajando sus alas.

Cuando llegaron a su altura, Dévora se quedó inmóvil, mirando a sus ojos de color rubí amenazantes y sus colmillos afilados. Drigán subió raudo por el ala izquierda y se aferró a las crines inferiores del cuello, presto ya para alzar el vuelo.

—¿Se puede saber a qué esperas, ladrona? —gritó desde la grupa del dragón—. ¡Venga, sube!

Dévora dudó por un instante, pero la situación y las palabras de Drigán eran suficientes incentivos como para vencer a sus miedos. No obstante, se acercó andando lentamente al ala de Kragor til Mass, bajo la atenta mirada de éste. Ella procuró no fijarse directamente en sus ojos, para evitar transmitirle amenaza alguna. Tocó por primera vez la piel escamosa del dragón y sintió cómo un aura cálida y apacible la envolvía. También notó lo tremendamente resbaladiza que era, teniendo que asirse a los recodos de sus articulaciones y pelaje que sobresalía de forma esporádica en algunas zonas. Cuando llegó a la altura de Drigán, éste cogió las manos de ella y se las puso alrededor de su cintura.

—Agárrate bien, con todas las fuerzas que tengas. No te sueltes pase lo que pase, ¿entendido?

—Entendido, Drigán —respondió Dévora, fusionándose con Drigán en un abrazo.

—¡Adelante, Kragor til Mass, vamos a por ese nigromante!

Kragor til Mass hizo brillar sus ojos y elevó sus fauces hacia el cielo, rugiendo una vez más. Acto seguido, dio un poderoso salto y aleteó con potencia desmesurada sus alas, empujando con un fuerza incontrolable a sus jinetes. Dévora tuvo que ponerse a prueba para no soltar la cintura de Drigán, cerrando los dientes por el esfuerzo y ayudándose también de las piernas, que dispuso sobre las de Drigán a modo de torniquete. El empuje que transmitía el dragón a cada aleteo que daba durante el vuelo era incontrolable, una auténtica prueba de resistencia para quien estuviera sobre él. A Drigán se le veía bastante suelto, aunque su fortaleza y experiencia a lomos del dragón le daba un grado de experiencia que Dévora no tenía. El cuerpo de Drigán era una auténtica escultura de piedra, cincelado con músculos rígidos como la piedra más recia. Dévora sentía que podía incluso agarrarse entre las oquedades de sus músculos, como si fueran agarres de escalada.

La velocidad de Kragor til Mass fue en aumento, aunque ni el viento ni la lluvia afectaba a sus jinetes. La extraña aura que los envolvía desviaba todo indicio de agua o aire a su alrededor, haciéndolos flotar en un ambiente de sosiego y seguridad.

«Lástima que no calme la fuerza del empuje», pensó Dévora, bajando la cabeza hacia un lado para ver si veía al nigromante. Y no pasó mucho tiempo cuando ahí abajo lo vio. Corría veloz, más que cualquier otro caballo conocido, dejando tras de sí la característica estela de fuego que ardía en dos trazas paralelas. Su montura tenía las crines incendiadas en una llama de color viva, y el nigromante en sí poseía un aura de cenizas simbióticas que, desde arriba, se veía con más claridad aún. Le recubría las piernas y el torso, y no se veía influenciado por la velocidad de su galopada. Se mantenía ahí, estática, alrededor de su huésped, cubriéndole de forma amenazante.

Súbitamente, Dévora sintió mucho calor procedente del cuerpo de Kragor til Mass, casi al punto de estar tocando fuego con sus posaderas, cuando una enorme bola ardiente salió expelida de sus fauces. El meteorito descendió veloz hacia el nigromante que, sin embargo, lo esquivó mediante un giro rápido hacia la izquierda con el caballo ardiente. Se movía muy veloz, aunque aún no estaba todo dicho. Kragor til Mass descendió varios metros y otra bola surcó el aire procedente de sus mandíbulas, mas nuevamente fue evitada por el caballo de crines ardientes. Kragor til Mass gimió enfadado, preparándose para ejecutar un nuevo ataque, con Drigán animándolo con los puños cerrados.

Durante varios minutos estuvieron siguiéndolo, intentando impactarle con bolas llameantes que siempre eran esquivadas. Ya estaban muy lejos de La última llamada y el páramo que se abría ante ellos era apocalíptico. Estaban en la antesala de Llaídra, un lugar que Drigán ya conocía, pero que a los ojos de Dévora era algo totalmente nuevo. La lluvia se volvió negra, con cenizas poblando el ambiente y grietas profundas alfombrando el agreste suelo. Era un desierto de arena y piedras enclavado en un ambiente tórrido, como si la naturaleza hubiera querido que ahí no hubiera vida alguna habitándola.

Estaba claro que había que cambiar de estrategia y así lo hizo el dúo Kragor til Mass y Drigán, que aceleraron su marcha para pasar por encima del nigromante y esperarle así más adelante.

—¡Le cogeremos ahí, frente aquella roca en forma de elefante! —exclamó Drigán a su compañera.

Dévora miró algo absorta el promontorio al que hacía referencia, intentando entender cuál era la estrategia.

—¿Vamos a plantarle cara nosotros?

—Claro que sí. ¿Acaso creíais que veníamos de recreo? Bajaremos ahí y tendrá que enfrentarse no a un dragón, sino también a su caballero del dragón… y a ti, claro.

—Empiezo a dudar si somos rival para ese ser, Drigán.

—¿Acaso no ves cómo huye? ¿Crees que alguien con poder suficiente para destruirnos huiría así?

«Eso es cierto —pensó Dévora, intentando elucubrar alguna forma de batirse ante el engendro de cenizas—. Aunque igual nos está llevando a donde él quiere. Sería raro, pero posible».

Cuando Kragor til Mass aterrizó sobre la loma de piedra, Dévora sintió como sus huesos casi se partían del tremendo impacto. Estaba claro que ella no estaba hecha para montar sobre un dragón, ni ella ni nadie con un esqueleto humano. Pensó que igual alguien como Maiden sí hubiera podido resistir mejor esta prueba, y aun así hubiera tenido problemas.

El nigromante cesó su huida y fue aminorando hasta quedarse quieto frente a ellos, a apenas veinte metros de distancia. Dévora descendió la primera, alegrándose de no estar ya tan incómoda aunque algo nerviosa por lo que tenía delante. Iba a tener que dar lo mejor de sí y aun así no estaba segura de si sería suficiente.

Drigán descendió detrás de ella y desenvainó su espada gruesa, preparándose para hacer frente a su rival.

—Toma Drigán, creo que tú sabrás usarla mejor —dijo Dévora, dándole Linhauser al caballero del dragón.

Drigán la tomó sin decir nada, la balanceó un par de veces para medir su peso e hizo que se iluminaran varias de sus runas. Se le veía cómodo con esa arma, eso estaba claro.

—Un buen día para morir ¿verdad? —gritó Drigán al nigromante.

—¿Desde cuándo un caballero de la orden de los dragones interfiere en la vida de los habitantes de Ampiria? —respondió el nigromante con una voz ligeramente seseante y ronca.

—Yo hago lo que quiero, no tengo por qué justificarme ante una polilla como tú.

—¿De verdad confías en que un dragón herido como el tuyo y una espada como esa puedan llegar a dañarme? Muy ciego debes estar si ves triunfo en esta contienda, Drigán.

—Tú solo dime cuál es tu nombre, esperpento, para saber qué poner en tu lápida. Por lo demás no te preocupes, muchos como tú pensaron lo mismo antes de alimentar a los gusanos bajo tierra.

—Ven pues, almirante del orgullo. Ven a darme muerte si tan capaz de ves. Aquí te espero con las manos abiertas.

—Baja de tu caballo, pérfido, y batámonos tú y yo en duelo individual, si tan seguro te ves de ganar. Kragor til Mass, vete de aquí, yo me ocupo de este desgraciado.

—Drigán, espera —susurró nerviosa Dévora al ver la locura que estaba ordenando—. No conocemos a ese ser y es mejor que luchemos todos a la vez. Kragor til Mass es nuestra mejor opción y lanzarte tú solo hacia él es la idea más suicida posible. Reconsidéralo, te lo ruego.

—A ver cuándo te enteras, ladrona, que un caballero del dragón no depende de su dragón para vencer en combate. Él es mi alma gemela, mi hermano de sangre. Si ha de luchar, así lo hará, pero en este caso, este ser no merece ese honor —dijo elevando la voz, para que el nigromante lo oyera nítidamente.

—Pero, te lo ruego, Drigán. Zurah y Sirián dijeron que ese ser era capaz de…

—Olvídate de lo que esas dos te dijeran. Ahora estamos tú y yo, así que piensa mejor en ti y no en los consejos de alguien que nunca se ha batido a un bicho tal a este.

El nigromante descendió de su montura, y tras ver como Kragor til Mass levantaba el vuelo, hizo un gesto para que su montura trotara veloz hacia el horizonte. Extendió una nube negra a ras del suelo y comenzó a andar paulatinamente hacia ellos.

—¡Mierda, Drigán! —se lamentó Dévora al ver despegar al dragón.

—Ahí viene… haz lo que mejor sepas hacer, ladrona.

Drigán fue el primero en saltar hacia el nigromante, corriendo hacia él con la espada en alto. Dévora tardó unos segundos más, elevando antes un rezo al Creador para que la bendijera en este momento de desasosiego.

El nigromante convocó sobre su espalda una vorágine mágica de esquirlas de huesos y cenizas, cuando varias copias de él acontecieron para confromar un círculo alrededor de Drigán y Dévora. Éstos se detuvieron, mirando atentamente hacia todos y cada uno de los nuevos enemigos que tenían por doquier.

—¿Qué magia es esta? —dijo Drigán, intentando adivinar cómo neutralizarla.

—Son sombras de él mismo, según parece —replicó Dévora bastante asustada aunque sin perder del todo la confianza.

—¿Y cómo…?

Súbitamente las sombras comenzaron a avanzar, cerrando el círculo. La oscuridad comenzó a ser más fuerte en el lugar y las cenizas revoloteaban con fuerza sobre los rostros de los dos héroes. Bajo sus pies apareció un líquido oleoso que bañaba sus botas, confiriendo un tacto pegajoso en cada pisada. Se oía un canto necrario, una especie de rezo fúnebre que inundaba todo a su alrededor.

—Si quiere jugar, jugaremos —dijo Drigán, avivando las runas gélidas de Linhauser y dirigiendo su tajo a distancia hacia una de las figuras del nigromante. El golpe fue limpio y certero, cortando en dos al objetivo y haciéndole estallar en una nube de cenizas, que fomentó aún más la persistente oscuridad del ambiente.

—Parece que no le hemos hecho nada… una de las sombras debe ser el nigromante, pero saber cuál es la… —dijo Dévora de forma metódica, analizando la consecuencia del ataque, aunque se calló en seco al ver a Drigán arrodillado con su mano diestra sobre el abdomen—. ¿Qué te pasa, Drigán? ¿Estás bien?

—Sí… pero ha sido un duro golpe.

—¿Te ha golpeado? No he visto nada. ¿Cómo ha sido?

—No lo sé, pero al impactarle sentí un golpe seco en mis entrañas. Era como si una mano invisible me hubiera apretujado los intestinos con la fuerza de un dragón.

Drigán sangraba por los oídos y la nariz, y se le veía temblando a ratos. No obstante, él era un tocado por la magia y poseía habilidades únicas que le daban una resistencia y capacidades innaturales. Desprendió maná sobre su cuerpo y su piel se cubrió de una piel ligeramente escamosa. Lentamente, se repuso de su dolor y se irguió nuevamente.

—Vuestra fama es justificada, caballero del dragón. Intentar palpar mi cuerpo con vuestra espada no es algo que muchos puedan presumir de haber hecho sin haberse desangrado en el suelo entre dolores —dijo el nigromante con una voz que retumbaba por todo el valle.

—Aún no has visto nada, nube de putrefacción. Te aplastaré como la cucaracha que eres —replicó Drigán, preparando su espada nuevamente para azotar a otra de las sombras. Dévora, rápidamente, se interpuso enfrente, intentando darle la calma que le faltaba.

—Así no vamos a ningún sitio, Drigán. No podemos golpear sin saber. El siguiente golpe te puede dejar sin tripas, ¿no te das cuenta?

—Eres tú la que no se da cuenta, ladrona. Fíjate en tus ropajes y en tu piel. Se están amarilleando y eso lo está provocando la cercanía de esas sombras a medida que cierran nuestro círculo. Como sigan avanzando nos consumirán.

Dévora se miró los ropajes con incredulidad, constatando que Drigán tenía razón. En efecto, la chaqueta, capa e incluso las botas, humeaban a medida que se iban deshilachando. Se quitó rápidamente el guante de cuero de su mano izquierda y para su horror, vio como tenía la piel amarillenta, con extrañas arrugas que empezaban a desdibujarse en su palma. Mientras, Drigán volvió a usar Linhauser, esta vez para dar un latigazo frontal que se llevó por delante a tres de las sombras enemigas. Casi al instante, el caballero del dragón salió repelido hacia atrás, cayendo torpemente al suelo con borbotones de sangre manándole de todos los orificios. Tenía la cara encharcada con el líquido vital, así como los pantalones e incluso la piel, pues también le salía de los poros.

—¡Drigán! ¡Por el Creador! Dime que aún estás conmigo —dijo Dévora, yendo raudamente a su vera para alzarle la cabeza. Drigán la miró con los ojos idos, pero increíblemente, aún vivía. Le hizo ademán de que lo ayudara a levantarse, poniendo su mano sobre el hombro de ella. La situación no daba buenos presagios, las sombras seguían avanzando, cada vez con más oscuridad y podredumbre en los cuerpos de los dos, y las esperanzas de victoria se disipaban en el aire.

—Drigán, dile a Kragor til Mass que venga. Lo necesitamos.

—No vendrá, Dévora —replicó Drigán, llamando a Dévora por su nombre por primera vez desde que se conocieron—. Ayúdame a ponerme en pie y no muestres debilidad, no debe ver que le tememos.

—¿Pero tú te has visto, Drigán? ¿Mostrar miedo, dices? ¡Claro que le tengo miedo! ¡Nos va a matar! ¿No te das cuenta? Estás cubierto de sangre, apenas te puedes levantar por ti mismo y total, ¿para qué? ¿Para intentar golpearle otra vez? Maldito necio. Necesitamos a tu dragón ¡ya!

—Yo al menos estoy intentando hacer algo, y no como tú, estúpida ladrona cobarde. Kragor til Mass no vendrá, te repito, esta lucha es mía, y no suya. Él ha vencido en sus luchas y me ha demostrado porque merece ir conmigo, ahora me toca a mí. Este es nuestro vínculo.

Dévora comenzó a sollozar, viendo que la vida se les escapaba de las manos. El orgullo del caballero del dragón era mayor que sus deseos de salir vivo de esta situación. Viendo cómo estaba el panorama no dudó en ayudarlo a ponerse en pie, para al menos morir con algo de honor, si podía describirse así esta contienda. Notaba cómo la piel le tiraba, con ampollas negras que supuraban sangre en pequeños estallidos que le provocaban un dolor indescriptible. La nube tóxica les estaba comiendo sin salvación a cada segundo que pasaba.

«Piensa Dévora, piensa —se dijo a sí misma—. Drigán tiene razón, debo pensar en algo, toda prisión tiene un escape, hay que saber encontrarlo y usarlo. Nadie es inmortal, ni siquiera este ser. Usa tu mejor arma, la inteligencia».

Las sombras ya habían cerrado el círculo a la mitad del diámetro original y la oscuridad era casi total. Dévora aún veía a través de ella, merced a las habilidades adquiridas en su experiencia en la noche. Por su cabeza iban pasando cientos de imágenes, recuerdos, conversaciones y consejos que pudieran servirle, aunque la solución se le hacía esquiva. Drigán, temblando y apenas sosteniéndose erguido, se desprendió del apoyo de Dévora, y tensó a Linhauser una vez más con ambas manos. Se fijó en unas cuántas sombras que tenía de frente y comenzó a iluminar las runas de la hoja del arma. Si tenía que morir sería luchando y no esperando a pudrirse. Miró hacia los cielos y sintió cómo Kragor til Mass le daba ánimos para seguir adelante en su cometido. Su dragón se sentía orgulloso de lo que él estaba afrontando y para él, eso era la mayor recompensa de todas. A continuación bajó su mirada, respiró con fuerza e hizo destellar a Linhauser con su característico brillo descendente. Era su última gota de energía y la iba a usar con honor.

—¡Alto! —gimió Dévora, con la voz ligeramente cambiada a causa de las cenizas—. ¡Dame un segundo, Drigán! Creo que empiezo a entender algo, el maestro Thernok no solo codificó el camafeo, sino que nos dijo cómo sería encontrárselo.

—¿Qué estás diciendo? ¿De qué estás hablando ahora?

—Ese ser sería alguien como tú o como yo, y el estado actual es consecuencia de haberse puesto el camafeo de Guerón. Sí, Drigán, el camafeo está aquí, frente a nosotros, y lo tiene ese ser.

—Pero… ¿no estaba en el Lago de los susurros?

—Lo encontró antes que nosotros. Ya sabíamos que había varios grupos buscándolo y no nos debería sorprender que hayan llegado antes que nosotros. La cosa es…

—Quiero saber quién lo encontró, Dévora.

—Drigán, debemos salir de aquí como sea. No creo que podamos aguantar muchos minutos más.

Drigán apartó parte de la sangre que bañaba sus ojos y clavó sus pupilas en Dévora con su peculiar mirada inquisidora. Ésta bajó la mirada, negando su acuerdo con él.

—De nada nos sirve ya eso, Drigán. Tu orgullo te llevará a la tumba.

—Es posible que así sea, pero esta vez no es orgullo, sino voluntad para salvar a los tuyos. Si podemos saber quién es el maldito corrupto que manejó la búsqueda, Kragor til Mass irá a buscarlo tras mi muerte.

Dévora no pudo evitar derramar una lágrima por su acompañante, que moribundo y batiéndose a su propio dolor de ser vencido por ese rival, pensaba en salvar a los ciudadanos de Ampiria.

—Sabía que, en el fondo, eras de corazón noble y altruista, y que te hacías el duro solo para impresionar a las mujeres.

—Detesto a las mujeres, solo servís para engendrar y poco más. Es cierto que alguna, como Sirián, tiene una excepción, aunque sois muy pocas.

—No captas una ironía ni aunque te lo diga directamente ¿eh? Ja, ja. Vamos a por él, Drigán, pero antes le sacaremos la información.

—¿Qué quieres decir? ¿Sabes cómo vencerle? —replicó Drigán sorprendido. Dévora hizo caso omiso a la pregunta y se enfundó la capucha sobre su rostro. A continuación, miró de frente hacia el brillo de los numerosos ojos de las sombras que palpitaban entre el manto de oscuridad.

—¡Nigromante! —exclamó Dévora—. El camafeo te llevará a tu propia destrucción, no te dijeron eso ¿verdad? Te engañaron para ser el títere de ellos y pronto serás vencido por quienes te encomendaron cogerlo.

No recibió respuesta y vio como Drigán caía al suelo, totalmente exhausto por las heridas recibidas. En su rostro se leía el tremendo dolor que debía estar padeciendo. Ella sintió como las rodillas le flaqueaban también y notaba el húmedo tacto de su sangre brotándole por la espalda, al estallarle varias pústulas.

—A cada paso que das con ese camafeo puesto, te vas consumiendo. Ya no eres ni siquiera un ser vivo, o poco te falta para dejar de serlo. Te vas a convertir en muerte y eso ellos lo saben, por eso te enviaron a ti y no vinieron ellos en persona. ¿Crees que te escogieron por tu valor o por tu fama? No, lo hicieron porque necesitaban experimentar cómo actuaba el camafeo sobre alguien.

—Pronto ellos también serán parte de la muerte —respondió el nigromante. Dévora se percató que las sombras cesaron de avanzar, aunque tampoco retrocedieron. Estaba claro que había tocado un tema peliagudo para su enemigo y que quería saber más. Debía ser cuidadosa con lo que le seguía diciendo, lo suficiente como para sacarle la información que necesitaba saber.

—¿Eso crees? Tu ejército ha sido vencido en La última llamada, y apenas fueron a combatir unos pocos caballeros de los alrededores. Si los caballeros de Ausper la Mayor hubieran estado ahí, tu ejército no habría llegado ni al muro de la ciudad.

—Más Orígenes vendrán, seguidos por miles de segadores pútridos. La historia está escrita así, un nuevo génesis que redefinirá la existencia tal y como la conoces ahora. No habrá ejército que pueda ensombrecer a la nueva ola de resurrección.

—Si eso es cierto, ¿por qué no atacaste directamente a quien te controla o a quien te envió para hacerte con el camafeo? Además, no atacaste la capital, sino La última llamada. Está claro que atacaste allí porque así te lo indicaron, para probar qué tal se comportaría tu ejército ante una ciudad, y claro, escogieron La última llamada porque era la ciudad más alejada del imperio, al borde de Llaídra.

Hubo silencio, el típico que otorga la razón. Ya solo faltaba rematar la faena y esperar a que el pez mordiera el anzuelo.

—Estoy segura que él te dijo que su ciudad sería la última a la que atacar, ¿verdad? Y que no debías sentir temor a que sus caballeros fueran contra ti, pues él se ocuparía de mantenerlos a raya. Pero no fue así, y la alianza de caballeros se unió para dar fin a tu débil ataque. Acudieron espadas de Ausper la Mayor, guerreros de gremios afines a la corona, caballeros de Sibeis y de Reina-Uz, ciudadanos de todos los pueblos circundantes, e incluso la élite de los caballeros lalianos. Todos se unieron bajo una misma bandera. Fuiste traicionado.

—¿Cómo todos? ¿Los caballeros del Alto de Vistok defendieron el lugar?

Y de repente, se hizo la luz en la mente de Dévora. Tenía muchos cabos sueltos bajo un mismo marco y solo le faltaba un indicio fuerte para atar todo con firmeza y dar con la solución. Y ahí la tenía, con una pregunta directa y muy clarificadora. El nigromante mostró su asombro porque los jueces estuvieran luchando en la contienda, por lo que era allí donde se cocinó todo.

—¿Ves ahora el engaño, nigromante? Te dijeron que habría una alianza entre ambos y te prometieron que nada te pasaría, cuando la verdad es totalmente distinta. Todos, ya sean marqueses, condes, reyes o emperadores, se estarán jactando de ti ahora.

—Pues no deberían hacerlo, Dévora. Todos buscaban el camafeo, pero solo nosotros conseguimos encontrarlo y usarlo. Ahora lloraran por su ineptitud, al igual que tú. Y la traición de mis allegados, serán el verdugo de su existencia.

—Ahora lo entiendo, maldita sea. No éramos enemigos, todos buscábamos lo mismo, encontrar la reliquia y destruirla. Sin embargo, tanto poder y secretismo nos llevó a sospechar los unos de los otros —dijo Dévora, bajando el tono de voz hacia Drigán mientras intentaba seguir su razonamiento—. El emperador, el marqués Brovián y el resto de miembros de la Corte buscaban este artilugio movidos por su destrucción. El maestro Thernok no me dijo en ningún momento que lo estuvieran acosando para darle muerte por buscar el camafeo, sino que no se podía fiar de nadie, porque había entre todo ese cúmulo uno que lo quería para sí mismo.

—¿Y quién se supone que es? ¿Lalies?

—No, ni mucho menos. No se hubiera expuesto frente al Origen y a los segadores pútridos de la forma que lo hizo. Es alguien cercano a él que se opuso en todo momento a que los jueces vinieran: Gunj, su lugarteniente.

—¿Quién mierda es ese?

—Si salgo de aquí viva, será un muerto. Eso te lo aseguro.

Las sombras comenzaron de nuevo a moverse, cerrando de nuevo el círculo aprisionador.

—El nigromante ya satisfizo todas sus dudas y parece ser que quiere finalizar esta contienda sin más demora —dijo Drigán respirando con fuerzas, asombrosamente aún consciente.

—No nos quiere matar, Drigán. Nos quiere convertir en lo que él es, en su esbirro, en la muerte o algo así. Si quisiera nuestra muerte ya seríamos pasto de sus magias. Pero sé cómo vencerlo. ¿Recuerdas el poema que describía el lugar donde moraba el camafeo? Pues bien, si te das cuenta, mucho de lo que dice describe precisamente al camafeo y a su poder. Cuando reza lo de *"Luz acontece entre las aguas quietas, aires de cambios que nos separan. Guerras aparecerán, odio y sangre todo lo cubrirá, donde antes había vida ahora la muerte reinará, entre rezos oscuros la reliquia aguardará*" es claramente la definición de esto. El primer verso hace referencia a que entre la calma aparecerá una luz, o más bien un nuevo artefacto, que es el descubrimiento del camafeo. Luego nos dice que sucederán cambios, un hecho más que evidente. A continuación que habrán guerras, odio, sangre y que la vida pasará a ser muerte. ¿Lo ves claro?

—Sigue hablando —respondió Drigán, perplejo de no haberse dado cuenta él de estas evidencias.

—Luego dice que la reliquia se dará a ver entre rezos de muerte, igual que el réquiem que está sonando ahora por todo el valle y que comenzó cuando el nigromante, que es su portador, se dividió en varias sombras y espesó la oscuridad. Es decir, cuando usó el camafeo.

—¿Y cómo seguía el poema?

—Ahí es donde quería llegar, pues el maestro Thernok no solo escribió cómo identificar al camafeo de Guerón, sino cómo vencerle. El poema seguía con los versos: *"¿La has visto acaso, nómada de la vida? ¿O acaso has osado palparla para tu gloria? Suena ya el dulce canto de su réquiem, su preparación para el final. Un solo segundo bastará para su luz, solo un instante para llevarte al infierno, un dolor efímero que borrará tu historia"*. Aquí nos está advirtiendo de su extremo poder y de que el despertar de su poder –su luz- será capaz de destruirlo todo.

—¿Y cómo se le destruye? ¿Faltan más versos?

—Los últimos, sí. Decían *"Rompe las cadenas que atan a la magia, rueda a través de su fluir hilvanado, oscurece tu vida y conviértete en muerte, sacrifica tu alma para salvar las otras"*. Según mi interpretación, debemos romper el yugo que ata ese camafeo con su posesor entrando en lo que el propio camafeo está creando. Debemos convertirnos en lo que él quiere que seamos.

—¿Convertirnos en qué, Dévora? ¿Morir, dices? No te entiendo en lo más mínimo, así que intentar ser más clara porque ya no nos queda mucho. No veo nada con esta maldita oscuridad y mi cuerpo está a punto de estallar.

—El sacrificio es la clave, Drigán. Pero no el nuestro, sino el de su posesor. Es él quien está surcando los hilos que el camafeo le teje y es su muerte la que el camafeo desea que sea. Ahora solo falta que sea él quien sacrifique su existencia para desproveerse de la reliquia.

—Maldita sea, Dévora. ¿Y cómo se supone que…?

—Lo tengo ya preparado, Drigán —le interrumpió Dévora, sabiendo cual era la pregunta obvia—. Debemos hacerle ver que es mortal, que el camafeo le está drenando poder y debilitándolo, de forma que se deshaga de él.

—Ahora estás hablando con ironía ¿no?

—No, ahora no. Reza, Drigán, a tu dragón Astral o a la divinidad que tú adores, porque aquí me la juego a una carta.

Las sombras apenas distaban cinco metros de la pareja, cuando Dévora empezó a recorrerlas una a una, girando sobre sí misma. Veía sus ojos iridiscentes, las facciones de sus rostros famélicos, sus manos alzadas con las palmas abiertas de las que salía la humareda que todo lo recubría. La oscuridad era persistente, mas ella era la reina de la noche, y el más ínfimo brillo sería cazado por sus pupilas. Eran los detalles, la diferencia entre lo real de lo imaginario, y le bastó uno para asir su daga con la diestra y arrojarla con todas sus fuerzas hacia una de las sombras. La daga surcó la espesa nube oscura, partiéndola en dos hasta clavarse con profundidad en el torso del desdichado. Súbitamente, el resto de sombras comenzó a desvanecerse, mientras que el nigromante retrocedió unos metros, retorciéndose de dolor. Sobre sus piernas se veía la sangre fluir.

—Pero… ¿cómo rayos sabías?

—Algún día te lo diré, Drigán, ahora levántate y arma Linhauser. Necesito tu mejor golpe cuando se despoje del camafeo.

—Estoy cogiendo fuerzas. Si logras que se desprenda de la reliquia te aseguro que así lo haré, lo cortaré en dos aunque sea lo último que haga en esta vida.

El nigromante estuvo unos segundos doliéndose, para luego volver a erguirse con normalidad y extender de nuevo su característica humareda de cenizas a su alrededor. Ya no sangraba, y la daga estaba en el suelo. La habilidad de curación del objeto maldito era soberbia, actuaba en un cortísimo espacio de tiempo. Ni el taumaturgo más poderoso podía igualar esa rapidez.

—La fortuna te mostró su mejor carta, pícara. De treinta sombras restantes diste con la correcta, afortunada.

—No digas necedades, estúpido títere. La fortuna no tiene nada que ver con esto. El camafeo me dijo quién eras y ahora me está dando las órdenes oportunas para darte muerte. Tal y como te dije, el camafeo te llevará a tu muerte.

—El camafeo es mío, no expongas tus deseos como si fueran certidumbres, pequeña víbora. Mi torso ya está sanado gracias a él, ¿no te parece eso poco inteligente para quien desea matarte?

—No entiendes nada. El camafeo necesita de tu muerte para alimentar su poder, como lleva haciendo durante siglos. ¿Que te ha sanado? Pero mírate, mira tu cuerpo y quién eres ahora. ¿Realmente eres un ser vivo o un necrario? Ya no mereces ser llamado "vivo". Eres carne putrefacta.

—¡No! ¡Mi corazón aún late dentro de este pecho! Tú, sanguijuela, solo hablas desde la ignorancia.

—Pronto lo verás, pazguato. Adelante, usa tu camafeo para darme muerte, si te ves capaz. Haz que desate todo su poder para convertirme en polvo y verás lo que sucede. Arderás como un leño consumido por unas llamas vivas que surgirán de tus mismas entrañas.

Drigán tembló al oír esa amenaza y miró de soslayo a Dévora, que sorprendentemente se mantenía firme, con la mirada segura de sí misma. Se la notaba cansada y ligeramente inclinada, aunque mantenía el porte con disimulo, tapándose con la capa y la capucha lo suficiente como para no adivinar su estado real. El nigromante permaneció en silencio, a lo que alzó ambas manos con los puños cerrados y comenzó a convocar unas estelas grises sobre su persona. Sus ojos se volvieron perlas brillantes y su aura se volvió inestable a su alrededor. Se alzó un viento errático que hacía difícil mantener el equilibrio a su lado.

—¡Adelante, oh gran camafeo de Guerón! —gritó Dévora—. Abro mi mente y mi cuerpo para tu advenimiento. Consume el cuerpo sin alma de quien te porta para entrar en mi vida con decisión. Seremos uno, y la muerte sembrará el camino de los vivos bajo nuestro mandato.

El suelo comenzó a volverse inestable, temblando y agrietándose, y tirando al suelo tanto a Dévora como a Drigán, que intentó aferrarse a Linhauser con todas sus fuerzas clavándola en el suelo. El cielo se apagó frente sus ojos y vieron una calavera enorme dominando todo el horizonte. Se oía el canto fúnebre de la muerte acercándose a ellos. Sus cuerpos temblaban como si los huesos quisieran desprenderse de los músculos, desagarrando la carne y la piel desde dentro.

—¡Abandona a este débil mortal y ven a mí! —gritó desesperada Dévora, antes de cerrar los ojos y esperar lo inevitable. Sin embargo, no llegó.

Allí enfrente, podía verse al nigromante encorvado y mirándose las manos y las piernas. Tenía la cara con los pómulos metidos hacia dentro de forma exagerada, sus ojos muy salidos de las cuencas y su pelo raído y en forma de alambre. Sus flacas extremidades eran como palillos soportando un torso de huesos y pellejo. En cualquier ciudad pasaría por un mendigo aquejado de mil enfermedades. Frente a él, una joya preciosa brillaba reluciente, cambiando de color según el ángulo con el que se mirase.

Drigán intentó coger Linhauser para asestar el golpe final y se arrastró como pudo hasta asirla. Se apoyó sobre ella y se levantó temblando, aunque Dévora lo agarró de las manos y bajó el filo del arma hacie el suelo, negándole con la cabeza. El caballero del dragón apenas podía respirar, pero aún sin entender qué pasaba, se dejó llevar por la ladrona, que terció su mirada nuevamente hacia el nigromante. Éste seguía mirándose el cuerpo como si se viera por primera vez, hasta acabar en las palmas de sus manos. Súbitamente, miró de frente donde Dévora y Drigán estaban y les sonrió. Tenía los labios secos y los dientes grisáceos, con muchos huecos en su dentadura. Sus ojos eran sinceros, se sentía vivo luego de muchísimo tiempo, y aunque el camafeo había drenado su carne, no había conseguido quitarle el alma. Empezó a reírse a carcajadas, levantando ambas manos en palmadas y saltando, formando una imagen afín a si fuera una marioneta movida por hilos invisibles.

—¡Vivo! ¡Estoy vivo! Vuelvo a ser yo, veo, huelo y oigo. Ya no hay más voces. Tengo… ¡tengo sed! ¡Y tengo hambre! El Creador ha sido benévolo conmigo, me ha mecido entre sus brazos. ¡Gracias, oh gran Creador! Gracias por no olvidar a tu siervo.

—¿Cómo os llamáis, señor? —dijo Dévora, con los ojos tristes y con sus manos sobre las de Drigán, que no terminaba de entender lo que estaba pasando.

—Soy Oligarco de Vistok, mi señora. Y miradme… ¡vivo!

—Pero ¿qué? Dévora, ¿no se suponía que este era el cabecilla de los ejércitos de Orígenes y segadores pútridos? Clávale una daga ya mismo, no sé a qué esperas, o déjame darle con Linhauser el golpe que merece —dijo Drigán, adecuando su voz lo justo para que no le oyera Oligarco, que seguía saltando en vítores de alegría.

—No va a hacer falta, Drigán. El camafeo se cobrará el alma de quien lo portó. El sacrificio debe hacerse sí o sí, de forma voluntaria o de forma obligada. Guarda tu rabia para cuando aclaremos cuentas con Gunj, que fue el que inició esto.

—¿Gunj solo? Gunj fue el que llegó primero, solo eso. Si otro noble hubiera cazado la reliquia antes, seguro que sería otro nombre el de nuestra lista y Gunj sería incluso nuestro aliado. Habría que hacer una limpieza total, pienso yo.

—Fijaos en el camafeo. Ya está dictaminando sentencia.

El camafeo emitió un zumbido creciente, haciendo surgir unas llamas sobre su superficie. Oligarco se quedó mirándolo con curiosidad, bajando las cejas en asombro, como si fuera la primera vez que veía algo así. Súbitamente, se contoneó hacia la derecha emitiendo un leve gruñido para luego cerrar ambos brazos sobre su vientre, cayendo de rodillas al suelo. Abrió su boca hasta tal punto que parecía que iba a desencajarse la mandíbula, sin apenas poder articular palabra alguna. Sus ojos se volvieron más saltones aún y se oyeron chasquidos de huesos por todo su cuerpo. Convulsionó hacia delante, derramando un chorro de saliva entre los incisivos, y volvió a doblar su cuerpo una vez más, acabando como un ovillo en el suelo. Todo él se enrojeció de forma uniforme, su piel, sus ojos e incluso sus uñas. Las llamas del camafeo crepitaron de forma similar a cuando una hoguera es alimentada con más leña seca, y paralelamente, Oligarco crepitó en dolor. Exhaló un grito ensordecedor que se hacía más y más fuerte a cada segundo, y no cesó hasta que por su boca salieron unas llamas explosivas. Sus ojos se derritieron en lava y su abdomen se infló hasta cuatro veces su tamaño. Todo su cuerpo, ya sin vida, estaba temblando a presión, estallando en llamas al cabo de unos pocos segundos.

El suelo quedó cubierto de las cenizas de Oligarco, con alguna llama, aún viva, alimentando su voracidad. Junto al montículo, el camafeo de Guerón emitía su característico juego de brillos, incitando a que se acercaran para tomar un nuevo huésped.

—¿Estás bien, Drigán? ¿Más recuperado? —preguntó Dévora a su compañero de penas.

—Estoy bien, aunque he de confesar que me llevó al límite. Has lidiado con valentía la situación, te felicito.

—¿Incluso siendo una mujer me felicitas? ¡Cuánto honor!

—Eso era ironía ¿cierto? Ja, ja.

La alegría de ver finalizada su búsqueda y de haber dado muerte al nigromante fue grande, aunque efímera. Rápidamente salió a colación el recuerdo de los amigos caídos, como Monkel y Maiden, aparte que el problema de la joya maldita seguía ahí, no había desaparecido. Ellos seguían en el mismo sitio, en un lugar de Llaídra frente a frente con el objeto que tanta desgracia era capaz de desencadenar, y aunque la decisión era unánime en cuánto a destruirlo, al acercarse para mirarlo mejor, dudaron unos instantes en si era la mejor opción. Destruir pasó a ser neutralizar, inhabilitar, limpiar o simplemente esconder, y es que el camafeo tenía un poder de captación que lo hacía único. No obstante, debían ir a ver a sus compañeras, Sirián y Zurah, que seguro sabrían más del tema. Kragor til Mass fue a recogerles y fue directo en su juicio al hablar con su caballero.

—Ese objeto ha de desaparecer, Drigán. No permitas que nadie lo emplee para sí mismo, y tú, personalmente, aléjate todo lo que puedas de su cercanía o roce. Nuestro vínculo ha de permanecer impoluto y no manchado por esa joya necraria.

—Así lo haré, Kragor til Mass. Me aseguraré de su eliminación, mas no seré yo quien lo coja, por si acaso. Dévora se ocupará.

—Eh… Perdonad si os interrumpo, mas tengo algo que decir acerca de eso. Yo, ni voy a hacerme cargo de esa joya, ni quiero saber quién lo va a hacer. Objetos como esos es mejor tenerlos lejos —interrumpió Dévora, al ver que estaban planeando acerca de sus acciones sin consultárselo si quiera.

—Tú harás lo que se te diga —le dijo Drigán de forma tajante—. ¿Acaso quieres dejarlo aquí? ¿Luego de todo lo recorrido te da igual?

—¿Y por qué no lo coges tú?

—Mi dragón me lo prohíbe y a él me debo. Además, no tendría por qué justificarme ante ti. Tú lo cogerás. Y a callar.

Dévora refunfuñó dando unos pasos hacia atrás, aunque cuando volvió la vista hacia el camafeo, la idea de tenerlo entre sus manos ya no le parecía tan mala. Drigán volvió a tomar la palabra, concluyendo su estancia aquí.

—Sea pues, vámonos de aquí, Kragor til Mass. Llévanos cerca de La última llamada para reunirnos con el resto. Allí decidiremos qué hacer. Dévora tomará la joya y la guardará mientras tanto, y nadie sabrá de ella.

Dévora tomó el camafeo de Guerón y se lo guardó en un saco oculto en su chaqueta. Sintió cómo le transmitía calor y sosiego, bienestar incluso, y más de una vez estuvo tentada de colgárselo para poder constatar el conocimiento que encerraba. Sin embargo, la visión de cómo acabó Oligarco en sus últimos minutos de vida la retuvo de intentarlo.

CAPÍTULO 26: UN NUEVO AMANECER

Dos meses habían pasado ya desde aquel encuentro en Llaídra. Mucho se había hablado del combate contra los segadores pútridos y los Orígenes, pero nadie sabía nada de Oligarco, el nigromante poseído por el camafeo maldito. La ciudad de La última llamada recuperó poco a poco la normalidad y la gente confió más que nunca en la capacidad de sus caballeros para defenderles. Incluso se crearon nuevas escuelas de combate donde se instruían a los heraldos que querían ser como esos valientes jinetes que combatieron al mal y lo vencieron. Pocos sabían realmente de cómo el grupo de Drigán, Zurah, Sirián, Maiden, Monkel, Vaiel, Leonardo, Lilian y Dévora repercutió en el éxito de la misión, aunque ellos tampoco lo buscaban. Preferían seguir en el anonimato, pues les facilitaba el asunto que les ocupaba: destruir u ocultar el camafeo.

Sirián y Zurah, nada más acabar el combate, fueron escoltadas por Lalies hasta sacarlas fuera de la ciudad. Eran muchos los caballeros que revivieron el temor a la magia y en cómo debía ser de nuevo extirpada, convirtiéndolas a ellas en enemigas. Lalies, no obstante, sabía perfectamente la valía que la animista y la bruja tuvieron, y sabía cuál fue su papel en todo esto: ayudar. Por ello las ayudó a desaparecer, aunque se despidió de ellas recalcando que nos las quería volver a ver nunca más. Y así fue, pues se refugiaron en el valle donde reposaba el árbol de Calatros, el lugar de exilio de Sirián. Allí pudieron descansar en tranquilidad hasta cumplir con la cita que tenían pendiente todos los del grupo, en el pueblo de Tres cruces.

Dévora también desapareció, junto a Drigán, viajando por regiones poco frecuentadas. Su nombre seguía siendo tabú entre el pueblo y su cabeza seguía teniendo un precio. Nadie supo del papel que ella desempeñó en toda la cruzada pasada y a nadie le importaba. El honor era para los guardianes que lucharon valientemente en el campo de batalla y no para una ladrona a la que se le imputaban varios asesinatos. Lord Lalies y el Conde Casis se mantuvieron al margen de su nombre y no se pronunciaron ni a favor ni en contra. No querían darle caza, mas tampoco podían oponerse al mandato del emperador, eso estaba claro.

Por último estaba Vaiel, que permaneció en La última llamada todo este tiempo como héroe de la batalla. Le cantaron vítores, compusieron odas en su nombre, y allí por donde pasara, era reverenciado con galantería. Él sentía que había prosperado en su interior, había descubierto cosas que nunca hubiera imaginado que poseía dentro y tenía muy claras las palabras que Sirián le dijo la última vez que la vio: *"Tú vas a ser el emperador de Ampiria"*. Aún no sabía cómo, cuándo ni por qué, pero tenía una fe ciega en que era cierto. Sentía que iba a ser así.

Leonardo y Lilian se comprometieron también con la causa, y tras descubrir su auténtica naturaleza al grupo, decidieron también citarse con ellos al pasar los dos meses. Ellos necesitaban peregrinar en soledad para expiar sus pecados y salvaguardar sus mentes de la paz que les daba fuerzas para seguir adelante, una fe de la que se sabía poco, pero que pronto se daría a conocer.

Todos decidieron dividirse y volver a juntarse pasados dos meses, cuando ya todo se hubiera calmado un poco. Necesitaban tiempo para descansar y ordenar sus vidas, además de ir pensando en cuál sería su actuación a partir de ahora. No podían desentenderse del camafeo de Guerón y debían buscar una solución, pues ahora era su problema. Afortunadamente, todos se sintieron implicados en buscar esa solución, cada cual movido por sus propios intereses.

El pueblo Tres cruces estaba enclavado en el lecho del río Gamades, a medio camino para coronar el pico de Tenea, de más de mil metros de altitud. Era un pueblo frío y apartado, ocupado por un pueblo de ganaderos y cazadores que vendían sus productos cuatro veces al año en las ciudades mayores, coincidiendo con las festividades locales y las celebraciones de la cosecha.

Todos fueron puntuales y llegaron el día indicado, excepto el dúo de Leonardo y Lilian, que no aparecieron. Todos los presentes se derritieron en abrazos, algunos con más efusividad que otros, y se dedicaron unos minutos para recordar a los amigos caídos durante la contienda. Luego pidieron comida y bebida en abundancia, y celebraron su reencuentro con risas y bromas, incluso el bueno de Drigán, que cada día aprendía un poco más a soltarse. Cuando ya aconteció la tarde, dieron un paseo hasta sentarse bajo un alcornoque a las afueras del pueblo, para evitar miradas y oídos indiscretos, y sacaron a colación el tema importante que les trajo hasta aquí.

—Aún sigo eufórica de haberos reencontrado. Parece mentira que tan solo hayan sido dos meses —dijo Sirián melancólica.

—Es que dos meses dan para mucho, a mí me han salido seis pretendientes incluso —expuso Vaiel riéndose.

—¿Seis? ¿Qué les das…? Y a ver cuándo nos anuncias tu casamiento ja, ja —dijo Zurah de forma pícara.

—¿Casarme? No, no, no creo que ninguna sea la mujer pertinente —respondió Vaiel sonrojándose. Este tipo de conversaciones siempre le despertaban sensaciones de vergüenza, especialmente si era una mujer con la que hablaba.

—Seguramente está esperando a que alguna bruja se fije en él, antes de dar el paso —exclamó Dévora a carcajadas.

—Ya veremos, ya veremos… si es coronado emperador, igual hasta me decido ja, ja —completó Zurah. Vaiel ya era un tomate, incluso sentía calor a pesar del clima frío y nevado.

—Bueno grupo, llevamos todo el día charlando de casi todo menos de lo que importa —indicó Drigán, como siempre de forma directa y sin preámbulos—. El camafeo. ¿Qué hacemos con él?

—Lo primero sería saber si está aquí. ¿Lo traes contigo, Dévora? —inquirió Vaiel, abrazando la idea de cambiar de tema.

—No… espera… sí… sí, lo tengo aquí. Pensaba que lo había dejado en otro lado, pero no… está aquí —respondió Dévora de forma algo confusa, extrayendo el camafeo ardiente de un saco de terciopelo.

—Fíjate en eso. ¡Como brilla! ¿Te quema su tacto? —preguntó Zurah.

—No, no quema nada, brilla mucho pero no es dañino. Es incluso apacible.

—Ya veo… espero que no te hayas encariñado con él, Dévora.

—Puedes estar tranquila Zurah, que no me supone pena alguna deshacerme de él. Sí es verdad que a veces me ha parecido oír voces procedentes de él, sobre todo en mis sueños, mas he sabido diferenciar su maldad con mis propios ojos. Sé de lo que es capaz, pero también sé el alto coste que se cobra.

—Bueno, ¿qué solución habéis traído? —preguntó Sirián—. Yo, por mi parte, os puedo decir que no he encontrado forma alguna de destruirlo. Lo que supimos de la Torre de Erún no se cumple realmente y la única verdad es que se necesita un poder casi tan fuerte como el que es capaz de transmitir.

—Pues yo ni idea, la verdad. He evitado preguntar sobre ello, como entenderéis —dijo Vaiel.

—Nosotros tampoco hemos encontrado nada sobre el tema, ni cómo romperlo ni cómo hacerlo desaparecer de la faz de la tierra —expuso Drigán, incluyendo a Dévora en su afirmación.

—¿Entonces? —preguntó de forma abierta Vaiel.

—Entonces tendremos que partirlo con lo único que puede partirlo: el mazo de la fragua de los titanes —dijo Sirián.

—Uhmmm… ¿y eso dónde está? —preguntó Vaiel.

—En un lugar muy remoto, Vaiel, más allá de la cordillera de los Primeros nacidos. Es un monte altísimo, coronado por una castillo igual de enorme en el que, según se dice, vivían los titanes forjadores del mundo —relató Zurah como si estuviera leyendo una enciclopedia.

—Puff… ¿distancia?

—Muy lejos, Vaiel. No lo he mirado en un mapa, pero fácilmente a más de un mes seguro.

—Y digo yo, ¿tú podrías llevarlo sobre Kragor til Mass, Drigán? Volarías ahí directamente —dijo Sirián.

—Sí, pero hay un problema, animista: ni yo ni mi dragón vamos a tocar ese camafeo.

—Venga ya, Drigán. Mírame, ¿me ves algo raro? ¿Tengo un cuerno o una tercera oreja? ¿Me ves cambiada? He arrastrado este camafeo durante estos dos meses y créeme que es inofensivo.

Te intenta atraer, sí, pero no hasta el punto de no poder aguantarlo una. Si no lo usas, no hay problema —dijo Dévora.

—No espero que entendáis mis mandatos, pero sí que los obedezcáis. Ese camafeo no viajará en mi bolsillo.

—Bueno, entonces podemos hacer como en Llaídra y viajaría yo contigo sobre tu dragón, ¿te hace?

—Tampoco, ladrona. A ver cuándo te enteras que mi dragón es mi amigo, mi hermano, mi montura y mi alma. Solo puedo montarme yo, y si en Llaídra te permití subir, fue primero porque él quiso y segundo porque era imprescindible. Pero en esto que estamos debatiendo ahora, no lo es.

—Maldita sea, Drigán. La cosa es simplificar las cosas y no poner trabas. Si podéis ir dos en Kragor til Mass es tontería que se vaya por tierra —expuso Vaiel.

—Tú métete en tus asuntos, emperador de pacotilla, y deja que los mayores tomemos las decisiones oportunas. Y ni se te ocurra que puedes decidir por mí o por mi dragón.

—Está bien, calma todo el mundo —dijo Sirián, viendo que el caballero del dragón empezaba a ponerse nervioso. No le gustaba nada que opinaran sobre sus cosas, más aún cuando era su dragón el implicado—. Yo no tengo problemas en ir hacia la fragua de los titanes.

—Yo tampoco —añadió Zurah.

—Si no hay más remedio… aquí podéis contar con esta aventurera —dijo Dévora asintiendo.

—Pues estamos todos conformes entonces —concluyó Drigán.

—Yo aún no me he pronunciado —interrumpió Vaiel con un carraspeo—, pero es evidente que os acompañaré. No sé bien por qué debería ir, pero estoy seguro que mi destino debo forjarlo por ese rumbo.

—¿Tu destino? —preguntó Dévora.

—Lo que os dije antes no era broma. Creo que los hilos de mi vida me conducen hacia coronarme como emperador de estas tierras.

—Pues sí que aspiras a poco, tú. ¿Y se puede saber qué te hace pensar que eso va a suceder?

—Yo te lo puedo asegurar. Así lo he visto —señaló Sirián.

—Y yo —añadió Zurah.

—Ya, pero ¿no erais vosotras, precisamente, las que decíais que esos sueños premonitorios no siempre se cumplían, que el destino es un porcentaje de certidumbre y otro de incertidumbre? ¿Cómo era eso que decía que el destino no estaba totalmente escrito y podía cambiarse según qué actos?

Sirián y Zurah guardaron silencio, balanceando ligeramente las cabezas en afirmación. A punto estuvo la animista de replicarle algo, cuando Dévora retomó la palabra de nuevo.

—Entonces basémonos en lo que somos aquí y ahora. Tú, Vaiel, has ganado un gran honor allí por donde vas, y con razón, pues diste muerte a un Origen. Aún me pregunto quién eres realmente, o mejor dicho, qué eres. Tu destreza con las armas y tu capacidad de canalizar habilidades especiales te convierte en alguien para nada común.

Vaiel guardó silencio, intentando pensar en algo que responderle y que tuviera sentido, mas no encontraba nada. Lo cierto era que ni él sabía cómo eran posibles sus habilidades recién adquiridas. Dudaba que fuera un "tocado" por el Creador.

—Bueno, ya nos iremos conociendo mejor. ¿Decidido entonces? ¿Partimos hacia la forja de los titanes? —resumió Zurah.

—Sí —dijeron todos al unísono, excepto Drigán, que añadió algo más—. Y de paso, me gustaría saber si la ruta pasa por el Alto de Vistok. Nos hemos enterado que Gunj sigue en el cargo que ocupaba, y me gustaría ajustar cuentas con él y darle su merecido.

—Las venganzas no nos aportan nada, Drigán —dijo Sirián.

—Esta vez tengo que darle la razón a Drigán —interpuso Dévora—. Ten presente que Gunj sabía que nosotros íbamos a hacer frente al ejército de segadores pútridos, dirigido por el nigromante loco. Y qué casualidad que justo repelemos el ataque, ayudados por el ejército de Lalies, el nigromante es matado y el camafeo desaparece. Estoy segura de que ya nos debe estar buscando y debe ser consciente que somos nosotros quienes tenemos el camafeo.

—Tiene sentido lo que dices, sí. Yo pensaría de forma análoga. El problema es que ir allí a meterle a ese desgraciado igual no es tan fácil —dijo Vaiel.

—Más aún si tenemos en cuenta que a nosotras dos se nos prohibió entrar a la ciudad —añadió Zurah.

—Desagradecido —dijo Vaiel refiriéndose a Lord Lalies—. Todo eso cambiará cuando yo...

—Sí, sí, cuando tú reines en esta campiña, pero mientras tanto tenemos que ajustarnos a lo que tenemos. Y créeme que tú tampoco serás muy bienvenido a esas tierras, Vaiel, luego de proclamar que el trono de tronos debe ser tuyo. Eso puede ser considerado incluso un acto de sedición —dijo Dévora, intentando abarcar todas las posibilidades.

—Bueno, grupo, está claro que tenemos claro que vamos a partir juntos. Sabed que los segadores pútridos, lejos de remitir sus ataques, siguen brotando de las llanuras de Llaídra, mas ahora sin control aparente. Salen en bandadas reducidas y por ahora no ha habido presencia de ningún Origen, lo que es buena señal. Lo que sospechamos, tanto Zurah como yo, es que Oligarco llegó a abrir un portal o algo semejante, y allí permaneció abierto. Sé que no viene a cuento todo esto, pero no estaría de más compartir esa información con alguien de confianza y que tenga efectivos para ir a destruirla. Por otro lado, ir a la forja de los titanes debe ser nuestra prioridad. Lo de Gunj ya lo veremos. Os puedo asegurar que la justicia se abrirá paso, le guste a él o no —concluyó Sirián.

—Sea pues, me voy preparando —dijo Vaiel, alejándose hacia la posada—. Una pena que Leonardo y Lilian no se hayan personado.

—Igual el destino quiere que los volvamos a ver —señaló Sirián.

—O igual simplemente fueron cazados y degollados — remarcó Drigán de forma contraria—. Mejor no pensar en los que no están aquí y sí en los que hemos venido.

—Perfecto. Voy entonces a la posada y me ocupo de todo allí. Ahora nos vemos —concluyó Vaiel.

—Yo también me ausento un momento. Necesito hablar con Kragor til Mass y contarle todo lo dicho —dijo Drigán, sentándose bajo un árbol apartado y cerrando sus ojos.

—Yo vuelvo también al pueblo para llenar el carromato con víveres en abundancia. Intentaremos parar lo mínimo posible durante nuestra marcha —dijo Sirián, sonriendo cándidamente a Dévora y dándole un abrazo, como si supiera que le hacía falta. A la ladrona le extrañó el comportamiento, aunque se lo devolvió sin problemas.

—Pues nada… —dijo Dévora, mirando a Zurah y tomando el camino hacia el pueblo.

—Un momento, Dévora, te lo ruego —dijo Zurah, agarrándola del brazo.

—Sí, dime.

—Sirián y yo teníamos una duda, y convenimos que yo te lo preguntara a solas.

—Si es sobre Vaiel, es todo tuyo, no es amor lo que me despierta, créeme ja, ja.

—¿Ese crío con pretensiones de hombre? Ja, ja no creo que sea mi tipo tampoco, ja, ja, aunque lo cierto es que ha cambiado mucho.

—Demasiado quizás.

—Demasiado, sí. La inocencia perdida ha sido muy brusca y la seguridad sin control que ha ganado le supera. Está viviendo su cuento de princesas y solo espero que no se despierte con un tortazo de realidad. Pero bueno, no es eso el asunto que me ocupaba.

—Bueno, pues tú dirás.

—Sirián y yo nos hemos dado cuenta. Sabemos que el camafeo te ha tomado ya como su cuerpo simbiótico. Hemos estado investigando y probando combinaciones de plantas en el jardín de Calatros y creemos que hemos logrado sintetizar un aceite que podrá separarte de él.

—¿Tú oyes lo que dices, Zurah? Ya dije antes que no estoy influenciada por el camafeo y lo dije porque es así. No sé a qué viene esta desconfianza ahora.

—¿Segura, Dévora?

—Segura. No deberías ni de preguntarlo.

—Si es así, dame el camafeo, yo lo guardaré.

—Aquí tienes, sin problemas —respondió Dévora, dándole el saco de terciopelo con la joya brillante dentro.

—No, pero esa joya no. Dame el camafeo de Guerón auténtico y no la imitación que has sacado antes aquí delante de todos.

Dévora recogió su mano lentamente y frunció nerviosa el ceño al ser cazada. No supo qué hacer ni qué decir, solo se quedó quieta, mirando a Zurah.

—No debes culparte por ese comportamiento, es normal. El camafeo quiere sobrevivir e influye en su portador, aunque no lo hayas usado.

—¿Por qué no me habéis delatado delante de todos?

—Porque no lo haces aposta, sino que es el camafeo el que te empuja a actuar así. De hecho, si te lo pido seguro que me lo querrás dar, pero a la hora de dármelo físicamente, no podrás.

—¿Me está controlando, quieres decir?

—Sí, desde luego que sí.

—No quiero convertirme en lo que Oligarco acabó siendo —dijo asustada Dévora, lanzándose al cuello de Zurah en súplica—. Te lo ruego, ayúdame si sabes cómo.

—Te daremos el aceite, pero solo al final, cuando hayamos destruido el camafeo. Lamentablemente, has de saber una cosa: el aceite, compuesto por varios venenos e infundido también con magia, borrará de tu mente todos los recuerdos pasados.

—¿A qué te refieres? ¿Un mes atrás? ¿Dos?

—Más de cinco años, Dévora. No recordarás qué pasó, ni quiénes somos nosotros. Será como si te hubieras despertado tal día como hoy, pero hace cinco años.

—Hazme un favor, no digas nada a nadie sobre esto.

Ambas mujeres se quedaron abrazadas bajo el alcornoque, Dévora con lágrimas en sus mejillas y Zurah conteniendo las suyas. Pero debían pasar página, debían mirar hacia el cielo y afrontar el nuevo día que acontecería mañana.

ACERCA DEL AUTOR

Iván Incerti Morales nació el 8 de enero de 1977, y desde siempre sintió curiosidad por aquello llamado tecnología, donde encontró su oficio actual, con el análisis y la codificación de programas: la programación. La lectura siempre le enamoró, haciéndole ver mundos imaginarios descritos con letras, y no con imágenes, y permitiéndole ser parte de la fantasía que se describía en sus hojas.

Desde muy temprana edad, se inició en los juegos de rol, dando rienda suelta a su imaginación en mundos de fantasía. Nunca abandonó ese hobbie y en él se versó para crear esta saga de Crónicas de Ampiria.

Actualmente trabaja como administrador de sistemas y programador, y dedica su tiempo de ocio en crear un mundo jugable llamado Tierras de Esperanzas, así como en escribir y vivir con su familia.

"Una vez tuve un sueño precioso y divino, hasta que me desperté y me di cuenta que eras tú, Inmaculada"